dtv

Ganz zufällig begegnen sich Ginny Clayton aus der amerikanischen Industriellendynastie McClintock und Dena Penrose, die Frau eines englischen Diplomaten, im Londoner St.-James-Park. Die beiden schließen eine tiefe Freundschaft, es entstehen Familienbande, die Jahrzehnte wechselhaften, ereignisreichen Lebens überdauern. Beide Familien sind schon aus beruflichen Gründen in allen Hauptstädten der Welt zu Hause, ihre wirkliche Heimat jedoch finden sie in einem verfallenen alten Schloß an der Küste Cornwalls, das durch ihre gemeinsamen Bemühungen zu neuem Glanz und Leben erwacht. Dort wohnt auch die junge Waise Livy, die schon bald eine tiefe Verbundenheit zu beiden Clans spürt. Als sie Alex, den Sohn Ginnys und McClintock-Erben, heiratet, scheint ihr Glück vollkommen. Aber eine dunkle Wolke hängt über den beiden Familien; Treue, Freundschaft und Loyalität werden auf eine harte Probe gestellt ... Ein Roman, der durch Glanz und Elend des 20. Jahrhunderts führt. Er erzählt von Männern, die ihr Leben im Licht der Öffentlichkeit führen, und Frauen, die diesen Ruhm oft teuer bezahlen müssen.

Catherine Gaskin wurde 1929 in County Louth/Irland geboren und wuchs in Australien auf. Mit fünfzehn Jahren schrieb sie ihren ersten erfolgreichen Roman. Nach langjährigen Aufenthalten in England und den USA lebt sie heute auf der Isle of Man.

Catherine Gaskin

Die Stunde der Wahrheit

Roman

Deutsch von Susanne Lepsius

Deutscher Taschenbuch Verlag

Von Catherine Gaskin
sind im Deutschen Taschenbuch Verlag erschienen:
Ein Windspiel im Nebel (12079)
Das große Versprechen (12179)
Das Familiengeheimnis (20005)
Ein Falke für die Königin (20110)
Liebe auf Schloß Lynmara (20124)
Das Erbe der Marquesa (20184)

Ungekürzte Ausgabe
August 1999
Deutscher Taschenbuch Verlag GmbH & Co. KG,
München

Titel der englischen Originalausgabe:
›The Ambassador's Women‹
Einzig berechtigte Übersetzung aus dem Englischen von Susanne Lepsius

Umschlagkonzept: Balk & Brumshagen
Umschlagbild: Ausschnitt des Gemäldes ›Ein Interieur‹ (ca. 1915)
von Thomas Wilmer Dewing
Satz: IBV Satz- und Datentechnik GmbH, Berlin
Gesetzt aus der Sabon 10/11,5˙ TEX
Druck und Bindung: C. H. Beck'sche Buchdruckerei,
Nördlingen
Gedruckt auf säurefreiem, chlorfrei gebleichtem Papier
Printed in Germany · ISBN 3-423-20251-3

I

Später konnte sich Livy nie mehr genau daran erinnern, wie alt sie gewesen war, als sie ihre Mutter zum ersten Mal den Hügel hinauf zu dem großen Haus begleitet hatte. Die Bewohner des Städtchens St. Just am Fuß des Hügels nannten es einfach nur »Das Haus« oder »Das Schloß«. Der richtige Name war »Tresillian«, nach dem befestigten Turm benannt, der die Landzunge beherrschte, jetzt aber baufällig und daher, wie ihre Mutter sagte, gefährlich war. Unter dem Turm hatte das Meer bedrohliche, strudelnde Buchten in die Küste ausgehöhlt. Dem Turm gegenüber, mehr als eine Meile entfernt und oft von Nebeln verdeckt, lag die andere Landzunge, St. Buryan, die auch zum Tresillian-Besitz gehörte. Sie war öde und menschenleer, obwohl übersät mit Schornsteinen vieler Pumpstationen der stillgelegten Zinnbergwerke, die einstmals Tresillian und einen großen Teil Cornwalls reich gemacht hatten. Dazwischen lagen die berüchtigten Tresillian-Felsen. Bei Ebbe zeigten sie sich in ihrer ganzen furchteinflößenden Schönheit, gezackte felsige Finger, die himmelwärts wiesen und aus einem trügerischen, sanft heiteren weißen Sandstreifen emporragten. Doch wenn die Flut kam, wurden diese Sandstreifen mit atemloser Geschwindigkeit vom Meer überschwemmt. Der Atlantische Ozean strömte herein, um von diesem Land, das er erst vor wenigen Stunden widerstrebend aufgegeben hatte, wieder Besitz zu ergreifen. Die Wasser zischten und strudelten um die Felsen, einige wurden überschwemmt, von anderen sah man nur noch die Spitzen. Zahllose Schiffe hatten hier ihre Grabstätte gefunden. Zuweilen nach heftigen Stürmen, wenn die Strömung besonders stark gewesen war, wurden die Wracks der Schiffsrümpfe aus dem Sand herausgewaschen, nur um von der nächsten Flutwelle erneut begraben zu werden. Danach gab sich die Bucht wieder von trügerischer Friedlichkeit. Livy liebte und fürchtete diese Felsen zugleich.

Tresillian hatte auch Stallungen und einen großen Garten voller Blumen und Obstbäume. Er war von einer hohen Mauer umgeben, um ihn vor den bösartigen Winden zu schützen. Aber diese Mauer verfiel allmählich, und die Dächer einiger Außengebäude waren bereits eingefallen. Der Regen prasselte durch das glaslose Eisengerippe des Treibhauses. Doch Livy liebte das »Schloß« trotz all dieses Verfalls, trotz der beängstigenden Felsen. Was für ein Unterschied zu den engen, steilen Gassen der Stadt, wo sie und ihre Mutter lebten! Sie genoß es, die riesigen Räume zu erforschen, die Staubüberzüge von den massiven Möbelstücken zu ziehen, auf die großen Himmelbetten der Schlafzimmer zu klettern, während ihre Mutter die Fußböden schrubbte. Doch am meisten freute sie sich, wenn ihre Mutter in der Bibliothek saubermachte – das größte Zimmer im Haus. Es reichte über zwei Stockwerke und mußte Tausende von Büchern enthalten. Einige davon waren so alt, daß nicht einmal Livys Mutter sie abstauben durfte. Ihr Vater war zuweilen hierhergekommen und hatte seufzend die Schätze bewundert, aber nie ein Buch ausgeborgt, obwohl niemand es je erfahren hätte. Er hatte die unheilverkündenden feuchten Stellen an der Decke bemerkt und sich Sorgen um die unersetzlichen Werke gemacht.

Livys Phantasie wurde durch Tresillian beflügelt. Eines Tages hatte sie eine schwere, reich bestickte, verblichene Bettdecke wie einen langen Mantel um ihre Schultern geschlungen und war die große Treppe, mit einer Hand auf dem kunstvoll geschnitzten Geländer, hinuntergeschritten und hatte voll tiefstem Ernst vorgegeben, daß sie eine Prinzessin sei, die jahrelang dazu verurteilt gewesen war, auf die Rückkehr ihres Liebsten zu warten. Sie war eine Prinzessin, deren Liebe keine Erfüllung fand. Sie spielte alle Rollen in den Geschichten, die ihr Vater ihr erzählte. Aber er las sie ihr nicht aus einem Buch vor, sondern erzählte sie ihr in seinen eigenen poetischen Worten.

Sie waren allein im Schloß – Livy und ihre Mutter. Der junge Mann, der kürzlich den Titel und Tresillian geerbt hatte, kam wie sein Vater nur selten zu Besuch. Die Bewohner des Städtchens nahmen an, daß der unaufhaltsame Verfall seines Stammsitzes ihn so bedrückte, daß er es vorzog, ihm fernzubleiben. Er lebte von den kärglichen Pachtzinsen seiner Bauern; im übrigen durchstreifte er ruhelos fremde Länder und schrieb gelegentlich Reiseartikel für Zeitschriften. Er zog jeden Penny von Tresillian ab, um sein Bergsteigen zu finanzieren, und bedauerte vermutlich, daß er die Einnahmen aus den Zinnbergwerken verloren hatte. Livy dagegen bedauerte es in keiner Weise, daß der Erbe Tresillians, Lord Camborne, so selten aufs Schloß kam. Es ermöglichte ihr, weiterhin vorzugeben, daß das Schloß ihr gehörte und sie die Prinzessin war. Ihre Mutter ging fünfmal in der Woche hinauf zum Schloß und putzte und lüftete die vielen Räume nach einem von ihr selbst aufgestellten Plan.

Livys Mutter hatte einen Ortsfremden, einen Engländer, geheiratet, was niemand in St. Just verstehen konnte. Warum hatte sie ihre Tüchtigkeit, ihre Anmut und Schönheit an einen so viel älteren Mann weggeworfen? An einen Mann, der mit einer vom Weltkrieg gaszerstörten Lunge, einer jungen Bulldogge und einem schäbigen Koffer voller Bücher schleppenden Schrittes nach St. Just gekommen war? Freunde von ihm, Künstler, hatten ihn brieflich dazu überredet, des milden Klimas wegen nach Cornwall zu ziehen, und ein billiges Cottage für ihn gefunden. Er besah es sich. Es war zwar sehr klein, aber es hatte einen Garten, geschützt von einer hohen Mauer, wo er ungestört seine Gedichte schreiben konnte. Es gefiel ihm, und er kaufte es.

Einige der Bewohner St. Justs waren empört, einige erstaunt, einige enttäuscht, als Isolde Tregenna den Poeten Oliver Miles heiratete. Sie wußte nur vage, daß sie den Namen einer Legendenprinzessin trug. Sie kam aus einer Fischerfamilie, und der Mann, den sie geheiratet hatte, war ein gebildeter Herr, ein Magister aus Oxford, ein Poet, dessen Gedichte gedruckt wurden, aber sich nur in wenigen Exemplaren verkauften. Ein abgerissener, hohlwangiger, großer Mann mit dunklen Augen, die zuweilen gequält dreinblickten, als erinnere er sich manchmal an mehr, als ihm lieb war. Aber er hatte ein sanftes Lächeln. Die Bewohner von St. Just wußten nicht, daß die Kritiker seine Verse einhellig gelobt hatten; das einzige, was sie wußten, war, daß er eine karge Kriegsversehrtenrente bekam und die Zinsen eines winzigen Einkommens aus dem Erbe seiner Eltern. Bevor er nach St. Just gekommen war, hatte er sich ein kärgliches Zubrot als Korrektor in einem Londoner Verlag verdient und trotz seiner kranken Lungen versucht, neue Gedichte zu schreiben. Aber nach einiger Zeit konnte er in dem Nebel und Rauch Londons nicht mehr atmen, und so hatte er sich wider Willen entschlossen, nach Cornwall zu ziehen, um klare Luft zu atmen und die milden Winter zu genießen. Kurz vor seiner Abreise hatte er die junge Bulldogge gekauft, die er nicht sehr originell Bully getauft hatte. Nach einem Jahr war sie zu einem kräftigen Tier herangewachsen mit einem scheckigen Fell, einer dunklen Schnauze und hängenden Hautfalten, die ihr ein unendlich trauriges Aussehen gaben. Bully liebte seinen Herrn, und um ihm zu gefallen, liebte er auch dessen Freunde. Die Frauen des Städtchens sagten, der Dichter gebe mehr Geld für die Ernährung seines Hundes als für seine eigene aus. Oliver Miles sah Isolde Tregenna zum ersten Mal, als sie an Bully, der wie ein Wachposten vor dem Cottage saß, die Hälfte der Wurst, die sie aß, verfütterte. Bully stand auf, leckte sich die Lefzen und wedelte mit seinem Stummelschwanz. Oliver Miles erhob sich von seinem Tisch, wo er das Manuskript eines anderen Schriftstellers korrigiert hatte, und sprach sie an. Einige Monate später waren sie verheiratet.

Sie beköstigte seine Freunde, die im Sommer zu Besuch kamen, und leistete ihm in den einsamen Wintertagen Gesellschaft. Sie war schüchtern in Gegenwart seiner intellektuellen Freunde, kochte ihnen aber vorzügliche Mahlzeiten: Fische und Früchte des Meeres, Gemüse von den umliegenden Bauernhöfen und aus ihrem kleinen Garten, der seltene Kräuter hergab, die bei ihren Nachbarn nicht gedeihen wollten. Sie las die Gedichte ihres Ehemannes wieder und wieder und verstand nicht einmal die Hälfte. Sie handelten zumeist vom Krieg und klangen traurig. Und dies sprach das Keltische in ihr an. Sie spürte den Rhythmus, die klingende Melancholie, so wie sie den Rhythmus der See in sich spürte.

Oliver nannte sie Isa, und er liebte sie. Als ihr einziges Kind, eine Tochter, 1931 geboren wurde, drei Jahre nach ihrer Heirat, tauften sie sie Olivia Isolde, aber sie wurde Livy gerufen, weil sie, als sie zu reden anfing, ihren Namen nicht aussprechen konnte. Für Oliver Miles war das Kind wie ein Wunder, von dem zu träumen er nicht einmal gewagt hatte. Seine Frau und seine Tochter riefen starke Beschützerinstinkte in ihm wach, und er sorgte sich um ihre Zukunft.

Er besprach diese Sorgen mit Thea Sedgemore und Herbert Gardiner, seinen beiden engsten Freunden. Thea war eine bekannte, wenn auch umstrittene Bildhauerin, die unter ihrem Mädchennamen arbeitete. Herbert Gardiner seinerseits war ein bekannter Maler. Das Paar hatte einen leicht beschädigten Ruf, da sie erst Jahre nach der Geburt ihrer zwei Kinder auf die Idee gekommen waren zu heiraten. Sie lebten in einem Haus in der Nähe von Olivers Cottage, hatten aber getrennte Ateliers. Theas blickte auf einen großen, abfallenden, ummauerten Garten, wo ihre größten Skulpturen standen, inmitten von subtropischen Bäumen und Pflanzen, die in Cornwall gedeihen. Es waren Thea und Herbert gewesen, die Oliver Miles gedrängt hatten, nach St. Just zu ziehen.

In dem Winter, der diesen Gesprächen folgte, verschlechterte sich Olivers Zustand. Er verbrachte die meiste Zeit vor dem Kaminfeuer. An sonnigen Tagen setzte er sich, von Isa in

Decken eingewickelt, in den Garten und sah Livy beim Spielen zu. Manchmal setzte sie sich auf einen Felsbrocken in seine Nähe und hörte den Geschichten zu, die er sich für sie ausdachte. Sie antwortete ihm und spann in ihrer Phantasie seine Geschichten weiter. Ihr Wortschatz war für ihr Alter erstaunlich reichhaltig.

Als Livy fünf Jahre alt war, trat sie für wenig Geld in die von zwei vornehmen alten Jungfern geführte »Dame-Schule« ein, in die sonst kein Kind eines Fischers aufgenommen wurde. Oliver war entzückt zu hören, daß seine Tochter in eine höhere Klasse, als ihrem Alter entsprach, eingestuft wurde. Er hatte ihr bereits das Lesen gelehrt und angefangen, ihr die Grundlagen des Rechnens beizubringen. Andrerseits widerstrebte es ihm, die Erziehung seiner Tochter Fremden zu übergeben, denn der Erwerb von Bildung schien ihm das Wichtigste im Leben. Aber er schickte sie zur Schule, damit sie gleichaltrige Kinder traf, die weniger ungehobelt waren als ihre Tregenna-Vettern und -Kusinen.

Die Zeit kam, wo Oliver sogar an schönen Tagen keine Lust mehr hatte oder zu schwach war, um in das Atelier seiner Freunde zu gehen. Er zog seinen Stuhl näher ans Feuer und griff nur noch selten zur Feder. Er wußte nicht, daß die Gardiners Isas Kohlenkeller aufgefüllt hatten, damit sie alle Zimmer, auch die im ersten Stock, heizen konnte. Mit dem Nachlassen seiner Kräfte wuchsen die Sorgen um seine Frau und seine Tochter. Isa hatte sein Bett nach unten ins Wohnzimmer bringen müssen, weil er es nicht mehr schaffte, die Treppen hinaufzusteigen. Er sagte zu Herbert, der ihm Whisky und Zigaretten brachte, die er – wie beide wußten – eigentlich nicht rauchen sollte: »Ich wünschte, ich hätte noch ein wenig länger zu leben, Herbert. Isa wird sich ohne mich eine Zeitlang verloren fühlen. Aber meine größte Sorge gilt Livy. Ich wünschte, ich könnte mehr für sie tun. Vorerst ist sie in der Dame-Schule gut aufgehoben, aber in ein paar Jahren wird sie ihr entwachsen sein, und was dann?« Er schämte sich, daß er die Schule des Städtchens nicht gut genug für seine Tochter befand. Aber sie ist ein so liebreizendes, aufgewecktes und kluges Kind, dachte er. »Eines Tages«, fuhr er fort, »möchte ich, daß sie die Welt außerhalb St. Justs kennenlernt. Ich hatte vor, sie selbst zu unterrichten und sie, wenn sie alt genug ist, nach ... sagen wir ... Paris zu schicken.« Er schüttelte ungeduldig den Kopf. »Alles nur Träume. Dazu fehlt es uns an Geld.«

Während er mit Herbert sprach, streichelte er geistesabwesend den dunklen Kopf der jungen Katze Tubby, die schnurrend auf seinem Schoß saß.

»Thea und ich werden uns um alles kümmern, Oliver«, sagte Herbert. »Mach dir keine Sorgen. Du wirst ja selbst sehen, wie gut alles läuft.«

Oliver war ein wenig beruhigt bei dem Gedanken. Andrerseits sagte er sich, daß Thea und Herbert nicht mehr jung waren. Ihre zwei eigenen Kinder waren selbständig und aus dem Haus. Ein heranwachsendes Kind würde ihnen lästig sein und Unruhe in ihr Leben bringen. Aber er war froh, daß es die beiden gab. Livy würde an ihnen einen festen Halt haben, und ihre Gegenwart würde verhindern, daß Livy völlig in Isas Familie aufginge. Er schrieb an seinen Verleger Venables, einen geduldigen, freundlichen Mann, der ihn ermutigt und beraten hatte seit den ersten Gedichten, die er nach dem Krieg geschrieben hatte. Dieser antwortete postwendend: »Natürlich werden wir alles tun, was in unseren Kräften steht, lieber Freund, aber Sie werden noch lange unter uns weilen, so daß Sie sich selbst um Ihre Tochter kümmern können.« Oliver wußte, daß dies nicht der Fall war. Er sehnte das Ende des Winters herbei. Vielleicht würde er noch das nächste Frühjahr, vielleicht sogar den folgenden Sommer erleben. Einen weiteren Sommer mit Isa und Livy. Er klammerte sich an diese Hoffnung.

Die ersten Narzissen waren in Cornwall bereits gepflückt und auf die Londoner Märkte geschickt worden, als Oliver starb. Es war ein windiger, regnerischer Tag. Isa hatte den Arzt gerufen, weil Oliver nicht einmal mehr zum Trinken den Kopf heben konnte. Aber sie wußte, auch der Arzt konnte nicht mehr helfen. »Es tut mir leid, Mrs. Miles, aber er hat länger gelebt, als ich angenommen hatte. Er lebte Ihret- und Livys wegen.«

Die *Times* veröffentlichte einen langen Nachruf, und Telegramme und Briefe trafen ein von Leuten, die Isa völlig unbekannt waren. Thea und Herbert übernahmen die Beantwortung der Beileidsschreiben. Olivers Verleger machte die lange Reise von London nach Cornwall, um an der Beerdigung teilzunehmen. Viele Bewohner des Städtchens schlossen sich dem Beerdigungszug zu der anglikanischen Kirche auf der Hügelkuppe an. Sie hatten den Poeten gemocht, obwohl er nicht einer der Ihren, sondern ein Fremder gewesen war.

Nach der Beerdigung nahm Isa ihre Arbeit im Schloß wieder auf. Das wenige Geld, das sie dafür bekam, war jetzt wichtiger als je zuvor. Sie wollte die Hilfe, die die Gardiners ihr angeboten hatten, keinesfalls in Anspruch nehmen. Nur im Notfall, wenn Livy dringend etwas bräuchte, würde sie sich helfen lassen. Nach Olivers Tod hatte man ihr seine Lebensversicherung ausgezahlt. Es war nur eine kleine Summe, aber die größte, die Isa je in ihrem Leben in der Hand gehabt hatte. Man sagte ihr, daß das winzige Einkommen aus den Aktien, die er von seinen Eltern geerbt hatte, von nun an an sie ginge. Irgendwie würde sie schon auskommen! Sie war froh über ihre Arbeit im Schloß, denn sie lenkte sie von ihrem Kummer ab. Sie wünschte nur, sie wäre anstrengender und ermüdender, so daß sie abends erschöpft genug wäre, um einschlafen zu können. Sie war tief verzweifelt über ihren Verlust, und abends, wenn sie wußte, daß Livy schlief, ließ sie ihren Tränen freien Lauf. Sie fühlte sich für Oliver Miles' Kind mehr verantwortlich, als sie es für das Kind eines Mannes aus ihren eigenen Kreisen getan hätte. Sie wußte, wie stolz er auf Livy gewesen war und wieviel Hoffnung er auf sie gesetzt hatte. Aber alles, was sie im Moment tun konnte, war, Livys Kummer über den Tod ihres Vaters zu lindern. Livy ging willig und gerne zur Schule, weil sie wußte, daß ihr Vater das gewünscht hätte, aber in ihren freien Stunden saß sie in der Gesellschaft von Bully und Tubby teilnahmslos in dem kleinen Garten auf dem weißgewaschenen Felsbrocken neben der Bank, auf der ihr Vater immer gesessen und ausgiebig mit ihr gesprochen hatte. Isa fragte sich, was sie dem Kind beibringen konnte, außer Kochen, Nähen und Gärtnern. Der Verlust ihres Mannes wog doppelt schwer wegen all dem, was das Kind an ihm verloren hatte.

Im Frühjahr erhielt sie die Nachricht, daß der junge Erbe von Tresillian, Lord Camborne, bei einer Bergbesteigung in Neuseeland abgestürzt sei. Isa machte sich die größten Sorgen. Man schrieb das Jahr 1937, und in der Stadt meldeten sich für jede angebotene Arbeit sechs Frauen. Livys wegen konnte sie sich nicht woanders eine Stellung suchen. Die Bewohner von St. Just versuchten, sich an den Vetter zu erinnern, dem das Erbe zugefallen war, da Lord Camborne nicht verheiratet gewesen war und daher keine direkten Erben hatte. Aber niemand war sich sicher, ob der neue Lord Camborne Tresillian überhaupt je besucht hatte.

Isa fiel ein Stein vom Herzen, als sie von Cambornes Rechtsanwalt erfuhr, daß der Erbe und seine Familie vorhatten, im Sommer einige Wochen in Tresillian zu verbringen. Zwei Kusinen von Isa wurden für die Zeit dieses Besuches eingestellt, um das Haus zu putzen und zu säubern, und einige zaghafte Versuche wurden unternommen, den verwilderten Garten etwas in Ordnung zu bringen und Gemüsebeete anzulegen, um die Tafel des Lords anzureichern. Aber Geld sei nicht viel vorhanden, hatte der Rechtsanwalt gewarnt. Er beauftragte zwei junge Männer, den Garten umzugraben, und einen alten Mann, um ihn instand zu halten. Er ordnete ebenfalls an, daß einige zerbrochene Fensterscheiben ersetzt wurden, die Schäden am Dach allerdings konnte er wegen Geldmangels nicht beheben. »Ich kann, bevor ich Lord Camborne nicht persönlich gesprochen habe«, erklärte er Isa, »keine weiteren Anweisungen geben. Aber ich fürchte, auch dann werden die Mittel nicht verfügbar sein, um selbst die dringendsten Reparaturen auszuführen. Das Einkommen von Tresillian ist mager genug, und der jüngst verstorbene Lord Camborne sowie sein Vater haben keinen Heller auf den Besitz verwandt. Und nach meiner Meinung wird sich diese Situation mit dem neuen Eigentümer nicht ändern.«

Ende Mai packte Isa einige Kleider, die Gedichtbände ihres Mannes und Livys Lieblingsbücher in ihren Koffer, schloß ihr Häuschen ab und zog mit Hund, Katze und Kind im Schloß ein.

2

Die beiden Frauen erinnerten sich bis an ihr Lebensende an jede Einzelheit ihres ersten Treffens. Es fand an einem Spätnachmittag im November 1930 statt. Die Dämmerung senkte sich über den St.-James-Park. Es hatte geregnet, und kalte Tropfen schienen noch in der Luft zu hängen. Nebelschwaden verwischten die Konturen des Buckingham Palace, die Straßenlaternen flammten auf. Dena Penrose stand auf der Brücke über dem Teich und beobachtete die Enten, die ihren nächtlichen Ruheplätzen zustrebten. Sie trieben leicht und graziös dahin, und sie wünschte, auch sie könnte sich so treiben lassen. Sie seufzte, sie war müder, als sie gedacht hatte. Und sie mußte noch bis ans Ende des Birdcage Walk gehen, um ein Taxi zu erwischen. Sie fröstelte ein wenig. Es war kälter geworden. Sie holte tief Luft und machte sich auf den Weg.

»Hallo!« sagte eine Frauenstimme dicht neben ihr. Sie hatte die Frau nicht bemerkt. Ein leises Lachen folgte auf den Ausruf. Einen Augenblick lang starrten die beiden sich an. Dann lachte auch Dena.

»Vermutlich sehen wir komisch aus«, sagte sie. Die andere Frau, eingehüllt in einen Pelzmantel, konnte so wenig wie sie in ihrem Stoffmantel den geschwollenen Leib verbergen. Sie waren beide hochschwanger. »Sie haben sicherlich auch«, fügte sie hinzu, »den Rat Ihres Arztes befolgt, Spaziergänge zu machen. Ist es nicht lästig ... ich meine dieses Warten?«

»Wann?« fragte die Fremde.

»Nächsten Monat.«

»Das gleiche bei mir.« Mit den wenigen Worten, die sie gesprochen hatte, hatte sie ihre amerikanische Herkunft verraten. Sie war groß und trug eine schicke Pelzkappe auf ihrem dunkelblonden Haar. Sie war nicht klassisch schön, aber sogar in der Dämmerung sah Dena, daß ihre Züge edel gemeißelt waren und ihre Augen weit auseinander standen.

»Ich fürchte«, sagte Dena, »ich habe mich ein wenig übernommen. Ich muß ein Taxi finden, aber das bekomme ich erst in Knightsbridge, und bis dahin ist es verdammt weit.« Beide bemerkten gleichzeitig, daß die gemütlich daherschlendernden Spaziergänger plötzlich zu einer hastig eilenden Menge angeschwollen waren, die alle nach Haus drängten. Es war Büroschluß.

»Ein Taxi um diese Zeit ist nicht leicht zu bekommen«, sagte die Frau. Sie zögerte einen Moment lang und musterte Dena nachdenklich. Dann sagte sie: »Warten Sie, bis der Stoßverkehr sich gelegt hat, und trinken Sie eine Tasse Tee bei mir. Ich wohne ganz in der Nähe.«

Die Stimme hatte einen warmherzigen, ja fast bittenden Klang, der Dena irgendwie ansprach, und die Frau war ihr, ohne daß sie wußte, warum, gleich sympathisch gewesen.

»Ja, vielen Dank«, sagte Dena. »Ich nehme das Angebot gerne an. Niemand erwartet mich ... im Moment ... bei mir zu Hause.«

»Nun, ausgezeichnet. Ich heiße Ginny Clayton.« Die Frau nahm Denas Arm und führte sie sanft ans Ende der Brücke. Sie war etwas größer als Dena und wirkte fast wie eine Beschützerin. Dena vermutete, daß sie ungefähr gleichaltrig waren, und dennoch benahm sich diese Fremde, als ob sie, Dena, ein Kind sei, das Hilfe brauchte. Sie gingen jetzt verhältnismäßig schnell auf die Mall zu, und die Fremde hielt mit einer energischen Handbewegung den Verkehr an. Etwas, das Dena nie zu tun gewagt hätte. »Also, zu irgend etwas muß unser Zustand schließlich gut sein, besonders da wir auch noch zu zweit sind. Sehen Sie die Schlagzeilen vor sich? ›Zwei schwangere Mütter starben unter den Rädern des Wagens des Marineministers‹?«

Dena kicherte und dachte: Diese Ginny Clayton ist daran gewöhnt, ihren Willen durchzusetzen. Aber nicht etwa weil sie herrschsüchtig ist. Es scheint ihr angeboren zu sein. »Ich heiße Geraldine Penrose, allgemein Dena genannt. Ich habe natürlich gleich bemerkt, daß Sie Amerikanerin sind. Eine Engländerin hätte mich nie angesprochen, geschweige zum Tee eingeladen.«

»Den Menschen entgeht so viel durch Zurückhaltung. Sie sahen so verloren und verfroren aus, und die Enten schienen Sie auch nicht sehr zu interessieren. Es ist halt eher langweilig, schwanger zu sein, besonders in den letzten Monaten. Ist das Ihr erstes?«

»Ja. Bei Ihnen auch?«

»Nein, ich habe bereits einen dreijährigen Sohn.«

Sie erreichten einen kleinen Platz hinter dem St. James Palace und bogen nach links ab. Ginny Clayton zog einen Schlüssel aus ihrer Handtasche und schloß ein schmiedeeisernes Tor auf. Dena wußte, es war Seymour House, eines der elegantesten Häuser in dieser vornehmen Gegend. Als sie die Steinstufen hinaufgestiegen waren, klingelte Ginny Clayton. Sie war nicht jemand, der sich herabließ, die eigene Haustür aufzuschließen.

Die Tür öffnete sich innerhalb von Sekunden. Ein Butler verneigte sich. »Mrs. Clayton, guten Abend, Madam. Ich bin erleichtert, Sie zu sehen. Ich war etwas beunruhigt. Es wird schon dunkel draußen, und Sie waren länger als sonst im Park. Ich war im Begriff, Alfred auszuschicken, Sie zu suchen.«

»Nett gemeint, Griffin«, sagte Ginny Clayton, ließ ihren Pelzmantel fallen, nahm ihre Pelzmütze ab und schüttelte ihr langes Haar. »Aber ich bin keine Invalide, wissen Sie.«

»Natürlich nicht, Madam, aber was hätte Mr. Clayton gesagt...« Er nahm der unerwarteten Besucherin Mantel und Hut ab. Sie traten jetzt in die hell erleuchtete Halle mit dem großen von Adam entworfenen Kamin, der geschnitzten Zimmerdecke und der schön geschwungenen Treppe. Dena erinnerte sich an all das. Der Butler zögerte sekundenlang, dann flüsterte er: »Mein Gott... Lady Geraldine!« Dann fügte er hinzu. »Und wenn ich fragen darf, wie geht es Mr. Penrose?«

Dena lächelte. »Sie haben ein gutes Gedächtnis, Griffin. Soweit ich weiß, geht es ihm gut. Er ist noch immer Attaché in Kairo.«

Der Butler fiel in seinen förmlichen Tonfall zurück. »Was darf ich Ihnen servieren, Mrs. Clayton?«

»Ich habe... Lady Geraldine einen Tee versprochen. In der Bibliothek bitte, Griffin.«

»Sehr wohl, gnädige Frau.«

Die Vorhänge waren zugezogen, das Kaminfeuer flakkerte. Dena setzte sich dankbar davor. »Ich bin als kleines Mädchen oft hier gewesen. Und ich erinnere mich noch genau an den Ball in dem Jahr, als ich bei Hof vorgestellt wurde. Es ist gar nicht so lange her, und doch erscheint es mir wie eine Ewigkeit.« Sie blickte ihrer Gastgeberin in die Augen. »Ist es unhöflich zu fragen, ob Sie das Haus nur gemietet haben?«

»Nein, es ist überhaupt nicht unhöflich. Ich wünschte, die Engländer würden öfter solche direkten Fragen stellen. Nein, wir haben es gekauft. Und Griffin war verfügbar. Und so haben wir ihn behalten. Er kannte sich im Haus aus.«

»Es ist ein wirklich schönes Haus«, sagte Dena. »Und wenn Sie es gekauft haben, wollen Sie vermutlich für längere Zeit in London bleiben?« Sie lächelte. »Oder das hoffe ich zumindest. Nicht jeder bringt Fremde aus der Kälte in sein Heim. Wir sollten uns näher kennenlernen.«

»Natürlich, deshalb lud ich Sie ein. Und zu Ihrer ersten Frage: Ja, wir werden mehr oder weniger in London wohnen.«

Griffin brachte den Tee und die üblichen dünnen, mit Gurken und Eiern belegten Brötchen sowie Kuchen. Ginny Clayton goß aus einer antiken, kostbaren Kanne den Tee ein. Sie tranken und aßen fast schweigend. Aber es war ein Schweigen freundschaftlichen Einverständnisses.

»Ich bin neuerdings so hungrig«, sagte Dena entschuldigend, als sie das letzte Stück Kuchen nahm. »Vermutlich hat es mit der Schwangerschaft zu tun.« Sie sah ihre Gastgeberin, die ihr gegenüber saß, dankbar an. »Sie waren sehr reizend zu mir... ohne Sie hätte ich mir allein einen Tee gemacht, ohne diese köstlichen Beigaben...«

Griffin räumte das Geschirr ab.

»Ich muß jetzt gehen«, sagte Dena. »Inzwischen wird es nicht mehr schwierig sein, ein Taxi zu finden...« Sie blieb jedoch trotz dieser Worte sitzen.

»Bleiben Sie noch eine Weile«, sagte Ginny. »Niemand erwartet Sie zu Hause...« Sie hatte mittlerweile erfahren, daß Denas Mann Harry erst kurz vor der Geburt nach London kommen würde. »Auch ich bin allein. Mein Mann ist in Zürich. In diesem letzten Stadium der Schwangerschaft kann man nichts tun... als zu warten. Eher langweilig, wie gesagt. Ich kenne nicht viele Leute in London. Erzählen Sie mir...«

Die Unterhaltung, die sie angeregt hatte, wurde von einer älteren Frau unterbrochen, die anklopfte und, ohne eine Antwort abzuwarten, das Zimmer betrat. »Guten Abend, Mrs. Clayton. Es tut mir leid zu stören, aber Master Alex möchte Ihnen gute Nacht wünschen. Griffin sagte mir, Sie hätten Besuch, und so nahm ich an, Sie würden nicht ins Kinderzimmer kommen.«

Ein sehr dunkel-, fast schwarzhaariger Knabe kam auf Ginnys weit ausgebreitete Arme zugelaufen. »Mami, warum bist du nicht nach oben gekommen? Ich habe auf dich gewartet.«

»Liebling, ich habe Besuch.«

Das Kind sah Dena vorwurfsvoll an, als nehme es ihre Anwesenheit als persönliche Beleidigung. »Alex, gib Lady Geraldine die Hand. Dies ist mein Sohn Alex McClintock.«

Er war ein schöner Knabe. Seine Augen waren etwas grauer als die seiner Mutter, die Brauen dunkel und gerade. Sein Kopf war edel geformt, seine Schultern breit. Er war groß für sein Alter, und seine Bewegungen waren graziös. Widerstrebend löste er sich aus den Armen seiner Mutter und ging mit ausgestreckter Hand auf Dena zu. Er zeigte keinerlei Schüchternheit. Dena schüttelte ihm formell die Hand und sagte: »Es freut mich, dich kennenzulernen. Deine Mutter hat mich netterweise zum Tee eingeladen. Es war kalt im Park. Und deshalb ist sie nicht gleich zu dir gekommen. Sie hat sich um mich gekümmert.«

Sein verdrossener Ausdruck verschwand. Er sah sie neugierig an: »Haben Sie sich verirrt?«

»Nein, das nicht, ich war nur plötzlich sehr müde ...« Sie warf Ginny Clayton einen fragenden Blick zu. »Und fühlte mich ein wenig einsam.«

»Mit Mami werden Sie sich nie mehr einsam fühlen.«

Er küßte seine Mutter und verließ mit der Kinderschwester das Zimmer.

Dena dachte über seinen Nachnamen nach: McClintock. Und Ginny hieß Clayton. Zwei Namen, die sogar der gesellschaftlich nicht sehr beschlagenen Dena ein Begriff waren. Sie erinnerte sich vage an Gerüchte.

»Bleiben Sie doch noch für einen Drink ...«

Niemand erwartete Dena in ihrer kleinen Wohnung in Knightsbridge. Sie lächelte und nahm dankend an. »Ich fühle mich ... als Eindringling.«

»Unsinn! Ich habe Sie eingeladen. Auch ich ... fühle mich ein wenig einsam.«

Sie schlürften ihre Getränke, und Griffin strahlte, als Ginny ihm sagte, daß Lady Geraldine zum Essen bleiben würde. Als Dena in Ginny Claytons Rolls-Royce schließlich nach Hause gefahren wurde, wußten die zwei Frauen eine Menge übereinander.

In dieser Nacht lagen die beiden schlaflos in ihren Betten. Sie versuchten mit ihrem schweren Körper eine halbwegs bequeme Lage zu finden, dösten kurz ein, wachten wieder auf und dachten an die lange Unterhaltung vor dem Kaminfeuer, wo jede ihr Leben beschrieben hatte. Sie waren fast gleichaltrig, Dena war zweiundzwanzig, Ginny vierundzwanzig, aber ihre Erfahrungen waren grundverschieden.

3

Ginnys Jugend war sorglos und unbeschwert gewesen. Die Hauptstadt Washington lag in der Nähe ihres elterlichen Wohnsitzes, und sie fuhren oft hin. Aber ursprünglich stammte die Familie aus Virginia. Ihre Mutter hieß mit Mädchennamen Lee, und sie war nahe verwandt mit Robert Edward Lee, dem Kommandierenden General der Südstaaten im Sezessionskrieg. Die Familie ihres Vaters hatte gleichfalls einen Helden aus diesem Krieg aufzuweisen: »Stonewall« Jackson.

Beide Familien hatten in diesem Krieg Angehörige verloren und finanzielle Verluste erlitten. Im Fall von Ginnys Mutter hatte es nahezu den völligen Ruin bedeutet. Ginnys Großeltern konnten ihren Kindern nur ihren Stolz und ihre Erinnerungen vermachen. Sie hatten die Werbung des jungen Kongreßmitglieds Thomas Jackson um ihre Tochter Rosemary eifrig unterstützt. Den Jacksons war es gelungen, sich ihr großes und elegantes Haus in Pointerstown zu erhalten. Verglichen mit den anderen verarmten Südstaatlern, waren sie noch verhältnismäßig wohlhabend. Und so war Rosemary Lee dankbar, Thomas Jackson als Ehemann ergattert zu haben, und ließ sich in Pointerstown nieder mit der Absicht, eine Familie mit vielen wohlerzogenen Kindern zu gründen. Sie gebar drei: Lucy, Robert und Virginia.

Aber die Dinge entwickelten sich anders, als Rosemary Jackson es sich vorgestellt hatte. Gewiß, sie lebten in Pointerstown, und sie liebte das Haus; sie hatten ihr schwarzes Personal und ihre Pferde und konnten sich einigen Luxus erlauben. Aber Thomas langweilte das Leben als Landbesitzer in Virginia, sehr zu Rosemarys Kummer. Er war von politischem Ehrgeiz erfüllt.

Sehr gegen Rosemarys Willen renovierte er das Haus in Georgetown, das der Familie gehörte. Es war ein bescheidenes Haus, schmal, hoch und eingeklemmt zwischen seinen Nachbarn. Und dort wohnte die Familie während der Zeit, da der Kongreß tagte.

Über die Jahre erwarb sich Thomas den Ruf eines geschickten Politikers, und als man ihn aufforderte, sich als Senator für Virginia aufstellen zu lassen, griff er zu. Aber er beriet diesen Schritt nicht mit Rosemary. Er hielt es für selbstverständlich, daß sie auch in der neuen Position die charmante Gastgeberin spielte, sich weiterhin im Bett und außerhalb des Bettes um ihn kümmerte und seine Kinder so erzog, wie er es für richtig befand. Die Meinungen von Frauen waren ihm unwichtig. Sie hatten ihren angestammten Platz als Ehefrauen und Mütter. Und den respektierte er und hoffte, seine Töchter würden dem Beispiel ihrer Mutter folgen. Dafür würden sie als Töchter eines Senators aufwachsen.

Thomas Jackson war lange genug in der Politik tätig, um zu wissen, daß eine rein südstaatliche Weltschau zu beschränkt war, besonders für die junge Generation. Und daher schickte er seine Kinder, als sie in ein Alter kamen, wo er fand, sie sollten ihren Horizont erweitern, in Schulen nach dem Norden.

Lucy und dann Ginny hatten die Schule von Miss Cole für höhere Töchter in Connecticut besucht, und Robert war nach der Prep-School nach Princeton gegangen und dann auf die Harvard Law School. Lucys totales Desinteresse an geistigen Dingen hatte ihren Vater enttäuscht, aber sie war ein sehr hübsches Mädchen und heiratete jung, wie ihr Vater erwartet hatte, und zwar einen durchaus annehmbaren Hauptmann, dem man im Verteidigungsministerium eine große Karriere voraussagte. Robert sollte auf Wunsch des Senators nach bestandenem Examen in einer Rechtsanwaltsfirma in Washington arbeiten. Nur Ginnys Zukunft hing noch in der Luft.

Ginny war keine Enttäuschung für den Senator. Sie war

keine Seifenreklamen-Schönheit wie Lucy, aber dafür eine auffallende Erscheinung: groß, kühn, mit anmutigen Bewegungen. Die Leute drehten sich nach ihr um, obwohl sie in keiner Weise dem Ideal einer südstaatlichen Rose entsprach. Sie zierte sich nicht und war überhaupt nicht kokett. Sie hatte ein energisches Kinn, eine hohe Stirn und hellgraue Augen. Ihr Anblick erinnerte den Senator an die edlen Vollblutfohlen in den Ställen von Pointerstown. Er gestand sich nur im stillen ein, daß sie sein Lieblingskind war.

Sie beendete die Schule von Miss Cole als Klassenerste und erstaunte Rosemary und entzückte ihren Vater mit der Erklärung, daß sie sich um einen Platz in Radcliffe beworben hatte und angenommen worden war. Rosemary vergoß viele Tränen über diese Entscheidung und sagte vorwurfsvoll, daß noch nie eine Frau aus ihrer Familie auf die Universität gegangen sei.

»Niemand wird sie je heiraten«, klagte sie ihrem Mann vor. »Lucy dagegen hat ihr Glück gemacht... Oh, warum kann Ginny nicht wie Lucy sein.«

»Zum Glück ist sie es nicht«, erwiderte der Senator.

Ginny blühte auf in der geistig anregenden Atmosphäre von Radcliffe; sogar der harte nordische Winter konnte ihr nichts anhaben. Wenn sie zu Weihnachten nach Hause kam, war ihre Mutter erleichtert zu sehen, daß sie ihre Familie zumindest nicht vernachlässigte. Da Ginny einen Bruder hatte, der in Harvard studierte, konnte sie mit jungen Männern gut umgehen und genoß die Tanzfeste in Washington. Rosemarys Ängste legten sich etwas, aber mit ihren Freundinnen sprach sie so wenig wie möglich über Ginnys Zukunft. »Oh, sie wird so wie Lucy eines Tages den richtigen Mann finden.«

Ginny verbrachte die langen Sommerferien in Pointerstown. Sie brachte einen Haufen Bücher mit und benutzte eifrig die Bibliothek ihres Vaters. Aber sie ritt auch jeden Tag. Reiten schien ihr so angeboren zu sein wie tanzen. Ihre Jazzplatten waren im ganzen Haus zu hören, und an den Wochenenden kamen die jungen Männer in Scharen an, um mit ihr zu tanzen. Aber jeden Morgen bei Sonnenaufgang ritt sie ein oder zwei Stunden, bevor die tägliche Hitze einbrach. Zuweilen fuhr sie nach Georgetown oder begleitete sogar ihre Mutter zu ihren eleganten Damentees. Sie ging mit den Freunden ihres Bruders Robbie aus oder mit jungen Männern, die im Senatsgebäude arbeiteten. Allerdings besuchte sie auch oft die Museen und das Smithsonian, sehr zum Mißvergnügen ihrer Mutter. Und jedesmal, wenn sie in Georgetown war, ging sie ins Senatsgebäude, wenn ihr Vater eine Rede hielt. Vater und Tochter kamen sich immer näher. Zu ihrem zwanzigsten Geburtstag schenkte er ihr eine in Leder gebundene Ausgabe der Encyclopaedia Britannica. Sie dankte ihm ernsthaft und sagte, sie würde die Lexika in ihr neues Heim mitnehmen. »Ich muß«, fügte sie hinzu, »meine Studien irgendwie fortsetzen.«

»Du... du willst doch nicht etwa Radcliffe verlassen?« Die Erwähnung eines neuen Heims hatte den Senator tief beunruhigt.

»Nein, Vater, aber ich heirate Alex McClintock.«

Der Senator ließ sich schwer in seinen Stuhl zurückfallen. »McClintock!« Er holte tief Luft. Sie saßen sich am Frühstückstisch in Pointerstown gegenüber.

»McClintock!« wiederholte er.

Der Name McClintock war in Washington, ja in ganz Amerika wohlbekannt. Es gab McClintock-Gebäude in der Hauptstadt, in Pittsburg, in der Wall Street und in Chicago und Büros in den verschiedensten Großstädten der Welt, ganz zu schweigen von den Fabriken. Der Senator unternahm nicht einmal die Anstrengung, sich an die unzähligen Produkte zu erinnern, die McClintock herstellte. Der jetzige McClintock hatte den Ruf, ein Mann zu sein, der seiner Zeit weit voraus war. Der erste McClintock war in Washington und Virginia verhaßt gewesen. Und sein Sohn, der jetzt als Eigentümer dieses finanzielle Imperium leitete, war auch nicht gerade beliebt. Der Enkel war dem Senator unbekannt. Und das war der Mann, den seine geliebte Ginny heiraten wollte!

James Alexander McClintock war am Ende des Sezessionskriegs in Washington aufgetaucht. Er kam aus New York, und ihm ging der Ruf voraus, ein Kriegsgewinnler zu sein. McClintock gab sich nicht einmal die Mühe, dies zu verneinen. Es kümmerte ihn anscheinend nicht, was die Südstaatler von ihm dachten. Er war nicht als ein unbekannter Abenteurer nach Washington gekommen, sondern als angesehener und in Finanzkreisen respektierter Mann. Die McClintock-Bank hatte die Unionsgruppen zum Teil finanziert und ihre Anleihen garantiert. In Pittsburg besaß McClintock große Stahlwerke, aber er war auch in Europa geschäftlich tätig, worüber aber wenig bekannt war. James McClintock hatte sich bei Andrew Johnson, dem neuen Präsidenten nach Lincolns Ermordung, vorgestellt. Dann hatte er sich ein wenig in Washington und anschließend in Virginia umgeschaut und schließlich für wenig Geld, weil der Krieg den Besitzer ruiniert hatte, Prescott Hill gekauft, eines der schönsten Vorkriegshäuser. Es stand, beschattet von hohen Eichen, auf einem grünen Hügel wie ein griechischer Tempel.

Hätte McClintock versucht, sich dem Lebensstil Virginias anzupassen, wäre er – oder wenn nicht er, dann doch zumindest sein Sohn – in die Gesellschaft aufgenommen worden. James McClintocks Frau war bei der Geburt ihres einzigen Kindes, eines Jungen, im Jahre 1877 gestorben. Nach ihrem Tod verbrachten Vater und Sohn McClintock nur wenig Zeit in Prescott Hill. Sie bauten ein großes Haus in der Hauptstadt, in der Massachusetts Avenue, das allgemein ein wenig spöttisch das McClintock-Palais genannt wurde.

Nichts veränderte sich, als James Alexander unerwartet jung starb. Andrew Alexander McClintock setzte das Werk seines Vaters fort. Es hieß, er sei sogar ein noch gewiefterer Geschäftsmann als sein Vater, jedoch höflicher im Umgang. Aber auch er ließ seine Nachbarn in Virginia links liegen. Er heiratete um die Jahrhundertwende eine russische Prinzessin. Als sie zwei Jahre später einen Sohn gebar, flüsterte man sich zu, daß die Zarin die Taufpatin sei. Die McClintocks bewohnten das Haus in der Massachusetts Avenue und ein großes Haus in New York. Die Juwelen der Prinzessin überstiegen alles bisher Dagewesene. Und als sie drei Jahre nach der Geburt ihres Sohnes mit ihrem Vetter und Liebhaber davonlief, ließ sie den größten Teil dieser Juwelen mitgehen und lebte von ihrem Verkauf. McClintock verzieh ihr nie. Er verweigerte ihr die Scheidung und ihr Kind. Sie starb verarmt 1920 an der französischen Riviera, ohne je ihren Sohn wiedergesehen zu haben.

McClintock führte ein zurückgezogenes Leben. Der Verrat seiner Frau hatte ihn verbittert; ihr Name durfte in seiner Gegenwart nicht genannt werden. Sein Sohn wuchs ohne persönliche Erinnerung an seine Mutter auf. Sein Vater unterhielt diskret eine Anzahl von Mätressen, heiratete aber keine von ihnen. Prescott Hill sah seinen Besitzer nur selten, stand jedoch immer für ihn bereit und wurde von einer großen Dienerschaft in Ordnung gehalten, denn McClintock erwartete, daß ihm, wenn er – meist unangemeldet – kam, das große Haus alle Bequemlichkeiten bot.

Der Börsenaufschwung in den zwanziger Jahren machte Andrew McClintock noch reicher, und lange bevor die Vereinigten Staaten 1917 in den Krieg eintraten, stellten seine Fabriken schon Waffen für die Alliierten her und belieferten, über neutrale Länder – so wurde gemunkelt –, sogar die Deutschen. Aber die Alliierten und später auch die Amerikaner benötigten McClintocks Waffen. Alle Welt verachtet zwar Waffenlieferanten, doch sie werden eben gebraucht.

Und nun saß Senator Jacksons geliebte Tochter Ginny ihm gegenüber und erklärte an ihrem zwanzigsten Geburtstag, daß sie vorhatte, den Sohn von Andrew McClintock zu heiraten. Er ging um den Tisch herum und setzte sich neben sie. Sie goß ihm gelassen eine Tasse Kaffee ein und stellte sie vor ihn hin. Er bemerkte es nicht einmal.

»Warum?« fragte er.

»Aus dem üblichen Grund. Ich liebe ihn.«

»Und er... dieser Alex McClintock?« Es fiel ihm schwer, den Namen über die Lippen zu bringen. Alex McClintock spielte genau wie sein Vater keine Rolle im gesellschaftlichen Leben Virginias. Niemand wußte, wann er auf seinem Landsitz war, aber irgend jemand hatte gesagt, fiel dem Senator jetzt ein, daß er an einer Jagd teilgenommen hatte.

»Er liebt mich auch. Warum sollte er sonst um meine Hand anhalten?«

»Aber wir ... wir kennen ihn nicht einmal.«

»Aber *ich* kenne ihn, Vater. Ich war es, die ihn zur Jagd eingeladen hat. Wir sind zwar nicht zusammen geritten, haben kaum miteinander geredet. Ich fand nur komisch, wie ihr ihn alle geschnitten habt.«

»Seit wann kennst du ihn?«

»Während der letzten drei Sommer bin ich, wann immer er in Prescott Hill war, mit ihm ausgeritten. Wir sind uns eines Morgens zufällig begegnet. Er ist ein ausgezeichneter Reiter. Ich ging damals noch in die Schule, aber er hat mich als erwachsene Dame behandelt.«

»Und seitdem?« Der Senator versuchte nicht, seine Skepsis zu unterdrücken.

»Er behandelt mich weiterhin als Dame. Er will mich heiraten. Und ich möchte, daß du heute abend auf der Party meine Verlobung bekanntgibst. Er fängt im Herbst an, bei seinem Vater zu arbeiten, und bis dahin will er verheiratet sein.«

»Nein, ich verweigere meine Einwilligung. Du weißt, in was für einem Ruf dieser Mann steht.«

»Ich weiß, in welchem Ruf sein Vater steht. Aber hast du jemals etwas gehört, was gegen Alex McClintock spricht?«

»Nein, aber auch nichts, was für ihn spricht.«

»Dann fälle keine Urteile! Wenn du deine Einwilligung verweigerst, heirate ich ihn dennoch, und wenn ich mit ihm durchbrennen muß.«

In seinen Augen glimmte ein schmerzliches Mißtrauen auf. »Ginny, du bist doch nicht etwa ...«

Sie beendete den Satz für ihn. »Du meinst schwanger? Nein, das bin ich nicht. Aber ich werde Alex heiraten, und zwar bald, weil er der einzige Mann ist, der zu mir paßt.«

»Ginny, du bist zu jung, um das zu sagen.«

»Was soll ich anderes sagen? Ich werde es mir noch mal

überlegen? Ich werde warten, bis ich dreißig bin und Alex verloren habe? Ich bin meiner Sache sicher, Vater, und wir werden meine Verlobung heute abend bekanntgeben. Alle Ehen sind ein Lotteriespiel, ich gehe das gleiche Risiko ein wie alle anderen. Entweder gewinne ich, oder ich verliere. Aber ich werde nicht verlieren, ich habe lange über das Für und Wider nachgedacht. Ich liebe ihn, Vater. Und ich habe auch den Vater von Alex kennengelernt. Er hat nichts gegen unsere Heirat.«

Das Gesicht des Senators rötete sich. »Das wäre ja noch schöner.«

»Vater, laß uns nicht länger diskutieren. Sag Mutter Bescheid, damit sie Zeit hat, über ihren hysterischen Anfall hinwegzukommen. Alex wird um halb zehn hier sein, um mit dir zu sprechen.«

»Zu gütig von ihm«, sagte der Senator bitter. »Vermutlich wird er wie ein Herr um deine Hand anhalten, obwohl er bereits deine Zustimmung hat.«

»Ich habe ihm mehr oder weniger einen Heiratsantrag gemacht. Ich fürchtete, er würde nicht bemerken, daß ich nunmehr erwachsen bin. Aber ich bin erwachsen und habe vor, zu tun, was ich will. Und wenn du in diese Ehe nicht einwilligst und mich zwingst, das Ganze allein durchzustehen, werde ich nie wieder mit dir sprechen.«

Der Senator musterte sie traurig; sie sah ihn so offen und ehrlich an, daß er an keinem ihrer Worte zweifelte.

Die Wirkung von Ginnys Neuigkeit auf ihre Mutter war, wie Ginny es vorausgesehen hatte. Sie weinte und machte ihrer Tochter bittere Vorwürfe, bis zu dem Moment, wo der Butler Alex anmeldete. Als Ginnys Eltern ihn erblickten, wußten beide, daß aller Widerstand vergeblich war.

Alex sah überwältigend gut aus: schwarze Haare, regelmäßige Züge, dunkle, gerade Augenbrauen, dunkelgraue Augen. Er war einfach ein anderes Format als die gutgewachsenen, aber etwas dümmlich dreinblickenden Jünglinge aus der Nachbarschaft. Wäre seine Aussprache nicht so typisch amerikanisch gewesen und hätten seine höflichen Manieren ihn nicht sofort als Südstaatler gekennzeichnet, hätte man annehmen können, er sei unmittelbar aus einer der Erzählungen des alten Rußlands herausgetreten. Rosemary fragte sich, ob ihre Tochter sich in den Prinzen aus *Schwanensee* verliebt hatte. Und Alexander McClintock, Enkel eines Kriegsgewinnlers schottischen Ursprungs, war tatsächlich ein russischer Prinz. Rosemary, die voller matronenhafter Würde und Empörung in der Zimmermitte gestanden hatte, sank plötzlich in einen Sessel. Was konnte man sagen – angesichts eines solchen Mannes?

Die Verlobung wurde noch am gleichen Abend auf der Party bekanntgegeben. Die vornehme Gesellschaft von Virginia musterte Alex McClintock von Kopf bis Fuß und war beeindruckt. Die Heirat sollte in einem Monat stattfinden. Und die Matronen stellten sich die gleiche Frage wie der Senator: Warum die Eile? Woher die Zeit nehmen, eine so große Hochzeit auszurichten? Man hatte kaum Gelegenheit, Hochzeitsgeschenke zu kaufen. Wohin sollte die Hochzeitsreise führen? wurde Ginny gefragt. Sie wüßten es selbst noch nicht, hatte Ginny geantwortet. Vielleicht würden sie sich einfach ins Auto setzen und ins Blaue fahren. Diejenigen, die sich eine lange Europareise ausgemalt hatten, waren enttäuscht. Alles schien so hastig zusammengeflickt, eher schäbig statt der erwarteten Pracht.

Die Hochzeit in Pointerstown war keine Enttäuschung. Der Senator leerte, bildlich gesprochen, seine Taschen aus, um ein unvergeßliches Hochzeitsfest zu veranstalten und seiner Tochter eine Aussteuer mitzugeben, über die weder Andrew McClintock noch irgend jemand im Land die Nase rümpfen konnte. Er schickte Ginny nach New York zum Einkaufen. Und die Gäste stellten fest, daß sie doch genug Zeit hatten, passende Hochzeitsgeschenke zu finden. Und da die McClintocks großen Einfluß hatten, gaben sie mehr Geld aus, als wenn eins der Nachbarskinder geheiratet hätte. Ein jeder riß sich um eine Einladung, wenn immer möglich für den großen Hochzeitsball in Prescott Hill. Endlich wurden diese abweisenden Türen geöffnet.

Auch Prescott Hill war keine Enttäuschung. Es war ein prachtvolles Haus, obwohl es trotz der festlichen Beleuchtung und der Fülle von Blumen so unbewohnt wirkte, wie jeder es erwartet hatte. Die Frauen schätzten die Preise der Teppiche, Vorhänge, Kronleuchter und des Silbers und zählten diskret die vielen marmornen Badezimmer.

Andrew McClintock kam gleichfalls auf seine Kosten. Er hatte sein Schlafzimmer betreten und dort eine berühmte Washingtoner Gastgeberin vorgefunden und gefragt: »Kann ich Ihnen irgendwie zu Diensten sein, Madam?«

Ginny und Alex verbrachten zwei idyllische Wochen in Prescott Hill. Sie ritten durch den Zedernwald, den James Alexander anlegte, als er das Haus gekauft hatte. Sie galoppierten über die Felder, lasen in der reich ausgestatteten Bibliothek und liebten sich, wann immer sie Lust hatten. Die Diener und Stallknechte verzogen sich diskret, wenn sie des jungen Paars ansichtig wurden. Sie erzählten niemandem, wo sich die jungen McClintocks aufhielten. Telefonanrufe wurden vom Butler höflich, aber abschlägig beantwortet. Alle Angestellten wußten, daß, wenn die Anwesenheit von Ginny und Alex bekannt würde, sie allesamt am nächsten Tag von Andrew McClintock entlassen würden. Nur der Butler bediente die beiden und zog sich dann umgehend zurück.

In den frühen Morgenstunden wurde das Schwimmbecken gereinigt, das einem griechischen Tempel nachempfunden war und echte Marmorsäulen aufwies. Tagsüber durfte sich das Personal dem Schwimmbecken nicht nähern, aber sogar in der Nacht konnte man das Lachen und Planschen des jungen Ehepaars hören. Ginny hatte nicht gewußt, daß ein Mensch so glücklich sein konnte.

Nach zwei Wochen zogen sie in das McClintock-Palais in der Massachusetts Avenue, wo sie vorerst zu wohnen gedachten, da Alex seine geschäftliche Tätigkeit im McClintock-Büro in Washington begann. Im ersten Jahr sollte er hauptsächlich in der juristischen Abteilung arbeiten. Sein Vater würde weiterhin das Wall-Street-Büro leiten und öfter nach Washington kommen.

Ginny warf einen letzten sehnsüchtigen Blick auf Prescott Hill, als sie abfuhren. Würde sie jemals wieder so wundervolle Tage erleben? »Wir kommen so oft wie nur irgend möglich hierher zurück«, versprach ihr Alex.

Das McClintock-Palais bedrückte Ginny. Es war vollgestellt mit den schweren Möbeln aus den letzten Jahren des neunzehnten Jahrhunderts. Es hatte einen Ballsaal, eine Marmorfontäne in der Eingangshalle und einen Wintergarten. Die Dienerschaft war schweigsam und beflissen. Ginny hatte alles, was eine Frau sich wünschen konnte.

Aber sie fand das Haus kalt und steif, und weder sie noch Alex hatten vor, riesige Gesellschaften zu geben. Darin glich Alex seinem Vater, und Ginny wollte vorläufig nur mit Alex zusammensein. Sie mußte sich erst daran gewöhnen, eine verheiratete Frau zu sein, und dazu noch eine Frau, die die McClintock-Millionen geheiratet hatte. Was ihr am meisten mißfiel, war, daß Andrew McClintock das Haus noch immer als sein Heim zu betrachten schien. Er kam zwar nicht sehr oft, aber wenn, dann, wie früher auch, unangemeldet. Ginny beobachtete, daß jeden Morgen in die Zimmer, die er benutzte, frische Blumen gebracht wurden und das Bett neu überzogen wurde. Und jeden Abend wurde an dem langen Tisch im getäfelten Speisezimmer für ihn gedeckt. Ginny fand es nervenaufreibend, ständig auf einen Besucher vorbereitet zu sein, der so selten kam. Wenn er da war, litt sie unter dem Zwang, den Alex und sie sich in seiner Gegenwart auferlegen mußten. Sie sehnte sich zuweilen nach ihrem sehr viel bescheideneren Elternhaus in Georgetown.

Aber Alex machte all diese Nachteile wett. Die Flitterwochen dauerten fort. Er schickte ihr Blumen und kleine Geschenke; besonders freute sie sich über die Bücher, die ein Bürobote ihr manchmal am Nachmittag brachte, weil das bedeutete, daß Alex sich in der Mittagspause die Zeit genommen hatte, sie auszusuchen. Sie wußte instinktiv, daß sie nicht telefonisch von seiner Sekretärin bestellt worden waren. Er schenkte ihr kleine Schmuckstücke. Sie machten ihr mehr Freude als die wertvollen Stücke, die er sich hätte leisten können. Er brachte abends oft Arbeit mit nach Hause, und dann saßen sie friedlich beisammen in der Bibliothek, sie lesend, er arbeitend. Und so saßen sie auch eines Abends zusammen, als die Tür sich öffnete und Andrew McClintock unangemeldet eintrat.

Alex stand auf. »Vater, ich finde, du hättest Ginny telefonisch benachrichtigen sollen. Du kannst doch hier nicht einfach ...«

Sein Vater unterbrach ihn brüsk. »Ginny hat Angestellte, die sich um meine Bedürfnisse kümmern. Ich verabscheue Hotels. Ich habe Taylor gesagt, was ich zu essen haben will, und angeordnet, daß es mir auf einem Tablett hier serviert wird.« Er trat an den Schreibtisch, an dem Alex arbeitete, und blickte, ohne um Erlaubnis zu fragen, auf die Papiere. »Freut mich zu sehen, daß du fleißig bist.« Er entzifferte den Titel von dem Buch, das Ginny las: Hazlitts Essays. »Du solltest dich an amerikanische Autoren halten.«

Alex sagte: »Überlaß bitte Ginny die Auswahl ihrer Lektüre.«

Sein Vater lachte. »Der ritterliche junge Ehemann! Ich habe nicht den Eindruck, daß Ginny auf den Mund gefallen ist. Aber es freut mich zu sehen, daß ihr beide eure Zweisamkeit genießt. Zu viele verdammte Partys in diesem Washington, wenn ihr mich fragt.« Er sah wieder Ginny an. »Dennoch, als Tochter eines Politikers solltest du wissen, wieviel Geschäfte auf diesen Partys besprochen werden. Du solltest anfangen, kleine Diners zu geben. Dieses Haus hat keine Gastgeberin gehabt, seit ... nun, seit langer Zeit. Ich brauche dir, als Tochter eines Senators, nicht zu sagen, wie sehr eine Ehefrau – eine geschickte Ehefrau – die Karriere ihres Mannes fördern kann. Eine Einladung ins Haus McClintock würde ohnehin keiner ablehnen, selbst wenn die Gastgeberin ein barfüßiges Kind aus den Hügeln wäre.«

Ginny wußte, daß seine Einwilligung zu Alex' Heirat mit einem armen Mädchen stark davon beeinflußt worden war, daß ihr Vater ein einflußreicher Politiker und ihre Mutter eine allseits bewunderte Gastgeberin war. Und daher machte sie sich keine Illusionen über die Erwartungen, die ihr Schwiegervater in sie setzte.

»Ich finde, man sollte allen jung verheirateten Paaren eine gewisse Schonfrist einräumen, Schwiegervater.« Die Anspielung auf das barfüßige Kind aus den Hügeln hatte sie verärgert. »Schließlich erwartest du große Dinge von Alex. Du willst doch nicht, daß die Leute vor ihm liebedienern, nur weil er dein Sohn ist. Und was mich betrifft, so gönne mir noch etwas Ruhe, bevor ich mich in den gesellschaftlichen Trubel stürze. Ich erwarte nämlich ein Kind.«

Die beiden Männer starrten sie einen Augenblick lang sprachlos an. »Ginny!« Alex' Stimme verriet, daß er tief verletzt war. »Du hast mir nichts davon gesagt. Ich hätte der erste sein sollen –«

»Ich weiß es mit Bestimmtheit erst seit heute. Ich wollte warten, bis du mit deiner Arbeit fertig bist und deinen abendlichen Whisky trinkst.« Sie sah Alex um Verzeihung bittend an. Er ging zu ihr hinüber und küßte sie auf den Mund.

»Dank dir, mein Liebling. Hoffentlich wird es ein Mädchen. Ich hätte so gerne eine zweite Ginny.«

»Und ich, verdammt noch mal, hoffe, es ist ein Junge«, sagte Andrew McClintock. Auch er ging zu Ginny und küßte sie auf die Wange. Es war das erste Mal, daß er dies tat; nicht einmal an ihrem Hochzeitstag hatte er ihr einen Kuß gegeben. »Meinen Glückwunsch, Ginny, und laß noch viele Kinder folgen, Mädchen und Jungens. Ich habe immer bedauert, daß Alex keine Geschwister hat.« Er ging zur Klingelschnur und zog an ihr. »Das ist eine Gelegenheit, Champagner zu trinken.«

Als er seine leichte Mahlzeit eingenommen hatte und die Flasche Veuve Cliquot getrunken war, ging Andrew McClintock zu einem Wandsafe, von dessen Existenz Ginny bislang nichts gewußt hatte. Der Safe befand sich hinter einer Reihe von Bücherattrappen, die ihr in diesem Raum, der Tausende von Büchern enthielt, nie aufgefallen war. Andrew McClintock brauchte charakteristischerweise die Kombination nicht nachzusehen. Er schob ein Bündel von Papieren beiseite und nahm einen großen flachen Schmuckkasten heraus. »Ich habe ihn aus der Bank geholt, in der Hoffnung, bald diese gute Nachricht zu hören. Hier, meine Liebe. Wenn das Baby zur Welt gekommen ist, werden wir ein großes Tauffest veranstalten. Ach was, wir werden einen Ball geben, damit du ein Abendkleid tragen kannst. Eigentlich müßten die Steine neu gefaßt werden, sie sehen ein wenig altmodisch aus.«

Er hielt ihr die Kassette hin, in der eine Halskette mit Smaragden und Diamanten lag, mit dazu passenden langen Ohrringen und einem Armband. Ginny hatte in ihrem Leben noch nie so prachtvolle Schmuckstücke gesehen. Sie schnappte nach Luft. Ihr war klar, daß diese Schmuckstücke zu denen gehörten, die die russische Prinzessin hatte zurücklassen müssen. Sie wich zurück. Ein Mädchen von zwanzig konnte unmöglich so wertvolle Juwelen tragen; sie waren für eine Herzogin, eine Königin geeignet. »Ich kann nicht...«

»Sei nicht verrückt, Kind. Du bist jetzt eine McClintock. Abgesehen davon werden sie dir stehen.« Es war das erste Kompliment, das er ihr gemacht hatte.

Alex legte den Arm um sie. Weder er noch sie warfen einen zweiten Blick auf den Inhalt der Kassette. Ginny dachte an die schlichten, zierlichen kleinen Schmuckstücke, die er ihr geschenkt hatte. Sie waren ein Ausdruck seiner Liebe und bedeuteten ihr daher viel mehr als diese großen, unpersönlichen Steine.

Sie hatten Andrew McClintock und seine Geschmeide aus ihrer Intimität ausgeschlossen und merkten an seinem gereizten gute Nacht, daß es ihm mißfallen hatte. Er war es nicht gewohnt, links liegengelassen zu werden. Als die Bibliothekstür sich hinter ihm schloß, legte Alex wieder den Arm um sie. »In Zukunft wollen wir uns alle wichtigen Dinge gleich mitteilen, sonst nimmt er sie uns fort.« Er blickte sich um. »Dieses verdammte Haus! Wir hätten nie hier einziehen sollen. Nach der Geburt des Kindes werde ich ihm sagen, daß wir ein eigenes Zuhause haben wollen. Wir müssen uns von ihm lösen ... Noch ein Jahr, und ich kann über mein ererbtes Vermögen frei verfügen – dann kann er uns den Buckel runterrutschen.« Er hatte noch nie so offen über seinen Vater gesprochen. »Ich hoffe, es wird ein Mädchen. Recht würde ihm geschehen!«

Die Monate der Schwangerschaft bedrückten Ginny, oder vielleicht, dachte sie, war es die Atmosphäre des Hauses. Andrew McClintock erschien jetzt häufiger und fragte sie mit einer geradezu peinlichen Genauigkeit über ihre Gesundheit aus. Sie hatte ihn sogar im Verdacht, mit ihrem Arzt in Verbindung zu stehen. »Nun, du kommst aus einer gesunden, fruchtbaren Familie. Wie ich höre, erwartet deine Schwester Lucy ihr zweites Kind.«

Sie fuhren jedes Wochenende nach Prescott Hill, um dem Stadthaus und, wie sie hofften, Andrew McClintock zu entfliehen. Aber er folgte ihnen oft nach. Und er lud sogar, um seine schwangere Schwiegertochter bei guter Laune zu halten, gelegentlich den Senator und Rosemary zum Essen ein, aber alle anderen Besucher wurden verbannt. »Ginny muß sich schonen!« Eines Morgens in der Frühe, als er zufällig in den Stallhof kam, entdeckte er Ginny und Alex, die bereits beide im Sattel saßen. Er brüllte vor Wut: »Bist du von Sinnen, du dumme Gans. Du riskierst, meinen Enkelsohn zu verlieren! Steig sofort ab! Aber gib acht!« Er winkte den Stallburschen heran. »Halten Sie das verdammte Pferd in drei Teufels Namen und helfen Sie Mrs. McClintock aus dem Sattel.« Als Ginny abgestiegen war, wandte er sich an die Stallburschen. »Sollte einer von euch je wieder ein Pferd für meine Schwiegertochter satteln, dann seid ihr alle zusammen fristlos entlassen. Mrs. McClintock darf *nicht* reiten.«

Dann wandte er sich an seinen Sohn. »Und du bist der größte Idiot aller Zeiten. Verstehst du denn nicht, wie gefährlich es ist?«

Alex ließ sich aus dem Sattel gleiten, gab dem Stallburschen die Zügel und sagte mit schneidend kalter Stimme: »Die Stute ist so harmlos wie ein ausgestopftes Kaninchen. Wir hatten nicht vor, schneller als im Schritt zu reiten. Der

Arzt hat gesagt, ein wenig Bewegung täte Ginny gut. Komm Ginny, laß uns spazierengehen.«

Nach diesem Vorfall wurde die Atmosphäre immer gespannter. Ginny zählte verzweifelt die Monate bis zur Geburt ihres Kindes und Alex' Geburtstag, an dem er an sein eigenes Vermögen herankäme. Sein Vater hatte ihm bei seiner Geburt eine große Summe Geldes überschrieben, aber unter der Bedingung, daß es bis zu Alex' Eintritt in die Firma von Treuhändern verwaltet wurde. Vermutlich bereute Andrew McClintock jetzt seine großzügige Geste, aber sie war nicht mehr rückgängig zu machen. Ginny fing langsam an zu begreifen, daß die Geschenke, mit denen Andrew McClintock sie überhäufte, eine Art von Bestechung waren. Er lebte in der Angst, sie würde ihm Alex abspenstig machen. Und seinen Sohn zu verlieren, war für ihn ein unerträglicher Gedanke.

Seit dem Zwischenfall in Prescott Hill gab sich Andrew McClintock sichtlich Mühe, rücksichtsvoller zu sein. Er meldete jetzt seine Besuche in Washington telefonisch an und bat fast unterwürfig, ob es Ginny genehm wäre, wenn er nach Prescott Hill käme.

Sie fuhren an einem Wochenende Ende März nach Prescott Hill. Andrew McClintock begleitete sie. Ginny war im sechsten Monat. »Dies ist der letzte Besuch hier, bevor das Kind zur Welt kommt«, sagte ihr Schwiegervater streng. »Ich will, daß du in der Nähe eines Krankenhauses bist. Wir können nicht riskieren, daß du in dieser Bauern-Klinik hier niederkommst.«

Weder Alex noch Ginny protestierten. In wenigen Monaten würden sie von ihm unabhängig sein.

Sie gingen in den Stallhof, und Alex schwang sich für seinen sonntäglichen Ausritt in den Sattel. Sie beneidete ihn ein wenig. Er beugte sich zu ihr hinab. »Schau nicht so verloren drein, Liebling. Ich bin in einer Stunde zurück. Bald können wir wieder zusammen reiten.«

Sie fing erst an, sich Sorgen zu machen, als sie feststellte, daß Alex fast zwei Stunden fort war. Sie zog sich ihren Mantel an und ging in den Stallhof, in der Erwartung, ihn dort im Gespräch mit dem Stallmeister vorzufinden. Aber er war nicht da. Ned, der Stallmeister, kam auf sie zugelaufen. »Er ist noch nicht zurück, Mrs. McClintock. Vermutlich ist er etwas weiter als geplant geritten.« Doch als er ihren besorgten Ausdruck sah, fügte er hinzu: »Wenn Sie wollen, sage ich zwei von den Burschen, sie sollen ihm entgegenreiten. Wissen Sie, welche Richtung er eingeschlagen hat?« Sie schüttelte den Kopf. »Machen Sie sich keine Sorgen, Mrs. McClintock, vielleicht hat Old Boy ein Hufeisen verloren oder ist lahm geworden, und Mr. McClintock muß ihn am Zügel heimführen. Gehen Sie bitte wieder ins Haus, es ist kalt hier draußen. Ich rufe sofort an, wenn er eintrifft.«

Als Alex eine halbe Stunde später noch nicht da war, ging sie zu Andrew McClintock. »Warum, zum Teufel, sagst du mir erst jetzt, daß er noch nicht zurück ist?« rief er zornig. Er griff sofort zum Telefon und ließ sich mit den Ställen verbinden. »Noch nicht zurück?« brüllte er Ned an. »Dann schicken Sie alle verfügbaren Leute in Fahrzeugen aus. Sie sollen alle Wege abfahren, alle Orte absuchen, wo er sein könnte. Warum haben Sie ihn, verdammt noch mal, nicht gefragt, wohin er reitet? Was, sagen Sie, das ist nicht Ihre Aufgabe? Wofür zahle ich Sie denn, Mann!«

Der Morgen lag bleiern auf ihnen. Andrew McClintock saß neben dem Telefon. Er hatte widerwillig die Polizei alarmiert. Ein Rettungswagen und ein Arzt standen bereit.

Sie fanden ihn mit dem Gesicht nach unten in einem flachen Graben liegen. Old Boy graste drei Meilen entfernt. Eine klaffende Stirnwunde zeigte, daß er von einem tiefhängenden Ast getroffen worden war. Andrew McClintocks erste Reaktion auf den Tod seines Sohnes war nicht Trauer, sondern ein Wutanfall. »Dieser verdammte Idiot! Er muß die Kontrolle über das Pferd verloren haben. Irgendeine Kleinigkeit muß das Tier erschreckt haben. Vielleicht eine Schlange, und es ist mit Alex durchgegangen, und das in dem dichten Unterholz! Erschießt das verfluchte Viech! Oh, verdammt noch mal! Alex, du Narr! Du Narr!«

Er bemerkte plötzlich den verzweifelten Ausdruck seiner Schwiegertochter und sah, daß sie schwankte. Er rief laut nach dem Butler. »Holen Sie einen Arzt.« Dann wandte er sich an Ginny. »Alex ist tot, aber wehe, du verlierst meinen Enkelsohn! Ich verbiete dir, eine Fehlgeburt zu haben! Hörst du mich? Ich verbiete es dir!«

Als Ginny benommen aus ihrem Betäubungsschlaf erwachte, lag sie in dem Bett, das Alex und sie geteilt hatten. Ihre Hand glitt langsam und zögernd über das leere Kopfkissen neben ihr. »Ich liebe dich«, flüsterte sie.

Das Flüstern rief den Doktor und Andrew McClintock vom anderen Ende des Zimmers herbei und ebenfalls ihren aus Washington herbeigeeilten Gynäkologen. Andrew McClintock ergriff linkisch, aber voller Mitgefühl ihre Hand, eine Geste, die sie bei ihm nicht für möglich gehalten hätte.

»Es ist hart für dich, Ginny, ich weiß, auch ich habe ihn geliebt.« Sie sah, daß sich tiefe Kummerfalten in sein Gesicht eingegraben hatten. »Aber du bist eine starke und gesunde Frau. Wir haben Alex verloren, aber behalte sein Kind.« Er sagte nicht mehr: deinen *Sohn*.

Ginny wurde nicht erlaubt, an der Beerdigung in Prescott Hill teilzunehmen. Sie wurde im Rettungswagen nach Washington zurücktransportiert. Die verschiedenen Ärzte, die Andrew McClintock zugezogen hatte, rieten von weiteren Beruhigungsmitteln ab, da sie sich schlecht auf das Baby auswirken könnten. Ihre Mutter saß Tag und Nacht an ihrem Bett.

»Ich habe ihn geliebt«, sagte Ginny.

»Ich weiß. Ihr wart das schönste Paar, das ich je im Leben gesehen habe. Du hast etwas ganz Seltenes und Wunderbares erlebt. Versuche, dir einen Teil davon zu erhalten. Aber vor allem ruhe dich jetzt aus. Dein Vater und ich werden bei dir bleiben. Wir lassen dich nicht im Stich.«

Ginny ahnte nichts von den wütenden Auseinandersetzungen zwischen Andrew McClintock und ihren Eltern. Später erfuhr sie einiges davon. »Ich lasse nicht zu, daß man sie wie eine Invalide in dieses Mausoleum einsperrt«, hatte Rosemary zornig zu McClintock gesagt. Sie verstand allmählich, warum Ginny das Stadthaus wie ein Gefängnis empfand. »Sie hat eine glückliche Jugend in Pointerstown verbracht. Lassen Sie sie dorthin zurückkehren. Ich gebe Ihnen mein Ehrenwort, daß ich nicht von ihrer Seite weichen werde. Und wenn sich die Zeit ihrer Niederkunft nähert, kommen wir nach Georgetown zurück.«

Sie schlossen schließlich einen Kompromiß. Ginny fuhr nach Pointerstown und blieb dort bis zum Ende des achten Monats. Dann kehrte sie in Begleitung ihrer Mutter und einer etwas eingeschüchterten Lucy, die ihr zweites Kind nährte, ins McClintock-Palais zurück. Zu genau dem richtigen Zeitpunkt setzten die Wehen ein. Ginny fuhr ins Krankenhaus und gebar ohne Komplikationen den Enkelsohn, den Andrew McClintock sich so sehnsüchtig gewünscht hatte. Sie küßte sein feuchtes, dunkles Haar. »Mein Alex...«

Nach einer Weile, als sie sich wieder kräftiger fühlte und ihre Lebensgeister zurückkehrten, bereitete Ginny sich im stillen auf den Kampf mit Andrew McClintock um das Kind vor. Natürlich mußte er seinen Enkelsohn sehen können, sooft er wollte, aber sie würde keinesfalls zulassen, daß er von ihm Besitz ergriff. Das Kind durfte unter keinen Umständen so einsam und verwöhnt aufwachsen wie sein Vater.

Nach der Geburt lebte sie monatelang hauptsächlich in Pointerstown, aber sie wußte, das war keine Dauerlösung. Ginny suchte verzweifelt nach einem neuen Lebensinhalt. Noch nahm das Baby jede Minute ihres Tages in Anspruch, aber das würde nicht mehr lange so bleiben. Sie lehnte, zur Wut ihres Schwiegervaters, eine Kinderschwester ab. »Ich will mich selbst um mein Kind kümmern und bin durchaus fähig dazu.«

Dann kam die Taufe. Andrew McClintock hatte beschlossen, für diese Gelegenheit seine Abneigung gegen Geselligkeit zu überwinden. Er fragte Ginny, für seine Verhältnisse fast demütig, ob es ihr recht sei, wenn er nach der Taufe ein kleines Fest in der Massachusetts Avenue geben würde. »Alex ist schließlich das einzige Enkelkind, das ich je haben werde.« Ginny brachte es nicht über sich, nein zu sagen. Das Kind wurde auf den Namen Lee Andrew Alexander McClintock getauft.

Ein Richter des Obersten Bundesgerichts und die Frau des Präsidenten waren die Taufpaten. Ginny kannte sie nicht einmal, aber sogar Rosemary war von ihrer Prominenz beeindruckt. Der Empfang war luxuriös, und die Menschen drängten sich. Es waren viel mehr, als Ginny angenommen hatte. Sie sah plötzlich Lucy, die sich durch die Menge drängte. »Mr. McClintock hat mich persönlich brieflich eingeladen. Er hat meine Reise bezahlt. Tut mir leid, daß ich die Taufzeremonie verpaßt habe, aber in Chicago klappte es mit dem Anschlußzug nicht. Zeig mir das Baby. Oh, Ginny, er ist Alex wie aus dem Gesicht geschnitten. Er ... er ist ... schön.« Zu Ginnys Erstaunen beugte sie sich hinunter und küßte zart den Kopf des Babys. »Ich hoffe, du siehst mich auch als seine Patin an. Ich kann recht gut mit Kindern umgehen. Und dieses Kind wird es nicht leicht haben.« Es war eine seltsam weise Bemerkung für Lucy. Nicht viele hätten eine schwierige Zukunft für Andrew McClintocks einzigen Enkel vorausgesagt.

Zum Schluß sagte Andrew fast feierlich: »Du hast dich gut gehalten, Ginny. Ich weiß, es ist nicht leicht für dich, aber ich habe immer gewußt, daß du es überstehen wirst, daß du lernst, mit deinem Kummer zu leben. Und nun möchte ich dich noch um etwas bitten.«

Sie machte sich innerlich auf eine weitere anspruchsvolle Bitte ihres Schwiegervaters gefaßt.

»Ich habe gewisse finanzielle Vorkehrungen getroffen. Schau mich bitte nicht so an. Meinst du, ich würde zulassen, daß dein Vater bis ans Ende seines Lebens für meinen Enkel aufkommt? Ganz abgesehen davon, daß er es sich nicht leisten kann.« Er hob die Hand. »Laß mich ausreden. Wenn Alex ein wenig länger gelebt hätte, wäre ihm sein treuhänderisch verwaltetes Vermögen ausgezahlt worden und er hätte mich zum Teufel jagen können, falls er es gewollt hätte. Nun, wie du weißt, ist das Geld an mich zurückgefallen, weil Alex vor seinem Geburtstag gestorben ist. Und nun habe ich es dem jungen Alex überschrieben. Und was ich jetzt vorhabe, ist, dir unter den gleichen Bedingungen eine gewisse Geldsumme zur Verfügung zu stellen.« Er hob wieder die Hand. »Laß mich ausreden. Du kannst von den Zinsen leben, aber an das Kapital kommst du nicht heran. Du wirst dein reichliches Auskommen haben, aber du wirst nicht reich genug sein, um Glücksritter diesseits oder jenseits des Atlantiks anzulocken. Natürlich, wenn McClintock sich vergrößert, werden deine Aktien mehr einbringen.

Ich hoffe, du wirst auf meinen Vorschlag vernünftig reagieren. Das Einkommen aus dem Vermögen deines Sohnes steht dir als seiner Mutter nach Absprache mit den Treuhändern ebenfalls zur Verfügung. Es soll dazu verwandt werden, ihn zu kleiden, zu ernähren und ihm eine erstklassige Erziehung zu geben. Er braucht eine Kinderschwester, und später muß er auf ein gutes Internat geschickt werden. Er braucht einen Chauffeur und einen Reitlehrer. Oh, ja, ich weiß, er wird reiten und all diese verdammt gefährlichen Dinge tun wollen, die Jungens tun müssen. Ginny, hör mir zu. Ich will nicht, daß du deinen Eltern auf der Tasche liegst, aber ich erwarte auch nicht von dir, daß du in diesem Haus lebst. Ich weiß, du und Alex habt es gehaßt und wolltet an dem Tag, an dem er an sein Vermögen herankonnte, ausziehen. Ich hatte mich damit abgefunden. Es war eine von diesen heißspornigen Reaktionen, die man von einem jungen Paar erwartet. Ich hätte Alex verachtet, wenn er hier weiter gewohnt hätte. Ich erwarte von dir daher nicht, daß du hier lebst, aber ich werde das Haus behalten und es bewohnen, wenn ich in Washington bin.

Ich habe mir ein Haus in Georgetown angesehen, nicht weit von deinen Eltern, aber auch nicht zu nah. Du brauchst deine Freiheit, du mußt Menschen treffen, dein Leben ist noch nicht vorbei. Und Alex muß mit anderen Kindern zusammenkommen. Wir müssen an seine Zukunft denken.

Wenn er zwanzig ist, wird er alle Leute, die in Washington und New York etwas darstellen, kennen. Der Senator und ich werden dafür sorgen. Aber fang erst mal mit dem Haus an. Geld hast du genug. Das übrige ergibt sich von selbst. Sprich mit deiner Mutter, besichtige mit ihr das Haus. Sag ihr, daß ich für alle Ausgaben aufkomme – Möbel, Vorhänge, was du brauchst. Es muß nur der Schwiegertochter von Andrew McClintock würdig sein. Ich will nicht, daß die Leute sagen, Alex habe dir keinen Cent hinterlassen.«

»Alex hat mir seinen Sohn hinterlassen.«

»Du bist störrisch wie ein Maulesel. Aber du kannst mich nicht daran hindern, den jungen Alex finanziell sicherzustellen, noch kannst du mich daran hindern, ihn zu sehen. Jeder Gerichtshof würde mir bescheinigen, daß ich das Recht habe, meinen Enkel aufzuziehen. Also, sieh dir das Haus an, oder finde ein anderes, wenn dir dein Stolz das gebietet. Aber sei nicht zu hartnäckig, Ginny. Dein Sohn wird es dir nicht danken.«

Sie war verblüfft, ihn so reden zu hören; er klang ganz anders als sonst. »Ich ... ich habe immer geglaubt ... daß du mich nicht magst. Ich hatte Angst, du würdest mir Alex fortnehmen.«

»Ich war nie glattzüngig, Komplimente machen ist nicht meine Sache. Da bin ich wie mein Vater, nur daß er noch schroffer war. Vermutlich hat die Russin mich deswegen verlassen. Schmuck, ein großes Haus und mehr Pelze als die Zarin genügten ihr nicht. Sie brauchte wohl Schmeicheleien, hübsche Redewendungen. Nun, ich rede sachlich mit dir, das ist so meine Art. Überleg dir alles gründlich, liebe Ginny.«

Er setzte seinen Willen durch, wie nicht anders zu erwarten war. Alles war zu gut durchdacht. Als der Senator die Einzelheiten erfuhr, sagte er: »Ich muß dich warnen, Ginny. Wenn du sein Angebot ablehnst, könntest du in die Lage kommen, einem Richter beweisen zu müssen, daß du nicht verrückt bist. Ja, er könnte dir sogar das Sorgerecht für Alex absprechen. Andrew McClintock war sehr schlau. Du hast ein großzügiges Einkommen. Deine Mutter wäre entzückt, wenn sie nur einen kleinen Teil davon für den Haushalt zur Verfügung hätte. McClintock wird das Haus, die Autos und alles andere gehören, und Alex' Einkommen deckt üppig seine Bedürfnisse. Der alte Mann gibt dir viel, aber bei weitem nicht alles. Nimm das Angebot an. Wie er sagt, dein Leben ist noch nicht vorbei.«

Und sie nahm es an. Es gab keine andere Möglichkeit. Aber sie bewarb sich um eine Stellung bei einem jungen Senator aus Connecticut und wurde angenommen. Die Arbeit füllte ihre Tage aus und brachte sie mit Menschen zusammen. Sie ging morgens gutgelaunt ins Büro, nicht besser und nicht schlechter gekleidet als die anderen Mädchen im Senatsgebäude. Mit einigen freundete sie sich sogar an, nachdem diese ihre Vorurteile gegen sie abgebaut hatten, weil sie die Tochter von Senator Jackson und die Witwe von Alex McClintock war. Witwe – das Wort klang seltsam in ihren Ohren.

Fast ein Jahr nach Alex' Tod rief Andrew McClintock sie an. »Kauf dir ein hübsches Kleid, Ginny, etwas, das zu den Smaragden paßt. Ich möchte, daß du als Gastgeberin fungierst bei einem Diner, das ich gebe. Die meisten Gäste sind so alt und vertrottelt wie ich, aber ich werde versuchen, einige jüngere Leute für dich einzuladen. Schade, daß du so jung bist. Hätte nie gedacht, daß Jugend ein Nachteil sein könnte.«

Die Einladung glich mehr einem Befehl, aber Ginny war darüber nicht verärgert. Andrew McClintock hatte sich erstaunlich rücksichtsvoll verhalten. Er besuchte seinen Enkelsohn regelmäßig, aber meldete sich immer vorher an. Er brachte wohl Geschenke mit, hatte sich hingegen offensichtlich dazu gezwungen, das Kinderzimmer nicht mit jedem in Washington erhältlichen Stofftier anzufüllen. »Ein prächtiges Bürschchen, nicht wahr? Genau wie sein Vater. Ich hatte immer Angst, Alex zu sagen, was für ein Prachtkerlchen er sei; ich fürchtete, er würde sonst zu eingebildet werden. Das Beste an einem Enkel ist, daß man nicht viel Einfluß auf ihn hat.«

Ginny machte sich keine Illusionen. Sie wußte nur zu genau, daß Andrew McClintock, solange er lebte, seinen Einfluß auf Alex geltend machen würde, ja sogar nach seinem Tod würde er durch sein Geld weiterhin Einfluß ausüben. Schon allein die Bedingungen, unter denen Alex erben würde, waren bezeichnend. Sollte sein Enkelsohn, wenn er erwachsen war, sich als unfähig erweisen, das Finanzimperium zu kontrollieren, dann würde das Geld so gebunden werden, daß Alex machtlos war. An ihn würden die gleichen hohen Anforderungen gestellt werden wie an seinen Vater.

Als Ginny vor Ankunft der Gäste im McClintock-Palais erschien, empfing ihr Schwiegervater sie in der Bibliothek, wo sie ihm und ihrem Mann ihre Schwangerschaft angekündigt hatte. Es war trotz aller Lederbände ein abweisendes Zimmer und wirkte leer ohne Alex. »Du siehst sehr elegant aus, Ginny, grün steht dir.« Er holte einige neue Samtschachteln hervor. »Ich habe die Steine neu fassen lassen. Alex und du, ihr hattet recht, damals warst du noch zu jung für den Schmuck, aber nun bist du eine junge Mutter, eine erwachsene Frau, behalte die Schmuckstücke von nun an.«

Es gab keinen Spiegel, als sie sich das Halsband umlegte, die Ohrringe anschraubte und das Armband schloß. »Es ist zu kostbar ... aber ich habe es aufgegeben, dir zu widersprechen ... zumindest wenn es sich um solche Dinge handelt.«

Er lachte. »Eines Tages werden wir uns vermutlich gut verstehen. So, und nun gehen wir noch einmal die Gästeliste durch. Du weißt, du bist hier nicht zum Vergnügen – eine gute Gastgeberin zu sein, ist harte Arbeit.«

Ginny war dankbar, daß ihre Eltern zugegen waren, als sie am Kopfende des langen Tisches Platz nahm. Sie und Alex hatten hier immer allein gegessen, und sie war jetzt erstaunt zu sehen, wie verändert und festlich der große Raum im vollen Licht der Kronleuchter mit dem Silber und den Kandelabern wirkte. Sie hatte nie das rot und goldene Service gesehen. Stammte es auch noch aus den Zeiten der Prinzessin? Sie befingerte nervös ihre Smaragde. Sie war überfordert. Aber Andrew regte sie wie eine Treibhauspflanze zu beschleunigtem Wachstum an.

Er gab weitere Abendgesellschaften, bei denen sie jedesmal die Gastgeberin spielte. Das erste Diner war wie eine offizielle Erklärung McClintocks gewesen, daß seine Schwiegertochter mit seiner vollen Zustimmung nicht mehr in Trauer war. Er hatte sogar erlaubt, daß die Presse darüber berichtete. Aber danach wurden die Journalisten wieder verbannt. Er empfing nur in seinem eigenen Haus und lehnte weiterhin alle Einladungen ab, aber empfahl Ginny, die an sie gerichteten anzunehmen. »Du mußt unter Menschen kommen.«

Sie wußte, ihre Gastgeberinnen gaben sich Mühe, standesgemäße Junggesellen für sie zu finden. Sie wurde öfter mit ihrem Bruder Robbie eingeladen, bis dieser sich verlobte. Sie sprach mit den jungen Männern über Dinge, die diese interessierten. Da die meisten für die Regierung arbeiteten, war Politik das Hauptgesprächsthema. Und durch ihren Vater war sie darüber gut informiert. Aber sie fand die Gleichförmigkeit dieser jungen, ehrgeizigen Leute langweilig, und wenn sie in der Industrie waren, hielt keiner dem Vergleich mit Alex stand.

Ihr war von Anfang an aufgefallen, daß bei jeder Abendgesellschaft, ob groß oder klein, ein Name fast immer auf der Gästeliste stand: Blair Clayton. »Ausgezeichneter Mann, dieser Blair«, sagte Andrew beiläufig. »Und das sag ich selten von jemand. Er arbeitet für mich ... nein, das stimmt nicht ganz. Er war ein Teil des Koppelungsgeschäfts, als letztes Jahr die Clayton-Bank, New York, und McClintock fusionierten. Er hat Alex gut gekannt. Ich bin froh, ihn zu haben. Er ist ein schlauer Fuchs und kennt sich in Europa gut aus. Er ist mit der Clayton-Handelsbank in London verwandt. Sie wickeln viele meiner Auslandsgeschäfte ab. Die Fusion mit den Claytons schloß auch eine große Schweizer Pharmafirma ein. Ein Gebiet, auf dem die McClintocks schwach waren. Seine Mutter war Engländerin. Sie ist gestorben. Sein Vater hat sich pensionieren lassen. Er soll sehr krank sein. Blair verbringt viel Zeit in London, um seine Interessen wahrzunehmen, die jetzt auch die unsrigen sind.«

»Und was noch?«

»Was soll ich dir sonst noch erzählen?«

»Nun, zum Beispiel, daß er geschieden ist, keine Kinder hat und wohl der begehrteste Heiratskandidat diesseits und jenseits des Atlantiks ist. Gute Familie, Geld, charmant, wohlerzogen, ja sogar gutaussehend. Hast du ihn für mich ausgesucht? Er ist der einzige, der Alex halbwegs das Wasser reichen kann.«

»Ginny, das ist deine Angelegenheit. Vielleicht macht er sich nichts aus dir. Woher soll ich das wissen? Du stellst hohe Ansprüche an Männer. Und deshalb habe ich ihn öfter eingeladen. Zumindest ist er ein Mann und kein unausgegorenes Jüngelchen. Leute seines Kalibers sind rar. Und die McClintock-Unternehmen brauchen ihn. Es gibt nicht viele, von denen ich das behaupten kann.«

»Erwartest du von mir, daß ich ihn heirate?«

McClintock lächelte. Sie saßen allein im Salon, nachdem die Gäste gegangen waren. Die Ruhe des späten Abends hatte sich über Washington gelegt. Ginny stand auf und nahm ihre Abendtasche. Sie stellte sich vor den Spiegel, und ihre Finger glitten über das Diamantenhalsband, das Andrew ihr an diesem Abend geschenkt hatte. Es paßte ideal zu dem einfachen Kleid, das sie trug. Eine Einfachheit, die nur mit viel Geld zu kaufen war. »Ich danke dir. Das Halsband und die Ohrringe gefallen mir. Du verwöhnst mich.« Sie wandte sich zu ihm um. »Du hast meine Frage nicht beantwortet.«

»Ich habe keine Antwort auf deine Frage. Heirate ihn, wenn du willst. Heirate ihn, falls er dich will.«

Sie dachte über die Worte nach, als der McClintock-Chauffeur sie nach Hause fuhr. Sie dachte über sie nach, als der Schlaf sie in dieser Nacht im Stich ließ. Blair Clayton war all das, was Andrew von ihm gesagt hatte. Er war fünfunddreißig Jahre alt. Seine erste Ehe mit einer Engländerin war geschieden. Er war einer der begehrtesten

Junggesellen, und die Gastgeberinnen Washingtons rissen sich um ihn, aber es war nicht leicht, seiner habhaft zu werden. Ginny hatte ihn außer bei den McClintock-Partys nur einmal getroffen. Er war ihr Tischherr gewesen, und seine Unterhaltung, erinnerte sie sich, war anregend gewesen. Was sie nicht erstaunt hatte, denn er war so verschieden von den übereifrigen, ehrgeizigen jungen Politikern. Er war ein Mann von Welt, der bereits eine hohe Position innehatte und über genug Zeit und Energie verfügte, um sich anderen Interessen, besonders der Kunst, zu widmen. Vor einigen Jahren hatte er begonnen, Impressionisten zu sammeln. Er erwähnte es nur beiläufig, als widerstrebe es ihm, mit jemand anderem seine Sammlerleidenschaft zu teilen. Seine innere Unabhängigkeit wäre einschüchternd gewesen, hätte sie versucht, ihn zu beeindrucken. Die Tatsache – und das hatte ihr Schwiegervater erstaunlich klarsichtig erkannt –, daß weder sie ihn, noch er sie brauchte, brachte beide auf seltsame Weise näher. Beide würden sich nie wieder so Hals über Kopf verlieben können wie im ersten Ansturm ihrer Jugend. Sie hatte gehört, daß seine erste Frau schön, unbändig und völlig ungeeignet für einen ehrbaren Bankier gewesen war. Wie die russische Prinzessin war sie mit einem anderen durchgebrannt. Blair Clayton hatte die typische lächerliche Figur abgegeben: den gehörnten Ehemann. Die Scheidung wurde schnell ausgesprochen.

Ginny hatte das Gefühl, daß Andrew und Blair aufgrund dieser gleichen Erfahrung eine seltsame Sympathie verband. Ob sie je darüber gesprochen hatten, blieb dahingestellt. Auch abgesehen davon paßten sie irgendwie zueinander, dieser etwas rätselvolle Mann und der menschenfeindliche Andrew McClintock. Aber für sie schien Blair sich nicht zu interessieren. An dem Abend, an dem er ihr Tischherr gewesen war, hatte er sie bis zur Haustür begleitet und sich kühl und höflich von ihr verabschiedet. Wenn er in Andrews Stadthaus zu Gast war, saß er nie neben ihr, weil ältere und prominentere Herren den Vorrang hatten, rechts und links neben ihr zu sitzen.

Kurz bevor sie bei Morgengrauen in den Schlaf glitt, kam sie zu der Überzeugung, daß sie ihre Stellung im Senatsgebäude aufgeben mußte; sie durfte einfach nicht anderen Mädchen, die aufs Geldverdienen angewiesen waren, die Arbeit wegnehmen. Ihr ging auch durch den Kopf, daß sie niemand je wieder so bedingungslos lieben könnte, wie sie Alex geliebt hatte. Sie waren zu kurz zusammen gewesen, um sich zu streiten oder sich zu langweilen. Er würde für immer der Prinz ihrer Träume bleiben – ohne Fehler und ewig unerreichbar. Sie hatte nur sein Kind, und das würde heranwachsen. Und dann? Was hatte Andrew gesagt? »Heirate ihn, wenn du willst. Heirate ihn, falls er dich will.« Die romantischen Tage jugendlicher Leidenschaft waren für immer vorbei. Andrew hatte das längst verstanden, und sie begann gerade, es zu verstehen. Zuweilen, dachte sie, habe ich den alten Mann fast gern...

Sie gab ihre Stellung auf und arbeitete ehrenamtlich in verschiedenen Wohlfahrtsorganisationen.

Und dann, eines Tages, lud Blair Clayton sie zum Abendessen ein. Weitere Einladungen folgten, und gelegentlich begleitete sie ihn ins Theater oder zu anderen gesellschaftlichen Veranstaltungen. Er war reizend, amüsant, aber immer sehr zurückhaltend. Sie war gern mit ihm zusammen, vermißte ihn aber nicht, wenn er fort war. Wenn sie sich jetzt vor der Haustür trennten, küßte er sie, aber es war ein kühler, konventioneller Kuß, den sie als angenehm empfand, der ihr aber nichts bedeutete.

Ginny fand dieses vorsichtige Einander-Abschätzen mit der Zeit ermüdend. Sie waren so behutsam, so umsichtig und leidenschaftslos. Sie redeten gern miteinander, aber das war auch alles. Oder hatte Blair Angst, einen neuen Fehler zu begehen? Nichts fiel zwischen ihnen vor, keine Funken sprühten, bis zu dem Abend, an dem sie sich stritten.

Es war ein sinnloser Streit und nicht einmal ein persönlicher. Sie aßen nach einem Empfang im Weißen Haus in einem neuen Restaurant. Blair machte eine Bemerkung, die nach Ginnys Meinung die Vertreter der Südstaaten im Kongreß herabsetzte. »Eine rührende Bande alter Knaben, die sich gegenseitig auf die Schulter klopfen, während sie geistig hundert Jahre hinter der Zeit zurück sind.«

Ginny schnaubte vor Wut, weil sie fand, daß er nicht nur die Südstaatler, sondern auch ihren Vater beleidigt hatte. Sie beschuldigte Blair, daß er den geldgierigen Norden verkörpere, den rücksichtslosen Materialismus, die Ellbogen-Politik. »Ihr seid in die Südstaaten gekommen und habt uns ausgesaugt. Wenn wir arm und rückständig sind, dann nur wegen euch!«

Er lachte laut. »Mein Gott, Ginny, wir wollen nicht den Sezessionskrieg noch einmal ausfechten. Sie reden wie Ihre Mutter.«

Sie warf ihre Serviette auf den Tisch und sprang auf. »Und Sie, Blair, Sie haben bekommen, was Ihnen gut ansteht. Sie sind der Partner des größten, schmutzigsten Gangsters aller Zeiten geworden – von James Andrew McClintock!«

Er war auch aufgestanden. »Und Ihr Sohn ist sein Enkel. Pech gehabt, Ginny.« Beide merkten, daß die anderen Gäste im Speisesaal sie anstarrten, höchst amüsiert über diesen öffentlichen Streit zwischen einem Paar, das als so kühl und reserviert galt. Die Zeitungen würden ohne Frage über diesen Zwischenfall berichten, selbst wenn sie keine Namen nennen würden. Aber jeder wüßte Bescheid. Ginny verließ den Speisesaal, wütend auf Blair, wütend auf ihren eigenen Mangel an Disziplin. Sie konnte sich das allgemeine Gelächter vorstellen, ja, es fast hören. Der Oberkellner eilte ihr voraus, um der Garderobiere Bescheid zu sagen. Sie half ihr in den Mantel. Ginny hatte gehofft, Blair würde ihr nacheilen, doch er tat es nicht. Der Portier pfiff ihr ein Taxi heran. Und noch immer kein Blair. Als sie in Georgetown ankam, blickte sie sich nach Blair um. Aber kein Blair war zu sehen. Sie suchte lange nach dem Fahrgeld und noch länger nach ihrem Schlüssel – kein Blair!

Sie wartete eine Woche lang auf Blairs Entschuldigungsbrief, auf den um Vergebung bittenden Blumenstrauß – doch nichts geschah. Sie begriff, daß ihre wenn auch noch so kühle

Freundschaft zu Ende war. Vermutlich würden sie sich nur noch bei Andrew McClintocks Diners treffen. Aber als sie die Gästeliste durchsah, konnte sie seinen Namen nicht entdecken. Der Stolz verbot ihr, Fragen zu stellen, aber die Neugier überwog.

»Blair?« Andrew zuckte die Achseln. »Oh, der ist seit Wochen in Europa. Er hat eine Menge Dinge zu erledigen. Es kann Monate dauern. Ich dachte, du wüßtest das – oder vielleicht auch nicht. Ich habe gehört, ihr hattet einen ziemlichen Krach in aller Öffentlichkeit. Ihr steht wohl nicht mehr in Verbindung.«

Nicht mehr in Verbindung! Ja, so war es. Und nun, nachdem er ihr verlorengegangen war, wollte sie ihn zurückhaben. Er hatte einen leeren Platz in einem Teil ihres Ichs hinterlassen, von dessen Existenz sie nichts geahnt hatte. Sie versuchte, ihn zu vergessen, aber es gelang ihr nicht.

Ginny hörte von Andrew, daß Blair Clayton wieder in New York sei. »Gescheiter Mann, er hat alle Aktien, die an der Börse gehandelt werden, verkauft.« McClintock hatte seine nächsten Geschäftsfreunde und auch Ginnys Vater ermahnt, es ihm gleichzutun. »Der Wall-Street-Markt ist überbewertet und wird zusammenbrechen.« Manche befolgten seinen Rat, andere nicht.

Ginny erkundigte sich nicht nach Blair. Die Zeit, wo sie ihm schreiben oder ihn anrufen konnte, war lange vorbei. Ihr Stolz hatte eine Beziehung zerstört, die, wie sie jetzt wußte, sehr wichtig für sie gewesen war. Der Streit war so läppisch gewesen, und sie hatte nicht einmal den Mumm gehabt zuzugeben, daß sie sich recht lächerlich aufgeführt hatte. Sie nahm an der Hochzeit ihres Bruders Robbie teil und hatte den bitteren Geschmack von Neid im Mund.

Es war an einem Sonnabend Ende September in Pointerstown, und die erste Kühle des Herbstes machte sich bemerkbar. Ginny saß mit Alex im Kinderzimmer, als sich plötzlich die Tür öffnete und Rosemary etwas atemlos hereinkam. »Ginny, Blair Clayton ist hier. Er sieht ... er sieht seltsam aus. Ginny, lauf nicht so schnell ...« Ginny hatte nie mit ihrer Mutter über Blair gesprochen, aber Rosemary hatte sich ihre eigenen Gedanken gemacht. Ganz Washington hatte schließlich über den Abbruch einer so vielversprechenden Verbindung geklatscht. Ginny versuchte, dem Ratschlag ihrer Mutter zu folgen, und schritt gemessen die Treppe hinunter. Aber sie war so nervös, daß die Türklinke des Salons ihr aus der Hand glitt und die Tür krachend aufflog.

Blair, der am Fenster stand und anscheinend in den Anblick des Rasens von Pointerstown versunken war, wandte sich um. »Noch immer böse mit mir, Ginny? Werden Sie mir sagen, ich soll gehen?«

Er sah nicht, wie ihre Mutter angedeutet hatte, seltsam aus – aber verändert. Vielleicht lag es an seiner saloppen Kleidung. Sie hatte ihn bisher nur in dunklen Anzügen oder im Smoking gesehen. Vielleicht lag es an dem fragenden Blick seiner sonst so gleichmütigen Augen. Er hatte sie nie zuvor so durchdringend angesehen. Sie hatte fast das Gefühl, als begegneten sie sich zum ersten Mal.

»Wollen Sie mit mir an einem ruhigen Ort zu Mittag essen? Mein Wagen steht vor der Tür.«

Sie nickte. Sie gingen in die Eingangshalle, und sie zog sich einen leichten Mantel an. (Erst später stellte sie fest, daß es der Mantel ihrer Mutter war.) Sie saß schweigend neben Blair, ohne Hut, Handschuhe oder Tasche. Sie hatte niemand gesagt, daß sie das Haus verlassen hatte, aber ihre Mutter würde Bescheid wissen. Sie fuhren länger als eine Stunde in Richtung Richmond, ohne ein Wort zu wechseln. Als sie von der Hauptstraße abbogen, kam ihr der sandige Landweg, den sie jetzt entlangfuhren, seltsam bekannt vor. Es war Jahre her, seit sie zum letzten Mal hier gewesen war. Durch das Laub der Bäume erkannte sie den Schornstein des Geburtshauses ihrer Mutter. Ein eher bescheidenes Haus, das auf den Ruinen des großen Herrenhauses Wildwood, das im Krieg abgebrannt war, errichtet worden war. Rosemarys Bruder hatte nie geheiratet; dieser Zweig der Familie war mit seinem frühen Tod ausgestorben. Das Haus war verkauft worden. Blair hielt den Wagen an. Sie sagte: »Sie wissen, wo wir uns befinden?«

»Natürlich. Ihr Großvater hat es nach dem Krieg erbaut, ich meine natürlich den Sezessionskrieg.«

»Fangen wir wieder an, uns zu streiten?«

»Ich hoffe nicht. Wollen Sie nicht hereinkommen?« Er hielt die Tür für sie auf.

Sie stieg langsam aus dem Wagen und starrte auf das alte Haus. Es brauchte einen neuen Anstrich und sah überhaupt etwas heruntergekommen aus. Tränen standen ihr in den Augen. »Ich dachte ... mit einem ruhigen Ort meinten Sie ein Restaurant.«

»Nein, diesmal wollte ich Sie bei *mir* empfangen. Ich habe es über, Sie am Kopfende von McClintocks Tafel oder an einem gemütlichen Tisch für zwei in einem Restaurant sitzen zu sehen, umgeben von beflissenen Kellnern. Ich hasse Restaurants; sie sind geeignet für Geschäftsverabredungen, aber das ist auch alles.«

»Gehört ... das Haus Ihnen?«

»Nein, es steht zwar zum Verkauf, aber ich habe es nur gemietet.«

»Sie haben mir das nie erzählt.«

»Sie haben mich nicht gefragt. Finden Sie es nicht merkwürdig, daß Sie mich nie gefragt haben, wo ich meine Wochenenden verbringe, wenn ich in Washington zu tun habe? Haben Sie geglaubt, ich sitze im McClintock-Clayton-Bürohaus und sehe zu, wie das Geld sich vermehrt? Ich wußte, daß Sie immer nach Pointerstown fahren – ganz die vollkommene Mutter, die pflichtgetreue Tochter. Was haben Sie denn gedacht, was ich tue?«

Sie hatte keine Antwort darauf. Sie standen jetzt in der Halle, an einige Möbelstücke erinnerte sie sich noch aus ihrer Kindheit: eine Standuhr, ein abgetretener Teppich. Das Ganze hatte etwas häuslich Schlichtes, das so gar nicht zu ihrer Vorstellung von Blair paßte. Sie gingen direkt in die Küche. Sie bemerkte den neuen Eisschrank und den elektrischen Herd und daß der Pumpenschwengel über dem Spülbecken durch einen Wasserhahn ersetzt worden war. »Wir werden hier essen, wenn es Ihnen recht ist. Ich habe nicht gern Bedienung um mich am Wochenende. Ein Ehepaar, das in einem der nahe gelegenen Cottages wohnt, kümmert sich um das Haus. Ich fürchte, ich hinterlasse ihnen immer Berge von schmutzigem Geschirr.«

Er nahm die Eßwaren aus dem Eisschrank und stellte sie auf den blank gescheuerten Tisch. »Erinnern Sie sich noch, wo das Besteck ist?« Sie ging automatisch zu der großen Anrichte und zog eine Schublade auf, dann nahm sie die geschliffenen Gläser vom Regal. Blair packte die verschiedenen Nahrungsmittel aus, die sicher aus einem der eleganten Delikatessenläden Washingtons stammten: Gänseleberpastete, kaltes Roastbeef und Huhn, in Kognak eingelegte Pfirsiche. Er öffnete eine Flasche Meursault, probierte ihn und bot ihr ein Glas an. »Gut so?«

»Könnte nicht besser sein. Sie machen Ihre Sache gut, Blair. Ich habe Sie noch nie in einer häuslichen Atmosphäre gesehen.«

»Das war unser Fehler, Ginny. Auch ich habe Sie nie im Alltag erlebt, ich kenne Sie nur als vornehme Gastgeberin. Sie haben mich nie nach Pointerstown eingeladen. Ich habe Sie nie mit Alex spielen sehen. Obwohl mir jeder in Washington erzählt hat, was für eine großartige Mutter Sie sind.«

»Was Sie wirklich sagen wollen, ist, daß mein Schwiegervater Ihnen erzählt hat, ich sei eine großartige Mutter.«

»Andrew McClintock erwähnt fast nie Ihren Namen, dazu ist er zu schlau. Er wollte, daß wir selbst herausfinden, ob wir uns mögen oder nicht. Niemand kann ihm vorwerfen, daß er Sie in die Arme irgendeines Mannes getrieben hat, am allerwenigsten in meine. Wir hätten uns beide dagegen gewehrt.«

Sie stellte ihr Glas hin. »Ich habe noch nie in Ihren Armen gelegen, ich frage mich, ob es mir gefallen würde.«

»Wollen Sie es ausprobieren?«

Sie wäre nie auf die Idee gekommen, daß sie ausgerechnet im ehemaligen Bett ihrer Mutter sich einem Mann hingeben würde. Blair benutzte das größte Schlafzimmer, aber auch dieses war so anheimelnd wie der Rest des Hauses. Sie lag in seinen Armen unter einer Steppdecke, die vermutlich von ihrer Großmutter stammte. Sie vergaß ihre Scheu, sich mit einem Mann zu vereinen, der noch bis vor einer Stunde ein Fremder gewesen war. Sie vergaß ihre Umgebung über dem Vergnügen, einen Körper zu erforschen, der ihr so unnahbar erschienen war. Die kühle, konventionelle Beziehung löste sich in Leidenschaft auf. Sie waren so vollkommen aufeinander eingestellt, als würden sie sich schon lange kennen. Schließlich lehnte Ginny sich erschöpft zurück. Nach einer Weile sagte er mit einer gewissen Kälte im Tonfall: »Ich will kein Ersatz für Alex sein. Ich könnte es nicht ertragen, dazu bin ich zu eifersüchtig. Ich würde gerne Ginny heiraten, aber nicht die Witwe von Alex McClintock.«

»Alex ist tot. Und bis zu diesem Augenblick war auch ich innerlich fast tot. Ich hatte Angst vor dir, Blair. Du hast mir das Gefühl gegeben, daß ich zu jung, zu unerfahren und sogar ein bißchen dumm bin. Ich habe immer angenommen, obwohl ich nicht oft darüber nachgedacht habe, daß du als Liebhaber kühl, routiniert und geschickt seist, voller Charme, aber ohne Leidenschaft. Ich habe dich für einen anspruchsvollen Perfektionisten gehalten.«

»Was ich auch bin. Und du, du bist fast zu vollkommen. Ich hoffe, du hast wenigstens einige kleine Fehler. Auch ich hatte Angst vor dir. Ich sah keine Möglichkeit, dich aus diesem Traumzustand zu reißen, in dem du dich zu befinden schienst, als seist du in Gedanken immer bei Alex. Und so hielt ich mich zurück und fuhr nach Europa. Und bei meiner Rückkehr fragte ich mich, in welchem Zustand ich dich vorfinden würde. Aber du weißt, ich will nicht die Witwe von Alex heiraten.«

»Und ich habe dir gesagt, er ist tot. Und ich bin gerade wieder ins Leben zurückgekehrt. Aber wer hat eigentlich von Heirat gesprochen?«

»Ich.«

»Erzähl mir mehr davon. Ich möchte mehr über unsere

Heirat erfahren. Willst du mich wirklich zur Frau haben, Blair Clayton?«

»Ja, wenn du mich haben willst, Virginia Lee Jackson McClintock.«

Sie heirateten im Oktober in Prescott Hill. Das Haus war größer als Pointerstown, und der Aufwand war größer. Ginny war nicht mehr die junge, unerfahrene Braut, die Andrew McClintocks Sohn geehelicht hatte. Sie war jetzt in den Augen der Welt ein Teil des großen Unternehmens und ihre Ehe eine Art Bindemittel, um die Partnerschaft der Claytons und der McClintocks zu zementieren. Sie wußte, daß viele der Gäste glaubten, daß Andrew McClintock diese Heirat arrangiert hatte, um seine Geschäftsinteressen zu fördern.

Sie schritt die Treppe von Prescott Hill am Arm ihres Vaters hinunter und erinnerte sich schmerzlich an den Tag, an dem sie das gleiche in Pointerstown getan hatte. Aber nun war sie die Herrin von Prescott Hill. Andrew McClintock hatte ihr und Blair das Haus zur Hochzeit geschenkt. Als sie ihm dankten, hatte er nur die Achseln gezuckt. »Ich mache mir nichts aus dem verdammten Haus. Mein Vater hat es nur gekauft, um seine hochnäsigen Nachbarn zu ärgern. Aber es mag euch veranlassen, hier öfter zu wohnen. Ich will nicht, daß der junge Alex vergißt, woher er stammt.«

Ginny wußte, daß ihr Vater sich über das Geschenk des Hauses mehr gefreut hatte als sie. Seine Tochter war die Besitzerin eines der elegantesten Vorkriegshäuser Virginias, und der Name Lee wurde in dem Staat wieder respektiert. Er war stolz auf ihren neuen Ehemann und brachte ihm, wie seine feuchten Augen zeigten, tiefe Sympathie entgegen.

Sie machten ihre Hochzeitsreise nach Europa und bewohnten die Prachtsuite auf dem Ozeandampfer. So wie die vornehme Gesellschaft es erwartet hatte. Was jedoch alle verwunderte, war, daß Alex mit ihnen fuhr. Blair hatte darauf bestanden. »Wir gründen eine Familie, Ginny. Alex hat seinen Vater nie gekannt, und ich habe keine Erfahrung als Vater. Ich hoffe, ich werde es lernen, Alex und unseren Kindern ein guter Vater zu sein. Ich möchte dich jetzt nicht von Alex trennen. Du magst denken, daß er noch zu jung ist, um sich daran zu erinnern, aber er wird es tun und mir später Vorwürfe machen. Wir nehmen ihn mit.« Und so bewohnten Alex und seine Kinderschwester die angrenzende Suite auf dem Ozeandampfer und in allen großen Hotels Europas.

Während ihrer Reise brach überall in der Welt der Effektenmarkt zusammen. Blair konnte über vieles mit ihr lachen, aber nicht über den rapiden Sturz der Aktien.

»Es macht keinen Unterschied, daß wir persönlich keine Verluste erleiden. Das Ganze ist einfach eine durch unsere eigene Geldgier verursachte Tragödie. McClintock-Clayton ist weit reicher als noch vor einem Jahr und wird das Geld gut anlegen. Wir können immer Geld gebrauchen. Aber die Welt, Ginny, ist in einem furchtbaren Zustand. Ich werde abwarten, bis die Preise noch mehr gefallen sind, bevor ich wieder anfange zu kaufen, und dann werde ich mit Cents statt mit Dollars zahlen.«

Ginny dachte an Andrews Rat, den er ihrem Vater gegeben hatte und den er teilweise befolgt hatte. »Wir sind noch mal davongekommen«, schrieb Rosemary. »Trotzdem ärgert es mich, daß wir McClintock dafür danken müssen. Viele von unseren Freunden haben schwere Verluste erlitten.«

Sie besuchten viele Städte, und er zeigte ihr all die Dinge, von denen er ihr erzählt hatte. Trotzdem vernachlässigte er die Geschäfte nicht. Im Frühjahr 1930 zogen sie in die Villa am Zürichsee, die McClintock-Clayton kürzlich für ihre Direktoren, die die Schweizer Niederlassung beaufsichtigten, gekauft hatte. Sie blieben dort sechs Wochen lang. Dann reisten sie nach London, wo Blair sie mit seiner englischen Verwandtschaft und mit den Partnern und den Direktoren der Clayton-Handelsbank bekannt machen wollte. Blair hatte von allen Hauptstädten Europas die Clayton-Bank angerufen und sie gebeten, in London ein Haus zu mieten oder zu kaufen. »Verdammt noch mal«, brüllte er aus Zürich eines

Tages wütend in den Hörer, »ich kann in kein Hotel ziehen, wir haben ein Kind mit dabei. Finden Sie irgendwas!« Endlich meldete sich eine anonyme Stimme und schlug Seymour House vor. »Klingt gut, reservieren Sie uns das Vorkaufsrecht. Wir werden es sofort nach unserer Ankunft besichtigen.«

Er sagte zu Ginny: »Es liegt genau am Green Park, also ideal für dich und die Kinder.«

Der Arzt hatte soeben bestätigt, daß sie schwanger war.

4

Dena war das jüngste von vier Kindern, das letzte von drei Mädchen. Ihr Vater, Lord Milroy, hatte sich nach der Geburt seines Sohnes nicht sehr dafür interessiert, was für andere Kinder seine Frau noch gebar. Er war in der Tat erleichtert, daß es Mädchen waren, denn er konnte zwar seinem Sohn einen stolzen Titel vererben, aber kümmerlich wenig Geld. Er betete zu Gott, daß alle seine Töchter die Schönheit ihrer Mutter erben und günstig heiraten würden, so daß er sie nicht unterhalten mußte. Er blickte auf das prächtige, aber verfallende Tudorschlößchen, das sein Sohn einmal erben würde. Die ganze Mitgift seiner Frau war für Reparaturen draufgegangen; die Mitgift war allerdings nicht sehr groß gewesen, denn er hatte sie aus Liebe geheiratet. Und nun betete er zu Gott, daß sein Sohn sich aus Zufall oder aus Narretei in eine Millionärin verlieben würde. Das Schlößchen brauchte Geld, sein Sohn brauchte Geld. Daß er nie auf den Gedanken kam, sein Sohn könnte aus Berechnung heiraten, sprach für ihn. Er vertrug sich ausgezeichnet mit seiner Frau. Was er am meisten an ihr schätzte, war, daß sie bei all seinen Eskapaden mit anderen Frauen nie irgendwelche Schuldgefühle in ihm erweckte. Eine bewundernswerte Eigenschaft, für die er ihr ewig dankbar war.

Die vier Kinder wuchsen glücklich und unbeschwert in dem reizenden Tudorschlößchen auf. Es hieß Merton und lag nördlich von Oxford. Es war nicht eines dieser imposanten Schlösser, aber es hatte Charme und strahlte Wärme und eine in Jahrhunderten erworbene Ruhe aus, die sich seinen Bewohnern mitteilte. Die Kinder waren die Nachkommen eines Earls. Der junge Edward hatte den ehrenvollen Titel eines Viscount Garner, seine Töchter waren Lady Ellen, Lady Julia und Lady Geraldine. Ihr Vater prägte ihnen ein, daß Titel keinen großen Wert hätten. »England hat so viele Titel, wie arme Leute Mäuse haben«, pflegte er zu sagen. »Und ein Titel ohne Geld ist für die Katz.« Er war ein bemerkenswert schlichter Mann, und seine Kinder liebten ihn, wie er wiederum sie liebte, ungeachtet der Gerüchte, daß eins oder zwei nicht seine waren. Aber daß er seinen Sohn und Erben selbst gezeugt hatte, darüber bestand kein Zweifel, denn die Ähnlichkeit zwischen Vater und Sohn war augenfällig.

Es wurde viel gelacht in Merton. Die Frau des Earls, Gräfin Lydia Milroy, war eine schöne Frau mit einem Talent, Freundschaften zu schließen. Die Gäste in ihrem Haus waren eine seltsame Mischung aus den Jagdgefährten ihres Manns, Künstlern und Intellektuellen. Sie war die Tochter von Guy Denham, einem begabten Maler, der schon zu Lebzeiten aus seiner Kunst Geld gemacht hatte. Den größten Teil davon hatte er seinem einzigen Kind als Mitgift mitgegeben, wohl wissend, daß alles für die Reparaturen dieser schönen Schloßruine, die sie geheiratet hatte, ausgegeben werden würde. In dem eleganten Londoner Vorort Hampstead malte er die Porträts der Reichen und der Berühmten, und zu seinem eigenen Vergnügen malte er Landschaften, die allgemein bewundert wurden und die er nur ungern verkaufte. Er war nicht sehr interessiert an Geld; er wollte nur genug verdienen, um mit seiner Frau bequem zu leben und seiner Tochter einen Zuschuß geben zu können.

Guy Denham war ein Romantiker, hatte aber eine sehr bejahende Einstellung zum Leben. Seine Frau war etwas verträumt und sehr musikalisch, und ihre gemeinsame Tochter hatte von beiden die guten Eigenschaften geerbt, obwohl sie weniger romantisch als ihr Vater und längst nicht so vage wie ihre Mutter war. Sie hatte sich in den verarmten Earl verliebt und war glücklich mit ihm, selbst nachdem sie ihn nicht mehr liebte, sondern vorübergehend andere Männer. Sie genoß ihr Leben, das zwischen Pracht und Armut hin- und herpendelte. Sie wußte nie, wieviel Geld auf dem gemeinsamen Bankkonto war. Das Einkommen stammte von den Pächtern, die das Gut bewirtschafteten, und von den Mieten der Cottages, die auf dem Grund und Boden des Earls standen. Lord Milroy interessierte sich nicht für Landwirtschaft und kam auch nicht auf die Idee, einen tüchtigen Verwalter anzustellen. Und so wurstelten sie sich Jahr um Jahr durch, immer auf eine gute Ernte, fette Kälber, saftiges Gras hoffend. In den guten Jahren kaufte er teure Reitpferde für die Familie und noch teurere Gewehre für die Jagden in Yorkshire und Schottland. Alle seine Kinder waren ausgezeichnete Schützen und Reiter.

Lady Milroy nahm das Leben, wie es kam. Wenn Geld vorhanden war, fuhr sie oft nach London und wohnte in der kleinen Wohnung in Knightsbridge. Sie kaufte kostspielige Kleider, gab Partys und ging viel aus und besuchte ihre Eltern in Hampstead. Wenn kein Geld da war, griff sie zu verzweifelten Sparmaßnahmen. Sie und die Kinderschwester nähten für die Kinder auf einer alten, wackligen Nähmaschine Kleider, bei denen schon nach zwei Tagen die Nähte platzten. Zum Glück waren die drei Mädchen schlank und bemerkenswert schön, so daß selbst diese zusammengestümperten Kleider ihnen noch gut standen. »Lydia ist so talentiert«, sagte jeder. Aber abgesehen von ihren Talenten im Bett, war sie auch eine begnadete Köchin, was von großem Nutzen in den Perioden der Armut war. Sie gab köstliche Diners und brachte ihren drei Töchtern das Kochen bei. »Man weiß ja nie, vielleicht heiratet eines meiner Lämmchen einen armen Mann.« Die Kinderschwester wurde irgendwann durch eine Gouvernante ersetzt, Miss Lightbody, die ihren Mangel an intellektuellem Wissen durch praktische Kenntnisse wettmachte. Sie brachte ihren Schülerinnen Nähen und Stricken bei. »Sie spart uns so viel Geld«, pflegte Lydia zu sagen. »Zum Beispiel das ganze Schulgeld für die drei Mädchen, und zusätzlich tut sie noch so viel im Haus! Nein, sie ist eine wahre Perle.«

Und so wuchsen die Mädchen heran. Sie kochten und nähten und plauderten auf französisch, und wenn die ländliche

Umgebung sie zu langweilen anfing, nisteten sie sich vorübergehend bei ihren Großeltern in Hampstead ein, denn die Wohnung in Knightsbridge war zu klein für alle. Oder es konnte auch sein, daß ihr Vater oder ihre Mutter gerade einen neuen Flirt oder sogar eine Liebesbeziehung aufgenommen hatten, in welchem Fall die Töchter nicht sehr erwünscht waren. Den vier Kindern wurde es nie bewußt, daß sie eine seltsame Familie waren. Sie genossen ihr Leben und all die Dinge, die sie gemeinsam unternahmen, so daß es ihnen nur am Rande auffiel, daß die Familie von einigen Leuten gemieden wurde.

Irgendwie wurde Geld zusammengekratzt, einschließlich einer »Anleihe« bei Lydias Vater, um den zwei ältesten Töchtern eine Saison in London zu spendieren. Lydia stellte sie in geborgten Federn und geborgten Perlen bei Hof vor. Ihr Sohn Edward bestand zum Erstaunen aller seine Examen in Oxford, was niemand von ihm erwartet hatte. Aber was noch überraschender war, er beschloß, Landwirtschaft zu studieren, weil er seinen Besitz *selbst* verwalten wollte. Er war, wie alle verblüfft feststellten, ein ernsthafter Mensch. Wo genau Edward Verity kennengelernt hatte, das Mädchen, das zusammen mit ihrem Zwillingsbruder die Millionen des Vaters, eines Stahl- und Bergwerksmagnaten, erben würde, erfuhr nie jemand. Edward erklärte nur kurz und bündig, daß er sich mit ihr verlobt hätte. Lydia war entzückt. »Wie klug von dir, Liebling, so eine vernünftige Heirat. Und Verity ist natürlich entzückend.«

Verity war in Lydias Augen eine kleine, unscheinbare Maus. Aber sie betete Edward an, und das war Grund genug, sie zu mögen. Sie zogen in das nächstgrößte Haus auf dem Merton-Besitz, das früher als Witwensitz gedient hatte. Verity kam für die notwendigen Renovierungen auf.

Ellen und Julia heirateten im gleichen Sommer, was ihrem Vater einiges an Geld ersparte, da sie einer Doppelhochzeit zugestimmt hatten. Ellen hatte nicht schlecht gewählt: einen jungen Börsenmakler, dem man eine brillante Karriere voraussagte. Julia dagegen hatte sich in Douglas, einen Schotten, verliebt, der wohl große Ländereien besaß, auf denen man jedoch nur Schafe züchten konnte. Ein feuchtes altes Schloß, romantisch an einer Flußmündung gelegen, würde ihr Wohnsitz sein. Julia war überglücklich und freute sich auf die vielen Kinder, die sie ihrem schottischen Riesen gebären würde. »Ich glaube«, sagte Lydia, »daß wir sie nur selten zu Gesicht bekommen werden. Das Schloß liegt am Ende der Welt, aber sie liebt ihn.« Sie blickte sich erstaunt in dem leeren Haus um. »Jetzt bleibt mir nur noch Dena ...«

»Wir sollten Dena in die Gesellschaft einführen«, sagte Lydia zu ihrem Mann. »Edward verwaltet den Besitz wirklich fabelhaft und erzielt gute Gewinne. Und vielleicht schießt Vater etwas Geld dazu. Diesmal können wir es uns leisten, die Sache in großem Stil aufzuziehen. Dena ist die hübscheste von den dreien ...«

Guy Denham sprang wieder einmal ein, warnte aber seine Tochter, daß es zum letzten Mal sein würde. »Ich bekomme Arthritis in den Händen, Liebling. Bald kann ich keine schmeichelhaften Porträts mehr malen.«

Lydia blickte ihn verwundert an. Sie sah, daß die Augen ihres Vaters glanzlos waren, und begriff plötzlich, daß er an grauem Star litt, was er ihr verschwiegen hatte. Sie war zutiefst betroffen. »Ich werde mein Bestes für Dena tun, sie verdient einen netten, wenn möglich reichen Mann ...«

Dena hatte die dunklen Haare und Augen ihrer Mutter und die gleiche zarte Haut geerbt. Sie besaß eine angeborene Eleganz. Lydia beschloß, all ihre Energie darauf zu verwenden, die Schönheit und den Charme ihrer Tochter zu voller Geltung zu bringen.

Sie verabredete mit einer Freundin, daß deren Tochter Helen und Dena den Debütantinnenball zusammen geben würden, und halbierte dadurch ihre Kosten. Sie bat ihren Vater um eine weitere Anleihe. »Dena wird uns in Zukunft nicht mehr auf der Tasche liegen, Vater. Sie wird bestimmt eine ganz großartige Ehe eingehen.«

Im Mai stellte Lydia ihre Tochter bei Hof vor. Obwohl Denas Freundin Helen auffallend hübsch war, stellte ganz

London fest, daß Dena alle anderen Debütantinnen bei weitem an Schönheit übertraf. Lydia beobachtete sie stolz und gerührt. »Sieht sie nicht hinreißend aus?« sagte sie zu ihrem Mann. »Schau, wie die Männer sich um sie reißen. Sie läßt keinen Tanz aus. Bist du nicht auch stolz auf sie?«

Lord Milroy war stolz auf seine Tochter, aber er war auch sehr müde. Er hatte so viele Bälle in seinem Leben besucht – warum sah er gerade heute, an dem Abend des Triumphes seines jüngsten Kinds, alles wie durch einen Schleier? Zum ersten Mal in seinem Leben fühlte er sich nicht nur müde, sondern alt. Er hatte Kopfschmerzen und verließ den Ball früh.

Es dämmerte bereits, als Lydia und Dena in ihre Wohnung in Knightsbridge zurückkehrten. Dena ging wie auf Wolken. Sie hatte sich vorgenommen, kein einziges Fest dieses wundervollen Sommers auszulassen; nur ans Heiraten dachte sie nicht. Eine Ehe war eine so nüchterne Angelegenheit und bedeutete zumeist, wie sie beobachtet hatte, das Ende von allem Spaß, und sie hatte doch erst gerade einen Vorgeschmack von den vergnüglichen Seiten des Lebens bekommen.

Ein Schrei von Lydia riß sie aus ihren Träumen. Sie lief ins Schlafzimmer ihrer Eltern. Ihr Vater lag auf dem Fußboden, seine glasigen Augen starrten die Decke an. Eine Seite seines Gesichts war zu einer grotesken Maske verzerrt. Er erkannte sie und versuchte zu sprechen: »Ahh...« Speichel floß aus seinem Mund. Dena wischte ihn mit dem Saum ihres Ballkleids fort. »Oh, mein Gott«, flüsterte Lydia.

Der Rettungswagen brachte ihn ins Krankenhaus. Für die nächsten zwei Tage wachten sie an seinem Bett. Die Ärzte hatten Mutter und Tochter gewarnt, daß er sterben könnte, aber er überlebte. Drei Wochen später brachten sie ihn nach Merton. Er konnte noch immer nicht sprechen und war völlig hilflos. Zwei Krankenschwestern kamen täglich von Oxford, um ihn zu pflegen. Dena kümmerte sich nachts um ihn. Die Schwestern brachten ihr bei, was sie zu tun habe, und sie tat all diese intimen Dinge für ihn, vor denen ihre Mutter, wie sie wußte, zurückschreckte.

Dena versuchte, nicht an London zu denken und an die vielen Bälle und Feste, die sie versäumte. All das war jetzt vorbei.

Lord Milroy schleppte sich hin bis nach Weihnachten, und Dena begriff allmählich, wie sehr er sich nach dem Tod sehnte. Sie ging ihren täglichen Pflichten nach und bot ihr ganzes Mitleid auf, um ihr Selbstmitleid zu ersticken.

Eines Nachts saß sie dösend in einem Stuhl an seinem Bett. Sie wußte nicht, wie spät es war. Aber plötzlich merkte sie, daß er etwas sagen wollte. Seine Augen waren weit offen, und das eine, noch sehende, war auf sie gerichtet. Brauchte er etwas? Sie ergriff seine Hand. Unverständliche Laute kamen von seinen Lippen. Was versuchte er zu sagen? Gu... gutes Kind? Der Druck seiner Hand ließ nach. Hatte er gute Nacht sagen wollen? Sie fühlte seinen Puls. »Vater...?« Sie rannte aus dem Zimmer, um ihre Mutter zu holen.

Die Nachrufe in den Zeitungen waren zahlreich und schmeichelhaft; desgleichen die Hunderte von Briefen und Telegrammen. Charles Milroy war ein beliebter Mann gewesen. Julia und ihr Mann kamen aus Schottland. Julia war wieder schwanger. Ellen und George kamen aus London angereist, aber nur für die Beerdigung. Edward hatte alles organisiert. Er und Verity nahmen Dena und Lydia ruhig und unaufdringlich die notwendigen Vorkehrungen ab. Dena wurde sich zum ersten Mal bewußt, was für eine ausgezeichnete Ehefrau Verity war.

Das Testament wurde verlesen, aber es war eine reine Formalität. Der Besitz war ein Fideikommiß; die Ländereien, das Haus und die Möbel gingen an Edward. Sie hörten ein neues, erschreckendes Wort: Erbschaftssteuer. Edward verwaltete das Gut erst seit einigen Jahren, was nicht ausgereicht hatte, die Unfähigkeit seines Vaters auszubügeln. Die Schulden waren enorm. Es würde Jahrzehnte dauern, bis sie abgezahlt wären, selbst mit Hilfe von Veritys Geld. Julia kehrte nach Schottland zurück und Ellen nach London. Beide waren froh, daß sie keine Verantwortung trugen.

Edward bot an, seinen Umzug nach Merton hinauszuzögern, aber Lydia wollte davon nichts hören. »Es ist deine Pflicht, Merton sofort in Besitz zu nehmen. Deine Kinder müssen dort aufwachsen.« Und so zogen Lydia, Dena und Miss Lightbody, die die Pflichten einer – zumeist unbezahlten – Haushälterin übernommen hatte, auf den Witwensitz. Es war ein bequemes Haus, aber nicht sehr groß, und Lydia fühlte sich beengt. Sie war nervös und unzufrieden. »Ich fahre für einige Wochen nach London«, sagte sie eines Tages, »um Mama und Papa zu sehen.« Sie hatte Edward dazu überredet, die Wohnung in Knightsbridge zu behalten. Er hatte etwas widerwillig zugestimmt. »Vermutlich spart es auf die Dauer Geld«, hatte er mit viel Zweifel in der Stimme gesagt.

Dena war enttäuscht, daß ihre Mutter sie nicht mit nach London nahm. Hatte sie vor, ihre früheren Liebschaften wieder aufzunehmen? Dachte sie, ihre Tochter würde ihr dabei im Weg sein?

Nach Lydias Abfahrt war das Haus seltsam still. Miss Lightbody strickte Babysachen für Lydias Enkelkinder und las Jane Austen. Sie machte einen zufriedenen Eindruck. Dena übernahm das Kochen, aber es schien ihr nicht sehr lohnend, sich raffinierte Gerichte für nur zwei Personen auszudenken. Sie hatte pflichtschuldig alle Beileidsbriefe beantwortet, aber niemand hatte wiedergeschrieben und sie eingeladen. Nach ihrem ersten Triumph in London schienen die Leute sie vergessen zu haben. Manchmal ging sie nach Merton hinüber, aber Edward war entweder im Büro oder inspizierte die Felder oder fuhr auf dem Traktor herum, und Verity war mit den Kindern beschäftigt und mit den Problemen, ein so großes Haus mit wenig Personal zu führen.

An einem Tag Anfang April beschloß Dena aus purer Langeweile, zu einem Pferderennen in Fealtham zu fahren. Es war nur ein unbedeutender Rennplatz und ziemlich heruntergekommen, mit einer kleinen Tribüne, einigen Holzbaracken für die Jockeys und Pferde und einem Erfrischungszelt. Sie hatte kaum Geld zum Wetten und kannte auch die Pferde nicht. Und so griff sie auf die gute alte Methode zurück, Geld auf einen Namen zu setzen, der ihr gefiel. »Debütantin« war einer davon. Das Pferd kam als erstes durchs Ziel. Sie ging zur Kasse, um sich ihr Geld abzuholen. Und siehe da, sie hatte fünfzig Pfund gewonnen, mehr Geld, als sie je besessen hatte. Es war der erste glückliche Moment nach all den langen Monaten des Kummers und der Einsamkeit. Mit vor Aufregung geröteten Wangen ging sie in die Bar und bestellte sich einen Whisky. Sie hob das Glas und murmelte unwillkürlich: »Auf dein Wohl, Vater.«

»Wem gilt der Toast? Einem Gewinn? Ihrem Vater? Ich wußte nicht, daß man kleinen Mädchen erlaubt, allein an der Theke zu sitzen.«

Sie wandte sich zu dem Mann um, der sie angesprochen hatte. »Das geht Sie nichts an.«

Er sah gut aus und wirkte sehr selbstsicher. Er lachte und sagte: »Ihr Vater hätte genauso reagiert. Geben Sie mir Ihr Glas, ich fülle es Ihnen auf.«

»Wer sind Sie?«

»Ich kann nicht behaupten, daß ich ein Freund Ihres Vaters war. Der Altersunterschied war zu groß. Aber er war Mitglied in meinem Londoner Club. Und Sie sind Lady Geraldine, nicht wahr?«

»Kenne ich Sie?« fragte sie in ihrem eisigsten Tonfall.

»Oh, verzeihen Sie, mein Name ist John Forley. Ich gehe viel auf Rennplätze, aber ich erinnere mich nicht, Sie je hier gesehen zu haben. Lord Milroy war im Vorstand hier, nicht wahr?« Es war ihm irgendwie gelungen, in der überfüllten Bar einen Kellner zu erwischen, und ein weiterer Whisky wurde gebracht.

»Ja, das war er. Und manchmal ging er zu den großen Rennen. Es machte ihm Spaß, hie und da mal auf einen Außenseiter zu setzen.«

John Forley war der erste Fremde, mit dem sie seit dem Tod ihres Vaters gesprochen hatte. Er wirkte ungemein vital und sah auf eine sehnige, etwas exotische Art recht anziehend aus. »Nächste Woche findet ein großes Rennen in Newmarket statt. Darf ich Sie dazu einladen?«

»Newmarket ist viel zu weit von zu Hause entfernt. Nein, es tut mir leid, es ist unmöglich.«

»Natürlich müssen Sie in Newmarket übernachten, aber ich werde dafür sorgen, daß wir in getrennten Hotels wohnen.«

»Ich kann mir kein Hotel leisten.«

»Es wäre mir ein Vergnügen, Sie einladen zu dürfen. Natürlich kommen auch noch andere Freunde von mir. Es käme mir nicht in den Sinn, mit Ihnen allein aufzutauchen. Haben Sie irgendeine Anstandsdame, die Sie mitbringen möchten?«

Ihre Mutter war ausschließlich in London beschäftigt und scherte sich offensichtlich keinen Deut darum, was ihre Tochter tat. Und Miss Lightbody als Anstandsdame mitzunehmen wäre wirklich zu grotesk. Sie lachte laut auf, und John Forley fragte: »Was amüsiert Sie so? Die Idee, große Gewinne einzustreichen? Pferderennen können Spaß machen, und Newmarket ist besser als Fealtham.«

Sie sagte nicht sogleich zu, aber gestattete ihm, ihr einen dritten Whisky zu spendieren und einige Pfunde für sie auf zwei Pferde in den letzten beiden Rennen zu setzen. Sie machte einen kleinen Gewinn und steckte ihn ein, obwohl sie wußte, daß es nicht ganz korrekt war. Er begleitete sie zum Auto, das ihre Mutter, Miss Lightbody und sie gemeinsam benutzten.

»Darf ich Ihnen nächste Woche einen Wagen schicken, um Sie und wen immer Sie mitbringen wollen, abzuholen?«

»Nein, bitte nicht. Ich kann nicht kommen.«

Er schickte ihr am nächsten Tag einen Brief, in dem er die Verabredung bestätigte. Sie zerriß ihn. Aber die Tage zogen sich träge dahin. Ihre Mutter ließ nichts von sich hören, und wenn sie die Wohnung anrief, meldete sich niemand. Sie versuchte, sie nach Mitternacht zu erreichen, und tatsächlich antwortete Lydia: »Ach, du bist es, Schatz, ich bin todmüde, diese langen, öden Diners. Ich rufe dich morgen früh zurück.« Aber sie tat es nicht. Ihre Mutter, dachte Dena, hatte offensichtlich die Idee, ihre Tochter gut zu verheiraten, völlig aufgegeben. Aber wie sollte sie jemand kennenlernen, wenn sie nie ausging? Sie faßte den Entschluß, nach Newmarket zu fahren, ohne Lydia Bescheid zu sagen.

Sie hatte nie ganz verstanden, wie sie in John Forleys Kreis geraten war. Sie war viel jünger als die anderen und bei weitem nicht so weltläufig. Sie hatte kein Geld, verstand es aber, sich elegant zu kleiden. Doch es erstaunte sie immer wieder aufs neue, daß sie mit John Forleys Freunden umging; sie gehörten zu einer Sorte Menschen, die ihr nie zuvor im Leben begegnet waren. »Finden Sie uns unsolide, meine Liebe?« fragte John Forley. »Keine Angst, Ihnen wird nichts passieren.« Im geheimen wünschte sie, daß endlich etwas passieren würde. Sie rief wieder ihre Mutter an, diesmal früh am Morgen, und weckte sie aus dem Schlaf.

»Ach, du bist es, Schätzchen. Ja, die gute Miss Lightbody hat mir gesagt, du übernachtest bei Freunden. Ich fürchte, sie wird alt und ist etwas verwirrt. Sie dachte, du übernachtest bei *meinen* Freunden. Ich bin so verschlafen, Liebling. Bitte ruf mich zurück. Ich muß unbedingt alles hören. Amüsier dich gut...«

Nach diesem Telefongespräch nahm sie John Forleys Einladung, mit ihm zusammen nach London zu fahren, achselzuckend an. Ihrer Mutter war es offensichtlich gleichgültig, was sie tat, solange sie ihr nicht in die Quere kam. John Forley sagte: »Ich habe Anteile an einem kleinen, gemütlichen Hotel. Es kostet Sie keinen Penny, und mich auch nicht. Also machen Sie sich keine Sorgen. Warum genießen Sie das Leben nicht ein wenig? Ich habe gehört, Sie hätten sich zu ihrem Vater während seiner letzten Krankheit großartig benommen. So ein netter Mann, ihr Vater. Ich bin sicher, er würde Ihnen ein wenig Spaß gönnen.«

»Ich habe nicht die richtigen Kleider mitgebracht.«

»Das ist kein Problem.«

John Forley brachte sie in einem ruhigen, vornehmen Hotel unter und stellte klar, daß er nicht dort wohnte. Aber er ging mit ihr einkaufen und versicherte ihr, daß die Kleider, die sie kaufte, ihn fast nichts kosteten, da er Anteile an dem Laden habe. »Laden« war jedoch eine starke Untertreibung. Es war eins der berühmtesten Modehäuser Londons. »Hier müssen wir eine kleine Änderung vornehmen, Lady Geraldine«, sagte die Verkäuferin, »aber das ist leicht getan. Sie sind fast so groß wie unsere Mannequins und genauso schlank. An der Brust muß ein wenig ausgelassen und der Rock verkürzt werden... Der Mantel paßt Ihnen wie angegossen... Sie werden sicher öfter ins Theater gehen... und in Mr. Forleys Club...«

Das silberne Lamé-Kleid mit dem dazu passenden Mantel verschwamm vor Denas Augen, als sie sich im Spiegel betrachtete. »Ich kann unmöglich...«, sagte sie zu John Forley.

»Sie sehen wundervoll aus«, antwortete er. »Und machen Sie sich keine Sorgen wegen des Preises, es ist eine gute Reklame für die Modehäuser, wenn Damen der Gesellschaft ihre Modelle tragen. Ich kenne einen Juwelier, der Ihnen für heute abend eine Halskette leihen wird.«

Am Abend gingen sie zur Uraufführung einer Revue, die Forley mitfinanziert hatte. Nach den Reaktionen des Publikums zu urteilen, versprach das Stück ein Erfolg zu werden. Dena verließ an John Forleys Arm das Theater. Die Blitzlichter der Reporter blendeten sie. Danach gingen sie in Forleys Club. Dena hatte gedacht, es sei ein Nachtclub. Aber John Forley war einer der wenigen Männer in England, der eine Lizenz für einen Spielclub besaß. Die Atmosphäre war äußerst gediegen und ruhig, die Stimmen klangen gedämpft, während um hohe Summen gewettet wurde. Dena bewegte sich wie betäubt durch die prächtigen Räume; sie war total verwirrt. »Wer sind Sie?«

»Noch kennen Sie mich nicht, Liebste, aber das wird kommen, wenn wir erst verheiratet sind. Leider bin ich noch nicht frei. Meine Frau verweigert mir die Scheidung, aber wenn ich ihr genug Geld anbiete, wird sie schon einwilligen.«

Scheidungen waren etwas Unbekanntes in Denas Welt. Sie hatte von Liebschaften, Untreue, Flirts gehört, aber eine Scheidung war eine ernste Sache; fast niemand ließ es soweit kommen. Alles, was sie über John Forley wußte, war, daß er ein Jahr in Cambridge studiert hatte und dann hinausgeworfen worden war. Sie fragte sich, ob der Grund seines Hinauswurfs seine Spielleidenschaft gewesen war.

»Ich habe nicht ans Heiraten gedacht. Ich dürfte nicht hier sein. Es war falsch von mir, all diese Dinge von Ihnen anzunehmen.«

»Ruhig, Liebste. Alles ist in bester Ordnung. Vertrauen Sie Johnny...«

Sie rief ihre Mutter an, die diesmal beim ersten Klingeln antwortete. »Oh, Dena, was hast du getan? All diese Fotos in den Zeitungen! Ich bin außer mir! Wie bist du an diesen gräßlichen Forley geraten? Ich werde nicht zulassen, daß dieser Mann dich ruiniert. Seine Frau wird sich nie von ihm scheiden lassen. Er verdirbt dir deinen Ruf! Ich verlange von dir, daß du sofort nach Merton zurückfährst. Was hast du dir nur bei der ganzen Geschichte gedacht? Ich schwöre dir, Dena, wenn du noch einen Tag länger mit diesem Mann zusammen bist, verdirbst du dir alle Heiratschancen.«

John Forley war voller Bedauern, aber höflich. »Schade, vielleicht hätten wir uns gut vertragen. Sie gefallen mir, Dena, aber das Schicksal ist gegen uns. Sie sind zu wohlerzogen. Und ich habe einen zu schlechten Ruf. Keine gute Familie will einen Spieler als Schwiegersohn. Aber glauben Sie mir, Dena, ich hatte ernste Absichten. Nun, ich habe einen hohen Einsatz gewagt und verloren. Vielleicht sind Sie ja auch tatsächlich zu jung.«

Er bestellte ihr einen Wagen zum Bahnhof und kaufte ihr eine Fahrkarte erster Klasse. Er bestand darauf, daß sie die Kleider behielt. »Es sind schließlich getragene Sachen, nicht wahr?«

»Aber die Halskette war nur geborgt«, sagte sie und gab sie ihm zurück.

Eine aufgeregte Miss Lightbody erwartete sie am Bahnhof. »Kind, was ist denn bloß geschehen? Ihre Mutter ist völlig außer sich. Sie kommt morgen.«

Dena dachte: Nichts ist geschehen. Und das ist das Ärgerlichste an der ganzen Angelegenheit. Sie war mit einem Mann ausgegangen, der, wie sie jetzt wußte, von ihren Bekannten abgelehnt wurde. Aber zu ihr war er galant und zuvorkommend gewesen. Doch jeder hatte gleich das Schlimmste angenommen. Sie war in Verruf gekommen, ohne das Vergnügen davon zu haben. Diese ganze gesellschaftliche Heuchelei war einfach widerlich. Und wie sollte es nun weitergehen? Kein Mann würde sie mehr heiraten wollen. John Forley hätte es vielleicht getan, aber vermutlich hatte er recht, sie war zu jung für ihn. Sie verstand diese Art Männer nicht. Aber welche Art von Männern würde sie verstehen? Und welcher Mann würde sie verstehen?

Lydia kam an. Dena konnte sich nicht erinnern, sie je so ungeduldig und bissig gesehen zu haben. »Bist du denn völlig von Sinnen? Wie kannst du dich mit diesem Kerl herumtreiben? Vermutlich hat er versucht, dich zu verführen. Oder hat er dich verführt?« Dena wandte sich ab und verweigerte die Antwort. »Nun, es macht weiter keinen Unterschied mehr. Der Schaden ist angerichtet. Verstehst du nicht, Dena, für Seitensprünge muß man verheiratet sein, dann nimmt keiner Notiz von ihnen.«

»Du hast seltsame Wertmaßstäbe, Mutter.«

»Sie gelten nun mal in unserer Welt.«

Das Lachen, die Heiterkeit waren wie fortgeblasen. Ihre Mutter blieb eine Woche lang, dann fuhr sie zurück nach London. Miss Lightbody begleitete Dena auf Schritt und Tritt, sogar wenn sie im Garten spazierenging.

An ihrem Geburtstag kam ein Blumenstrauß an mit einer Karte: »Viele Grüße, Johnny.« Sie weinte und ging nach Merton, lieh sich eins von ihres Vaters Gewehren aus und schoß eine ganze Stunde lang voller Wut auf die Zielscheiben. Dann säuberte sie es wieder sorgfältig und ließ das Geld für die Munition zurück, die sie verbraucht hatte. Für alles mußte man zahlen.

Gegen Ende des Sommers kam ein Brief von Helen, mit der zusammen sie den Debütantinnenball gegeben hatte. Sie hatte vergessen, daß Helen das Patenkind der Herzogin von Marlborough war. Die Herzogin hatte Helen fürs Wochenende nach Blenheim eingeladen und ihr erlaubt, Freunde mitzubringen.

Niemand konnte einer Einladung nach Blenheim widerstehen. Dena hatte Lydia angerufen, die begeistert gesagt hatte: »Wie nett von der Herzogin. Grüße sie und den Herzog von mir und amüsiere dich gut.«

Sie kam am Freitag an. Zum Diner trug sie ein schlichtes, aber elegantes Kleid. Ihr Tischherr war ein junger Mann, der sich ärgerte, daß man ihn nicht neben Helen plaziert hatte. Auf ihrer anderen Seite saß ein pensionierter Diplomat, der keine Lust hatte, seine Weisheit an ein junges Mädchen zu vergeuden. Das Diner war also kein Erfolg. Dena spürte eine gewisse Feindseligkeit bei einigen Frauen, und so ging sie, nachdem sie im Salon ihren Kaffee getrunken hatte, in den Billardsaal. Ein Spiel war im Gange. Sie sah interessiert zu. Einer der Spieler war sehr gut. Das Spiel endete. »Hat jemand anderer Lust zu spielen?« Keiner antwortete, obwohl der Mann die Bälle ausrichtete.

»Kann ich einige Stöße versuchen? Für ein ganzes Spiel bin ich nicht gut genug. Mein Vater hat es mir beigebracht, aber ich habe nicht mehr gespielt, seit...«

Jemand flüsterte: »Milroys Tochter.« Der Mann reichte ihr das Billardqueue mit einer leichten Verbeugung.

»Nur zur Übung...« Sie wußte nicht, wie anziehend sie aussah, als sie sich vorbeugte und sich auf den Stoß konzentrierte. Er war so gelungen, daß einige Beifall klatschten. Andere gelangweilte Gäste gesellten sich hinzu.

»Sind alle Milroy-Kinder so unternehmungslustig?«

»Nein, der Sohn ist ein sturer, fleißiger Bock. Aber der Alte hat seinen Töchtern Reiten und Schießen und – wie man sieht – Billard beigebracht. War ein seltsamer Kauz... Die drei Schwestern sind hübsch, aber nur die, die den Börsenmakler geheiratet hat, besitzt einen gewissen Schick. Diese hier ist die bestaussehende. Aber sie hat ihre Chancen vermasselt, indem sie mit diesem Forley herumgezogen ist. Ich weiß nicht, wieso man ihn nicht längst aus dem Club hinausgeworfen hat.«

Vielleicht sollte Dena das Gespräch nicht hören, aber sie hatte es gehört und war wütend. Sie sagte zu dem Mann, der ihr das Queue gegeben hatte: »Macht es Ihnen etwas aus, wenn ich noch ein paar weitere Stöße probiere? Ich habe lange nicht mehr gespielt, und es macht mir so viel Spaß...«

Vielleicht hatten die anderen Gäste Mitleid mit ihr, weil ihr Vater erst kürzlich verstorben war, vielleicht nahmen sie an, daß die Forley-Geschichte nichts auf sich hatte. Dena lächelte ihren Gegner an und biß die Zähne zusammen. Sie spielte, als sei sie ein inspirierter Engel, dem man zum ersten Mal ein Billardqueue in die Hand gegeben hatte. Es war alles Zufall und Glück. Sie hatte den Verdacht, daß der Mann ihr etwas in die Hände spielte, ihr leichtere Stöße als einem männlichen Partner zuschob. Zum Schluß gewann er natürlich, aber sie hatte sich wacker gehalten. Alle klatschten mit ehrlicher Bewunderung Beifall.

Sie schüttelte die Hand ihres Gegners. »Vielen Dank für das Spiel, es hat mir großen Spaß gemacht. Ich weiß... Sie sind mir vor dem Diner vorgestellt worden... aber es tut mir leid... ich habe Ihren Namen vergessen... soviel Leute auf einmal...«

»Harry Penrose, Lady Geraldine. Vielen Dank für das Spiel. Ich sehe, Ihr Vater war nicht nur ein guter Spieler, sondern auch ein guter Lehrmeister.«

Dena ging in den grünen Salon, wo die Damen saßen, zurück. »Gratuliere, meine Liebe«, sagte die Herzogin. »Aber Ihr Vater war ein ausgezeichneter Spieler, sicher hat er Ihnen noch eine Menge anderer Dinge beigebracht. Ich habe gehört, Sie hätten ihn rührend gepflegt. Der arme Charles, wir vermissen ihn alle sehr. Er war ein so glänzender Unterhalter und immer so liebenswürdig. Und wie geht es Ihrer reizenden Mutter? Ich höre, sie ist oft in London.«

Dena begriff, daß sie wieder in die »Gesellschaft aufgenommen« war, wenn auch noch mit einigen Vorbehalten.

Am nächsten Morgen erschien sie zum Frühstück. Es war wie in allen vornehmen Häusern eine lange, opulente Mahlzeit. Die Herzogin hatte einen guten Koch, stellte Dena fest, als sie die Deckel von den Silberschüsseln hochhob. Einer der Männer, der ihr beim Billardspiel am vorhergehenden Abend zugesehen hatte, kam und half ihr am Büfett. »Wir schießen später auf ein paar Tontauben, um unser Auge für die Birkhuhnjagd zu trainieren. Möchten Sie zusehen?«

Penrose, der ihr gegenübersaß, sagte: »Oder wollen Sie selbst ein paar Schüsse riskieren? Gott schütze uns, wenn Sie so gut schießen, wie Sie Billard spielen.«

»Es ist lange her, daß ich ein Gewehr in der Hand hatte.«

»Das gleiche haben Sie gestern von dem Billardqueue behauptet.« Er sieht gut aus, dachte sie, blond, englisch aristokratisch. Er hatte ebenmäßige, wie gemeißelte Züge und eher buschige Brauen über auffallend blauen Augen. Ihre Mutter besaß einen blauen Topas, und seine Augen erinnerten sie an diesen leuchtenden Stein. Er musterte sie aufmerksam.

»Mein Vater war ein typischer Landedelmann – Billard und Gewehre, Sie wissen schon. Kein Wunder, daß wir einiges von ihm gelernt haben. In seiner Erziehung machte er keinen Unterschied zwischen Töchtern und Söhnen.«

Sie gingen zusammen zum Schießstand. Das Tontaubenschießen war improvisiert worden, so daß niemand sein eigenes Gewehr mitgebracht hatte. Sie prüften die Gewehre des Herzogs, hoben sie hoch und balancierten sie in der Hand. Dena fand eins, das zwar ein wenig schwer und lang für sie war, aber ihr sonst geeignet schien. Keine der anderen Frauen beteiligte sich.

»Machen Sie den Anfang, Lady Geraldine.«

»Das ist unfair. Lassen Sie mich erst mal zuschauen.«

»Gut, dann fange ich an.«

Er schoß sehr gut. Die erste Tontaube flog vorbei, aber er traf die nächste und übernächste. Der folgende Schütze war weniger erfolgreich. Die Tontauben kamen in schneller Folge, so unberechenbar wie Wildvögel. Andere Schützen versuchten ihr Glück, Dena wartete bis zuletzt. Wie die meisten verfehlte sie die erste Tontaube, aber sie traf die folgenden zwei. Sie schossen noch eine Runde, und sie traf wieder zwei. »Nun noch ein drittes Mal«, sagte Penrose.

»Das Gewehr ist zu schwer für mich«, sagte sie. »Vater hat speziell für uns Mädchen ganz leichte anfertigen lassen.« Aber seine blauen Augen sahen sie mutwillig und herausfordernd an. Sie rief dem Wildhüter zu, daß sie bereit sei. Drei Tontauben flogen in die Luft. Sie zerschmetterte alle drei in kleine Scherben.

»Bravo!« erscholl es von allen Seiten.

»Lady Geraldine«, sagte Penrose. »Ich glaube, Sie flunkern uns etwas vor. Vermutlich trainieren sie jeden Tag. Gibt es sonst noch etwas, das Sie besonders gut können?«

»Nichts.« Sie reichte einem Diener das Gewehr. Plötzlich fühlte sie sich ganz schwach vor Erleichterung. Sie gesellte sich zu den anderen Frauen.

»Meine Liebe, wie geschickt Sie sind! Ich nehme an, Sie können auch noch malen und singen. Ist nicht Ihr Großvater ein bekannter Maler? Haben Sie auch *sein* Talent geerbt?«

Die Dame, die dies sagte, war die Marquise von Penrith, nach der Herzogin die Vornehmste unter den Gästen. Sie trug ein Tweedkostüm, das noch aus der Zeit vor dem Krieg zu stammen schien; nur der Saum war umgeschlagen worden. Trotzdem sah sie elegant aus. Sie war sehr schlank und einst eine große Schönheit gewesen, was man ihr heute noch ansah.

»Ich kann eigentlich gar nichts, Lady Penrith. Unsere Gouvernante hat uns ein wenig Nähen beigebracht, und Mutter hat uns Kochen gelehrt.«

»Kochen!« Die Marquise schien erstaunt, daß irgend jemand außer dem Küchenpersonal etwas von Kochen verstand. »Was für eine außergewöhnliche Fähigkeit! Der Mann, der Sie bekommt, kann sich glücklich schätzen. Ich finde es schon schwierig, mit meiner Köchin zu reden. Sie hat immer so schlaue Erklärungen, warum etwas mißlungen ist. Wenn ich nur wüßte, was ich ihr antworten sollte...« Sie blickte nachdenklich drein. »Kochen und nähen... Gewehre und Billard... und als Tochter Ihres Vaters reiten Sie natürlich auch. Begleiten Sie mich ins Haus zurück, Kind. Der Dunst, obwohl es August ist, dringt in meine alten Knochen. Was für ein scheußliches Klima wir doch in England haben.« Sie verließen die anderen und gingen langsam zum Palast zurück. »Ihre Mutter vermißt Ihren Vater sehr, höre ich. Er war ein reizender Mann, ich habe ihn immer sehr gern gemocht.«

»Ja, er war sehr gut zu uns. Wir haben ihn alle sehr geliebt.«

»Ja«, sagte die Marquise und fügte hinzu: »Das taten wohl viele.«

Dann wechselte sie abrupt das Thema. »Sie scheinen sich gut mit Mr. Penrose zu vertragen. Kennen Sie ihn schon länger?«

»Erst seit gestern.«

»Es heißt, er würde die Tochter von den Etchells heiraten. Das wird seiner Karriere sehr zugute kommen. Sie hat eine Menge Geld. Er besitzt keinen Penny, der arme Kerl. Großer Nachteil im auswärtigen Dienst. Aber er stammt aus einer hochbegabten Familie. Sein Vater, Sir Thomas, ist der ranghöchste Staatssekretär im Foreign Office. Eine einflußreiche Stellung. Außenminister kommen und gehen, aber die Staatssekretäre bleiben. Sein Onkel ist General Sir Percival Penrose, einer der königlichen Stallmeister. Und Harrys Bruder ist ein bedeutender Gelehrter. Ich habe mich einmal mit ihm unterhalten. Furchtbar langweilig. Kann nur über sein Spezialgebiet reden, das ausgerechnet Mathematik ist. Harry dagegen hat großen Charme, wie Sie gemerkt haben ...« Lady Penrith setzte ihren Monolog fort. Sie wäre eine Fundgrube für die Klatschspalten-Schreiber, dachte Dena. Sie schien die Stammbäume aller Gäste auswendig zu kennen und wußte über ihre Finanzen und Karriereaussichten genaustens Bescheid – und vermutlich über ihre Liebesgeschichten. »Die Penroses sind mit den Cambornes verwandt. Auch die sind bettelarm. Sie besitzen ein verfallenes Schloß in Cornwall und einige erschöpfte Zinnminen. Nachkommen von Admiral Camborne. Wir haben im Familienarchiv einen Brief vom Urgroßvater meines verstorbenen Mannes, der mit Camborne gedient hat. Anscheinend hatte der Admiral genausoviel Angst in der Schlacht wie jeder andere. Aber er konnte sie überwinden. Und das ist es, was zählt. Mir ist aufgefallen, daß Sie am Anfang beim Schießen nervös waren, aber dann ganz kühl wurden.«

»Oder noch verängstigter, Lady Penrith.«

»Kommt fast aufs gleiche raus. Furcht ist kein schlechter Ansporn. Sie sind sehr schön, Kind. Aber das hat Ihnen sicher jeder junge Mann, den Sie getroffen haben, bereits gesagt. Die John-Forley-Sache war höchst unnötig. Dumm, daß Sie sich mit ihm eingelassen haben. Andererseits hätte Ihre Mutter Sie nicht allein lassen sollen. Sie hätte das Ganze verhindern müssen. Aber jeder weiß, wie verzweifelt sie über den Tod ihres Mannes ist. Doch Sie werden sehen, die Leute werden Ihnen diese Ungeschicklichkeit verzeihen – die Herzogin hat es ja bereits getan. Spielen Sie Bridge?«

»Ein wenig, Lady Penrith.«

»Was vermutlich heißt«, sagte Lady Penrith trocken, »daß Sie eine hervorragende Spielerin sind.«

»Manchmal habe ich Glück.«

»Ich hoffe, es hält an. Vielleicht sind Sie heute nachmittag meine Partnerin.«

»Allmählich kommt mir das Wochenende wie ein Hindernisrennen vor.«

»Nun, Kind, wenn sie derart ausgefallene Dinge tun, wie so gut Billard zu spielen wie ein Mann und so gut zu schießen wie der beste Schütze, dürfen Sie sich nicht wundern, wenn man Sie herausfordert. Alle Frauen warten doch nur darauf, daß Sie einen Fehler machen – und einige Männer auch. Männer mögen nicht, wenn Frauen sie überflügeln. Gut reiten – nun ja, das geht noch. Aber sonst sollen sie schön und nicht zu klug sein und Kinder bekommen. Erzählen Sie niemand, daß Sie kochen können. Es ist sicher sehr nützlich, aber es klingt nicht gut. Und ermutigen Sie nicht Harry Penrose.«

»Mr. Penrose? Ich habe kaum mit ihm gesprochen.«

»Er findet Sie sehr anziehend, Kind. Dafür habe ich eine gute Nase. Sie haben mit dieser Forley-Geschichte schon genug Staub aufgewirbelt. Versuchen Sie nicht auch noch, Celia

Etchell ihren zukünftigen Verlobten abspenstig zu machen. Das würde Ihnen schlecht bekommen.«

»Ich habe nichts dergleichen im Sinn. Im übrigen sagen Sie selbst, daß die beiden nicht einmal verlobt sind.«

»Hab ich mir's doch gedacht! Sie interessieren sich für ihn. Bleiben Sie während dieses Wochenendes in meiner Nähe, Kind. Und tun Sie nicht wieder irgend etwas Auffallendes, oder alle Frauen werden Sie hassen. Es ist schlimm genug, daß Sie schön *und* arm sind. Haben Sie je bemerkt, wie beliebt häßliche und reiche Mädchen sind?«

Beim Mittagessen wagte Dena kaum, ein Wort mit ihren beiden Tischnachbarn zu wechseln. Sie merkte, daß die Blicke von Lady Penrith öfter auf ihr ruhten, aber auch die von Harry Penrose. Sie saßen zu weit auseinander, um sich unterhalten zu können. Sie versuchte auszumachen, wer an dem langen Tisch Celia Etchell sei, aber es gelang ihr nicht. Als Harry Penrose im roten Salon, wo der Kaffee serviert wurde, auf sie zusteuerte, versuchte sie, der Begegnung auszuweichen, indem sie ihre Freundin Helen in ein Gespräch verwickelte. Aber Harry unterbrach sie. »Wir reiten heute nachmittag aus. Kommen Sie mit, Lady Geraldine?«

Sie war Lady Penrith dankbar. »Ich habe Lady Penrith versprochen, mit ihr Bridge zu spielen.«

»O Gott, wie blöd.«

»Was ist mit Miss Etchell?«

»Sie reitet nicht. Sie ist einmal vom Pferd gefallen und hat danach nie wieder eines bestiegen. Nun, ich sehe Sie dann zum Tee.«

»Er ist patzig«, sagte Helen. »Und unhöflich, nicht nur Celia, sondern auch mir gegenüber. Er hätte mich schließlich auch fragen können, ob ich ausreiten wollte. Als Diplomat wird er es mit so schlechten Manieren nicht weit bringen. Aber er hat gute Beziehungen. Er kennt jeden einflußreichen Mann im Foreign Office. Vermutlich ist man, wenn man so gut aussieht wie er, leicht arrogant... Ach, da ist Lady Penrith, sie winkt dir zu. Ich hoffe, du bist eine gute Bridgespielerin. Sie kann ein wahrer Teufel sein.«

Das machte Dena wiederum nervös. Sie fand, sie sei eigentlich eine ganz gute Spielerin. Trotzdem musterte sie das Gesicht der Marchioness des öfteren, um zu sehen, ob sie ihr Mißfallen erregt hatte. Sie gewannen, aber hauptsächlich, weil Lady Penrith ausgezeichnet spielte. Beim Tee sagte die alte Dame lobend: »Für Ihr Alter haben Sie sich gut gehalten. Es gibt viel zu viele alte Frauen, die sich ihre Zeit mit Bridgespielen vertreiben. Aber schlechte Partner sind solch ein Ärger! Ach, hier kommt Harry Penrose. Vergessen Sie nicht, was ich Ihnen gesagt habe.«

Lady Penrith verwickelte Harry Penrose sofort in ein Gespräch. Das heißt, sie stellte ihm eine Menge Fragen über seine jetzige Position, seine Berufschancen, in welchem Land er am liebsten als nächstes arbeiten würde. (Er war gerade aus Wien nach London zurückversetzt worden.)

»Wohin immer man mich schickt. Vermutlich auf einen unbequemen Posten, aber das ist nicht zu vermeiden. Schließlich können wir nicht alle in Paris, Wien oder Rom arbeiten. Ich würde gern nach Moskau gehen – ungemütlich, aber nicht uninteressant.«

»Sprechen Sie Russisch?«

»Ich lerne es gerade. Für einen Diplomaten ist es unerläßlich. Man darf nicht immer auf Übersetzer angewiesen sein.« Die Unterhaltung ging weiter. Dena schlüpfte hinter Harry Penrose' Rücken davon. Lady Penrith nickte ihr billigend zu. Es war noch zu früh, um sich zum Abendessen umzuziehen, und so schlenderte sie durch die Räume, bis sie in die große Bibliothek kam. Zwei ältere Männer saßen vor einem der zwei Kamine und lasen Zeitung. Sie blickten kurz und ärgerlich auf, als sei sie in ein männliches Heiligtum eingedrungen. Dena ging an den Bücherreihen vorbei und las die Titel, dann blätterte sie einige Zeitschriften durch, die auf dem großen Tisch lagen. Noch während sie dies tat, betrat Harry Penrose den Raum. Auch er wurde von den beiden Herren mit Nichtachtung gestraft. Er trat neben sie und flüsterte: »Die beiden tun grad so, als sei dies ein Herrenclub. Brauchen mit niemand zu sprechen, wenn sie keine Lust haben.«

»Gilt das auch für Frauen? Oder müssen wir brav Rede und Antwort stehen?«

»Oh, ich sehe schon, die alte Primrose Penrith hat Ihnen ins Gewissen geredet. Ganz blöd bin ich nämlich nicht. Was ich aber wissen möchte: Ist es Ihr Entschluß, mir aus dem Weg zu gehen, oder tun Sie es auf Primrose Penriths Rat?«

»Beides trifft zu. Ich habe in letzter Zeit einiges dazugelernt. Meine Mutter behauptet, ich hätte meinen Ruf ruiniert. Vielleicht hilft dieses Wochenende ein wenig, ihn wiederherzustellen. Daher will ich alles vermeiden, was neuen Klatsch hervorrufen könnte.«

»Und was habe ich damit zu tun?«

»Sie sind mit Celia Etchell verlobt.«

»Falsch. Alles nur Annahme und Klatsch. Ich habe nie um ihre Hand angehalten, und ich zweifle sehr daran, daß sie mich nehmen würde, selbst wenn ich es täte.«

»Sie ist eine glänzende Partie.«

»Wenn ich heirate, verlange ich etwas mehr als das.«

»Zum Beispiel?«

»Liebe.«

»*Und* Geld?«

»Wer spricht von Geld? Ich bin bislang auch ohne Geld ganz gut vorwärtsgekommen.«

»Ja, als Junggeselle. Aber eine Frau und Kinder sind teuer. Ich weiß ein Lied davon zu singen. Mein Vater und meine Mutter waren ganz groß im Ausgeben von Geld, das sie nicht hatten. Aber ich weiß wirklich nicht, warum ich gerade Ihnen das alles erzähle. Es geht Sie eigentlich nichts an.«

»Mich interessiert alles, was Sie sagen. Bitte setzen Sie sich. Ignorieren Sie die zwei alten Trottel, Geraldine...«

»Meine Familie nennt mich Dena.«

Sie sprachen lange miteinander. Später konnte sie sich nicht mehr erinnern, über was. Über seine und ihre Familie. Über die Städte, wo er gearbeitet hatte, über Länder, die er nie gesehen hatte, aber gern sehen würde. Er bewunderte die Bilder ihres Großvaters, besonders die Landschaften.

»Es würde ihn freuen, das zu hören. Er sagt im Familienkreis immer, daß seine Porträts die Hunde sind, die er züchtet, um von ihrem Erlös das Katzenfutter zahlen zu können.«

»Das klingt sehr sympathisch.«

Nach einiger Zeit falteten die beiden alten Herren ihre Zeitungen zusammen und gingen. Sie hatten kein Wort miteinander gewechselt. »Vermutlich sind sie eng befreundet«, bemerkte Harry. »Sie brauchen nicht mehr zu reden, aber ich möchte lange mit Ihnen reden.«

»Morgen fahren wir alle fort.«

»Morgen ist nicht das Ende der Welt. Wollen Sie am Vormittag vor dem Frühstück mit mir spazierengehen?«

Sie erinnerte sich an Lady Penrith' Warnung und schüttelte den Kopf. Der Gong zum Umziehen erscholl. Er sah sie flehend an: »Bitte, sagen Sie ja.«

Sie hatte alles zu verlieren – oder eigentlich nichts. »Also gut«, sagte sie.

Sie gingen nach oben, um sich umzuziehen, aber den Abend über sprachen sie kein Wort miteinander. Am andern Morgen um acht Uhr erwartete er sie am Westtor. Es goß in Strömen. »Ein typisches englisches Augustwetter«, sagte er. »Ich hatte schon Angst, Sie würden nicht kommen.«

»Ich habe es Ihnen doch versprochen.«

Sie stapften standhaft durch die Nässe. Harry hielt den Regenschirm über Dena. Aus einiger Entfernung betrachteten sie den Palast. »Ich kann nicht verstehen, wie irgend jemand es aushält, dort zu wohnen«, sagte sie. »Es muß so deprimierend sein. Diese riesigen Empfangsräume, die endlosen Korridore ...«

»Pracht zieht Sie also nicht an?«

»Kein bißchen. Wir sind in einem eher bescheidenen Haus groß geworden, aber wir haben es alle gemocht. Wir fühlten uns dort sehr wohl.«

»Werden Sie mir Merton zeigen? Ich habe gehört, es sei ein sehr schönes Haus.«

»Wie kann ich Ihnen Merton zeigen? Ich wohne nicht dort. Und auf dem Witwensitz kann ich Sie nicht unterbringen. Meine Mutter ist in London.«

»Wenn ich einen Freund auftreibe, der in der Nähe wohnt, darf ich dann kommen?«

»Sie sind verrückt. Ich bin für Sie von keinerlei Nutzen. Ich kann Ihre Karriere nicht fördern, ich habe kein Geld, und Sie wissen, was man über mich sagt. Das Schlimmste vom Schlimmen. Es wäre sehr viel besser für Sie, wenn Sie Ihre Aufmerksamkeit Celia zuwenden würden. Sie ist die ideale Ehefrau für Sie.«

»Wenn Sie nichts dagegen haben, suche ich mir meine Frau selbst aus«, sagte er wütend, drehte sich um und ging davon, ohne zu merken, daß er den Schirm mitgenommen hatte. Sie wartete, bis seine Gestalt mit dem Grau des Palastes verschmolz. Dann folgte sie ihm auf dem durchweichten Weg. Ihr Mantel und ihre Haare waren klitschnaß, als sie das Gebäude erreichte. Sie mußte klingeln. Ein Diener öffnete ihr und nahm ihr den nassen Mantel und ihren Hut ab. Sie schüttelte sich wie ein Hund. Der Diener sagte mitfühlend: »Ein kräftiges Frühstück wird Ihnen guttun, Mylady. Es wird noch serviert. Wir räumen erst nach einer Stunde ab.«

Sie betrat das Speisezimmer. Harry Penrose saß am Tisch mit noch drei anderen Gästen. Sie begrüßte die Anwesenden, schenkte sich Kaffee ein und füllte ihren Teller. Sie setzte sich möglichst weit von Harry Penrose entfernt auf einen Stuhl. Nach dem Frühstück zog sie sich trockene Strümpfe und Schuhe an und wandelte mit Helen durch die großen Empfangsräume, betrachtete die Porträts der Marlboroughs, die Büsten und die ausgeschmückten Zimmerdecken.

Lady Penrith kam auf sie zu, als der Sherry vor dem Mittagessen serviert wurde. »Kind, Sie sehen elend aus. Sind Sie etwa krank?«

»Ich glaube, eine Erkältung ist im Anzug.«

Die klugen Augen musterten sie. »Hoffentlich nichts Ernsthaftes.«

Das Mittagessen schien sich endlos hinzuziehen. Einer der Gäste fuhr in die Richtung von Merton und bot ihr an, sie dort abzusetzen. Sie verabschiedete sich von der Herzogin.

»Grüßen Sie Ihre Mutter«, sagte sie. Ihr Tonfall war weniger freundlich als am Tag zuvor. Vermutlich wußten alle schon von ihrem Morgenspaziergang.

Zwei Tage später erschien Harry Penrose. Miss Lightbody führte ihn in den Salon und holte Dena. Sie erklärte dem Gast, daß Dena einen furchtbaren Schnupfen hätte und im Bett läge.

Dena zog sich an und ging hinunter. »Ich mache dir einen Tee, Dena«, sagte Miss Lightbody. »Unterhalte unterdessen Mr. Penrose. Ach ja, und ich muß mehr Kohlen bringen.«

Dena schloß die Salontür hinter sich. »Sie sind verrückt, hier aufzutauchen«, sagte sie statt einer Begrüßung. »Es ist völlig sinnlos.«

Er begrüßte sie mit einem Lächeln, so als hätte er nichts gehört. »Sie sehen jämmerlich aus. Aber ich war so verärgert, daß ich vergessen habe, Ihnen den Schirm zu überlassen. Sie können mir gern die Schuld an Ihrem Schnupfen zuschieben.«

»Sie sind verrückt hierherzukommen«, wiederholte sie.

Er zuckte mit den Achseln. »Wir leben in einem freien Land. Mir fiel kein Freund ein, der hier in der Nähe wohnt, und so habe ich mir ein Zimmer im hiesigen Gasthof genommen. Ein sehr gemütlicher Betrieb. Genau die Sorte Hotel, die ich mir für Ferien auf dem Land ausgesucht hätte. Bald werde ich wissen, wohin man mich schickt. Wenn es eines dieser trostlosen afrikanischen Länder ist, werde ich mich mit Vergnügen an die friedliche englische Landschaft erinnern – besonders im Regen.«

»Sie hätten einen besseren Ort finden können, die englische Landschaft zu bewundern. Ich höre, Celia Etchell ...«

Er machte eine ungeduldige Handbewegung. »Hören Sie endlich auf, von Celia zu reden. Ich dachte, das hätte ich klargestellt.« Er sprang auf, als Miss Lightbody mit einer Hand versuchte, den Türknopf zu drehen, während sie auf der andern Hand das Teetablett balancierte. »Bitte, lassen Sie mich das tun.« Er trug das Tablett zum Tisch. »Ist es recht hier?« Er ging zurück, um die Tür zu schließen, und sah den Kohleneimer. »Soll ich ein wenig aufschütten?«

Dena nahm schweigend ihre Tasse entgegen und hockte sich nah vors Feuer. Ihre rote Nase und ihr strähniges Haar schienen sie nicht weiter zu stören. Harry Penrose plauderte unbeschwert mit Miss Lightbody. Schließlich bedankte er sich für den Tee. »Ich mache hier ein paar Tage Ferien. Ich fische gerne... Lady Geraldine hat mir versprochen, wenn ich je in diese Gegend komme, mir Merton zu zeigen. Ich höre, es ist sehr sehenswert.«

Miss Lightbody strahlte. »Oh, ich bin sicher, daß Edward... Lord Milroy... Ihnen mit Freuden die Erlaubnis gibt, in seinem Fluß zu fischen. Und Dena wird Sie durchs Haus führen. Ich hoffe, Sie kommen bald wieder zum Tee.«

Harry Penrose ließ sich nicht vertreiben. Miss Lightbody rief Lydia in London an, um ihr von dem jungen Mann zu erzählen, der plötzlich aufgetaucht war und nicht mehr ging. »Penrose... Harry Penrose. Ich kenne seinen Vater. Spinnt sich da was an?«

»Dena spricht kaum mit ihm. Aber das ficht ihn anscheinend nicht an...«

Lydia seufzte. »Mir scheint, ich muß kommen und mich um die Sache kümmern.« Sie kam sehr wider Willen.

»Ich habe die ehrbarsten Absichten, Lady Milroy. Ich will Dena heiraten. Sie lehnt meine Anträge jedoch mit schöner Regelmäßigkeit ab. Ich würde mich gern noch etwas gedulden, doch leider habe ich nicht die Zeit dazu. Mein Urlaub ist fast abgelaufen, und ich erwarte täglich eine Nachricht vom Foreign Office. Wohin sie mich schicken werden, steht allerdings in den Sternen, aber bestimmt auf einen höchst unbequemen Posten. Und so möchte ich Dena sofort heiraten und sie mit mir nehmen.«

Dena sagte: »Würdet ihr beide bitte aufhören, über mich zu reden, als sei ich nicht da. Mutter, ich habe Harry hundertundeinmal gesagt, daß es Wahnsinn ist. Es gibt zahlreiche sehr viel geeignetere Ehefrauen für ihn als mich. Ich bin völlig fehl am Platz als Diplomatenfrau.«

Lydia sagte verärgert: »Mach dich nicht schlechter, als du bist, Dena. Du bist eine junge, schöne Frau, und irgendein netter junger Mann wird sich bald in dich verlieben.«

»Ich dachte, ich sei ein netter junger Mann, gerade im richtigen Alter für Dena, soweit ich das beurteilen kann.«

»Ich habe andere Pläne für Dena.«

»Eine reiche Heirat.«

»Wenn Sie es so grob ausdrücken wollen – ja.«

»Nun, Mutter, auch ich kann Harry kein Geld bieten. Ein Mitgiftjäger ist er also sicher nicht. Gestehe ihm zumindest zu, daß er ein anständiger, wenn auch etwas närrischer Mann ist.«

»Niemand hat das Recht, mich einen Narren zu nennen, nicht einmal meine zukünftige Frau.«

Lydia sank erschöpft aufs Sofa. »Gebt mir um Himmels willen etwas zu trinken. Ich habe so etwas Irres noch nie gehört. Ihr *beide* solltet euch nach jemand anderem umsehen. Zwei bettelarme Toren! Mit Denas Nadelgeld könnt ihr euch auf keinem diplomatischen Fest sehen lassen.«

Harry schenkte Lydia einen großen Whisky ein und schüttete nur wenig Wasser dazu. »Halten Sie nichts von der Liebe, Lady Milroy? Dena hat mir erzählt, sie sei in einer sehr harmonischen Atmosphäre aufgewachsen.«

»Liebe? O ja, Liebe ist wundervoll. Aber Geld ist sehr nützlich, es bezahlt Rechnungen.«

Sie heirateten in der Dorfkirche. Anschließend fand in Merton ein kleines Fest statt, nur die engste Familie und einige Freunde. Harrys Vater, der Staatssekretär Sir George Penrose, musterte Dena skeptisch. »Hoffentlich ist sie dem hektischen Diplomatenleben gewachsen«, sagte er zu seinem Bruder, dem General.

»Natürlich ist sie das. Vermutlich wird sie einen Riesenerfolg haben. Ich habe gehört, sie sei eine großartige Reiterin und eine hervorragende Schützin. Und in Blenheim hat sie Harry fast beim Billard geschlagen. Dort fing die ganze Geschichte wohl an. Lady Penrith hat mir gesagt, sie habe ein angeborenes Talent für Bridge, und das aus dem Mund der alten Dame will schon was heißen. Und sie kann kochen! Nicht zu fassen, aber sie kann wirklich kochen. Harry hätte keine bessere Wahl treffen können.«

Sir George blickte den General skeptisch an. »Vielleicht würde sie eine großartige Offiziersfrau abgeben. Aber an eine Diplomatenfrau werden höhere Ansprüche gestellt.«

Harrys »unbequemer« Auslandsposten war Kairo, und er erwies sich als gar nicht unbequem. Er würde dort als zweiter Sekretär arbeiten. Die Berufung kam nicht unerwartet. Sir George war ein Kenner Arabiens und hatte seinem Sohn angeraten, die Sprache und die Geschichte dieser Völker zu studieren. Dena nahm ihre Kochbücher mit und bemühte sich redlich, auf der Reise unter Harrys Anleitung ein wenig Arabisch zu lernen.

Gleich nach ihrer Ankunft in Kairo kaufte Dena meterweise Seidenstoffe, die ihr unglaublich billig vorkamen, und leichte Baumwollstoffe und schneiderte sich Kleider, die dem Klima und ihrer Stellung angemessen waren. Sie nähte ihre Garderobe auf der Nähmaschine, die die Marquise von Penrith ihr zur Hochzeit geschenkt hatte.

Ihr Koch war höchst beunruhigt, als Dena ihn in ihrem gebrochenen Arabisch nach den Zutaten der Speisen fragte. Er bekam es mit der Angst zu tun. »Glaubte die Dame etwa, er wolle sie vergiften?« – »Bitte, Harry, erklär ihm, daß meine Freunde in England neugierig auf seine Rezepte sind.«

Ihr Arabisch verbesserte sich, obwohl man von ihr nur Englisch und Französisch verlangte. Ihre Kleider wurden allgemein bewundert. Sie spielte fast jeden Nachmittag Bridge und war in dem kleinen ausländischen Kreis gern gesehen. Sie liebte Harry, und sie liebte Ägypten. Aber sie hatte auch begriffen, daß sie und Harry ständig die Städte und Länder wechseln müßten und an keinem Ort je wirklich zu Hause sein würden. Sie dachte oft an ihren Vater und an Merton.

Als sie schwanger wurde, bestand Harry darauf, daß sie für die Niederkunft nach England zurückkehrte.

»Es ist eine der ungeschriebenen Regeln des Foreign Office, Dena. Das Klima hier ist unbekömmlich für Frauen, und die Krankenhäuser ...«, er zuckte nur mit den Achseln. »Vermutlich sind sie gut genug für Notfälle. Aber wenn bei der Geburt Komplikationen entstehen ... ich wünsche mir dieses Kind sehr, Dena. Wir sind über zwei Jahre verheiratet. Ich dachte schon, es würde nie passieren.«

»Du möchtest gern einen Sohn, nicht wahr?«

»Tochter oder Sohn, das ist mir völlig gleichgültig, Hauptsache, du bist in guten Händen und hast keine zu schwere Zeit.«

»Sie sehen also«, sagte Dena zu Ginny an jenem ersten Abend in Seymour House, wo beide sich ihre Lebensgeschichte erzählten, »Sie sehen, wir hätten eigentlich nicht heiraten sollen. Wir haben beide keinen Penny außer dem, was Harry verdient. In dieser Richtung kann ich ihm nicht helfen.«

»Aber Sie sind glücklich mit ihm?«

»O ja, sehr glücklich.«

5

Die zwei Frauen sahen sich nach diesem ersten Zusammentreffen im Park fast täglich.

Dena entdeckte, daß Reichtum zwar viele Privilegien mit sich brachte, aber für Freundschaften eher hinderlich war. Ginny hatte zwar unendlich viele Bekannte, doch sie traute ihnen nie ganz über den Weg. Sie waren entweder die Frauen von Blairs Geschäftspartnern oder Leute, die sich von einem gesellschaftlichen Verkehr mit Blair Claytons Frau und Alex McClintocks Mutter materielle Vorteile versprachen. Und sie war erst zu kurz in London, um sich außerhalb dieses Kreises mit anderen Menschen angefreundet zu haben.

Aus Höflichkeit lud Ginny eines Tages Lydia zum Abendessen ein. Blair war gerade von einer seiner häufigen Reisen nach Zürich zurückgekehrt. Lydia war bei beiden sogleich ein Erfolg. Sie hatte ihre frühere Lebhaftigkeit und Tatkraft zurückgewonnen und hielt es für ganz unnötig, ihre Tochter zu verzärteln, nur weil sie hochschwanger war.

Lydia amüsierte und interessierte Blair. »Ich bin ganz Ihrer Meinung, diese zwei Frauen sind eigenständig genug, um auf sich selbst aufzupassen.« Blair hatte sofort begriffen, daß die so schnell aufgeblühte Freundschaft zwischen den beiden Frauen für beide ungemein wichtig war. Sie hatten sich gegenseitig viel zu geben, und keine hegte irgendwelche Hintergedanken. Er verstand, daß Dena auf Ginny eine große Anziehungskraft ausübte: Sie war schön und voller Lebensfreude, kam mit dem Gehalt ihres Mannes aus, und das in der anspruchsvollen diplomatischen Welt, aber hatte andrerseits seit ihrer Kindheit immens reiche Leute gekannt, so daß Ginnys Reichtum ihr nicht imponierte. Er rechnete ihr hoch an, daß sie anscheinend völlig neidlos war. Er spürte, daß beide eine ehrliche Zuneigung füreinander empfanden und sich gegenseitig vertrauten – eine Seltenheit in den Kreisen, in denen sie sich bewegten. Er lächelte beiden zu und förderte ihre Freundschaft.

Für Dena war Ginny ein Mensch, der ihr nahestand, mit dem sie über das Foreign Office reden konnte, ohne Angst haben zu müssen, daß ihre Worte ausgeplaudert würden. »Ich fürchte, ich bin keine gute Diplomatenfrau«, gestand sie ihr. »Ich kann Menschen einfach keine Schmeicheleien sagen, aber gerade das wird von Diplomatenfrauen und vermutlich auch von ihren Ehemännern erwartet. Das heißt, natürlich nur, bis der Ehemann Botschafter ist. Dann kann er mehr oder weniger tun, was er will. Aber ich fürchte, Harry wird es nicht bis zum Botschafter schaffen, oder wenn, dann in irgendeinem gottverlassenen Land. Er macht seine Arbeit gut, jeder sagt das, aber für die wirklich wichtigen Posten braucht man eigentlich ein Privatvermögen. Ich habe von einigen Botschaftern gehört, die nur ihr Gehalt haben, aber es ist verdammt schwierig, damit auszukommen. Es ist ziemlich peinlich, mittelmäßigen Wein zu servieren, wenn die Gäste Spitzenweine erwarten.«

»Sie sehen eleganter aus als die meisten Frauen, die ich kenne. Sogar in Ihren Schwangerschaftskleidern.«

»Das verdanke ich meiner Mutter, wie so vieles andere. Sie nahm einen Schal, band ihn sich irgendwie um, und schon sah sie schick aus.«

Sie stellten Überlegungen über die Kinder an, die sie erwarteten, amüsierten sich über den Zufall, daß sie beim selben Gynäkologen und in derselben Klinik angemeldet waren. Denas Kind war einige Tage vor Ginnys fällig. Als die ersten Wehen bei Dena um zwei Uhr morgens einsetzten, drei Tage früher als erwartet, war Lydia nicht in der Stadt. Sie verbrachte das Wochenende bei Freunden in Wiltshire. Dena rief erst ihren Arzt an und dann Ginny. »Ich bestell mir ein Taxi«, sagte sie angstvoll. »Die Wehen kommen erst in großen Abständen. Ich glaube nicht, daß ich das Kind auf dem Weg bekomme.«

Ginny beruhigte sie. »Ich seh Sie im Krankenhaus. Mein Baby scheint eine Woche zu früh zu kommen. Ich habe Blair angerufen. In Zürich ist ein Schneesturm. Die Flugzeuge fliegen nicht. Er kommt mit dem Zug.«

»Und Harrys Schiff trifft erst morgen früh in Southampton ein. Außerdem kann ich die Telefonnummer von Mutters Freunden nicht finden. Ich war immer schon reichlich unordentlich. Ich habe ziemliche Angst, Ginny.«

»Mach dir keine Sorgen, mein Schatz.« Sie war automatisch ins Du verfallen. »Ich bleibe bei dir. Was nützen uns schon besorgte Ehemänner! Hör zu, bleib, wo du bist. Ich hole dich ab. Zu dieser Nachtzeit brauch ich für den Umweg keine fünf Minuten. Der Wagen steht vor der Tür.«

Und so kamen sie gemeinsam im Krankenhaus an, ihr Arzt kümmerte sich um beide.

Die Geburten verliefen ohne Komplikationen. Denas Wehen dauerten etwas länger als Ginnys. Die beiden kleinen Mädchen kamen fast gleichzeitig zur Welt.

Ginny besuchte Dena in einem Rollstuhl mit ihrem Baby im Arm. Beide lachten, und beide streckten instinktiv die Arme nach dem anderen Kind aus. »Was nützen uns besorgte Ehemänner?« wiederholte Ginny. »Unsere Winzlinge sind fast Zwillinge. Hoffentlich befreunden sie sich.«

Denas Telegramm wurde Harry bei seiner Landung in Southampton überreicht. Er kam in Denas Zimmer gestürzt und umarmte sie so heftig, daß es ihr fast weh tat. Dann ließ er sie sanft auf die Kissen zurückgleiten. »Ich benehme mich wie ein täppischer Elefant. Ach, Liebling, ich wäre so gerne bei dir gewesen, aber ich bin ein paar Stunden zu spät angekommen. Wie geht es dir und dem Baby? Wann kann ich es sehen? Und wer ist der Mann, der vor deiner Tür auf und ab geht?«

Dena lachte. »Kein Rivale. Vermutlich Blair Clayton, Ginnys Mann.« Harry wußte aus Denas Briefen, wer Ginny war. »Harry, solltest du aus irgendeinem Grund, was ich für unwahrscheinlich halte, Blair nicht mögen, dann mache bitte die größte diplomatische Anstrengung deines Lebens, dies zu verbergen. Du *mußt* so tun, als gefiele er dir. Ginny wirst du bestimmt sofort gern haben.«

Die beiden Männer lernten sich auf der Baby-Station kennen, als sie ihre Töchter begutachteten. Sie erkannten sich, ohne vorgestellt worden zu sein. Harry sagte: »Ein bißchen verwirrend, zum ersten Mal Vater zu werden. Ich bin zu spät gekommen.«

»Ich auch«, erwiderte Blair. »Sie sind Harry, nicht wahr?« Sie reichten sich die Hand. »Lassen Sie uns einen trinken.«

Harry dachte, er meine in einer Bar oder einem Club, aber Blair fuhr nach Seymour House. Auf den Drink folgte ein gemeinsames Abendessen. Sie vertrugen sich gut. Harry mußte keine diplomatischen Verstellungskünste spielen lassen. Sie unterhielten sich über die verschiedensten Dinge und stellten fest, daß sie viele gemeinsame Interessen hatten. »Unsere Hauptbeschäftigung heutzutage«, sagte Harry, »ist es, die englischen Produkte zu verkaufen und das Image unseres Landes zu pflegen. Wir müssen sehr viel diplomatischer vorgehen als früher.« Er blickte auf die Uhr. »Ich muß gehen, ich habe Ihre Gastfreundschaft über Gebühr in Anspruch genommen.«

»Wohnen Sie bei Lady Milroy?«

»Nein, noch nicht. Vermutlich werde ich dort wohnen, sobald Dena aus dem Krankenhaus kommt. Aber die Wohnung in Knightsbridge ist sehr klein, und meine Schwiegermutter wird froh sein, wenn ich ihr erst auf die Pelle rücke, wenn es unvermeidlich ist. Nein, ich übernachte auf einem Sofa bei meinem Vater.«

Blair nickte. »Wenn die beiden Frauen aus der Klinik kommen, hoffe ich, daß Sie alle für einige Wochen zu uns ziehen...« Er reichte Harry die Hand. »Sie würden mir damit einen Gefallen tun. Bankiers scheinen nicht zu verstehen, daß das erste Kind ein ungemein wichtiges Ereignis ist. Sie erwarten mich in den nächsten Tagen zurück. Könnten Sie nicht vielleicht sogar schon früher kommen? Ich wäre Ihnen aufrichtig dankbar. Wir haben eine Menge Gästezimmer. Und ich mache mir Sorgen um Alex. Er ist zum ersten Mal im Leben ohne seine Mutter. Ich möchte nicht, daß er sich verlassen fühlt. Und ich habe heute erfahren, daß Andrew McClintock auf dem Weg nach London ist. Ich wäre froh, wenn Alex ihm nicht allein ausgeliefert ist, das gleiche gilt für Ginny ...«

Harry hatte zwei Wochen Urlaub. Er hatte Gewissensbisse, dieses großzügige Angebot anzunehmen, so verlockend es auch war. »Wird Mr. McClintock nicht denken, zwei, nein drei Parasiten hätten sich bei Ginny eingenistet?«

»Dies ist *mein* Haus«, sagte Blair mit Nachdruck. »Soll er denken, was er will. Aber wenn er etwas Verstand hat, wird er begreifen, wie wichtig es für Ginny und mich ist, Freunde zu haben, besonders wenn es Freunde sind, die von uns in keiner Weise profitieren.«

Harry zog seine buschigen Augenbrauen hoch. »Nicht profitieren? Sie bieten uns für Wochen Ihre Gastfreundschaft an und sagen im gleichen Atemzug, daß wir nicht von Ihnen profitieren? Andrerseits sehe ich natürlich ein, daß Lady Milroy über das Alter hinaus ist, wo man schreiende Babys entzückend findet.«

Blair sagte: »Wollen wir uns darauf einigen, daß wir uns gegenseitig einen Gefallen tun? Vergessen Sie nicht, unsere Töchter haben sich in der ersten Stunde ihres Lebens kennengelernt. Das hat sicher eine tiefere Bedeutung.«

Andrew McClintock traf nach Blairs Abreise nach Zürich ein. Ginny und Dena waren noch in der Klinik. McClintock musterte den Fremden mürrisch. Ein Brief von Ginny, der ihm in Southampton ausgehändigt worden war, und ein Telegramm von Blair hatten ihn über Harrys Anwesenheit informiert. Trotzdem war er voller Mißtrauen.

Andrew McClintock hatte sich in der kurzen Zeit, die ihm zur Verfügung stand, so eingehend wie möglich über Harry informiert. Soweit er sehen konnte, sprach nichts gegen die Freundschaft zwischen den zwei Frauen, und Harry machte einen durchaus zuverlässigen Eindruck. Ein wenig zu unbekümmert vielleicht, aber finanzielle Vorteile konnte er aus seiner Freundschaft mit den Claytons nicht ziehen. Diplomaten mußten sich natürlich darum bemühen, die richtigen Leute kennenzulernen, aber McClintock war sich wohl bewußt, daß Harry und Lady Geraldine keine Emporkömmlinge waren. Einen Augenblick lang dachte McClintock, daß er Harry hassen würde, denn als Alex in die Bibliothek gebracht wurde, rannte er instinktiv auf Harry zu. »Onkel Harry, schau, was ich gebaut habe ...«

Harry drehte ihn sanft um. »Sieh, wer angekommen ist, dein Großvater McClintock. Er ist von weit her aus New York gekommen, nur um dich zu sehen.«

Alex ging mit einer gewissen Zurückhaltung auf seinen Großvater zu. Er hatte ihn sechs Monate lang nicht gesehen und erinnerte sich nur vage an ihn. Er fand, er sehe uralt aus. Ihm gefiel Harry bei weitem besser. Er war lustig, ging mit ihm in den Zoo, ließ ihn im Buchladen seine eigenen Bilderbücher aussuchen und kaufte ihm Eis am Stiel. »Nein«, sagte er, »Großvater ist nicht meinetwegen gekommen. Er will meine Schwester sehen.«

»Euch beide, mein Junge!« sagte Andrew McClintock. Er hielt ihm die Hand hin. Es lag nicht in seiner Natur, seinen Enkel zu umarmen. »Du siehst gut aus und bist gewachsen, wie ich sehe. Ich hoffe, du hast angefangen, Lesen und Schreiben zu lernen.« Er blickte über den Kopf des Knaben hinweg Harry Penrose an. »Ist es nicht an der Zeit, daß Ginny einen Hauslehrer anstellt? Es tut einem Jungen nicht gut, zu lange mit Kindermädchen zusammenzusein.«

»Noch ein wenig zu früh, Mr. McClintock, würde ich denken. Glauben Sie bitte nicht, englische Kinderzimmer brächten nur dekadente Jüngelchen hervor. Sie haben auch einige recht bedeutende Männer produziert.«

»Darunter einige Ihrer Vorfahren, wie ich mir habe sagen lassen«, knurrte McClintock. »Nun gut, wenn Sie meinen ... solange er Fortschritte macht ... So, und jetzt gehe ich ins Krankenhaus, um zu sehen, wie die Tochter aussieht, die Ginny für Blair produziert hat.« Er konnte seine Befriedigung, daß es kein Sohn war, nicht verbergen. »Kommen Sie mit? Der Wagen steht vor der Tür.«

»Ich war heute schon zweimal im Krankenhaus, und Ginny will Sie bestimmt allein sehen.« Er erwähnte nicht, daß es fast Alex' Schlafenszeit war und er es vorzog, das Kind mit seinem Teddybären zu Bett zu bringen, anstatt zusammen mit diesem eher unangenehmen Mann ins Krankenhaus zu fahren.

Aber er wartete auf die Rückkehr des alten Mannes mit einem Whisky und Soda in der Hand in der Bibliothek. McClintock kam herein, Griffin folgte ihm mit einem Glas Bourbon und Wasser. »Nun, sie sehen beide gesund und munter aus. Ginny war gerade bei Ihrer Frau, und so habe ich auch sie kennengelernt. Sie ist sehr schön. Sie können sich glücklich schätzen. Und Ihre Tochter ist sehr niedlich. Beide Kinder machen einen lebhaften und gesunden Eindruck. Und die beiden Frauen vertragen sich so gut, wie man es sich von Schwestern wünschen könnte.«

»Sie haben eine Menge Dinge gesagt, denen ich nur zustimmen kann.«

»Ich habe mich entschlossen, Ihre Frau aufs Geratewohl zu mögen. Ich schätze Ginny sehr, und wenn sie jemand gern hat, dann bin ich ziemlich sicher, daß sie recht hat. Daher bin ich bei Asprey vorbeigefahren und habe zwei goldene Taufbecher gekauft. Gold läuft nicht so an wie Silber.«

Harry nahm einen kräftigen Schluck. »Ich hoffe, wir können die Versicherungssumme aufbringen. Ist es nicht ein zu üppiges Geschenk?«

»Oh, ich bin Taufpate von Ginnys Kind, und ich hoffe, Sie werden mir die gleiche Ehre antun.«

War sich der Mann darüber im klaren, fragte sich Harry, daß er soeben die größte Ehre für sich beansprucht hatte, die Eltern vergeben können? »Ich bin sicher, daß Dena entzückt sein wird. Bleiben Sie bis zur Taufe?«

»Ich nehme an, daß die Taufe in Kürze stattfinden wird, nachdem Sie ja bald wieder nach Kairo zurückfahren müssen. Und so werde ich vermutlich bleiben.«

Harry dachte, daß Seymour House bei aller Größe noch beengender wirken würde als die Wohnung in Knightsbridge, wenn dieser übermächtige Mann bliebe. »Wir müssen unsere Freunde und Verwandten schnellstens zusammentrommeln. An sich gönnt man Müttern einige Wochen Zeit, damit sie wieder schick und schlank aussehen.«

»Ach was, ein guter Schneider kann immer irgend etwas Elegantes rasch hinzaubern ...« Harry dachte, daß die arme Dena auf ihrer eigenen Nähmaschine rasch etwas hinzaubern müßte, aber dann fiel ihm ein, daß diese in Kairo stand. Ihm wurde bewußt, wie schwer es war, sich Andrew McClintocks Einfluß zu entziehen. Andrerseits sagte er sich, daß dieser Mann eine für seine Begriffe äußerst noble Geste gemacht hatte. Seine kleine Tochter Rachel war unerwartet zu einem Taufpaten gekommen, der zu den reichsten und mächtigsten Männern des Landes gehörte. Es war ein Vorteil, den er seiner Tochter nicht vorenthalten durfte.

Und so wurden Christine Clayton und Rachel Penrose drei Wochen nach ihrer Geburt gemeinsam in der Queen's Chapel im Savoy getauft. Die Reichen und Einflußreichen drängten sich auf dem Tauffest. Fast alle bemerkten die zwei identischen goldenen Taufbecher, die Andrew McClintock den beiden Mädchen geschenkt hatte. Und McClintock musterte die Gäste der Penroses und war beeindruckt.

Harry schiffte sich knapp einen Monat nach seiner Ankunft wieder nach Kairo ein. Dena würde in London bleiben, bis Rachel mindestens drei Monate alt war. Harry hatte gegen sein besseres Wissen zugestimmt, daß Dena in Seymour House wohnte. Er nahm nur ungern die Gastfreundschaft der Claytons an, aber andrerseits wußte er auch, wie sehr die zwei Frauen aneinander hingen und daß Dena nur ungern zu ihrer Mutter ziehen würde. Ellen hatte nicht einmal angeboten, ihre Schwester bei sich aufzunehmen. Ihm war wohl bewußt, daß Dena gezwungen sein würde, eine Art Zigeunerleben mit ihm zu führen; das war in seinem Beruf unvermeidlich. Es würde ihr guttun, mit Ginny zusammenzusein. Sie war noch immer etwas nervös im Umgang mit dem Baby, und in Seymour House gab es eine ausgelernte

Kinderschwester und zwei Lernschwestern, so daß Dena entlastet war und Zeit hatte, ein wenig mehr Selbstvertrauen zu gewinnen, das sie bitter nötig hatte.

»Erschwer ihr nicht den Entschluß, Harry«, bat Ginny. »Laß sie die paar Monate bei mir wohnen. Du tust auch mir damit einen Gefallen. Selbst Blair und Andrew können mir nicht auf Bestellung Freunde heranschaffen. Ich brauche Dena mindestens so sehr, wie sie mich braucht.«

Harry gab sich geschlagen. »Wenn ihr bloß nicht so verdammt reich wärt. Ich kann mich unmöglich bei euch revanchieren.«

»Und ich kann mich nicht für alles, was du für Alex tust, revanchieren. Ich glaube, er hängt mehr an dir als an Blair. Dein Hiersein hat verhindert, daß er auf Christine eifersüchtig ist. Blair ist natürlich ganz hingerissen von seiner Tochter, und Alex versteht sehr gut, daß er nicht Blairs Sohn ist. Aber Denas Anwesenheit wird von großer Hilfe sein. Alex muß sich plötzlich mit zwei Müttern und zwei Schwestern auseinandersetzen. Und damit wird er voll beschäftigt sein, so daß er gar nicht merken wird, daß er nicht mehr im Mittelpunkt steht. Natürlich wird er für Andrew McClintock immer die Nummer eins sein ...«

»Armes Kind.« Harry lächelte. »Keine leichte Position.«

»Nachdem du einer der wenigen Menschen bist, die das begreifen, wirst du auch verstehen, warum mir so viel daran liegt, Dena und Rachel eine Zeitlang bei mir zu haben. Alex wird in seinem Leben viele Menschen treffen, die ihn hofieren werden, weil er Andrews Enkel ist, aber er wird wenige kennenlernen, denen er so bedingungslos vertrauen kann wie dir und Dena.«

Ginny und Blair waren in diesem Jahr ständig auf Reisen. Sie pendelten hin und her zwischen London, Washington, New York und Zürich. Im Winter nach Rachels und Christines Geburt verbrachten sie einen Monat in Kairo. Mit ihnen kamen Alex, eine Gouvernante, Christine und die Kinderschwester.

Es war ein gelungener Aufenthalt. Sie alle genossen den milden ägyptischen Winter und sahen ihren Kindern beim Spielen zu. »Ich wußte, dies ist der letzte Winter, wo ich zu dir kommen konnte«, sagte Ginny. »Nächsten Herbst wird Alex nämlich eingeschult, und ich muß den größten Teil des Jahres in Washington sein. Aber den Sommer über sind wir in London. Wir erwarten dich in Seymour House, wenn das Baby fällig ist.« Dena war wieder im dritten Monat schwanger.

»Harry wird es nicht sehr gerne sehen, wenn ich erneut bei euch wohne. Er hat Angst, daß man sagt, wir nutzen euch aus.«

»Ich glaube, daß Blair und ich darüber entscheiden sollten«, sagte Ginny etwas unmutig. »Wir sind schließlich keine Vollidioten. Du kannst nicht in der winzigen Wohnung deiner Mutter leben mit Rachel, einer Kinderschwester und dem neuen Baby. Ihr würdet euch gegenseitig ganz verrückt machen.«

»Auf dem Witwensitz in Merton gibt es genug Platz«, widersprach Dena, aber nicht sehr überzeugend. Sie sehnte sich nach London, nach der Sicherheit, die der ihr bekannte Gynäkologe ihr gab, und nach der vertrauten Klinik. Harry erklärte sich einverstanden. Und so zog Dena sechs Wochen vor der Geburt ihres zweiten Kindes nach Seymour House.

Dena genoß während des letzten Monats ihrer Schwangerschaft die Bequemlichkeiten, die ihr Seymour House bieten konnte. Rachel und Christine erneuerten die Freundschaft, die sie seit ihrer Geburt verband. Alex hatte auf Wunsch seines Großvaters einen Hauslehrer bekommen, der die beiden kleinen Mädchen offensichtlich sehr gerne mochte. Sogar Christines Kinderschwester gab widerwillig zu, daß er einen guten Einfluß auf ihre beiden Zöglinge hatte. Dena trug die Schwangerschaftskleider von Ginny. Sie hatte Freude an den Abendessen mit Ginnys und Blairs Freunden und war dankbar für die Geborgenheit, die die beiden ihr boten. »Es ist wirklich wie Ferien bei euch«, sagte sie. »Ich bin euch so dankbar.«

Harry kam eine Woche vor der Geburt des Kindes an und brachte die Neuigkeit mit, daß ihre Habseligkeiten gepackt seien, da er als Erster Sekretär nach Berlin versetzt worden sei.

»Und das nur, weil du dieses scheußliche Deutsch so gut sprichst!« rief Dena verzweifelt aus. »Ich kann unmöglich diese entsetzlich langen Wörter aussprechen und erst diese Sätze, wo das Verb erst kommt, wenn man schon vergessen hat, was man sagen will.«

»Ich hoffe, es ist nicht nur meiner Deutschkenntnisse wegen«, erwiderte Harry lachend. Dann fügte er, an Blair gewandt, hinzu: »Ich habe einen Sonderauftrag. Ich soll die Entwicklung der russischdeutschen Annäherung beobachten, mich darüber informieren, was die Presse über die beiden Länder schreibt, und meine Ohren offenhalten, was man in Berlin über Rußland sagt. Ich habe fleißig Russisch gelernt, aber man hat mir angeraten, während meines Urlaubs an einem Schnellkurs in Russisch teilzunehmen.«

Ihre zweite Tochter kam im August 1932 zur Welt. »Bist du enttäuscht, Harry? Wieder ein Mädchen...«

»Ich kann nicht genug Frauen um mich haben. Ich weiß nicht, ob mir die Rivalität eines anderen Mannes in meinem Haushalt gefiele.«

Dena küßte ihn. »Diplomatisch wie immer!«

Sie kehrte nach wenigen Tagen nach Seymour House zurück und wurde von der leisen, ergebenen Dienerschaft verwöhnt. Sie spielte mit Rachel, Chris und Alex und nährte ihr Baby. Aber sie wußte auch, daß sie in dem Augenblick, wo sie müde war, sich hinlegen konnte und ihr alles abgenommen würde.

Ginny sagte: »Vielleicht ist es ein Zufall, meine Liebe, aber Andrew, mein lieber Schwiegervater, kommt in den nächsten Tagen. Natürlich reist er viel herum, genauso wie Blair und ich. Und er mag keine Hotels. Deshalb unterhalten wir wohl all diese großen Häuser, damit er immer bei uns wohnen kann...«

»O je...«, sagte Dena. »Dann ziehen wir besser aus...«

»Unsinn, mein Schatz. Du und Harry seid meine Gäste. Im übrigen habe ich so eine vage Vermutung, daß Schwiegervater eurethalben hierherkommt. Er will wieder Taufpate sein. Meinst du, du kannst eine Taufe mit allen Festivitäten so kurz nach der Geburt überstehen? Ich wünschte, ich hätte selbst ein Baby, so daß wir wieder eine gemeinsame Taufe haben könnten... Wie nennen wir eigentlich das kleine Wurm?«

Es war ein sehr viel bescheideneres Fest, da Blairs englische Verwandte und McClintocks Geschäftsfreunde nicht anwesend waren. Harry und Dena fühlten sich fast verpflichtet, Andrew McClintock anzutragen, wieder Taufpate zu sein. Er war offensichtlich erfreut und vielleicht heimlich erleichtert, daß diesmal kein Clayton-Kind gleichzeitig getauft wurde. Bislang hatte der junge Alex noch keinen Rivalen...

»Ich taufe dich auf den Namen Caroline Virginia Lydia...« Wiederum war die Taufe vorverlegt worden, weil Andrew McClintock nach New York zurückfahren mußte. Wiederum fand das Tauffest in Seymour House statt. Harrys Kollegen vom Foreign Office waren alle gekommen und natürlich auch Harrys Vater. Der Tod seines Bruders, des Generals, hatte ihn offensichtlich sehr mitgenommen. Und Harrys Bruder Richard war unerwarteterweise ebenfalls aufgetaucht, fühlte sich aber, nach seinem Gesichtsausdruck zu schließen, bei einer Taufe fehl am Platz. Der alte Penrose sagte zu Lydia: »Richard wird sich nie verheiraten. Welche Frau kann schon mit einem Mathematiker leben?« Lydia lachte fröhlich. Sie fand es großartig, Enkelkinder zu haben, solange sie sich nicht um sie kümmern mußte.

Harry nahm jeden Tag Deutsch- und Russisch-Unterricht. Deutsch sprach er von seinem Aufenthalt in Wien her bereits fließend; Russisch zu lernen war seine persönliche Entscheidung gewesen. Und dann kam der Tag seiner Abreise nach Berlin. Er hatte darauf bestanden, allein vorauszufahren, um das Haus einzurichten, bevor seine Familie ihm folgte.

Dena blieb in London, bis Ginny nach Washington fuhr.

Alex mußte eingeschult werden, und sie wollte bei ihm sein. »Berlin ist so viel näher als Kairo«, sagte Ginny. »Wann immer Harry einen längeren Urlaub hat, könnt ihr nach Washington kommen. Mach dir keine Sorgen über die Reisekosten. Mr. McClintock hat auf einem der Cunard-Passagierdampfer fest eine Suite gebucht. Es ist ihm egal, wer sie benützt; natürlich muß es sich in Grenzen halten. Und wenn er sie selbst braucht, werdet ihr ohne Entschuldigungen oder Höflichkeiten hinausgeworfen.«

»Wie können wir so viel von euch annehmen?« fragte Dena. Sie fing an, Harrys Bedenken zu teilen. Sie war sich bewußt, daß sie und ihre Familie, materiell gesehen, sehr viel mehr bekamen, als sie je zurückgeben konnten, aber die all-beherrschende Gegenwart des alten McClintock bedrückte sie weniger als die anderen. Sie drehte Rachels goldenen Taufbecher zwischen den Fingern. »Ich versteh nicht, warum er so nett zu uns ist.«

»Vielleicht sind ihm Blairs und meine Gefühle nicht ganz gleichgültig. Abgesehen davon sind Harry und du unbeeindruckt von seinem Geld, und das ist ihm noch nie passiert.«

»So habe ich die Sache noch nie angesehen. Ich bin vermutlich sehr naiv.«

»Bleib es.« Ginny gab ihr auf dem Victoria-Bahnhof einen Abschiedskuß. Und Dena machte sich auf die lange Reise nach Berlin mit ihren zwei Töchtern und einer Kinderschwester, die noch mehr Angst vor Deutschland hatte als sie selbst.

Endlich kamen sie in Berlin an, und sie flog in Harrys Arme. »Du siehst gut aus, Liebling. Gott segne Ginny und Blair.«

Das ihnen zugewiesene Haus war groß und freundlich und hatte genügend Dienstboten. Sie fühlten sich wohl in Berlin, selbst als sich im Januar und Februar 1933 die Ereignisse überstürzten und sie zutiefst beunruhigt waren. Adolf Hitler kam an die Macht, der Reichstag brannte, angezündet von den Kommunisten – wie die Nazis behaupteten. Harry warnte Dena, die Vorkommnisse nicht mit ihren Freunden zu diskutieren, sondern sich völlig neutral zu verhalten. »Die

Dienerschaft, Dena, ist immer gegenwärtig, und wir wissen nicht, auf welcher Seite die Leute stehen. Einige von ihnen sind bestimmt Nazis. Laß keine Briefe herumliegen. Schreib nichts, was dir falsch ausgelegt werden kann.« Und so schrieb sie heitere und nichtssagende Briefe an ihre Mutter, Julia und Ellen. Sie beschrieb die Diners, die sie gab, die Empfänge, an denen sie teilnahm. Sie nannte die Namen der wichtigen Politiker, die sie traf, ohne eine Meinung über sie abzugeben. Nur Ginny gestand sie ihre Besorgnis ein.

Ich habe das Gefühl, als würde ich die ganze Zeit über meine Schulter linsen. Harrys Interesse an Rußland erregt Mißtrauen. Das Leben hier hat etwas Gezwungenes, ganz anders als in Kairo. Ich muß sehr vorsichtig sein. Manchmal würde ich diesen fetten Nazis in ihren glitzernden Uniformen am liebsten den Rücken zudrehen. Die Militärs gefallen mir besser. Sie halten noch die alte preußische Tradition hoch und verachten Hitler, können aber nichts gegen ihn ausrichten. Die nationalsozialistische Partei hat Hitler mit diktatorischer Macht ausgestattet. Harry sagt, ich solle mir keine Sorgen machen, wir genössen diplomatische Immunität. Aber zuweilen wage ich kaum mehr, den Mund aufzumachen. Stell Dir vor, Rachel kennt bereits gleich viele deutsche Wörter wie englische. Sie scheint Harrys Sprachtalent geerbt zu haben. Ich fühle mich ganz blöd neben den beiden.

Ich muß hier sehr viel mehr Leute einladen als in Kairo und die Gattin des Botschafters vertreten, wenn sie verhindert ist. Ich sammle deutsche Rezepte, aber die deutsche Küche ist für meinen Geschmack zu schwer. Die Wurstsorten sind hingegen fabelhaft, und das Bier schmeckt sehr gut.

Ich vermisse Dich und unsere ungezwungenen Gespräche sehr.

Im Sommer 1934 kamen Ginny, Blair, Alex und Christine nach Berlin zu Besuch. Der Botschafter, der die Wichtigkeit dieser Besucher erkannte, brachte sie in der Botschaft unter. Blair wurde eingeladen, die Fabriken im Ruhrgebiet zu besichtigen, eine Einladung, die er annahm. Harry wurde gestattet, ihn zu begleiten, weil er offiziell Blairs Gastgeber war. Die Deutschen waren nicht sehr begeistert, den englischen Diplomaten mit dabei zu haben, aber sie konnten es nicht verhindern, nachdem die beiden Frauen so eng befreundet waren. Am Ende der zweiten Woche hatten sie alle das Gefühl, ihre Lippen wären steif von den vielen Gemeinplätzen, die sie geäußert hatten, und so fuhren sie in die McClintock-Clayton-Villa am Zürichsee.

»Oh, diese Freiheit!« rief Dena erleichtert aus. Sie ruderten mit den Kindern auf dem See und machten mit ihnen Ausflüge in die Berge. Die Schweiz zeigte sich von der besten Seite: die Sonne schien, und sie konnten die schneebedeckten Bergspitzen sehen. Rachel fand sich dank ihren Deutschkenntnissen gut zurecht, obwohl sie sich beklagte, daß alle Wörter anders ausgesprochen würden. Sie war wütend, daß man sie besser verstand, wenn sie englisch statt deutsch sprach. Chris war von ihrer gleichaltrigen Freundin, die eine Fremdsprache beherrschte, tief beeindruckt.

Als Dena, Harry und die Kinder nach Berlin zurückkehrten, fanden sie eine angespannte Situation vor. Im Juni hatte eine blutige Säuberungsaktion stattgefunden, der viele Parteimitglieder zum Opfer gefallen waren. Es hieß, sie hätten sich gegen Hitler verschworen. In Österreich war der Kanzler Dollfuß ermordet worden. Das Wort »Lebensraum« tauchte immer öfter in Reden auf. Im August, nach dem Tod Hindenburgs, wurde Hitler aufgrund einer Volksabstimmung zum Kanzler ernannt. Er behielt seinen Titel »Der Führer«.

Dena hatte ihren Alltag ganz auf Harrys Tätigkeit eingestellt und versuchte, möglichst wenig über das zu sprechen, was um sie herum vorging. Einige Leute äußerten ihr gegenüber vorsichtig ihre Sorgen und Ängste, aber die Mehrzahl der Deutschen schien stolz auf ihren Führer zu sein. Die Demütigungen des verlorenen Krieges gerieten in Vergessenheit. Im März 1935 wurde das Saarland an Deutschland zurückgegeben. Nachdem Hitler den Versailler Vertrag aufgekündigt hatte, unterzeichnete er mit den Engländern ein Seeabkommen, in dem Deutschland sich verpflichtete, seine Flotte auf höchstens ein Drittel der britischen Flottenstärke auszudehnen. »Und nun«, schrieb Dena an Ginny, »hat Hitler begonnen, eine Luftwaffe aufzubauen. Natürlich nur zu Verteidigungszwecken, wie er beteuert. Ein furchtbarer Mann namens Göring ist damit beauftragt.« Sie las den Brief noch einmal durch und strich das Wort »furchtbarer« aus. Obwohl der Brief durch die diplomatische Kurierpost geschickt wurde, hatte sie Angst, sich so scharf zu äußern. Sie lebte in der Furcht, daß irgendeine Unbesonnenheit ihrerseits Harrys Karriere schaden könnte.

Im Frühjahr erfuhr Harry, daß seine Dienstzeit in Berlin im Sommer abgelaufen sei. Er erhielt drei Monate Urlaub, und man gab ihm zu verstehen, daß er vermutlich nach Moskau versetzt werden würde. Die Bestätigung würde er jedoch erst erhalten, nachdem er Berlin verlassen hätte. Dena stieß einen Seufzer der Erleichterung aus und schrieb sofort an Ginny.

Einen Tag, nachdem ihr Brief an Ginny abgegangen war, kam ein Brief aus Washington. Irgendwie war man bei McClintock-Clayton dieser geheimgehaltenen Information über Harry habhaft geworden.

> Freunde an der hiesigen Botschaft haben erfahren, daß Ihr Ende dieses Sommers Berlin verlaßt und daß Harry ein längerer Urlaub zusteht. Warum verbringt Ihr ihn nicht bei uns? Wir sind den ganzen Sommer über in Prescott Hill. Es wird ziemlich heiß sein, aber nicht schlimmer als in Kairo. Ich erwarte Euch. Bitte enttäuscht mich nicht. Ich brauche Eure Gegenwart mehr als je zuvor und kann im Moment nicht reisen, denn ich erwarte ein weiteres Clayton-Kind.

Sie verbrachten eine Woche in London in einem Hotel und einige Tage auf dem Witwensitz in Merton. »Und nun hab ich genug von der Familie«, sagte Dena, und Harry widersprach ihr nicht.

Sie buchten eine Zweite-Klasse-Kabine auf einem Cunard-Dampfer, aber als sie in Southampton ankamen, wurden sie vom Zahlmeister begrüßt und in eine Erste-Klasse-Suite geleitet mit einer anschließenden Kabine für Rachel, Caroline und die Kinderschwester. »Auf Anordnung von Mr. McClintock«, erklärte der Zahlmeister. »Er hofft, Sie haben eine gute Überfahrt.«

Dena betrachtete die mit Blumen geschmückten Räume. »Ich weiß nicht, ob wir das annehmen sollen, Harry. Aber es fällt schwer, auf diesen Luxus zu verzichten, und wenn wir ablehnen, ist er vielleicht verärgert.«

Auch Harry war nicht ganz wohl zumute, aber wenn sie sich widerspenstig zeigten, würden sie Blair und Ginny betrüben.

»Nachdem wir nicht nein sagen können, Liebling, laß uns wenigstens das Ganze genießen. Man kann eben nicht mit Andrew McClintock befreundet sein, ohne sich seiner wohlgemeinten Tyrannei zu beugen. Ich frage mich, worum er uns eines Tages bitten wird. Aber, so wahr mir Gott helfe, mir fällt nichts ein, was wir ihm zu bieten hätten.«

Die gleiche bevorzugte Behandlung widerfuhr ihnen bis Washington. Zwei Zugabteile waren für sie reserviert. »Wir müssen uns damit abfinden, daß wir Gäste von ungemein reichen Leuten sind.«

»Ich habe nichts dagegen«, sagte Dena. »Reichtum bringt viele Vorteile mit sich.«

Ginny holte sie am Bahnhof in Washington ab. Alex und Christine begleiteten sie. Sie stellten erstaunt fest, wie schnell die Kinder in die Höhe geschossen waren. Rachel und Christine taten sich gleich zusammen. Obwohl sie sich ein Jahr lang nicht gesehen hatten, waren sie alt genug, sich wiederzuerkennen. Das Wort »Zwillinge« war in aller Mund. Alex hielt sich zurück, bis Harry die Hand auf seine Schulter legte und sagte: »Bist du zu alt oder zu stolz, um einen Onkel zu begrüßen? Was tun wir im Sommer? Irgendwelche Pläne?« Alex zählte blitzgeschwind eine Menge von Dingen auf, die er in Prescott Hill unternehmen wollte. Ginny und Dena umarmten sich lange und innig.

Sie verbrachten eine Woche in Washington, besichtigten die Stadt, gingen zu Diners, die Blair und Ginny für sie arrangiert hatten, machten den üblichen offiziellen Besuch bei der englischen Botschaft. Harry wurde von alten Kollegen herzlich begrüßt. »Vermutlich werden Sie bald nach hier abkommandiert werden, alter Knabe. Wissen Sie schon, wohin man Sie als nächstes schickt?«

Harry war befohlen worden, noch nicht darüber zu sprechen. »Nein, unsere Vorgesetzten, die glauben, die Weisheit gepachtet zu haben, finden es anscheinend richtig, mich auf die Folter zu spannen. Mein Alptraum ist die Mongolei. Wäre ein bißchen hart für Dena und die Kinder.«

Dann zogen sie nach Prescott Hill um: Ginny, Dena und Harry, die vier Kinder, Alex' Hauslehrer, die Kinderschwester und die Lernschwester, die Dena mitgebracht hatte. Blair würde zu den Wochenenden kommen, und Andrew McClintock würde aufkreuzen, wann immer ihm der Sinn danach stand. Dena war entzückt von dem Haus. Sie ging durch die großen Räume mit ihren sich langsam drehenden Ventilatoren und betrachtete eingehend die Gemälde und die antiken Möbel. »Ich hätte es nicht für möglich gehalten, daß man ein Haus so stilgerecht einrichten kann.«

»Ich hoffe, dir gefällt auch mein kleines Haus in Virginia. Blair hat es für mich gekauft. Es ist sehr einfach, aber gemütlich und typisch für die Südstaaten. Meine Mutter ist dort aufgewachsen. Wenn Harry nach Washington versetzt wird, könnt ihr es gerne als Landsitz benutzen.«

Sie besichtigten Wildwood und viele andere Orte. Dena und Harry lernten eine Menge über den Sezessionskrieg. »Schaut euch einfach um«, riet Ginny. »Ich will nicht, daß ihr Partei nehmt. Blair und ich haben uns wegen des Bürgerkriegs fast verzankt. Und wir waren nicht die ersten und werden nicht die letzten sein, die sich darüber streiten, wer recht und wer unrecht hatte. Virginia liegt so nah an den Nordstaaten und ist dennoch so typisch für den Süden. Es ist besser, kein Urteil abzugeben, besonders nicht in Anwesenheit unserer Nachbarn.«

Die Wochen verflogen. An den Wochenenden kamen viele Gäste: Familien von der britischen Botschaft, Angehörige des diplomatischen Corps. Meist kamen sie zum Mittagessen und brachten ihre Kinder mit. Es war eine buntgemischte Gesellschaft, die Andrew McClintock zu gefallen schien, denn er ließ sich oft blicken. Sie tummelten sich im Schwimmbecken, ritten oder faulenzten im Schatten der großen Eichen. Dena entdeckte, daß ein Schießstand existierte und musterte eifrig die Gewehre. Blair hielt sie in guter Ordnung, aber beklagte sich, daß er nicht genug Zeit hätte, um sich im Scheibenschießen zu üben.

»Ich bin außer Übung«, sagte Dena. »Es ist lange her, daß ich ein Gewehr in der Hand gehabt habe...«

Alex schien es Spaß zu machen, bei den Mädchen den Anführer zu spielen. Rachel widersetzte sich ihm öfter als Christine, und Caroline wagte in seiner Gegenwart kaum den Mund aufzumachen, soviel Ehrfurcht flößte er ihr ein.

Er war jetzt acht Jahre alt und beherrschte seine Umgebung. Instinktiv wurde er sich allmählich seiner Sonderstellung bewußt. »Ich kann es ihm nicht länger verheimlichen«, sagte Ginny. »Sein Großvater behandelt ihn jetzt schon, als ob er erwachsen wäre und seine Erbschaft angetreten hätte. Dies bleibt nicht ohne Einfluß. Alex bekommt alles, was er will, wenn es sich in vernünftigen Grenzen hält. Er ist schließlich Andrew McClintocks einziger Enkel. Selbst wenn das Baby, das ich erwarte, ein Junge wird, ist er mit meinem Schwiegervater nicht blutsverwandt. Ich habe schon gefürchtet, daß ich kein zweites Kind mehr von Blair bekomme. Und wir brauchen es alle, Blair und ich, Alex und Christine. O ja, wir brauchen es.«

Dena bemerkte, wie sehr Ginny sich schonte. Sie ging zwar täglich in den Stallhof und sah zu, wie die Pferde gesattelt wurden, aber sie selbst ritt nicht. Sie machte die vorgeschriebenen Übungen und schwamm in Denas Beisein vorsichtig ein paarmal im Schwimmbecken auf und ab. Sie hielt die vom Arzt verordneten Ruhestunden und eine strenge Diät ein. Sie strahlte eine innere Schönheit aus, die einigen schwangeren Frauen zu eigen ist. Die Nachbarn kamen häufig zu Besuch, und alle machten ihr Komplimente über ihr blühendes Aussehen. »Du tust Ginny gut, Dena«, sagte Blair. »Kannst du nicht etwas länger bleiben? Oder ist das zuviel verlangt?«

»Wenn Harrys neuer Posten offiziell bekannt wird, können wir darüber reden. Es ist nur zu offensichtlich, daß Rachel und Caro sich pudelwohl fühlen. Und erst ich! Ach, es ist so angenehm, nicht immer beobachtet zu werden. Ja, das gute Leben ist sehr verführerisch...«

Endlich kam die lange erwartete Nachricht vom Foreign Office. Harry war zum Ersten Sekretär und Chargé d'Affaires in Moskau ernannt worden. Seine Freunde aus der Botschaft in Washington riefen ihn an: »Wir dachten alle, Sie würden nach hier versetzt werden, Harry. Moskau ist ein ungemütlicher Posten, so wie die Dinge jetzt liegen.«

Nun, nachdem es offiziell war, stieg eine unerklärliche Angst in Dena auf.

»Ich war so erleichtert, aus Berlin herauszukommen, daß ich über Moskau noch gar nicht nachgedacht habe. Wird es... auch schwierig sein?«

Harry nickte. »Ich fürchte, ja. Die Sowjetunion mißtraut dem Westen, die Bevölkerung darf mit Ausländern nicht umgehen. Für mich ist es ein interessanter Posten, aber für dich und die Kinder wird es nicht leicht sein. Ich meine... alles unterliegt Beschränkungen. Natürlich wird dir eine Wohnung zugewiesen und alles, was dazugehört. Aber sie wird in einem Wohnblock liegen, der ganz für Ausländer reserviert ist. Du kannst nur in staatlich genehmigten Läden einkaufen, und die Kinder dürfen einzig in für Ausländer freigegebenen Parks mit den Kindern anderer Diplomaten spielen. Du wirst nie mit Russen privat verkehren. Du triffst sie auf Empfängen, aber persönliche Kontakte sind ihnen untersagt. Wir sind in Moskau nur gerade geduldet und müssen uns äußerst zurückhalten. Die Frauen, habe ich mir sagen lassen, bekommen es mit der Platzangst zu tun.«

»Aber für deine Karriere ist es wichtig, Harry?«

»Ich nehme es an. Zumindest ist es besser als die Mongolei.«

Sie lächelte. »Wenn du nicht immer so besessen von Rußland gewesen wärst und wie ein braver Junge nur Französisch gelernt hättest, hätte man uns nach Paris versetzt. Aber ich hätte auch keinen braven Jungen geheiratet. Wann fahren wir?«

»Ich fahre Anfang September, dann ist mein Urlaub zu Ende. Ich muß Mitte September meinen Posten antreten. Warum bleibst du nicht hier, wie Blair vorgeschlagen hat, bis Ginnys Baby zur Welt kommt? Es wäre eine große Hilfe für Ginny und auch günstig für Caro. Je älter sie ist, desto leichter wird es für sie sein, diese lange Reise zu überstehen.«

»Ja, die Reise! Wann immer ich mir Rußland vorstelle, denke ich an Winter und nicht enden wollende Eisenbahnfahrten. Diese russischen Romane... ich werde sie wieder lesen müssen.«

»Bleib hier bei Ginny«, drängte er sie, denn er spürte plötzlich, daß sie sich verlassen fühlte. »Und bleib eine Weile in London und besuch deine Familie.«

»Du klingst, als ob du nicht wolltest, daß wir kommen.«

»Natürlich sollt ihr kommen. Und ihr werdet durchaus bequem leben, aber, wie gesagt, total abgeschnitten vom russischen Alltag. Mach eine Liste und kaufe alles, was du für dringend notwendig hältst, denn sogar die Läden für Ausländer haben nur eine geringe Auswahl. Und was mich betrifft, nun, Dena, du weißt, ich glaube seit langem, daß sich in Rußland wichtige Dinge ereignen werden. Es ist ein riesiges Land mit einer großen Bevölkerung, das im Begriff steht, sich zu modernisieren. Es lohnt sich, diese Entwicklung genau zu verfolgen. Ich bin nicht Diplomat geworden, bloß weil mein Vater im Foreign Office eine hohe Stellung einnimmt. Die Arbeit als solche interessiert mich. Sie gibt mir das Gefühl, daß ich auf bescheidene Weise die Ereignisse beeinflussen und meinem Land dienen kann. Eines Tages, das weiß ich, werden die Russen und die Deutschen übereinander herfallen. Und wenn ich unserer Seite irgendwie helfen kann ...«

»Wird es zum Krieg kommen?«

»Das zu verhindern ist die Aufgabe von uns Diplomaten.«

»Aber wenn es nicht zu verhindern wäre, würden die Kinder und ich dort festsitzen?«

»Das würde ich niemals zulassen.«

»Und du, Harry?«

»Mach dir keine Sorgen. Ich setze mich keinen Gefahren aus. Ich bin ein großer Feigling.«

»Und ein großer Narr.« Sie stand auf und umarmte ihn. »Warum bist du nicht Bankier geworden? Das Leben wäre so viel überschaubarer.«

»Und wir würden uns zu Tode langweilen.«

»Besser zu Tode gelangweilt als zu Tode verängstigt.«

»Wenn du nicht nach Moskau willst, kann ich sogar jetzt noch ein Gesuch einreichen, daß man mich woanders hinschickt.«

»Das würde man übel vermerken. Und es wäre meine Schuld. O nein, Harry. Abgesehen davon kann ich vielleicht ein wenig Russisch lernen. Rachel tut es bestimmt. Ein totaler Reinfall wird es schon nicht werden.«

Harry nahm von Dena und den Kindern in Prescott Hill Abschied. »Ich möchte nicht, Dena, daß du mit nach New York kommst, es zögert die Trennung nur hinaus, und schließlich sind es ja nur ein paar Monate ...«

Und so fuhr er ab. Der Herbst fing an, die Bäume zu verfärben. Ginny bereitete sich auf die Rückkehr in die Massachusetts Avenue vor. »Schade, daß wir fort müssen, der Herbst kann so schön sein in Prescott Hill. Über dem ganzen Land liegt ein wunderbarer Duft, und du hättest Gelegenheit, auf die Jagd zu gehen. Aber Alex muß zurück in seine Schule, und mein Schwiegervater macht sich bereits jetzt Sorgen, daß ich nicht in der Nähe eines guten Krankenhauses bin. Ich weiß nicht, warum er sich so aufregt. Er hat doch schließlich seinen Enkel.«

»Aber Ginny, so egoistisch ist er auch wieder nicht. Natürlich will er das Gefühl haben, daß er das Leben aller, die ihm nahestehen, mitbestimmt. Doch ich bin sicher, er hängt sehr an dir.«

»Ich weiß, und es wäre schlimm für mich, wenn es nicht so wäre. Nur manchmal denke ich, daß Alex ihm ganz ausgeliefert wäre, falls mir etwas zustößt. Und das flößt mir Angst ein.«

»Ginny, du bist verrückt. Warum sollte dir etwas zustoßen? Und schließlich gibt es immerhin noch Blair. Er würde Alex nie aus der Hand geben.«

Und dann geschah es! Wieso wußte keiner. Ginny war weder gefallen, noch hatte sie sich schlecht gefühlt. Die Haushälterin weckte Dena aus tiefem Schlaf. »Verzeihen Sie, Lady Geraldine, aber Mrs. Clayton bittet Sie zu kommen. Ich fürchte...«

Der einheimische Arzt war sofort zur Stelle, und am frühen Morgen kam Ginnys Gynäkologe aus Washington an. Einer von McClintocks Chauffeuren hatte die Strecke in einem halsbrecherischen Tempo zurückgelegt. Andrew McClintock traf eine Stunde später ein. Dena erwartete ihn in der Halle. »Mr. McClintock, Ginny geht es verhältnismäßig gut, aber sie hat das Kind verloren. Es ist schrecklich...«

Er unterbrach sie brüsk. »Verdammte Närrin, ist sie wieder unvorsichtig gewesen? Sie hätte fast Alex verloren durch ihr einfältiges Verhalten. Ich werde sofort mit ihr reden.«

»Frühstücken Sie erst mal.« Dena nahm ihn fest am Arm und führte ihn in die Richtung des Eßzimmers. »Blair ist in London, wie Sie wissen. Ich habe ihn noch nicht benachrichtigt. Es ist schwierig, so etwas in einem Telegramm auszudrücken. Und mit dem Telefonieren will ich noch ein wenig warten, bis ich sicher bin, daß Ginny wohlauf ist...«

»Davon werde ich mich persönlich überzeugen, und zwar sofort!«

»O nein, Mr. McClintock, das werden Sie nicht tun. Ginny braucht Ruhe. Und das Letzte, was sie sich wünscht, ist ein Besuch von Ihnen.«

»Wie wagen Sie dumme ...«

»Ja, sprechen Sie es nur aus. Wie wagen Sie dumme Gans, sich einzumischen. Mir ist es schnurzegal, was Sie von mir halten. Ich war die ganze Zeit bei Ginny und habe ihr geholfen, soweit das möglich ist. Und jetzt sollte sie dem Rat ihrer Ärzte folgen, das heißt: sich ausruhen. Sie können ihr das Baby nicht zurückgeben. So, und nun gehen Sie frühstücken. Die Ärzte sitzen bereits im Eßzimmer. Sie können sie nach Herzenslust ausfragen. Aber stören Sie Ginny nicht.«

Es war eines der wenigen Male im Leben Andrew McClintocks, wo er sich den Anweisungen eines anderen Menschen fügte. Er ging ins Eßzimmer und sprach mit den Ärzten. Später, als sie gegangen waren, sagte er zu Dena: »Es war sehr schlimm, nicht wahr? Sie hat sehr gelitten. Die Ärzte haben gesagt, sie müßten sie vermutlich operieren. Warum?«

»Weil Ginny eine inkomplette Fehlgeburt hatte. Sie müssen eine Ausschabung machen. Sie hat leichtes Fieber.«

McClintock sah sie verständnislos an, aber bat nicht um weitere Erklärungen. Wie so viele Männer war er, wenn es sich um Frauenkrankheiten handelte, verwirrt und leicht verärgert.

»Das muß man den Ärzten überlassen. Aber Sie bleiben doch, nicht wahr, bis Ginny wiederhergestellt ist, körperlich wie seelisch. Sie haben mir gesagt ... es wäre ein Junge gewesen.«

»Wie typisch für Sie, Mr. McClintock, daß Sie darüber Bescheid wissen. Aber was Ihre Frage betrifft: Ja, ich bleibe, solange Ginny mich braucht.«

Er sagte fast demütig: »Ich danke Ihnen. Ich habe bereits an unseren Botschafter in Moskau geschrieben, was für ein kluger Mann und guter Freund Harry ist ...«

Dena versuchte, ihren Ärger zu zügeln. »Es genügt völlig, daß Harry von seinen Kollegen geschätzt wird. Er braucht Ihre Empfehlungen nicht.« Trotz aller guten Vorsätze sprühten ihre Augen vor Zorn. Aber er nahm ihre Worte ohne Widerspruch hin.

»Wenn Sie gestatten, verabschiede ich mich ganz kurz von Ginny. Ich sehe Sie beide in Washington.«

Noch am gleichen Nachmittag wurde Ginny im Rettungswagen nach Washington gebracht, wo die Ärzte »einen kleinen Eingriff«, wie sie es nannten, vornahmen. »Wir müssen uns vergewissern, daß ... keine Rückstände da sind«, sagte der Chirurg zu Dena. »Sie hat etwas Fieber, was auf eine Infektion schließen läßt.«

Dena war bei Ginny, als sie aus der Narkose erwachte. »Ich habe es verpatzt, nicht wahr?«

»Die Natur hat es verpatzt, Ginny. Das nächste Mal wird es schon klappen. Du hast zwei gesunde Kinder; es gibt keinen Grund, warum du nicht noch ein Dutzend haben solltest.«

Ginny blieb über eine Woche im Krankenhaus. Dena fand, die Ärzte seien übervorsichtig. Es gelang ihr, den jungen Assistenten des Gynäkologen abzufangen. Er wußte, daß trotz allen Aufhebens, das man um die Schwiegertochter von Andrew McClintock machte, Dena ihre einzige wirkliche Freundin war. »Wir sind vorsichtig, das ist alles. Wir waren wirklich sehr beunruhigt. Wir vermuten eine Infektion der Eierstöcke, was natürlich nicht heißt, daß sie keine Kinder mehr bekommen kann. Möglicherweise kann ihre Empfängnisbereitschaft beeinträchtigt werden ... aber sie ist noch eine junge Frau ... sie hat viel Zeit vor sich ... Wenn das Fieber nachläßt, kann sie in ein paar Tagen nach Hause gehen. Aber erwarten Sie nicht, daß sie munter ist. Sie hat eine Menge Blut verloren ... und wird unter den üblichen Depressionen leiden.«

Und so kam es, daß Dena Alex in die neue Schulklasse begleitete. Danach ging sie gleich zu Ginny ins Krankenhaus. »Um Alex brauchen wir uns keine Sorgen zu machen. Er ist in das Klassenzimmer hineinstolziert, als gehöre ihm die ganze Schule.«

Am Nachmittag kam er mit einem blauen Auge, aber ohne

Reue zu zeigen, nach Hause. »Wir hatten eine kleine Auseinandersetzung. Irgendso 'n blöder Junge hat gesagt, ich sei ein Spekulantensohn. Ich weiß zwar nicht, was ein Spekulant ist, aber es klang nach etwas Miesem. So habe ich ihm eine gelangt und er mir. Sie haben gesagt, falls ich mich nicht besser benehmen könne, solle ich mich nicht mehr sehen lassen, was mir nur recht ist.«

Rachel, Chris und Caroline musterten ihn respektvoll. »Du siehst aus wie ein Pirat«, sagte Rachel. »Tut es weh?« fragte Chris.

Er sonnte sich in ihrem Interesse. »Der andere hat mehr abbekommen.«

Blair kam gerade zur rechten Zeit, um Ginny aus dem Krankenhaus nach Hause zu holen. »Ich hätte nicht fortfahren dürfen, Dena.«

»Es wäre so oder so passiert, Blair. Aber es ist gut, daß du zurück bist und dich um sie kümmern kannst.«

Er sagte wenig, aber seine Augen und seine gebückte Haltung verrieten seine Traurigkeit. Er verbrachte viele Stunden an Ginnys Bett. Manchmal unterhielten sie sich, manchmal las er seine Geschäftspapiere durch oder döste ein. Dena ließ sie allein. Sie mußten auf ihre Weise mit dem Tod des Kindes fertigwerden.

Ginny erholte sich nur langsam. Blair fuhr nach New York, kehrte aber bald zurück. »Er wird immer in der Welt umherrasen«, sagte Ginny. »Ich würde ihn gerne überallhin begleiten, aber ich muß Rücksicht auf die Kinder nehmen. Chris kann mit einer Gouvernante auskommen, zumindest für die nächsten Jahre, aber Blair findet, daß Alex in die Schule gehen sollte. Und ich will keinesfalls, daß er Eltern hat, die die meiste Zeit in Europa verbringen. Mein Schwiegervater besteht darauf, daß er in eine amerikanische Schule geht. Durchaus verständlich, natürlich.«

»Wir haben das gleiche Problem«, sagte Dena. »Rachel wird in eine Spezialschule für Diplomatenkinder gehen, sobald wir in Moskau sind. Aber das nur bis zu Harrys nächster Versetzung. Ein unruhiges Leben für das Kind.«

»Ja, wir beide haben schon unsere Schwierigkeiten«, sagte Ginny, streckte ihren Arm aus und berührte leicht Denas Hand. »Ich danke dir«, sagte sie, »ich hätte in dieser schweren Zeit niemand außer dir in meiner Nähe ertragen.«

Dena ergriff Ginnys Hand. »Ich denke oft zurück an unser Zusammentreffen auf der Brücke. Und ich bin jeden Tag dankbar dafür. Ich habe eine treue Freundin gefunden und bin Teil einer amerikanischen Familie geworden. Das hätte ich nie erwartet.«

Ginnys bleiche Wangen gewannen zusehends an Farbe, und ihre Lebensgeister kehrten zurück. »Blair und ich wollen unbedingt noch ein Kind haben. Bei meiner letzten Untersuchung haben mir die Ärzte Hoffnung gemacht. So, aber jetzt muß ich dir helfen, deine Moskauer Reise vorzubereiten.« Sie griff nach Denas Liste und hob den Telefonhörer ab. »Es wäre sinnlos, von Geschäft zu Geschäft zu laufen. Das meiste sind Routine-Einkäufe.«

Blair bestand darauf, Dena, Rachel und Caroline nach New York und an Bord des Schiffes zu begleiten. »Ich weiß nicht, wie ich dir danken soll«, sagte er, »du bist die einzige Frau, die Ginny über ihren Kummer hinwegtrösten konnte.«

Der Gedanke erfreute Dena. Es war eine stürmische und ungemütliche Überfahrt, die nur erträglich war, weil sie wieder die Suite von Andrew McClintock bewohnten. Abgesehen von ihren eigenen Habseligkeiten, hatte sie noch einen Schrankkoffer mitgenommen, auf den Blair geschrieben hatte: »Erst an Weihnachten zu öffnen«.

Sie sah Lydia und Ellen in London, aber nahm Abstand von der langen Reise nach Schottland, um Julia zu sehen. »Sie hätte auch gar keine Zeit für dich«, sagte ihre Mutter, »mit ihren zahlreichen Kindern – ich weiß schon nicht mehr, wie viele es sind... Mir schaudert es jedesmal, wenn ich hinfahren muß. Das ganze Haus riecht nach Milch und Babys, nach Schafen und Ziegen. Wenn ich denke, daß meine hübsche Julia dort in der Einöde versauert...«

»Solange sie ihren Schotten liebt...«, sagte Dena.

»Und du eilst deinem Harry nach. An deiner Stelle wäre

ich den Winter über in Washington geblieben.« Sie sah sich in Denas Schlafzimmer in Seymour House um, das Blair ihr für ihren Londoner Aufenthalt überlassen hatte. »Wirf doch mal einen schnellen Blick in den Schrankkoffer, ich platze vor Neugier ...«

»Nein, das würde Ginny mir nie verzeihen.« Dena zog sich an, um mit Rachel und Caroline ihren Großeltern in Hampstead einen Besuch abzustatten. Sie fand sie älter aussehend, als sie erwartet hatte, obwohl ihr Großvater sich einen Rest seiner früheren Vitalität erhalten hatte. »Sie müssen mir den Pinsel aus der Hand schlagen, bevor sie mich in den Sarg packen.« Aber er malte keine Porträts mehr. »Ich würde meine Kunden nur enttäuschen«, sagte er. Und so wuchs der Stapel an Landschaften, die er jetzt allerdings aus dem Gedächtnis malte, da ihn die Reisen aufs Land zu sehr anstrengten. Sie waren, seit seine Sehkraft nachgelassen hatte, impressionistischer geworden und hatten großen Erfolg. Aber er verkaufte sie nur, wenn er dringend Geld zum Leben brauchte. »Sie steigen nach meinem Tod im Wert, Dena. Bitte verhindere, daß deine Mutter sie alle zusammen auf den Markt wirft. Ein Bild nach dem anderen bringt mehr ein. Und ich hoffe ... nun vielleicht mache ich mir da Illusionen ... daß meine Enkelkinder einige doch so sehr mögen, daß sie sie behalten.«

»Natürlich werden wir sie behalten.«

Nach einer langen, ermüdenden Reise über die schneebedeckten Weiten Osteuropas kamen sie in Moskau an. Harry begrüßte sie, eingemummelt in einen langen Mantel und mit einer Pelzmütze. Es war Heiligabend. »Das schönste Weihnachtsgeschenk, das ich je bekommen habe.« Er hob Caroline in die Arme, Rachel war dafür bereits zu groß. »Wie hübsch ihr ausseht. Die Luft in Virginia scheint das Wachstum zu fördern.«

»Ich bin größer als Chris, und sie lebt ständig dort.«

Die Wohnung war genauso, wie Harry sie beschrieben hatte. Groß und vollgestellt mit häßlichen Möbeln, aber gut geheizt. Die Dienstmädchen begrüßten Dena mißtrauisch (warum hatte sie ihren Mann so lange allein gelassen?), aber sie umarmten die Kinder entzückt und mit ungespielter Zärtlichkeit. »Sie lieben Kinder«, sagte Harry, »und sind reizend zu ihnen; darüber also brauchst du dir keine Sorgen zu machen. In dem Häuserblock wohnen nur ausländische Diplomaten. Das alltägliche Leben hier wird dir keine großen Schwierigkeiten bereiten, außer daß du auf einige Dinge verzichten mußt, die einfach nicht importiert werden. Die Ausländer haben es leichter als die Russen. Wir haben unsere Spezialläden, wo man Nahrungsmittel und alles Notwendige kaufen kann. Aber sie lesen deine Briefe und hören deine Telefongespräche ab. Dagegen läßt sich nichts tun. Sie verdächtigen die ganze Welt, daß sie ihre Revolution rückgängig machen will ...«

Am Weihnachtsmorgen schenkte Harry ihr ein paar pelzgefütterte Stiefel aus dem weichsten Leder, das sie je in der Hand gehabt hatte. »Ich habe ein Paar von deinen Schuhen mitgenommen – vermutlich hast du sie nie vermißt – und die Stiefel nach Maß anfertigen lassen. Du wirst sie brauchen, mein Schatz.« Auch für die kleinen Mädchen gab es Pelzstiefelchen und Puppen in russischen Nationalkostümen. Sie waren entzückt über alles Neue um sie herum und baten, ob sie im Hof des Wohnblocks spielen dürften, wo sich rechts und links von den gefegten Wegen Schneeberge von ungeahnter Höhe erhoben. »Zuerst öffnen wir Tante Ginnys und Onkel Blairs Schrankkoffer«, sagte Dena.

Sie fielen über den Inhalt her: Spiele, Bücher, Spielzeug – es schien kein Ende zu nehmen. Und für Dena ein russischer Zobelmantel mit dazu passender Pelzmütze. Sie hielt ihn überwältigt in die Höhe, und Harry wußte nicht recht, was er sagen sollte. Sie lasen gemeinsam Ginnys kurze Notiz:

> Wenn Du meine Anweisung befolgt hast, bist Du jetzt in Moskau, zu weit weg, um mir Vorwürfe zu machen. Bitte sei nicht verbohrt englisch und nimm das Geschenk mit Grazie an. Jeder weiß, wie kalt die Winter in Moskau

sind. Es war übrigens Andrew McClintocks Idee. Ich habe gesagt, Du würdest den Mantel nicht annehmen, und er hat mir eine seiner charakteristischen Antworten gegeben: »Natürlich wird sie es tun. Was bleibt ihr anderes übrig, wenn sie in Moskau ist? Sie wird kaum so hirnverbrannt sein, ihn aus dem Fenster zu werfen.« Typisch für ihn, aber wie so oft hat er natürlich recht! Ich hoffe nur, Du hast keinen Ärger mit dem Zoll gehabt.

Harry, der inzwischen gelernt hatte, die Qualität von russischem Zobel zu beurteilen, murmelte: »Vermutlich hätten wir ihn hier zum halben Preis bekommen, in ausländischer Währung, aber sogar den halben Preis hätten wir uns nie und nimmer leisten können. Trag ihn und freue dich an ihm. Es ist ein Geschenk, das von Herzen kommt.« Es gab noch andere, bescheidenere Geschenke, zum Beispiel eine Schreibtischgarnitur für Harry. »Ich würde nicht wagen, sie in der Botschaft zu benutzen; der Botschafter würde denken, ich wolle ihn übertrumpfen.« Beim Anblick einiger silberner Anrichteschüsseln und eines zwölfteiligen Silberbestecks für Dena von Blair holte Harry tief Luft. »Ich weiß nicht, was die Frau des Botschafters sagen wird, wenn sie diesen Silberschatz sieht.« Zu Denas Porzellangeschirr, das sie sammelte, waren auch einige Stücke dazugekommen. »Sie sind wirklich ganz besonders gute Freunde«, sagte Dena, »und sie kennen das diplomatische Leben. Wir können ja immer sagen, es seien Erbstücke. Niemand braucht zu wissen, daß sie funkelnagelneu sind. Es ist ein Muster aus dem neunzehnten Jahrhundert.« Besonders freute sie sich über ein Set von Töpfen und Pfannen im letzten Karton, den sie auspackten. »Oh, Harry ... wie fabelhaft! Sie sind einfach ideal zum Kochen und halten eine Ewigkeit.« Harry blickte auf die ausgebreiteten Sachen. »McClintock hat recht, was können wir tun? Alles zum Fenster hinauswerfen? Es ist schwierig, mit reichen Leuten befreundet zu sein, Dena. Sie wissen, daß wir ihnen nie gleichwertige Geschenke machen können. Was können wir ihnen je geben?«

»Ich werde ein paar von diesen russischen Puppen, die du den Mädchen geschenkt hast, kaufen, und vielleicht finden wir für Alex eine russische Version von Bleisoldaten. Natürlich sind das keine ebenbürtigen Geschenke. Aber wir haben schließlich um diese vielen Sachen nicht gebeten. Alles, was wir ihnen geben können, ist unsere Freundschaft.«

Der lange russische Winter nahm seinen Fortgang. Dena fand Moskau so bedrückend wie Berlin, jedoch auf andere Weise. Ihre Bewegungsfreiheit war noch mehr eingeschränkt und die Kälte schwer zu ertragen. In ihren Briefen an Ginny ließ sie ihren Gedanken freien Lauf.

Ich kann mir dieses Land ohne Schnee gar nicht vorstellen. Ich sehe die alten Frauen auf der Straße und bei uns im Hof Schnee schaufeln, und es zerreißt mir das Herz. Ich verstehe jetzt genau, warum Napoleon besiegt worden ist. Aber wenn wir auf ihre Empfänge gehen, sind die Tische zum Brechen voll mit Essen und Getränken ... Manchmal frage ich mich, wie wir das Leben hier aushalten ...

Sie lernte andere Mitglieder des diplomatischen Corps kennen, und Rachel und Caroline spielten mit deren Kindern.

Hier werden alle Sprachen durcheinander gesprochen. Rachel hat schon um Russisch-Stunden gebeten. Erstaunlich, nicht wahr? Da ist sie ganz wie ihr Vater. Ich bin am liebsten mit den Frauen der amerikanischen Delegation zusammen. Sie sind am zwanglosesten. Die Engländer sind ein wenig steif, und Harry ist nun mal der Chargé d'Affaires. Daher fühle ich mich am wohlsten mit den Amerikanern. Ich spreche oft über Virginia mit ihnen.

Als Dena Rachels Bitte um Russisch-Stunden an Harry weitergab, sagte er: »Nun, dann muß sie erst mal mit mir vorlieb nehmen. Mein Russisch ist allmählich recht gut.« Die Botschaft hatte Harry einen Russisch-Lehrer beschafft, und er lernte begeistert und fleißig. »Der Botschafter nimmt mich neuerdings auf alle wichtigen Konferenzen mit, um den offiziellen Dolmetscher zu überprüfen. Ansonsten mache ich die üblichen Routinearbeiten ...«

Dena bemerkte jedoch, daß Harry auf allen Empfängen immer dicht neben dem Botschafter stand und bei Diners nie weit von ihm entfernt saß, obwohl das Protokoll eine andere Tischordnung diktierte. Sie selbst lud gelegentlich Mitglieder des diplomatischen Corps zum Abendessen ein, bei denen sie russische Speisen servierte, die neu für ihre Gäste waren. Ihr Rezeptbuch füllte sich. Aber Russen konnte sie nicht einladen. »Sie würden absagen«, erklärte ihr Harry. »Wir dürfen nicht zu ihnen gehen, und sie dürfen nicht zu uns kommen. Wir können sie nur auf diesen riesigen Empfängen treffen, die sie gelegentlich geben. Aber mach alles so, wie du es bisher gemacht hast. Du weißt, du bist sehr beliebt im diplomatischen Corps. Sie fragen sich alle, wie es mir gelungen ist, so ein Prachtstück wie dich dazu zu überreden, mich zu heiraten. Die schönste Frau Moskaus! So nennen sie dich. Du servierst die besten Essen und hast die reizendsten, wohlerzogensten und begabtesten Kinder. Ich habe nicht gewagt zu erzählen, daß du wie ein Tatar reitest und so gut schießt wie ... nun, mir fällt im Moment nicht ein, wer der beste Schütze ist. Und ich habe keinem von den kupfernen, innen verzinkten Töpfen erzählt. Ich habe einfach gesagt, du stammtest aus einer sehr talentierten Familie.«

Dena schrieb all das an Ginny. Sie war wie schon in Berlin ihr Sicherheitsventil. Sie hatten sich geeinigt, daß ihre Briefe sehr zurückhaltend sein und keinerlei Kritik an den Russen enthalten würden. Sie füllte ihre Seiten mit Geschichten über Rachel und Caroline, und Ginnys Antworten lasen sich, als sei sie eine kleine Bürgersfrau aus einem Vorort Washingtons. Sie benutzte nicht mal Schreibpapier mit einem Briefkopf. Sie berichtete, daß Alex Fortschritte in der Schule mache, daß Blair wieder »unterwegs« sei. Sie schickte eine Bleistiftzeichnung, die Chris für Tante Dena angefertigt hatte. »Wann sehe ich Rachel wieder?« schrieb sie ungelenk. »Ich wette, ich reite besser als sie.« Kleine Bemerkungen wie diese verrieten den privilegierten, doch für Alex und Chris selbstverständlichen Lebensstil.

»Mach dir keine Illusionen«, sagte Harry zu Dena, »du kannst Gift drauf nehmen, daß die Herren im Kreml genau wissen, daß unsere Töchter die Patenkinder dieses Erzkapitalisten Andrew McClintock sind. Manchmal wundere ich mich, daß das Foreign Office mich hierhergeschickt hat ...«

»Mich auch. Paris wäre viel passender gewesen. Wenn du bloß nicht Russisch gelernt hättest ...«

»Dann fang ich wohl besser gar nicht erst an, Türkisch zu lernen. Ankara würde dir nicht sehr gefallen.«

Sie waren dankbar, als der Frühling in Moskau einzog. Die Schneemassen schmolzen, das Eis brach auf dem Fluß, die Bäume schlugen aus. An dem Tag, an dem Dena die ersten blühenden Narzissen sah, stiegen ihr Tränen in die Augen. Sie begann, Pläne für den Sommer zu machen, für Harrys langersehnten Urlaub. »Wir kommen nach London«, schrieb sie an Ginny. »Und ich werde mich nie wieder über das englische Klima beklagen.«

Caroline und Rachel bekamen die Masern. Dena pflegte sie und beobachtete ängstlich die fiebrigen, mit Flecken übersäten Körper. Man hatte sie vor Komplikationen gewarnt, und sie wartete besorgt auf irgendwelche Anzeichen. Doch die beiden Mädchen erholten sich, waren aber lustlos und blaß. Dena nahm sie in den Hof und setzte sie in die Sonne, und als sie kräftiger waren, ging sie mit ihnen in den Park. Rachel klagte über Kopfschmerzen, und sogar ihre Bücher schienen sie zu langweilen, und Caroline fing oft grundlos an zu weinen. Keine der beiden hatte Lust zu spielen. Die Sommerhitze senkte sich über Moskau. Dena träumte von der milden englischen Landluft.

> Die Krankheit haben sie überstanden, aber sie sind noch sehr schwach und mitgenommen. Wir können ihnen die lange Reise nach London nicht zumuten. Und so werden wir nach Leningrad fahren, wo es kühler sein soll.

Die schlechten Nachrichten folgten Schlag auf Schlag. Harrys Vater starb im Herbst 1936. Es war Harry nicht möglich, rechtzeitig zur Beerdigung in London zu sein. Sein Bruder und seine Freunde schickten ihm alle Nachrufe. Später sollte ein Gedächtnisgottesdienst stattfinden, aber auch an diesem konnte Harry nicht teilnehmen, da er in eine Zeit fiel, wo der Botschafter auf Urlaub ging.

Das Foreign Office zeigte großes Interesse an Harrys Berichten. Der Außenminister hatte gebeten, daß sie ihm automatisch vorgelegt würden, die wichtigsten gab er an den Premierminister weiter.

Der Winter zog wieder in Moskau ein, und Dena beobachtete sein Nahen mit Grauen. Aber es war nicht nur die Kälte, die sie niederdrückte, sondern vor allem die wachsende Spannung im Land, die fast greifbar war. Im diplomatischen Corps kursierten erschreckende Gerüchte über Verhaftungen, die meistens mitten in der Nacht stattfanden. Die Kontakte zum Kreml waren plötzlich wie abgeschnitten. Die furchtbare Nachricht über eine große politische Säuberungsaktion brach im August über das ganze Land herein. Der »Prozeß der Sechzehn« wurde angekündigt. Sechzehn Männer waren terroristischer Umtriebe unter der Leitung von Trotzki angeklagt. Sie wurden für schuldig befunden und erschossen. Angebliche Geständnisse belasteten andere. Im September begann die Zeit des grausamen Terrors. Offiziere des NKWD, des »Volkskommissariats«, verhafteten, verhörten und erschossen Tausende von Menschen oder schickten sie in Arbeitslager. Sogar Denas Dienstboten verfielen in ein fast feindseliges Schweigen, weil sie aufgrund ihrer Kontakte zu Ausländern Angst hatten. Verwandte oder Freunde im Ausland zu haben, war Grund genug, um festgenommen zu werden. Eine panische Angst ergriff das ganze Volk. Nachbarn denunzierten Nachbarn und sogar eigene Familienmitglieder. Der britische Botschafter kam eilends zurück. Harry verfaßte weiterhin seine Berichte. Im Januar 1937 kam es zum »Prozeß der Siebzehn«. Wiederum folgten lange Geständnisse und Hinrichtungen. Sogar führende Parteimitglieder fürchteten sich vor Stalin und dem NKWD. Nur schon zu protestieren war ein strafbares Vergehen. Harry schilderte seinen Vorgesetzten die Schreckensherrschaft und versuchte, die schlimmsten Auswüchse vor Dena zu verbergen. Aber das diplomatische Corps wußte bis hinunter zum niedrigsten Angestellten, was vor sich ging. Sie schlossen sich näher zusammen, als suchten sie Trost und Schutz. Doch sie sprachen nicht über die Ereignisse; das wäre zu gefährlich gewesen.

Im Frühjahr 1937 wurde die Säuberungsaktion sogar aufs Militär ausgedehnt. Fast zur gleichen Zeit erhielt Harry von seinem Bruder Richard die Nachricht, daß ihr Vetter zweiten Grades, Perry, beim Bergsteigen in Neuseeland tödlich abgestürzt sei.

Perry hat sich im vergangenen Jahr verlobt, aber, wie Du weißt, hatten Reisen und Bergsteigen bei ihm immer den Vorrang, und so kam es nicht bis zur Heirat. Was bedeutet, daß er keinen direkten Erben hat. Daher gehen der Besitz und der Titel an den nächstältesten männlichen Verwandten über – und das bist leider Du. Es ist wirklich Pech, denn diese verfallene Ruine Tresillian kann nur eine finanzielle Belastung für Dich sein. Es gibt zwar ein paar Bauernhöfe, die dazugehören, aber die Pacht, die die Bauern zahlen, reicht gerade aus, um die Steuern zu begleichen und das Dach in Schuß zu halten. Meiner Meinung nach wäre es das beste, das Haus abzureißen, aber da der Admiral dort geboren ist, wirst Du wohl auf heftigen Widerstand stoßen. Es tut mir ehrlich leid, daß ich Dich mit dieser Sache behelligen muß, aber egoistisch wie immer, bin ich heilfroh, daß nicht ich diesen Klotz am Bein habe. Die Rechtsanwälte werden Dir Näheres mitteilen. Es wäre natürlich günstig, wenn Du Dich möglichst bald mit ihnen zusammensetzen würdest. Aber anscheinend sieht es im schönen Moskau etwas brenzlig aus, so daß Du wohl nicht so bald loskommst...

»Perry!« murmelte Harry und sah Dena entgeistert an. »Mein Gott, er war jünger als ich. Warum, zum Teufel, hat er nicht geheiratet und einen Sohn produziert? Und warum ich? Natürlich, mein Vater war der nächste in der Erbfolge. Ich habe nie an Perry gedacht, als Vater starb. Warum sollte ich auch? Irgendwann haben sich mal die Generationen verschoben. Vater hat bestimmt nie damit gerechnet, daß er erben würde. Ich war nur einmal in Tresillian. Sie haben das Haus bloß im Sommer bewohnt. Es hat einen hohen alten Turm und steht oben auf einer Klippe. Das Haus fing schon damals an zu verfallen. Und die paar Bauernhöfe bringen nichts ein. Früher gab es dort Zinnminen, aber die sind erschöpft. Dena, wir werden versuchen, den Titel nicht zu gebrauchen.«

»Mit dem Admiral im Hintergrund wird das schwer zu vermeiden sein.«

Er seufzte. »Es ist mir unangenehm, im Dienst mit Lord Camborne angeredet zu werden. Es ist peinlich für mich, einen höheren Titel als der Botschafter zu haben. Als Diplomat hat er natürlich den höheren Rang, aber Außenseiter wissen das nicht immer.«

Im diplomatischen Corps sprach sich die Neuigkeit blitzschnell herum. Die Frau eines amerikanischen Botschaftsrats, die wußte, daß man sich einen Scherz mit Dena erlauben konnte, fragte: »Rede ich Sie jetzt mit Lady Camborne an?«

Dena zündete sich eine Zigarette an, um ihre Unsicherheit zu verbergen. »Ich wünschte, wir hätten nicht nur den Titel, sondern auch etwas Geld geerbt. Statt dessen bleiben wir arm wie die Kirchenmäuse, aber die Leute werden höhere Ansprüche an uns stellen.«

Sie schrieb an Ginny:

Diese Erbschaft ist wirklich wie ein Vulkanausbruch. Der Tod von Harrys Vater war schon schlimm genug, und nun auch noch das! Ich hoffe nur, daß Du und Blair während des Sommers in London seid. Es besteht die Möglichkeit, daß Harry Urlaub bekommt, obwohl die Lage hier schwierig ist. Irgendwann muß er natürlich nach Tresillian, um das Notwendigste zu regeln. Wir wissen nicht ... ja, liebste Ginny, das ist es. Wir wissen einfach nicht, wie es weitergehen soll. Ich brauche Dich genauso dringend wie damals auf der Brücke.

Im Juni, als die Säuberung der Roten Armee in Raserei ausartete, traten sie die lange Reise von Moskau nach London an. Ginny und Blair erwarteten sie am Bahnhof, und sie sanken in die Bequemlichkeit von Seymour House wie in ein warmes Bad. Die Kinder erneuerten ihre Freundschaft. Christine hatte eine englische Gouvernante, Alex einen amerikanischen Hauslehrer.

Harry hatte nur einen Monat Urlaub bekommen. Er verbrachte viele Stunden bei seinen Rechtsanwälten. Auf seine Bitte hin nahm Blair an einigen dieser Besprechungen teil. Die finanzielle Position war schnell geklärt: Es gab wenig Schulden und wenig Einnahmen. Das gefürchtete Wort »Erbschaftssteuer« fiel. »Sie wird sehr niedrig ausfallen, Lord Camborne. Das Haus und das Land sind fast wertlos. Die Zinnminen werfen nichts mehr ab. Es gibt noch eine im Prinzip profitable Porzellanerde-Grube, aber das Produkt ist im Moment nicht gefragt. Und alte Meister oder andere Wertgegenstände sind leider nicht vorhanden. Mit Landwirtschaft ist zur Zeit auch kein Geld zu machen. Einige Bauern sind mit der Pacht im Rückstand. Sollen wir ihnen eine Räumungsklage schicken?«

»Großer Gott, nein ...«

»Es gibt unvermeidliche Ausgaben, Lord Camborne ...«

»Dann soll das Dach eben einfallen.«

Sie verbrachten einige Tage in London.

»Du ahnst gar nicht«, sagte Dena zu Ginny, »wie wunderbar es ist, daß man frei und ungehindert über alles sprechen kann.« Sie hatten die meisten sonnigen Nachmittage im St.-James-Park verbracht. Nun war es an der Zeit, zum Tee nach Hause zu gehen. Die Kinder, die Gouvernante und der Hauslehrer waren ihnen schon weit voraus. Beide blieben auf der

Mitte der Brücke, die über den See führte, unwillkürlich stehen. »Aber das wichtigste ist, endlich wieder mit dir reden zu können.«

Sie fuhren alle zusammen mit dem Wagen nach Cornwall. Die Kinder waren aufgeregt bei dem Gedanken, Abenteuer in einem wirklichen Schloß am Meer zu erleben. Harry und Dena sahen dem Besuch mit gemischten Gefühlen entgegen.

6

Isa war beunruhigt. Seit zehn Jahren hatte niemand mehr in Tresillian gewohnt. Davor hatte die Familie ihre Sommerferien auf dem Schloß verbracht, aber zu jener Zeit war sie noch zu jung gewesen, um auszuhelfen. Und nun hatte sich der neue Lord Camborne mit seiner Frau und zwei Kindern angesagt. Doch dem nicht genug, hatten die Rechtsanwälte ihr mitgeteilt, daß noch ein amerikanisches Ehepaar mit ihren eigenen zwei Kindern, einem Hauslehrer und einer Gouvernante erwartet würden. Isa rollte nervös ihren Schürzenzipfel zusammen. Sie hatte noch nie im Leben einen Amerikaner getroffen. Und was für eine Art Mensch war der neue Lord Camborne? Sie machte eine letzte Runde durch die Zimmer. Sie und ihre Kusinen hatten sie geschrubbt und die Betten gelüftet und Handtücher herausgelegt; mehr hatten sie nicht tun können. Sie hoffte nur, daß der alte Kessel genug heißes Wasser hergab. Wo immer es möglich war, hatte sie die dunklen Ecken mit Blumen aufgehellt. Aber gegen die feuchten Flecken an den Zimmerdecken und den gelegentlich muffigen Geruch hatte sie nichts tun können. In allen Kaminen lagen Holzscheite aufgeschichtet, die Speisekammer war angefüllt mit Selbstgebackenem: Brot, Pasteten und Keksen. Sie hatte einen großen Schinken, ein Huhn und verschiedene Sorten von einheimischem Käse besorgt. Eine Suppe stand auf dem Herd und brauchte nur aufgewärmt zu werden. Sie wußte nicht, zu welcher Zeit die Familie eintreffen würde.

Sie kamen gegen sechs Uhr an. Es war ein schöner, milder Sommerabend, keine Wolke war am Himmel zu sehen. Die See war ruhig, es würde Stunden dauern, bis die Flut käme und sich gefährliche Strudel um die Felsen Tresillians bilden würden. Isa und ihre Kusinen saßen in der Küche und hatten gerade ihren Tee beendet, als sie das Geräusch von herannahenden Autos vernahmen. Livy, die an der Biegung der Auffahrt auf der Lauer gelegen hatte, kam durch die Tür des Stallhofs hereingestürmt und rief: »Sie sind da!« Die drei Frauen liefen hinaus, um beim Tragen der Koffer zu helfen. Livy, von einer ihr unbekannten Schüchternheit befallen, hielt sich im Hintergrund. Bully war erstaunt über den unüblichen Tumult und trottete hinaus, um nach dem Rechten zu sehen.

Livy hob Tubby auf, preßte sie trostsuchend an sich, setzte sich auf den großen Stuhl neben dem Herd und tat so, als ginge die Ankunft der Fremden sie nichts an. Aber sie fuhr sich mit der Zunge über die trockenen Lippen und spürte, wie eine vage Feindseligkeit in ihr aufstieg. Ihr Königreich und ihr Schloß waren ihr fortgenommen worden.

Sie hörte die Stimmen der Eindringlinge, ihre Schritte auf der Treppe. Es schienen viele zu sein. Sie hörte eine tiefe Stimme mit einem seltsamen Akzent, wie sie ihn selbst bei den Sommergästen nie vernommen hatte.

»Ein wirklich eindrucksvolles Gebäude, aber was werdet ihr damit anfangen?« sagte eine Frauenstimme.

Die Antwort wurde in einem leiseren, etwas zögernden und besorgten Tonfall gegeben: »Ich weiß es nicht. Wir wollten es nicht haben, es ist uns zugefallen.«

Sie wollen mein Schloß nicht haben, dachte Livy erleichtert. Sie werden bald – sehr bald – wieder abfahren, und dann wird es wieder mir allein gehören. Sie flüsterte Tubby ins Ohr: »Sie werden es uns nicht fortnehmen.«

Sie erschienen, wie zu erwarten, in der Küche. Die Kinder waren im zweiten Stock von Zimmer zu Zimmer gelaufen, dann kamen sie die Hintertreppe heruntergepoltert und stürmten durch den schmalen Flur in die Küche. Beim Anblick Livys blieben sie abrupt stehen und starrten sie an. Livy erfaßte sie mit einem schnellen Blick: ein großer, dunkelhaariger hübscher Junge, zwei Mädchen ungefähr in ihrem Alter, die Dunkelhaarige war fast so groß wie der Junge, und dann eine jüngere Blonde mit auffallend blauen Augen. Bully war ihnen auf dem Fuß gefolgt. Isa hatte beruhigend auf ihn einreden müssen, damit er begriff, daß die vielen Menschen einen rechtmäßigen Anspruch auf das Haus hatten. Er trottete an Livys Seite und legte sich mit einem lauten Grunzen zu ihren Füßen.

Livy, Bully und Tubby starrten die Fremden an. Die Jüngste steckte den Daumen in den Mund, die Dunkelhaarige zog ihn tadelnd heraus.

Der Junge sagte: »Wer bist du?«

»Olivia.« Es war das erste Mal, daß sie ihren vollen Vornamen benutzte.

»Wohnst du hier?«

Sie nickte. »Ja, und dort unten.« Sie wies mit einer Kopfbewegung auf die Stadt.

»Dann komm und zeig uns den Rest des Schlosses«, sagte er, »die Geheimkammern und die Verliese.«

»Und woher willst du wissen, daß es Geheimkammern gibt?«

»Weil alte Schlösser immer dergleichen haben. Es gehört einfach dazu«, antwortete der Junge.

Livy ließ Tubby sanft zu Boden gleiten. Bully erhob sich, um ihr zu folgen. »Gut, ich werde euch herumführen«, sagte Livy mit einem Hauch von Besitzerstolz. »Aber zwei Orte dürft ihr nie betreten.«

»Und die wären?« fragte der Junge. »Und warum nicht?«

»Weil sie gefährlich sind. Ihr dürft nie in den alten Turm gehen und nie die Tresillian-Felsen hinunterklettern. Ihr könnt dabei umkommen.«

Die Jüngste schien den Tränen nahe, sie steckte wieder den Daumen in den Mund. »Ich mag das Schloß nicht, ich habe Angst vor Geheimkammern und Verliesen.«

Livy hatte Mitleid mit ihr. Sie sah müde und ein wenig schmutzig aus. »Die Verliese sind einfach nur Keller, und die Geheimkammern sind schlichte Abstellräume. Der Turm ist baufällig und daher gefährlich. Die Felsen sind nur gefährlich, wenn die Flut kommt. Das Wasser versperrt einem den

Rückweg. Aber Drachen oder so was Ähnliches gibt es dort nicht.« Sie hielt dem kleinen Mädchen die Hand hin. Sie erfuhr erst später, daß Caroline nur ein Jahr jünger als sie war. »Kommt, ich führ euch herum.«

An diesem Abend aßen die Kinder aus Bequemlichkeitsgründen in der Küche, unter der Aufsicht von Christines englischer Gouvernante Miss Bonner und eines jungen amerikanischen Akademikers, Mr. Aimes, der Alex' Hauslehrer für den Sommer war. Sie waren alle müde und aßen dankbar, was Isa ihnen vorsetzte. Livy hatte bereits früher mit ihrer Mutter gegessen, aber die Neuankömmlinge erwarteten offensichtlich, daß sie sich zu ihnen setzte. Sie tat es. Der Junge, den sie jetzt Alex nannte, fütterte Bully und Tubby mit Schinken- und Hühnerhappen. »Eigentlich sollst du das nicht tun«, sagte Livy, »aber am ersten Abend lassen wir es dir durchgehen. Aber paß nur auf, Bully frißt dir alles weg.«

»Ich habe noch nie so einen Hund wie Bully gesehen.«

»Er ist furchtbar häßlich«, sagte Caroline.

»Sei nicht so unhöflich«, tadelte ihre Schwester Rachel sie.

»Ich wünschte, ich hätte einen Bully«, sagte Christine und warf Miss Bonner einen bittenden Blick zu, hoffend, daß diese ihren Wink mit dem Zaunpfahl an die Eltern weitergeben würde.

»Er war noch ganz klein, als er mit meinem Vater in unser Städtchen kam«, sagte Livy. »Damals war ich noch nicht geboren.«

Isa sah, daß ihre Tochter in die kleine Gruppe aufgenommen worden war. Es bestanden keinerlei Spannungen, alles verlief natürlich und problemlos. Sogar in diesen ersten Stunden schien Livy die Grenze zwischen der Stadt und dem Schloß zu überschreiten, als sei sie hier geboren, ja als sei sie die Prinzessin der Burg. Zum ersten Mal seit dem Tod ihres Vaters hörte Isa ihre Tochter lachen. Sie segnete im stillen diese müden, ausgehungerten Kinder und schwor sich, daß sie alles, was in ihren Kräften stand, tun würde, um den zwei Familien die Art von Ferien zu bereiten, die ihnen vorschwebten: einen friedlichen Sommer in sorgloser Freiheit.

Dena und Harry, Ginny und Blair saßen in der Bibliothek. Die Kinder waren zu Bett gegangen, und Miss Bonner und der junge Amerikaner hatten sich zurückgezogen. Sie konnten die ferne Brandung hören, die gegen die Felsen schlug. Das letzte Licht der sommerlichen Abenddämmerung war fast verblaßt. Niemand knipste eine Lampe an. Die Schäbigkeit des Raumes war maskiert, seine Schönheit trat hervor.

»Ist es nicht ein seltsames Haus?« sagte Harry. »Man geht durch die Zimmer und hat das Gefühl, die Gespenster zu stören, und dann kommt man in die Küche und findet dort die Witwe und die Tochter eines der größten zeitgenössischen englischen Dichter vor.«

»Eine schöne Frau«, sagte Ginny und gähnte. Die lange Reise und die Seeluft hatten sie ermüdet.

»Und eine ausgezeichnete Köchin«, fügte Dena hinzu, »zumindest nach unserem Abendessen zu schließen.«

»Die Tochter wird eines Tages auch eine Schönheit sein«, sagte Blair. »Was für Augen, blaugrün wie das Meer.«

»Die Kinder können sich glücklich schätzen, sie hier zu haben«, sagte Harry. »So, und jetzt gehe ich zu Bett, wenn ich mich noch erinnern kann, wo unser Zimmer ist. Du mußt über die vielen Nachteile hinwegsehen, Ginny. Die Badewannen sind verrostet, die Klosetts klirren, und überall gibt es feuchte Stellen ...«

»Es ist ein großartiges Haus mit einem einzigartigen Blick und köstlicher Luft. Genau das, was wir alle brauchen.«

Harry hatte nur noch drei Wochen Urlaub. Blair mußte in ein paar Tagen nach London zurück, versprach aber, so oft wie möglich übers Wochenende zu kommen. Harry ordnete an, daß Dena und die Kinder den ganzen Sommer in Tresillian verbringen sollten. »Du brauchst diese Erholung, und für die Kinder ist es genau die richtige Art von Ferien, um sie auf den langen Moskauer Winter vorzubereiten ...« Ginny, Alex und Chris würden bis zu Alex' Schulanfang bleiben. Ein vergnüglicher Sommer. Ein Sommer voller Frieden und Freude.

Für Livy war es ein verzauberter Sommer. Sie vergaß über ihren neuen Freunden fast die Trauer über den Tod ihres Vaters. Die Kinder akzeptierten sie vom ersten Tag an als eine der Ihren. Alex war natürlich der Anführer, aber Livy war ein Gegengewicht zu ihm, denn sie war die Einheimische und führte die Fremden in die Geheimnisse ihres Landes ein. Rachel konnte es nicht abwarten, erwachsen zu werden, sie gierte nach neuen Erfahrungen und Wissen. Christine war die Sanftere von beiden, sie lehnte sich stärker an ihre Mutter und Miss Bonner an. Caroline, obwohl nur zwei Jahre jünger als ihre Schwester und Christine, verhielt sich trotz ihrer fünf Jahre noch wie ein Baby und genoß es offensichtlich, von allen verwöhnt und verhätschelt zu werden.

»Sie geht noch nicht mal zur Schule«, sagte Rachel verächtlich. »Und spricht kein Wort Russisch, will es auch gar nicht lernen.«

Livy bat Rachel, ihr jeden Tag ein paar russische Wörter beizubringen, und versuchte, sie sich einzuprägen. »Als Gegenleistung kannst du mir Kornisch beibringen.« Livy schüttelte beschämt den Kopf. »Nur wenige Leute sprechen noch Kornisch, und mein Vater war Engländer.«

Durch Livys Vermittlung tat sich ihnen eine neue Welt auf. Wenn sie gemeinsam hinunter nach St. Just gingen, wurde Livy von allen Seiten herzlich begrüßt. Es schien den Kindern, als könnte sie an jede Tür klopfen, und immer hieß man sie und alle ihre Freunde willkommen. Sie wurden eingeladen und mit Backwerk bewirtet, nicht etwa weil sie die Kinder von Lord Camborne oder die Kinder reicher Amerikaner, sondern weil sie Livys Freunde waren. Sie lernten die Namen Tregenna, Trevallas und Penhale, alles Vettern, Kusinen, Tanten und Onkel von Livy, kennen. In einem der kleinen Touristenläden entdeckte Mr. Aimes einen Gedichtband von Oliver Miles und war fortan sein glühender Verehrer. Sie besuchten die Ateliers von Oliver Miles' Künstlerfreunden, aber am liebsten gingen sie zu Thea Sedgemore und Herbert Gardiner; Theas Skulpturen erweckten ihre Neugierde und faszinierten sie. Blair und Ginny kamen ebenfalls und sprachen ihre Bewunderung aus. Blair kaufte zwei von Herberts Bildern und bestellte fast schüchtern eine Skulptur von Thea: »Etwas für eine eher große Rasenfläche in Prescott Hill, nicht zu ausgefallen für ein Landhaus, aber doch etwas, das keiner erwartet.« Er wußte, daß Thea mit allen möglichen Formen experimentierte, und zuckte die Achseln. »Es steht mir nicht zu, Ihnen Vorschriften zu machen. Ich überlasse alles Ihnen, und was immer daraus wird, nehme ich mit Dankbarkeit entgegen.«

Die Kinder liebten Theas Garten in gleichem Maße wie Livy. Sie tummelten sich voller Begeisterung zwischen den vielen Skulpturen. »Ich weiß nicht, wie die arme Thea das aushält«, sagte Ginny zu Dena.

»Ich glaube, sie ist Livys Patin, was ihre Geduld allerdings nicht erklärt...«

Livy wurde in diesem Sommer ein Teil der Familie. Manchmal vergaß sie ganz, daß es eigentlich zwei Familien waren. Und sie lernte viel von den Kindern, so wie diese viel von ihr lernten. Zwei Stunden am Tag fand ein regelrechter Unterricht statt. Die fünf Kinder saßen beisammen, Miss Bonner gab die erste Stunde und brachte ihnen englische Geschichte und Rechtschreibung bei, während sie von Mr. Aimes viel über das gegenwärtige und das vergangene Amerika erfuhren.

Livy fühlte sich gemeinsam mit ihrer Mutter und ihren Tregenna-Tanten für das Wohlergehen der Familien verantwortlich. Eines Morgens fiel ihr auf, daß »der Rolls« – so nannten sie das Auto, das sie aus zweiter Hand gekauft hatten – in einem reichlich verschmutzten Zustand war. Die Karosserie war mit Matsch bespritzt, die Teppiche mußten dringend gereinigt werden. Ihre Mutter bereitete in der Küche das Frühstück vor, und so machte sich Livy an die Arbeit. Sie holte die verschiedenen Paar Gummistiefel und das Angelzeug heraus, fegte die Kekskrümel und Brotkrusten von diversen Picknicks zusammen und warf sie in die Luft, wo die Möwen sie auffingen oder herabstießen, um sie vom Boden aufzupicken. Dann holte sie einen Eimer mit Wasser und begann den schlimmsten Dreck zu entfernen. Plötzlich hörte sie eine Stimme: »Livy, was, um Himmels willen, tust du denn da? Hat dir das jemand befohlen?«

Livy errötete. »Ich wollte nichts Böses tun, Mrs. Clayton. Es ist so ein schönes Auto. Mutter hat gesagt, etwas Besseres gibt es nicht. Und es hat mir richtig weh getan, es so verdreckt zu sehen.«

Ginny kniete sich neben sie und blickte ihr ins Gesicht. »Ich bin nicht ärgerlich, Livy, im Gegenteil. Ich will nur wissen, ob du es aus eigenem Antrieb getan hast. Oder hat dich etwa jemand dazu angehalten?«

»O nein, ich wollte bloß...«

Plötzlich fühlte sie Ginnys Arm um sich. »Oh, ich wünschte, meine beiden kleinen selbstsüchtigen Nichtsnutze kämen jemals auf einen so lieben Gedanken.«

»Sie sind nicht selbstsüchtig. Sie teilen alles mit mir. Alex borgt mir sogar seine Bücher, obwohl er weiß, daß einige Wörter für mich zu schwierig sind. Aber die Bilder sind wunderschön, und Chris hat mir einen ganz tollen Pullover geschenkt. Mutter sagt, es sei Kaschmir. Ich habe noch nie eine so weiche Wolle gefühlt. Sie durfte ihn mir doch schenken, oder etwa nicht?«

»Natürlich durfte sie. Und frag Alex nach den schwierigen Wörtern. Aber nun komm frühstücken. Ich bin halb verhungert.«

Livy stellte die Gummistiefel und das Angelzeug ins Auto zurück. Ginny leerte den Eimer aus. Dann nahm sie Livy bei der Hand, und sie gingen durch den Stallhof in die Küche.

»Zwei hungrige Frauen, Mrs. Miles. Meinen Sie, wir könnten gleich einen Toast bekommen? Livy hat hart gearbeitet.«

»Ich hoffe, sie fällt Ihnen nicht zur Last, Mrs. Clayton.« Livy war in die Speisekammer gegangen, um Milch und Butter zu holen. »Sie sind alle sehr nett zu ihr. Ich hoffe, sie drängt sich nicht auf. Es ist schwierig für sie zu wissen, wohin sie gehört. Einige Leute kommen nach St. Just, um zu sehen, wo ihr Vater gelebt hat. Sie versteht nicht den Unterschied zwischen ihrem Vater, der... nun, sagen wir, berühmt war, und mir, die ich nur eine einfache Frau bin. Ihr Vater...«

»Wir alle haben Livy sehr ins Herz geschlossen, Mrs. Miles. Unsere Kinder sollten ihrem Schöpfer danken, daß sie eine Freundin wie Livy haben. Livy hat Glück gehabt mit beiden Elternteilen.«

Isa senkte den Kopf und knallte die eiserne Pfanne mit übertriebener Wucht auf die Herdplatte. »Der Speck ist in ein paar Minuten fertig, Mrs. Clayton. Ich höre die andern die Treppe herunterkommen. Livy! Wo steckst du? Hilf mir den Toast machen.«

Während ihrer letzten Woche in Tresillian erschien Andrew McClintock um die Mittagszeit in einem Mietwagen mit Chauffeur. »Ich hoffe, ich störe euch nicht«, sagte er höflichkeitshalber. »Ich habe aus Vorsicht ein Hotelzimmer in Penzance gebucht, aber mir scheint, ihr könnt mich hier ohne weiteres unterbringen. Ich wollte nur mal sehen, wie mein Enkelsohn und meine Patenkinder ihren Sommer verbringen.« Er schlenderte durch den verwilderten Garten und kam zum Turm. Er wies mit seinem Stock auf ihn und auf den steil abfallenden Pfad, der zu der kleinen Bucht hinabführte, die jetzt bei Ebbe trocken war und die bösartigen Zacken des Tresillian-Felsens bloßlegte. »Ich hoffe, ihr paßt auf die Kinder gut auf. Ein kleiner Unfall hier kann den Tod bedeuten.« In der Zwischenzeit waren alle herbeigelaufen, um ihn zu begrüßen. Er blickte von einem zum anderen. »Nun, ich stelle fest, Tresillian bekommt euch gut. Ihr seht alle kerngesund aus... Wer ist das?« Er zeigte mit seinem Stock auf Livy, die erschreckt zurückwich.

»Das ist Livy«, sagte Alex. »Sie wohnt hier zusammen mit ihrer Mutter. Ihr Vater ist... war...«, er suchte nach dem passenden Wort, »ein berühmter Dichter.«

»Ach, du bist das.« Andrew McClintock war wie immer auf dem laufenden. »Das Kind der kornischen Legende. Ich frage mich, ob Isolde rotes Haar hatte. Alle Kelten...« Er schien in die Weite zu starren, in das ferne Grau, wo die Irische See sich mit dem Atlantik vereint. Dann wandte er sich um. »Nun, was steht ihr hier wie angenagelt? Ich will schließlich nicht die Nacht hier verbringen.«

»Ginny und ich werden Ihnen ein Zimmer herrichten«, sagte Dena. »Wir können Mrs. Miles nicht alles überlassen, und die zwei anderen Frauen würden nur den Kopf verlieren, wenn wir sie aus ihrer Routine herausreißen. Das Mittagessen ist in kurzer Zeit fertig. Chris und Rachel werden ein weiteres Gedeck auflegen.«

»Sehr anheimelnd«, bemerkte er. »Ich bin froh zu hören, daß die Mädchen sich nützlich machen. Und du, mein Junge«, er gab Alex einen Rippenstoß, »lebst wohl wie Gott in Frankreich mit all den Mädchen, die dich umschwirren.«

»Livy läßt sich nichts von ihm sagen«, erwiderte Chris. »Die sagt *ihm*, was Sache ist.«

»Freut mich zu hören, Livy«, sagte Andrew McClintock. »Man hat nicht umsonst rote Haare.«

Bislang hatte Livy noch kein Wort gesagt. Sie hatte natürlich von diesem Großvater und Patenonkel viel gehört. Sie alle sprachen von ihm mit einer Mischung aus Furcht und Respekt. Sie wich zurück, drehte sich um und lief zur Küchentür.

»Er ist da«, sagte sie zu ihrer Mutter. »Alex' Großvater, und ich habe Angst vor ihm ...«

Für gewöhnlich aß sie mit den anderen Kindern, aber an diesem Tag weigerte sie sich, das Eßzimmer zu betreten, bis Alex sie holen kam. »Großvater will wissen, was mit dir los ist. Hat er dir Angst eingejagt?« Alex lehnte sich verschwörerisch vor. »Das würde ihm nämlich gefallen. Es macht ihm Spaß, Menschen Angst einzujagen. Aber trotzdem, komm lieber, um ihm zu zeigen, daß du mutig bist.«

Livy kämmte ihre Haare, versicherte sich, daß ihre Fingernägel sauber waren, und ging ins Eßzimmer. Die Kinder sprachen kaum während des Mittagessens. Andrew McClintocks Anwesenheit schüchterte sie ein. Es war die einzige Mahlzeit, die sie mit den Erwachsenen teilten, das Frühstück und Abendbrot nahmen sie unter Isas Aufsicht in der Küche zu sich, wobei es immer recht munter herging.

Andrew McClintock ließ sich Zeit beim Essen. Er genoß offensichtlich Isas Steak-und-Nieren-Pastete und äußerte sich anerkennend über den Wein, den Dena ihm vorsetzte. Sie sandte ein stilles Dankgebet an Vetter Perry, der einige Kisten guten Weins eingelagert hatte. Die Mahlzeit endete mit einem Pfirsichauflauf und dicker Sahne. Aber McClintock blieb noch sitzen und schlürfte genüßlich seinen Wein.

»Mein Kompliment, Mrs. Miles«, sagte er. »Ich habe seit langem nicht mehr so gut gegessen.« Er sah Livy an. »Ich hoffe, du hast das Talent deiner Mutter geerbt.« Zu Rachel und Caroline sagte er. »Und ihr beide macht besser die Augen auf. Es hat noch niemand geschadet, gut zu kochen.«

»Lady Camborne bringt uns einige Rezepte bei«, sagte Livy, »und Mutter lernt sie auch.«

»Ah ja, unsere Chefköchin«, sagte McClintock. »Lassen Sie ja nicht Ihre Kupfertöpfe in Moskau zurück. Die Idee stammt von mir. Ich mag Frauen, die mit Töpfen, Pfannen und Nähmaschinen umgehen können. Und nun, Kinder, raus mit euch! Aber seid vorsichtig, bitte seid vorsichtig, geht nicht in die Nähe des Turms, und klettert nicht hinunter in die verdammte Bucht.« Er warf Ginny einen erzürnten Blick zu. »Du hast mir nicht verraten, daß es hier so gefährliche Stellen gibt.«

»Zu leben bedeutet, Risiken einzugehen, Mr. McClintock«, sagte Dena.

»So ist es, Lady Camborne.« Er gebrauchte den Titel mit gespielter Ehrerbietung, ansonsten nannte er sie wie alle anderen Dena. »Aber nun erzählen Sie mir ... ja, vielen Dank«, sagte er, als Ginny ihm noch ein Glas Wein anbot. »Also, erzählen Sie mir, wie es dazu kam, daß Harry Lord Camborne wurde. Die Familiengeschichte scheint mir etwas verworren. Anscheinend herrscht ein akuter Mangel an männlichen Erben in der Familie. Das Haus, das er geerbt hat, ist natürlich eine trostlose Ruine, aber der Titel könnte von Nutzen sein ...«

In den frühen Abendstunden, als die Erwachsenen ihre

Drinks einnahmen, versammelten sich die Kinder in der Küche für ihr Abendbrot, dankbar, bei Isa zu sein, statt eine weitere Mahlzeit mit Andrew McClintock überstehen zu müssen. »Sind wir wirklich alle seine Patenkinder?« flüsterte Caroline, die nicht gewagt hatte, in McClintocks Gegenwart den Mund aufzutun. Livy lag im Alter zwischen ihr und Rachel und Chris, und in diesem Sommer hatte Caroline sich eng an Livy angeschlossen. Alex war für sie fast eine Art ferner Gott, dem man ungefragt gehorchen mußte.

»Wir alle«, sagte Rachel. »Aber Alex ist sein Enkelsohn, und das macht einen großen Unterschied.« Sie wandte sich an Livys Mutter. »Mrs. Miles, was ist eigentlich die Aufgabe von Paten?«

»Sie sorgen sich um dein Wohlbefinden, sie lehren dich, Gott zu lieben und den Teufel zu fürchten. Obwohl es natürlich keinen Teufel gibt; er existiert nur in uns selbst.«

»Wenn es keinen Teufel gibt, wo ist dann Gott?« fragte Caroline.

»Überall, im Himmel und im Meer und in den Gedichten von Livys Vater. In den Bildern von Rachels und Carolines Großvater. In Mr. Gardiners Bildern. In Mrs. Sedgemores Skulpturen. Geh einmal in Mrs. Sedgemores Garten und beobachte, wie der Regen durch ihre Skulpturen rinnt, von denen einige sagen, sie seien heidnisch – und du wirst sehen: dort ist Gott.«

»Ich werde bei Regen in den Garten gehen«, sagte Alex. »Ich möchte gerne Gott begegnen.«

»Sie werden ihm nicht begegnen, Master Alex. Aber wenn Sie Glück haben, begegnen Sie Ihm in einigen Seiner Schöpfungen.«

»Mein Großvater meint, daß er selbst fast alles auf der Welt erschaffen hat.«

»Mit allem Respekt, Master Alex, dann ist Ihr Großvater ein großer Tor.«

Am nächsten Morgen erschien Andrew McClintock in der Küche, lange bevor die anderen, außer Isa, aufgewacht waren. »Würden Sie mir auch eine Tasse Tee geben, Mrs. Miles?« Er setzte sich an den langen, gescheuerten Küchentisch, als wäre es die vornehmste Tafel, an die er je gebeten worden war. »Ein angenehmer Raum, wenn auch ein wenig primitiv. Großartig, wie Sie mit dem altmodischen Herd zurechtkommen.« Er begutachtete das frischgebackene Brot, beobachtete, wie sie den Teig für die Backwaren knetete, die bei den Kindern ein großer Erfolg waren. Sie schenkte ihm schweigend Tee ein und stellte Zucker und Milch neben ihn.

»Vermutlich hätten Sie lieber Kaffee, aber den mache ich erst, wenn Mrs. Clayton zum Frühstück herunterkommt. Die Bohnen kommen aus Bath, und ich mahle sie immer frisch. Mrs. Clayton sagt, sie fände meinen Kaffee besonders gut, aber sie ist so eine liebenswürdige Dame.«

Er war direkt wie immer. »Und Ihre Tochter, Mrs. Miles, was wird aus ihr mal werden?«

Sie sah ihn halb ängstlich, halb feindselig an. Es mißfiel ihr, daß er so unumwunden das Problem angeschnitten hatte, das sie am meisten beunruhigte. »Was aus ihr werden wird? Nun, sie wird heranwachsen wie alle Kinder.«

»Wirklich? Sie ist ein außergewöhnliches Kind.« Er schob den Stuhl zurück und stand auf. »Vielen Dank, Mrs. Miles, daß Sie mich in Ihr Privatreich eingelassen haben. Das Abendessen gestern war übrigens vorzüglich. Ich gedenke, noch einen Tag zu bleiben. Was gibt es denn heute abend?«

Sie errötete vor Stolz. Am vorangegangenen Abend hatte sie Kalbfleisch in einer Safransoße gemacht. »Ich habe immer Knoblauch benutzt, aber Lady Camborne hat den Safran mitgebracht. Es war wirklich sehr schmackhaft, nicht wahr? Heute abend mache ich eine Hühnerleber-Pastete, ein Rezept von Lady Camborne, und danach gibt es Hummer. Zum Mittagessen wollte ich eine Sternenschau-Pastete ...«

»Mein Gott, was ist denn eine Sternenschau-Pastete?«

»Oh, das ist eine Pastete mit gegrillten Sardinen. Die Köpfe recken aus dem Teig heraus und schauen wohl in die Sterne. Vermutlich kommt daher der Name ...«

»Was es nicht alles gibt. Nun, ich bin sehr gespannt auf Ihre Sternenschau-Pastete ... Sternenschau-Pastete, nein so was...« Er ging in den Stallhof. Isa vermeinte ein leises Lachen zu hören, obwohl sie es fast für unmöglich hielt, daß Mr. McClintock fähig war zu lachen.

Am nächsten Morgen erschien er wieder in der Küche und bat um eine Tasse Tee. »Sie sind eine Frühaufsteherin, Mrs. Miles.«

»Bin ich immer gewesen, Mr. McClintock. Es gibt so viel zu tun. Und ich genieße die frühen Morgenstunden im Sommer. Gerade die richtige Zeit, mit dem Backen anzufangen und das Mittagessen vorzubereiten... Und es ist hübsch, den Vögeln zuzuhören. Ich habe einen kleinen Garten hinter meinem Häuschen unten in der Stadt, und ich lasse immer die Tür offen, um sie besser zu hören.« Bully kam und starrte McClintock so lange an, bis er mit einer Scheibe frischgebackenem Brot, bestrichen mit der fetten kornischen Butter, belohnt wurde. »Oh, Sie verwöhnen ihn, Mr. McClintock! Er hatte einen wunderbaren Sommer mit all den Kindern. Sie haben ihm lauter Leckereien zukommen lassen. Und je mehr Menschen er um sich hat, desto wohler fühlt er sich. Er ist immer ein sehr geselliger Hund gewesen. Das hat er vermutlich von meinem Mann. Oliver mochte Menschen... liebte es, sich mit ihnen zu unterhalten...«

Sie verlor ihre Scheu gegenüber McClintock, der so ruhig dasaß und seinen Tee trank. Er stellte ihr viele Fragen über ihr Leben und das Leben ihres Mannes. Sie beschrieb ihm in einfachen Worten die wenigen Jahre, die sie mit Oliver Miles verbracht hatte, und die gegenseitige Liebe zog sich wie ein goldener Faden durch ihre Erzählung. »Ich habe nie begriffen, warum er gerade mich geheiratet hat. Ich bin eine ganz ungebildete Frau.«

»Dafür haben Sie vieles andere zu bieten, Mrs. Miles. Ihr Mann war zu beneiden...« Er gab den Rest seines Brotes Bully und strich einen Moment lang mit der Hand über die tiefen Falten seiner dunklen, bekümmerten Schnauze. Dann stand er auf: »Vielen Dank, Mrs. Miles. Sie haben mir meinen Aufenthalt sehr angenehm gemacht. Sternenschau-Pastete... das werde ich nie vergessen.« Es war für ihn ein peinlicher Augenblick. Er war daran gewöhnt, großzügige Trinkgelder zu verteilen, aber im Geben war er weniger geübt. »Darf ich Ihnen meinen Dank ausdrücken.« Er legte ein Kuvert auf den Tisch.

Außer Olivers Versicherungspolice war es die größte Summe, die Isa je in der Hand gehalten hatte. Sie starrte auf das Geld und war hin- und hergerissen zwischen dem Wunsch, diesem herrischen Fremden hinterherzulaufen und ihm das Geld zurückzugeben, und dem Wissen, daß, wenn sie es täte, sie ihn beleidigen und die freundliche Erinnerung an ihre Gespräche in der Küche trüben würde. Sie blickte noch einmal auf das Geld. Es würde reichen, um für ein weiteres Jahr und vielleicht noch länger Livys Schulgeld zu zahlen. Sie könnte damit die Kohlen für den Winter kaufen, und Tee und andere teure Lebensmittel und Bücher für Livy. Sie wischte sich eine Träne aus den Augen und versuchte, sich eine Welt vorzustellen, in der es möglich war, so viel Geld zu verschenken. Aber es gelang ihr nicht.

So plötzlich, wie sie gekommen waren, verschwanden sie. Die zwei Autos wurden vollgepackt, und sie fuhren ab. Livy küßte Rachel und Chris, legte traurig die Arme um Caroline und schüttelte Alex die Hand. Und konnte es dennoch nicht fassen. Natürlich hatte sie gewußt, daß sie eines Tages abreisen müßten, aber sie hatte es sich nicht bildlich vorstellen können. Sie konnten doch nicht einfach fortfahren und sie allein zurücklassen. Aber sie fuhren fort. Lady Camborne, Rachel und Christine fuhren zurück nach Moskau und Mrs. Clayton, Alex und Chris mit Miss Bonner und Mr. Aimes nach Washington. Livy bedankte sich bei Lady Camborne und Mrs. Clayton. »Vielen Dank für den wunderschönen Sommer«, brachte sie mühsam hervor, »und für die vielen anderen Dinge ...« Die Ungläubigkeit und die Verzweiflung im Gesicht des Kindes rührten Ginny. Sie hockte sich hin und umarmte es. »Das nächste Mal, wenn wir in London sind, mußt du uns besuchen kommen. Du bist ja schon alt genug, allein im Zug zu reisen. Ich schreibe dir ...«

Dena drückte den rothaarigen Kopf an sich. »Ich wünschte, wir könnten dich mitnehmen, Kleines. Aber es ist zu weit weg, und du würdest deine Mutter und Bully und Tubby vermissen. Aber wahrscheinlich kommen wir im nächsten Sommer wieder.«

Sie meinen kein Wort von dem, was sie sagen, dachte Livy. Sie sagen diese Dinge nur, weil es an der Zeit ist abzufahren. Sie hatte einen ganzen Sommer lang mit diesen Menschen gelebt, von ihnen gelernt und ihnen ihre kleinen Kenntnisse mitgeteilt. Ihre Welt hatte sich erweitert, und nun schloß sie sich wieder. Sie würden nicht wiederkommen. Hatte Lady Camborne nicht ganz am Anfang gesagt, sie hätten Tresillian nicht haben wollen? Livy hatte das Gefühl, sie würde zusammen mit den abgelegten Kleidern und dem Spielzeug, das sie zurückgelassen hatten, in die Mülltonne geworfen.

Dena beugte sich hinab und küßte das Kind. Sie bemerkte die Tränen in seinen Augen und war nicht erstaunt, daß Livy sich losmachte und davonlief. Es wäre zuviel gewesen zu erwarten, daß sie stehenbleiben und zusehen würde, wie die Autos davonfuhren. Dena hatte das bedrückende Gefühl, daß sie ein geliebtes und sie liebendes Wesen zurückließen, dem man nicht erklären konnte, daß es kein Abschied für immer war.

An diesem Abend zählte Isa das Geld, das Ginny und Dena ihr zusätzlich zu ihrem Lohn gegeben hatten. Sie legte es zu der Summe, die Andrew McClintock ihr aufgedrängt hatte. In diesem Winter würde sie keine Sorgen haben. Livy würde neue Sachen zum Anziehen bekommen, könnte weiterhin auf die Dame-Schule gehen und sich alle Bücher, die sie brauchte, kaufen. Sie würde so leben, wie es sich für Oliver Miles' Tochter schickte.

Die zwei Tregenna-Kusinen waren ausbezahlt worden, aber Austell, ein junger Mann, würde bleiben und sich um den Gemüsegarten und die Bäume in dem ummauerten Obstgarten kümmern. Isa würde jeden Tag kommen, um das Haus zu lüften und sauberzuhalten, so wie sie es seit eh und je getan hatte. Diese ganzen Verrichtungen versprachen eine gewisse Beständigkeit, ließen sie hoffen, daß die Familien zurückkehren würden. Aber sie konnte die Augen ihrer Tochter nicht vergessen. Trotz allen guten Zuredens weigerte sie sich zu essen. Sie lehnte sogar ihren Lieblingskuchen ab, den Isa extra für sie gebacken hatte. Sie hatte den Blick von jemand, den man verlassen und verraten hatte; sie wirkte fast so verzweifelt wie nach dem Tod ihres Vaters.

»Ich bin froh, daß wir umziehen«, sagte Livy grimmig, als sie den Hügel hinunter nach St. Just gingen. Isa trug die beiden Koffer, Livy Tubby. Bully trabte neben ihnen her. In der Küche des Häuschens zündete Isa das erste Feuer des Herbstes an. Livy saß auf dem Stein im Garten neben der Bank ihres Vaters, bis die Sonne hinter der hohen Mauer verschwand. Dann ging sie zu Thea und Herbert.

Thea beobachtete das Gesicht des Mädchens, während es durch den Garten schlenderte. Es blieb vor jeder Skulptur stehen, die eine oder andere berührte es mit den Händen. »Sie hat das Gefühl, ihre Welt sei zusammengebrochen«, sagte sie zu ihrem Mann.

»Bis zu einem gewissen Grad stimmt das auch«, antwortete er.

Er öffnete die Tür, bevor Livy anklopfte. »Wie schön, dich zurückzuhaben ...«

Die Tränen, die sie seit der Abreise der Familie vor zwei Tagen nur mühsam zurückgehalten hatte, brachen jetzt flutartig aus ihr hervor. Herbert hielt den drahtigen kleinen Körper dicht an sich gepreßt und versuchte, sie zu trösten. Thea gab ihr ein Gläschen Sherry und überredete sie dazu, ein paar Löffel Suppe und eine Scheibe Brot zu essen. Livy schlief auf Herberts Knien vor dem Kaminfeuer ein. Er wickelte sie in eine Decke und trug sie nach Hause. »Gebrochene Herzen heilen«, sagte er zu Isa, »aber es wäre zwecklos, ihr das jetzt zu sagen.«

Zu dem Zeitpunkt, als die Camborne-Familie Moskau erreicht hatte und die Clayton-Familie Washington, fing Livys Schule wieder an. Sie vertiefte sich in die Arbeit und schien bewußt den Sommer aus ihrem Gedächtnis zu streichen, so als sei er ein Traum gewesen. Sie las voller Interesse die Bücher, die Isa päckchenweise aus dem Schloß nach Hause brachte, und Isa schöpfte Hoffnung, daß Livy wieder zu ihrem früheren Selbst zurückfand. Sie machte sich Gedanken, was sie tun sollte, wenn Livy der Dame-Schule entwachsen war. Woher sollte sie das Geld nehmen, Livy aufs Gymnasium zu schicken? Sie müßte außerhalb wohnen, und das war teuer. Sie vertraute auf Theas und Herberts Lebenserfahrung. Herbert würde ihr bestimmt sagen können, wie sie es anstellen sollte, einen Kredit bei der Bank aufzunehmen. Sie könnte ja das Cottage als Sicherheit anbieten. Die Idee widerstrebte ihr zwar, aber sie war bereit, für Livy alles zu tun, was in ihren Kräften stand.

Drei Wochen, nachdem die zwei Familien Tresillian verlassen hatten, kam für Livy ein Brief mit dem Cunard-Wappen und einer amerikanischen Briefmarke an. Isa beobachtete aufmerksam das Gesicht des Kindes, als sie ihr den Brief übergab. »Er ist von Alex.« Livy las die wenigen Zeilen langsam durch. »Er hat sie auf dem Schiff geschrieben ... er haßt die Idee, wieder zur Schule gehen zu müssen. Er sagt, der Sommer sei ganz toll gewesen ... Er dankt uns beiden ... Er sagt, er vermisse uns ... Tresillian ... St. Just, dich, Bully, Tubby ... und mich!« Am Abend las sie den kurzen Brief wieder und wieder durch und legte ihn unter das Kopfkissen. Einige Zeit später kamen Briefe aus Moskau. Ein ziemlich langer von Rachel, ein kürzerer von Caroline, die sich bitter beklagte, daß sie in die Schule für Diplomatenkinder gehen müsse.

Dann trafen Weihnachtskarten ein, selbstgemalte von Rachel und Caroline, bunte und glitzernde von Alex und Chris. Im Februar kam ein Brief von Mrs. Clayton an Isa.

Wir sind im März einige Wochen in London. Ich hoffe, liebe Mrs. Miles, daß Sie Livy erlauben, uns für einige Tage zu besuchen. Das Büro meines Mannes würde alles Notwendige veranlassen.

Livy strahlte vor Glück. »Sie hat es ernst gemeint.«

Die Fahrkarte erster Klasse und Geld für »Ausgaben« kamen an. Herbert fuhr Livy und Isa nach Penzance zum Frühzug, und Bully war mitgekommen, um sich zu verabschieden. Isa hatte Livy belegte Brote und Früchte mitgegeben, da sie dem Speisewagen nicht traute und Mrs. Clayton weitere Ausgaben ersparen wollte. Thea hatte Livy einen neuen Mantel, einen Rock und einen Pullover geschenkt, Isa Lackschuhe und ein Kleid »für feine Gelegenheiten«. Livy hörte sich alle Ermahnungen geduldig an, konnte aber vor Aufregung kaum atmen. Isa hatte ihr ein großes Schild mit der Adresse von Mrs. Clayton an den Aufschlag geheftet, und Herbert gab dem Schaffner ein Trinkgeld mit der Bitte, auf das Kind aufzupassen.

Am Paddington-Bahnhof wurde sie von Mrs. Clayton und Chris erwartet. »Du bist aber gewachsen!« rief Chris aus. »Hübsch siehst du aus! Du hast ein paar neue Zähne! Ich auch!« Mitten auf dem Bahnhof, während der Gepäckträger auf Livys Koffer wartete, bestand Chris darauf, ihre neuen, dauerhaften Zähne zu zeigen.

»Bist du müde, Kleines?« fragte Ginny. Sie spürte die Aufregung und die Verwirrung des Kindes, das zum ersten Mal von zu Hause fort war. »Du hast eine lange Reise hinter dir, aber wir sind gleich zu Hause.«

Das Auto, das vor dem Bahnhof wartete, war noch größer als jenes, das Mrs. Clayton nach Tresillian mitgebracht hatte. Livy berührte scheu die grauen Polster der Sitze. Chris redete auf sie ein, Mrs. Clayton machte sie auf einige Sehenswürdigkeiten aufmerksam. Livy war zu aufgeregt und müde, um viel von dem aufzunehmen, was man ihr sagte. Sie fuhren an einem Gebäude vorbei, das, wie Mrs. Clayton sagte, der St. James Palace sei, und dann waren sie auch gleich in Seymour House.

Mrs. Clayton nahm Livy bei der Hand, als sie die Treppe hinaufstiegen. Tresillian war viel größer, aber Livy fühlte instinktiv die Eleganz des Hauses. Sie hatte noch nie einen Butler gesehen; auch konnte sie nicht verstehen, was die beiden jungen Männer, die eine Art Uniform trugen, hier taten. Einer schleppte ihren schäbigen Koffer, der noch von ihrem Vater stammte, die Treppe hinauf, die von einer großen Marmorhalle abging. Plötzlich mußte sie schleunigst auf die Toilette. Sie flüsterte ihr Bedürfnis Mrs. Clayton ins Ohr. »Chris wird sie dir zeigen ...«

Sie gingen nicht hinauf, sondern in eine Damengarderobe im Erdgeschoß. Sie war mit Samtvorhängen und einem Teppich ausgestattet. Gestickte Handtücher hingen über einer Metallstange, und ein Glasgefäß, gefüllt mit vielen bunten, köstlich riechenden Seifenkügelchen, stand auf dem Toilettentisch. Der Raum wurde durch zwei kleine Kronleuchter erhellt. Livy hatte immer geglaubt, daß so etwas nur in Märchen existierte. Außer daß Feen wohl nicht aufs Klo gingen? Als sie wieder herauskamen, bemerkte Ginny die hektischen roten Flecken auf Livys blassem Gesicht und sagte: »Du brauchst einen guten Tee und etwas zu essen, und dann gehst du besser zu Bett ...«

Sie nahmen den Tee in der Bibliothek ein. Sie war nicht so groß wie die Bibliothek in Tresillian, aber dafür viel luxuriöser und eindrucksvoller. Die Kuchen schmeckten nicht so gut wie die, die ihre Mutter buk, und die belegten Brötchen waren hauchdünn geschnitten. »Meine Mutter hat Ihnen einiges mitgeschickt«, brachte Livy schließlich heraus, und dann fragte sie fast im Flüsterton: »Wo ist Alex?«

»In der Schule, Livy, in Amerika. Ich dachte, du wüßtest das. Wir bleiben hier nur für drei Wochen, und dann fahren wir zurück. Alex kann nicht mitten in der Schulzeit fort. Deshalb haben wir Miss Bonner für Chris, so daß sie mit mir und ihrem Vater reisen kann. Aber bald muß auch Chris zur Schule gehen.« Zu ihrem Erstaunen sah sie, daß Tränen über Livys Wangen rollten. Sie ging zu ihr und nahm sie in die Arme. »Was ist denn los, Kleines?«

»Er ist in Amerika? Und Lady Camborne, Rachel und Caroline sind noch immer in Rußland. Sie haben mir gezeigt, wie schrecklich weit weg es ist. Ich dachte, Familien bleiben immer zusammen.«

»Nur sehr wenige Familien haben das Glück, immer zusammen zu sein. Chris und ich sind hier, damit Mr. Clayton nicht allein in London ist, verstehst du das? Aber mach dir keine Sorgen, im Sommer kommen wir alle wieder nach Tresillian, sogar Lord Camborne. Er hat zwar nur kurz Urlaub, aber die ganze Familie kommt nach England. Und Alex hat seine langen Sommerferien. Du siehst, wir werden alle wieder zusammensein.«

Die Erleichterung, die sich plötzlich auf dem müden Gesichtchen abzeichnete, rührte Ginny, und sie versuchte sich vorzustellen, wie dieses Mädchen später einmal aussehen würde.

Während der nächsten vier Tage, die Livy bei ihnen verbrachte, ging eine Verwandlung mit ihr vor. Blair, der nur am Abend mit ihnen zusammen war, bemerkte es als erster: »Sie war nie ein Kind, das Mitleid erweckte. In St. Just machte sie den Eindruck einer kleinen Prinzessin. Aber in diesen Tagen ist sie wie ein Schmetterling aus der Larve geschlüpft. Sie wird vermutlich völlig erschöpft sein, wenn sie wieder abfährt. Aber hast du jemals ein Kind gesehen, das jede Sekunde so aus vollen Zügen genießt?«

Livys Sätze überschlugen sich, als sie versuchte, all die Wunder und Überraschungen zu erklären, die sie stündlich erlebte. Während ihres Besuchs fiel der Unterricht bei Miss Bonner aus, aber sie war immer mit den beiden Mädchen zusammen. Aber auch Ginny richtete es meistens so ein, daß sie bei den Ausflügen dabei sein konnte, denn das Glück und die Begeisterung Livys mit anzusehen, war herzerquickend. Sie unternahmen die üblichen Dinge, die aber für Livy höchst unüblich waren. Sie sahen sich die Wachablösung vor dem Buckingham Palace an und die Kronjuwelen im Tower. Sie gingen in den Zoo und in die Stadt. Ginny schenkte Livy Bücher und Spielzeug und einen neuen Koffer, und da sie fast so groß wie Chris war, kaufte Ginny für beide Mädchen die gleichen Kleider. Sie tranken Tee in großartigen Palästen, in denen Orchester spielten. Livy glaubte, in einem Märchenland zu sein. »Wie kann ich das alles nur Mutter, Herbert und Thea beschreiben?« fragte sie eines Abends Blair. Er sagte ihr nicht, daß Herbert und Thea dies alles kannten, um ihr nicht ihre Illusionen zu rauben. Der glückselige Ausdruck des Kindes stimmte ihn nachdenklich, denn er begriff, daß dieser Besuch mit dem Verlust der Unschuld erkauft war. Nie wieder würde Livy die Welt wie ein Wunder erleben.

Livy wartete voller Ungeduld auf den Sommer. Sie vertiefte sich in ihre Bücher, um vor Rachel bestehen zu können. Ein Brief von Caroline kam an:

> Jeder hier scheint Angst zu haben. Vor was, weiß ich nicht. Die Erwachsenen wechseln sofort das Thema, wenn wir Kinder ins Zimmer kommen. Mutter kann es nicht erwarten, nach England zurückzukehren.

Und ein weiterer von Rachel:

> Wir kommen ein wenig früher als Alex. Mr. Aimes begleitet ihn diesmal nicht, sondern irgend jemand anderer.

Und dann kam der Tag, an dem Isa wieder die Koffer packte. Herbert brachte Mutter und Tochter, Bully und Tubby in seinem Auto nach Tresillian. Isas zwei Kusinen wurden erneut als Hilfskräfte angestellt. Zusätzliche Bettwäsche und Handtücher waren aus London eingetroffen. Mrs. Clayton hatte sie gesandt, um das hastige Waschen und Plätten der wenigen Laken und Überzüge zu vermeiden. Austell war stolz auf seinen Gemüse- und Obstgarten. Isa hatte tägliche Lieferungen von Fisch, Krabben, Hummern, Makrelen und Sardinen, was immer gerade vorhanden war, bei den Fischern bestellt. Niemand wußte genau, wann die Familien ankämen; sie wußten nur, daß sie kommen würden.

Sie trafen diesmal getrennt ein. Zuerst erschien Lady Camborne mit Rachel und Caroline. Sie fuhr noch immer das alte Auto vom vergangenen Jahr, das sie bei ihrem Großvater in Hampstead untergestellt hatte. Sie waren länger als vorgesehen in London geblieben. Denas Großmutter Marcella war im Winter gestorben. Sie hatten eine Woche bei dem Witwer verbracht, um ihn zu trösten und ihm zu helfen, sich in seinem Leben ohne Ehefrau zurechtzufinden. »Er will nichts, aber auch gar nichts ändern«, sagte Dena zu Thea und Herbert beim Abendessen am ersten Tag. »Er ist über achtzig und kann kaum mehr die Haarbürste hochheben. Es ist traurig, ihn so allein in dem großen Haus zu sehen, und sein Atelier im Garten ist vollgestellt mit Landschaften, die er fast vergessen hat. Aber er will nicht ausziehen.«

Rachel und Caroline hatten sich während des Jahres, wo Livy sie nicht gesehen hatte, merklich verändert. Caroline war um Zentimeter gewachsen, ihr pausbäckiges Babygesicht war einer kindlichen Hübschheit gewichen, die Schönheit versprach. Rachel wirkte sehr viel erwachsener als noch vor einem Jahr. Sie war mager, dunkelhaarig und hatte ein waches, intelligentes Gesicht. Sie nahm etwas verachtungsvoll Livys Bücher in die Hand. »Mein Russisch ist besser geworden, desgleichen mein Deutsch und Französisch. Das ist einer der wenigen Vorteile an der Diplomatenschule. Jeder quasselt in einer anderen Sprache, und die Lehrer müssen verdammt gut sein. Vater besteht darauf, daß ich Latein lerne. Er selbst spricht jetzt fließend Russisch.« Sie wirkte etwas aggressiv, ein wenig zänkisch, so als fände sie, daß Livy sich zu sehr als Besitzerin von Tresillian aufspiele. Sie forderte ihr eigenes Zimmer. »Es gibt, weiß Gott, genug Platz hier. Vielleicht teile ich ein Zimmer mit Chris, wenn sie kommt...« Aber während des Abendessens wurde sie zugänglicher und verfiel wieder in den kameradschaftlichen Ton des letzten Sommers. »Unheimliche Dinge gehen in Rußland vor. Viele, viele Leute sind angeklagt und erschossen oder in Arbeitslager geschickt worden. Jeder hat Angst. Die Diplomaten werden in Ruhe gelassen, es sei denn, sie tun irgend etwas Verbotenes oder gehen irgendwo hin, wo sie nicht hingehen dürfen. Aber auch dann werden sie nicht in Arbeitslager geschickt, sondern nur des Landes verwiesen.«

»Ich mag Rußland nicht«, sagte Caroline zu Isa und Livy.

»Caroline ist eine Heulsuse«, sagte Rachel verächtlich. »Sie hat nur einige wenige russische Wörter gelernt, gerade genug, um den Dienstboten das Nötigste zu sagen.« Der Unterschied zwischen den beiden Schwestern trat jetzt noch deutlicher hervor. Rachel war ehrgeizig, zielstrebig und wollte immer recht behalten. Caroline war sehr viel sanfter, aber erreichte mit einem Lächeln oder, wenn das nicht wirkte, mit Tränen alles, was sie wollte.

»Ich bin froh, wieder bei dir zu sein«, flüsterte sie Livy zu, als sie die Treppe hinaufgingen. »Manchmal kann ich Rachel nicht ausstehen.«

Dann kamen Ginny, Blair und Chris an. Alex war noch auf dem Schiff in Begleitung eines Hauslehrers. »Eine höfliche Umschreibung für einen Leibwächter«, sagte Blair zu Dena. »Er ist noch zu jung, um allein den Ozean zu überqueren, und wenn ich nicht hier bin, beruhigt mich der Gedanke, einen Mann in diesem Haus mit all den Kindern zu wissen. Er heißt Matt Boyd und ist ganz versessen aufs Segeln. Er wird sicher irgendein Boot mieten wollen.«

Harry würde als letzter kommen, er hatte nur einen knappen Monat Urlaub. Blair wollte die Ankunft von Alex und Matt Boyd in Tresillian abwarten. Livy blieb bei ihrer Mutter in der Küche, als sie erfuhr, daß Alex' Ankunft kurz bevorstand. Sogar als sie die lauten Begrüßungsworte und Lachen hörte, gesellte sie sich nicht zu den anderen. Isa drängte sie nicht hinauszugehen, denn trotz aller Freundlichkeit von Lady Camborne und Mrs. Clayton blieb dennoch die Tatsache bestehen, daß Isa in der Küche arbeitete und Livy sich daher nicht ungebeten den Familien anschließen konnte. Nur Bully hatte keine Hemmungen, Alex willkommen zu heißen. Livy steckte ihre Nase in ein Buch und hielt Tubby fest umklammert auf ihrem Schoß, als versuche sie, sich auf eine Enttäuschung oder auf eine Zurückweisung vorzubereiten.

Aber nichts dergleichen geschah. Schon nach kurzer Zeit klopfte es leicht an der Küchentür. Livy blickte auf und rutschte auf ihrem Stuhl hin und her, so daß Isa schon fürchtete, sie würde aufspringen und durch die Küchentür ins Freie flüchten. Aber Alex war schon eingetreten, in Begleitung eines breitschultrigen, sympathisch aussehenden jungen Mannes. »Guten Tag, Mrs. Miles, wie nett, Sie wiederzusehen. Ich wollte Ihnen Matt Boyd vorstellen. Er hat die Gedichte Ihres Mannes während der ganzen Überfahrt gelesen. Er mußte sich Großvaters Band ausleihen. Mr. Miles' Gedichte sind in Amerika nicht aufzutreiben.«

Als Matt Boyd Isa die Hand reichte, wandte sich Alex an Livy. »Nennst du das etwa eine herzliche Begrüßung? Höflichkeit scheint man dir in der Dame-Schule nicht beizubringen. Oder hat die Katze deine Zunge verschluckt? Kannst du nicht wenigstens hallo sagen? Matt, das ist meine Freundin Livy. Im Moment scheint sie die Sprache verloren zu haben, aber sonst ist sie in Ordnung.«

Livy schloß ihr Buch, setzte Tubby auf den Boden und ging auf Matt Boyd zu. »Es freut mich, Sie kennenzulernen. Willkommen in Cornwall.«

Alex bog sich vor Lachen. »Haben Sie das gehört, Matt? Sie hat Cornwall und nicht etwa England gesagt. Hier unten denken alle, England geht nur bis zum Tamar-Fluß.«

Livy hätte Alex am liebsten umarmt, aber sie hielt ihm nur scheu die Hand hin. Ihr Herz klopfte so heftig, daß sie kaum sprechen konnte. Er war gewachsen, seine gutgeschnittenen Züge waren noch anziehender geworden. Er sah ein wenig fremdländisch aus mit seinem dunklen Haar und den dunkelgrauen Augen. Er war tief gebräunt. »Ich bin so froh, dich wiederzusehen, Alex. Mutter und ich haben euch alle sehr vermißt.«

Caroline steckte den Kopf durch die Tür. »Oh, da bist du ja, Livy. Mrs. Miles, Mutter sagt, es fehle ein Gedeck bei Tisch.«

»Ja, Miss Caroline, ich habe für Livy nicht mitgedeckt. Ich wußte nicht ... ob mit den neuen Gästen ... Mr. Boyd und Master Alex ...«

Dena tauchte neben Caroline auf. »Ich weiß, Mrs. Miles, diese vielen Menschen zu füttern ist anstrengend für Sie. Aber ich bin überzeugt, Sie werden uns ein köstliches Essen vorsetzen. Livy wird wie immer mit uns zu Mittag essen, und abends essen die Kinder wie üblich hier in der Küche. Wir Erwachsenen müssen auch ein wenig zur Ruhe kommen.« Dann fügte sie energisch hinzu: »Kommen Sie, Mr. Boyd, ich zeige Ihnen Ihr Zimmer. Du bist in deinem alten Zimmer, Alex. Du weißt wohl noch, wo es ist.« Der Junge und sein Hauslehrer folgten ihr.

Isa und Livy hörten Matt Boyd sagen: »Was für ein großartiges Haus, Lady Camborne.« Alex sagte: »Ja, es hat etwas ganz Besonderes. Aber englische Schlösser ...« Ihre Stimmen verhallten.

Livy bückte sich und nahm Tubby auf den Arm. Sie drückte die Katze so fest an sich, daß diese anfing, sich zu wehren. »Oh, Tubby, ich hab dich so lieb.« Isa wußte, daß sie statt Tubby lieber »Alex« gesagt hätte.

Die Zeit verflog. Sie taten die gleichen Dinge wie im letzten Sommer, nur daß sie an besonders schönen Tagen auf dem Meer in einem von Blair gemieteten Boot segeln gingen. Sie sahen zum ersten Mal den Turm von Tresillian und die Felsen vom Meer aus. »Ein Symbol der Hoffnung und der Heimkehr«, sagte Matt. »Aber auch eine Todesfalle.«

Blair kam regelmäßig an den Wochenenden, und dann endlich traf auch Harry ein. Später als erwartet, da man ihm den Urlaub beschnitten hatte. Er würde nur zehn Tage bleiben können. Danach mußte er nach Moskau zurück. Er kam im Auto mit Blair aus London und war niedergedrückt. Livy starrte ihn verwundert an. Sie hatte den immer heiteren Lord Camborne noch nie in einer so düsteren Stimmung gesehen. Am Abend nach dem Essen, als die Kinder im Bett waren und Miss Bonner und Matt sich diskret zurückgezogen hatten, wandte sich Harry mit ernster Miene an seine Frau und seine Freunde: »Ich habe schlechte Nachrichten für dich, Dena. Das Foreign Office hat mir mitgeteilt, daß es nicht ratsam, ja sogar gefährlich wäre, dich mit zurück nach Moskau zu nehmen. Und die Kinder dürfen unter keinen Umständen nach Rußland reisen.«

Dena stieß einen kleinen Verzweiflungsschrei aus, und ihr Gesicht wurde totenbleich. »Aber die Russen tun *uns* doch nichts an, sie haben die Diplomaten noch immer in Ruhe gelassen.«

»Sie würden uns nicht in ein Arbeitslager schicken. Aber dir ist doch wohl klar, daß jeden Moment ein Krieg ausbrechen kann. Hitler hat bereits Österreich annektiert und erhebt jetzt Anspruch auf die Tschechoslowakei. Die Russen haben uns im Verdacht, daß wir Hitler weiterhin nachgeben werden, was sie als Verrat empfinden. Sie wissen nicht, ob Hitler sie angreifen wird oder England und Frankreich oder alle drei. Sollte er sich gegen den Osten wenden, so bedeutet das eine hastige Evakuierung. Es wird schwierig genug sein, das Botschaftspersonal rechtzeitig außer Landes zu bringen, aber wir haben bestimmt nicht genug Zeit, um uns um unsere Frauen und Kinder zu kümmern. Es ist einer dieser Momente im diplomatischen Dienst, wo wir unser Brot redlich verdienen, aber für die Frauen und Kinder ist es natürlich bitter.«

Alle Hoffnung wich aus Denas Gesicht. »Hast du eine Ahnung, wie lange …?«

Harry schüttelte den Kopf. »Niemand kann wissen, wann ich zurückkomme … oder wann du wieder nach Moskau fahren kannst. Wir müssen uns damit abfinden, daß …«

Sie stand auf, goß sich einen Kognak ein und brachte den anderen Gläser. Die Flasche klirrte, als sie mit zitternder Hand einschenkte. Aber sie hatte ihre Stimme wieder in der Gewalt, als sie sagte: »Nun, wir können nur das Beste hoffen. Die Kinder und ich werden nach London fahren. Es gibt genug Platz in Großvaters Haus. Und er wird vermutlich froh sein, uns bei sich zu haben. Für Rachel und Caroline gibt es bestimmt in der Nähe eine Schule. Ich wünschte bloß … ach, es ist nicht wichtig. Wenn wirklich das passiert, was wir alle fürchten, wird es viele Menschen geben, die sich Dinge wünschen, die sie nicht haben können.«

Livy hatte den Eindruck, daß sie früher als das letzte Mal abfuhren. Harrys Urlaub war vorbei, und Dena begleitete ihn allein nach Penzance, um Abschied zu nehmen. Er küßte die Kinder in der Frühe, als sie noch schliefen, und ging leise hinaus. Bully, der zu Livys Füßen lag, knurrte leise, als er das Anspringen des Motors vernahm, aber schlief gleich wieder ein.

Livy fühlte sich diesmal nicht so verlassen, als sie abreisten. Die Cambornes blieben in England, und wenn tatsächlich der Krieg ausbrach, würden alle nach Tresillian kommen, um den Luftangriffen zu entgehen, die alle zu befürchten schienen. Aber als Ginny, Chris und Alex wegfuhren, war sie nicht so sicher, ob sie die drei je wiedersehen würde. Wenn dieser drohende Krieg ausbrach, würden sie bestimmt nicht den Atlantik überqueren.

Sie ging wieder in die Dame-Schule, aber fühlte sich älter als ihre Mitschülerinnen, weil sie im Sommer soviel erlebt hatte.

Während des Winters zwang Dena ihren Großvater trotz seiner lauten Proteste, die aufgestapelten Landschaftsbilder durchzugehen und die besten auszusuchen, die sie dann zur Sicherheit nach Tresillian schicken wollte, falls es zum Krieg käme. »Es kommt nicht zum Krieg, Dena«, sagte er und betrachtete unentschlossen die verschiedenen Bilder. »Welche möchtest du behalten?« frage Dena. »Welche gefallen dir am besten?«

»Ich weiß nicht«, sagte er anklagend. »Ich bin zu alt, um so herumkommandiert zu werden. Wie soll ich eine Wahl treffen? Und es ist nicht einmal notwendig.«

Dena erzählte ihm, welche Vorsichtsmaßnahmen Blair traf. Seine Sammlung von Impressionisten und das Silber aus Seymour House waren in einem Safe in Wales eingelagert worden. Am Haus selbst hatte er hölzerne Fensterläden anbringen lassen, um den Luftdruck der Bomben abzuschwächen. Nur seinen Wein hatte er im Keller gelassen. »Ich werde oft in London sein, was immer geschieht, und ich brauche einen guten Trunk, um mich aufzuheitern.«

Zu Livys Erstaunen erschienen sie alle in diesem Sommer, außer Harry, der in Moskau unabkömmlich war. Dena, Rachel und Caroline kamen gleich nach Schulschluß. Ginny, Blair und Chris trafen eine Woche später ein. Blair tauchte nur für eine Stippvisite auf, aber Ginny, Chris und Miss Bonner würden den ganzen Sommer über bleiben. Alex und Matt Boyd befanden sich auf dem Weg...

»Ehrlich gesagt, Ginny«, sagte Dena seufzend, »ich weiß nicht, wieso du kommst, wo du so viele komfortablere Bleiben hast. Und Alex hat doch sicher eine Menge Schulfreunde, mit denen er herrliche Ferien verbringen könnte.«

Ginny lachte. »Willst du uns loswerden? Und mach dir keine Sorgen um Alex. Der kommt gewiß nicht aus Höflichkeit. Er kommt, weil er kommen will, nicht mal sein Großvater konnte ihn daran hindern. Der Krieg ist schließlich noch nicht erklärt, und so konnte Andrew ihn schlecht zurückhalten. Versucht hat er es natürlich – und zwar mit allen Mitteln.«

Livy begrüßte alle begeistert. Die Tregenna-Kusinen baten Isa, ob sie sich abwechseln dürften, so daß sie reihum das Leben auf dem Schloß genießen konnten. Blair schickte große Mengen Wein, Spirituosen und Kognak und eine ganze Kiste mit Konserven, die Isa mit Verachtung betrachtete. »Versucht Blair, uns einen Wink zu geben?« fragte Dena. »Es sieht fast so aus, als bereite er sich auf eine Belagerung vor.«

Jeder schien sich auf den Krieg vorzubereiten, obwohl alle hofften, der Friede würde ihnen erhalten bleiben. Aber was Dena am meisten beunruhigte, war die große Kiste mit den Haushaltsgegenständen, dem Porzellan und dem Silber, die aus Moskau ankam. »Deutlicher hätte Harry es auch mit Worten nicht ausdrücken können«, sagte sie beim Auspacken zu Ginny. »Er befürchtet offenbar das Schlimmste.«

Andrew McClintock erschien unangemeldet wie immer. »Es tut mir leid, wenn ich euch Umstände mache, aber ich weiß, es gibt hier genügend Gastzimmer. Ich wollte nur mit eigenen Augen sehen, was für Vorbereitungen Sie getroffen haben.« Der letzte Satz war an Dena gerichtet. »Meine Familie wird natürlich in Amerika sein, aber für Sie ist Tresillian offensichtlich der gegebene Ort, den Krieg zu überdauern.«

»Wenn es überhaupt zum Krieg kommt...«

»Dessen bin ich sicher. Ich fände es am besten, daß auch Sie, Dena, mit den Kindern nach Washington kommen. Ich möchte Mrs. Miles und Livy das gleiche vorschlagen.«

»Kommt überhaupt nicht in Frage!« rief Dena. »Nur in England habe ich eine Chance, Harry zu sehen. Die Entfernung zwischen uns ist, weiß Gott, schon groß genug, ich will nicht auch noch den Ozean dazwischenlegen...«

Andrew McClintock unterbreitete Isa beim Tee früh am nächsten Morgen seinen Vorschlag. »Sie bekämen sofort eine glänzende Stellung, und Livy könnte eine gute Schule besuchen, und Sie brauchten keine Bomben zu befürchten...«

Isa schüttelte den Kopf. »Es ist ungemein nett von Ihnen, Sir. Für Livy wäre es vielleicht das Richtigste, aber es bräche mir das Herz, mich von ihr zu trennen. Doch abgesehen davon, Mr. McClintock, Livy gehört hierher. Egal, was Sie ihr bieten können, sie wäre unglücklich, von hier fortzugehen.«

»Haben Sie einmal an die Möglichkeit gedacht, daß Hitler England erobern könnte? Wissen Sie, was das bedeuten würde?«

»Livy wird hierbleiben, die meisten werden hierbleiben. Und England wird nicht besiegt werden, Mr. McClintock.«

»Sie sind eigensinnig, aber ich bewundere Sie. Ja, danke, ich hätte gerne noch etwas Tee und eine Scheibe von diesem köstlichen Brot...« Die Küche mit ihren Gerüchen, die ganze Atmosphäre gefiel ihm. Er gab Bully große Stücke von dem Brot, dick bestrichen mit Butter, und fuhr mit den Fingern über die tiefen Falten seiner Schnauze.

»Sie sind der einzige Mensch außer Livy, Mr. McClintock, von dem Bully sich das gefallen läßt.«

»Das beweist nur, wie klug beide sind.«

Es gab nur wenige, die Andrew McClintock von dieser Seite kannten. »Und denken Sie noch einmal über meinen Vorschlag nach. Nach Ausbruch des Krieges ändern Sie Ihre Meinung vielleicht. Schicken Sie mir ein Telegramm. Wann immer Sie wollen. Ich werde Ihnen und Livy einen Platz auf einem amerikanischen Schiff besorgen. Amerika hat noch eine kleine Atempause. Aber ewig wird sie nicht dauern. Warten Sie nicht so lange, bis es gefährlich wird.«

Er hinterließ einen dicken, mit Banknoten gefüllten Umschlag. Isa betrachtete ihn und fragte sich, ob diese große Geldsumme bedeutete, daß er annahm, es würde sehr lange dauern, bis er wieder nach Tresillian käme. Sein Vorschlag, sie und Livy nach Amerika zu bringen, hatte sie äußerst beunruhigt. Sie war fest davon überzeugt, daß der Krieg unvermeidbar war, aber sie hatte wie alle anderen bislang daran geglaubt, daß England ihn gewinnen würde. Und diesen Glauben hatte er erschüttert.

Nach Andrew McClintocks Besuch kam ein Lastwagen von Harrods an, der alles enthielt, was knapp zu werden drohte: Wolldecken, Seife, Bettflaschen, Bettsocken, Wein, Schinkenkonserven, Whisky, Gin, Champagner.

»Was, zum Teufel, soll der Champagner?« sagte Dena zu Ginny.

»Vielleicht, um den Frieden zu feiern.« Sie inspizierten den Rest der Kiste. Sie enthielt Schaufeln, Gartenkellen, Hacken und Rechen. Austell musterte sie anerkennend. »Beste Qualität, Mylady. Solche Dinge können knapp werden im Krieg. Und dann müssen wir so viel anpflanzen wie nur irgend möglich. Ich habe daran gedacht, einige Morgen mehr umzugraben, so daß die schwerste Arbeit bereits getan ist, wenn Sie Selbstversorger werden müssen ...«

Andrew McClintock hatte sich sogar nach den Gewehren erkundigt, die Harrys Vater gehört hatten und die nach seinem Tod nach Tresillian geschickt worden waren. Und hatte die passenden Patronen geschickt. »Soll ich damit Kaninchen schießen oder den Feind vertreiben?« fragte Dena.

Blair kam für einen kurzen Besuch. Er war von New York auf einem der neuen Passagierflugzeuge über den Atlantik geflogen. Sie mußten auf den Azoren auftanken, und er war in Lissabon gelandet. Der Flug hatte sechsundzwanzig Stunden gedauert. »Sehr ärgerlich, daß wir nicht direkt nach London fliegen konnten, aber das wird auch noch kommen, sobald die Diplomaten sich über die Landungsrechte geeinigt haben ...« Seine Gegenwart wirkte auf alle beruhigend, obwohl er keine guten Nachrichten mitbrachte. Frankreich hatte mobilisiert, in den englischen Städten wurden Gasmasken verteilt und Luftschutzbunker eingerichtet.

»Ich fürchte, es ist an der Zeit, daß du, Chris und Alex nach Amerika zurückfahrt«, sagte Blair zu Ginny.

Sie schüttelte ruhig den Kopf. »Du kannst mich nicht zwingen, nach Washington zurückzufahren. Ich weiß, du wirst mehr in England als in Amerika sein, was immer auch passiert. Deine Arbeit für McClintock-Clayton ist auf dieser Seite des Atlantiks. Und daher werde ich hierbleiben.«

Er verspürte im Moment keine Lust, ihr zu widersprechen. Nach dem ersten Luftangriff würde sie von allein ihre Meinung ändern. »Warten wir's ab ...«

Er inspizierte die Vorräte, die Andrew McClintock und er geschickt hatten. »Eins haben wir alle vergessen«, sagte er zu Dena, als er die schwere Eichentür zum Keller schloß, »Vorhängeschlösser. Die Sachen werden verschwinden, wenn die Lebensmittel knapp werden. Ich schicke dir einige, sobald ich wieder in London bin. Und ich darf nicht vergessen, sie ebenfalls in Seymour House anbringen zu lassen. Du wirst auch Werkzeug brauchen, Hammer, Nägel, Schraubenzieher, Taschenlampen und Batterien.« Er fing an, eine Liste aufzustellen. Dena konnte ihn nur schweigend und wie betäubt anstarren, während sie versuchte, gegen ihre Angst anzukämpfen.

Anfang August kehrte Blair nach Tresillian zurück und sagte, er könne vielleicht eine Woche bleiben. Es war heiß, und kein Blatt rührte sich. Matt Boyd sagte enttäuscht: »Bei der Windstille kommen wir nur mit einem Außenbordmotor aus der Bucht, und das ist der halbe Spaß.« Sie beschlossen statt dessen, in einer der Einbuchtungen an der Küste zu picknicken, an irgendeiner Stelle, wo es kleine Felsentümpel gab, in denen man ungefährdet baden konnte. In letzter Minute weigerten sich Rachel und Chris mitzukommen. Am Morgen hatte es zwischen Rachel und Dena Streit gegeben. Rachel wehrte sich dagegen, in die Schule zurückzugehen, die sie im letzten Jahr besucht hatte. »Ich sollte in eine höhere Klasse versetzt werden, doch ich weiß, das tun sie nicht. Aber wenn ich in eine andere Schule gehe, kann ich eine Klasse überspringen. Ich bin sicher, ich schaffe es, sogar Miss Bonner ist meiner Meinung ...«

»Es gibt keine andere Schule«, sagte Dena ungeduldig und verwünschte im stillen Miss Bonner. »Auch ist es viel zu spät, dich woanders anzumelden, und dann ist es auch nicht nett Caroline gegenüber ...« Rachel hatte sich schmollend zurückgezogen und erklärt, sie würde an dem Picknick nicht teilnehmen.

Blair tat den Streit achselzuckend ab. »Sie wird sich schon wieder beruhigen, und wenn Chris ihre Loyalität beweisen will, soll sie eben zu Hause bleiben. Ich werde mir jedenfalls von zwei schmollenden Backfischen den Tag nicht verderben lassen.« Dena gab ihm recht und wünschte, daß Harry da wäre, um Rachel zur Vernunft zu bringen, denn seine Worte hatten mehr Gewicht als ihre. Sie spürte, daß Rachels Unzufriedenheit teilweise auf Harrys Abwesenheit zurückzuführen war. Sie vermißten ihn alle sehr.

Um ihre Unabhängigkeit zu beweisen, hatten Rachel und Chris beschlossen, im Obstgarten zu picknicken. Isa hatte ihnen einen Korb zurechtgemacht und blickte den beiden nach, als sie hinter der hohen Mauer verschwanden.

Ihre Kusinen hatten ihre tägliche Arbeit verrichtet, mit Isa zu Mittag gegessen und sich auf den Heimweg gemacht. Eine tiefe Stille lag über Tresillian. Tubby lag zusammengerollt auf einer Fensterbank in der Sonne. Bully lag Isa zu Füßen, als sie ihre letzte Tasse Tee aus der Kanne trank, die sie zum Mittagessen aufgebrüht hatte. Die Teller waren abgewaschen, und sie hatte ein paar Stunden für sich, bis es an der Zeit war, das Abendbrot für die Kinder und das Diner für die Erwachsenen vorzubereiten. Sie fühlte sich schon seit einigen Wochen unerklärlich schlapp, sagte sich aber, daß dies verständlich sei, denn sie hatte ja tatsächlich viel zu tun. Und überhaupt, was machte es schon aus, wenn sie ein wenig müde war.

Sie setzte sich in den großen Stuhl am Küchenherd, die Augen fielen ihr zu, Bully schnarchte zu ihren Füßen.

»Mrs. Miles ... Mrs. Miles! Bitte kommen Sie! Helfen Sie! Chris ist unten am Felsen. Sie hat sich den Fuß verstaucht oder irgendwas, sie kann ihn nicht mehr aufsetzen.«

Isa war hellwach. »Hol Austell! Wir werden sie herauftragen.« Sie rannte durch den Stallhof und hin zum Klippenpfad. Zuerst war sie nur ein wenig besorgt gewesen, daß Chris allein und verletzt war. Aber dann erwachte in ihr der Instinkt, der so alt war wie das Fischervolk, dem sie entstammte. Sie kannte mit der gleichen Sicherheit, wie sie den Tag von der Nacht unterscheiden konnte, den Wechsel der Gezeiten. Und dies war die Stunde, wo die Flut kam, schneller, als ein Mensch rennen konnte. Sie würde alles überschwemmen, außer den höchsten Felsenzacken. Sie erreichte den Klippenpfad. Rachel wollte ihr folgen. »Nein, kehr um und hol Austell, schnell!« Rachel rannte zum ummauerten Obstgarten zurück. Isa hoffte, daß Austell sich nicht gerade diesen Moment ausgesucht hatte, um an einem schattigen Platz eine Zigarette zu rauchen. Hinter der hohen Mauer würde er die Rufe nicht hören.

Sie eilte schnell, aber vorsichtig, um nicht selbst zu fallen, den Pfad hinunter. Auf halbem Weg sah sie einen kleinen Punkt auf dem am weitesten entfernten Felsen, der sogenannten Nadelspitze. Das Kind kroch auf den Pfad zu, aber ohne sich besonders zu beeilen. Die Flut, verdeckt vom sommerlichen Hitzedunst, schlängelte sich durch ihre Kanäle blitzschnell heran. Man konnte sie nur von der Höhe sehen. Und Isa sah sie und wußte, was es bedeutete. Sie konnte nicht schwimmen, nur wenige aus den Fischerfamilien konnten es. Aber selbst wenn sie hätte schwimmen können, hätte es keinen Unterschied gemacht, niemand konnte gegen die starke Strömung der herankommenden Flut anschwimmen.

Sie rannte, aber rief nicht den Namen des Kindes, um es nicht zu erschrecken. Sie erreichte das Ende des Pfads und fühlte dankbar den festen, feuchten Sand unter ihren Füßen.

Sie zog sich eilig die Schuhe aus und winkte jetzt dem Kind zu, das über den Sand kroch. »Ich komme!«

Sogar als sie Chris erreichte, warnte sie sie nicht vor der steigenden Flut. Panik könnte ihrer beider Verderben sein. »Zieh dich auf meinen Rücken hoch. Schaffst du das?« Als sie spürte, wie Chris versuchte, auf ihren Rücken zu klettern, hörte sie einen Schmerzensschrei. »Ruhig, Kind, langsam.« Sie versuchte, mit den Armen nachzuhelfen. »Leg die Arme um meine Schultern und versuch, dich mit den Knien festzuhalten wie beim Huckepack, Kind. Und laß ja nicht los.«

Sie schwankte unter dem Gewicht, als sie versuchte, sich von den Knien zu erheben. Chris hatte wohl plötzlich Angst bekommen, und statt sich an Isas Schultern festzuhalten, umfaßte sie mit beiden Händen Isas Hals. »Ich krieg keine Luft, Kind, tu die Hände weiter runter.« Aber Chris ließ nicht locker. Isa streckte die Arme nach hinten, ergriff das Hinterteil des Kindes und versuchte, es höher zu schieben, um sich Luft zu verschaffen. Sie fing an zu laufen und fühlte unter den bloßen Füßen voller Schrecken die ersten Anzeichen der Flut. Während sie über den Sand zwischen den Felsen rannte, spürte sie das Wasser an ihren Hacken. Sie wußte, so schnell sie auch lief, die Flut würde sie einholen. Die Felsen waren unbesteigbar, besonders mit dem Gewicht auf ihrem Rücken. Sie hätte nie gedacht, daß Atmen so schmerzhaft sein konnte, ihre Knie und Beine zitterten vor Anstrengung. Selbst an diesem heißen Nachmittag fühlte sich das Wasser kalt an, es umfloß bereits ihre Fußgelenke. Der Sand wurde durch das Wasser aufgeweicht und rutschte unter ihr weg. Sie stapfte jetzt nur noch mühsam und langsam über den Sand.

Aber sie schaffte es, denn dort kam Austell barfuß auf sie zugerannt und nahm ihr wortlos das Kind vom Rücken. Er hielt es in seinen Armen und trug es den Klippenpfad hinauf. Isa blieb stehen und holte tief Luft. Das Wasser strudelte jetzt um ihre Waden. Aber sie wußte, sie war außer Gefahr. Sie watete durch das Wasser und versuchte zu rennen, obwohl sie wußte, daß es eigentlich nicht mehr nötig war.

Austell war ihr voraus; er hatte eine Stelle auf dem Klippenpfad erreicht, die über der Hochwassermarke lag. Er drehte sich um, machte einen Arm frei und winkte ihr kurz zu, um ihr zu zeigen, daß sie in Sicherheit war. Sie erreichte den Klippenpfad und zog sich an dem Gestrüpp hoch, um sich den Aufstieg zu erleichtern. Als sie die Hochwassermarke erreicht hatte, ruhte sie sich aus. Sie winkte Austell zu, der oben auf dem Felsen stand und Chris sanft aufs Gras gesetzt hatte. Bully lief zu ihr, keuchend, mit heraushängender Zunge, und beleckte aufgeregt ihr Gesicht. »Guter Bully, braves Tier. Alles ist wieder gut.« Sie war dankbar, daß sein Instinkt ihn gehindert hatte, ihr bis ganz nach unten zu folgen. Er wäre von der Flut mitgerissen worden.

Die letzte Strecke ging sie gemächlich hinauf. Austell wartete auf sie. Rachel kniete neben Chris. Plötzlich fühlte Isa einen stechenden Schmerz. Es war nicht der gleiche Schmerz, den sie beim Atemholen gefühlt hatte. Er saß tiefer und bohrte sich grausam in ihre Brust ein, in ihre linke Seite und ihren Arm, verbreitete sich über ihren Nacken, schien sie zu überwältigen. Sie war sich vage des dunstigen Himmels, des Rauschens des Meeres und Bullys bewußt, der ihr das Gesicht ableckte. Sie lag auf dem Rücken, aber der heiße Augustnachmittag schien ihr seltsam dunkel. Sie fror.

Rachels verängstigte Stimme klang dicht an ihrem Ohr, aber sie konnte das Gesicht des Kindes nicht sehen. »Mrs. Miles! Mrs. Miles!« Bully fing voller Panik und Angst an zu bellen, als wollte er sie zwingen, aufzustehen, von ihm Notiz zu nehmen. Alle anderen Laute verklangen, sie hörte nur noch Bullys Gebell. Sie starb dort auf der Klippe oberhalb der Felsen, während Austell zum Telefon rannte, um einen Arzt zu holen. Nach einiger Zeit hörte Bully auf zu bellen und gab nur noch verzweifelte Jaultöne von sich.

Die Nachricht von Isas Tod löste eine Schockwelle in St. Just aus. Sie war noch so jung gewesen, und niemand hatte geahnt, daß sie krank war. Sie hatte nie über etwas geklagt, war nie beim Arzt gewesen. Alle waren sich darüber einig, daß der Tresillian-Felsen ein weiteres Leben gefordert hatte.

Zur Beerdigung brachten sie massenhaft Blumen, einfache Blumen, wie Isa sie immer gemocht hatte. Die kleine Methodistenkapelle, wo sie jeweils den Gottesdienst besucht hatte, war gerammelt voll, so daß viele draußen stehen mußten. Aber ihren Sarg trugen sie zu dem Friedhof der anglikanischen Kirche auf der Hügelkuppe, damit sie neben ihrem Mann, Oliver Miles, liegen konnte.

Die ganze Stadt trauerte um Isa, und jeder fragte sich, was aus Livy werden sollte. Einer von Isas Brüdern, Alfred, kam aufs Schloß, um mit Dena, Ginny und Blair zu sprechen. »Natürlich nehmen wir Isas Kind bei uns auf, Lady Camborne.« Er richtete seine Worte hauptsächlich an Dena, als Herrin von Tresillian, da Lord Camborne nicht anwesend war. Auch hatte Alfred ein wenig Angst vor Amerikanern. »Natürlich muß Livy zu uns kommen. Wir sind zwar nur einfache Leute, Lady Camborne, wie Sie wissen, und meine Schwester hat einen vornehmen Herrn geheiratet, aber wir kennen unsere Pflicht, Livy wird es bei uns gut haben.«

»Lassen Sie mich eine Weile darüber nachdenken«, sagte Dena und fragte sich, welchen Rat Harry ihr wohl gegeben hätte, obwohl sie vermeinte, es zu wissen. »Ich werde Livy Ihr Angebot wiederholen. Ich bin sicher, sie wird Ihnen sehr dankbar sein. Aber im Moment will ich mit ihr noch nicht darüber sprechen. Das arme Kind ist ganz verwirrt, wie Sie vermutlich von Ihren Kusinen gehört haben. Sie sitzt den ganzen Tag lang schweigend mit Tubby in der Küche, und Bully weicht nicht von ihrer Seite. Sie weint nicht einmal; es wäre besser, sie täte es. Keiner von uns kommt an sie heran. Sie sitzt mit uns am Tisch, aber ißt kaum etwas. Es ist schwierig zu wissen, was man tun soll. Bitte lassen Sie sie vorläufig hier. Sie ist mit unseren Kindern eng befreundet. Sie können ihr Schweigen vielleicht eher durchbrechen als wir Erwachsenen.«

Der Mann hatte zustimmend genickt und sich verabschiedet. Die nächsten, die kamen, waren Thea und Herbert. Sie konnten sich Denas, Ginnys und Blairs Gefühle nur zu gut vorstellen. Isa hatte Chris das Leben gerettet, aber der Ungehorsam von Rachel und Chris war der Grund für den todbringenden Lauf über den Sand gewesen. Es war sinnlos, sich vorzumachen, daß der Tod zu jeder anderen Zeit hätte eintreten können. Er war nun einmal in diesem besonderen Augenblick eingetreten, und das Gefühl, ihn verschuldet zu haben, würde sie alle ein Leben lang verfolgen.

»Lassen Sie Livy bei uns«, sagte Herbert, »Alfred ist ein ordentlicher Mann und ein guter Vater, aber die Familie ist nicht... nun, Livy ist über sie hinausgewachsen. Und sie haben bereits schon zu viele Kinder. Von der Fischerei zu leben, ist ein hartes Brot. Bei uns wird es ihr an nichts fehlen, das wissen Sie ja. Wir werden sie auf eine gute Schule schicken, wenn die Zeit kommt... wenn sie der Dame-Schule entwachsen ist. Wir kennen Livy schließlich seit dem Tag ihrer Geburt. Das Cottage ist sicher leicht zu vermieten. Man sollte es ihr erhalten, falls sie es später einmal bewohnen will. Wir würden es ungern sehen, wenn Olivers Cottage verkauft würde. Es sollte immer für Livy verfügbar sein, ihr eigener kleiner Felsen, an den sie sich klammern kann.«

Blair hörte sich alles an, aber seine Gedanken eilten in die Zukunft. Er hatte bei seinen Aufenthalten das kultivierte Ehepaar, die Bildhauerin und den Maler, sehr genau beobachtet. Was immer für Talente Livy haben mochte, die beiden würden diese fördern und ausbauen, und Livy könnte an dem Ort bleiben, wo sie geboren war, und müßte nicht bei Fremden leben. Aber... Er hatte einen Einwand, den er jedoch sehr taktvoll formulieren mußte.

»Mr. und Mrs. Gardiner, Ihr Angebot ist ungemein großzügig. Livy und Isa könnten keine besseren Freunde haben. Und ich bin sicher, Livy würde es an nichts fehlen. Aber haben Sie den Generationsunterschied bedacht...«

»Natürlich haben wir das. Wir könnten dem Alter nach ihre Großeltern sein. Aber trotzdem glauben wir, daß wir ihr noch einige Jahre Liebe und Sicherheit geben können, bis sie ein wenig älter und selbständiger ist.«

»Warum lassen Sie Livy nicht hier bei ihren Freunden, bei Alex und Chris, Rachel und Caroline?«

Thea protestierte heftig. »Aber Sie bleiben hier nicht für immer. Sie gehen Ihre getrennten Wege.«

»Sie könnte mit uns nach London kommen«, sagte Dena, »und mit Rachel und Caroline in dieselbe Schule gehen. Ich bin sicher, Harry würde das gleiche sagen ...«

Blair unterbrach sie. »Und warum soll sie nicht bei uns wohnen? Wir haben ein Haus in Washington und eins in London. Und dazu noch Prescott Hill. Wir würden sie genauso wie unsere Tochter Chris behandeln. Mrs. Gardiner, glauben Sie, daß Ginny und ich je vergessen können, daß Livys Mutter Chris das Leben gerettet hat? Die Anstrengung hat vermutlich ihren Tod verursacht. Wir stehen tief in Livys Schuld.«

Thea sah ihn zweifelnd an. »Meinen Sie nicht, Mr. Clayton, daß Sie Livy zu *viel* geben könnten? Sie leben auf sehr großem Fuß ...«

»Aber wir nicht«, warf Dena ein. »Livy paßt gut in unsere Familie. Sie ist gerade im richtigen Alter, und Caroline hängt sehr an ihr. Und sie hätte noch immer Alex und Chris als Freunde ...«

»Und Livy«, sagte Herbert nachdenklich, »hält Alex für eine Art von Gott. Ihre beiden Familien zusammen haben viel Einfluß, Macht und Geld, und ich habe den Eindruck, daß Sie das Kind wirklich sehr gerne mögen. Es würde jedem schwerfallen, in Livys Namen diese großzügigen Angebote abzulehnen. Auch glaube ich, daß Livy leichter über den Tod ihrer Mutter hinwegkommt, wenn sie mit anderen Kindern zusammen ist.«

Blair sagte gedankenvoll: »Sind wir nicht alle etwas anmaßend in der ganzen Angelegenheit? Warum wollen wir eigentlich so schnell eine Entscheidung erzwingen? Keiner von uns hat Livy gefragt, was sie eigentlich will. Das Begräbnis ihrer Mutter war erst vor zwei Tagen. Gott allein weiß, was das Kind denkt. Wir haben noch ein paar Wochen Zeit. Alex muß erst Ende des Monats nach Washington zurückreisen. Und Ginny bleibt mit Dena hier, bis die Schule der Mädchen wieder anfängt. Livy könnte entweder mit ihnen zur Schule gehen oder von Miss Bonner zusammen mit Chris unterrichtet werden.«

Er wandte sich an die Gardiners. »Ich überlasse es Ihnen, Livy die verschiedenen Möglichkeiten auseinanderzusetzen. Sie liebt Sie und vertraut Ihnen. Vielleicht zieht sie es vor, bei Ihnen in ihrer gewohnten Umgebung zu bleiben. Vielleicht möchte sie zu uns kommen. Sie soll selbst entscheiden, was sie will, aber erst, wenn sie über den ersten Schock hinweg ist. Man sollte ihr allerdings schon jetzt sagen, daß wir sie alle lieben und bei uns haben möchten. Wir können ihr den Kummer nicht abnehmen, aber wir können sie wissen lassen, daß sie nicht allein im Leben steht. Wir dürfen nur nichts übereilen. Werden Sie mit ihr sprechen?« Er sah Herbert fragend an.

Dieser nickte. Das Ehepaar ging in die Küche. Livy saß auf dem großen Stuhl mit Tubby im Arm und Bully zu ihren Füßen.

Das Schicksal nahm ihnen die Entscheidung ab.

Der Nichtangriffspakt zwischen Rußland und Deutschland war das Signal, daß die Teilung Polens kurz bevorstand, was bedeutete, daß Großbritannien seiner Garantieerklärung für Polen nachkommen mußte. Die Wehrpflichtigen wurden einberufen, die Evakuierung der Kinder aus den Großstädten begann.

Dena fuhr sofort nach London, und es gelang ihr unter Aufbietung ihrer ganzen Überredungskunst, ihren Großvater zu veranlassen, zwei Koffer zu packen und mit ihr nach Cornwall zu fahren. Er wurde in Livys Cottage einquartiert. Denas Mutter Lydia weigerte sich, London zu verlassen.

Ein Telefonanruf von Andrew McClintock entschied über Alex' Zukunft. Sein Enkel hätte sofort, auf dem nächsten amerikanischen Schiff, England zu verlassen.

»Alex wird nicht auf eine englische Schule gehen. Er ist Amerikaner und soll als solcher aufwachsen. Und widersprich mir nicht, Ginny, oder ich setze dir und Blair die besten Anwälte der Welt auf die Fersen. Der Junge darf nicht den Gefahren von Luftangriffen ausgesetzt werden.«

Ihr Herz brach fast, als sie sich von Alex verabschiedete. Aber der Junge hatte bereits jetzt einen starken Willen und würde sich nicht von seinem Großvater beherrschen lassen. Als sie sich trennten, sagte er: »Ich bin stolz auf dich, Mutter, daß du hierbleibst.«

Als Alex auf halbem Weg nach New York war, erklärte Großbritannien Deutschland den Krieg. Und Livy, die seit dem Tod ihrer Mutter nicht geweint hatte, brach in Ginnys Armen in Tränen aus. »Es ist alles vorbei, nicht wahr? Nichts wird je wieder so sein wie früher. Wir werden Alex nie wiedersehen. Meine Mutter ...«

»Du bleibst hier bei uns, Livy. Und wir werden dich behüten. Wir bleiben alle in England, und eines Tages werden wir Alex wiedersehen. Ich verspreche es dir.«

7

Es war nur gut, gestanden sich Ginny und Dena hinterher ein, daß sie nicht gewußt hatten, was für eine lange Wartezeit ihnen bevorstand. Sie schämten sich, es vor jemand anderem außer einander zuzugeben, daß sie in den Jahren von 1939 bis 1945 am meisten unter Langeweile gelitten hatten. Sie beide hatten sich natürlich Sorgen um die Sicherheit der ihnen Nächststehenden gemacht, und sie hatten Angst gehabt, aber was vor allem an ihren Nerven gezerrt hatte, war das Warten, die Ungewißheit, wie der Krieg ausgehen würde. Sie fühlten sich hilflos gegenüber diesen großen und schrecklichen Ereignissen. Sie waren winzige, unbedeutende Rädchen in einem unbarmherzigen Getriebe.

Sobald ihr Großvater in Livys Cottage eingezogen war, nahm Dena Livy mit, um ihn zu besuchen, und ließ sie mit ihm allein. Er versicherte ihr, daß er sich in ihrem Häuschen äußerst wohl fühle. Livys Kusinen kämen jeden Tag, um für ihn zu kochen und zu putzen, und er erfahre durch sie den neuesten einheimischen Klatsch. Thea und Herbert würden ihn oft besuchen, und er genieße ihre Unterhaltung. Nur malen könne er nicht mehr, wolle es auch nicht mehr versuchen.

Seine Anwesenheit zwang Livy, die erste erwachsene Entscheidung ihres Lebens zu treffen. Guy Denham, Denas Großvater, kam nach Tresillian, um über die Miete zu sprechen. Livy sah erst ihn und dann Dena entsetzt an. »Aber Lady Camborne, Mr. Denham, ich kann doch keine Miete verlangen! Ich wohne hier auf dem Schloß, esse hier, werde umsorgt, und nicht nur ich, sondern auch Bully und Tubby, und ich zahle keinen Penny...« Ihre Stimme wurde leiser.

»Meine Mutter würde es nie zugelassen haben, daß Sie Miete zahlen, Mr. Denham. Es ist eine Ehre für mich, daß Sie in meinem Cottage wohnen.«

Guy Denham hob die Hand. »Wenn du so denkst, Kind, wollen wir das Thema fallenlassen. Oliver Miles wäre stolz auf seine Tochter gewesen. Und deine Familie ist sehr hilfreich, und, mein Gott, sie haben so sehr an deiner Mutter gehangen! Sie tun alles, um mir das Leben zu erleichtern und mich vergessen zu lassen, daß ich ein entwurzelter alter Mann bin.« Dena wußte, daß das Cottage, verglichen mit dem großen Haus in Hampstead, ihm sehr eng und klein vorkommen mußte. »Und ich liebe den Garten; an sonnigen Tagen rupfe ich sogar etwas Unkraut aus. Deine Mutter hatte viel Geschick und ein Auge für Farben. Mir gefällt dieses bunte Durcheinander von Kräutern und Blumen, sie muß eine wahre Künstlerin gewesen sein ...«

Ohne Livys Wissen, aber mit Denas Zustimmung eröffnete er für Livy bei der Bank ein Sparkonto, in das er monatlich die Miete einzahlte. »Eines Tages wird sie das Geld benötigen«, sagte er zu seiner Enkelin.

Jedermann hatte erwartet, daß London und die anderen Großstädte sofort gebombt würden. Aber erst mal geschah nichts. Statt dessen kamen zahllose evakuierte Kinder, manchmal mit ihren Müttern, doch meistens allein. Tresillian mußte zwölf von ihnen aufnehmen, die fast alle aus den ärmeren Bezirken Londons stammten. Es waren rüpelhafte Stadtkinder, die das Land und besonders Tresillian zutiefst verachteten. Sie trieben sich ohne Aufsicht im ganzen Haus herum. Sie hatten ihre Lebensmittelkarten, aber kaum etwas zum Anziehen. Dena wandte sich an das Ministerium mit der Bitte, den Turm einzuzäunen, aber dieses hatte Wichtigeres zu tun.

Die Kinder gingen in St. Just auf die Gemeindeschule, die aus allen Nähten platzte. Desgleichen die Dame-Schule. Trotzdem bot die Dame-Schule von sich aus an, Rachel, Chris und Caroline aufzunehmen. Aber Rachel erklärte, die Schule hätte ihr nichts zu bieten, sie sei zu weit fortgeschritten. Miss Bonner war einen Monat nach Ausbruch des Krieges dem weiblichen Hilfscorps beigetreten. Rachel richtete ohne großes Aufheben ihre eigene Schule in einem Zimmer neben der Küche ein. Es hatte einen offenen Kamin, blickte auf den ummauerten Obstgarten und war klein genug, um es im Winter warm zu halten. Hier errichtete sie ihr eigenes Königreich, zu dem die evakuierten Kinder keinen Zugang hatten. Zwischen den vier Mädchen und den anderen Kindern herrschte ein kalter Krieg.

Dena und Ginny versuchten mit Hilfe von Isas Kusinen, so gut wie möglich zurechtzukommen. Sie arbeiteten im Gemüsegarten, dankbar, daß Austell den Boden für sie umgegraben hatte. Wenn sie Zeit hatten, korrigierten sie die Schulhefte der Mädchen, hörten ihnen Vokabeln ab, prüften die Rechtschreibung. Dena übernahm das Kochen. Sie erwarben ein Pony und einen kleinen Einspänner. Es war die Aufgabe der Mädchen, das Pony zu füttern und zu striegeln. Es gab dauernd Streit mit den evakuierten Kindern, wer auf dem Pony reiten durfte, wenn es gerade mal nicht für die Einkaufsfahrten nach St. Just gebraucht wurde.

Am Abend, nachdem die Kinder gefüttert und oberflächlich gewaschen worden waren, nachdem der Zank und das Nörgeln verstummt oder in schluchzendes Heimweh ausgeklungen waren, sanken Dena und Ginny erschöpft auf die Stühle in der Küche, dem einzigen Raum, den sie heizten und wo alle aßen.

Als der Winter fortschritt und noch immer keine Luftangriffe kamen, wurden die Kinder zu ihren Eltern zurückgeschickt, und in Tresillian kehrte wieder Ruhe ein. Dena und Ginny hatten endlich wieder Zeit, sich um ihre eigenen Kinder zu kümmern, die aus den Winkeln auftauchten, in die sie sich verkrochen hatten. Rachel war stolz auf ihre »Schule«. »Wir sind gut vorangekommen, aber wir brauchen mehr Bücher, mehr Lehrmaterial. Ich habe ihnen ein wenig Russisch beigebracht. Livy macht große Fortschritte, sie lernt schnell. Ich habe einen Brief, nur einen ganz kurzen, auf russisch an Vater geschrieben, aber die Zensur hat ihn zurückgeschickt.«

Isas Tod hatte bei Rachel einen tiefen Eindruck hinterlassen. Die panische Angst dieses Tages, die Sorge um Chris, ihr Grauen, als sie Isa vor ihren Augen sterben sah, hatten sich für immer in ihr Gedächtnis eingeprägt. Sie hatte sich alle Mühe gegeben, Livy für den Verlust zu entschädigen, aber sie wußte, daß es nicht möglich war. Der Verlust war zu groß.

Dena und Ginny bemerkten, daß Rachel sich verändert hatte. Früher hatte sie sich nur für Chris interessiert, jetzt kümmerte sie sich intensiv auch um die beiden jüngeren Mädchen. Und es war hauptsächlich sie gewesen, die jeden Umgang mit den evakuierten Kindern abgelehnt hatte.

»Ich kann Rachels Einstellung gut verstehen, obwohl ich es nicht zugebe«, sagte Dena zu Ginny. »Zum Teufel mit diesem verdammten Krieg ...«

Von Alex kam regelmäßig Post. Seine Briefe klangen fröhlich – vielleicht etwas zu fröhlich –, als versuche er, das schlechte Gewissen seiner Mutter zu beschwichtigen. Sie segnete ihn im stillen für die Standhaftigkeit, die er zeigte und die ihr die Trennung erleichterte. Ginnys Vater schrieb: »Es ist höchste Zeit, daß Du die Zugbrücke hochziehst. England und Europa werden untergehen. Aber niemand kann Amerika etwas anhaben.« Er war ein fanatischer Neutralitätspolitiker geworden und verkündete seine Einstellung laut im Senat, und ein großer Teil des Landes gab ihm recht. Er war von einem relativ unbekannten Senator zu einer machtvollen Figur aufgestiegen – zu einem Symbol des Widerstands gegen Roosevelts Anschauungen. Er sorgte sich nicht nur um Ginnys und Chris' Sicherheit, sondern ärgerte sich auch, daß seine eigene Tochter öffentlich seinen Ideen zuwiderhandelte. Wäre sie irgendeine unbedeutende Hausfrau gewesen, hätte es ihn vielleicht nicht so irritiert, aber sie war mit der McClintock-Clayton-Familie verheiratet und stand im Licht der Öffentlichkeit. Die amerikanische Presse bezeichnete sie entweder als Heldin oder als Närrin.

»Kann denn niemand verstehen, daß ich in Blairs Nähe bleiben will? Den meisten Frauen wird in einem Krieg diese Möglichkeit verwehrt.«

Dena brauchte sie ihre Einstellung nicht zu erklären. Die Trennung von Harry machte ihr schwer zu schaffen. Sie hatte ihn jetzt fast zwei Jahre lang nicht gesehen, und auch ihr Körper sehnte sich nach ihm. Sie versuchte, in ihren Briefen ihre Enttäuschung und ihre Langeweile zu verbergen. Sie fand es alles andere als aufregend, den Gemüsegarten zu harken oder den Kohl wachsen zu sehen oder die Hühner zu füttern. Sie hatten sich eine Kuh gekauft, was ihre Bewegungsfreiheit noch mehr einschränkte, denn jemand mußte immer zum Melken zur Hand sein. Livy übernahm diese Aufgabe.

Aus solchen Einzelheiten setzten sich ihre Briefe an Harry zusammen. Sie versuchte, sich nicht über die Eintönigkeit ihrer Existenz zu beklagen, wenn andere ihr Leben aufs Spiel setzten. Vermutlich hatte er eine sehr viel vergnüglichere Zeit als sie. Sie wußte, daß seine Arbeit notwendig und seine Gegenwart in Moskau wichtig waren, aber die Diplomaten gaben sicher noch immer Feste, und der Wodka machte noch immer die Runde. Und jetzt, nachdem die Frauen und Kinder fort waren, bekamen die russischen Mädchen ihre Chance, die gescheiten, die fließend Englisch oder Französisch sprachen: die Dolmetscherinnen und Sekretärinnen. Der Gedanke beunruhigte Dena. Was wurde aus Ehepaaren, die getrennt leben mußten?

Das Problem, eine Lehrerin für die Kinder zu finden, wurde von Harry und dem Foreign Office gelöst. Bess Bromley war direkt von Oxford ins Foreign Office gekommen und hatte in allen Abteilungen gearbeitet. Eine Zeitlang war sie die Assistentin von Harrys Vater gewesen. Vor zwei Jahren war sie in Pension gegangen. Harry hatte einen Kollegen gebeten, sie ausfindig zu machen.

»Warum soll ich nach Cornwall?« fragte sie mürrisch, als Harrys Kollege ihr vorschlug, vier junge Mädchen zu unterrichten. Sogar das Argument, daß zwei davon Harry Cambornes Töchter waren, zog nicht bei ihr. »Ich mag Kinder nicht besonders. Sie langweilen mich. Das Landleben langweilt mich. Ich habe Arthritis, und abgesehen davon, kann ich keine Geographie und Algebra, habe ich nie begriffen ...«

»Bess«, sagte Harrys Kollege, »Sie wollen doch nicht behaupten, daß Sie sechs Sprachen fließend sprechen und nicht wissen, wo die entsprechenden Länder liegen? Und die Algebra können Sie vergessen. Bitte, tun Sie es Harry zuliebe, Sie haben ihn immer gern gehabt ...«

»Nun gut, ich werde es versuchen.« Sie packte unlustig ihre Koffer, wählte aus ihrer reichhaltigen Bibliothek eine Anzahl von Büchern aus, die sie für wichtig hielt, legte ihre Katze in einen Korb und nahm den Zug nach Penzance. Dena und Ginny holten sie ab. »Ich bin sicher, es gefällt mir bei Ihnen nicht ...«

»Das kann gut sein«, sagte Ginny. »Und vielleicht gefallen Sie *uns* nicht. Andrerseits – man kann nie wissen.« Sie gab sich sorglos und heiter, war aber innerlich fest entschlossen, nicht unter die Fuchtel dieser Person zu geraten. Sie tranken Tee in der Küche. Bess Bromley musterte die Mädchen. »Ich hoffe, keine von euch ist dumm. Ich kann Dummheit nicht ertragen.«

»Versuchen Sie's mit uns«, sagte Rachel brummig. Sie sah nicht ein, was diese reizbare alte Frau bei ihnen sollte. Ihr Vater hatte sich ganz unnützerweise eingemischt. Aber im stillen wußte Rachel genau, daß sie ohne Anleitung nicht mehr viel dazulernen konnte, und was sie am meisten fürchtete, war, daß sie am Ende des Krieges ohne Schulbildung dastünde, nicht vorbereitet wäre auf das, was die Welt ihr zu bieten hatte. »Sind Sie wirklich mit Auszeichnung von Oxford abgegangen? Das möchte ich auch.«

»Ja, das bin ich. Aber um das zu erreichen, muß man hart arbeiten. Diese Marmelade ist ausgezeichnet. In London gibt es keine mehr.«

»Mutter hat sie gemacht, sie ist eine sehr gute Köchin.«

»Das hör ich gerne. Ich kann kein Wasser zum Kochen bringen.«

Bess Bromley hob Timmins, ihren Kater, aus seinem Korb. Alle Anwesenden hielten den Atem an. Tubby schlug mit dem Schwanz, um zu zeigen, daß sie in diesem Haus das Sagen hatte. Timmins war in seiner Gemütsbeschaffenheit offensichtlich seiner Herrin nachgeschlagen. Er suchte sich betont gleichgültig einen Platz neben dem Ofen aus, setzte sich und fing an, sich zu waschen. Sein Verhalten schien auszudrücken, daß ihm die Meinung anderer Katzen oder einer großen Bulldogge schnurzegal war. Bully näherte sich und beschnupperte ihn eingehend. Timmins ließ es sich zwei Minuten gefallen, dann gab er dem Hund einen leichten Schlag auf die Schnauze, aber mit eingezogenen Krallen. Bully wehrte sich nicht. »So, das wäre geregelt«, sagte Bess. »Timmins fühlt sich hier wohl.«

Dena schrieb an Harry:

> Bess ist ein faszinierender Familienzuwachs. Rachel wagt bei ihr nicht aufzumucken, doch Bess spornt ihren Ehrgeiz an. In welche Richtung ihr Ehrgeiz zielt, weiß keiner, ich glaube, nicht mal Rachel. Aber Bess läßt nicht zu, daß auch das kleinste Talent verkümmert. Ich hatte eigentlich eher eine mütterliche Seele erwartet, aber den Irrtum habe ich schnell erkannt. Zuweilen ist sie ein richtiger Drachen, aber langweilig ist sie nie. Übrigens findet sie, daß Oliver Miles ein bedeutender Dichter ist. Ihr Kater hat Bull und Tubby völlig eingeschüchtert …

Und das war alles, was es zu berichten gab. Wie fade mußten ihre Briefe im fernen Moskau wirken. Als der Sommer fortschritt und noch immer keine Bomben fielen, spielte Dena mit dem Gedanken, nach London zurückzukehren. Sie und Ginny hatten gelegentlich darüber gesprochen, besonders als Ginny nach einem kurzen Treffen mit Blair wieder in Tresillian ankam. »Ja, Blair würde uns gerne alle in Seymour House haben, sogar Bess und Timmins. Aber er behauptet, es sei zu gefährlich.«

So waren sie also weit vom Schuß, als Anfang Juli die Luftschlacht über der südöstlichen Ecke Englands geschlagen wurde. Dena erkannte, daß es eine verrückte Idee war, nach London zurückzukehren. Belgien und Frankreich waren besiegt worden. Wie konnte England allein standhalten?

Für die Deutschen begann die Luftschlacht um England mit vollem Einsatz erst im August, als Hitler der Luftwaffe befahl, die englischen Jagdgeschwader als Auftakt für die Invasion zu zerstören. Der Plan mißlang, und so schickte Göring vierhundert Bomber, beschützt von Jagdflugzeugen, über den Kanal, um London zu bombardieren. Und er schickte sie unzählige Male. Blair verbrachte seine Nächte im Luftschutzkeller von Seymour House. Ein Brief von Harry kam an.

Mein Liebling, ich habe schreckliche Angst um Euch alle. Sollten die Deutschen einfallen, werde ich mir nie verzeihen, daß ich nicht darauf bestanden habe, daß Ihr nach Kanada oder Amerika ausweicht.

»Ich hätte mich nie so weit weg begeben«, sagte Dena zu Ginny.

Bess erhielt die Nachricht, daß ihre Wohnung von einer Bombe getroffen und total zerstört war. »So ist es eben. Mir tut es nur um die Bücher leid ...« Sie saß mit Dena und Ginny in der Küche an dem Abend, an dem sie die Nachricht erhalten hatte, und trank mit ihnen einen Kognak aus dem kostbaren Vorrat. »Nun, man würde mich evakuieren, falls ich überlebt hätte. Niemand will alte, hilflose Leute in einer gebombten Stadt haben. Sie werden mich also so bald nicht wieder los. Ich hoffe, das ist Ihnen nicht zu unangenehm.«

»Es ist uns mehr als angenehm«, sagte Ginny munter. »Dena und ich werden vielleicht auch etwas Russisch lernen.«

»Keine schlechte Idee. Eines Tages müssen wir womöglich gegen die Russen kämpfen ...«

Die Briefe des Senators an Ginny klangen immer zorniger.

Ich finde Dein Verhalten unverständlich. Verlaß das Land, solange es noch möglich ist. Du hast einen Sohn hier und eine Tochter, die möglicherweise in einem besetzten Land in der Falle sitzt. Die Deutschen haben sogar Portsmouth bombardiert, und das ist nicht sehr weit von Dir.

Andrew McClintocks Briefe waren ausgeglichener. Ginny zeigte Dena den erst kürzlich angekommenen. »Ich habe die vage Vermutung, daß Andrew nicht sehr unglücklich über meine Abwesenheit ist. Er hat seinen Enkel für sich allein und kann ihn nach Gutdünken beeinflussen. Vermutlich wäre er auch nicht untröstlich, wenn eine Bombe mich träfe.« Dena widersprach ihr, aber Ginny sagte ruhig: »Andrew McClintock ist zu allem fähig, wenn es seine Interessen fördert. Ich habe nur zugelassen, daß Alex nach Amerika fährt, weil mir seine Drohung, ihn durch Anwälte zurückholen zu lassen, Angst eingejagt hat. Er hätte einen Weg gefunden, ihn mir fortzunehmen. Davon bin ich fest überzeugt. Und das juristische Gezerre und der Skandal hätten Alex mehr geschadet als die Trennung.«

Andrerseits sorgte Andrew McClintock für ihr Wohlergehen. Durch seine Beziehungen erhielten sie eine Menge Dinge, die für andere Menschen nicht greifbar waren wie Seife, Fleischkonserven, Zucker, Kekse, Kleider.

»Fast schäme ich mich, das alles anzunehmen, wenn ich an die armen Leute denke, die nichts haben.«

»Unsinn«, sagte Bess barsch zu Dena. »Nehmen Sie, was man Ihnen schickt, und seien Sie dankbar dafür. Oder wollen Sie etwa, daß Ihre Kinder frieren?« Sie befingerte die Pullover und die Wollknäuel, die in einem der Pakete angekommen waren. »Er nimmt vermutlich an, daß alle Kinder die gleiche Größe haben; andrerseits weiß er, daß Sie gut stricken. Sehr gebildet sind Sie ja nicht, aber dafür können Sie kochen, nähen und stricken – sehr nützlich im Leben.« Blair hatte trotz aller Arbeit Zeit gefunden, eine Nähmaschine aufzutreiben, die jetzt in Tresillian stand. Dena seufzte, als sie einen Blick auf sie warf. Früher hatte ihre Handfertigkeit ihr den Vorteil verschafft, sich billig ein elegantes Kleid schneidern zu können, das sogar auf den Botschaftsempfängen bewundert wurde. Jetzt hingegen mußte sie aus den Tweeds, die McClintock ihr schickte, solide, haltbare Röcke anfertigen, Kragen und Manschetten wenden oder Säume auslassen, wenn die Mädchen wieder um einige Zentimeter gewachsen waren. Als erstes nähte sie einen Tweedrock für Bess, die dringend einen benötigte. »Kleider haben mich nie interessiert«, murmelte sie. »Es ist mir leider nicht in den Sinn gekommen, alles mitzubringen, was ich besitze.«

Mit den Luftangriffen auf die Städte kamen auch wieder haufenweise evakuierte Kinder. Diesmal wohnten vierzehn in Tresillian, aber Dena und Ginny wurden nach ihren vorangegangenen Erfahrungen besser mit ihnen fertig. Und Bess' Gegenwart hatte einen heilsamen Einfluß. Die langen Jahre im Foreign Office hatten ihr eine Aura von Autorität verliehen, die von diesen widerspenstigen, oft verwirrten und heimwehkranken Kindern instinktiv anerkannt wurde. Einige wenige Worte von ihr brachten das Geschnatter am Küchentisch, an dem sie alle aßen, zum Verstummen. Aber sie spürte auch sofort, wenn ein Kind verängstigt oder scheu war oder von den anderen an die Wand gedrückt wurde. Angeber hatte sie genug im Leben getroffen und hatte wenig Geduld mit ihnen, die Scheuen dagegen nahm sie in Schutz. Und obwohl sie vorgab, Kinder nicht zu mögen, schien sie glänzend mit ihnen fertigzuwerden, was für Ginny und Dena von großer Hilfe war.

Während des zweiten Kriegswinters wurden London und die anderen großen Städte ständig bombardiert. Blair verbot Ginny, nach London zu kommen. Er selbst hielt sich dort nicht oft auf, sondern fuhr von einer Munitionsfabrik zur anderen, reiste nach Washington, um weitere Lieferungen zu verlangen, und fuhr in die Schweiz. Er sagte Ginny nie, wann oder wohin er diese Reisen machte, um ihr unnötige Aufregungen zu ersparen. Lydia weigerte sich strikt, London zu verlassen. Sie arbeitete tagsüber fürs Rote Kreuz und fungierte nachts als Luftschutzwart.

Im April besetzten die Deutschen Griechenland und Jugoslawien, und Rommel hatte Tobruk eingekreist. Zur gleichen Zeit wurde Lydias Wohnung während eines der letzten Luftangriffe zerstört. Ihr selbst passierte nichts, da sie als Luftschutzwart unterwegs gewesen war. Sie schickte Dena ein Telegramm und nahm den nächsten Zug nach Penzance.

Als sie in Tresillian ankam, hatte sie noch grauen Gipsstaub in den Haaren, ihre Rot-Kreuz-Tracht war schäbig und abgetragen. Dena half ihr, das Haar zu waschen, machte ihr ein Vollbad, ein Luxus, den sich seit langer Zeit keiner mehr geleistet hatte, und brachte sie zu Bett. Dann ging sie in die Küche und vertraute Ginny und Bess an: »Ich habe sie noch nie in so einem Zustand gesehen. Sie ist sehr gealtert ... und sieht so mitgenommen aus ... aber sie will unbedingt nach London zurück. Sie sagt, sie würde dort dringend gebraucht.«

Aber Lydia blieb drei Wochen lang, stand spät auf, besuchte an schönen Tagen ihren Vater in St. Just, unterhielt sich abends mit Dena, Ginny und Bess in der Küche. Sie erfuhren viele Einzelheiten über die Luftangriffe von ihr.

Dena nähte ihr einen Rock und eine Bluse und strickte ihr zwei Wolljacken; sie unternahm sogar den allerdings nicht sehr erfolgreichen Versuch, ihr einen Mantel zu schneidern. Lydia nahm alles dankbar entgegen, obwohl die Sachen nichts weniger als elegant waren, aber das schien ihr erstaunlicherweise völlig gleichgültig zu sein. »Ich habe noch nie bei ihr erlebt, daß es ihr egal ist, wie sie aussieht«, sagte Dena zu Ginny.

Anfang Mai flauten die Luftangriffe ab, und Lydia fuhr nach London zurück. Sie schrieb von einem kleinen, billigen Hotel in Pimlico:

> Die Ärzte sagen, ich müsse mich ein paar Wochen lang ausruhen. Sehr langweilig! Ich werde mich wohl einige Zeit bei Verity einnisten.

Die Erwähnung der Ärzte beunruhigte Dena. »Sie hat mir nichts davon gesagt, daß sie einen Arzt aufsuchen will.«

»Sie ist erschöpft«, sagte Bess. »Was weiter kein Wunder ist.«

Mit dem Ende der großen Luftangriffe fuhren auch die meisten evakuierten Kinder wieder nach Hause, und erneut kehrte Friede in Tresillian ein. Da es Juni war, erklärte

Bess, daß sie die Kinder nur am Morgen unterrichten würde. »Euch stehen ein paar Wochen Sommerferien zu.« Dena und Ginny jedoch vertraute sie an: »Um ehrlich zu sein, bin ich den Kindern in Mathematik nur zwei Kapitel voraus.«

In der Morgendämmerung des 22. Juni fielen die Deutschen in Rußland ein, am 12. Juli unterzeichneten die Engländer und Russen einen gegenseitigen Unterstützungspakt, und Dena hatte das Gefühl, als hätte sich eine Falltür über Harry geschlossen. Sie würden ihn jetzt, wo die Russen Englands Verbündete waren, nicht mehr entbehren können, denn Harry galt als gewiegter Rußland-Kenner. Eine Art kalte Verzweiflung packte Dena. Die Briefe von Harry waren beunruhigend kurz. Er erkundigte sich zwar liebevoll nach ihr und den Kindern und versuchte, so gut er konnte, ihre kriegsbedingten Sorgen zu teilen, aber von sich selbst oder seiner Arbeit durfte er kaum etwas berichten. Die logische Seite ihres Verstandes sagte Dena, daß dies nur zu verständlich sei, aber gefühlsmäßig hatte sie den Eindruck, daß Harry sich ihr entfremdete. Es waren jetzt fast drei Jahre her, daß sie ihn nicht mehr gesehen hatte. Sie betrachtete öfter sein Foto, um sich zu erinnern, wie er aussah, obwohl sie wußte, daß er sich in der Zwischenzeit verändert haben mußte. Sie versuchte, den Klang seiner Stimme heraufzubeschwören, aber es wurde immer schwieriger.

Am 1. September rief Edward in Tresillian an. »Ich habe eine traurige Nachricht, Dena, Mutter ist gestern nacht hinübergeglitten.«

»Was meinst du mit ›hinübergeglitten‹?«

»Hat sie dir nicht erzählt, daß sie Herzbeschwerden hatte? Die Ärzte hatten sie gewarnt und ihr verboten, ihre Rot-Kreuz-Arbeit wieder aufzunehmen...«

»Nein, sie hat mir nichts davon gesagt. Ich wußte nur, daß sie sich sehr müde fühlte. Ich werde zu Großvater gehen und ihm Bescheid sagen. Danach nehme ich den Nachtzug, ich sehe dich morgen früh.«

Ginny drängte sie, nach der Beerdigung noch ein wenig länger in London zu bleiben. »Es hat seit März keine größeren Luftangriffe auf London gegeben. Verbringe einige Tage in Seymour House und erhole dich. Griffin wird sich freuen, dich zu sehen. In der Speisekammer gibt es genügend Konserven, und im Keller lagern eine Menge Flaschen guten Weins. Aber versaure nicht in Seymour House, setz dich mit deinen alten Freunden und mit Harrys Kollegen in Verbindung. Blair würde dich ausführen, aber ich glaube, er befindet sich gerade auf dem Weg nach New York. Aber ich werde Mike Goodrick anrufen. Er ist der rangälteste Militärattaché an der amerikanischen Botschaft und ein guter Freund von Blair. Ich glaube, er würde sich sehr über ein wenig Gesellschaft freuen. Er hat vor einem Jahr seine Frau verloren. Vielleicht kannst du ihn ein wenig aufheitern und er dich. Du verdienst, weiß Gott, ein wenig Abwechslung, Dena. Ich kam mir immer so egoistisch vor, wenn ich nach London fuhr, um Blair zu treffen, und dir den ganzen Haushalt überließ. Also tu mir den Gefallen, und bleib ein wenig länger.«

»Vielleicht«, murmelte Dena.

Edward erwartete sie am Bahnhof. Sie umarmten sich flüchtig. Er nahm ihren Koffer und erkundigte sich nach seinem Großvater. Dena war entsetzt, wie erschöpft er aussah. Seine Schultern hingen herab. Als Landwirt war er für kriegswichtig erklärt worden und durfte der Armee nicht beitreten. Dies schien er als Schande zu empfinden, mit der er so gut wie möglich fertigzuwerden suchte. Er nahm sie mit nach Merton. Verity begrüßte sie herzlich und voller Mitgefühl. »Sie hat wirklich nicht gelitten«, sagte sie zu Dena. »Als ich ihr das Frühstück brachte, lag sie im Bett und sah sehr friedlich aus. Sie scheint im Schlaf gestorben zu sein.«

»Wußtest du«, sagte Edward, »daß sie das St.-Georgs-Kreuz bekommen sollte?« Es war ein vom König gestifteter Orden für Zivilisten, die sich durch großen Mut ausgezeichnet hatten. »Anscheinend hat sie einen Kranken aus einem brennenden Haus gerettet. Sie hat sich immer genau informiert, wer in den Häusern wohnte, die sie zu beaufsichtigen hatte. Jeder kannte und verehrte sie. Der Orden wird ihr sicher postum verliehen werden. Einer von uns wird in den Palast gehen müssen, um ihn in Empfang zu nehmen.«

»Ich wußte von alldem nichts«, sagte Dena. »Sie hat mit mir nie darüber gesprochen.«

Ellen erschien. Sie sah erstaunlich gepflegt und elegant aus. Nach den schlimmsten Luftangriffen war sie nach London zurückgezogen, um bei George zu sein. Ihre Kinder waren bei Freunden in Wiltshire geblieben. Julia kam aus Schottland an. Sie sah fast so mitgenommen wie Edward aus. Ihr schöner Schotte, Douglas, war eingezogen worden und hatte ihr die Verwaltung der Tausende von hügeligen Morgen Land samt den grasenden Schafen übergeben. Sie hielt alles in Schuß mit der Hilfe alter Männer, die während der Lammung nur mühsam durch die Schneewehen stapfen konnten. Douglas kämpfte in Nordafrika. »Er wird irgend etwas Verrücktes tun«, sagte sie zu Dena, »und dafür getötet werden und einen Orden bekommen. Ich habe fünf Kinder, Dena, und ich kann einfach ohne ihn nicht durchs Leben kommen.«

Am nächsten Tag begruben sie ihre Mutter neben ihrem Vater. Dena kam es unwirklich vor. Sie vier, ihre Kinder, hatten sich nichts zu sagen; das einzige, was sie verband, waren ihre toten Eltern.

Jeder von ihnen lebte in seiner eigenen, von Sorgen erfüllten Welt. Sie mußten mit diesem Krieg fertigwerden und versuchen, ihn zu überleben. Sie las auf ihrer Rückreise nach London aufmerksam die Zeitungen. Die Deutschen marschierten auf Moskau zu, Leningrad war fast abgeschnitten. Und wo war Harry? Sie würden doch sicher das diplomatische Corps aus Moskau evakuieren. Oder etwa nicht? Aber wie kämen sie heraus? Und wohin würden sie gehen? Dena begann im Ernst daran zu zweifeln, ob sie alle den Krieg überleben würden.

Sie fuhr im Taxi nach Seymour House. Die Gesichter, die sie sah, wirkten müde und die Kleider leicht schmuddelig. Teile der Straßen waren abgesperrt und voller Trümmer. Die

Parks und Plätze lagen unter einer grauen Ruß- und Ascheschicht und waren von aufgeschütteten Luftschutzbunkern durchfurcht. Sie fragte sich, warum sie nicht umgehend nach Tresillian zurückgefahren war. Was für einen Trost konnte sie in dieser zerstörten Stadt finden? Eine momentane Panik ergriff sie. War das wirklich das Ende? Würden sie alle sterben oder das Land besiegt werden? Das Gefühl, daß sie Harry nie wiedersehen würde, verstärkte sich und lastete wie ein Stein auf ihrem Herzen.

Vor Seymour House drückte sie auf die bronzene Klingel, die seit langem nicht poliert worden war. Griffin begrüßte sie herzlich. Ginny hatte Dena telefonisch angesagt. »Was für ein Vergnügen, Sie zu sehen, Mylady. Es tut mir nur leid, daß Ihr Besuch einen so traurigen Anlaß hat. Darf ich Ihnen mein tief empfundenes Beileid zum Tod von Lady Milroy aussprechen.« Sie nickte dankend. Griffin nahm ihr den Koffer ab und führte sie in die Halle. Der heruntergefallene Gips auf dem Marmorboden knirschte unter ihren Füßen.

»Die Dinge haben sich verändert, Griffin.«

Er antwortete sachlich: »So ist es, Mylady, die Menschen haben den Verstand verloren.« Er überreichte ihr ein Paar Hausschlüssel. »Leider bin ich nicht immer verfügbar, da ich meinen regelmäßigen Dienst als Luftschutzwart habe. Ich hoffe, den beiden jungen Damen geht es gut.«

»Vielen Dank, ja. Zum Glück sind sie alle in relativer Sicherheit auf dem Land.«

»Ja, weiß Gott, London ist kein Ort für Kinder, für niemand. Aber wir können uns nicht alle davonmachen, es muß auch hier weitergehen.«

Sie packte ihre Sachen in dem großen Gästezimmer aus, dessen Erkerfenster auf den Park blickte. Sie nahm sich vor, nur kurz zu bleiben. Früher hätte sie als erstes ihre Mutter angerufen, und sie fühlte plötzlich den Verlust stärker als bei der Beerdigung.

Sie telefonierte mit dem Foreign Office, und es gelang ihr, Percy Thompson zu erreichen. Sie wußte, er war erst kürzlich aus Moskau zurückgekehrt, da er Harrys letzten Brief mitgebracht hatte. Sie hatten ihn beide in Moskau häufig gesehen, und Dena mochte ihn sehr gern. Sie war daher erstaunt, seinen gekünstelt heiteren Tonfall zu hören, als er merkte, daß sie am Apparat war. »Dena! Wie nett, Ihre Stimme zu hören. Ich dachte, Sie seien in irgendeinem weit entfernten Winkel Cornwalls.«

Es fiel ihr sofort auf, daß er nicht so erfreut war, von ihr zu hören, wie er vorgab. Sie berichtete ihm vom Tod ihrer Mutter und hörte sich seine automatischen Beileidsworte an. »Ich bin hier nur kurz, um einige Dinge zu erledigen, dann fahre ich wieder nach Cornwall. Wie geht es Harry?«

»Harry? Ach ja, Harry...« Es klang so, als hätte er nie von ihm gehört. »Ihm geht es gut. Er hat viel zu tun. Er gilt als einer unserer besten Rußlandexperten. Er arbeitet eng mit dem Botschafter zusammen. Wissen Sie, man trifft nur selten mit den Botschaftsangehörigen zusammen, die in den anderen Abteilungen arbeiten. Es ist eine richtige Schufterei jetzt, mit dem früheren vergnüglichen Leben ist es vorbei.«

»Wollen Sie damit sagen, es gibt keine Partys mehr? Das kann ich Ihnen nicht glauben...«

Er ging auf ihre Frage nicht ein. »Es tut mir leid, Dena, ich muß auflegen. Ich habe in einigen Minuten eine Konferenz. Wollen Sie morgen mit mir zu Mittag essen? Im Ritz um ein Uhr? Das Gebäude steht noch, aber das Menü ist recht kümmerlich.«

Am Nachmittag machte sie einen kurzen Spaziergang im Park. Sie ging denselben Pfad entlang wie damals, als sie Ginny zum ersten Mal getroffen hatte, aber sie hatte nicht die Kraft, bis zur Brücke im St.-James-Park zu gehen – zu viele Erinnerungen aus glücklicheren Zeiten würden dort wachgerufen werden. Sie kehrte bedrückt nach Seymour House zurück. Es war seltsam, selbst die Tür aufzuschließen. Aber Griffin hatte sie gehört und eilte aus der Küche herbei.

»Möchten Sie eine Tasse Tee, Mylady? Ein Colonel Michael Goodrick von der amerikanischen Botschaft hat angerufen. Er bittet Sie, ihn zurückzurufen, wann immer Sie Zeit haben. Er arbeitet bis spät abends...«

Sie wünschte plötzlich, daß Ginny ihrem und Blairs Freund nicht gesagt hätte, daß sie in London war. Er würde sich verpflichtet fühlen, sie auszuführen, und dazu hatte sie keine Lust. Sie wollte möglichst schnell nach Tresillian zurück. Aber sie telefonierte trotzdem.

Eine Stimme, die der Blairs nicht unähnlich war, antwortete: »Ich bin so froh, daß Sie mich anrufen, Lady Camborne. Ich muß offen zugeben, daß ich sehr neugierig auf die beste Freundin von Ginny und Blair bin. Wann können wir uns treffen?«

Sie verabredeten, daß er sie am nächsten Abend in Seymour House abholen würde. »Vermutlich fahre ich übermorgen nach Cornwall zurück.«

»Wie schade.«

Sie legte auf. Sie war ein wenig aufgeregt. Es war so lange her, daß jemand sie zum Abendessen eingeladen hatte. Hoffentlich gefiel ihr Colonel Goodrick, so daß sie Ginny berichten konnte, sie hätte einen netten Abend mit ihm verbracht. Sie rief Ellen an, verabredete sich hingegen nicht mit ihr. Sie rief andere alte Freunde an, aber sie klangen alle wie Ellen – müde und schlechtgelaunt. Sie sagten, was für ein Glück sie habe, unbehelligt von Bomben im fernen Cornwall zu wohnen. London sei einfach furchtbar; sie würden auch gerne aufs Land ziehen, wenn sie es nur könnten. Zuweilen antworteten fremde Stimmen. Ihre Freunde hatten London verlassen, und andere Leute hatten ihre Häuser oder Wohnungen übernommen. Einige Male hörte sie nur das Besetztzeichen, was vermutlich bedeutete, daß das Gebäude zerstört war und die Bewohner entweder ausgezogen oder tot waren. Sie ging deprimiert und traurig zu Bett. Sie wünschte von neuem, daß sie sofort nach Tresillian zurückgekehrt wäre. Dort war sie zumindest von jungen Gesichtern umringt, die ihr die Hoffnung vorgaukelten, daß es eine Zukunft gab, eine Zukunft in einer friedlichen Welt, in der sie und Harry sich wiedersehen würden. Das Bett fühlte sich riesig groß und leer an. Noch nie war sie sich so einsam vorgekommen. Sie weinte um ihre Mutter, sie weinte um

Harry, der vielleicht in Lebensgefahr schwebte, sie weinte aus Selbstmitleid.

Das Mittagessen mit Percy war kein Erfolg. Sie merkte, daß er es schnell hinter sich bringen wollte und es offensichtlich vermied, über Harry zu sprechen. »Ehrlich gesagt, habe ich Harry in den letzten Monaten kaum gesehen. Er ist ständig mit dem Botschafter zusammen. Höchste Geheimstufe und all das...« Er sah auf seine Uhr. »Tut mir leid, Dena. Ich muß fort. War reizend, Sie zu sehen. Nein, trinken Sie Ihren Kaffee in Ruhe aus. Und machen Sie sich keine Sorgen um Harry...«

Sie bestellte sich einen Kognak und nippte nachdenklich an ihm. Irgendwas stimmte mit Harry nicht. Percy hatte sich nie gut verstellen können, und es war ganz deutlich gewesen, daß er über Harry nicht reden wollte. Sie glaubte nicht einen Moment lang, daß sich ihre Wege nie gekreuzt hatten, so groß war das diplomatische Corps in Moskau auch wieder nicht. Sie fragte sich nicht zum ersten Mal, ob Harry ihr während der langen Trennung untreu geworden war. Sie zweifelte nicht daran, daß er noch immer an ihr hing, aber die körperliche Trennung war schwer zu ertragen – für ihn wie für sie. Hätte sie, falls sich ihr die Gelegenheit geboten hätte, sich einen Liebhaber genommen? Sie wußte keine Antwort auf die Frage. Die Versuchung war nie an sie herangetreten.

Sie ging in die Damengarderobe, um sich für ihre Verabredung mit Oliver Miles' Verleger aufzufrischen. Sie hatte Livy von dieser Verabredung nichts gesagt, aber sie war einer der Gründe, warum sie länger in London geblieben war. Sie versuchte, die beunruhigenden Gedanken über Harry beiseite zu schieben, während sie nach Charing Cross ging.

Mr. Venables entschuldigte sich für das kleine, unordentliche Büro. »Unsere Räume in der Mall sind ausgebombt worden.« Er war ein liebenswürdiger Mann, und seine unerschütterliche Gewißheit, daß England siegen würde, hatte etwas Herzerwärmendes. Dena fühlte sich sofort besser. »Ich bin gekommen«, sagte sie, »um Ihnen einen Vorschlag zu machen.«

Er lehnte sich interessiert vor. »Ja, und der wäre?«

Es war Ginnys Idee gewesen, und Dena sagte es dem Verleger sofort. Sie wußte, daß Mr. Venables sich über die Position von Mrs. Clayton und über die Macht des McClintock-Clayton-Konsortiums durchaus im klaren war. »Es handelt sich um Oliver Miles' episches Gedicht *This England.*« Oliver Miles hatte nur ein einziges langes erzählerisches Gedicht geschrieben. Es war sehr verschieden von dem Rest seiner Verse, im Stil und im Inhalt. Venables hatte es mit nur geringem Erfolg verlegt.

»Es erschien zur falschen Zeit. Kurz nach dem Krieg. Und die Leute wollten den Krieg vergessen...«

»Und angenommen, Sie würden es jetzt wieder auflegen? Es ist eine großartige und ermutigende Geschichte von zwei Familien in Kriegszeiten. Meinen Sie nicht, es könnte die Engländer daran erinnern, daß sie auch den letzten Krieg gewonnen haben? Mrs. Clayton hat an ihre Freundin Helen Sampson geschrieben, die sich bereit erklärt hat, es auf Schallplatte aufzunehmen. Mr. McClintock hat sich erboten, für die Kosten aufzukommen.« Helen Sampson war eine englische Schauspielerin, die auf beiden Seiten des Atlantiks großen Erfolg hatte. Ihr Name hatte eine fast magische Anziehungskraft und war beinahe eine Garantie für Erfolg.

»Mein Gott«, sagte Venables, »das wäre großartig.« Er spitzte die Lippen. »Trotzdem ist es ein Glücksspiel, denn sogar wenn die Sampson das Gedicht auf Schallplatte spricht, weiß man nicht, ob die BBC es senden wird.«

»Oh, davon bin ich überzeugt. Es ist gerade das, was heute verlangt wird. Patriotismus und all das...«

»Das Schwierigste ist, Papier zu bekommen. Wir könnten heutzutage den größten Schund verkaufen, wenn wir nur Papier hätten... Es würde bedeuten, daß ich meine Papierzuteilung, die ich für andere Publikationen vorgesehen hatte, dafür verwende...« Er wurde sichtlich aufgeregt. »Wir sind bescheidene, kleine Verleger, wie die meisten, die Gedichtbände produzieren. Es wäre natürlich phantastisch, einen Bestseller an der Hand zu haben.« Er stand abrupt auf und ging ans Fenster. Dena sah, wie er sich mit der Hand übers Gesicht fuhr. War es möglich, daß er sich eine Träne fortwischte?

Seine Stimme, als er wieder sprach, zitterte anfangs ein wenig. »Ich gäbe meine Seele darum, mit Oliver Miles' Gedicht Erfolg zu haben.«

Sie ging beschwingten Schrittes die Mall entlang und fragte sich, welches dieser zerbombten Gebäude einst Venables' Verlag beherbergt hatte, diesen Verleger, der Oliver Miles und seine Gedichte bewundert hatte. Sie dachte an Isa, die bei der Rettung von Chris gestorben war. Es war ein Glücksspiel, wie Venables gesagt hatte, aber sie mußten es gewinnen.

Griffin empfing sie fröhlich. »Ich habe den Badeofen angeheizt, Mylady, damit Sie ein Vollbad nehmen können. Colonel Goodrick hat Blumen geschickt. Ich bin ehrlich erstaunt, daß es noch Blumenläden gibt, die Laufburschen haben. Es ist fast wie in früheren Zeiten...«

Er hatte recht. Es war fast wie in früheren Zeiten. Als Dena hinunterkam, standen ein großes Blumenarrangement in einer schönen Glasschale bereit, Champagner in einem silbernen Weinkübel und ein silbernes Schüsselchen mit Kaviar. Es war Griffins Reverenz an die »früheren Zeiten«, und Dena fing fast an zu glauben, daß sie irgendwann wiederkehren würden.

Als Dena sich in Mike Goodrick verliebte, wußte sie, daß sie ihn auf eine andere Art lieben würde als Harry. Damals waren sie beide jung gewesen, Harry hatte sie intensiv umworben und eine Absage ihrerseits nie in Betracht gezogen. Er hatte eine reiche Heirat in den Wind geschlagen, er war kühn und selbstsicher gewesen. Ihre gemeinsame Zukunft war noch nicht bedroht gewesen, keine Wolke hatte den Himmel verdunkelt. Und sie hatte Harry mit der Leidenschaft und Naivität der ersten Liebe geliebt. Nach ihrer Heirat hatte sie gelegentlich geflirtet, war aber nie untreu gewesen. Es war für sie unvorstellbar gewesen, daß sie ernste Gefühle für einen anderen Mann hegen könnte. Doch dies waren die Jahre der Unschuld gewesen. Jahre, in denen sie geglaubt hatte, daß nichts und niemand – kein Krieg, keine andere Frau, nicht einmal der Tod – ihr Harry rauben könnte. Nun war sie sich dessen nicht mehr so sicher.

Ihre Gefühle für Mike Goodrick waren ganz anders geartet. Sie lernte ihn zu einem Zeitpunkt kennen, wo ihre Ängste einen Höhepunkt erreicht hatten, sie den Tod ihrer Mutter schmerzlich empfand und nur noch halb daran glaubte, daß irgend etwas – nicht einmal die Liebe – diesen Krieg überdauern könnte. Dieser große, sanfte, fast scheue Mann unterschied sich in allem von Harry. Er sah auf eine unauffällige Weise gut aus mit seinen dunklen Augen unter dunklen Augenbrauen und mit seinem angedeuteten Lächeln. Sogar wenn er lächelte, behielt sein Gesicht einen traurigen Ausdruck. Sie hatte den Eindruck, daß er seit dem Tod seiner Frau nicht oft gelächelt hatte. »Es ist sehr reizend von Ihnen, Lady Camborne, daß Sie Zeit für mich haben. Ginny hat Glück, Sie zur Freundin zu haben ... Sie hat mir erzählt, Ihre Mutter sei gestorben. Es tut mir aufrichtig leid ...«

Sie nickte. Sie zweifelte nicht an seiner Aufrichtigkeit. Als sie den Champagner tranken und Toast mit Kaviar aßen, erzählte sie ihm spontan von ihrer Mutter, von ihren Eltern. »Sie haben uns eine wundervolle Kindheit bereitet. Dafür werde ich ihnen ewig dankbar sein.«

Auch später führten sie keine konventionellen Gespräche, wie sie sonst unter Fremden üblich sind. Sie hatten weder über das Wetter gesprochen noch über die Schwierigkeiten, in einer gebombten Stadt zu leben. Alle diese Probleme schienen eine Zeitlang nicht zu existieren. Er fuhr sie in seinem Dienstwagen ins Savoy. Er trug Zivilkleidung. Sie diskutierten das bevorstehende Bündnis zwischen England und Amerika, aber nicht auf oberflächliche Art. Dena hatte das Gefühl, daß Mike sich nur selten mit Oberflächlichkeiten abgab.

Sie beschrieb ihm ihr Leben in Tresillian, Livys stets hilfreiche Familie und die gefährlichen Felsen. Sie sprach viel von ihrem Großvater und von Thea und Herbert. Sie erzählte ihm die Geschichte von Isa und Oliver Miles, die Geschichte von Livy und unter welchen Umständen Isa gestorben war. Sie erwähnte sogar Bully und Tubby. Es war ihr fast peinlich, daß sie fast nur von sich redete. Aber Mikes Augen, seine ganze Haltung ermutigten sie fortzufahren. Zum Schluß erzählte sie ihm von ihrem Besuch bei Mr. Venables und von dem Plan, *This England* zu publizieren.

»Sie werden es schaffen«, sagte er. »Sie, Ginny und Mr. Venables und, nicht zu vergessen, Andrew McClintock. Warum übrigens setzt er sich für die Sache so ein? Er scheint mir doch alles andere als sentimental zu sein?«

»Er war zweimal kurz zu Besuch in Tresillian und lernte Isa und Livy kennen. Beide haben ihn irgendwie fasziniert, warum, kann ich Ihnen nicht sagen. Ich stelle keine Fragen, sondern bin einfach nur dankbar, daß er es tut.«

Er fuhr sie zurück nach Seymour House. Dena benutzte den Schlüssel, den Griffin ihr gegeben hatte. Die hölzernen Fensterläden und die Vorhänge waren geschlossen, eine einzige Birne in einem staubigen Kronleuchter erhellte spärlich die Halle.

Griffin hatte auf einem Silbertablett einen alten Kognak und zwei Gläser bereitgestellt. »Das ist offensichtlich für uns gedacht«, sagte Dena. Er nahm das gefüllte Glas dankbar an. Den ganzen Abend über hatte etwas Unausgesprochenes zwischen ihnen gehangen. Sie wußte, er trauerte um jemand, den er geliebt hatte. Bislang hatte Dena nicht den Mut gehabt, das Thema anzuschneiden. Jetzt sagte sie: »Ginny hat mir gesagt, Ihre Frau sei gestorben.«

»Ja.« Seine Stimme war so leise, daß sie ihn kaum verstand.

»Es tut mir leid, vielleicht hätte ich nicht...«

»O nein, im Gegenteil, ich bin froh, daß Sie davon sprechen. Die meisten Leute vermeiden das Thema. Ich wünschte, sie würden es nicht tun. Ich möchte die Erinnerung an sie wachhalten. Sie starb an Brustkrebs. Sie war tapfer bis zum Ende. Sie hat sogar unsere zwei Kinder zu ihren Eltern geschickt, damit sie nicht Zeugen ihres langsamen Verfalls wurden. Sie wohnen noch immer dort. Ich bin letzten Sommer zu Besuch hingefahren. Es war unendlich deprimierend ohne sie. Und ich fühle mich absolut unfähig, den Kindern auch nur teilweise die Mutter zu ersetzen.«

Dena blickte schweigend in ihr Glas. Sie konnte ihm seine Trauer nachfühlen und die Verzweiflung der Frau, die er geliebt hatte.

»Verzeihen Sie, ich rede zuviel, aber es ist schwer, nie über den Tod meiner Frau sprechen zu können, weil die anderen nichts davon hören wollen.«

»Ich bin froh, daß Sie mich genügend mögen, mir genügend vertrauen, um davon zu sprechen.«

»Ich habe Sie sehr gern. Ich könnte mit Ihnen über alles reden. Ich verstehe jetzt sehr gut, warum Ginny so an Ihnen hängt. Sie sagt, Sie stünden ihr sehr nah.«

Er leerte sein Glas und stand auf. Sie begleitete ihn zur Haustür und knipste wegen der Verdunklung das Licht aus, bevor sie öffnete. Sie fühlte seine Hand auf ihrer Schulter. Er beugte den Kopf und berührte mit den Lippen ihre Wange. »Vielen Dank ... vielen, vielen Dank.«

Sie ging nach oben und legte sich in ihr Bett, das sich noch leerer anfühlte als je zuvor.

Er rief sie am nächsten Morgen an. Sie lief in Blairs Zimmer, um den Hörer abzuheben, bevor Griffin ihr unten zuvorkam. Sie verabredeten sich in einem Restaurant in Soho. Sie hatten sich, ohne es auszusprechen, darauf geeinigt, daß er sie nicht mehr in Seymour House abholte. Aber jetzt, als sie ihn begrüßte, war sie nervös. Sie hatte keine Erfahrung mit heimlichen Stelldicheins. Doch was sie am meisten beunruhigte, war, daß er das Gegenteil annehmen könnte. Aber wie sollte sie ihm klarmachen, daß dem nicht so war?

Er sagte es für sie. »Für gewöhnlich tun Sie so etwas nicht, hab ich recht? Einen Abend mit mir ausgehen, weil Ginny es arrangiert hat, ist völlig in Ordnung. Aber zwei Abende hintereinander beunruhigt Sie.«

»Sieht man es mir so deutlich an?«

»Ja, und offen gesagt, bin ich altmodisch genug, daß es mir gefällt.«

Es war die persönlichste Bemerkung, die sie während des Abendessens austauschten, aber Dena fühlte, wie die Spannung zwischen ihnen zunahm. Er sah sie an. »Ich habe eine Flasche Kognak zu Hause. Er ist nicht so gut wie Blairs, aber trinkbar. Kommen Sie?«

Sie wußte genau, was die Einladung bedeutete. Auch versuchte er nicht, seine Absichten zu verschleiern. Es gab nicht genug Zeit zum Überlegen, nicht genug Zeit, um von einem leichten Flirt auf etwas Ernsthafteres überzugehen. Harry entglitt ihr, vielleicht würde sie ihn nie wiedersehen. Wenn es schon keine Zukunft mehr gab, würde sie sich eben mit der Gegenwart begnügen müssen.

»Ja«, sagte sie und wußte, sie hatte eingewilligt, mit ihm zu schlafen, das Leben zu bejahen.

Sie rief Ginny an und sagte ihr, daß sie etwas länger als vorgesehen in London bleiben würde. Mike und sie trafen sich jeden Abend. Seine Wohnung war ihrer beider Zuflucht. Sobald sich die Tür hinter ihnen schloß, existierte die Welt nicht mehr für sie. Dena bereitete das gemeinsame Abendessen vor, und sie unterhielten sich lange beim Wein. Aus zehn Tagen wurden zwei Wochen, aus zwei Wochen wurden drei.

»Ich muß nach Tresillian zurück«, sagte Dena. »Ich kann Ginny nicht länger den ganzen Haushalt überlassen. Auch kann ich nicht am laufenden Band Freunde erfinden, die ich angeblich getroffen habe, sogar Mr. Venables ist kein überzeugender Vorwand mehr. Und die Mädchen erwarten mich. Es tut mir leid, Mike, aber ich muß nach Hause fahren.«

»Und was ist mit mir? Ist das das Ende? Ich kann nicht glauben, daß ich für dich nur eine amüsante Episode war, eine kurze Abwechslung vom grauen Kriegsalltag.«

»Du weißt, daß ich dich liebe, du weißt es genau.«

»Dena, kannst du mich nicht heiraten? Der Gedanke muß doch auch dir gekommen sein. Du hast mich dem Leben zurückgegeben. Ich habe nicht geglaubt, daß ich je wieder eine Frau lieben könnte. Ich möchte dich heiraten.«

»Und Harry? Und meine Töchter? Du bist frei, Mike. Ich bin es nicht.«

»Es kann nicht aus sein zwischen uns. Ich will es nicht glauben. Man kann nicht drei Wochen mit einem Menschen zusammenleben und dann sagen: es ist vorbei.«

»Es ist vorbei, Mike. Ich habe in den Tag hineingelebt, nur mit dem einzigen Wunsch, dich zu sehen. Ich habe meine Pflichten vernachlässigt, Ausreden erfunden und meine Versprechen gebrochen. Aber nun weiß ich, wir müssen Schluß machen. Ich fahre morgen früh ab.«

Sie stand auf und zog sich an. »Bitte bring mich nach Seymour House, Mike. Bitte ... es ist der letzte Abend. Danach werde ich dich nicht wiedersehen. Und es war für mich kein Flirt, keine angenehme Abwechslung. Es war Liebe. Es waren drei Wochen, die ich dem Schicksal abgeluchst habe, und ein Teil von mir wird immer bei dir bleiben.«

Er fuhr sie schweigend nach Seymour House. Er küßte sie hart und besitzheischend. »Ich will es nicht glauben.« Es war kein Abschiedskuß.

Am folgenden Morgen war sie am Packen, als sie die Hausklingel und laute Begrüßungsworte von Griffin hörte. Schnelle Schritte eilten die Treppe herauf. Harry öffnete die Tür. Sie standen sich einen Augenblick wortlos gegenüber, dann stotterte sie: »Mein Gott ... du bist es.«

Er umarmte sie und drückte seine Lippen fest auf ihren Mund. »Dena! Nie hätte ich gedacht, dich gerade hier vorzufinden! Ich habe ein Telegramm nach Tresillian geschickt ... Was für ein Glücksfall!« Sie löste sich aus seinen Armen. »Wie bist du hierhergekommen? Ich habe so lange nichts mehr von dir gehört ... Manchmal habe ich mich gefragt, ob du überhaupt noch am Leben bist. Das Foreign Office hat mir natürlich keine Auskunft gegeben.«

»Ich hatte wahnsinnig viel zu tun in Moskau wegen der Beaverbrook-Harriman-Verhandlungen mit Stalin. Ich bin mit Beaverbrook über Teheran nach London geflogen, mit einem ganzen Packen von Forderungen, die Stalin an Churchill stellt, und durch ihn an die Amerikaner.«

»Was für Forderungen?«

»Ach, er will Munition, Gewehre, Tanks, Flugzeuge – nun, alles haben. Und eine zweite Front. Aber laß uns nicht darüber reden, Dena. Du weißt, es ist mir nicht erlaubt.«

Griffin betrat mit Harrys Koffer das Zimmer. Harry sagte: »Ich bin auf gut Glück nach Seymour House gefahren, in der Hoffnung, daß einer von euch hier ist.« Dann wandte er sich an Griffin. »Meinen Sie, ein heißes Bad läge im Bereich der Möglichkeiten? Ich habe, ich weiß nicht wie viele, Stunden in diesen verdammten Flugzeugen gesessen. Vermutlich muß ich heute nachmittag den Außenminister sehen.«

Griffin lächelte. »Ja, Mylord, ein heißes Bad kriegen wir schon noch hin. Schließlich kommt nicht jeden Tag jemand aus Moskau. Möchten Sie frühstücken, Sir?«

»Ich habe mich gescheut zu fragen, ob etwas zu essen im Haus ist. Ja, gerne, Griffin, ich bin halb verhungert.«

»Ich habe einige Eier von denen, die Mylady mitgebracht hat, zurückbehalten ...«

Als er gegangen war, sagte Dena: »Und wahrscheinlich wird er dir seine Speckration opfern.« Sie ging ins Badezimmer und ließ ein Bad ein. Es würde Griffin fast seine gesamte Heißwasser-Reserve kosten, aber das wäre ihm durchaus recht. Ihre Hände zitterten, als sie die Handtücher aus dem Schrank holte und Harry beim Auspacken half. »Hast du ein sauberes Hemd?«

Er ergriff ihre Hand. »Was ist los, Dena? Freust du dich nicht, mich wiederzusehen?«

»Freuen! Mein Gott, mehr als das! Es war bloß ein ziemlicher Schock, dich so plötzlich zu sehen. Ich war gerade im Begriff, nach Tresillian abzufahren, und dachte, du würdest nie mehr aus Rußland zurückkommen ... Ich habe schon gefürchtet, dich nie wiederzusehen ... Harry, ich war in Merton, und Ginny hat darauf bestanden, daß ich eine Weile ausspanne ...«

»Merton? Dena, ist irgend etwas geschehen?«

Sie berichtete ihm von Lydias Tod. »Die Familie bricht auseinander ...«

Er hielt sie in seinen Armen, strich ihr übers Haar, murmelte zärtliche und beruhigende Worte, so wie er es mit seinen Töchtern tat, wenn sie verängstigt oder traurig waren. »Die Familie bricht nicht auseinander, mein Schatz. Wir werden immer zusammenbleiben. Ich werde versuchen, dich nie wieder so lange allein zu lassen. Oh, Dena, es war zu lange – grausam lange. Laß uns nur diese paar Tage hinter uns bringen, an denen ich dem Foreign Office Bericht erstatten muß. Danach bleiben wir noch ein wenig in London. Wir zwei ganz allein. Ich kann dir die drei verlorenen Jahre nicht ersetzen, aber ich möchte, daß du begreifst, daß ich immer bei dir bleibe und dich nie verlassen werde. Ich habe dich nie...« er unterbrach sich. »Ich werde unsere Töchter anrufen, aber wir müssen ein wenig Zeit für uns haben... sie werden uns das nicht mißgönnen. Und Ginny wird es gut verstehen...«

Griffin klopfte an die Tür. »Mylady, Mrs. Clayton ist am Apparat, ich habe das Telefon ins Schlafzimmer umgestellt.«

»Vielen Dank, Griffin. Harry, nimm dein Bad, solange es heiß ist. Es ist heutzutage ein großer Luxus.«

»Das weiß ich nur zu gut. Grüß Ginny von mir und komm schnell zurück.«

Ginnys Stimme klang aufgeregt und besorgt: »Dena, hier liegt ein Telegramm von Harry.«

»Ich weiß. Er ist hier! Er ist gerade angekommen. Er ist im Bad.«

»Wie schön für dich! Ich hatte schon Angst, er würde direkt hierherkommen und dich verpassen.«

»Fast wäre es passiert. Harry sagt, er möchte ein paar Tage hierbleiben, bevor wir nach Tresillian kommen.«

»Oh, gewiß, Ihr verdient einige Tage des Alleinseins...« Sie tauschten kurz die letzten Neuigkeiten aus. Dena erkundigte sich nach den Kindern, war aber eher zurückhaltend über die drei Wochen, die sie allein in London verbracht hatte. Sie log ihre Freundin an und kam sich schäbig vor. »Harry läßt herzlich grüßen«, sagte sie abschließend.

Dena rief die amerikanische Botschaft an und verlangte

Mike. Glücklicherweise war er dort. »Du bleibst also in London!« sagte er jubilierend.

»Ich bleibe nur ein paar Tage. Harry ist gerade zurückgekommen. Anschließend fahren wir nach Tresillian, und ich werde dortbleiben. Ich kann dich nicht wiedersehen, Mike.«

Es dauerte eine Weile, bis er antwortete: »Ist das endgültig, wirklich endgültig?«

»Ja«, sagte sie. Und dann ließ sie alle Vorsicht außer acht und sagte, obwohl die Telefonistin der Botschaft mithören konnte: »Ich liebe dich.« Dann hängte sie ein.

Es war vorbei. Sie ging zurück zu Harry, der in der Badewanne sang.

Harry verbrachte den größten Teil des Tages im Foreign Office. Er sah müde aus, als er nach Seymour House zurückkehrte. Sein Gesicht war von Linien durchzogen, Linien, die 1938, als sie ihn zum letzten Mal gesehen hatte, noch nicht dagewesen waren. Sie wartete in der Bibliothek auf ihn. Harry ließ sich aufseufzend in einen Sessel fallen. Sie reichte ihm einen Whisky. Griffin hatte genügend Kohlen für ein kleines Feuer aufgetrieben. Es war still im Raum.

Er nahm einen Schluck Whisky. »Mein Gott, bin ich müde. Aber nicht nur von dem Flug, ich bin dieses Krieges müde, und wir sind noch weit davon entfernt, ihn gewonnen zu haben. Gott allein weiß, was in Rußland noch alles passieren kann. Die Deutschen sind noch immer auf dem Vormarsch. Leningrad ist abgeschnitten. Bald werden sie in Moskau sein ... Ich habe vermutlich Glück gehabt, daß ich zurückbeordert wurde. Ein Teil des britischen Botschaftspersonals muß in Rußland bleiben, egal, wie weit die Russen zurückgetrieben werden. Der einzige Lichtblick ist, daß Stalin Millionen von Soldaten und Zivilisten zur Verfügung hat. Und der Winter könnte ihm helfen. Aber ich will den Russen nicht ihren Mut absprechen. Was man aus Leningrad hört ... Fast kann man es nicht glauben, wie heroisch sich die Menschen dort verhalten ...« Er schwieg und nahm noch einen Schluck Whisky.

Dann fuhr er fort: »Es tut wohl, wieder in England zu sein, auch wenn es ein angeschlagenes England ist. So schwer es einem fällt, das zerstörte London zu sehen, gibt es doch noch Orte wie diesen, wo man die Illusion des Friedens hat. Macht es dir etwas aus, wenn wir heute abend zu Hause bleiben, vielleicht finden wir etwas Brot und Käse in der Speisekammer ...«

»Ich kann dir schon etwas Besseres vorsetzen. Ich habe den ganzen Tag gekocht, und Griffin hat uns seine Käsezuteilung überlassen und eine Flasche Rotwein aus dem Keller geholt. Du wirst Augen machen, wenn du das Etikett siehst. Aber Griffin hat ausdrücklich gesagt, daß Mr. Clayton es ihm nicht verzeihen würde, wenn er dir nicht das Beste vom Besten vorsetzen würde.«

Er lächelte. »Du bist ein Schatz, Dena, einfach wundervoll. Gott sei gedankt, daß es dich gibt ... und Ginny und Blair und Menschen wie Griffin.« Er hielt ihr sein Glas hin. Sie nahm es schweigend und füllte es auf.

»Wenn es dir recht ist, Dena, bleiben wir nur noch morgen hier. Ich muß noch mal ins Foreign Office, um herauszufinden, was sie mit mir vorhaben. Mir stehen noch zwei Wochen Urlaub zu, und ich kann es plötzlich nicht erwarten, nach Tresillian zu fahren und einen Teil Englands zu sehen, der vom Krieg unberührt geblieben ist.«

»Auch Tresillian hat sich verändert, aber man merkt es kaum. Das Leben dort geht noch immer seinen ruhigen Gang, und die meiste Zeit erscheint einem der Krieg sehr fern.«

»Und genau das wünsche ich mir.«

Sie aßen zu Abend, ohne daß Griffin sie bediente. Dena fragte sich, ob er Luftschutzwart-Dienst hatte oder ob er sich diskret wie immer zurückgezogen hatte. Sie sagte: »Seit ich hier bin, hat es keinen Luftangriff mehr gegeben. Vielleicht bin ich deshalb geblieben. Ich bin viel zu feige und schätze meine Bequemlichkeit zu sehr, um die Nächte im Luftschutzkeller zu verbringen.« Kaum hatte sie den letzten Satz ausgesprochen, bereute sie ihn. Harry hatte sie nicht gefragt, oder nur sehr beiläufig, wo sie ihre Nächte verbracht hatte. Seit Harrys Rückkehr, seit ihrem endgültigen Abschied von Mike war nicht mal ein Tag vergangen, und schon fühlte sie, wie das Netz der Unwahrheiten sich über ihr zusammenzog.

Sie tranken einen Kognak in der Bibliothek vor dem verglimmenden Feuer, bevor sie zu Bett gingen.

Es hätte eine glückerfüllte Wiedervereinigung werden sollen, aber sie war ein Mißerfolg. Harry hielt sie in den Armen, als wolle er sie nie mehr loslassen, aber mehr tat er nicht. Sie fühlte seine Erregung und wartete atemlos, daß er in sie eindringen würde. Aber er rollte sich plötzlich auf den Rücken. »Bitte verzeih, Dena, es tut mir leid, aber ich bin so hundemüde. Ich habe auf diesen Augenblick Tage – nein, Jahre lang gewartet...«

Sie küßte ihn. »Natürlich bist du müde. Es macht doch nichts, wir haben schließlich ein ganzes Leben vor uns. Was bedeutet da schon eine Nacht? Man kann nicht in ein paar Stunden drei Jahre überbrücken. Wir müssen einander suchen, um uns erneut zu finden...«

Am nächsten Abend gingen sie zum Abendessen ins Ritz. Er hatte den ganzen Tag im Foreign Office zugebracht.

»Ich habe die vage Vermutung, daß sie mich dem Außenminister zuteilen wollen. Und das würde eine Beförderung bedeuten. Aber ich weiß nicht, ob ich einen weiteren Büroposten noch mal aushalten kann. Es würde heißen... nun, ich habe genug Zeit, darüber nachzudenken. Vor mir liegen zwei köstliche Urlaubswochen...«

Er hörte sich voller Interesse die Pläne für *This England* an.

»Es war Ginnys Idee, und Andrew McClintocks Geld und Einfluß haben die Sache in Gang gebracht. Mr. Venables sagt, das Kulturministerium sei erstaunlich entgegenkommend gewesen.«

Nach dem Essen schlug Harry zu ihrem Erstaunen vor, daß sie für einen Drink in seinen Club gingen. »Ich bin dort immer noch Mitglied, und ich hoffe, ich habe das Tanzen nicht ganz verlernt.«

Sie tanzten. Harry trank zuviel, und sie blieben zu lang. Sie gingen bei Mondlicht zu Fuß zurück nach Seymour House. Sie legten sich hin, aber wiederum geschah nichts. Harry seufzte, knipste die Nachttischlampe an, zündete sich eine Zigarette an und betrachtete sie schweigend.

»Gib mir auch eine Zigarette.«

Er gab ihr seine und zündete sich eine neue an. »Ich muß dir etwas beichten, und ich tue es besser gleich. Ich kann es dir nicht ein Leben lang verschweigen. Aber ich dachte... nicht in den ersten Tagen...«

Sie wollte nicht hören, was er ihr zu sagen hatte, denn sie ahnte bereits, was es sein würde. Ihr eigenes schlechtes Gewissen verriet es ihr.

»Du brauchst mir nichts zu beichten.«

»Doch... es ist wichtig. Ich kann nicht mit dir leben, wenn du nicht Bescheid weißt.«

»Ich glaube, ich weiß, was du sagen willst. Es gab in Moskau... eine Frau?«

»Du hast es mir sofort angesehen, nicht wahr? Natürlich, ich bin von Schuldgefühlen zerfressen. Ich liebe dich mit jeder Faser meines Seins, Dena, aber, mein Gott, wir waren so lange getrennt... Was für eine billige Ausrede! Millionen von Frauen und Männern werden während der ganzen Kriegszeit getrennt sein und sich doch treu bleiben. Aber ich war es nicht. Ich war einsam und voller Angst. Ich war ein Feigling im schlimmsten Sinn des Wortes. Ich habe dich verraten und verkauft...«

»Aber du bist zurückgekommen.«

»Ja, ich bin zurückgekommen, weil ich zurückkommen mußte. Ich bin zum Botschafter gegangen und habe ihm die ganze Geschichte erzählt. Ich bin zu einem Sicherheitsrisiko geworden und habe um Versetzung gebeten...«

»Sicherheitsrisiko? Mein Gott, Harry, was hast du getan? Was für eine Art Frau war sie?«

»Ich glaube, sie war unschuldig. Anfangs bin ich nicht auf die Idee gekommen, daß man sie auf mich angesetzt hat. Wir sind auf eine so selbstverständliche Weise zusammengekommen, daß ich mir nicht vorstellen konnte, daß alles geplant war. Ich habe mir eingebildet, die Russen zu kennen ... Aber wer kennt sie schon wirklich? Ich habe geglaubt, daß sie mich liebt ... nein, vielleicht ist das ein zu starker Ausdruck. Aber wir waren gerne zusammen. Wir waren beide allein ... und voller Angst. Wir fragten uns, ob es noch eine Zukunft gebe. An eine gemeinsame Zukunft mit ihr habe ich nie gedacht. Die lag immer bei dir, Dena. Und sie ... nun, sie wußte, daß es für sie keine Zukunft mit einem Westeuropäer gab.«

»War sie ... hübsch?«

»Sie war schön, Dena. Ich will es nicht ableugnen. Ein völlig anderer Typ als du ... aber auch schön. Sie stammt aus einer Intellektuellen-Familie und ist eine hochbegabte Dolmetscherin. Ihr Vater hat einen hohen Parteiposten ... deshalb erlaubte man ihr, für das diplomatische Corps zu arbeiten. Soweit ich es übersehen kann, habe ich ihr nie etwas erzählt, worüber ich nicht reden durfte. Wir sind schließlich Verbündete. Aber was weiß ich ... vielleicht ist mir doch etwas entschlüpft? Auch die winzigste Teilinformation ergibt zusammen mit anderen Informationen ein ganzes Bild, wie bei einem Mosaik. Anfangs habe ich das nicht begriffen ... und dann plötzlich wurde mir klar, daß das Ganze vielleicht ein abgekartetes Spiel war. Ich habe sie im Stich gelassen, weil ich ein Feigling bin, weil ich Angst vor Erpressung hatte. Aber gleichzeitig habe ich dich verraten. Das einzige, was ich hoffen kann, ist, daß ich nicht auch mein Land verraten habe. Ja, Dena, da hast du sie, meine ganze erbärmliche Geschichte. Ich weiß nicht, ob du mich behalten willst; ich weiß nicht, ob das Foreign Office mich behalten will. Aber ich mußte dir die Wahrheit sagen, so wie ich dem Botschafter die Wahrheit sagen mußte. Ich kann es kaum ertragen, mit mir selbst zu leben, aber vor dir etwas zu verbergen, wäre mir unerträglich.«

»Und ... wie heißt sie?«

»Sonja Dimitrijewna.«

»Wie hat sie deine Abreise aufgenommen?«

»Ich weiß es nicht. Nachdem ich den Botschafter informiert hatte, durfte ich mich nicht mehr mit ihr in Verbindung setzen. Als ich es dennoch versuchte, konnte ich sie nicht erreichen, weder in ihrem Büro noch in ihrer Wohnung. Es war, als renne ich gegen eine Mauer an. Ich versuchte, mich damit zu trösten, daß sie evakuiert worden war, aber ich konnte es nicht ganz glauben, daß sie Moskau verlassen hatte, ohne mir ein Wort zu sagen. Der Botschafter schien die Sache nicht weiter ernst zu nehmen und bat mich, obwohl er wußte, daß ich am liebsten gleich abgereist wäre, noch ein wenig länger zu bleiben. Zumindest solange Harry Hopkins in Moskau war, der Abgesandte Roosevelts, der die Gespräche zwischen Stalin, Beaverbrook und Harriman arrangiert hat. Und dann, als diese Gespräche vorbei waren, konnte ich endlich abfahren. Ich habe mich noch nie im Leben so schäbig, feige und ehrlos gefühlt.«

Sie richtete sich auf, stützte sich auf ihren Ellbogen und versuchte in dem schwachen Licht, seinen Ausdruck zu ergründen. »Aber du hast an ihr gehangen?«

Seine Züge verzerrten sich angstvoll. »Ja, ich habe an ihr gehangen.«

»Ich bin froh, das zu hören.«

»Froh!« Er drückte seine Zigarette aus und starrte sie fragend an.

»Wenn du sie nicht gern gehabt hättest, wäre es für uns beide schlimm gewesen. Nur Sex, ohne Gefühle... nein, das könnte ich nicht verzeihen. Aber wenn du Zärtlichkeit, eine große Zuneigung für sie verspürt hast, das kann ich gut verstehen. Besser, als du denkst.«

»Besser, als...«

»Ja. Es war eine einsame Zeit, Harry... mehr als drei Jahre... und in deinen Briefen las ich zwischen den Zeilen, daß etwas nicht stimmte... daß du etwas vor mir verbargst... eine gewisse Kühle... und mir kam der Gedanke, daß du wahrscheinlich eine Geliebte hattest. Und ich konnte dir nicht einmal innerlich einen Vorwurf machen. Und dann starb Mutter. Es war ein Schock, auf den ich nicht vorbereitet war. Ich fühlte mich leer, wie ausgehöhlt, vom Schicksal geschlagen, und ich verstand, wie abgeschnitten von allem du dir vorkommen mußtest.« Sie legte sich zurück und zog ihn zu sich herab. Sie umarmte ihn nicht, sondern legte nur ihre Wange auf seine Schulter. »Ich dachte, ich würde dich nie wiedersehen, ich dachte, wir seien alle verloren. Und als ich Mike traf ...«

Sie erzählte ihm alles, einschließlich des letzten Telefongesprächs.

Ich werde ihn nie wiedersehen, Harry. Ich habe es ihm an dem Abend gesagt, bevor du wiederkamst. Und ich habe es ernst gemeint. Ich war am Packen, als du erschienst, um nach Tresillian zurückzufahren, und Mike hat um seine Versetzung nach Washington gebeten.«

»Du hättest es mir nicht zu erzählen brauchen, ich hätte es nie erfahren.«

»O doch, ich hätte mich verraten auf tausendundeine Art. Schuld hat ihre eigene Art, sich zu verraten. Sie hätte an meiner Stelle gesprochen, wenn ich ihr nicht zuvorgekommen wäre.« Sie brach in Tränen aus.

»Weine nicht, Liebste, bitte, weine nicht ...«

Sie sprachen noch bis spät in die Nacht, sagten Worte der Liebe und des Verzeihens. Ihre Stimmen wurden leiser, und sie umklammerten sich wie Kinder, die Trost suchen. Die frühere Innigkeit und das gegenseitige Vertrauen schienen wiederhergestellt, doch Harry wußte, daß sie durch eine kritische Phase gingen und nur langsam wieder zueinander finden würden, wenn ihnen das überhaupt gelänge. Es war ein steiniger Weg, und am Ende würden Dena und er verändert und reifer sein. Sie waren beide durch ein Feuer gegangen, und er hoffte nur, daß es sie nicht ausgebrannt hatte.

Sie nahmen am nächsten Morgen den Frühzug nach Tresillian. Ginny begrüßte Harry mit einem strahlenden Lächeln. »Am Ende der Woche werde ich euch allein lassen. Blair kommt nach London.« Die Kinder waren vor Freude außer Rand und Band, sogar die zurückhaltende Rachel umarmte stürmisch ihren Vater. Harry fragte sich, ob auch sie – so wie Dena – gedacht hatten, sie würden ihn nie wiedersehen. »Wie groß ihr geworden seid! Ich muß mich erst daran gewöhnen, so große Töchter zu haben. Und wie geht es Ihnen, Bess?« Er umarmte seine frühere Kollegin etwas linkisch und verlegen.

Aber am meisten gerührt war Harry von Livy. Vor dem Abendessen, als sie alle in der Küche saßen, rückte sie ihren Stuhl ganz dicht an seinen heran. Die Erwachsenen schlürften Whisky, langsam und genüßlich, um den Vorrat zu strecken, während die Kinder zur Feier des Tages mit Wasser verdünnten Holunderwein tranken. Harry merkte, daß Livy ihn fast nie aus den Augen ließ. Es war das erste Mal, daß er sie nach Isas Tod sah, und dieser Verlust und die Jahre dazwischen ließen sie älter erscheinen, als sie war. Dena hantierte am Herd. »Ich habe drei Wochen lang nichts wirklich Nützliches getan«, hatte sie zu Ginny gesagt, »jetzt bin ich mal an der Reihe...« Harry spürte, daß sie froh war, etwas zu tun zu haben. Im Zug hatten sie lange und nachdenklich geschwiegen. Sie hatten sich gegenseitig ihre Untreue vergeben, aber die Versöhnung stand noch bevor.

Ginny fuhr am Ende der Woche nach London. Harry und Dena besuchten Denas Großvater und Thea und Herbert in St. Just. Der Herbst brachte noch einige fast sommerliche Tage, in den Gärten blühten die leuchtenden Chrysanthemen. Dena und Harry redeten wenig, als befürchteten sie, die zerbrechliche Schönheit dieser Tage zu zerstören. Sie sprachen nie über die Ereignisse, die noch immer trennend zwischen ihnen standen, aber langsam bauten sie eine andere, neue Beziehung auf, denn die alte war zerstört, und etwas Neues mußte ihren Platz einnehmen. Sie machten lange Spaziergänge. Bess hatte den Kindern für die Dauer von Harrys Aufenthalt freigegeben. Livy nahm an den Spaziergängen und Picknicks nicht teil, sie begleitete sie nur bis zum Tor, denn dort blieb Bully stets unbeweglich sitzen. »Weiter schafft er es nicht mehr«, sagte Livy zu Harry. »Er wird bald sterben.«

Harry war über die frühreife Weisheit des Kindes verblüfft.

»Livy ist eine Keltin«, sagte Rachel.

»Was meinst du damit?« fragte ihr Vater.

»Oh«, sagte Rachel vage, »die sehen Dinge voraus. Manchmal ist Livy tausend Meilen weit fort. Sie ist dort draußen, irgendwo auf dem Meer.«

Ginny war kaum eine Woche in London, als Harry in der Morgendämmerung ein leises Klopfen an der Tür vernahm. Dena schlief noch, und so ging er auf Zehenspitzen zur Tür. Es war Livy, sie stand barfüßig vor ihm, mit dem schmerzlichen Ausdruck einer Erwachsenen. Harry legte den Finger auf die Lippen, trat in den Korridor und schloß die Tür leise hinter sich.

»Es ist Bully«, sagte Livy. »Er schnarcht, aber ich krieg ihn nicht wach. Er scheint einfach ...«

Harry ging in ihr Zimmer, wo Bully auf dem Bett lag. Tubby lag wie immer zusammengerollt auf einem Kissen auf der Kommode. Der alte Hund atmete keuchend, schien aber keine Schmerzen zu haben. Livy kroch wieder ins Bett und legte sich so hin, daß der Kopf des Hundes in ihrem Schoß lag. Sie streichelte sanft seine Schnauze. »Könnten Sie bitte das Fenster öffnen, Lord Camborne ...«

»Warum, Livy?« Ein Oktobernebel hing über Tresillian und verbarg das Meer. Es war kühl im Zimmer.

»Damit er fort kann. Er möchte fort. Es wird nicht mehr lange dauern. Verzeihen Sie, daß ich Sie geweckt habe, Lord Camborne. Aber ich wollte nicht allein sein ...«

Er legte eine Decke um Livys Schultern und über den Hund und fügte noch eine Steppdecke hinzu, die auf den Boden geglitten war. Er kroch selbst unter die Steppdecke, lehnte sich ans Bettende, umfing das Kind sanft und streichelte ihr rotes Haar, während sie den Kopf des Hundes streichelte. Er rief sich die Liebesgeschichte und das Leben ihrer Eltern ins Gedächtnis zurück und verstand die tiefe Verzweiflung des Kindes, das im Begriff war, die letzte lebendige Verbindung zu ihrem Vater zu verlieren. Ihre Stimme unterbrach seine Gedanken. »Er ist fortgegangen, Lord Camborne, wir können das Fenster wieder schließen.«

Erschöpft zog sie ihren Körper unter Bully hervor, streckte sich, legte eine Hand auf seinen dicken Nacken und fiel in Schlaf. Sie darf nicht allein sein, wenn sie aufwacht, dachte er. Und so saß er noch immer aufrecht im Bett, mit den Füßen unter der Steppdecke, als Rachel hereinkam. »Ach, hier bist du. Mutter war schon beunruhigt. Sie wußte, daß du noch nicht angezogen bist.« Ihr Blick fiel auf Bully und dann auf die schlafende Livy. »Oh ... o nein, Bully ... Bully ist tot.« Sie stieß einen kleinen Verzweiflungsschrei aus, und Harry war erstaunt zu sehen, daß seine zurückhaltende Tochter hemmungslos über den Tod von Livys Hund weinte.

Harry schaufelte ein Grab, und sie begruben Bully noch am gleichen Morgen unter den Bäumen des Obstgartens.

Am nächsten Tag stapfte Thea mit einem edel geformten und polierten Stück Basalt den Hügel hinauf. »Ich habe es für eine besondere Gelegenheit zurückbehalten; ich wußte, eines Tages würde ich die richtige Verwendung finden.« Sie hatte die folgenden Worte eingemeißelt: »Bully, der geliebte Freund von Oliver, Isa und Livy.« Fast unsichtbar standen rechts unten ihre Initialen: T. S.

Nachdem die anderen ins Haus zurückgegangen waren, musterte Harry nachdenklich den Stein und bewunderte seine Schönheit. Eine der berühmtesten Künstlerinnen Englands hatte einen Grabstein für einen Hund geschaffen!

Es war Harrys letzter Abend. Er und Dena saßen allein in der Küche. Die Kinder waren im Bett, Bess hatte sich diskret zurückgezogen. Harry holte die Kognakflasche und stellte zwei Gläser hin. Sie hörten, wie der Wind draußen heftiger wurde. Bis zum Morgen würde er sich zu einem Herbststurm verstärkt haben.

Dena blickte in die goldbraune Flüssigkeit in ihrem Glas. »Von nun an muß ich mich zurückhalten mit Kognak. Es heißt, er sei nicht bekömmlich für werdende Mütter.« Sie blickte Harry ins Gesicht. »Ich bin fast sicher, daß ich ein Kind erwarte, Harry.«

Seine Hand glitt unendlich langsam über den Tisch und

ergriff ihre. »Es ist Mikes Kind.« Es war keine Frage, sondern eine Feststellung.

»Es kann nur sein Kind sein, Harry. Wir müssen uns scheiden lassen. Ich kann nicht...«

»Warum sollen wir uns scheiden lassen? Das wäre doch Wahnsinn. Du wirst ein reizendes Kind bekommen, und ich werde es als mein eigenes betrachten. Du bist meine Frau, Dena. Es sei denn, du willst das ändern. Willst du Mike Goodrick die Wahrheit sagen und zu ihm gehen? Möchtest du das?«

»Dich verlassen, Harry? Nein, das will ich gewiß nicht. Mich Mike aufdrängen, kommt nicht in Frage. Lieber bleibe ich allein...«

»Das würde ich nie zulassen, Dena, niemals. Du bist meine Frau, und ich liebe dich. Und daran hat sich nichts geändert. Solltest du allerdings gehen wollen, werde ich dich nicht aufhalten, obwohl mir das Herz brechen würde.«

»Aber... das Kind eines anderen Mannes? Harry, kannst du das ertragen?«

»Ich kann alles ertragen, solange du bei mir bleibst.«

»Könntest du dieses Kind lieben?«

»Vertrau mir! Laß es auf den Versuch ankommen. Es wird unsere Tochter sein, Dena. Verstehst du nicht, was mir das bedeutet? Ich werde sie lieben und umhegen, sie beschützen... dein Kind!«

»Du sprichst, als seist du sicher, daß es ein Mädchen wird. Wenn es nun aber ein Junge ist?«

»Was ist der Unterschied? Ich bin nur so daran gewöhnt, Töchter zu haben.«

»Wenn er dein ehelich anerkannter Sohn ist, erbt er den Titel. Und der stünde ihm nicht zu.«

»Mein Gott, Dena, meinst du wirklich, daß das noch wichtig ist? All solche Vorurteile gelten nicht mehr, sie gehören einer Welt an, die vor unseren Augen weggefegt wird.«

»Das heißt, dir ist es gleichgültig, ob es ein Mädchen oder ein Junge wird?«

»Völlig, solange du bei mir bleibst.«

»Und … Sonja?«

»Ich habe Sonja sehr gern gehabt, aber ich habe ihr nie verhehlt, daß du die einzige Frau bist, die ich liebe. Mikes Kind … mein Kind … ist das wirklich so wichtig? Ein weiteres Kind wird in diese Welt gesetzt, die Irre zu zerstören versuchen, so daß kein Kind sich je sicher und glücklich fühlen kann. Bekomm dein Kind, Dena, und wir werden es lieben und umhegen. Nur so kann die Welt weitergehen.«

Er umschloß mit seiner Hand ihren Arm. »Komm ins Bett mit mir, meine Frau, meine Geliebte, laß uns das keimende Leben feiern. Laß uns das Kind zu dem unsrigen machen …«

Sie vollzogen ihre Ehe mit einer Leidenschaft, als wäre es das erste Mal. Aber ihre Vereinigung hatte für beide eine tiefere Bedeutung. Sie versuchten nicht, die Erinnerungsbilder, die hinter ihnen standen, zu verscheuchen. Doch sie hatten sich wiedergefunden. Sie waren sich ihrer Zugehörigkeit erneut vollkommen sicher.

Harry fuhr am nächsten Morgen ab, und Dena war völlig ruhig und ohne Angst, als sie sich von ihm verabschiedete.

Harry hatte höflich abgelehnt, in Seymour House zu wohnen. Er teilte sich eine Wohnung mit einem Kollegen, dessen Familie auf dem Land lebte. Dena entnahm seinen Briefen, daß er viel zu tun hatte, die Arbeit schien kein Ende zu nehmen. Trotzdem schrieb er ihr fast täglich einen Brief, meist in den frühen Morgenstunden. Und dennoch, trotz all dieser zärtlichen Briefe, hatte er nicht die Zeit gefunden, auch nur einmal nach Tresillian zu kommen, seit er nach London zurückgekehrt war. Und sie spürte einen unzufriedenen, fast erbitterten Unterton in seinen Briefen.

Ich weiß, meine Arbeit ist wichtig, und jemand muß sie tun. Aber ich weiß nicht, wie lange ich es noch hier aushalte. Andere Männer kämpfen, und ich sitze an einem Schreibtisch. Ich bin einundvierzig Jahre alt. Also sicher jung genug, um meinem Land besser zu dienen, als indem ich Berichte schreibe und aus der Entfernung Stalins Gedanken lese.

Dena versuchte, ihm klarzumachen, wie unentbehrlich er aufgrund seiner Erfahrungen für die Regierung sei. Aber sie hatte den Eindruck, daß ihre Worte in die Luft gesprochen waren.

»Ich weiß, was er gern täte«, sagte Dena zu Ginny, als sie die letzten Teller abwuschen, nachdem die Mädchen und Bess zu Bett gegangen waren. Sie hatte wie jeden Abend einen Kessel auf den Herd gestellt, für eine letzte Tasse Tee. »Er will sich zum Militär melden, am liebsten natürlich als Frontoffizier, aber dafür ist er wohl schon zu alt. Es würde bedeuten, daß er seinen Posten beim Foreign Office aufgibt in der Hoffnung, daß sie ihn nach Kriegsende wieder einstellen. Natürlich könnte es ihm auch passieren, daß er, statt an die Front geschickt zu werden, an einem Schreibtisch der Spionageabwehr in Whitehall landet. Ich persönlich wäre natürlich glücklich, wenn er in London bliebe.« Sie tat sparsam Teeblätter in die braune Teekanne, stülpte den Teewärmer darüber und ließ den Tee ziehen. Sie sah Ginny an: »Ich bekomme ein Kind, so ungefähr im Juni.«

Einen Moment lang umklammerte Ginny die Stuhllehne, ihr Mund öffnete sich leicht. »Oh ... wie wunderbar!« Sie stand auf und umarmte Dena. »Ich bin irrsinnig neidisch, aber gleichzeitig freue ich mich unbeschreiblich für dich und Harry. Weiß er es schon?«

»O ja, ich habe es ihm sofort gesagt, als ich den Verdacht hegte.« Sie löste sich sanft aus Ginnys Umarmung und goß den Tee ein. »Harry weiß, daß es nicht sein Kind ist.«

Die Teetasse klirrte, als Ginny sie auf die Untertasse setzte. »Nicht etwa ...?«

Dena setzte sich ihr gegenüber und fing an zu erzählen. Ginny hörte ihr zu, ohne sie zu unterbrechen. Ihr Gesicht drückte abwechselnd Besorgnis, Überraschung und Mitgefühl aus. »Ich weiß nicht, was ich dazu sagen soll, nachdem ich es war, die dich mit Mike bekannt gemacht hat.«

»Mach dir keine Vorwürfe, Ginny. Ich freue mich auf das Kind, und Harry liebt es jetzt schon, er wird es fraglos wie sein eigenes behandeln.«

Ginny zündete sich eine Zigarette an. »Du hättest es ihm nicht zu sagen brauchen. Andere Frauen haben sich aus solchen Situationen herausgewunden.«

»Ich hätte es ihm auf jeden Fall erzählt, Ginny, auch ohne Baby. Ich bin Harry nur dies eine Mal untreu gewesen, und wenn ich es ihm verheimlicht hätte, wäre mir meine Liebesgeschichte mit Mike schmutzig vorgekommen, so als hätte er mir nichts bedeutet.«

Ginny nickte. »Ich verstehe deine Beweggründe. Für andere mögen sie etwas verrückt klingen, aber ich weiß genau, was du meinst. Ich muß von nun an sehr auf dich und das Baby aufpassen. Ich habe das Gefühl, daß ein kleiner Teil von ihm mir gehört. Als Patin stehe ich hoffentlich ganz oben auf der Liste.«

»Ich danke dir, Ginny. Du bist eine große Hilfe.«

Dena hatte seit langem gewußt, daß sie Ginny eines Tages die Wahrheit über sich und Mike erzählen würde. Aber was Ginny nie erfahren würde, war die Geschichte von Harry und Sonja Dimitrijewna.

Anfang Dezember saßen Dena, Ginny und Bess wie so oft abends in der Küche und hörten sich die letzten Nachrichten an. Der Berichterstatter unterbrach das übliche Programm.

Wir bringen eine Sondermeldung, Alvar Liddell berichtet.

Die BBC hatte neuerdings eingeführt, daß die Radio-Berichterstatter ihren Namen nannten, so daß die Bevölkerung im Fall einer Invasion die vertraute Stimme wiedererkannte und wußte, daß die Nachricht aus offizieller Quelle stammte.

Wir haben soeben die Bestätigung erhalten, daß am Sonntag, den siebten Dezember 1941, um ungefähr sieben Uhr früh, Pazifik-Normalzeit, ein großes Geschwader von japanischen Bombern die amerikanische Flottenbasis in Pearl Harbour in Hawaii angegriffen hat. Der Schaden ist beträchtlich, mehrere Kriegsschiffe wurden vernichtet, und man befürchtet, daß der Angriff viele Todesopfer forderte. Genaue Angaben sind noch nicht erhältlich. Wir melden uns wieder, sobald wir Näheres aus Washington erfahren.

Sie hörten die Worte, aber ihr Verstand war wie gelähmt, so daß sie den Sinn kaum verstanden. Dena ging zu Ginny, beugte sich über sie und küßte sie. »Ich weiß nicht, was ich sagen soll. Es ist so entsetzlich. Es bedeutet ...«

»Krieg«, sagte Ginny ruhig. »In einigen Stunden werden wir den Achsenmächten den Krieg erklären. Wir haben doch schon lange gewußt, daß es unvermeidlich ist.« Ihre Lippen verzogen sich höhnisch. »Die Japaner haben über Frieden geredet, während sie sich auf den Angriff vorbereiteten.« Ihre Gedanken waren bereits bei ihrer Familie. »Blair ... nein, ihn wird man bestimmt nicht einziehen. Zu alt. Selbst wenn er sich freiwillig meldet, werden sie ihn nicht nehmen. Aber Robbie ... und Lucys Mann John. Lucys letzter Brief kam aus Pearl Harbour.«

»Es ist der Anfang vom Ende«, sagte Bess. »Es tut mir leid für Sie, Ginny.« Sie stand mühsam vom Stuhl auf und sagte etwas für sie Ungewöhnliches, denn sie war keine fromme Frau. »Gott segne Sie, Ginny, und Gott segne Ihr Land.«

Ginny las Blairs Brief mehrmals durch.

Was wir immer erwartet haben, ist nun geschehen. Was uns betrifft, so werden wir uns nicht seltener sehen als zuvor. Ich kann natürlich nicht mehr als Neutraler reisen, was Schwierigkeiten mit der Schweiz machen wird. Sie haben mir irgendeine Phantasie-Uniform verpaßt und mir einen fiktiven Posten im Verteidigungsministerium gegeben. Adressiere Deine Briefe von jetzt ab an Colonel Blair Clayton. Aber meine Arbeit bleibt mehr oder minder die gleiche. Die Zensur untersagt mir, Genaueres zu schreiben. Bleib, wo Du bist, Liebling, ich werde den Atlantik fast so oft wie vorher überqueren, nun vermutlich per Flugzeug ...

Im Februar erschien Harry in Tresillian. Er hatte sich weder schriftlich noch telefonisch angemeldet. »Ich mußte dir die Neuigkeit persönlich sagen. Ein Brief wäre feige gewesen, denn ich habe einen Entschluß gefaßt, der dir Sorge und Kummer bereiten wird. Ich habe meine Stellung beim Foreign Office aufgegeben, Dena. Es war die einzige Möglichkeit, zum Militär zu kommen. Natürlich hat mir das Foreign Office keine Garantie gegeben, daß sie mich am Kriegsende wieder einstellen. Wie sollten sie auch? Ich habe den ranghöchsten Staatssekretär gesehen und mit ihm gesprochen. Alles, was er mir sagen konnte, war, daß das Foreign Office meinen Antrag auf Wiedereinstellung vorzugsweise bearbeiten würde, wenn alles vorbei ist. Ich bleibe noch ungefähr einen Monat im Foreign Office, bis sie einen Ersatz für mich gefunden haben. Dann werde ich wohl drei Monate lang eine Grundausbildung hinter mich bringen müssen. Das wird mir das Gefühl geben, daß ich dazugehöre – ein wenig zumindest. Ich bin vermutlich zu alt, um bei der Kampftruppe eingesetzt zu werden; man wird mich irgendeinem Stab zuteilen. Ruhm werde ich wohl kaum ernten, aber alles ist besser, als an einem Schreibtisch in Whitehall zu hocken ...«

Harry war im letzten Monat seiner militärischen Ausbildung, als Denas Sohn Ende Juni zur Welt kam. Sie hatte verbreitet, daß sie das Baby Mitte Juli erwarte. Nur Harry, Ginny und der Arzt wußten Bescheid.

Die Geburt ging erstaunlich schnell und leicht vonstatten. Dena hatte sich während der ganzen Schwangerschaft ausgesprochen wohl gefühlt, und das Baby war kräftig und gesund. Ginny hielt es in den Armen, als es noch keine halbe Stunde alt war. Sie versuchte, den Neid aus ihrem Herzen zu verbannen, als sie in Denas strahlendes Gesicht blickte. Sie betrachtete das Kind, das schwarze Augen und schon jetzt einen Schopf schwarzer Haare und einen kräftigen kleinen Körper hatte, und fragte sich, wie viele Menschen, die sich an das genaue Datum von Harrys Rückkehr aus Moskau erinnerten, glauben würden, daß es eine Frühgeburt war. Bess würde vermutlich nachzählen, aber nie ein Wort darüber verlieren, und Denas Familie würde das Kind erst sehen, wenn es über das Stadium hinaus war, wo Zweifel aufkommen könnten. Und sie, Ginny, würde jedem gegenüber vorgeben, daß es Harrys Kind war, sogar Blair gegenüber.

»Ich muß Harry die frohe Botschaft zukommen lassen«, sagte sie. »Ich habe ihn nicht angerufen, als du noch in den Wehen lagst. Aber nun kann ich ihm mitteilen, daß er einen bildschönen, gesunden Sohn hat und daß ich froh bin, daß Alex eine Konkurrenz hat. Leider ist Alex fünfzehn Jahre älter, er wird eher wie sein Onkel als wie sein Bruder sein.«

Ginny, dachte Dena, hegt fast mütterliche Gefühle für das Kind. Sie sah, daß sie innerlich gegen ihren Neid ankämpfte, und wünschte einen Moment lang, daß ihr Sohn Ginnys Kind sei. Doch dann blickte sie auf ihr Baby hinunter und lauschte den leisen Lauten, die es von sich gab, und der mütterliche Stolz gewann wieder die Oberhand. Aber sie war gerne bereit, ihren Sohn mit Ginny zu teilen; er würde trotzdem immer ihr gehören, und zwar auf eine sehr persönliche, spezielle Art. Er würde nie erfahren, wer sein eigentlicher Vater war. Es war ein trauriger Gedanke, aber Harry würde ihn nie spüren lassen, daß er nicht sein leiblicher Vater war. Sie wußte schon jetzt, daß Harry ihn mehr verwöhnen würde als seine Töchter, und die Leute würden denken, er tue dies, weil er so glücklich darüber war, endlich einen Sohn zu haben. Als Ginny gegangen war, küßte sie das Baby auf die Stirn und flüsterte: »Ich hoffe, du enttäuschst Harry nicht. Ich hoffe, du machst ihn glücklich, mein kleiner Engel.«

Harry hatte nach drei Wochen seine Grundausbildung beendet und erhielt Urlaub, bevor er seinen Einsatzbefehl bekam. Blair war gerade nach London zurückgekehrt, hatte aber trotz seiner vielen Arbeit beschlossen, für ein paar Tage nach Tresillian zu fahren. Er holte Harry in seinem Dienstwagen in Wiltshire ab. Harry trug die Uniform eines Captain. »Ich komme mir wie ein Schwindler vor, aber ich werde sicher irgendeinem Stab zugeteilt, und die wollen keinen zweiundvierzig Jahre alten Leutnant haben.«

»Das gleiche gilt für mich«, sagte Blair. »Sie haben mich bloß zum Colonel gemacht, damit ich etwas mehr Autorität habe. Ich kann kaum ein Ende des Gewehrs vom anderen unterscheiden. Ich muß der am schlechtesten ausgebildete Offizier der amerikanischen Armee sein.«

Sie sprachen über das Baby. Auf Andrew McClintocks Wunsch wurde ein weiterer goldener Taufbecher angefertigt. »Vielleicht können wir sie schmelzen lassen, wenn wir mal knapp bei Kasse sind«, sagte Harry gutgelaunt.

»Ich hoffe, Ginny ist nicht neidisch auf das Baby. Sie hätte so gerne selbst noch eins, aber ich glaube nicht, daß es möglich ist. Wie wollt ihr euren Sohn nennen?«

»Livy wollte, daß wir ihn Tristan nennen, aber wir sind alle dagegen. Dann hat sie Mark vorgeschlagen, nach dem König Mark der Legende. Sie besteht darauf, weil die Geschichte von Tristan und Isolde mit dem Namen Mark verbunden ist. Ich weiß nicht, warum wir alle auf Livy hören, aber wir tun es. Sie ist fest davon überzeugt, daß das Baby nur zur Welt kam, damit sie einen Bruder hat, und er ist der einzige, der in Cornwall geboren wurde, was ihren Argumenten ein gewisses Gewicht verleiht. Dena ist mit Mark einverstanden, ich habe Thomas nach meinem Vater vorgeschlagen und Blair deinetwegen. Ginny hat noch Harry angehängt, damit ich mich nicht ausgelassen fühle.«

Das Baby wurde in der Kathedrale in Truro vom Bischof getauft. Ginny hielt das Baby, und sie und Blair versprachen im Namen von Mark Thomas Henry Blair feierlich, der Fleischeslust und dem Teufel zu entsagen.

In Tresillian fand ein bescheidenes Tauffest statt, mit handgestrickten Söckchen und Jäckchen von der Tregenna-Familie, einem schön gemeißelten und polierten Stein von Thea und einem kleinen, sehr abstrakten Landschaftsbild vom Urgroßvater des Kindes. Guy Denham konnte kaum noch die berühmte Aussicht sehen und seine Hand fast nicht mehr den Pinsel halten. Mark lag in Livys alter Wiege und wurde von den Gästen bewundert, aber vor allem von den vier Mädchen, die sich alle als seine Schwestern betrachteten.

Von Andrew McClintock kam, während das Fest im Gang war, ein Telegramm an, so als kontrolliere er sogar im Krieg noch das Postamt. Es war an den »Honourable Mark Thomas Henry Blair Penrose« adressiert und lautete: »Willkommen im Familienkreis, Andrew und Alexander McClintock.«

Am gleichen Tag, an dem Mark getauft wurde, erschien die Neuausgabe von Oliver Miles' erzählerischem Gedicht *This England*. In den Zeitungen und im Radio war angekündigt worden, daß Helen Sampson die Versdichtung gleich nach den Neun-Uhr-Nachrichten vortragen würde. Tresillian und die halbe Nation hörten ihr zu. Die einfach erzählte Geschichte einer britischen und einer amerikanischen Familie während des Ersten Weltkriegs übte eine große Wirkung auf die Nation aus, die wiederum in einen Krieg verwickelt und wiederum mit Amerika verbündet war. Am nächsten Tag war die Auflage ausverkauft, und Venables wurde mit Bestellungen überhäuft. Sein ganzer kostbarer Papierbestand war aufgebraucht, und das enttäuschte Publikum, das das dünne Bändchen nicht erwerben konnte, bat die BBC, die Sendung zu wiederholen. Dies geschah in den Morgen- und Abendprogrammnen, und gleichzeitig wurde sie ins Commonwealth ausgestrahlt, das nun seinerseits Exemplare anforderte.

Mr. Venables, der nur einen Prestige-Erfolg erwartet hatte, schrieb an Dena:

Es ist ein phantastischer Erfolg. Wir kommen mit den Bestellungen nicht nach. Ich habe an die zuständigen Behörden geschrieben und um eine neue Papierzuteilung gebeten. McClintock-Clayton haben ebenfalls ihren Einfluß geltend gemacht. In dieser kritischen Zeit scheint das Publikum auf Olivers Epos fast so begeistert zu reagieren wie auf Churchills Reden. Es ist eine Ironie des Schicksals, daß Oliver selbst *This England* sehr gering geschätzt hat, nicht würdig, Poesie genannt zu werden. Ich hoffe aus vollem Herzen, daß dieses Epos das Publikum dazu anregt, mehr von Oliver zu lesen. Halten Sie uns den Daumen, Lady

Camborne, daß wir Papier bekommen. Reklame brauchen wir nicht mehr zu machen. Das Büchlein verkauft sich von selbst.

Ich hoffe, Olivia geht es gut; da sie unter Ihrer Obhut ist, habe ich diesbezüglich keine Sorgen. Ich bin überglücklich, daß das Werk ihres Vaters endlich gebührend anerkannt wird.

Es sprach sich schnell herum, daß der Dichter in einem kleinen Cottage in St. Just gestorben war, und an Sonntagen oder während der Ferienzeit kamen die Touristen, um sich das Häuschen von Oliver Miles anzusehen. Denas Großvater wurde ständig von Fremden an die Tür geholt.

Dena bat die Tregenna-Verwandten, während des Sommers zumindest jeden Nachmittag im Cottage zu sein, um ihren Großvater zu entlasten. Die Tregenna-Frauen übernahmen die Aufgabe freudig. Sie waren stolz darauf, daß ein so berühmter Mann in St. Just gelebt und ihre Isa geheiratet hatte.

Als Livy den ersten Tantiemenscheck erhielt, war sie völlig verwirrt. »Mein Gott, so viel Geld!« Sie konnte sich nicht vorstellen, daß solche Geldmengen existierten; sie standen in keinem Verhältnis zu den kleinen Summen, die ihre Mutter verdient hatte. »Nun kann ich Ihnen endlich alles zurückzahlen ...«

»Zurückzahlen? Für was willst du denn zahlen?« Dena war entsetzt, daß Livy auf einen solchen Gedanken kam.

»Nun ... für alles.«

»Laß mich den Scheck für dich auf der Bank einzahlen. Und sobald der Krieg vorbei ist, können wir beraten, was wir mit dem Geld tun. Du kannst es dir leisten, auf eine gute Schule zu gehen, die Art von Schule, die deine Eltern für dich im Sinn hatten.« Sie zahlte den Scheck auf das Konto ein, das ihr Großvater in Livys Namen eröffnet hatte, um seine Miete zu bezahlen.

Der Krieg nahm seinen Fortgang. Olivers Epos wurde das Lieblingsbuch der Nation. Mark entwickelte sich zu einer

Persönlichkeit. Bess paukte mit den Mädchen Sprachen und Mathematik, ein Fach, in dem sie besonders gut war, obwohl sie behauptete, es interessiere sie nicht. Kurz nach Marks Taufe wurde Harry ins Ausland geschickt. Es dauerte einige Zeit, bis Dena den ersten Brief von ihm bekam. »Ich bin am alten Platz« – das konnte nur Kairo bedeuten – »und habe einen großartigen Chef.«

Die Zeitungen vermittelten kein sehr hoffnungsvolles Bild. Die Deutschen hatten Sewastopol erobert und waren bis zum Don vorgestoßen. Die Schlacht um Stalingrad hatte begonnen. Ginnys Bruder Robbie war als vermißt gemeldet. Von ihrem Vater erfuhren sie, daß Lucys Mann verwundet sei, und Verity schrieb, daß Julias Mann Douglas gefallen war. Dena versuchte, Worte des Trostes für ihre Schwester zu finden, obwohl sie wußte, daß es für Julia, die abgeschnitten von der Welt auf ihrem schottischen Schloß saß, kaum einen Trost gab.

Harry schrieb regelmäßig, wagte aber nichts Wichtiges zu berichten. Dann kamen die ersten guten Nachrichten. Im Oktober begann die Schlacht von El Alamein. Anfang November verkündeten die Schlagzeilen: Die Truppen der Achsenmächte ziehen sich aus El Alamein zurück. Im Januar trafen sich Churchill und Roosevelt zu einer Konferenz in Casablanca, und später, im selben Monat, besetzte die 8. Armee Tripolis. Auch in Rußland wendete sich das Blatt, die Deutschen ergaben sich in Stalingrad. Alle schöpften neue Hoffnung, die sie aber kaum auszusprechen wagten. Die Russen eroberten Kursk und Rostow zurück. Aber nicht alle Nachrichten waren gut. Der März 1942 war der schlimmste Monat für die alliierte Kriegsmarine, dreiundvierzig Schiffe wurden in den ersten zwanzig Tagen vom Feind versenkt.

Im Mai ergaben sich die deutschen und italienischen Truppen in Tunis. Am ersten Geburtstag von Mark landeten die amerikanischen Truppen in Neuguinea.

Sie lasen voller Aufregung die Berichte über die Invasion der Alliierten in Sizilien. Ende Juli kam ein Brief von einem Regimentskameraden von Harry aus Palermo.

Harry ist von General Alexander mit einer Botschaft zu Patton geschickt worden, die er ihm auf dem schnellsten Weg übermitteln sollte. Statt dessen ist er in ein Gefecht geraten und hat einen Soldaten aus einem brennenden Panzer gerettet. Das verfluchte Ding konnte jede Minute explodieren. Und so hat unser Harry seinem Befehl zuwidergehandelt, indem er seinen Auftrag, nämlich stracks zum Hauptquartier zu eilen, nicht erfüllt hat. Entweder wird er dafür vor ein Kriegsgericht gestellt oder mit einem Orden ausgezeichnet. Er hat sich die Hände verbrannt und sich zudem eine mächtige Brandwunde am Hintern zugezogen. Deshalb muß er auf dem Bauch liegen und kann nicht schreiben. Aber er ist bester Laune und läßt alle herzlich grüßen.

»Zum Glück ist er eine Weile lang raus aus dem ganzen Schlamassel«, sagte Dena.

Blair war auf der Quebec-Konferenz, als das südostasiatische Kommando Mountbatten übergeben wurde. Der Sommer wich dem Herbst. Ende September eroberten die Russen Smolensk zurück und Anfang November Kiew. Er rief aus London an. »Ich habe erfahren, daß Harry bei der Teheran-Konferenz ist. Anscheinend werden alle, die je mit Stalin zu tun hatten und eine Ahnung haben, was in seinem Kopf vorgeht, dringend gebraucht. Der russische Bär fängt an, die Klauen zu zeigen. Wenn er seine Millionen von Toten in die Waagschale wirft, wer wagt da schon, ihm seine Forderungen abzuschlagen? Ich wünschte, ich könnte dich in Tresillian besuchen, Ginny, aber im Moment ist es unmöglich ...«

Nach der Teheran-Konferenz war Harry ständig unterwegs. Er verriet in seinen Briefen nie, wo er gerade war oder was er tat. »Das Übliche«, schrieb er an Dena, »diesmal allerdings in Uniform. Ich habe unverdienterweise einen Orden bekommen.«

»Das bedeutet, daß er wieder Diplomat ist, aber nun innerhalb der Armee«, sagte Dena. »Ich hoffe, daß er sich dadurch in relativer Sicherheit befindet.«

Die englischen Luftangriffe machten Deutschland schwer zu schaffen. Was die Zeitungen jedoch nicht meldeten, war, daß die Deutschen mit Hilfe von Radar viele Bomber abschossen. Die Amerikaner schlugen Tagesangriffe vor und entwickelten das Mustang-Jagdflugzeug als Begleitschutz für die Bomber. Mark war noch nicht ganz zwei Jahre alt, als die Alliierten in der Normandie landeten.

Harry rief in aller Eile aus London an: »Ich bin dem Stab von Eisenhower zugeteilt worden. Vielleicht werde ich nach Frankreich geschickt. Mehr kann ich nicht sagen.«

Während die Alliierten in Frankreich vorrückten, setzten die Deutschen ihre V1- und V2-Raketenwaffen gegen England ein. Thea kam eines Morgens nach Tresillian mit der Neuigkeit, die sie telefonisch von einer Freundin in Hampstead erfahren hatte, daß Guy Denhams Haus und sein Atelier und alle umliegenden Straßen gebombt worden seien und alles in Schutt und Asche liege.

Dena ging nach St. Just. Ihr Großvater saß mit einem seltsam ruhigen Gesichtsausdruck in der Küche. »Wir alle müssen Opfer bringen, und so viele haben es bereits getan. Sie haben Söhne und Ehemänner, Brüder und Liebhaber, Schwestern und Mütter verloren. Und alles, was ich verloren habe, sind meine Landschaftsbilder. Was macht das schon aus?«

Er seufzte. »Ich bin so alt, Dena, ich zähle nicht mehr. Aber du hast Verpflichtungen. Kümmere dich um die Menschen, die bei dir in Tresillian wohnen.«

Am nächsten Morgen sehr früh erschien eine von Livys Tanten in Tresillian. »Ich wollte nicht telefonieren, Lady Camborne. Es handelt sich um Ihren Großvater. Meine Schwester, die ihm jeden Morgen das Frühstück macht, konnte ihn nicht wach bekommen. Er hat vermutlich gehört, daß alle seine Bilder verbrannt sind, und da hat ihn der Lebensmut verlassen.«

Sie beerdigten Guy Denham auf dem anglikanischen Friedhof in St. Just. Ellen kam aus London und ein übermüdeter Edward aus Merton. Seit dem Krieg tat er die Arbeit von zwei Männern und litt darunter, kein Soldat zu sein.

Guy Denham hinterließ alle Bilder, die sich in Tresillian befanden, seiner Enkelin Dena als Dank für die vielen Jahre der aufopfernden Pflege.

Mit den V1- und V2-Raketen kamen auch wieder die evakuierten Kinder. Dena und Ginny gaben es auf zu zählen, wie viele sich in Tresillian befanden. Die Invasion in Frankreich schritt voran. Der Winter wich dem Frühjahr. Im März nahmen die Alliierten die letzte V1- und V2-Raketenabschußbasis ein, und die Bombenangriffe hörten auf. Die evakuierten Kinder reisten ab. Die Bewohner Tresillians atmeten erleichtert auf. »Gott soll mich strafen, wenn ich mich noch einmal im Leben über etwas beschwere«, murmelte Bess.

In den ersten Apriltagen starb Roosevelt. Ginnys Vater schrieb: »Ich glaube nicht, daß Truman der Aufgabe gewachsen ist.« Sein Sohn Robert wurde noch immer vermißt; dem Roten Kreuz war es bislang nicht gelungen, ihn in einem der Gefangenenlager auszumachen. Ginny wußte, wie sehr ihr Vater unter dieser Ungewißheit litt, und noch mehr ihre Mutter. »Ihr geht es nicht gut«, schrieb ihr Vater, »und die Sorge um Robbie verschlimmert ihren Zustand.« Ginny, obwohl sie es nicht aussprach, war überzeugt davon, daß ihr Bruder tot war.

Mark war fast drei Jahre alt, als die Rote Armee in Berlin einmarschierte und Hitler Selbstmord beging. Harry wurde umgehend nach Berlin in den britischen Sektor versetzt. Seine Erfahrungen wurden sehr gebraucht. Er konnte jetzt freier schreiben und berichtete Dena über das verhungerte Deutschland und die grauenvollen Zerstörungen in der früheren Hauptstadt. »Gott sei's gedankt, er hat überlebt«, sagte Dena wieder und wieder.

Churchill und Truman erklärten den 8. Mai 1945 zum Siegestag in Europa. Die Bewohner von Tresillian gingen mit einem Korb voller Weinflaschen hinunter nach St. Just, um mit Livys Familie den Sieg zu feiern. Für Thea und Herbert hatte Ginny einen alten Kognak eingepackt. »Ich habe ihn für eine besondere Gelegenheit aufgehoben, und die scheint mir jetzt gekommen zu sein.«

Blair kam nach Tresillian. »Ich rate euch, zumindest den Sommer über noch hierzubleiben. London ist ungemütlich und die Versorgung miserabel. Seymour House steht zwar noch, aber ist doch recht angeschlagen. Die Heizung ist kaputt, und das Dach muß repariert werden. Zum Glück steht das Haus unter Denkmalschutz, so daß wir möglicherweise schon bald Baumaterial zugeteilt bekommen.«

Ginny fuhr nach London und wartete tagelang, bis sie einen Platz auf einem Flugzeug nach New York bekam, von wo aus sie direkt in Alex' Internat fuhr. Sie sprach wenig über dieses Zusammentreffen, aber ihr strahlendes Lächeln verriet Dena, daß es sie glücklich gemacht hatte. »Alex hat gesagt, daß es richtig von mir gewesen sei, in England zu bleiben. Er wird sobald wie möglich nach Tresillian kommen.«

Harry gehörte dem britischen Team an, als Churchill, Truman und Stalin sich in Potsdam trafen. Er brachte Fotos von den Staatsmännern und von sich selbst im Hintergrund mit. In den ersten Augusttagen gab der Mann, den Senator Jackson für zu schwach gehalten hatte, um Roosevelts Nachfolge anzutreten, den Befehl, die Atombombe über Japan abzuwerfen, deren Bedeutung ihm in Potsdam klargeworden war. Nach den Schätzungen der Militärs hätte eine Invasion Japans eine Million Leben gekostet. Truman entschloß sich für die andere Lösung. Die Ungeheuerlichkeit dieser Entscheidung verschlug der Welt den Atem.

»Und das ist das Ende«, sagte Ginny. »Das Ende des Krieges.«

Am 2. September unterschrieben die Japaner die bedingungslose Kapitulation. Am folgenden Tag, sechs Jahre nach Kriegsbeginn, kam ein Telegramm von Ginnys Vater. Als Okinawa sich den amerikanischen Truppen ergeben hatte, befand sich unter den Kriegsgefangenen ein Mann ohne Erkennungsmarke, der aufgrund einer Kopfverletzung an Gedächtnisschwund litt. Es gebe berechtigte Gründe zu der Annahme, daß es sich um Captain Robert Jackson handle, schrieb der Senator. Er sei jetzt in Hawaii. Ginny saß am Küchentisch und weinte. »Und ich habe immer geglaubt, er sei tot.«

Blair kam, um die Freude über diese Nachricht mit ihr zu teilen, obwohl die Feier gedämpft im Ton war. Er hatte die besten Weine und die wenigen Delikatessen, die er in London hatte auftreiben können, mitgebracht. Seit Jahren aßen sie zum ersten Mal wieder im großen Speisesaal. Dena hatte ein Leinentischtuch hervorgeholt und die Tafel mit Blumen geschmückt. Blair und Mark in seinem hohen Kinderstuhl waren die einzigen männlichen Wesen am Tisch.

Blair blickte in die Runde. Ginny und Dena sahen älter, aber in gewisser Weise schöner aus. Bess machte einen niedergeschlagenen Eindruck, als mache sie sich über ihre Zukunft Sorgen. Chris und Rachel waren, er konnte es fast nicht glauben, beinahe fünfzehn Jahre alt, Livy vierzehn und Caroline dreizehn. Chris war anmutig, von einer frischen Hübschheit, Rachel sah trotz einer gewissen Herbheit sehr apart aus. Livy hatte die erdgebundene Schönheit ihrer Mutter und das poetisch Träumerische ihres Vaters geerbt. Caroline mit Harrys blondem Haar und seinen klaren blauen Augen erinnerte ihn an einen Barockengel. Und Mark, dunkelhaarig, mit geschwungenen Augenbrauen, war wie eine Miniaturausgabe von Dena. Nur daß seine Augen braun waren statt dunkelgrau wie die von Dena. Er sieht ein wenig wie Alex im gleichen Alter aus, dachte Blair.

Livy sagte, als hätte sie Blairs Gedanken erraten: »Die einzigen, die in dieser Runde noch fehlen, sind Alex und Lord Camborne. Wann werden wir Alex wiedersehen, Colonel Clayton?« Er dachte: Sie erinnert sich an einen Knaben, aber wie wird sie wohl auf den jungen Mann reagieren, zu dem Alex inzwischen herangewachsen ist?

Die Dezembertage wurden kürzer, und die Feuchtigkeit und die Winterstürme drangen durch jede Ritze des reparaturbedürftigen Hauses. Blair telefonierte, um zu sagen, daß Seymour House wieder bewohnbar sei. »Erwartet nicht, daß alles so ist wie ehemals. Das wird noch einige Zeit dauern.«

Ginny sagte zu Dena: »Ich lasse dich hier nicht zurück.«

»Warum nicht. Du weißt, wir kommen zurecht…« Aber

der kleine Wagen, der ihnen vor dem Krieg so gute Dienste geleistet hatte, war derart verrostet, daß er fast unbrauchbar war, und das Haus würde erschreckend leer sein. Die Wohnung in Knightsbridge war ausgebombt.

Ginny verkündete mit großer Entschiedenheit: »Packt eure Sachen, wir ziehen alle nach London um. Ja, auch Sie, Bess. Seymour House hat viel Platz. Die Mädchen können in die Schule gehen... sie brauchen ein wenig Disziplin. Ja, Timmins kommt natürlich auch mit. Also geht an die Arbeit. Wir haben nur zwei Tage Zeit. Livy, mach kein so unglückliches Gesicht, du wirst oft genug hierher zurückkehren, und nicht nur du, wir alle...«

»Ich wußte nicht, daß ich auch mitkommen soll...«

Ginny schnalzte ungeduldig mit der Zunge. »Dummerchen, meinst du wirklich, ich würde dich hier allein zurücklassen? Wir sind deine Familie, du gehörst zu uns.«

»Kann ich Tubby mitnehmen?«

»Natürlich. Er wäre wohl ziemlich überfordert, das Haus hier allein zu verwalten.«

Es war eine höchst unbequeme Fahrt. Die ganze Familie plus zwei Katzen drängten sich in Ginnys Rolls-Royce, der Kofferraum quoll über mit ihrem persönlichen Gepäck. Bücher und Haushaltsgegenstände hatten sie mit der Bahn geschickt. Ein strahlender Griffin begrüßte sie in Seymour House. »Jetzt erst weiß ich, daß der Krieg wirklich vorbei ist. Es mangelt natürlich an allem, Mrs. Clayton. Trotzdem haben wir in der kurzen Zeit erstaunlich viel erreicht, wenn man bedenkt, wie schwierig es ist, auch nur die primitivsten Dinge zu kaufen. Die Vorhänge und Möbelbezüge sind in einem traurigen Zustand...«

»Wir werden uns nicht beschweren, Griffin«, sagte Ginny. Er war gealtert, seit Dena ihn zum letzten Mal gesehen hatte. Sein Anblick erinnerte sie lebhaft an den Abend, als er Champagner und Kaviar für Mike Goodrick und sie bereitgestellt hatte. Es war ihm gelungen, eine Köchin, zwei Dienstmädchen und einen jungen Mann zu engagieren, der sich zum Diener ausbilden lassen wollte.

Sie verteilten sich über das ganze Haus. Die Mädchen fanden zwei Zimmer, die ihnen gefielen. Rachel und Chris bezogen das eine, Livy und Caroline das andere. Ginny entdeckte, daß Bess im kleinsten Zimmer ihren Koffer auspackte.

»Aber Bess, Sie können doch nicht hier oben neben den Kinderzimmern wohnen. Es gibt viel größere Zimmer im unteren Stockwerk.«

»Mir gefällt es gut hier. Es ist luftig, und ich kann über die Bäume blicken. Nach all den Jahren in Tresillian habe ich vergessen, wie eingeengt man sich zuweilen in London fühlt.«

Ginny blieb an der Tür stehen. »Bess, Sie haben doch nicht etwa vor, uns zu verlassen? Ich meine nach dieser langen Zeit... Sie gehören zur Familie.«

Bess antwortete zurückhaltend: »Solange ich diesen jungen Dingern ein wenig Wissen einbleuen kann, bleibe ich hier oder begleite sie nach St. Just. Ich spiele mit dem Gedanken, mir dort ein Häuschen zu kaufen. Ich habe schließlich eine recht gute Pension...«

Im Dämmerlicht führten Bess und Livy ihre Katzen in den Garten. Als sie einfach durch die Küche gingen, rümpfte Griffin die Nase, sagte aber nichts. Vieles hat sich seit Ausbruch des Krieges verändert, dachte er grüblerisch. Sogar die Claytons würden ihren früheren Lebensstil nicht wieder aufnehmen.

Ginny zog bei der amerikanischen Botschaft und dem Roten Kreuz Erkundigungen ein über Freunde, die sie während des Krieges aus den Augen verloren hatte. Langsam trafen die Informationen ein, und sie konnte Dena berichten, daß es Mike Goodrick gutging. Er sei bei Anzio verwundet worden. »Aber er ist völlig wiederhergestellt und zum General befördert worden.«

Dena nickte. Sie gingen durch den St.-James-Park auf dem Rückweg nach Seymour House. »Ich danke dir, Ginny. Ich hätte nie von mir aus Nachforschungen angestellt. Ich wäre mir Harry gegenüber schäbig vorgekommen. Aber ich bin dankbar zu hören, daß es ihm gutgeht. Ich hoffe ... ich hoffe, daß er jemand findet, der ihn glücklich macht.«

Als Weihnachten sich näherte, normalisierte sich das tägliche Leben. Dutzende von Paketen trafen aus Amerika ein. Und Griffin hatte keinerlei Skrupel, auf dem schwarzen Markt Lebensmittel einzuhandeln. Ginny mischte sich nicht ein. Sie und Dena genossen es, weder kochen noch Kleider ausbessern zu müssen. Neue Sachen zum Anziehen zu bekommen war noch immer schwierig, und Ginny verbot Griffin, sie auf dem Schwarzmarkt zu kaufen, aber die Flut von Kleidern, die von Andrew McClintock und ihren Eltern kamen, konnte auch sie nicht aufhalten. Und da die Mädchen alle fast im gleichen Alter waren, paßte der einen, was der anderen nicht paßte. Dena trug noch immer voller Dankbarkeit ihren Zobelmantel, und Griffin entmottete Ginnys unzählige Pelze, die im Keller eingelagert waren.

Das gerettete Silber stand wieder auf dem Tisch, und die leuchtend farbigen Impressionisten schmückten aufs neue die Wände von Seymour House.

Sie kauften einen großen Weihnachtsbaum und stellten ihn in die Marmorhalle.

»Ich habe meinen Vorgesetzten leid getan«, sagte Harry, als er am Weihnachtsabend unerwartet in Seymour House erschien. »Sie haben mir drei Tage Urlaub gegeben, und so bin ich einfach zum Tempelhofer Flughafen gefahren und habe so lange gewartet, bis ein Flugzeug nach London abging.« Er umarmte Mark und schwang ihn in die Höhe. »Du bist aber groß geworden, seit ich dich zum letzten Mal gesehen habe.« Mark blickte ihn verdutzt an, und Dena mußte ihm erklären, daß er der Papa war, von dem sie immer sprachen.

Sie hatten ihren Sherry fast ausgetrunken und warteten auf Griffins Ankündigung, daß das Weihnachtsessen serviert sei, als sie Stimmen in der Halle hörten. Und dann öffnete Griffin mit Schwung die Wohnzimmertür, und Andrew McClintock trat ein. Er stützte sich auf einen Stock, den er jetzt ständig zu brauchen schien; ihm folgte ein großer dunkelhaariger Jüngling, schlank gewachsen, aber mit breiten Schultern. Er war als Kind schön gewesen und war es auch jetzt als junger Mann. Seine Gesichtszüge waren ausgeprägter, sein Ausdruck war reifer geworden. Er blickte sich im Zimmer um und ging dann auf seine Mutter zu. »Alex!« Ginny umarmte ihn mit Tränen in den Augen. »Du hast gesagt, du würdest kommen, aber ich ahnte nicht, daß es zu Weihnachten sein würde.«

»Ich wußte nicht, ob wir es schaffen würden, Mutter. Das wird das beste Weihnachten sein, das wir je zusammen hatten ... ein besseres wird es nie wieder geben.«

»Verdammt noch mal«, sagte Andrew McClintock, »bietet mir denn niemand etwas zu trinken an? Mein ganzes Leben lang hab ich nicht so gefroren. McClintock-Clayton hat sechs Flugzeuge mit Medikamenten nach Deutschland geschickt. Und ich habe einem der Piloten gesagt, er solle uns mitnehmen und in London absetzen. Er mußte hier sowieso auftanken. Blair, das ist eine Sache, um die wir uns schleunigst kümmern müssen. Bald wird jedermann um die Welt fliegen wollen, und wir müssen den Leuten das Reisen bequem machen ...«

Alex ging von einem zum anderen. Livys letzte Erinnerung an Alex hatte sich tief in ihr Herz eingeprägt, aber dieser selbstsichere junge Mann kam ihr wie ein Fremder vor. Nur gab es jetzt keine Küche mehr, in die sie fliehen konnte, und keine Isa, die sie beschützte.

»Livy ...« Er beugte sich zu ihr hinunter und küßte sie. »Ich wußte immer, daß du eines Tages so schön aussehen würdest wie deine Mutter. Ich werde sie nie vergessen.«

Das Abendessen verzögerte sich um eine halbe Stunde, während der sie alle Andrews und Alex' Geschenke auspackten. Livy hielt sich im Hintergrund, aber Alex trat auf sie zu. »Ich wollte es dir schicken ... aber es dir persönlich zu geben ist natürlich viel netter.« Sie riß das Einwickelpapier auf und hielt eine ledergebundene Ausgabe von *This England*, versehen mit ihren Initialen, in der Hand. »Ich habe mein eigenes Exemplar«, sagte Alex, »und ich hoffe, du signierst es für mich. Das Autogramm deines Vaters wäre natürlich noch besser gewesen, aber deins ist fast so gut.«

Sie hatte Tränen in den Augen. »Ich habe einige signierte Exemplare von ihm, die er kurz vor seinem Tod speziell für mich signiert hat. Er hat gesagt, es sei alles, was er mir hinterlassen könne ... Es würde mir viel Freude machen, dir eins davon zu schenken.«

»Das kann ich nicht annehmen, Livy. Sie gehören dir ... dir allein.«

»Er hätte es gutgeheißen, daß ich dir eins gebe, und ich selbst möchte es. Bitte, lehne es nicht ab.«

Noch am selben Tag wählte sie einen Gedichtband ihres Vaters aus, und unter seiner Widmung schrieb sie Alex' Namen und setzte hinzu: »Alles Liebe, Livy«. Andrew McClintock schenkte sie eine Erstausgabe von *This England.* »Mr. McClintock, Sie haben den Namen meines Vaters berühmt gemacht. Denn nachdem Sie die Neuauflage von *This England* unterstützt haben, lesen viele Leute auch seine anderen Gedichte. Ich wünschte bloß, er hätte es noch erlebt.«

Andrew McClintock nahm das Geschenk feierlich und mit einer für ihn unüblichen Rührung entgegen. »Ich danke Ihnen, junge Dame. Es ist ungemein großzügig von Ihnen, mir dieses Buch zu schenken, denn ich weiß, wie schwer Sie sich davon trennen. Ich werde es gut aufbewahren. Ich wünschte, ich hätte Ihre Mutter noch einmal gesehen. Sie war eine beeindruckende Frau. Wir setzen die größten Erwartungen in Sie, Livy, denn Sie sind das Kind von zwei sehr bemerkenswerten Menschen.«

Livy wußte, daß die Worte nett gemeint waren, aber sie wußte auch, daß er anfing, sie als Familienmitglied anzusehen, und das bedeutete, daß er hohe Ansprüche an sie stellen würde. Andrew McClintock schenkte niemand so leicht seine Gunst. Sie war hoch erfreut über die Ehre, die er ihr erwies, hatte aber gleichzeitig das Gefühl, als hätte jemand eine Last auf ihre Schultern gewälzt.

8

Thea Sedgemore saß in der Küche ihres Cottage bei einer Tasse Tee. Es war noch früh, die Wintersonne würde erst in einer Stunde ihre ersten Strahlen in den Garten schicken.

Man schrieb das Jahr 1952, und sie war fast sechzig. Herbert hatte die Sechzig bereits überschritten. Ihrer beider Kunstwerke hatten während des Krieges und in den folgenden Jahren weitverbreitete Anerkennung gefunden, aber zuweilen stellte sie voller Bestürzung fest, daß sie die Berühmtere war. Herbert schien dies nicht zu stören, er war auf seine ruhige Art stolz auf ihren Erfolg.

Plötzlich hörte sie ein lautes Klopfen an der Tür. Sie blickte erstaunt hoch. Wer konnte um diese Zeit kommen?

Bess Bromley stand vor der Tür. Sie trug, so wie Thea, noch ihren Morgenrock, und ihr Haar war unfrisiert. Bess war nach dem Krieg nach St. Just gezogen und hatte Livys Cottage gemietet.

»Bess!« Thea hielt die Tür weit offen.

»Ich habe gerade im Radio gehört, daß der König tot ist. Er starb in der Nacht in Sandringham.«

Thea blieb eine Sekunde lang wie versteinert stehen. Die Nachricht erschütterte sie. Doch dann fröstelte sie in der kalten Februarluft und bat Bess einzutreten. Sie goß ihr sofort heißen Tee in einen Becher. »Die arme junge Frau, mit fünfundzwanzig Jahren Königin zu werden, ist nicht leicht.«

Herbert kam verschlafen herunter, mit zerzausten Haaren. Der Morgenrock umschloß seine dickliche Gestalt wie eine verschrumpelte zweite Haut. Sie berichteten ihm, was geschehen war. Er schwieg eine Weile nachdenklich, dann sagte er: »Was für eine schwierige Aufgabe für eine so junge Frau...«

Nach einigen Minuten klingelte das Telefon. Es war Livy. »Habt ihr es auch im Radio gehört? Was für eine traurige Nachricht! Ist Bess bei dir? Ein Glück...« Es war bezeichnend für Livy, daß sie gleich angerufen hatte. Sie stand kurz vor ihrem einundzwanzigsten Geburtstag, und dann würde Theas und Herberts Vormundschaft enden. Kurz nach dem Krieg hatte Andrew McClintock veranlaßt, daß Thea und Herbert offiziell die Vormundschaft für Livy übernahmen, aber daß Livy weiterhin bei den zwei Familien wohnen sollte. Außer während der Sommerferien in Tresillian hatte sie Thea und Herbert nur selten gesehen, aber Briefe waren hin- und hergegangen, und Livy hatte alle ihre Schulsorgen, ihr Leben in Oxford, die Freuden und Leiden der ersten Liebeleien mit ihnen geteilt. Thea war davon überzeugt, daß Livy nie ernsthaft und leidenschaftlich verliebt gewesen war, denn sonst hätte sie nicht so offen davon erzählt. Livy hatte voller Stolz von Theas Ausstellungen berichtet, in die sie immer gegangen war und wo sie gelegentlich Stücke wiedererkannt hatte, die in St. Just unter ihren Augen entstanden waren. Sie hatte auch jede von Herberts Ausstellungen in der Londoner Galerie seines Kunsthändlers besucht, obwohl er selbst sich dort nie blicken ließ. Sie hatte aus Washington, New York, Paris und Zürich geschrieben, Städte, die sie mit den Cambornes oder Claytons besucht hatte.

Sofort nach dem ersten Weihnachten nach Kriegsende waren alle vier Mädchen auf eine Schule nach Südengland geschickt worden, die für ihre Exklusivität und ihr hohes akademisches Niveau bekannt war. Falls die Direktorin Zweifel gehegt hatte, ob sie Livy aufnehmen sollte, so hatte sie es sich nicht anmerken lassen. Es war naheliegend, daß sie froh war, die Töchter von Lord Camborne und die Tochter von Blair Clayton, von dem man wußte, daß er England nach Kräften unterstützte, in ihrer Schule zu haben. Aber Livy war ein anderer Fall. Die Direktorin kannte die einfache Herkunft von Livys Mutter, aber dies wurde wettgemacht durch die

Tatsache, daß Livy Oliver Miles' Tochter war. Außerdem besaß Livy, wie die Direktorin sogleich erkannte, eine schnelle Auffassungsgabe und einen wachen, einfühlsamen Verstand. Im übrigen war es ihr nach einem kurzen Blick auf die zwei Elternpaare klargeworden, daß sie entweder alle vier Mädchen nehmen mußte oder keines bekam. Daher nahm sie die vier Mädchen auf, ohne die Miene zu verziehen.

Und so teilte Livy weiterhin das Leben der zwei Familien. Sie erhielt die gleichen Kleider und die gleichen Schuluniformen und wurde von allen voll akzeptiert. Denn jeder, der sie von oben herab behandelte, bekam es mit Rachel oder Chris zu tun. Nur Caroline verteidigte sie nicht, aber nur, weil sie unfähig war, irgend jemand über den Mund zu fahren oder eine freche Antwort zu geben. Rachel verachtete gelegentlich ihre jüngere Schwester, weil sie so nachgiebig war und oft in Tränen ausbrach. Doch den meisten anderen Leuten gefiel Caroline auf Anhieb. Sie war eine klassische englische Schönheit mit ihren weichen Lippen, den blauen Augen ihres Vaters und dem edel geschnittenen Profil ihrer Mutter.

All dies glitt in schneller Folge durch Theas Erinnerungen, während sie an diesem Februarmorgen mit Livy sprach.

»Wirst du zum Staatsbegräbnis nach London kommen? Ich nehme an, es wird ungefähr in einer Woche stattfinden. So viel Zeit brauchen die offiziellen Trauergäste, um nach London zu kommen.«

»Nein, gewiß nicht, Livy. Niemand wird mich vermissen.«

»Doch, wir. Ich wünschte, du würdest kommen.«

Thea hatte den Verdacht, daß Livy zum ersten Mal etwas vorschlug, ohne die Familie zu konsultieren.

»Wo bist du im Moment?«

»In Oxford natürlich.«

»Woher weißt du dann, was die anderen Familienmitglieder vorhaben?«

»Ich weiß nur, daß alle in London sein werden, außer Alex natürlich. Es gibt genug Platz für dich in Seymour House.«

»Woher weißt du das? Hast du Ginny gefragt?«

»Nein, ich weiß es einfach.« Sicher hatte sie recht. Livy

war so völlig in den zwei Familien aufgegangen, daß sie ohne weiteres so wie die anderen Töchter jemand einladen konnte. »Wir alle würden uns freuen, dich, Herbert und Bess zu sehen.«

Als sie sich eine zweite Kanne Tee aufbrühte, rief Ginny an. »Kommen Sie zum Begräbnis, Thea?«

»Was soll ich auf dem Begräbnis?« fragte Thea. »Sie und Blair werden genug um die Ohren haben.«

Als Thea für Herberts Frühstück Speck und Eier briet, rief Dena an. »Es hat ewig gedauert, bis ich durchgekommen bin. Alle Leitungen sind überlastet. Kein Wunder. Kommt ihr nach London?«

Aber Thea lehnte die Einladung endgültig ab. Sie frühstückten alle drei im Morgenrock. Freunde riefen an, meist aus London. In allen Stimmen schwang Trauer mit, als wäre ein Freund der Familie gestorben. Bess ging nach Hause. Thea nahm ein Bad und ließ das Telefon klingeln. Später am Morgen ging sie zu Bess hinüber, und gemeinsam erklommen sie den Hügel von Tresillian. Bess bewegte sich nur noch mühsam, denn sie hatte Arthritis in der Hüfte, was sie aber nicht zugeben wollte. Sie sprachen über die Kriegszeit und die Jahre danach, in denen das Land versucht hatte, sich von den Verwüstungen des Kriegs zu erholen.

»Harry hat Glück gehabt«, sagte Bess mit der Autorität einer Eingeweihten. »Nur die Tatsache, daß er nach dem Krieg noch so lange beim Militär bleiben mußte, weil sie ihn in Berlin brauchten, hat ihn in seiner Karriere ein wenig zurückgeworfen. Aber nun ist er ja wieder beim Foreign Office. Und wenn er nicht irgendeine Dummheit begeht, wird er sicher Botschafter werden. Ich höre von meinen früheren Kollegen, daß er allerseits hoch geschätzt wird.«

Harry war von der amerikanischen Abteilung des Foreign Office als Kanzleichef nach Paris versetzt worden. »Ein gutes Sprungbrett«, wie Bess Thea anvertraute. Er war bereits auf dem Posten, und Dena spielte ihre Rolle als Diplomatengattin mit ihrem angeborenen Charme und der Gewandtheit, die sie sich über die Jahre angeeignet hatte.

Thea und Bess schlenderten durch den ummauerten Garten. Die Narzissen fingen schon an zu blühen. Sie blieben wie immer vor Bullys Grabstein stehen. Bess hegte ihre stillen Zweifel über Theas Kunstauffassung, aber Bullys Stein hatte ihr von Anfang an gefallen. Ihre Katze Timmins und Livys Tubby lagen im Garten von Seymour House begraben. Sie hatten beide den Umzug nach London nicht lange überlebt.

Am Tag des Staatsbegräbnisses gingen Thea und sie in stillem Übereinkommen wieder hinauf zum Garten von Tresillian. Sie pflückten die voll aufgeblühten Narzissen und legten sie zu Füßen des Kriegerdenkmals, wo schon viele Sträuße der übrigen Bewohner von St. Just ruhten. Herbert überraschte sie, indem er an dem Trauergottesdienst in der anglikanischen Kirche teilnahm. Am Abend saßen sie zusammen – Herbert hatte seinen besten Wein hervorgeholt – und gedachten der »Mädchen«, wie sie die Töchter der beiden Familien nannten.

Am gleichen Tag hatten sich die Familien Clayton und Camborne fast vollständig in Seymour House versammelt. Harry und Dena wohnten aufgrund ihres Titels dem Trauergottesdienst in der Westminster Abbey bei. Blair und Ginny waren dort als geladene Gäste, in Anerkennung von Blairs Verdiensten, die er sich während und nach dem Krieg um Großbritannien erworben hatte. Es gab eine Menge Leute, die McClintock-Clayton vorwarfen, daß sie viel Geld am Krieg verdient hatten, aber niemand bestritt Blairs Verdienste.

Andrew McClintock war in seiner Eigenschaft als ehemaliger amerikanischer Botschafter unter den Trauergästen in London. Er hatte diesen Posten während Trumans Regierungszeit angenommen, hauptsächlich um dem Präsidenten einen Gefallen zu tun. Er hatte ihn nur kurze Zeit innegehabt – und nie sehr ernst genommen –, bis ein jüngerer und geeigneterer Mann gefunden worden war. Der Posten konnte nur mit einem sehr reichen Mann besetzt werden, da das Gehalt eines Botschafters völlig unzureichend war. McClintock hatte bewiesen, daß er auch gesellschaftlich der

Stellung durchaus gewachsen war. Das einzige, was er sich von seinem Präsidenten ausbedungen hatte, war, daß man nicht von ihm verlange, ein Diplomat zu sein. Und so hatte er ein paar Monate lang seine offizielle Position genossen und den Sitz des amerikanischen Botschafters in London wieder auf Hochglanz gebracht, wofür er gelegentlich Material, das in England unerhältlich war, per Flugzeug aus Amerika hatte kommen lassen. Er hatte einige auserlesene antike Möbel und ein paar wertvolle Bilder importiert und war im Buckingham Palace und bei seinen Angestellten erstaunlich beliebt gewesen. Hauptsächlich wohl, weil er nie vorgab, ein Experte zu sein. Die diplomatische Seite seines Jobs hatte er seinen erfahrenen Untergebenen überlassen.

Die vier Mädchen standen zusammengedrängt an einem der hohen Fenster des Home Office, das auf die Straße blickte, von wo aus sie den Trauerzug sehen konnten, der sich Whitehall entlang auf Paddington Station zubewegte. Dort würde der Sarg auf einen Zug geladen werden, denn die Beerdigung fand in Windsor statt.

Mark, noch keine zehn Jahre alt, hatte Harry gebeten, ihm die Erlaubnis zu verschaffen, nach London zu kommen. Der Schuldirektor war von der Bitte nicht sonderlich entzückt, aber es war schwer, sie abzulehnen, wenn sie gleichzeitig von dem ehemaligen amerikanischen Botschafter unterstützt wurde, der geschrieben hatte, er werde Mark im Auto abholen und rechtzeitig für den Abendgottesdienst wieder zurückbringen lassen. Es war bekannt, daß Lord Camborne seinen Sohn maßlos verwöhnte, da er das einzige männliche Wesen in dem Camborne-Clayton-Mädchenklüngel war, außer natürlich dem sehr viel älteren Alex, dem Erben des McClintock-Clayton-Imperiums, der in sich gutes Aussehen mit Verstand vereinte. Alex hatte mit Erfolg die Harvard Law School absolviert und bereitete sich zur Zeit auf die Harvard Business School vor, um dann sein Erbe anzutreten. Dies alles wußte der Schuldirektor und gab daher widerwillig dem Wunsch der zwei Familien nach. Und so kam es, daß Mark vor den vier Mädchen stand und sich auf die Zehenspitzen stellte, um einen Blick auf den Trauerzug zu erhaschen. Nicht daß ihn dieser besonders interessiert hätte, aber er war froh dabeizusein, schon weil er wußte, wie ungern der Schuldirektor ihm den Ausflug erlaubt hatte. Er mochte weder den Schuldirektor noch die Schule. Die zwei einzigen männlichen Erwachsenen, die er anerkannte, waren sein Vater und Blair Clayton. Er war sich bereits jetzt schmerzlich bewußt, daß er weder Harry Cambornes Charme noch dessen Verstand geerbt hatte. Mark hatte andere Talente, hauptsächlich auf sportlichem Gebiet, aber das würde ihm im Foreign Office nicht viel nützen. Er wußte, er würde seine Familie enttäuschen, was ihn besonders seines Vaters wegen bedrückte.

»Hier...« Livy legte ein dickes Telefonbuch unter seine Füße. Er lächelte sie an. Ihm schien, daß diese vier Mädchen mehr zu seiner Erziehung beigetragen hatten als seine eigene Mutter. Von allen liebte er Livy am meisten. Er wußte, es war unentschuldbar, daß er seine Mutter nicht am liebsten hatte, aber er fühlte sich ihr gegenüber befangen, fast so, als sei er nicht ihr Sohn. Sie war viel strenger mit ihm als sein Vater, stellte höhere Ansprüche an ihn, verlangte, daß er seine Leistungen in der Schule verbesserte. Vielleicht entsprang das Gefühl, daß er nicht viel taugte, ihrer Einstellung zu ihm: Sie schimpfte zwar nie mit ihm, aber er merkte, wie enttäuscht sie war, wenn er ihre Erwartungen nicht erfüllte. »Macht nichts, mein Junge...« war alles, was sein Vater sagte. »Das nächste Mal wird es schon glücken.« Wenn er etwas wollte, wandte er sich immer an seinen Vater oder an eins der vier Mädchen, vorzugsweise an Livy. Tante Ginny liebte er fast so sehr wie Livy. Wenn er Probleme hatte, hörte sie geduldig zu und versuchte zu helfen. Es kam ihm seltsam vor, daß er Tante Ginny um Vermittlung bat, wenn er etwas von seiner Mutter wollte. Aber so war es eben. Er wandte den Blick von Whitehall ab und betrachtete die Gesichter der vier Mädchen.

Caroline war ihm im Alter am nächsten, aber der Unterschied war noch immer erheblich. Die meisten Menschen sagten, bevor sie ihre Schönheit rühmten, zuerst einmal, wie sanft sie sei. Sogar Mark konnte ihre Schönheit sehen, obwohl sie seine Schwester war. Sie war nicht wie die anderen Mädchen auf die Universität gegangen, sondern hatte erst einen Sekretärinnen- und dann einen Kochkurs genommen, aber beide nicht beendet. Sie half Ginny und ihrer Mutter zuweilen bei der Korrespondenz und arbeitete in irgendwelchen Wohltätigkeitsvereinen, aber vor allem ging sie gerne und viel aus. Dann betrachtete er seine andere Schwester, Rachel. Obwohl er nicht recht wußte, warum, sagte jeder von ihr, sie sei hoch begabt, und manche fügten hinzu: »Sie ist ein apart aussehendes Mädchen.« Sie war in Cambridge auf die Universität gegangen und hatte ihre Examen mit Auszeichnung bestanden. Jetzt war sie auf der London School of Economics und studierte irgend etwas Geheimnisvolles, das Staatswissenschaft hieß. Er konnte sich nicht recht vorstellen, was sie später mit dem, was sie gelernt hatte, anfangen wollte, aber die Schule war anscheinend ein Ort für »Hochbegabte« und daher das richtige für Rachel.

Chris, die der vornehm aussehenden Tante Ginny so sehr ähnelte mit ihrer ranken Gestalt und ihrer herrlichen Haarmähne, hatte nur ein Jahr zusammen mit Rachel in Cambridge studiert. Dann war sie abgegangen und hatte, wie der furchterregende Andrew McClintock tadelnd gesagt hatte, »ein ganzes Jahr vertrödelt«. Sie spielte ein wenig Klavier, nahm Tanz- und Gesangstunden, und jeder sagte, sie habe eine reizende Stimme. Ohne daß jemand es wußte, hatte sie sich um die Aufnahme in der Royal Academy of Dramatic Art beworben und war angenommen worden. Sie ließ sich zur Schauspielerin ausbilden, ein für ihre Familie völlig unerwarteter Beruf. Als sie einundzwanzig Jahre alt wurde und ihr eigenes Geld verwalten konnte, hatte sie sich, um ihre Unabhängigkeit zu beweisen, ein ehemaliges Kutscherhäuschen im teuren Belgravia gekauft.

Aber am allernächsten, beschloß Mark, stand ihm Livy. Sie vergaß nie, daß er da war, was den anderen häufig passierte. Sie studierte auf ihren eigenen Wunsch in Oxford. Wenn man sie fragte, warum, antwortete sie: »Ich mag nun mal Oxford. Schließlich hat auch mein Vater dort studiert.« Mark begriff, daß auch sie ihre Unabhängigkeit hatte beweisen wollen, indem sie nicht wie Rachel und Chris nach Cambridge ging. Livy war auf unaufdringliche Weise stolz darauf, daß die Tantiemen von den Büchern ihres Vaters, die von Andrew McClintock höchstpersönlich verwaltet wurden, ausreichten, um die teure Schule und ihren Lebensunterhalt zu finanzieren.

Livy legte ihre Hand auf Marks Schulter. »Sie kommen.« Die anderen Gäste, die sich im Zimmer leise unterhalten hatten, drängten sich jetzt an die Fenster. Die gedämpften Trommelwirbel und die feierliche Musik drangen zu ihnen herauf. Die Lafette wurde von jungen Matrosen begleitet, da der König in der Marine gedient hatte. Ihr folgten die königlichen Brüder, sein Schwiegersohn, der Mann der neuen Königin, und die Vertreter Europas und des Commonwealth. Mark blickte zu Livy auf und sah, daß Tränen in ihren Augen standen. Er haßte es, Livy traurig zu sehen, und nahm ihre Hand in die seine.

Die Mädchen und Mark gingen durch den Park zurück nach Seymour House. Griffin war pensioniert worden, und Knox, der neue Butler, machte ihnen die Tür auf. Langsam trafen auch die anderen ein. Ginny und Blair waren die ersten, da sie weit hinten in der Kathedrale gesessen hatten. Dann erschienen Harry und Dena. Als letzter kam Andrew McClintock. Der Weg durch den Park war für ihn zu beschwerlich gewesen, und so hatte er voller Ungeduld warten müssen, bis sein eigener Wagen endlich vorgefahren war, um ihn abzuholen. »Ich hab mich fast tot gefroren«, sagte er und stieß unnötig heftig mit seinem Stock auf den Marmorboden. »Ist ja alles schön und gut, diese ganze Prachtentfaltung und der Pomp, aber verdammt unbequem, wenn man so alt ist wie ich.«

»Aber, Mr. McClintock, Sie sind doch genauso sentimental wie wir alle«, sagte Rachel, als sie ihm einen Whisky einschenkte. »Sie hätten alles drum gegeben, dieses Ereignis nicht zu missen.«

»Und wie steht's mit Ihnen, Rachel?« fragte McClintock. »Vermutlich können Sie den Tag nicht erwarten, an dem die Monarchie, das Oberhaus und all das von der Bildfläche verschwindet.«

»Alles zu seiner Zeit, Mr. McClintock. Es wird geschehen, aber auf demokratische Weise. Nichts gegen Revolutionen, aber das Aufsammeln der Scherben hinterher, das ist nicht so einfach. Ich ziehe es vor, das Gebäude Stein für Stein abzutragen und es hinterher wieder neu zu errichten, aber so, daß es für alle zugänglich ist. Ich habe mir nie etwas aus Pyramiden gemacht mit einer oder mehreren privilegierten Personen an der Spitze, und der Rest ist nirgendwo.«

»Ich wußte, bevor ich die Tür öffnete, daß Rachel wieder ihre großen Reden schwingen würde. Das gleiche hast du mir gepredigt, als ich dich zum letzten Mal sah.«

Einen Augenblick lang herrschte eisiges Schweigen, doch dann brachen alle in Rufe des Erstaunens und der Freude aus: »Alex! Alex!« Nur sein Großvater sagte mit schneidender Stimme: »Darf ich fragen, was du hier zu suchen hast, junger Mann? Kann dir Harvard nichts mehr beibringen? Bildest du dir ein, du hättest die Weisheit mit Löffeln gefressen?«

Alex küßte seine Mutter und Dena und gab Blair und Harry die Hand, bevor er seinem Großvater antwortete: »Kann man der Anziehungskraft großer historischer Ereignisse widerstehen, Großvater? Ich habe mit dem Rektor gesprochen, und er hat mir genehmigt hierherzukommen, unter der Voraussetzung, daß ich am Montag zurück bin. Offen gesagt, hatte ich das Gefühl, daß er mich beneidet hat. Er ist selbst ein großer Bewunderer Englands. Ich habe mich vergewissert, daß ich einen Platz für den Rückflug bekomme. Für so was ist McClintock-Clayton äußerst nützlich. Ich habe gehofft, euch alle hier anzutreffen, sogar dich, Mark. Bist du ausgerissen, oder hat man dich rausgeschmissen?«

»Weder noch«, knurrte McClintock. »Und du, Mark, mach dich bereit. Ich habe deinem Direktor versprochen, daß ich dich auf den Weg schicke, sobald der Verkehr sich etwas lichtet.«

Dena und Harry begleiteten ihn zum Auto. Mark entschied, daß er lieber neben Cady, McClintocks Chauffeur, sitzen würde, statt allein im Fond hinter der Glastrennwand. Er war am Morgen von einem der üblichen Serienwagen abgeholt worden, aber dies war Andrew McClintocks eigener Rolls-Royce. Was nur bedeuten konnte, daß der alte Mann – so nannte ihn Mark bei sich – zum Abendessen in Seymour House bleiben würde. Oder vielleicht blieb er eine ganze Woche lang? Mark war stets aufs neue verwirrt von den Abmachungen, die diese beiden Familien trafen. Er wußte immer erst im letzten Moment, wo er die großen Ferien verbringen würde. Manchmal war es in Tresillian, manchmal in Prescott Hill, aber auch die große Villa am Zürichsee stand auf dem Sommerfahrplan. Während der kurzen Ferien fuhr er gelegentlich zu seinen Eltern nach Paris oder zu Tante Ginny, wenn sie gerade in London war.

Die Botschaft von Großbritannien in Paris und die amerikanische Botschaft in London waren ihm wohlbekannt. Und nichts faszinierte ihn mehr, als das aufgeregte Hin und Her vor einem Festessen oder einem großen Empfang zu beobachten. Er freundete sich mit den Köchen an. Die Mehlspeisen-Köche, die genau wußten, daß alle Kinder, ob Mädchen oder Jungen, Süßes mögen, waren die großzügigsten. Aber Mark hatte sich auch an die Küchenchefs herangemacht, und oft sogar mit Erfolg. Vielleicht weil es für sie so ungewöhnlich war, daß ein Junge seines Alters sich für ihre Arbeit interessierte und gespannt darauf wartete, das Resultat ihrer mühseligen Tätigkeit zu sehen. Nur der *saucier*, das hatte er inzwischen gelernt, war unansprechbar. Auch nur die kleinste Ablenkung konnte eine Sauce verderben, und dann war der Teufel los. Mark wußte also, wohin er seine Schritte lenkte, wenn er an der Aufregung eines bevorstehenden Botschaftsessens teilnehmen wollte. Niemals saß er wie andere Kinder kichernd auf der Treppe, sondern ging schnurstracks in die Küche. Dies wurde ihm sogar in Paris gestattet, obwohl er eigentlich im Botschaftsgebäude nichts zu suchen hatte. Doch er kannte die Hintereingänge, und die Wächter drückten ein

Auge zu, solange er sich ruhig verhielt und niemand im Weg stand. Er fing an, die Kochbücher seiner Mutter und seiner Tante Ginny zu lesen. Bis jetzt hatte dies niemand bemerkt. Wenn im Haus alle beschäftigt waren oder das Personal spät in der Nacht nicht mehr verfügbar war, wurden seine sorgfältig vorbereiteten Appetitbrötchen sehr viel mehr gelobt als die seiner Schwestern. Jeder nahm immer an, daß die Mädchen diese Leckerbissen zubereitet hatten, und er schwieg sich darüber aus.

Gut im Sport und schlecht in Mathematik zu sein, war eine Sache, aber zuzugeben, daß er gern kochte, war natürlich, besonders in der Schule, ganz unmöglich. Er war für sein Alter verhältnismäßig groß und hatte einen schlanken, durchtrainierten Körper, aber es gefiel ihm, Mahlzeiten zuzubereiten, obwohl er wenig aß, besonders nicht den ungenießbaren Fraß, den er in der Schule vorgesetzt bekam. Er trank sogar jeweils den letzten Schluck aus den Wein- und Portgläsern seines Vaters, um zu prüfen, ob seine Mutter die richtige Wahl zu ihren Menüs getroffen hatte.

Er blickte in die Gesichter seiner Eltern, als sie sich über ihn beugten, um ihn zum Abschied zu küssen. Der Ausdruck seiner Mutter beunruhigte ihn. »Gib dir mehr Mühe, mein Liebling. Du weißt, was ich meine...« Was sie meinte, war, daß er ein Sportler, ein Gelehrter und ein Charmeur und gleichzeitig bescheiden zurückhaltend sein sollte. Eine unmögliche Forderung. Sie wollte mit aller Macht, daß er seinem Vater glich. Er wünschte, es würde ihm gelingen, aber er wußte, es war unmöglich.

Am nächsten Morgen nahm Caroline ihr Frühstück mit Grapefruitsaft und Kaffee im Bett ein, in dem Zimmer, das sie mit Livy teilte. »Ich bin faul und möchte zum Mittagessen ausgeruht aussehen.« Als Livy ins Eßzimmer kam, saß Chris als einzige am Tisch. Sie hatte in Seymour House übernachtet; ihr Kutscherhäuschen war erst halb eingerichtet, und sie ging in ihrem Elternhaus ein und aus, als wohne sie dort noch immer.

»Ist dir aufgefallen, daß die Bibliothekstür fest verschlossen ist? McClintock, Clayton und der zukünftige Erbe halten eine Konferenz ab.« Livy goß sich Kaffee ein und setzte sich neben Chris, die nachdenklich weitersprach: »Irgendwie tut es mir leid für Alex, daß seine Zukunft von Anfang an festgelegt ist. Ich bin jetzt zweiundzwanzig Jahre alt, und ich weiß nicht, was das Schicksal mit mir vorhat. Aber ich werde meine eigenen Entschlüsse fassen. Ich bin sehr viel freier als Alex.« Dann wechselte sie das Thema. »Wann fährst du nach Oxford zurück?«

»Morgen.«

»Deine Abschlußprüfungen stehen bevor, nicht wahr? Nun, du wirst sie mit Glanz bestehen. Aber was dann?«

»Laß mich erst mal diese Hürde nehmen. Vielleicht befolge ich Tante Ginnys Rat und lerne Stenographie und Schreibmaschine und etwas Buchhaltung.«

Chris stellte ihre Tasse klirrend hin. »Das kann nicht dein Ernst sein! Schließlich hast du nicht jahrelang Anglistik in Oxford studiert, um Tippse zu werden. Das ist doch verrückt. Die reinste Zeitvergeudung!«

»Nicht, wenn du näher darüber nachdenkst. Ich würde gern in einem Verlag arbeiten, aber Frauen müssen sich noch immer durch die Hintertür hineinschmuggeln. Tante Ginny hat vorgeschlagen, daß ich einen Kurs in Washington besuche. Sie hat an eine Anstellung beim Senat oder im Repräsentantenhaus gedacht, doch dafür brauche ich eine Arbeitserlaubnis. Vielleicht kann ich bei der englischen Botschaft oder bei der BBC unterkommen. Frauen kommen in Amerika schneller voran als hier. Es gibt eine Menge Möglichkeiten ... aber ich will nichts übereilen.«

Chris aß ihren Toast auf. »Ich muß schleunigst zum Unterricht, sonst werfen sie mich noch hinaus.«

Livy blieb allein im Eßzimmer zurück. Sie stellte fest, daß es bereits recht spät war und Knox sicher abräumen wollte, um den Tisch fürs Mittagessen zu decken. Sie goß sich noch eine zweite Tasse Kaffee ein und ging in den Salon. Im Kamin brannte ein Feuer. Livy setzte sich mit ihrer Tasse hin und betrachtete voller Vergnügen Blairs Impressionisten. Das ganze Haus spiegelte Blairs und Ginnys exquisiten Geschmack wider. Sie fühlte sich wohl in dieser kultivierten Umgebung. Doch sie liebte auch ihr winziges Zimmer in Oxford; es war ihr privates, kleines Reich. Aber wenn sie nach den Examen ihre Koffer, Bücher und ihre wenigen Habseligkeiten einpacken müßte, wohin würde sie dann gehen? Sie müßte sich irgendeine Unterkunft suchen. Rachel hatte ein bescheidenes Zimmer im billigen Pimlico gefunden. Sie kochte auf einem Gaskocher und teilte das Badezimmer mit zehn anderen Bewohnern, weil sie ihren Vater so wenig Geld wie möglich kosten wollte, bis sie ihr eigenes verdiente. Chris hatte ein Kutscherhaus in Belgravia, aber sie war auch finanziell unabhängig. Caro pendelte zwischen Paris und London hin und her und machte sich als Entgelt für Essen und Wohnen nützlich, soweit sie es konnte. Und sie alle zusammen verbrachten den Sommer teils in Tresillian, teils in Prescott Hill, teils in Paris oder in der McClintock-Clayton-Villa am Zürichsee. Diese Routine hatte sich nach dem Krieg wie von selbst ergeben, und keiner von ihnen hatte sie bislang in Frage gestellt. Livy wußte, daß ihre Atlantiküberfahrten aus ihrem Treuhandvermögen bezahlt wurden. Aber wie brachte Lord Camborne das Geld für Rachel, Caro und Mark auf? Als er seinen Posten in Paris antrat, hatten Dena und er ihre Londoner Wohnung aufgegeben, so daß sie entweder im Hotel oder in Seymour House absteigen mußten. Ginny bestand natürlich immer darauf, daß sie in Seymour House wohnten, aber Livy war auch klar, daß Harry und Dena diese ständige Gastfreundschaft nur ungern annahmen. Sie versuchten, sie wettzumachen, indem sie den Claytons Tresillian zur Verfügung stellten.

»Trauerst du um den König, oder sorgst du dich um deine Examen?« Alex stand in der Tür des Salons und betrachtete sie.

»Ein wenig von beidem.«

»Gestern habe ich daran gedacht, daß die Königin nur ein Jahr älter ist als ich. Ich möchte nicht in ihrer Lage sein. Ich habe wenigstens noch einige Jahre lang die Unterstützung von Blair und Großvater, so daß ich mich langsam einarbeiten kann.«

»Aber du und sie, ihr seid beide dazu erzogen worden, einem Imperium vorzustehen«, sagte Livy. »Ich fürchte bloß, ihres wird kleiner werden, deines aber wird sich ständig vergrößern.«

»Du klingst schon wie Rachel, wenn sie ihre großen Reden schwingt. Tu mir das nicht an, Livy. Ich bleibe nur noch heute hier, morgen fliege ich wieder zurück. Ich habe mich schon lange nicht mehr mit dir unterhalten. Wie sollen wir unser Wiedersehen feiern?«

»Ja, wir führen ein unstetes Leben, nicht wahr? Mit unserem ständigen Kommen und Gehen.«

»Nun, dann müssen wir darauf bestehen, daß wir uns alle im Sommer ein paar Wochen in Tresillian treffen und anschließend in Prescott Hill. Mark muß unbedingt diesen Sommer auch nach Prescott Hill kommen.«

»Was Mark am meisten freuen würde, wäre, wenn du heute nachmittag hinfahren und ihn besuchen würdest. Ich weiß, er war sehr enttäuscht, daß er dich gestern nur so kurz sehen konnte. Du bist eine Art Held für ihn, Alex. Er leidet darunter, ein Nachzügler zu sein. Wir lassen ihn oft links liegen. Und dann erinnern wir uns plötzlich wieder an ihn und nehmen ihn mit, aber erst in letzter Minute.«

»Gut! Ich werde mir einen Wagen ausleihen, und wir werden ihn besuchen. Hoffentlich geben sie ihm die Erlaubnis, irgendwo mit uns Tee zu trinken. Aber vorher lade ich dich zum Mittagessen ins Ritz ein. Hast du ein elegantes Kleid für deinen Besuch bei Mark? Ich erinnere mich aus meiner Schulzeit, daß ich mir immer gewünscht habe, Mutter würde aussehen ... nun, wie eine Königin.«

Livy stand auf. »Ich werde mein Bestes tun.«

Sie lief nach oben in ihr Zimmer, wo Caroline ein Kleid nach dem andern anprobierte und beiseite legte. Sie hatten beide die gleiche Größe. Obwohl Stoffe noch rationiert waren, war Caroline immer sehr elegant angezogen. Sie erbte nur zu gerne Ginnys abgelegte Kleider; auch konnte sie wie ihre Mutter gut mit der Nähmaschine umgehen. Als Rachel sie einmal gerügt hatte, daß sie zuviel Zeit an Oberflächlichkeiten verschwende, hatte sie geantwortet: »Was sonst soll ich tun? Ich will nicht so schäbig herumlaufen wie du.«

Sie bot Livy ein geschmackvolles und für die Gelegenheit sehr geeignetes dunkelrosa Kostüm mit passendem Hut an, ein Ensemble, das von Ginny stammte. »Du siehst fabelhaft aus!« rief sie. »Ich wünschte, ich hätte eine Brosche, die ich dir dazu leihen könnte...«

Livy sah sich zweifelnd im Spiegel an. »Meinst du wirklich? *Rosa* zu meinem roten Haar?«

Caroline stieß einen Seufzer aus. »Du wirst nie begreifen, was schick ist. Seit Jahrhunderten behaupten die Leute, Rothaarige sollten kein Rosa tragen – oder Rot. Aber schau dich doch an! Mit deinem Teint kannst du die Regel durchbrechen. Führt Alex dich aus? Wie nett für dich. Ich wünschte, er würde mich auch mal einladen, aber ich langweile ihn zu Tode.« Sie setzte ihren Hut in einem schicken Winkel aufs linke Ohr. »Du fährst morgen nach Oxford zurück? Schreib mir, Livy, ich höre immer so gern von dir und bin beschämt über den kindlichen Unsinn meiner Antworten. Ach, und bitte behalte das Kostüm. Tante Ginny hat mir gerade ein neues vererbt, das nur wenige Änderungen braucht. Im obersten Schubfach stehen einige Parfüms, such dir das passende aus. Tante Ginny gibt mir alle ihre zum Teil nur halbleeren Flaschen. Sie ist so nett zu uns allen. Haben wir nicht Glück, sie und Blair in unserem Leben zu haben?«

»Dafür mußt du deinen Eltern danken«, sagte Livy. »Nicht alle Reichen sind so großzügig mit ihrer Freundschaft.«

»Als ob ich das nicht wüßte!« Caroline winkte ihr von der Tür zu. »Schönen Tag noch.«

Alex erwartete sie in der Halle. Er musterte sie von oben bis unten. »Großartig. Nur du würdest es wagen, so eine Farbe zu tragen.«

»Das Kostüm stammt von deiner Mutter. Sie hat es Caro

geschenkt, die es an mich weitergegeben und mir Mut gemacht hat, es zu tragen.«

»Es schmückt dich ungemein. Es ist gewagt und poetisch zugleich. Du wirst die hübscheste Frau im Ritz sein.«

Aber sie war es nicht. Als sie den Speisesaal betraten, entdeckte Livy sofort Caroline, die an einem der begehrten Tische in der Mitte des Saales saß. Alex führte Livy zu seinem bevorzugten Tisch am Fenster, der auf den Green Park blickte. Er fragte: »Wer ist ihr Begleiter?«

»Ich glaube, Lord Osborne, der Erbe von Lord Bolton. Er ist irgend etwas im Foreign Office. Aber soweit ich weiß, will er nicht Diplomat werden. Sicher macht er Karriere und wird als Staatssekretär enden, so wie Lord Cambornes Vater.«

»Ich hätte auch nicht erwartet, daß Caro mit einem Müllkutscher ausgeht.« Alex' Stimme klang uninteressiert, aber Livy bemerkte, daß er während des Essens mehrfach zu Carolines Tisch hinüberblickte. Sie dachte, daß er seinem Großvater in vielem ähnelte. Er war schnell in der Auffassung, hatte einen scharfen Verstand und wollte immer soviel wie möglich über die Menschen erfahren, die er traf. Er fand genau wie Andrew McClintock, daß es nur von Vorteil sein konnte, besser informiert zu sein als alle anderen. »Er muß ziemlich viel älter sein als Caro.«

»So ungefähr zehn Jahre. Vermutlich ist er um die dreißig. Aber was ist daran auszusetzen? Du erwartest doch wohl kaum von ihr, daß sie von den üblichen pickligen Jünglingen hingerissen ist, besonders da sie selbst so schön ist. Osbornes Vater ist mit der königlichen Familie entfernt verwandt, ein Vetter zweiten Grades der Königin, glaub ich.«

»Gutaussehender Bursche«, gab Alex unwillig zu, »aber arrogant und ein wenig verweichlicht. Die Familie braucht einen Schuß frischen Blutes, würde ich sagen. Aber was geht's mich an. Macht er Caro den Hof?«

»Woher soll ich das wissen? Sie geht mit so vielen aus, aber hebt nie jemand besonders hervor. Caro will sich amüsieren, mit wem, ist ihr ziemlich egal.«

Alex wandte seine Aufmerksamkeit wieder dem Essen zu.

»Nun, eins steht fest, für ihr Geld wird Caro nicht geheiratet, nachdem sie keins hat.«

Livy legte Messer und Gabel hin. »Alex, was für eine gräßliche Bemerkung! Kannst du dir nicht vorstellen, daß zwei Menschen sich lieben, ob nun Geld da ist oder nicht? Denk doch nur mal an Caros Eltern, oder an meine, oder an deine Mutter und Blair.«

»Ja, die Welt ist voller Märchen, nicht wahr? Aber auch voller Menschen, die alles für Geld tun. Komm, iß auf. Wir müssen aufbrechen, wenn wir rechtzeitig bei Mark sein wollen, um ihm seinen Tee mit Kuchen vorzusetzen, den er von uns erwartet...«

Sie fuhren in dem von McClintock-Clayton geborgten Rolls-Royce nach Hampshire. Er entschuldigte sich für den Wagen. »Nicht nur wollte ich als Schuljunge, daß meine Mutter wie... eine Königin aussah, sondern ich betete auch zu Gott, daß Blair in einem wirklich protzigen Wagen käme. Kleine Jungens sind nun mal so.«

Alex parkte den Wagen vor dem großen grauen Gebäudekomplex, in dem eine von Englands teuersten Prep-Schools untergebracht war. Nur die Kinder aus guten oder reichen Familien oder die besonders Begabten wurden hier aufgenommen. Zuweilen, aber recht selten, trafen diese drei Dinge zusammen.

Mark bekam zwei Stunden frei. Sein Lehrer, dem es schon nicht recht gewesen war, daß Mark für den Trauerzug am vorangegangenen Tag Urlaub bekommen hatte, gab nur zögernd seine Zustimmung. Aber Livy erklärte ihm mit einem bittenden Augenaufschlag, daß Alex am nächsten Tag nach New York zurückflöge und er eine Art Onkel für Mark sei.

»Wußte ich's doch, daß er bezaubert sein würde von deinem rosa Hut«, sagte Alex triumphierend, während sie in das spießige Seebad zu dem Hotel fuhren, wo es, laut Mark, die besten Kuchen gab.

»Er war nicht von dem rosa Hut bezaubert, sondern von Livy«, widersprach Mark. Er war beglückt über ihr unerwartetes Auftauchen und über die zwei Stunden der Freiheit.

Wir kümmern uns zu wenig um ihn, warf sich Livy im stillen vor. Aber was anderes sollten Dena und Harry tun? Sie mußten sich an die landesüblichen Regeln halten: erst die Prep-School, dann Eton – das war nun einmal ein ehernes Gesetz. Harry hatte es nicht besser gehabt.

»Armer Kerl«, sagte Alex, als sie durch die winterliche Dunkelheit zurückfuhren. »Er hat noch viele Jahre der reinsten Hölle vor sich. Ich fange gerade erst jetzt an zu fühlen, daß ich ihren Qualen endgültig entronnen bin. Von seiner Warte aus gesehen, muß der Tunnel endlos erscheinen. Ich hatte immer den Eindruck, daß es für Mädchen nicht ganz so schlimm ist. Aber vielleicht habe ich unrecht.«

»Von uns wird nicht soviel erwartet. Und wir vier waren immer zusammen, und das half enorm. Aber ich hätte am liebsten geweint, als ich sah, wie Mark dir die Hand gab, mit einem Ausdruck, als würde er dich nie wiedersehen.«

»Ja. Mir ist es auch aufgefallen. Aber ich komme diesen Sommer so früh wie irgend möglich nach Tresillian und werde Mutter bitten, es so einzurichten, daß wir alle zusammen in Prescott Hill den Rest der Ferien verbringen.«

Sie aßen früh zu Abend, weil Dena und Harry den Nachtflug nach Paris gebucht hatten. Sie trugen schon ihre Reisekleider, und die anderen hatten sich auch nicht umgezogen. »Ich muß sagen, Livy«, sagte Caroline zur Begrüßung, »du hast fabelhaft ausgesehen heute mittag im Ritz. Toby hat dich unentwegt angestarrt, so daß ich direkt eifersüchtig wurde. Er war ganz eingeschnappt, daß ich euch nicht bekannt gemacht habe.«

Alex, der seinen kleinen Koffer schon gepackt hatte, trank genüßlich einen Whisky. »Er sollte sich lieber um seine eigene Tischdame kümmern. Magst du ihn, Caro, oder ist es nur jemand, der dir ein Mittagessen spendiert hat?«

»Ich lasse mich von jedem einladen, es sei denn, ich kann ihn wirklich nicht ausstehen. Wie anders soll man herausfinden, wer interessant und wer langweilig ist?« Sie lachte. »Ich hab ein sonniges Wesen, Alex.«

»Sie beehren vermutlich nur die teuersten Restaurants mit

Ihrer Gegenwart?« fragte Andrew McClintock. Er hatte bereits angekündigt, daß er am nächsten Morgen mit Alex zurückfliegen würde. Livy dachte wie schon oft zuvor, daß ihre kleine Welt zu häufig in zu viele Richtungen zerstob.

»Und warum nicht, Mr. McClintock? Man kann den Mann seines Lebens ebensogut im Ritz wie in der London School of Economics treffen.«

Livy nippte an ihrem Sherry. Sie hatte zu ihrem Unbehagen bemerkt, daß Andrew McClintocks Blicke die meiste Zeit auf ihr ruhten. Sie hatte sich mehrmals eingebildet, verliebt zu sein, aber nur für kurze Dauer, denn die Gestalt von Alex hatte sich stets zwischen sie und die anderen jungen Männer geschoben. Und nun standen sie beide an einem Wendepunkt ihres Lebens. Im Juni würde er die Harvard Business School beenden, und sie würde Oxford verlassen. Seine berufliche Zukunft war festgelegt, aber wie stand es um sein Privatleben? Würde es für sie einen Platz darin geben? Sie wartete auf einen Hinweis.

Er machte Pläne. Als sie ins Eßzimmer gingen, sagte er zu seiner Mutter: »Ich hoffe, du kannst es einrichten, daß wir in diesem Sommer alle zusammen einige Wochen in Tresillian und danach in Prescott Hill verbringen. Ich werde versuchen, bald wieder in England zu sein. Wird es Ihnen möglich sein, nach Washington zu kommen, Lady Camborne?« Aus irgendeinem Grund nannte er sie nicht »Tante«, wie Chris es tat.

Dena antwortete nicht sogleich. Sie wartete, bis die Suppe serviert war und Knox und der Diener für kurze Zeit das Eßzimmer verlassen hatten. Sie blickte Harry an: »Dürfen wir schon darüber sprechen?«

»Es bleibt ja in der Familie, und ich nehme an, ich kann mich auf eure Diskretion verlassen. Im Sommer werde ich wieder versetzt, und zwar nach Washington.«

Caroline stieß einen kleinen Schrei aus. »Hat man dich zum Botschafter ernannt?«

»Ich fürchte, nein, Liebling. Darauf muß ich noch ein paar Jahre warten. Es gibt eine ganze Reihe guter Leute vor mir, und Washington ist der wichtigste Posten. Ich bin zum Botschaftsrat ernannt worden und vertrete den Botschafter in dessen Abwesenheit. Es gibt allerdings fünf weitere Botschaftsräte. Es ist eine Art Vorstufe, aber das heißt natürlich noch lange nicht, daß ich nun gerade Botschafter in Washington werde. Unser jetziger Mann ist ganz ausgezeichnet, sie werden ihn nicht meinetwegen vor die Tür setzen.«

Andrew McClintock sagte: »Gratuliere, das ist mal eine gute Nachricht. Ja, und Sie haben sicher recht, daß Sie als nächstes eine Botschaft bekommen, aber Washington vermutlich nicht. Wahrscheinlich gibt man Ihnen als Anfang Paris oder einen noch zahmeren Posten wie Kopenhagen. Oder warum nicht Moskau? Sie haben dort doch wichtige Erfahrungen gesammelt.«

Harry zögerte einen Moment lang, dann sagte er: »Moskau würde ich wenn irgend möglich ablehnen. Dena hat sich dort nicht wohl gefühlt, und es ist ein heikler Posten. Ich hoffe, sie schicken mich an einen Ort, wo ich Moskau-Beobachter bleiben kann, statt mittendrin zu stecken. Nun, wir werden sehen ...« Er unterbrach sich, als Knox und der Diener den zweiten Gang hereinbrachten und die Suppenteller abräumten. »Jedenfalls freue ich mich schon auf unser Zusammentreffen in Washington im Sommer. Aber ich finde, wir sollten zuerst nach Tresillian fahren ...«

Livy überkam ein Gefühl, das an Panik grenzte. Es ging für sie alles zu schnell. Sie brauchte Zeit, um zu sich zu kommen, und wünschte, daß sie alle endlich mal an einem Ort blieben, nicht immer nur für kurze Zeit. Der Sommer war nicht mehr fern, und zuviel würde bis dahin geschehen. Mit einer hastigen Bewegung griff sie nach ihrem Weinglas und warf es aus Versehen um. Sie blickte Ginny schuldbewußt an. »Verzeih, Tante Ginny, das war sehr ungeschickt von mir.«

»Das war es zweifellos«, sagte Alex vergnügt. Er saß neben ihr und erhob sich, um mit seiner Serviette den vergossenen Weißwein aufzuwischen. Knox legte eine frische Serviette auf den feuchten Fleck und überreichte Alex eine neue.

»Schau nicht so erschreckt aus, Livy, es ist keine Katastrophe«, sagte Ginny.

Alle Augen waren auf Livy gerichtet, als Andrew McClintocks Glas ebenfalls umkippte und wiederum Wein über den Tisch floß. »Tut mir leid, Ginny, aber meine alten Hände zittern eben gelegentlich.« Jeder, dachte Livy, muß gemerkt haben, daß er das Glas absichtlich umgeworfen hat. Aber wie hatte Andrew McClintock ihre plötzliche Angst und Panik erraten? Sie blickte zu ihm hinüber, unentschlossen, ob sie dankbar oder ärgerlich sein sollte. Wie war es ihm gelungen, sich so geschickt in ihrer aller Leben einzuschmuggeln, daß er ihre geheimsten Gedanken lesen konnte?

»Treibt ihr beide kleine Spielchen miteinander?« fragte Alex. »Sollte dem so sein, dann glaube ich nicht, daß ihr euch damit bei eurer Gastgeberin besonders beliebt macht.«

»Livy und ich spielen keine Spiele, aber wir stimmen in vielem überein, nicht wahr, Livy?«

Ihr blieb nichts anderes übrig, als »Ja« zu sagen. Aber ihr schien, das einzige, in dem sie und Andrew McClintock übereinstimmten, war, daß sie beide Alex brauchten.

Als das Hauptgericht serviert war und die Gläser mit Rotwein gefüllt waren, hob der alte Mann sein Glas: »Laßt uns auf unser nächstes Zusammentreffen in Washington trinken! Bis dahin haben Alex und Livy hoffentlich ihre Examen mit Glanz bestanden. Und dann müssen wir über Livys Zukunft nachdenken, nicht wahr, junge Dame?«

»Ein Jahr Nichtstun würde ihr gut bekommen«, sagte Ginny. »Warum die Eile? Livy ist nicht so zielstrebig wie Rachel, die seit Jahren weiß, daß sie entweder Politikerin oder politische Journalistin werden will.«

»Ich bin nicht mit dir einverstanden, Ginny«, sagte Andrew McClintock. »Die Jungen können sich Nichtstun so wenig leisten wie die Alten. Ich bin gegen jegliches Herumtrödeln, es kann zur Gewohnheit werden.«

»Oh!« sagte Caroline, »Sie sind aber streng, Mr. McClintock. Was sollen wir armen Nichtskönner tun?«

Er blickte sie an, als sähe er sie zum ersten Mal. »Nichtskönner haben mich noch nie interessiert. Ich hoffe zwar, daß Sie bekommen, was Sie wollen, Caroline, aber ich werde keinen Schlaf darüber verlieren.«

Harry blickte auf die Uhr. »Wir sind reichlich spät dran, Ginny. Verzeih, aber wir müssen schleunigst aufbrechen. Fertig, Dena? Caro, wann kommst du nach Paris? Oder hat Ginny hier etwas für dich zu tun?« Er verabschiedete sich herzlich von der Tafelrunde, für Andrew McClintock hatte er nur einen kühlen Handschlag übrig.

9

Aber alle Verabredungen wurden nicht eingehalten. Der erste Hinweis kam von Caroline, die nach einigen nutzlos in London verbrachten Wochen nach Paris gefahren war. Sie schrieb an Livy:

> Mutter ist so beschäftigt mit ihrem Umzug nach Washington, daß ich meine Zweifel habe, ob sie nach Tresillian kommen kann. Und ich glaube nicht, daß Tante Ginny vor dem Sommer noch einmal nach London fährt. Es sieht daher so aus, als ob Tresillian dieses Jahr ausfallen müßte.

Rachel schrieb, daß sie in diesem Sommer keine Zeit habe, nach Tresillian zu fahren.

> Meine Prüfungsarbeit macht mir zu schaffen. Ich brauche mindestens noch zwei Wochen länger für meine Nachforschungen im British Museum. Ich habe auch keine große Lust, nach Washington zu fliegen, aber es gibt eine Menge Dinge, die ich in der Library of Congress nachschlagen möchte. Abgesehen davon, kennen Blair und Mr. McClintock eine Menge Politiker, mit denen sie mich bekannt machen könnten. Ich würde gerne einige Zeit in Amerika arbeiten, nachdem ich hier meine Examen hinter mich gebracht habe.

Mit der für sie typischen Gründlichkeit hatte Rachel, um für alles gewappnet zu sein, Stenographie und Schreibmaschine gelernt. Chris war eine kleine Rolle angeboten worden, und sie würde daher auch nicht nach Tresillian kommen.

Von Alex kam kein Brief. Livy nahm an, daß er genauso hart wie sie für seine Examen arbeitete. Aber sie erhielt ein paar unglücklich hingekritzelte Zeilen von Mark:

> Alex hat mir geschrieben, daß er dieses Jahr nicht nach Tresillian kommen kann, weil er zuviel zu tun hat. Aber er erwartet uns in Prescott Hill. Vermutlich hast Du jetzt auch keine Lust, nach Cornwall zu fahren. Ich werde es sehr vermissen. Ich finde, Menschen sollten keine Versprechen abgeben, die sie dann doch nicht halten ...

Kurz bevor ihre Prüfungen im Mai begannen, schrieb Livy an Mark. Alex' Stillschweigen hatte sie verwirrt und verletzt, und sie war ärgerlich auf ihn, weil er Mark auf so schnöde Weise im Stich gelassen hatte:

> Ich erwarte Dich in London zu Beginn der Ferien. Wir werden einige Zeit zusammen in Tresillian verbringen und dann nach Washington fahren. Die anderen sollen machen, was sie wollen. Aber ich habe große Sehnsucht nach Thea, Herbert und Bess. Ich möchte gerne meinen einundzwanzigsten Geburtstag mit ihnen verbringen. Kommst Du?

Ein Telegramm erreichte Livy am Morgen vor ihrer ersten Prüfung, als sie sich vorschriftsmäßig in Schwarz und Weiß gekleidet auf den Weg machte. »Tausend Dank. Halte alle Daumen. Mark.«

Von Dena kam eine kurze Notiz:

> Du bist ein Schatz, Mark mit nach Tresillian zu nehmen. Es bedeutet ihm sehr viel. Ich hoffe, die Prüfungen sind nicht zu arg. Harry und ich wünschen Dir viel Erfolg. Wir sehen uns in Washington.

Livy fühlte sich verlassen und bedrückt, als sie zu den Examen radelte. Aber was hatte sie erwartet? Daß alle kamen, um ihr die Hand zu halten? Rachel hatte keinen Zuspruch gebraucht, als sie ihre Examen in Cambridge ablegte. Als die Schlußprüfungen vorbei waren, fühlte sie sich müde und ausgelaugt. Sie packte ihren Koffer mit der traurigen Erkenntnis, daß ihre Studentenzeit zu Ende war.

Sie und Mark verbrachten eine Nacht in Seymour House, dann fuhren sie nach Penzance, wo Thea, Herbert und Bess sie am Bahnhof erwarteten. Thea wollte, daß sie bei ihr wohnten, aber Livy bestand auf Tresillian. Dena hatte den Tregenna-Frauen geschrieben, so daß frisch bezogene Betten und ein loderndes Kaminfeuer sie erwarteten.

Livy schlief mit weit offenen Fenstern, um die Seebrise hereinzulassen und die ferne Brandung um die Tresillian-Felsen hören zu können. Es war die erste Nacht seit Monaten, wo Ängste und Unsicherheit sie nicht aus dem Schlaf schreckten. Die Examen lagen endlich hinter ihr, wie immer die Resultate ausfallen mochten. Die warme Sonne weckte sie am Morgen. Es war fast zehn Uhr.

»Möchtest du ein Omelett?« fragte Mark, als sie die Küche betrat.

Sie beobachtete ihn, wie er die schwere Pfanne mit Geschick handhabte. Das Omelett war köstlich.

»Mutter sagt, ein Omelett ist der Prüfstein für einen Koch.«

»Hat sie es dir beigebracht?«

Er zuckte die Achseln. »Ich hab's vom Zuschauen gelernt. Was mir in Frankreich gefällt, ist, daß sie das Kochen wirklich ernst nehmen. Und wenn sie merken, daß du ihre Kochkünste schätzt, dann geben sie dir auch Tips ...«

Die zwei Wochen vergingen schnell. Sie picknickten mit Blick aufs Meer und aßen abends oft zusammen mit Thea, Herbert und Bess. Sie schlenderten durch die Straßen von St. Just und suchten Mitbringsel für Prescott Hill aus. Ihre Flugscheine wurden ihnen von Blair Claytons Büro zugesandt. »Ich fahre ehrlich ungern von hier fort«, sagte Mark.

»Andrerseits freue ich mich natürlich irre darauf, alle wiederzusehen.«

Zwei Tage vor ihrer Abreise war Livys einundzwanzigster Geburtstag, und jeder überreichte ihr ein Geschenk. Sie feierten ihn in Theas und Herberts Haus. »Du mußt unbedingt zu uns kommen«, hatte Herbert gesagt. »Es ist der Tag, wo wir dich in die stürmische Welt entlassen. Du bist jetzt dein eigener Herr, Livy. Aber du weißt, wir sind immer für dich da.«

Sie erinnerten sich an viele Dinge, während sie den edlen Wein tranken, den Herbert gestiftet hatte. Sie sprachen über Oliver, Isa und Bully und über die erste vorsichtige Annäherung zwischen Timmins und Tubby. Telegramme kamen aus Washington an. »Wir werden ein großes Fest für dich geben, Liebling.« An Livys rechter Hand glühte dunkel Andrew McClintocks Geschenk, das von einem speziellen Boten am Vortag abgeliefert worden war. »Glauben Sie ja nicht an diesen Unsinn, daß Opale Unglück bringen«, stand auf dem beigefügten Zettel. »Denken Sie vielmehr daran, daß er die gleiche Farbe hat wie das Meer, das Ihre gefährlichen Felsen umspielt.« Es war ein sehr dunkler Opal, in einem Kranz von kleinen Diamanten eingefaßt. »Ein schwarzer Opal«, sagte Thea bewundernd. »Er muß sehr kostbar sein. Und ich habe immer geglaubt, der alte Mann sei keines poetischen Gedankens fähig. Bei einem bestimmten Lichteinfall hat der Stein tatsächlich die Farbe des Meeres. Soweit ich weiß, ist es der einzige Stein, den man nicht imitieren kann.«

Zwei Tage später reisten sie ab. Ein Vertreter von McClintock-Clayton empfing sie und geleitete sie zu dem kleinen Firmenflugzeug, das sie nach Washington brachte. Caroline erwartete sie am Flugplatz in einem von Ginnys Wagen mit Chauffeur. Livy hatte den Eindruck, daß ihre Begrüßung ein wenig zurückhaltend war, trotz der Umarmung. »Wir wollten ein Fest für dich geben...« sagte sie, als sie zum Auto gingen. Livy war zu müde, um sich über das Wort »wollten« Gedanken zu machen.

Caroline wartete, bis sie im Fond des Wagens Platz genommen hatten. Die Fenster waren heruntergekurbelt, um die warme Luft einzulassen.

»Bei uns geht alles ein bißchen drunter und drüber«, fing sie an. »Es ist erst vor zwei Tagen bekanntgeworden, und wir wollten dir nicht deinen Geburtstag verderben ... Ich meine, wir wollten dich nicht mit einem Telegramm erschrecken, besonders da wir dich ja so bald erwarteten. Mutter fand, es sei besser, du würdest mündlich von uns alle Einzelheiten erfahren.«

»Einzelheiten?« fragte Mark. »Warum, was ist passiert? Du klingst so ernst.«

Caroline machte einen mißlungenen Versuch zu lachen. »Verlobungen sind immer eine ernste Angelegenheit, und eine Ehe noch viel mehr.«

»Wer hat sich verlobt? Du?«

»Nein, noch nicht, leider noch nicht. Nein, Alex hat sich verlobt. Vor zwei Tagen hat er verkündet, daß er Nancy Van Isler Winterton zu heiraten gedenkt. Wir fielen aus allen Wolken. Niemand hat etwas geahnt.«

Die Gebäude entlang der Pennsylvania Avenue verschwammen vor Livys Augen, sie fröstelte trotz der sommerlichen Hitze.

»Wer ist sie?« fragte Mark.

»Von dir kann man nicht erwarten, daß du ihren Namen kennst, aber jeder andere in dieser Stadt kennt ihn. Sie ist die Tochter von ...«

Livy hörte kaum zu. Sie hätte die ganze Litanei selbst hersagen können. Es war einer der berühmtesten Namen Amerikas. Henry Winterton hatte mit Eisenbahnaktien, Stahl und Fleischkonserven ein Riesenvermögen verdient. Er war vermutlich der Großvater oder Urgroßvater des Mädchens. Die Van Islers besaßen riesige Grundstücke entlang des Hudson River. Sie hatten ihr Geld mit dem Pelzhandel in Kanada gemacht. Dann hatten sie sich an anderen Firmen beteiligt; ihre Büros lagen an der Wall Street, und ihnen gehörten ganze Wohnblöcke in Chicago und San Francisco. Sie waren Hauptaktionäre einer Privatbank, was sie mit den

McClintock-Claytons in direkte Verbindung gebracht hatte. Die beiden Konzerne finanzierten oft gemeinsam irgendein großes Projekt. Dem Publikum war der Name Winterton durch eine bedeutende Kunstsammlung bekannt, die die Familie Ende des neunzehnten Jahrhunderts angelegt hatte und deren größter Teil jetzt als ständige Leihgabe in der National Gallery in Washington ausgestellt war. Es war ziemlich gleichgültig, wie diese Nancy aussah; sie war ganz offensichtlich die passende Frau für den Erben von McClintock-Clayton.

»Das Ganze klingt mir sehr vernünftig«, sagte Mark ein bißchen altklug. »Warum geht denn alles drunter und drüber? Worüber regt ihr euch auf? Schließlich war es zu erwarten, daß Alex eines Tages heiraten würde.«

»Natürlich. Und es scheint eine ideale Kombination zu sein, aber aus irgendeinem unerfindlichen Grund ist Mr. McClintock dagegen. Er ist wütend und hat Alex sogar angedroht, ihn zu enterben. Das weiß natürlich nur die engste Familie, und wir können einfach seine Gründe nicht verstehen. Was kann er an ihr auszusetzen haben? Sie sieht zudem hinreißend aus.«

»Ach, schweig schon«, sagte Livy und war erstaunt, ihre eigene halb erstickte Stimme zu hören. »Es ist viel zu heiß, um darüber zu diskutieren. Es liegt doch in der Natur der Sache, daß Alex ... sich verheiratet. Oder hat Mr. McClintock erwartet, daß Alex es ihm überlassen würde, eine passende Frau für ihn auszusuchen?« Sie lachte kurz und bitter auf. »Alex hat wie die meisten Männer seine eigene Wahl getroffen. Also, was soll die ganze Aufregung?«

Sie starrte resolut auf die Gebäude, die immer noch vor ihren Augen verschwammen, aber sie zwang sich, ihre Gedanken zu ordnen und ihrer Enttäuschung Herr zu werden.

Caroline sagte mißmutig: »Ich habe ja nur versucht, die Situation zu erklären. Wir alle würden ihm natürlich gerne ein großes Verlobungsfest geben, aber Mr. McClintock ist derartig außer sich, daß keiner es wagt. Die Wintertons können seine feindselige Haltung überhaupt nicht verstehen. Und

Blair und Tante Ginny versuchen auszugleichen. Aber jeder weiß, daß ohne die Zustimmung des alten Mannes ...«

»Aber sie können doch nicht so lange verlobt bleiben, bis der alte Mann seine Meinung geändert hat«, sagte Mark.

»Aber nein, sie werden auf den Alten einfach keine Rücksicht nehmen«, sagte Caroline mit offensichtlicher Befriedigung. »Die Eltern von Nancy Winterton richten die Hochzeit aus, und du wirst sehen, das wird ein tolles Fest werden. Ich glaube, sie wollen Ende August heiraten. Alex tritt am 1. September in die McClintock-Clayton-Unternehmen ein. Niemand zweifelt natürlich daran, daß er seine Examen glänzend bestanden hat. Was anderes kann man von unserem braven, brillanten Bübchen erwarten?«

»Du stellst ihn als einen ganz miesen Streber hin«, rief Mark hitzig.

»Nein, er ist kein Streber«, erwiderte Caroline nach kurzem Nachdenken. »Es ist nur so, daß er ... nun, daß ihm alles gelingt. Kein Wunder, daß Nancy Wintertons Eltern ihn nicht aus den Fingern lassen wollen. Vermutlich ist er der meistbegehrte Junggeselle Amerikas. Allerdings kenne ich mich in diesen Dingen nicht so gut aus wie in England.«

»Snob!« rief Mark, lachte aber gleichzeitig. Der Wagen bog in den Vorhof eines im Kolonialstil erbauten Hauses ein, das in der Massachusetts Avenue lag, wo die meisten Botschaftsgebäude standen. Das Haus der McClintocks war eines der wenigen Privathäuser in der Straße. »Ich muß schon sagen, das sieht ja recht imposant aus. Vaters Wohnung in Paris kann da nicht mitziehen.«

»Das liegt daran, daß die Pariser zurückhaltender sind«, sagte Livy, die froh war, nicht mehr über Alex reden zu müssen. »In Paris protzt man nicht.« Sie hatte ihre Stimme wiedergefunden, aber der bittere Unterton war nicht zu überhören.

Der Chauffeur öffnete ihnen die Wagentür. Mark lief nach hinten und half beim Ausladen der Koffer. Dena kam die Stufen herunter. »Laß dir nichts anmerken«, flüsterte Caroline Livy zu. »Ich dachte, es sei besser, daß ich dir schon im Auto die Neuigkeit erzähle, damit du Bescheid weißt. Versuch zu lächeln, Livy, wenn's auch schwerfällt.« Die kleine Caro, dachte Livy, von der die meisten glaubten, sie sei nicht sehr intelligent, bewies zuweilen ein erstaunliches Einfühlungsvermögen.

»Dank dir, Caro, du bist ein liebes Mädchen. Ich weiß, das klingt blöd, aber ich bin so müde und –« Sie wurde mitten im Satz von Denas Umarmung unterbrochen.

»Mein Liebling! Alles Gute zum Geburtstag. Es hat mir so leid getan, daß wir ihn nicht alle gemeinsam feiern konnten. Aber wir werden es nachholen ...« Ihr Arm blieb auf Livys Schulter, als sie die Stufen hinaufschritten. Mark schien sie einen Moment lang vergessen zu haben, aber vor der Haustür drehte sie sich um und streckte ihren freien Arm aus. »Mein Gott, bist du gewachsen. Wir müssen morgen in die Stadt gehen, um dich neu einzukleiden. Armes Kind, du mußt dich ja totschwitzen in dem dicken Anzug.«

Sie führte sie zur hinteren Veranda, die von der darüberliegenden Terrasse und von dicht belaubten Bäumen beschattet wurde. Der Garten war zum größten Teil mit Backsteinen gepflastert, rechts und links von den gewundenen Pfaden wuchsen große Büsche. »Der Garten ist nicht sehr groß, was mir sehr recht ist. Wir sitzen oft am Abend hier im Freien. Und die Terrasse ist für Partys sehr geeignet.«

Livy ließ sich in einen der Korbstühle fallen und hörte den Gesprächen zu. Sie beantwortete automatisch die Fragen nach dem Befinden von Thea, Herbert und Bess und nach ihren Examen und Tresillian. Ihr Opal wurde allerseits bewundert, und Mark wiederholte, was Thea über ihn gesagt hatte. Der Diener brachte Eistee, Kuchen und Sandwiches, auf die Livy keinen Appetit hatte.

»Caro hat dir sicher von Alex' Verlobung erzählt.« Dena schnitt das Thema nur zögernd an. »Wir waren alle baß erstaunt, aber sie passen gut zusammen. Sie ist ein bildhübsches Mädchen und scheint in Alex sehr verliebt zu sein. Wir haben alle nichts geahnt, aber er hat immer so viele Flirts gehabt ...«

»Ach, Mutter, Livy ist wirklich an den vielen Tugenden von Nancy Winterton nicht interessiert. Wie ich sie kenne, will sie ein Bad nehmen und sich hinlegen ...«

»Ja, natürlich ... natürlich«, sagte Dena. »Ich komme mit euch hinauf und helfe euch beim Auspacken. Du wohnst wieder in einem Zimmer zusammen mit Caro, Livy, so wie immer. Ich wollte ein Einzelzimmer für Rachel freihalten, falls sie kommt. Ihr wißt ja, wie kribbelig sie ist, wenn sie kein eigenes Zimmer hat ...« Sie führte sie durch das Haus und eine geschwungene Treppe hinauf. Livys Blick glitt flüchtig über die Blumen, die beigen Vorhänge und die wenigen, aber erlesenen Möbelstücke, die auf einem polierten, teppichlosen Parkettfußboden standen. »Ich muß Ginny fragen, ob sie nicht noch irgendwo auf dem Dachboden alte Sommeranzüge von Alex verstaut hat, die ich mir ausleihen kann, bis ich Zeit habe, mit Mark einkaufen zu gehen. Wir sind heute abend bei Ginny zum Essen eingeladen, aber sie hat gesagt, sie würde es gut verstehen, wenn ihr zu müde seid ...«

Livy blickte in Marks erwartungsvolles Gesicht. Er liebte die Pracht des McClintock-Hauses, das ausgezeichnete Essen und die erstklassigen Weine. »Natürlich kommen wir gerne. Ein Bad und eine Stunde Schlaf ist alles, was wir brauchen.«

Aber sie schlief nicht. Sie lag in dem weichen Bett und wälzte sich hin und her. Ihr war heiß, trotz der Klimaanlage. Ein Abendessen mit Ginny und Blair – und vermutlich mit Alex, vielleicht mit Nancy Winterton. Sie wappnete sich innerlich: besser, die ganze Sache gleich hinter sich zu bringen und sich anzusehen, wie ein verliebter Alex sich verhielt. Besser zu wissen, daß sie ihn ein für allemal verloren hatte.

Der verliebte Alex, der verlobte Alex, unterschied sich in nichts von dem Alex, den sie seit Jahren kannte. Er umarmte sie und gab ihr einen Kuß. »Zum Glück haben wir unsere Examen hinter uns. Ein angenehmes Gefühl, nicht wahr? Ich bin sicher, du hast deine mit Glanz und Glorie bestanden. Livy, das ist Nancy. Livy ist das Beste, was meiner Familie je zugestoßen ist. Sie ist die einzige mir bekannte Person, die drei Familien hat, die sich um das Privileg, für sie zu sorgen, streiten. Im Grunde genommen streiten wir uns natürlich um das Privileg, daß sie für *uns* sorgt.«

Nancy war, wie Caroline gesagt hatte, eine schöne Frau. Sie hatte ein edel geschnittenes Gesicht und eine schlanke, feingliedrige Gestalt. Sie musterte Livy mit kalten, blauen, abschätzenden Augen; vermutlich hatte sie schon vor diesem Zusammentreffen beschlossen, daß es angebracht sei, sich mit dieser Familienfavoritin gut zu stellen.

»Ich bin entzückt, Sie kennenzulernen, Livy. Ich habe natürlich schon viel von Ihnen gehört und auch Fotos von Ihnen gesehen. Ich habe die Gedichte Ihres Vaters gelesen. Er ist ein großartiger Dichter und wird allseits bewundert. Ich habe bei meinen Freunden damit angegeben, daß ich Oliver Miles' Tochter kennenlernen werde. Sie waren alle sehr beeindruckt.« Sie hakte sich bei Alex unter. Es war eine besitzergreifende *und* anlehnungsbedürftige Geste, die nur zu deutlich besagte: Er gehört mir.

Zusätzlich zu ihrem Kummer und Herzeleid kam sich Livy plötzlich ungelenk und spießig gekleidet vor. Warum hatte sie nicht wenigstens für ein paar Stunden ihre Bücher im Stich gelassen und sich erkundigt, was man in diesem Jahr trug? Ihr wurde plötzlich klar, daß das Kleid, das sie anhatte, ganz aus der Mode gekommen war. Sie besaß zweifellos nicht die Eleganz, die Alex von seiner zukünftigen Frau erwarten würde. Aber was machte das schon aus? Er hatte sie ja auch nie heiraten wollen. Sie hätte ebensogut in ihrem Hockeytrikot erscheinen können, und niemand hätte es bemerkt. Sie lächelte und wußte, daß ihr Lächeln unecht wirkte, konnte aber nichts dagegen tun.

»Ich gratuliere dir, Alex«, brachte sie mühsam hervor. »Du hast wirklich die personifizierte amerikanische Schönheit gefunden! Ich höre, die Hochzeit findet schon bald statt...« Sie hörte ihre eigene Stimme und die Antworten wie aus weiter Ferne. Ja, sie würden Ende August heiraten. Hier in Washington. »Alex ist so pflichtbewußt«, sagte Nancy. »Er sagt, er müsse am ersten September, wie abgemacht, in die Firma eintreten. Das heißt, daß wir nur eine

Woche Ferien machen, bei meinen Eltern in Bar Harbor. Und ich hatte gehofft, wir würden unsere Flitterwochen in Europa verbringen, aber...«, sie blickte zu Alex auf, »der gestrenge Herr hat gesprochen, und so muß Europa noch ein Jahr auf unseren Besuch warten. Natürlich sind meine Eltern mit uns Kindern häufig nach Europa gereist. Ich habe noch drei Brüder, Livy.«

»Botschafter McClintock, Madam«, verkündete der Butler.

Andrew McClintock stand leicht auf seinen Stock gestützt im Türrahmen. Ginny eilte auf ihn zu, um ihn zu begrüßen.

»Ich hoffe, ich störe nicht, Ginny. Ich habe mir schon gedacht, daß du die Jugend heute abend bei dir hast. Und ich habe immer das Gefühl, daß ich mich um Livy besonders kümmern muß, denn sie ist die einzige von der ganzen Bande, die nicht mein Patenkind ist.«

Livy ging auf ihn zu, erleichtert, daß sie der Verpflichtung enthoben war, mit Nancy Winterton Konversation machen zu müssen. »Mr. McClintock, ich weiß nicht, wie ich Ihnen danken soll!« Sie hielt ihm ihre rechte Hand zur Begutachtung hin. »Der Stein ist unglaublich schön. Thea hat gesagt, sie hätte nie geahnt, daß Sie ein Dichter seien, aber nun wüßte sie es.«

Zum ersten Mal beugte er sich vor und küßte sie auf die Wange. »Ich freue mich aufrichtig, Sie zu sehen, Livy. Der Stein hat mich an das Meer und an Ihre Mutter erinnert. Als ich ihn sah, habe ich zu mir gesagt: ›Diese verfluchten Felsen!‹ Aber sie existieren, und wir können nicht so tun, als seien sie nicht da.«

Er begrüßte die anderen der Reihe nach, zuletzt Nancy, die Alex noch immer am Arm hielt. Livy hatte noch nicht erfahren, ob Andrew McClintock Nancy ein Geschenk gemacht hatte, aber der große, wundervolle Saphirring an Nancys Hand war ihr nicht entgangen. An seinem einundzwanzigsten Geburtstag hatte Alex das große Vermögen, das so lange von Treuhändern verwaltet worden war, in die eigenen Hände bekommen. Und der Ring an Nancys Hand war ein Beweis für seine neuerworbene Unabhängigkeit.

Harry erschien. Er sah müde und erhitzt aus, aber er begrüßte Livy und seinen Sohn voller Freude und Warmherzigkeit. »Mein Gott«, sagte er zu Mark und wiederholte fast wörtlich Dena, »wie groß du geworden bist.« Mark war schnell in einen Anzug gesteckt worden, den Ginny noch aus Alex' jungen Jahren zurückbehalten hatte. Er war ein wenig zu groß, aber kaum merkbar. Harry umarmte Livy und gab ihr einen Kuß. »Dena will nächste Woche eine Party für dich geben.« Er nahm vom Butler dankbar einen Whisky an.

Blairs Auftauchen unterbrach die Unterhaltung. Er begrüßte Mark und Livy. »Du bist jetzt eine erwachsene Frau und kannst tun, was du willst.« Er küßte sie und strich ihr zärtlich über die Wange. »Ich freu mich, dich wiederzusehen.«

»Ich hoffe«, sagte Andrew McClintock zu Livy, als Blair sich einen Drink holte, »daß Sie, obwohl Sie jetzt unabhängig sind, den McClintock-Claytons weiterhin die Ehre geben, Ihr Geld zu verwalten. Ich erwarte Sie in meinem Büro, junge Dame, um Ihren Wertpapierbestand mit Ihnen zu diskutieren. Natürlich steht es Ihnen jederzeit frei, mir meine Vollmacht zu entziehen, falls Sie mit mir unzufrieden sind ...«

Livy lachte. Es war das erste Mal, seit sie von Alex' Verlobung erfahren hatte, daß ihr Lachen echt klang. Jedermann wußte, daß Andrew McClintock persönlich die Tantiemen, die sie von *This England* bekam, investiert hatte. Für Livys Begriffe waren es riesige Summen, von denen sie jährlich Zinsen bekam. Bislang wußte sie nicht, wieviel Kapital sie besaß, aber an Andrew McClintocks finanziellem Geschick zu zweifeln, wäre einfach lachhaft gewesen. »Ich muß Sie warnen, Herr Botschafter ...«, sie redete ihn häufig mit diesem Titel an, obwohl er ihm strikt genommen nicht mehr zustand, denn sie wußte, daß es ihn freute, »daß ich einen Fernkurs für die Verwaltung von Treuhandvermögen genommen habe. Er heißt ›Witwen und Waisen‹.«

»Für eine Waise hat Livy die größte Familie aller Zeiten«, sagte Alex.

Als der Butler das Abendessen ankündigte, begaben sie sich alle durch die Halle zum Speisezimmer. Andrew McClintock bot Livy seinen Arm an. »Zu Ehren Ihres Geburtstags, junge Dame.« Livy hatte bemerkt, daß Ginny aus dem Zimmer geeilt war, um die Tischordnung umzuändern. Niemals während der vielen Jahre, die Ginny mit Blair verheiratet war, hatte Andrew McClintock mit der Gewohnheit gebrochen, Ginnys Häuser als seine eigenen zu betrachten. Er erwartete, daß, wann immer er auftauchte, ein Platz an ihrem Tisch für ihn frei war. Und um Alex' willen, um des lieben Friedens willen, hatte Ginny sich darüber nie beschwert. Livy dachte zuweilen, daß sie sogar eine noch bessere Diplomatengattin als Dena abgegeben hätte. Andrew McClintock steuerte aus langer Gewohnheit automatisch auf den Stuhl rechts von Ginny zu. Livy saß rechts, Nancy links von Blair. Als sie die Vorspeise aßen, erzählte Nancy Blair voller Eifer die letzten Neuigkeiten. »Wir haben ein hübsches Haus in Georgetown gefunden... Papa hat es uns als Hochzeitsgabe geschenkt... Mutter und ich werden wie die Irren herumlaufen müssen, um wenigstens die wichtigsten Möbel vor der Hochzeit zu besorgen... Es ist so entscheidend für uns, ein eigenes Heim zu haben...«

Livy bemerkte, wie Andrew McClintocks Gesicht sich verfinsterte. Es ergrimmte ihn offensichtlich, daß ihn keiner um Rat gefragt hatte und jemand anderer zahlte. Mark saß ausnahmsweise an Ginnys linker Seite. Die laute Stimme McClintocks, die auch das Alter nicht gedämpft hatte, übertönte Nancy Wintertons Geplauder. »Du siehst gut aus, Mark. Aber ich höre, deine Schulnoten sind nur knapp durchschnittlich. Nun, du hast ja noch genug Zeit, um sie zu verbessern.«

»Nicht jeder kann so klug sein wie mein Vater«, sagte Mark.

»Mach dir keine Sorgen, mein Sohn«, sagte Harry milde. »Durchschnittsnoten genügen völlig. Ich erinnere mich, daß mein Vater mir erzählt hat, er sei vom Foreign Office fast abgelehnt worden.«

»Haben Sie vor, Diplomat zu werden, junger Mann?«

Mark rutschte verlegen auf seinem Stuhl hin und her. »Nein, eigentlich nicht, Sir. Sie würden mich wohl erst gar nicht einstellen. Natürlich, wenn ich so wie Rachel wäre ...«

»Rachel ist eine Linke«, sagte Andrew McClintock sauer. »Und auf solche Leute ist das Foreign Office nicht scharf.«

Es war, dachte Livy, ein typisches Abendessen mit Andrew McClintock. Sie fragte sich, ob sein Vorschlag, ihre Vermögensverhältnisse mit ihr zu diskutieren, ernst gemeint war. Bis jetzt war ihr nicht klar zu Bewußtsein gekommen, daß sie mit ihrem einundzwanzigsten Geburtstag das Verfügungsrecht über ihr Vermögen erhalten würde. Das allererste, was sie zu tun gedachte, sobald sie Geld in der Hand hätte, wäre, sich ein paar schicke Kleider zu kaufen. Sie würde sich Caroline als Ratgeberin mitnehmen und ihr natürlich irgendwas schenken. Caro hatte immer alles, was sie besaß, mit ihr geteilt.

Endlich standen sie vom Tisch auf. Livy hatte das Gefühl, daß ihr unechtes Lächeln ihre Lippen verzerrte. Harrys Wagen fuhr vor, doch Livy zog es vor, die kurze Strecke zu Fuß zu gehen. »Ich begleite dich, Livy«, sagte Mark. Die anderen protestierten und wollten sie nicht allein gehen lassen, aber Livy erwiderte: »Ich muß mir ein wenig die Beine vertreten und frische Luft schnappen. Es sind schließlich nur ein paar Minuten bis zu euch ...«

Ihr bestimmter Tonfall ließ die anderen verstummen. Alex fuhr Nancy zum Haus ihrer Eltern; er winkte noch einmal von der Auffahrt. Dena, Harry und Caroline fuhren ebenfalls fort. Livy und Mark schlenderten die kurze Auffahrt hinunter. Auf der Massachusetts Avenue wartete ein großer schwarzer Wagen. Sie hörten, wie Andrew McClintock energisch mit dem Stock gegen die Scheibe schlug. Der Chauffeur öffnete die Tür.

»Ihr könnt des Nachts nicht allein durch die Straßen wandern. Habt ihr irgendein besonderes Ziel, oder wollt ihr nur ein bißchen herumfahren? Ich schlafe nachts nicht besonders gut. Schlafen ist oft die reinste Zeitvergeudung.«

Seine Stimme klang freundlich, fast tröstend. Livy stieg wortlos ein und setzte sich neben Andrew McClintock. Auch für Mark gab es noch genug Platz. Livy fühlte sich plötzlich schwach vor Müdigkeit; die Anstrengung, ständig zu lächeln, Fragen höflich zu beantworten, Alex nicht zu oft anzusehen, aber gleichzeitig den Eindruck zu vermeiden, sie würde seinen Blicken ausweichen, der Anblick der lieblichen, begehrenswerten Nancy Winterton, dies alles zusammen hatte sie völlig erschöpft.

»Wenn Sie es nicht zu dumm und sentimental finden, würde ich gern das Lincoln-Denkmal sehen. Mir gefällt es am besten bei Nacht. Es ist großartig beleuchtet, und kein Tourist weit und breit.«

»Sie bewundern ihn? Nun, dagegen ist nichts zu sagen.«

Er schwieg während der Fahrt. Livy und Mark stiegen die vielen Marmorstufen des Denkmals hinauf. Als sie wieder hinunter zum Wagen kamen, fing Livy plötzlich an zu weinen.

Andrew McClintock sagte ruhig und klar: »Sie hängen sehr an ihm, nicht wahr?«

Sie fischte nach einem Taschentuch; er reichte ihr sein eigenes, seidenes. »Ich bewundere ihn, für mich ist er ein Held ...«

McClintock klopfte an die Scheibe und gab dem Chauffeur ein Zeichen loszufahren. Harry wartete auf den Stufen des Hauses. »Wir haben uns schon Sorgen gemacht. Wir wußten nicht, daß Mr. McClintock ...«

»Sie ist müde. Beide sind müde. Wir haben nur einen kleinen Umweg gemacht, um einem Helden einen Besuch abzustatten. Junge Menschen müssen Helden haben, aber sollten sie nicht zu sehr glorifizieren.«

Der Wagen verschwand in der Dunkelheit.

Harry schloß die Tür und verriegelte sie. Dena stand im Morgenrock auf der Treppe. »Ich habe mir bereits gedacht, daß er euch irgendwo hinfahren wird. Ich habe seinen Wagen gesehen, als wir das Haus verließen. Ihr müßt beide furchtbar müde sein ... es war zuviel ... dieser Abend.«

»Ich habe ihn sehr genossen!« sagte Livy. »Vielen Dank.« Sie gab ihr einen Kuß und ging die Treppe hinauf, ohne genau zu wissen, wohin, in ein anderes fremdes Zimmer in einem anderen ihr unbekannten Haus. Wußten Diplomaten eigentlich, dachte sie, was es bedeutet, ein eigenes Heim zu haben?

Caroline begrüßte sie verschlafen. Falls sie an Livys Augen sah, daß sie geweint hatte, erwähnte sie es nicht. »Vater war drauf und dran, die Polizei anzurufen, Mutter ist glücklicherweise sehr viel gelassener. Aber ich muß schon sagen, der alte Mann macht viel Aufhebens um dich...« Sie plauderte weiter, während Livy sich auszog. »Wir müssen uns etwas zum Anziehen kaufen. Hast du noch Geld übrig? Vermutlich kann ich von Vater einen Vorschuß auf mein Taschengeld bekommen.«

»Ja, ich glaube, ich habe noch etwas Geld zugute«, sagte Livy vage. »Ich habe mich nicht darum gekümmert, mit all den Examensvorbereitungen, du weißt schon...«

»Prima, morgen gehen wir groß einkaufen«, sagte Caroline. »Mutter gibt nächste Woche eine Party, und für die brauchst du etwas Schickes. Und dann die Hochzeit...«

»Ach ja, die Hochzeit.« Zum ersten Mal wünschte Livy, daß sie kein Zimmer mit Caroline teilen müßte. Es wäre erleichternd gewesen, hemmungslos weinen zu können. »Was hast du gesagt?« fragte sie.

»Ich habe dich gefragt, wo du warst. Du hast halb tot ausgesehen während des Abendessens. Seid ihr nur einfach rumgefahren?«

»Nein, wir waren beim Lincoln-Denkmal. Mark und ich sehen es uns gern an.« Sie hoffte, niemand würde je erfahren, daß Alex es ihr zum ersten Mal in der Nacht gezeigt hatte.

»Ihr seid mir ein seltsames Paar. Manchmal denke ich, er ist mehr dein Bruder als meiner.« Als Livy sich hinlegte, schüttelte Caroline ihre Müdigkeit ab, stand auf und küßte Livy auf die Wange. »Ich bin so froh, daß du gekommen bist. Du hast mir schrecklich gefehlt. Es ist mir so schwer gefallen, dir heute nachmittag die Neuigkeit mitteilen zu müssen, aber was blieb mir anderes übrig?« Sie knipste die Nachttischlampe aus.

War es so offensichtlich? fragte sich Livy. Hatten alle es gemerkt? Hatte Alex es gemerkt? Es war demütigend und quälend, aber er hatte ihr nie etwas versprochen, nie auch nur die kleinste Andeutung gemacht. Es war immer nur eine Bruder-Schwester-Beziehung gewesen. Sie würde trotz ihres Kummers einschlafen, und morgen würde es nicht mehr so schmerzen. Zumindest hoffte sie das.

Am nächsten Morgen überprüfte Caroline mit Kennerblick Livys Bankauszug. »Liebste Livy, ich weiß, Mr. McClintock will nicht, daß du dein Geld verschwendest, aber er erlaubt dir sicher, deine Zinsen auszugeben. Ich kenne einen Laden, wo man einmal getragene Modellkleider kaufen kann. Man braucht sie nur zur Reinigung zu geben. Ich werde Vater bitten, dir dein Geld in Dollar umzurechnen. Und dann ziehen wir los.«

»Nur, wenn du eine Kommission annimmst. Du mußt mindestens so viel bekommen, wie ich ausgebe.«

»Du bist verrückt! Ich brauche zwar ein paar Kleinigkeiten, aber du mußt von Kopf bis Fuß neu eingekleidet werden. Wir beide werden uns etwas Schickes für deine Geburtstagsfeier kaufen. Zum Glück ist Vater Diplomat; für gewöhnliche Sterbliche ist es unmöglich, Pfund in Dollar umzutauschen. Obwohl ich sicher bin, daß Mr. McClintock es im Handumdrehen arrangieren könnte ...«

Daran hatte Livy überhaupt nicht gedacht. Sie war mit einem Bankguthaben nach Amerika gekommen, hatte aber die Devisenbeschränkungen außer acht gelassen. Bis jetzt hatte sie immer angenommen, was man ihr geboten hatte, und sich nie Gedanken über Geld gemacht. Sie hatte die Häuser, die Autos, die Flugzeuge selbstverständlich hingenommen, all die Vorteile, die sie durch die McClintock-Claytons und die Cambornes genoß. Aber nicht genug damit, hatte sie auch noch Alex haben wollen! Sie kam sich naiv und weltfremd vor. »Ja, Caro, arrangiere das bitte. Ich glaube, es ist an der Zeit, daß ich mich mit der Wirklichkeit auseinandersetze.«

Dena gab für Livy einen Empfang mit einem anschließenden kalten Büfett. Leute, die Livy kaum wiedererkannte, gratulierten ihr herzlich. Diplomaten, die sie in Washington? Zürich? London? getroffen hatte, vermischten sich mit den vertrauten Gesichtern der Familien McClintock, Clayton und Camborne. Sie trug das Geschenk, das Dena und Ginny gemeinsam gekauft hatten: eine kunstvoll geschlungene, zarte Goldkette mit einem einzelnen Diamanten in der Mitte und dazu ein Paar passende Diamantohrringe. Die Schmuckstücke mußten eine Menge Geld gekostet haben, und die Vorstellung, daß Harry mit seinem knappen Einkommen die Hälfte beigesteuert hatte, war ihr höchst unangenehm.

»Ach, mach dir doch keine Gedanken darüber«, sagte Caroline, als sie sich anzogen. »Ein einundzwanzigster Geburtstag ist nun mal etwas Besonderes. Rachel hat auch ihr Geschenk bekommen und Chris ebenfalls, und nächstes Jahr bekomme ich meins. Tante Ginny hat sicher ihren Juwelier ganz kräftig heruntergehandelt, was sie sich leisten kann wegen der kostbaren Stücke, die sie bei ihm kauft.« Als Livy die eleganten Kleider, die sie billig erstanden hatten, begutachtete, wurde ihr klar, daß sie von Caroline noch eine Menge Tricks lernen konnte.

Der Garten war erleuchtet und duftete lieblich nach einigen nur in der Nacht blühenden Pflanzen. Eine Drei-Mann-Kapelle spielte, aber zum Tanzen gab es nicht genug Platz. Der britische Botschafter, Sir George Halliwell, und Lady Halliwell kamen und blieben zwanzig Minuten. »Nett von ihnen«, sagte Caroline. »Sie gehen fast nie auf private Feste. Sie haben zu viele offizielle Verpflichtungen.«

Livy bemerkte, daß ihr fast jeder zum Geburtstag gratulierte, aber daß auch die meisten die Gelegenheit wahrnahmen, Alex und Nancy zu ihrer Verlobung zu beglückwünschen. Die Wintertons hatten die Verlobung nur im Familienkreis gefeiert, denn das große Ereignis war natürlich die Hochzeit. Abgesehen von einer Verlobungsanzeige in der Zeitung, hatten sie sich sehr zurückhaltend benommen, was ihrem vornehmen Stil entsprach. Aber Nancy ging Arm in Arm mit Alex durch die Räume, und viele Blicke richteten sich auf den großen Saphirring. Ihre Eltern und zwei ihrer drei Brüder waren ebenfalls anwesend. »Sie sind nur wegen Mr. McClintock und Tante Ginny und Blair gekommen«, sagte Caroline etwas spitz. »Sie wissen, wie sehr wir alle an dir hängen, und sind etwas verschnupft, weil Mr. McClintock so kühl zu ihnen ist. Sie finden, daß Nancy ein mindestens so guter Fang wie Alex ist.«

»Dann passen sie ja großartig zusammen«, sagte Livy. »Komm, Caroline, ich hole mir noch ein Glas Champagner. Es ist die richtige Nacht für Champagner...«

Sie ging mit ihrem vollen Glas zu dem Sofa, auf dem Andrew McClintock saß. »War es nicht gescheit von Caro, ein Kleid für mich zu finden, das zu dem Opalring paßt?« Es war ein grün und rot schillerndes Taftkleid.

Er musterte sie kritisch und eingehend. »Erst Sie machen etwas aus dem Kleid«, sagte er. »Ich wünschte, Ihre Mutter könnte Sie so sehen.« Seine Stimme klang mürrisch, als kämen ihm die Worte nur schwer über die Lippen. Sie wurde sich plötzlich bewußt, daß er nur höchst selten ein direktes Kompliment machte.

»Vielen Dank, daß Sie sich ihrer erinnern, besonders am heutigen Tag.«

»Ich werde sie nie vergessen.«

Sie lernte allmählich, ihren Kummer über Alex in ihrem Herzen zu vergraben. Sie nahm die vielen Glückwünsche entgegen und lächelte, zuweilen lachte sie sogar. Ihr fiel auf, wie wenige Menschen sich nach ihren Zukunftsplänen erkundigten. Die meisten nahmen wohl an, daß sie einfach ihrem Vergnügen nachgehen und eines Tages heiraten würde. Was sonst wollte ein junges Mädchen schon tun? Und der alte Mann auf dem Sofa, der seine Hände über dem Silberknauf seines Stockes gefaltet hatte, könnte, wenn er wollte, ihre Heiratschancen verbessern.

»Ich fürchte«, sagte Livy zu Caroline, als die letzten Gäste gegangen waren, »ich habe zuviel Champagner getrunken.«

Sie blickte besorgt in den Spiegel. »Hoffentlich sehe ich morgen nicht zu verkatert aus. Ich habe eine Verabredung zum Mittagessen mit Mr. McClintock.«

Am nächsten Tag, einige Minuten vor eins, betrat Livy das Hauptbüro des McClintock-Clayton-Konzerns. Es wirkte eher wie ein großes Privathaus als wie ein Geschäftsgebäude. Es gab auf der Avenue sehr viel modernere Bürohäuser, aber Andrew McClintock zog es vor, seine Geschäfte in dem Haus abzuwickeln, in dem er seine Karriere begonnen hatte. Die behagliche und würdevolle Atmosphäre sagte ihm zu. Die Eingangshalle war aus Marmor und mit geschnitzten Mahagonimöbeln ausgestattet, an den Wänden hingen einige wertvolle Bilder, die von der Glaskuppel über der geschwungenen Marmortreppe ihr Licht erhielten. Kein Schreibmaschinengeklapper, kein Telefonklingeln war zu hören. Als der Butler sie zum Direktoren-Speisezimmer führte, begegnete sie nur einer Angestellten auf der Treppe, die das unvermeidliche schwarze Kleid mit einem weißen Kragen trug. Sie konnte sich gut vorstellen, daß die Innenräume einer sehr reichen Schweizer Bank so aussahen. Und sie begriff jetzt, warum Caroline sich so eingehend um ihre Garderobe bemüht hatte. Sie trug ein schlichtes, aber elegantes Kleid, einen von Dena geborgten Hut und schneeweiße Handschuhe, trotz der großen Hitze.

Andrew McClintock erwartete sie allein in dem großen Speisezimmer. Das Essen war einfach, aber schmackhaft. Sie sprachen über Allgemeines, doch meist über Oxford. Außerdem erörterten sie politische und wirtschaftliche Probleme. Livy hatte den Eindruck, als würde sie auf raffinierte Art ausgehorcht.

Nach dem Mittagessen zeigte er ihr in seinem Büro ihren Vermögensstand. Sie war verwirrt und verbarg es auch nicht. »Sie haben noch nicht gelernt, Zahlen zu verstehen, nicht wahr? Aber das müssen Sie nachholen, sonst haut man Sie übers Ohr. Nun, hier ist die Endziffer. Ich habe Kopien für Sie anfertigen lassen, damit Sie verstehen, wie das alles zustande kommt.«

Livy starrte ziemlich verständnislos auf die Zahlen, die er ihr zeigte. Es war eine viel größere Summe, als sie erwartet hatte. Sie erinnerte sich an die Tantiemenschecks, die gleich nach der Veröffentlichung von *This England* gekommen waren. Später waren sie direkt an ihre Treuhänder überwiesen worden, und sie hatte sich nicht viele Gedanken darüber gemacht, außer daß sie dankbar gewesen war, daß sie ihr die teuren Schuljahre und das Universitätsstudium ermöglicht hatten.

»Es hätte mehr sein können«, sagte McClintock, »aber ich habe nur sehr vorsichtig investiert. Doch ich habe einige Aktien von sehr guten Firmen günstig für Sie erworben. Sie sollten sich über sie informieren und sich auf dem laufenden halten. Ihr Konto war ein kleines Steckenpferd von mir. Ich habe mich spätabends damit beschäftigt. Es war sehr erholsam, wie Schachspielen oder Kreuzworträtselraten, mit so kleinen Summen zu jonglieren.«

Livy überflog die Papiere und versuchte sich ein Bild davon zu machen, was er finanziell während all dieser Jahre für sie getan hatte. »Es ist so wie der König, der gesagt hat, er gehe gerne mal in die Küche, um ein wenig die Suppe umzurühren.« Sie klopfte mit dem Finger auf die Seiten. »Sie haben ganz recht, alle diese Zahlen sind mir unverständlich. Aber ich sehe nirgends Ihre Kommissionsgebühren, die doch alle Vermögensverwalter erheben.«

Er gestattete sich ein angedeutetes Lächeln. »Wie ich Ihnen sagte, war es ein vergnügliches Steckenpferd für mich, und dafür kann ich Ihnen kein Geld abnehmen, obwohl ich die Gründe für Ihre Frage sehr respektiere. Wenn es Ihren Stolz verletzt, werde ich diese Kleinigkeit richtigstellen.«

»Stolz, Mr. McClintock, Stolz! Wie kann ich nach allem, was Sie für mich getan haben, von Stolz reden. Sie haben gestern abend gesagt, Sie wünschten, meine Mutter könnte mich sehen... aber es hätte ihr noch mehr Spaß gemacht, mich jetzt hier, in diesem Büro im Gespräch mit Ihnen zu sehen. Darauf wäre sie stolz gewesen! Und wenn es Ihnen ein wenig Vergnügen bereitet hat, das Geld eines unwichtigen kleinen Mädchens zu verwalten, bin ich nur zu dankbar. Und nun sagen Sie mir, was ich weiterhin tun soll.«

»Lassen Sie Ihr Geld in meiner Obhut. Es macht mir noch immer Spaß, damit herumzuspielen. Ich werde mich von jetzt ab natürlich mit Ihnen beraten. Aber dafür erwarte ich von Ihnen, daß Sie nicht nur die Literaturbeilagen, sondern auch den Wirtschaftsteil der Zeitungen lesen.« Er wies auf die Papiere vor sich auf dem Tisch. »Erlauben Sie niemandem, Ihnen auch nur ein Gran Ihrer Unabhängigkeit zu nehmen. Sie gibt Ihnen die Freiheit, das zu tun, was Sie wollen. Und das ist eine Entscheidung, die ich Ihnen nicht abnehmen kann. Es gibt zwar Leute, die behaupten, ich hätte mich in das Leben anderer eingemischt. Und das stimmt auch, aber ich habe es nur getan, wenn ich wußte, daß es zu ihrem Besten ist. Es klingt arrogant, nicht wahr? Als spielte ich den lieben Gott. Es gelingt mir nur gelegentlich. Aber Ihnen werde ich helfen, wo immer ich kann, solange ich es kann. Dennoch müssen Sie Ihren eigenen Weg finden. Lassen Sie niemals zu, daß irgend jemand Ihnen Ihre kleine Unabhängigkeit raubt.«

»Ich werde Ihren Rat nicht vergessen. Es ist wie das kleine Haus, das mein Vater gekauft hat. Selbst wenn ich eine Million Dollar besäße, würde ich es nie verkaufen. Niemals! Ich werde stets dorthin zurückkehren. Ich glaube nicht, daß ich den Rest meines Lebens in St. Just verbringen werde. Aber dieses kleine Haus ist mein Felsen, und ich werde ihn mir bewahren.«

»Ich bin froh, daß Sie so denken.« Er erhob sich, und sie wußte, daß die Unterredung beendet war.

»Wie kann ich Ihnen danken?«

»Versuchen Sie einfach, mich nicht zu enttäuschen.«

Bevor er die Hand auf den Türknopf legte, hielt er inne. »Vermutlich wundern Sie sich – so wie viele andere –, warum ich nicht sehr begeistert über Alex' Hochzeit bin. Nach allem, was ich höre und lese, ist es genau die Art Heirat, die ich befürwortet hätte.«

»Alex' Heirat geht mich nichts an«, sagte sie barsch. Sie hatte allmählich gelernt, ihren Kummer zu verbergen, aber ihre Abwehrkräfte waren noch nicht stark genug, um einem solchen Frontalangriff standzuhalten. »Es steht mir nicht zu, Sie zu fragen, was Sie über gewisse Dinge denken, ebensowenig wie es Ihnen zusteht, mir Fragen zu stellen.«

»Nun, ich sage es Ihnen gratis. Es kostet Sie keinen Cent. Und ich erwarte von Ihnen keine Vertraulichkeiten als Gegengabe. Ich habe diese Worte nur zu Alex gesagt, zu niemand anderem, als er mich reichlich spät von seiner Verlobung in Kenntnis setzte und nachdem ich diese Nancy kennengelernt habe. Es ist eine sehr passende Verbindung, darüber scheinen sich alle einig zu sein. Geld heiratet Geld, Schönheit heiratet Schönheit. Was will man mehr? Und trotzdem ist Nancy die falsche Frau für Alex. Ich habe die beiden an dem Tag, als sie sich verlobt haben, allein zu mir eingeladen. Und sie sind lange geblieben. Ich habe sie dazu ermutigt. Und ich habe jeden miesen Trick angewandt, um Nancy zu zwingen, ihre wahre Natur zu enthüllen. Aber jeder meiner Versuche ist ins Leere gestoßen. Konventionelle Ideen, konventionelles Verhalten – mehr nicht. Sie ist raffgierig und verwöhnt. Eine verwöhnte Göre. Eine von jenen Frauen, die mit Geld um sich werfen, egal, wessen Geld es ist. Sie will eine gesellschaftliche Position haben und sich amüsieren. Sie ist nicht fähig, mit Problemen oder einem Schicksalsschlag fertigzuwerden. Sie wird einen Mann wie eine heiße Kartoffel fallenlassen, wenn er in Schwierigkeiten gerät, und zum nächsten gehen. Sicher, sie ist schön und oberflächlich recht gebildet, aber im Grunde genommen ist sie von einer erschreckenden geistigen Leere. Ich hätte von Alex eine klügere Entscheidung erwartet. Diese Ehe wird nicht von Dauer sein ...«

»Und Sie, Mr. McClintock, Sie haben die Prinzessin geheiratet. War das eine so kluge Entscheidung?«

Er schwieg, und sie dachte, er würde ihr nicht antworten, doch dann sagte er: »Nur Sie haben den Mut, mir das zu sagen. Es war der größte Fehler meines Lebens. Und Alex wird nun seinen größten Fehler begehen, aber ich bin machtlos, ihn daran zu hindern.«

»Ich wünschte, Sie hätten mir dies alles nicht erzählt, Mr. McClintock. Was haben Sie damit bezweckt?«

»Ich weiß es selbst nicht, offen gesagt. Aber Sie erinnern mich zuweilen an Ihre Mutter. Sie und ich haben einige sehr grundlegende Gespräche miteinander geführt. Sie hatte eine angeborene Weisheit und großes Verständnis für ihre Mitmenschen. Eine passende Ehefrau für einen Dichter. Ich werde sie nie vergessen.«

Eine Sekretärin wartete, um Livy nach unten zu geleiten. Mr. McClintock schüttelte ihr förmlich die Hand. »Vertiefen Sie sich in diese Papiere und vergessen Sie nicht unsere Unterhaltung. Und lassen Sie mir den Spaß an meinem Steckenpferd. Wir sehen uns bei der Hochzeit.«

Caroline, Livy, Mark und Ginny zogen nach Prescott Hill um. An den Wochenenden kamen Harry und Dena und spät am Freitagabend Blair. Alex tauchte gelegentlich auf, zumeist unangemeldet; darin glich er seinem Großvater. Livy bewunderte Ginnys Geduld. Alex erschien mit einem gutmütigen, etwas trägen Lächeln, und Ginny legte schweigend ein weiteres Gedeck auf. Livy bemerkte, daß Harry und Dena das Haus von Ginnys Großeltern selten benutzten. Vermutlich war das geräumige, luxuriöse Haus in Prescott Hill mit der aufmerksamen Dienerschaft sehr viel anziehender. Oder vielleicht, dachte Livy, war es auch eine Geldfrage. Es genügte nicht, ein Haus geliehen zu bekommen, man mußte es auch mit Personal versehen, und dazu kamen noch eine Menge Extraausgaben. Sie hatte in der kurzen Zeit in Washington beobachtet, wie hart Dena arbeitete, um Harry das Leben zu erleichtern. Prescott Hill mußte ihr wie ein friedlicher Hafen vorkommen, wo sie sich entspannen und ausruhen konnte.

Rachel traf ein und verbrachte einige – wie sie es nannte – vertrödelte Tage in Prescott Hill. Dann lieh sie sich eines von Ginnys Autos aus und fuhr jeden Tag nach Washington, um dort in der Library of Congress zu arbeiten. Sie bezeichnete sie alle als »faule Bande«. Sie stand morgens früh auf, um zu schwimmen, und dann sah sie keiner mehr bis zum Abend.

Alex weigerte sich, an den Hochzeitsvorbereitungen teilzunehmen. »Ich werde an dem festgesetzten Tag zur festgesetzten Stunde in der Kirche sein. Aber mehr auch nicht. Soll Nancy sich über ihre Aussteuer und ihre Brautgeschenke aufregen, das ist ihre Angelegenheit. Ich auf jeden Fall werde mir über die Farbe der Blumen nicht den Kopf zerbrechen.«

Chris traf einige Tage vor der Hochzeit in Washington ein, und Alex hatte sie nach Prescott Hill gefahren. Nancy hatte Chris als Alex' Halbschwester gebeten, eine ihrer Brautjungfern zu sein. Aber Chris hatte höflich abgelehnt unter dem Vorwand, daß das Theaterstück vielleicht noch zwei Wochen länger als vorgesehen gespielt würde. Dies war allerdings nicht eingetreten, doch Chris hatte die Atlantiküberfahrt bis zum letzten Moment hinausgeschoben. »Ach, sie hat irgendeinen gutaussehenden Kerl, der sie drüben zurückhält«, sagte Rachel. »Ohne die Hochzeit wäre sie sicher überhaupt nicht gekommen.« Aber nun war sie da und fügte sich schnell in die lässige Routine von Prescott Hill ein.

Es war das letzte Wochenende vor der Hochzeit. Weder Alex noch Nancy waren gekommen; sie waren voll mit den Vorbereitungen der kirchlichen Zeremonie und dem Polterabend beschäftigt. Dena kam allein. »Harry hat noch zu tun«, erklärte sie. »Er hofft, am Sonnabend hier zu sein, aber selbst das ist nicht sicher. Der Kreml stößt mal wieder Drohungen aus ... der Außenminister hängt ständig am Telefon ... Wer kommt zum Wochenende, Ginny?«

Ginny seufzte. »Zum Glück niemand. Vermutlich haben sie alle beschlossen, uns vor der Hochzeit eine Atempause zu gönnen. Ich bin nur froh, daß Mrs. Winterton und nicht ich die ganzen Vorbereitungen am Hals hat.« Sie blickte die vier jungen Frauen an. »Vermutlich werdet ihr Dena und mich genügend auf Trab halten, wenn ihr mal heiratet.«

»Nicht ich«, sagte Rachel. »Ich werde aufs Standesamt gehen und hinterher Linsensuppe mit Würstchen essen. Und ihr bekommt ein Telegramm, wenn alles vorüber ist.« Sie lachte über sich selbst. »Natürlich hat der arme Mann keine Ahnung davon. Ich habe es ihm noch nicht mitgeteilt.«

»Er tut mir jetzt schon leid«, sagte Mark, »wer immer es ist.«

»Blödian!« Sie stieß ihm scherzhaft in die Rippen. »Komm, laß uns noch schnell vor dem Essen schwimmen gehen. Und zieh keinen Flunsch, weil Alex uns verläßt. Das war unvermeidlich. Aber ich glaube nicht, daß er ganz und gar aus unserem Leben verschwindet. Los, ich renn mit dir um die Wette zum Schwimmbecken.« Die drei anderen Mädchen folgten ihnen langsam.

»Rachel kann unerwartet nett sein, wenn ihr danach zumute ist«, sagte Ginny. »Sie ist sehr klug, findest du nicht auch, Dena?«

»Sie schlägt ihrem Vater nach. Sicher wird sie eines Tages Abgeordnete werden. Die Frauen ihrer Generation haben es leichter als wir.« Sie lehnte den Drink ab, den Ginny ihr anbot. »Ich gehe lieber nach oben und nehme ein Bad vor dem Essen. In Washington war es so heiß, und ich mußte die Frauen von drei Parlamentsmitgliedern, die ihre Nasen in Angelegenheiten stecken, die sie nichts angehen, zum Mittagessen einladen.«

»Ich schicke dir einen Drink nach oben, du kannst ihn im Bad trinken.«

Dena berührte leicht die Hand ihrer Freundin, als sie aufstand. »Du bist die aufmerksamste und liebevollste Frau, die ich kenne. Ich kann noch immer nicht ganz an mein Glück glauben, daß ich dich zur Freundin habe. Du wirst mich doch nie im Stich lassen, Ginny?«

»Mein Gott, warum sollte ich?«

»Ich weiß nicht... manchmal überfällt mich eine unerklärliche Angst. Nichts Konkretes, verstehst du... ein Schatten...«

»Keine Schatten, Dena... vergiß es«, sagte sie, als kämen sie gefährlich in die Nähe von etwas, das besser ungesagt blieb. »Ich schicke dir Lilia mit einem Drink nach oben. Und ich werde deinem Beispiel folgen. Ich glaube nicht, daß Blair rechtzeitig zum Abendessen kommt.«

Jemand ist angekommen, dachte Dena, als sie im Bad lag.

Sie hörte das Geräusch eines Wagens und das Murmeln von Stimmen. Andrew McClintock konnte es nicht sein, um seine Ankunft würde mehr Aufhebens gemacht werden. Sie genoß es, sich in aller Ruhe anzuziehen, und nippte an ihrem eiskalten Limonensaft mit einem Hauch von Rum, den Lilia ihr gebracht hatte. Sie betrachtete ihr Gesicht im Spiegel. Die Falten, die sich abzuzeichnen begannen, beunruhigten sie nicht sonderlich. Sie wußte, viele Leute aus ihrer Bekanntschaft fanden, sie sei noch immer eine sehr anziehende Frau. Aber die Jahre vergingen wie im Flug. Sie war jetzt vierundvierzig. Sie fragte sich, wie sie sich mit fünfzig oder sechzig fühlen würde. Sie vertrieb diesen Gedanken. Es lag in so weiter Ferne. Vielleicht würde ihr dann manches sehr viel gleichgültiger sein. War das einer der Vorteile des Alterns? Sie besprühte sich mit Parfüm, beendete ihren Drink und nahm das Glas mit hinunter. Im Haus war es ruhig. Nur aus den oberen Stockwerken hörte man das Rauschen von Wasser in Badewannen und die Stimmen der Mädchen, die sich bei offenen Türen etwas zuriefen.

Sie stand im Türrahmen des Salons. Mark, der nicht soviel Zeit wie die Mädchen auf sein Äußeres verschwenden mußte, war bereits hinuntergegangen. Das Zimmer lag im Halbdunkel, niemand hatte die Lampen angeknipst.

Sie hörte Mark sagen: »Nein, Herr General, ich war noch nie im Pentagon. Onkel Blair hat mir versprochen, mich mitzunehmen, aber er ist immer so beschäftigt...«

»Es wäre mir ein Vergnügen, junger Mann...«

Dena hielt sich am Türrahmen fest. Sogar nach all den Jahren hatte sie die Stimme sofort wiedererkannt. Sie hatte immer gewußt, daß sie ihm in Washington irgendwann einmal begegnen mußte, aber hatte gehofft, daß es auf einer großen Party geschehen würde, wo ihre Begegnung kurz sein und an der Oberfläche bleiben würde. Aber hier in Prescott Hill! Es war unmöglich, daß Ginny sie absichtlich zusammengebracht hatte. Zu so einer Taktlosigkeit war sie einfach nicht fähig. In dem dämmrigen Licht sah sie nur die Umrisse von Mark und dem Mann, der sein Vater war. Sie versuchte, zurück in die Halle zu schlüpfen, aber zu spät, Mark hatte sie schon entdeckt. »Mutter! Das ist General Goodrick. Meine Mutter, Herr General.« Beide waren aufgestanden, und Dena sah sich gezwungen, auf sie zuzugehen.

»General Goodrick ... wie nett, Sie wiederzusehen. Der General und ich, Mark, haben uns während des Krieges einige Male in London gesehen.«

Sie blinzelte, als jemand Licht machte. Blairs Stimme sagte hinter ihr: »Warum in drei Teufels Namen habt ihr euch nichts zu trinken geholt? Dena, ich glaube, du kennst Mike. Ich habe ihn zufällig heute im Pentagon getroffen, wo ich zu tun hatte. Wir haben uns seit ... nun, es muß mindestens zwei Jahre her sein, nicht mehr gesehen. Und ich habe darauf bestanden, daß Mike mit nach Prescott Hill kommt, besonders da wir ein ruhiges Wochenende ohne Gäste vor uns haben.«

Dena sagte: »Was Blair offensichtlich nicht ganz bewußt ist, wenn er sagt, er hätte keine Gäste, ist die Tatsache, daß er ständige Hausgäste hat, nämlich die gesamte Camborne-Familie. Wir sind fast ein Teil des Mobiliars.«

»Ginny hat immer einen ausgezeichneten Geschmack für Möbel gehabt«, sagte Mike. »Ich habe nicht erwartet, Sie hier anzutreffen, obwohl ich weiß, daß Lord Camborne nach Washington versetzt worden ist. Es war mir ein Vergnügen, Ihren Sohn kennenzulernen ...«

Nichts Wichtiges wurde gesagt. Die Unterhaltung floß leicht plätschernd dahin. Blair sank ermüdet in einen Sessel, nachdem Dena ihm einen Drink gegeben hatte. Sie selbst hatte sich einen doppelten Whisky eingeschenkt und versucht, ihre zitternden Hände unter Kontrolle zu halten. Sie hatte immer gewußt, daß ihre Schuldgefühle wieder aufflackern würden, wenn sie ihn wiedersähe. Als Harry nach Washington versetzt wurde, hatte sie gehofft, daß General Mike Goodrick in Deutschland oder irgendwo an der atlantischen Küste seinen Dienst versah. Sie hatte sich vor der Freundschaft gefürchtet, die Blair und Ginny mit Mike Goodrick verband. Aber Ginny hatte nie erwähnt, daß Mike in Washington war. Sie hatte ihr auch nie erzählt, daß er gelegentlich bei ihnen zu Gast gewesen war, eine Tatsache, die sich im Laufe des Gesprächs herausstellte. Blairs Einladung war ein furchtbarer Schnitzer gewesen. Aber woher sollte er das wissen? Ginny war so diskret, daß sie Blair bestimmt nie von ihrer Liebesgeschichte mit Mike erzählt hatte. Dena blickte auf die zwei auf dem Sofa sitzenden Gestalten – Vater und Sohn. Beide hatten dunkle Haare und braune Augen, aber Mark hatte ihre Gesichtszüge geerbt, was man trotz seiner jugendlichen Rundungen schon jetzt erkennen konnte. Sie wußte nicht einmal, wie alt der Vater ihres Sohnes war, aber sie erinnerte sich an seine verzweifelte Bitte, ihn zu heiraten, an den letzten Telefonanruf, an die Tage, wo sie sich an ihn geklammert hatte, als die Welt auseinanderzufallen schien. Vielleicht war es eine egoistische, lebenshungrige Liebe gewesen, aber sie konnte sie nicht vergessen. Und das Resultat dieser Liebe saß leibhaftig unter ihnen.

Die Mädchen erschienen und wurden dem General vorgestellt. Caroline schenkte wieder die Gläser voll. Und Dena, obwohl sie einen Drink dringend nötig hatte, konnte kaum ihr Glas an die Lippen führen aus Angst, daß ihre zitternden Hände sie verrieten. Sie hörte der angeregten Unterhaltung zu und erfuhr, daß der General gerade von einer Dienstreise durch alle Nato-Länder zurückgekehrt war. Mark sah ihn bewundernd an, als er von Iran und der Türkei erzählte, als sei er ein moderner Marco Polo.

Endlich erschien Ginny. Sie ging auf Mike zu und rief aus: »Es tut mir so leid, daß ich nicht unten war, Sie zu begrüßen. Aber Blair hat mir erst bei seiner Ankunft erzählt, daß er Sie mitgebracht hat. Es freut mich sehr, Sie hier zu sehen. Es ist so lange her...« Dena hatte den Eindruck, daß sogar den Mädchen Ginnys gekünstelt heiterer Tonfall auffiel.

»Ich habe eine wundervolle Frau«, sagte Blair mit einem kleinen, ironischen Schmunzeln. Er lehnte sich im Stuhl zurück mit der Zufriedenheit eines Mannes, der alles hat, was er sich wünscht. »Ich habe vergessen, Ginny anzurufen, aber selbst wenn ich ein ganzes Regiment mitgebracht hätte, hätte sie nicht mit der Wimper gezuckt. Ich habe zu Mike gesagt, daß nur die Familie da sei. Bloß habe ich vergessen, daß wir eher eine große Familie sind.«

»Da haben Sie Glück«, sagte Mike. »Meine zwei Kinder sind erwachsen und aus dem Nest geflogen.«

Die Zeit bis zum Abendessen erschien Dena endlos. Sie war dankbar, daß Mike am anderen Ende des Tisches saß und daß das Geplauder der Mädchen die Gesprächspausen ausfüllte. Als einziger anderer männlicher Gast saß Mark auf Ginnys linker Seite Mike gegenüber. Die beiden unterhielten sich lebhaft miteinander. Mark stellte auf seine frische Art eine Menge Fragen an den General. Ginnys Stimme dagegen klang gequält und ein wenig schrill.

Nach dem Essen, als die anderen zum Kaffee in die Bibliothek gingen, hielt Ginny Dena zurück. »Es tut mir furchtbar leid. Ich hätte dir das natürlich nie angetan. Ich wußte nicht einmal, daß Mike wieder in Washington ist, und Blair hat mir nicht gesagt, daß er ihn mitbringt.«

Dena zuckte die Achseln und brachte sogar ein Lächeln zustande. »So was passiert einem, wenn man zu gastfrei ist. Du empfängst jeden mit offenen Armen, und Blair weiß das. Es tut mir nur leid, daß ich dich in Ungelegenheiten –«

»Hör auf, Dena! Sag so was nicht. Für dich ist es eine scheußliche Situation. Willst du unter irgendeinem Vorwand nach Washington zurückfahren? Ich kann ja sagen... ach, was immer du willst. Daß Harry angerufen hat, weil irgendein großes Tier angekommen ist, und er dich braucht...«

»Nein, Ginny, ich habe immer gewußt, daß ich ihm irgendwo wieder begegnen würde, nachdem ich erfahren habe, daß er den Krieg überlebt hat. Was ich allerdings nicht erwartet habe, ist, daß es gerade hier passieren würde... im Beisein von Mark. Nein, ich bleibe, ich darf nicht fortlaufen und ihn hier allein mit Mark zurücklassen. Ich glaube zwar nicht, daß Mike irgendeinen Verdacht hegt, aber trotzdem... Ich muß Harry anrufen und ihm Bescheid sagen. Danach komme ich in die Bibliothek. Ich will nicht, daß Blair denkt, ich sei verstimmt.«

Harry war nicht in der Botschaft, aber sie erreichte ihn zu Hause. »Harry ... Blair hat unerwartet einen Gast mitgebracht. Erinnerst du dich an einen Namen, den ich dir vor mehr als zehn Jahren nannte? Mike Goodrick, jetzt General Goodrick.«

Er schwieg einen Moment lang, dann sagte er: »Ja, ich erinnere mich. Willst du, daß ich nach Prescott Hill komme? Würde dir das helfen?«

»Nein, komm nicht, wenn du noch zu arbeiten hast. Ruh dich lieber aus, Harry. Ich habe ihn heute abend zum ersten Mal nach all den Jahren wiedergesehen. Ich schwöre es dir ...«

»Das brauchst du nicht, Dena. Ich weiß es. Du bist das Kostbarste, was ich habe im Leben. Ich liebe dich, Dena, dich und *unseren* Sohn.«

»Ich danke dir, Harry. Gute Nacht.«

Sie ging nach unten und nahm die Tasse Kaffee entgegen, die Ginny ihr reichte.

»Ich habe gerade mit Harry gesprochen«, sagte sie mit klarer Stimme, so daß jeder sie hören konnte. »Er muß morgen den ganzen Tag über arbeiten, und ich hoffe, er ist so vernünftig, sich am Sonntag auszuschlafen.«

»Ja, das täte ihm sicher gut«, sagte Blair. »Ich fand, er sah in letzter Zeit etwas mitgenommen aus.« Er wandte sich an Ginny. »Meinst du, Mrs. Winterton bekommt einen hysterischen Anfall, wenn wir noch im letzten Moment einen weiteren Gast auf ihre Liste setzen? Wir haben schließlich nicht jeden Tag eine Hochzeit in der Familie, und ich hätte es so gerne, wenn Mike mit dabei wäre ...«

Harry arbeitete nicht mehr an diesem Abend. Seine Dokumente lagen unberührt auf dem Tisch. Er saß eine lange Weile bewegungslos im Stuhl und dachte an Dena in Prescott Hill mit dem Vater ihres Sohnes. Er wünschte, er könnte ihre Hand halten und sie trösten. Er wußte, sie litt Qualen, denn auch er litt oft Qualen, nur daß Dena davon nichts wußte. Es gab etwas, was er sogar ihr nicht anzuvertrauen gewagt hatte. Er dachte zurück an seine Abfahrt aus Moskau in jenem Oktober, als es so schien, als würde die westliche Welt dem Diktator zum Opfer fallen. Er schloß die Schublade seines Schreibtisches auf und nahm einen versiegelten Umschlag mit seinem Namenszug heraus. Er ging ins Wohnzimmer, knipste die Lampe an und goß sich einen Whisky ein. Er setzte sich hin und öffnete den Umschlag. Das erste Foto war körnig und unscharf, aber klar genug, um die Personen zu erkennen. Er erinnerte sich noch deutlich an den Tag, an dem er es erhalten hatte. Er hatte Überstunden in der Pariser Botschaft gemacht, kurz nachdem er seinen Posten dort angetreten hatte. Er war gerade dabei gewesen, seine Papiere zusammenzuräumen und die Geheimsachen einzuschließen, als der diensthabende Beamte ihn anrief, um ihm zu sagen, daß beim Empfang ein an ihn adressierter Brief abgegeben worden sei. »Soll ich ihn raufschicken lassen, Lord Camborne?«

»Ich bin im Begriff zu gehen. Ich hole ihn mir selbst ab.«

Er hatte die kurze Notiz in der Vorhalle der Botschaft gelesen, unter den neugierigen Blicken des Nachtportiers. Auf dem Umschlag war nur sein Name getippt, und auch die Nachricht war mit der Schreibmaschine geschrieben. »Ich werde während der nächsten Stunde bei Fouquet sein und erwarte Sie dort.« Für gewöhnlich hätte er die Nachricht ignoriert; Gesandte der britischen Botschaft pflegten Aufforderungen von Unbekannten nicht zu folgen. Aber der nächste Satz versetzte ihm einen Schock. »Ich bin sicher, daß Sie nach all diesen Jahren interessiert sind zu hören, wie es Sonja Dimitrijewna geht.«

Er war auf die feuchte Straße hinausgewandert; benommen von Furcht und Sorge, hatte er seinen Chauffeur nach Hause geschickt und war zu Fuß zu Fouquet auf den Champs Elysées gegangen. Als er das Lokal betrat, erhob sich ein Mann, der an einem der Tische gesessen hatte. »Ich habe Kaffee bestellt, Lord Camborne. Ich war sicher, Sie würden kommen.«

Harry setzte sich an den kleinen Tisch. Er hatte den Mann nie zuvor in seinem Leben gesehen. »Was wünschen Sie?«

»Ich wollte Ihnen nur ein kleines Erinnerungsstück überreichen.« Der Mann gab ihm einen Umschlag, der ein Foto enthielt, ziemlich unscharf, als wäre es vergrößert worden. Er erkannte Sonja wieder, gealtert und abgemagert, aber sie hatte ein Gesicht, das man nicht so leicht vergißt. Sie sah frühzeitig verbraucht aus, ihre Augen waren tief in den Kopf eingesunken. Neben ihr stand ein vielleicht fünf- oder sechsjähriges kleines Mädchen. Die kindlichen Züge glichen Sonjas – und seinen? Oder gaukelte sein schlechtes Gewissen ihm eine Ähnlichkeit vor? Das Mädchen war hellblond wie Sonja, wie er, und hatte entweder blaue oder graue Augen; die genaue Farbe konnte man nicht erkennen.

»Ein Familienfoto für Ihre Sammlung. Sonja ist noch am Leben, Ihre Tochter ebenfalls.«

»Woher haben Sie das Foto?«

»Sie können doch nicht im Ernst annehmen, daß ich Ihnen das sage. Ich bin einfach ein Bote von keinerlei Bedeutung.« Harry sah sich den Mann zum ersten Mal näher an. Er war untersetzt und hatte entweder einen deutschen oder holländischen Akzent. »Wir werden in Verbindung bleiben. Man hat Ihre Karriere mit großem Interesse verfolgt und glaubt, es sei an der Zeit, daß Sie wichtige Dienste leisten könnten. Man ist davon überzeugt, daß Ihnen das Wohlbefinden derjenigen, die Sie zurückließen, am Herzen liegt. Sie möchten doch sicher gerne, daß sie am Leben bleiben, nicht wahr, Lord Camborne?« Der Mann erhob sich. »Der Kaffee ist bezahlt.« Er ging, und Harry starrte auf das Foto. Schließlich kam der Kellner und fragte ihn, ob er einen zweiten Kaffee wünsche, ein diskreter Wink, daß der Tisch benötigt wurde. Harry stand auf und ging hinaus in die feuchte Nacht.

An jenem Abend, als Dena bereits zu Bett gegangen war, zog er das Foto wieder aus seiner Brusttasche und betrachtete es eingehend. Und jetzt betrachtete er es wieder. Dann hielt er lange das zweite Foto in der Hand, das ihm ebenfalls in seinen Pariser Tagen zugespielt worden war. Es war ein sehr viel klareres Foto von Sonja. Ihre Falten waren zu tief für ihr Alter. Das Kind stand neben ihr, aber es hatte nichts

Kindliches im Gesicht, hingegen klare, gutgeschnittene Züge. Als Erwachsene würde sie vermutlich eine Schönheit werden. Ihr Haar war noch immer hellblond, und unter dem hohen Schwung der Brauen blickten ihn helle Augen an. Der Ausdruck der Augen beunruhigte ihn. Das Mädchen hatte Angst. Man hatte ihr befohlen zu lächeln. Aber es war das Lächeln einer Marionette.

Er hatte für sie getan, was er konnte. Er hatte darum gekämpft, Mutter und Tochter am Leben zu erhalten. Aber er hatte sich dabei in einem Netz von Täuschungen und Ausflüchten verfangen, das ihn gelegentlich würgte.

Er schenkte sich noch einen Whisky ein. Abgesehen von dem Geräusch der Klimaanlage, war das Haus totenstill. Er dachte an Dena in Prescott Hill und an den Mann, der für kurze Zeit ihr Liebhaber gewesen war. Und dann dachte er an Mark, an dieses heitere, frühreife Kind, das er vielleicht mehr liebte, als er seinen eigenen Sohn geliebt hätte.

Das Wochenende erschien Dena endlos, obwohl sie alle trotz der Hitze enorm aktiv waren. Sie wußten, daß sie sich nach der Hochzeit wieder trennen mußten, und so unternahmen sie möglichst viele Dinge gemeinsam. Dena versuchte sich von ihrer Unruhe, von ihrer Angst und ihren Schuldgefühlen zu befreien, indem sie Mark am Spätnachmittag zum Scheibenschießen mitnahm. Den ganzen Tag über hatte sie gegen ihren Impuls angekämpft, Harry anzurufen und ihn zu bitten, nach Prescott Hill zu kommen. Wenn ich die Stunden bis zum Abendbrot durchhalte, dachte sie, wird alles erträglicher. Das Abendessen zu überstehen, würde nicht so schwierig sein, und morgen könnte sie gleich nach dem Mittagessen in die Stadt fahren. Es war ein anstrengender Tag gewesen, und sie war Mike dankbar, daß er nicht versucht hatte, sie unter vier Augen zu sprechen. Auch hatte er nicht wieder auf ihre Begegnung während der Kriegszeit in London angespielt, sondern hatte Dena genauso behandelt, als hätten sie sich einige Male flüchtig getroffen. Es war eine Feinfühligkeit, die sie ihm hoch anrechnete.

Mark suchte sein Gewehr sorgfältig aus. Er kannte alle Gewehre in Prescott Hill und benutzte diejenigen, die für Alex in seiner Kindheit angefertigt worden waren. Dena und er gingen gemeinsam zum Schießstand, und Mark war hoch erfreut, seine Mutter für sich zu haben. Der Schießstand befand sich am Rand eines Zedernwäldchens, ziemlich weit vom Haus entfernt.

Dena genoß das Scheibenschießen. Es verlangte ihre ganze Aufmerksamkeit, so daß sie eine Zeitlang ihre Schuldgefühle vergaß.

Sie gingen näher an die Zielscheibe heran, um sich im Revolverschießen zu üben. Es war das erste Mal, daß Mark einen Revolver in der Hand hielt. Dena zeigte ihm, wie man visierte und die richtige Fußstellung einnahm. »Du mußt den Revolver mit beiden Händen halten, damit du nicht wackelst.« Er schoß trotz aller Anstrengung ständig daneben. »Tut mir leid, Mutter, ich kann mit dem Ding nicht umgehen.«

»Das macht nichts. Ich hoffe, du kommst nie in die Verlegenheit, einen Revolver gebrauchen zu müssen. Ich besitze auch keinen mehr. Dieser gehört Blair, und die Lizenz lautet auf seinen Namen. Ich wollte nur sehen, ob ich noch in Übung bin.«

»Kann ich näher kommen?« Mike Goodrick schlenderte langsam auf sie zu. »Ich wußte nicht, daß Sie so eine Meisterschützin sind, Dena.«

»Sie sollten sie erst Billard spielen sehen, General«, sagte Mark. »Mein Vater hat sich am Billardtisch in Mutter verliebt.«

Sie schickte Mark fort, um die Patronenhülsen aufzusammeln und anschließend die Gewehre zu reinigen, eine der wenigen strengen Regeln in Prescott Hill, die unbedingt eingehalten werden mußten.

Mark war jetzt außer Hörweite. Er war ihnen vorausgeeilt. Er tat nie etwas langsam. Sein Gang war leicht und beschwingt. Er hielt die zwei Gewehre, die sie benutzt hatten, gesichert, so wie man es ihm beigebracht hatte. »Er ist kein sehr guter Schüler, aber ein ausgezeichneter Sportler. Manchmal habe ich das Gefühl, daß das der Grund ist, warum sie ihn an der Schule behalten. In einigen Jahren kommt er nach Eton. Das wird ihm genausowenig gefallen.«

»Warum schicken Sie ihn dann dorthin?«

»Sein Vater und Großvater waren auch schon in Eton. Ich nehme an, das ist Grund genug.«

»Wenn er mein Sohn wäre ...«

»Er ist aber *mein* Sohn, Mike.«

»Er könnte meiner sein. Ich hatte ein seltsames Gefühl ... ich habe ihn nach seinem Geburtstag gefragt.«

Sie war plötzlich wütend und hatte Angst. »Kümmern Sie sich um Ihre eigenen Angelegenheiten. Harry kehrte zu jener Zeit aus Moskau zurück, wie Sie wissen. Er war lange fort gewesen. Mark ist das natürliche Resultat unseres Wiedersehens.«

»Meiner Berechnung nach ...«

Sie blieb stehen und blickte ihn an. »Sie müssen es mir glauben. Er ist zwei Wochen zu früh zur Welt gekommen. Fragen Sie Ginny. Sie war bei der Geburt zugegen.«

»Nein, Dena, ich werde Ginny nicht fragen. Und ich werde mich nicht einmischen. Ich werde auch keinen Versuch machen, Mark öfter zu sehen oder ihn vorzuziehen, sondern ihn behandeln wie jeden anderen Jungen. Trotzdem glaube ich weiterhin, daß er mein Sohn ist. Aber ich habe nicht die Absicht, Verwirrung zu stiften oder sein Leben über den Haufen zu werfen. Er gehört nun mal in den Penrose-Camborne-Kreis. Das ist nicht zu ändern. Ich frage mich nur, ob das so gut für ihn ist.«

»Harry weiß Bescheid ... über uns. Ich habe es ihm erzählt, gleich nach seiner Rückkehr.«

Mike nickte. »Ja, davon bin ich überzeugt. Ihre Aufrichtigkeit war einer der Gründe, warum ich Sie geliebt habe und immer noch liebe. Aber es war eine aussichtslose Sache. Sie wären von Schuldgefühlen zerfressen worden, und Sie hätten Ihre Töchter nie im Stich gelassen. Damals wollte ich Sie unbedingt heiraten und habe mir eingeredet, daß es möglich sei. Aber es würde mich freuen zu wissen, daß Mark mein Sohn ist.«

»Er ist *mein* Sohn«, wiederholte sie, aber jetzt in einem sanfteren Tonfall. »Sie sind ein sehr netter Mann, Mike, und auch ich habe meine guten Erinnerungen. Es hat nie einen anderen gegeben, nur Sie, Mike, und Harry.«

Sie legten das letzte Stück Weg zum Haus schweigend zurück. Es war fast dunkel, als sie es erreichten. Dena ging in die Waffenkammer, um den Revolver an seinen Platz zu legen und Mark beim Reinigen der Gewehre zu helfen. Mike nahm einen Drink von Blair an, bevor er nach oben ging, um sich zu duschen und umzuziehen. Nur die Stimmen der Mädchen und das Zirpen der Grillen unterbrachen die nächtliche Stille.

Dena fuhr am nächsten Tag gleich nach dem Mittagessen nach Washington. »Ich muß mich um Harrys Abendessen kümmern. Wir haben sonntags kein Personal.« Blair und Mike Goodrick würden am nächsten Morgen in die Stadt fahren. Ginny, Mark und die Mädchen hatten vor, bis Donnerstag zu bleiben. Am Sonnabend war die Hochzeit.

Alexander McClintock und Nancy Van Isler Winterton heirateten in der episkopalen Kirche. Im großen Garten des Wintertonschen Hauses war ein Zelt aufgestellt, falls es regnen sollte. Aber es regnete nicht, so wie am vorangegangenen Abend. Der Sturm hatte die Luft gereinigt. Es war ein sonniger, heller und glitzernder Tag. Es ist alles perfekt, dachte Livy, als sie bei dem Empfang in die Runde blickte, so perfekt, wie eine gut geprobte Theateraufführung zu sein hat. Sie waren das schönste, reichste Paar, Träger der zwei bekanntesten Namen des Landes – die personifizierte Vollkommenheit.

Sie fuhren traditionsgemäß unter einem Schauer von Reis und mit einem alten Paar Schuhe hinten am Wagen davon. Am Flughafen würde das McClintock-Clayton-Privatflugzeug auf sie warten, um sie für ihre kurzen Flitterwochen nach Bar Harbor in Maine zu fliegen. Nach ihrer

Abfahrt verabschiedeten sich die Gäste. Livy und Caroline gesellten sich zu Rachel und Chris, während ihre Eltern mit den Wintertons sprachen, die selbstgefällig lächelten. Und warum auch nicht? Alles war bestens verlaufen.

Livy und Rachel sahen sich an. »Laß uns nach Hause fahren«, sagte Rachel. Sie winkten ein Taxi herbei. Livy sank auf den Sitz. Sie hatte zuviel Champagner getrunken und nur mit Mühe das Stück von dem Hochzeitskuchen heruntergewürgt, das man ihr angeboten hatte. Aber es wäre zu unhöflich gewesen, es abzulehnen. Sie hatte während des Empfangs krampfhaft gelächelt und jedem zugestimmt, der gesagt hatte: »Sind sie nicht ein schönes Paar?«

Sie hatte Alex die Woche vor der Hochzeit nicht gesehen. Er hatte ihr vor seiner Abfahrt einen flüchtigen Kuß gegeben, wie den anderen Familienmitgliedern. Sie malte sich den Flug zu zweit in dem Privatflugzeug aus, den freudigen Empfang in dem Haus in Bar Harbor, das sie nicht kannte. Ein kleiner Schmerzensschrei entfuhr ihr.

»Was hast du? Zuviel Champagner?« fragte Rachel.

»Meine Füße«, erwiderte Livy geistesgegenwärtig. »Sie bringen mich um. Meine Schuhe sind zu eng.«

»Sie passen aber zum Kleid.«

»Was meinst du! Caro hat sie ausgesucht. Und was macht es schon, wenn die Füße ein wenig schmerzen, solange die Schuhe zum Kleid passen.«

Livy blieb noch für eine Woche bei Dena und Harry. Das Wochenende verbrachten sie in Prescott Hill. »Eine himmlische Ruhe«, sagte Ginny. »Ich weiß nicht, wie Mrs. Winterton sich fühlt, aber allein schon die Mutter des Bräutigams zu sein, ging fast über meine Kräfte.«

»Ich glaube nicht, daß du je in Mrs. Wintertons Lage kommst«, sagte Blair ruhig, »Chris wird sich ihre eigene Hochzeit richten ...«

Schon jetzt war alles verändert. Rachel war nach London abgereist mit der Zusicherung von Ginnys Vater, daß sie sich nur zu melden brauchte, falls sie einen Bürojob beim Senat haben wollte. Caroline hatte die Einladung in ein Landhaus angenommen, das jemand gehörte, den sie auf der Hochzeit kennengelernt hatte. »Unsere liebe Caroline läßt kein Vergnügen aus«, sagte Dena.

Sie verbrachten drei entspannte Tage zusammen. Es war das Wochenende vor dem ersten September. Alex würde mit seiner Frau bald in das neu eingerichtete Haus in Georgetown zurückkommen und in sein Büro einziehen, das einen Stock unter dem seines Großvaters lag. Livy beschloß, Washington noch vor seiner Rückkehr zu verlassen. Ein Telegramm von Thea kam an. »Gratuliere. Examen als Beste deines Jahrgangs bestanden.« Sie feierten den Erfolg im engen Familienkreis, da sie sich alle noch nicht ganz von der Hochzeit erholt hatten.

Livy meldete sich zu einem Abschiedsbesuch bei Andrew McClintock an. Statt sie im Büro zu empfangen, lud er sie in sein Haus zum Abendessen ein. Die Speisen waren einfach, aber vorzüglich zubereitet. »Ich biete Ihnen keinen Champagner an«, sagte er. »Sie haben vermutlich diese Woche genug davon getrunken. Statt dessen offeriere ich Ihnen etwas ganz Besonderes. Sie werden nicht oft einen Romanée Conti vorgesetzt bekommen.« Er wartete nicht auf ihren Kommentar, sondern fuhr fort: »Nun, nachdem Sie Ihren Universitätsabschluß haben, wie sieht es mit Ihren Zukunftsplänen aus?«

»Ich fliege mit Mark zurück, dessen Schule nächste Woche beginnt. Danach fahre ich wohl nach St. Just, um mich auszuschlafen, zu lesen und Unmengen von Fisch zu verzehren.«

»Solange Sie sich nicht nach Alex verzehren ...«

»Ich habe nicht die geringste Absicht, das zu tun. Ich brauche nur ein wenig Zeit ... einen Monat oder so. Und dann ... werde ich vermutlich wie Rachel einen Stenographie- und Schreibmaschinenkurs nehmen und wenigstens die Grundbegriffe der Buchhaltung lernen. Langweilig und phantasielos, ich weiß, aber Frauen müssen diese Fähigkeiten haben, um einen Job zu bekommen. Ich frage mich jetzt, wo ich mein

Schlußexamen in Anglistik gemacht habe, was ich eigentlich damit anfangen soll.«

»Diese Frage hätten Sie sich vor drei Jahren stellen sollen. Aber Sie sind zweifellos reifer geworden. Ich glaube nicht, daß Sie eine gute Wissenschaftlerin oder Ärztin geworden wären, wenn man an Ihre Eltern denkt. Also gut, belegen Sie Ihre Kurse, sie sind jedenfalls keine Zeitvergeudung. Wir brauchen immer intelligente junge Frauen bei McClintock-Clayton.«

»Beziehungen, Mr. McClintock, Vetternwirtschaft... vielleicht behagt mir das nicht.«

Er schnitt nachdenklich sein Roastbeef. »Vielleicht nicht. Aber ich bin froh, daß Sie mich als Ihren Vermögensverwalter behalten haben. Lassen Sie es mich wissen, wenn ich irgend etwas für Sie tun kann. Ich will Sie zu nichts zwingen. Ich glaube nicht, daß ich vor dem nächsten Sommer in England sein werde. Das Reisen überlasse ich zum größten Teil Blair, wie Sie vermutlich bemerkt haben. Natürlich wird jeder, der etwas auf sich hält, nächsten Sommer in London sein. Wer will schon die Krönung versäumen? Sehen Sie, da ist eine junge Frau, die eine Stellung geerbt hat, die sie ausfüllen muß. So wie Alex. Beziehungen, Traditionen, Vetternwirtschaft... manche können es nicht vermeiden. Ich sehe Sie bei der Krönung, junge Dame...«

10

Livy fuhr nicht nach St. Just zum Ausschlafen, Essen und endlosen Lesen. Während des Fluges hatte sie über ihre Zukunft nachgedacht und beschlossen, sich sofort für die verschiedenen Kurse anzumelden und anschließend auf Stellungssuche zu gehen. Und sie würde versuchen, Alex zu vergessen – schließlich gab es noch andere Männer auf dieser Welt.

Rachel stand unerwarteterweise am Flughafen. Sie hatte sich von einer Freundin einen kleinen Wagen geborgt. »Tante Ginny hat natürlich angeboten, ihren Schlitten mit Chauffeur zu schicken, aber ich hatte Angst, meine Freunde würden mich sehen und denken, ich sei zum Klassenfeind übergelaufen...« Zuweilen war Rachel fähig, über ihre politische Einstellung zu lachen. »Tut mir leid, daß ich euch nicht bei mir unterbringen kann, aber ich habe nur ein Zimmer, und das ist reichlich verlottert. Daher übernachten wir alle drei in Seymour House, sonst müßte Mark direkt in seine Schule fahren. Ich habe Knox angerufen, und er ist hell begeistert, daß er endlich wieder was zu tun hat. Ich glaube, er plant etwas Besonderes, weil es Marks letzter Ferientag ist. Du bleibst eine Weile in Seymour House, nicht wahr, Livy?«

»Nur, bis ich eine eigene Bleibe gefunden habe. Tante Ginny war empört, als ich sagte, ich wollte in ein Hotel ziehen.«

»Ja, sie ist wirklich eine der nettesten und großzügigsten Frauen auf der Welt.«

»Deine Mutter«, sagte Livy, »ist genauso nett und großzügig. Der einzige Unterschied ist, daß sie nicht das Geld der Claytons hat. Hätte sie es, würde sie ebenfalls allen Freunden und Verwandten helfen.«

»Du hast recht«, sagte Rachel. »Man nimmt seine Eltern leicht als selbstverständlich hin. Ich habe Chris angerufen und ihr nahegelegt, daß sie auch kommen soll. Aber ich habe den Eindruck, daß sie zu tief in ihre augenblickliche Liebesgeschichte verstrickt ist.«

Knox begrüßte sie mit unverhohlener Freude. Sie genossen die gepflegte Umgebung und das ausgezeichnete Essen. Mark lief in die Küche hinunter, und sie hörten, wie er laut rief: »Monsieur Jacques!« Dann verfiel er in ein schnelles und eher ungrammatikalisches Französisch.

Rachel blieb über Nacht in Seymour House und fuhr Mark am nächsten Morgen in seine Schule. Livy begleitete die beiden. Mark war sehr schweigsam während der Fahrt. »Denk an die nächsten Ferien«, sagte Livy, um ihn zu trösten.

Auf der Rückfahrt erzählte Livy von ihren Plänen: »Eigentlich wollte ich ein paar Wochen in St. Just verbringen, aber ich habe das Gefühl, wenn ich erst mal dort bin, brauche ich Monate, um mich loszureißen. Daher fange ich wohl besser gleich mit den Kursen an. Weißt du, es ist merkwürdig, plötzlich habe ich keinen geregelten Tagesablauf mehr, keiner sagt mir, was ich tun soll. Aber vor allem muß ich eine Unterkunft finden.«

Rachel gab keinen Kommentar von sich, aber nickte zustimmend. »Ja, du mußt dich jetzt auf eigene Füße stellen. Und das ist nicht so einfach.« Als sie Livy vor Seymour House absetzte, sagte sie: »Versuche, möglichst schnell eine Bleibe zu finden, egal, wie mies sie ist. Seymour House färbt auf einen ab. Tante Ginny möchte natürlich, daß du ständig dort wohnst.«

Während der nächsten Woche ließ Livy sich von dem Luxus von Seymour House einlullen und von Knox und Jacques verwöhnen. Sie rief ein paar Kommilitoninnen an, die in London wohnten, und bat um Rat, wie sie eine Wohnung finden und wo sie tippen und stenographieren lernen könnte.

Tagsüber ging sie zu Häusermaklern und schlenderte düstere Straßen entlang auf der Suche nach einem Zu-vermieten-Schild. Sie konzentrierte sich auf die Gegend zwischen Victoria Station und der Themse. Rachels Behausung war in Pimlico, und Livy hätte gerne in ihrer Nähe gewohnt. Endlich fand sie eine unmöblierte Dachwohnung, die auf den Vincent Square blickte. Das Haus war schäbig und bedurfte dringend eines neuen Anstrichs und einiger Reparaturen. Der Besitzer verlangte eine Abstandssumme. Livy feilschte ein wenig, aber zum Schluß einigten sie sich. Die Wohnung hatte ein großes, nach Süden gehendes Fenster, das höher als die Baumwipfel des Platzes war, ein geräumiges und ein sehr viel kleineres Schlafzimmer, eine reichlich primitive Küche und ein Bad und Gasheizung. Erstaunlicherweise gab es sogar ein Telefon, das auf dem Boden neben dem großen Fenster stand. Livy kaufte eine Flasche Champagner, Brot und Käse, zwei billige Gläser und Teller und rief Rachel an.

»Nicht zu fassen«, sagte Rachel. »Inzwischen weißt du ja wohl, wie schwierig es ist, eine unmöblierte Wohnung zu finden. Die Besitzer können die doppelte Miete verlangen, wenn sie dir ein wackliges Bett und zwei Orangenkisten reinstellen. Du hast ein Riesenglück gehabt. Es muß irre viel kosten.«

Livy gestand, daß sie eine Abstandssumme gezahlt hatte. »Ich habe nicht meine ganzen Zinsen aufgebraucht, als ich in Oxford war. Sehr zu Carolines Erstaunen. Ich dachte, ich spare sie mir für die Wohnung und den Kauf einiger Möbel auf. Die möblierten Wohnungen, die ich mir angesehen habe, waren so deprimierend.« Ihr war nicht ganz wohl zumute. Sie hatte nie Rachels Zimmer gesehen, aber sie konnte sich gut vorstellen, wie es aussah. »Wie du weißt, hat Mr. McClintock die Tantiemen, die ich für Vaters Bücher bekomme, verwaltet. Das meiste Geld bringt noch immer *This England* ein.«

Rachel winkte abwehrend. »Du brauchst dich nicht zu entschuldigen. Du weißt, ich bin eine rabiate Sozialistin. Worüber ich mich aufrege, ist das durch Ausbeutung erworbene Geld.« Sie setzte sich auf den Fußboden, schnitt sich ein Stück Käse ab und knabberte Radieschen. »Zweifellos haftet an den Aktien, die Mr. McClintock für dich gekauft hat, auch ein wenig Ausbeutung. Aber dein Vater hat niemand ausgebeutet. Er hat sein Geld im Schweiße seines Angesichts verdient, und deine Mutter ebenso. Dir steht jeder Penny von dem Geld zu.« Sie blickte sich in dem leeren Raum um. »In meinen Augen ist es ein Paradies, aber die meisten Leute werden denken, daß es ein recht bescheidenes Paradies ist.«

Livy lachte erleichtert. »Ich bin so froh, daß du das sagst. Ich hatte fast Angst, dich einzuladen.«

»Ach, miß meinen kernigen Sprüchen keine zu große Bedeutung zu, da ist auch viel Angabe mit dabei. Ich würde dieses Paradies nicht ablehnen, wenn man es mir anbieten würde.«

Livy sonnte sich in Rachels Zustimmung; sie wurde ihr nicht oft zuteil.

Am gleichen Abend schrieb sie in Seymour House einen Brief an Andrew McClintock, in dem sie ihre Wohnung beschrieb. Dann gab sie ihm einen Überschlag ihrer laufenden Ausgaben für die Miete, die Anschaffung des notwendigsten Mobiliars, den Sekretärinnenkurs und ihren Lebensunterhalt. Die Antwort kam per Telegramm. »Genehmigt! Sie scheinen kein Geld zu vergeuden.« Aber einen kleinen Scherz hatte er sich offensichtlich nicht verkneifen können. »Gelegentlich können Sie sich sogar eine Flasche Wein leisten, aber keinen Romanée Conti.«

Sie hatte Thea telefonisch von ihren Plänen in Kenntnis gesetzt. »Mein Schatz, das klingt mir alles sehr vernünftig«, hatte Thea geantwortet. »Aber ich wünschte, du hättest einige Wochen mit uns verbracht. Wir vermissen dich sehr. Versuche, zu Weihnachten zu kommen. Ich mache mir ein wenig Sorgen um Bess. Sie sieht nicht gut aus. Aber sie ist so halsstarrig, daß sie uns nichts erzählt. Ich vermute, es ist ihr Herz, und die Arthritis verschlimmert sich.«

Livy hatte über die für sie neuen und daher aufregenden Ereignisse auch an Dena und Ginny geschrieben. Sie hatte eine Woche damit verbracht, ihre Wohnung weiß anzustreichen. Dann hatte sie eine Liste gemacht von den Dingen, die sie unbedingt brauchte. Sie hatte einen Handwerker aufgetrieben, der ihr aus grünem Holz ein Bücherregal zimmerte. Sie wußte, es würde bald durchsacken, aber sie hatte kein besseres Material finden können. Sie holte ihre Bücher, Platten und ihre paar Sammelstücke aus dem Lagerhaus in Oxford ab. Knox berichtete ihr von dem Telegramm, das er von Ginny erhalten hatte. »Ich sortiere alle ›Restbestände‹ von Porzellan und Gläsern aus, Miss Livy. Sie wissen ja, daß Mrs. Clayton immer große Service und Dutzende von Gläsern kauft. Natürlich geht davon einiges kaputt. Und wenn Mrs. Clayton nicht das gleiche Muster findet, bestellt sie ein *neues*. Der Abstellraum ist voll von diesen Restbeständen, mehr, als Sie gebrauchen können. Sie hat mich auch angewiesen, mir die Möbel auf dem Dachboden und im Keller genau anzusehen. Während des Krieges hat ja niemand etwas fortgeworfen, aber als Mrs. Clayton das Haus neu einrichtete ... nun, es gibt genug Sachen, die Sie haben können.«

Livy suchte sich einige Teppiche, ein Sofa, einen Sessel und einen zusammenklappbaren Mahagonitisch aus. Sie hatte mehr als genug Gläser, Porzellan und Besteck. Jacques gab ihr ein paar Töpfe und Pfannen. »Mrs. Clayton hat das Allerbeste aus Amerika geschickt. Und das muß ich behalten. Aber was ich Ihnen gebe, ist auch gute Qualität. Manchmal ist der Stiel etwas verbogen oder der Boden etwas verbeult. Aber sie sind noch gut genug ...« Die Töpfe waren, wie Livy wußte, sogar sehr viel besser, als man sie in den Geschäften finden konnte.

Sie nahm alles an und schrieb einen dankbaren Brief an Ginny. Dennoch war sie etwas frustriert. Sie hätte lieber ihre eigenen Sachen gekauft und wäre gerne mit weniger ausgekommen. Aber das war natürlich schiere Narretei, und abgesehen davon hätte ihre Ablehnung Ginny geschmerzt.

Caroline schrieb aus Washington:

Die Wohnung klingt ganz toll! Wie nett für Dich, unabhängig zu sein. Hast Du ein Gästezimmer? Paß auf, vielleicht bekommst Du bald Besuch ...

Der Brief kam vom Hundertsten ins Tausendste: Sie erledige Schreibarbeiten für ihre Mutter, gehe viel aus, Chris bemühe sich um Rollen am Broadway, Toby Osborne habe geschrieben, er komme nach Washington, und habe Caroline gebeten, ihm die Sehenswürdigkeiten zu zeigen...

Zehn Tage später stand Chris mit Blumen, Wein und einer Pastete vor Livys Tür. Ein Bett war in dem kleinen Gästezimmer aufgestellt worden, und Livy hatte im Abstellraum von Seymour House Vorhänge und eine dazu passende Bettdecke gefunden. Sie hatte einen Schrank gekauft und ihn weiß angestrichen. »Hier kannst du jederzeit unterkriechen, wenn du Lust hast«, sagte Livy. Chris erwähnte mit keinem Wort die Liebesgeschichte, in die sie laut Rachel verwickelt war. Vielleicht war sie zu Ende, oder es hatte sie nie gegeben.

Mark kam in die Ferien. Livy hatte bereits mit ihrem Stenographie- und Schreibmaschinenkurs begonnen. Der Junge lief in das kleine Zimmer und warf sich mit einem Freudengeheul aufs Bett: »Frei! Vier Tage Freiheit! Was unternehmen wir, Livy?«

»Was schlägst du vor?«

»Nun... erst mal spät aufstehen. Kein Weckergerassel, keine Schulglocken! Vielleicht könnten wir irgendwo gut essen gehen? Ich habe den größten Teil meines Taschengeldes gespart. Und dann will ich natürlich Chris und Rachel sehen.«

»Sie kommen beide heute zum Abendessen. Und ich habe in Seymour House angerufen. Jacques erwartet dich. Wir gehen morgen abend dorthin zum Essen. Du darfst ihm bei den Vorbereitungen helfen, aber natürlich mußt du dann früher hingehen.«

»In der Morgendämmerung, wenn es sein muß.«

Sie saßen am Abend um Livys Tisch herum und aßen das Lammragout, bei dessen Zubereitung Mark mitgeholfen hatte. Livy hatte zwei Flaschen Châteauneuf du Pape spendiert. Rachel war noch schroffer als sonst, obwohl sie sich in allen Einzelheiten nach Marks Internatsleben erkundigte. Chris wirkte etwas geistesabwesend.

Rachel brach früh auf. »Ich gehe noch auf eine Versammlung«, war alles, was sie zu ihrer Entschuldigung sagte.

Als sie gegangen war, zündete sich Chris eine weitere Zigarette an. »Ich höre, daß Rachel alle Versammlungen, auf denen Frazer Campbell spricht, besucht. Sie sitzt sozusagen zu seinen Füßen. Es scheint ihm ganz gut zu gefallen.«

»Frazer Campbell ist so links, daß man ihn fast als Kommunisten bezeichnen kann.«

»Und was ist Rachel im Grunde genommen anderes? Aber ich habe nichts gegen ihre politische Einstellung; an die haben wir uns schließlich allmählich gewöhnt. Aber ich habe etwas gegen diesen Campbell. Er hat sie unter seine Fittiche genommen. Vermutlich sonnt er sich in ihrer anbetenden Bewunderung.«

»Und wer ist Frazer Campbell?« fragte Mark.

»Ein sehr linker Abgeordneter. Er stammt aus einer sehr reichen Familie, die ihr Geld mit Whisky gemacht hat. Und er unterstützt mit seinem Geld die verrücktesten Unternehmen, vorausgesetzt, daß sie radikal genug sind. Er ist sehr einflußreich in der Labour-Partei und könnte eines Tages Premierminister werden.«

»Und was hat das mit Rachel zu tun?«

»Vielleicht nichts, vielleicht sehr viel. Frazer Campbell ist ungefähr vierzig Jahr alt, jung für einen Politiker, aber zu alt für Rachel. Und er ist verheiratet und hat zwei Kinder.«

»Oh, aber Rachel würde sich auf so etwas nie einlassen.«

»Bist du so sicher? Sie wäre nicht die erste, die das täte. Rachel ist, wenn man sie nicht wie eine Schwester betrachtet, sondern mit den Augen eines Fremden, eine sehr gut aussehende Frau. Sie hat ein ungemein fotogenes Gesicht, mit ihren hervorstehenden Backenknochen und dem fest umrissenen Kinn. Ich habe oft gedacht, daß sie als Schauspielerin geeigneter wäre als ich. Und Frazer Campbell ist genau in dem Alter, wo er über jemand wie Rachel den Kopf verliert, die ihn für einen bedeutenden Mann, ja für ein Genie hält.«

»Ich möchte nicht, daß ... Rachel leidet, ich meine ... weil er verheiratet ist«, sagte Livy stockend.

Chris zuckte die Achseln. »Leiden müssen wir alle. Jeder auf seine Art. Für die Presse wäre das Ganze natürlich ein gefundenes Fressen, besonders wenn er sich scheiden ließe.«

Mark rutschte unruhig auf seinem Stuhl hin und her. »Rachel als Scheidungsgrund? Hoffentlich passiert das nie.«

Chris strich Mark zärtlich übers Haar. »Mach dir keine Sorgen, so was passiert jeden Tag. Menschen lieben sich, und dann erkaltet die Liebe, und sie bringen sich Wunden bei, aber die Wunden verheilen. Und die Menschen raffen sich zusammen und machen weiter.« Sie stand auf. »So, und jetzt werde ich gehen und ein paar Stunden schlafen. Ich habe morgen in aller Frühe Tanzunterricht. Vielen Dank fürs Abendessen, Livy. Ich sehe euch beide morgen abend in Seymour House.«

Als sie abwuschen, sagte Mark: »Sie sind nicht mehr so eng befreundet wie früher. Erinnerst du dich noch, daß wir sie immer ›die Zwillinge‹ nannten?«

»Auch Zwillinge gehen getrennte Wege. Es war unvermeidlich, daß jede ihren eigenen Interessen folgt.«

»Ich glaube diese Geschichte mit diesem Campbell nicht. Rachel würde so etwas nie tun. Dazu hat sie zuviel Stolz.«

»Stolz ist oft das erste, was man verliert, wenn man sich verliebt.« Das Bild von Alex tauchte blitzartig vor ihren Augen auf. »Liebe hat nichts mit Verstand zu tun, und wenn sich eine Frau wie Rachel verliebt, dann kann das ziemlich verheerend sein.«

»Ich wünschte, ich wäre älter«, sagte Mark. »Ich wünschte, ich wäre kein Nachzügler.«

»In ein paar Jahren wirst auch du erwachsen sein.«

Am nächsten Abend war Chris bereits in Seymour House, als Livy von ihrem Sekretärinnenkurs kam. Sie rauchte und hatte ein fast leeres Whiskyglas auf dem Tisch neben sich. »Mark ist ganz verdattert. Jacques nimmt seinen Kochunterricht äußerst ernst und hat ihn das ganze Diner allein zubereiten lassen. Mark kam hier in den Salon und hat mir unter Knox' Aufsicht einen Drink gemacht und ihn mir auf einem Tablett serviert. Was soll das Ganze? Es sieht fast so aus, als ließe er sich zum Koch oder Butler ausbilden. Rachel hat übrigens telefoniert und mir gesagt, sie könne nicht kommen. Sicher ist dieser verdammte Campbell der Grund. Ich finde, sie hätte sich diesen Abend für Mark freihalten können. Er hat so selten Ferien, der arme Teufel. Aber Rachel würde nur sagen, Kinder in ein Internat zu schicken sei ein weiterer Beweis, daß unser Klassensystem von Grund auf verfault sei.«

»Es liegt auch daran, daß er ein Diplomatenkind ist. Mark ist das Opfer von beiden Systemen.«

»Ja, das stimmt wohl. Wir hatten Glück, weil wir immer zu viert waren. Soll ich nach Butler Mark klingeln, damit er uns noch zwei Drinks einschenkt?«

Mark servierte das ganze Essen. Er lief zwischen der Anrichte und seinem Stuhl hin und her.

»Natürlich hat Jacques alles überwacht, aber ich habe die einzelnen Gerichte selbst gekocht.« Es gab eine klare Fleischbrühe, einen Braten und eine Auswahl an Gemüsen. »Die Nachspeise hat mir Jacques erlassen, er hat sie selbst zubereitet. Er findet, ich sei einem Zitronenauflauf noch nicht gewachsen. Aber ich mußte alles abwaschen. Ich habe den ganzen Tag lang geschuftet.«

»Aber mit Erfolg«, sagte Chris. »Ich habe in den besten Restaurants selten so gut gegessen. Was willst du denn mit deinen Kochkünsten später mal anfangen, Mark?«

Er zuckte die Achseln. »Ich weiß nicht. Es ist einfach nur ein Steckenpferd von mir. Die meisten Menschen haben irgendein Steckenpferd, nicht wahr? Ich habe es vermutlich von Mutter geerbt. Schließlich kann ich nicht immer nur Kricket und Fußball spielen.«

»Nun ... es gibt auch Bücher«, sagte Livy.

Mark ging auf die Bemerkung nicht ein. »Schade, daß Rachel nicht kommen konnte. Vermutlich wegen diesem Campbell.« Er hat diese Information innerhalb eines Tages aufgenommen und verarbeitet, dachte Livy, und konnte ganz beiläufig darüber sprechen. Bereitete er sich schon jetzt innerlich auf den unvermeidlichen Skandal vor?

»Entschuldigt mich«, sagte er, »aber ich konnte den Kaffee nicht vorher zubereiten, er wäre ungenießbar gewesen. Darf ich euch in der Bibliothek einen Kognak einschenken?«

»Ein beachtliches Kerlchen«, sagte Chris, nachdem er gegangen war. »Er ist groß für sein Alter und sehr sportlich. Er wird später einmal fabelhaft aussehen. Wenn er sich weiter so entwickelt, wird er mit zwölf Jahren jeder gesellschaftlichen Situation gewachsen und mit achtzehn so gewandt sein, daß man ihn für vierzig hält. Aber wird er auch geistig Schritt halten?«

Mark kam mit Livy zu Weihnachten nach St. Just. Die Proben für Chris' neues Stück begannen erst Anfang Januar, aber sie schien sich von London und ihren Kollegen nicht trennen zu können, als hätte sie Angst, vergessen zu werden, sobald sie fortführe. Dena schrieb, daß sie volles Verständnis dafür habe, daß Livy und Mark Thea, Herbert und Bess wiedersehen wollten.

Thea und Herbert begrüßten sie herzlich und liebevoll. Livy und Mark waren von Bess' Aussehen entsetzt. Ihr Gesicht wirkte eingefallen und grau und sie erhob sich nur mühsam vom Sessel in Theas Haus, um sie zu begrüßen.

Sie genossen gemeinsam die Feiertage. Livy und Mark besuchten die Vettern und Kusinen Tregenna. Der Familienkreis hatte sich durch Heiraten vergrößert, was bedeutete, daß sie in den Häusern der Penhales und Trevellas nun ebenfalls willkommen waren. Diese eng verbundenen Familien waren überzeugt, daß Livy, trotz ihres exotischen und märchenhaften Lebens in anderen Teilen der Welt, sich ihnen zugehörig fühlte und immer wiederkommen würde. Sie alle liebten die Geschichte von dem Dichter, der mit seiner jungen Bulldogge in St. Just aufgetaucht war und eine der Ihren geheiratet hatte.

Doch die meiste Zeit verbrachten Livy und Mark mit Bess. Manchmal unterhielten sie sich, manchmal saßen sie nur in einträchtigem Schweigen zusammen. Mark nahm oft seine Ferienaufgaben in Bess' Haus mit, weil er wußte, daß seine

Gegenwart sie erfreute. Fast immer befand sich eine von Livys Kusinen im Haus, die kochte, putzte und Tee zubereitete. »Sie sind ganz reizend zu mir«, sagte Bess. »Seit meine Arthritis so schlimm geworden ist, kommen sie täglich, um mich zu versorgen.« Livys Häuschen war renoviert worden. Es hatte jetzt Zentralheizung, und im Erdgeschoß waren ein Schlaf- und ein Badezimmer angebaut worden, da Bess nicht mehr die Treppen hinaufsteigen konnte.

Livy blieb, solange Mark Ferien hatte, und wurde deswegen an der Sekretärinnenschule streng getadelt. »Sie haben viel nachzuholen, Miss Miles. Wir sind bekannt dafür, daß wir die höchsten Forderungen stellen, und wir werden Ihnen nur ein Diplom geben, wenn wir von Ihren Fähigkeiten überzeugt sind.«

Livy wußte, daß Andrew McClintock ihre verlängerten Ferien mißbilligen würde. »Die Schulleitung hat völlig recht, ich bin sehr unzufrieden«, schrieb er zurück. Sie fragte sich des öfteren, warum sie sich verpflichtet fühlte, ihm alles, was sie unternahm, mitzuteilen. Aber sie tat es und erhielt auf ihre Briefe stets postwendend eine Antwort.

Ende Januar stand plötzlich Caroline vor ihrer Tür. »Ich konnte Chris' Londoner Debüt einfach nicht versäumen. Vater hat mir den Flug bezahlt. Tante Ginny kommt morgen früh an. Aber ich habe gedacht, ich wohne lieber bei dir als in Seymour House. Es ist so viel gemütlicher. Tante Ginny fliegt gleich nach der Uraufführung nach Washington zurück. Hoffentlich bekommt Chris gute Kritiken. Mr. McClintock ist empört, daß sie als Schauspielerin Karriere machen will. Er findet, sie solle schleunigst einen Bankier heiraten und Kinder bekommen. Das heißt, sie soll ein Abklatsch ihrer Mutter werden. Da kennt er aber unsere Chris schlecht.«

Sie gingen gemeinsam zum ersten Londoner Auftritt von Blairs einzigem Kind. Es war eine leichte, etwas ironische amerikanische Komödie. Chris hatte nur wenige Minuten, um sich zu profilieren. Aber es waren wichtige Minuten. Anschließend nahmen sie an einer kleinen Party für die Schauspieler teil und warteten auf die ersten Zeitungskritiken.

Die Kritiken waren fast alle positiv. Die Stars wurden gepriesen und Christine Clayton lobend erwähnt:

> Ein neues Talent, lebhaft und anziehend, und für die Rolle glänzend geeignet. Es wird interessant sein zu verfolgen, was sie aus größeren Rollen macht, die ihr sicherlich bald angeboten werden.

Ginny rief Blair an und berichtete ihm die Neuigkeiten. Der Produzent hoffte, das Stück würde sechs Monate laufen und etwas Geld einspielen. Der Autor erwähnte beiläufig ein Stück, das Chris auf den Leib geschrieben sei. »Eine Hauptrolle, Mrs. Clayton.« Chris versuchte, ihm das Wort abzuschneiden. Aber die Abendausgaben berichteten über Chris' Debüt, und in jeder erschien unweigerlich ein Foto von Chris an Ginnys Seite.

»Es tut mir leid, Liebling«, sagte Ginny zu Chris. »Es hätte ausschließlich dein Abend sein sollen, aber ich konnte einfach der Versuchung nicht widerstehen zu kommen, um dich zu sehen. Ich bin sehr stolz auf dich. Und ich kann mich schließlich nicht verkriechen, nur weil die Zeitungen über uns beide schreiben. Blair wäre so gerne auch hier gewesen, um mit dir zu feiern. Aber er arbeitet an einem großen Projekt, das ihn täglich vierzehn Stunden an den Schreibtisch fesselt. Und dann wußte er auch, daß, wenn er gekommen wäre, jeder sich gefragt hätte, ob er das Stück finanziert oder die Rolle für dich gekauft hat.«

»Ich verstehe Vater nur zu gut«, sagte Chris und zeigte ihnen zum ersten Mal das Armband, das er ihr zur Uraufführung geschickt hatte. Es war ein schmaler, mit Diamanten besetzter Goldreif, auf dessen Innenseite eingraviert stand: »Glück für die Uraufführung. Vater.« Gegen zehn Uhr am nächsten Morgen traf ein Telegramm von Andrew McClintock ein. »Höre, Glückwünsche sind angebracht, aber bleiben Sie auf dem Teppich.«

»Die übliche süß-saure Mischung«, sagte Chris. »Ich bin allerdings erstaunt, daß er überhaupt telegrafiert hat, wo er doch meinen Beruf mißbilligt. Aber natürlich, wenn ich Erfolg habe... Erfolg ist McClintocks Bibel. Hat man Erfolg, dann ist alles vergeben.«

Ginny nahm sie in die Arme. »Versuch, ihm nichts übelzunehmen. Er ist ein alter Mann und daran gewöhnt, das Leben anderer Menschen zu beherrschen. Aber du bist jung, geh deinen eigenen Weg.«

»Hoffentlich läuft das Stück noch, wenn er zur Krönung nach London kommt. Vielleicht besucht er dann die Vorstellung, um mich zu sehen...« Nach ihrem Tonfall zu urteilen, schien ihr viel daran zu liegen. Sie war mit Andrew McClintock nicht blutsverwandt, und es gab keinen Grund, warum ihr an seinem Beifall liegen sollte, aber es war ein Verlangen, das er in ihnen allen weckte. Nur Rachel hatte sich völlig von ihm freigemacht. Sie war weder zur Uraufführung noch zu der anschließenden Feier erschienen. »Ich werde mir das Stück irgendwann mal ansehen«, hatte sie gesagt. Livy fand ihr Benehmen unentschuldbar. Die »Zwillinge« hatten sich endgültig getrennt.

Caroline blieb nach Ginnys Abflug noch in London. »Kannst du mich für drei Wochen beherbergen?«

»Bleib, so lange du willst«, sagte Livy. »Du kannst dir nicht vorstellen, wie sehr es mich freut, jemand ein Bett anzubieten, wenn es auch kein sehr luxuriöses ist, aber zumindest ist es meins. Abgesehen davon, bin ich gern mit dir zusammen. Zur Zeit habe ich von Männern die Nase voll, und ich kann nicht zwölf Stunden am Tag Steno und Schreibmaschine üben.«

Zu ihrer Enttäuschung war Caroline abends nur selten zu Hause. »Ach, ich sehe eine Menge Freunde von früher.« Aber fast jedesmal, wenn Livy das Telefon für sie beantwortete, war es Toby Osborne. Als das Telefon eines Morgens jedoch um sechs Uhr klingelte, wußte Livy, daß es weder Toby Osborne noch einer ihrer Bekannten sein konnte. Sie hob voll dunkler Vorahnungen den Hörer ab.

Es war Thea. »Livy, ich habe schlechte Nachrichten. Bess hat gestern einen Schlaganfall gehabt. Glücklicherweise war deine Kusine Nell bei ihr. Sie hat sie sofort ins Krankenhaus gebracht, aber sie konnten nichts mehr für sie tun. Sie hat das Bewußtsein nicht wiedererlangt und ist gegen zwei Uhr früh gestorben. Es ist das Beste, was passieren konnte, Livy. Du weißt, wie sehr es Bess gestört hätte, wenn sie total von anderen Menschen abhängig geworden wäre.«

»Ich komme nach Cornwall«, sagte Livy.

Sie weckte Caroline auf. Sie machten Tee, tranken ihn vor dem Gasofen und vergossen einige Tränen. »Ich weiß noch, wie ich gedacht habe, daß sie ein wahrer Drachen sei, als sie in Tresillian auftauchte. Ich hatte furchtbare Angst vor ihr. Aber allmählich begriff ich, daß sie uns eine Menge zu geben hatte. Und später in der Schule habe ich gemerkt, wieviel sie uns beigebracht hat.« Caroline sprach in bekümmertem Flüsterton.

Sie riefen in Washington an. Harry war am Telefon und hörte schweigend zu. »Die gute Bess, sie war eine großartige Freundin. Hier ist Dena, sie ist aufgewacht.« Livy erinnerte sich erst jetzt, daß es in Washington zwei Uhr früh war. Sie sprach nur kurz mit Dena. »Ich muß nach England kommen«, sagte Dena. »Ich fürchte, ich habe ihr nie genug gedankt für alles, was sie für uns getan hat... Man verschiebt solche Dinge immer, bis es zu spät ist.«

»Um acht Uhr muß ich Marks Lehrer anrufen. Gott, wie ich es hasse, Mark die Nachricht auf diesem Weg zukommen zu lassen.« Ihr Verstand war mit lauter Notwendigkeiten beschäftigt: Sie mußte Thea anrufen und ihr sagen, daß Dena kam und daß Caroline und sie den Nachtzug nehmen würden. Sie mußte Rachel und Chris Bescheid sagen. Das Gefühl, einen großen Verlust erlitten zu haben, dämmerte ihr erst allmählich.

Sie versuchte sich ihr leeres, unbewohntes Häuschen vorzustellen. Ihr Vater und ihre Mutter hatten es bewohnt, danach Denas Großvater und nach ihm Bess. Für alle war es ein ruhiger Hafen, eine Zuflucht gewesen. Und nun würde es nach so vielen Jahren zum ersten Mal leer stehen. Aber sie wollte es nicht vermieten.

»Ich habe eine Idee«, sagte Caroline. »Laß uns schnell irgendwas überziehen, und dann mieten wir uns einen Wagen und fahren zu Mark. Vielleicht erlassen sie dem armen Kind den Morgenunterricht oder sind sogar so anständig, ihm zu erlauben, zur Beerdigung zu kommen.«

Mark wurde aus der Klasse geholt und ins Büro des Hausaufsehers bestellt. Er betrat es mit ängstlichem Gesicht. »Was ist los? Was ist passiert? Ist es Vater... oder Mutter? Jemand ist gestorben...«

Sie sagten es ihm. Er ging zum Fenster, so daß sie sein Gesicht nicht sehen konnten, und starrte auf den Sportplatz. Endlich sagte er: »Sie war 'ne prima alte Dame. Ich bin froh, daß es so schnell gegangen ist. Ich habe zu Weihnachten schon gespürt, daß sie Angst hatte, von anderen abhängig zu werden. Sie hat mir gesagt, sie wolle niemandem zur Last fallen.«

Der Hausaufseher lehnte Livys Bitte, Mark nach St. Just mitnehmen zu dürfen, rundweg ab. »Miss Bromley war nicht mal eine Verwandte. Und ich habe auch kein diesbezügliches Ansuchen von Lord Camborne erhalten. Sie müssen verstehen, Miss Miles, daß, wenn ich Penrose die Erlaubnis gebe, zu dieser Beerdigung zu fahren, dann kein Ende abzusehen ist. Ehemalige Kinderschwestern, Dienstboten oder Vettern dritten Grades – pausenlos würde jemand sterben, dafür würden die Jungens schon sorgen. Und wenn es auch nur die Urgroßmutter der Köchin wäre...«

»Blöder alter Snob«, sagte Mark, als er mit ihnen zum Auto ging. »Wäre Bess die Herzogin von Dingsbums gewesen, hätte er mir bestimmt freigegeben. Bitte, legt ihr Blumen von mir aufs Grab.« Er blickte zu ihnen auf, er war jetzt schon fast so groß wie Livy. Seine Jackenärmel waren zu kurz für seine kräftigen Arme. »Ich meine, setzt nicht meinen Namen mit auf den Familienkranz. Ich möchte gerne, daß ihr einen Strauß kauft, der nur von mir kommt. Ich habe mein Taschengeld fast aufgebraucht, aber ich zahl es euch später zurück...« Er fuhr mit ihnen bis zur Schulpforte. »Es war nett von euch, daß ihr extra hergekommen seid. Es wäre mir furchtbar gewesen, es von dem alten Snob zu erfahren. Eine gewisse Miss Bromley, hätte er gesagt...«

Er winkte ihnen nach, bis das Auto außer Sicht war, und nahm sich viel Zeit, die lange Auffahrt bis zu den Sportplätzen hinaufzugehen. Als er vollkommen sicher war, daß niemand ihn beobachtete, lehnte er sich an eine der Eichen, die entlang der Auffahrt standen, und wischte sich die Tränen aus den Augen. »Prima alte Dame«, erzählte er der Eiche.

Livy und Caroline kamen am nächsten Morgen in Penzance an. Thea und Herbert standen am Bahnhof. Die meiste Zeit schwiegen sie. Ihr Kummer kannte keine Worte. Als sie beim Haus der Gardiners ankamen, fanden sie ein Telegramm von Dena vor. »Ginny und ich fliegen heute nacht, Mittwoch. Borgen uns einen Firmenwagen. Erwartet uns Donnerstag abend.« Eine weinende Chris rief an: »Ich kann nicht kommen. Ich wage es nicht, auch nur eine einzige Vorstellung ausfallen zu lassen, es sei denn, ich läge im Sterben. O Gott, was für eine dumme Bemerkung, wo Bess doch... Ich wünschte, ich könnte bei euch sein.«

Rachel telefonierte und erkundigte sich, wann die Beerdigung stattfinde. Ihr Anruf war so kurz, daß Herbert nicht mal Zeit hatte, ihr zu sagen, daß Dena und Ginny kämen.

Ginny und Dena trafen spätabends ein. Sie waren erschöpft und dankbar für ein heißes Bad. Die Beerdigung sollte am folgenden Nachmittag stattfinden.

Livy wurde am nächsten Morgen frühzeitig durch ein Pochen an ihrer Haustür geweckt. Sie warf sich ihren Morgenrock über und ging nach unten, um zu öffnen. Rachel stand vor ihr, ein Taxifahrer trug ihren kleinen Koffer. »Ich wollte Thea nicht so früh stören, und so bin ich bei einer deiner Kusinen vorbeigefahren, die mir gesagt hat, du seist hier. Ich hatte mir das schon gedacht.«

Sie zahlte das Taxi, und Livy zog sie in die Küche und setzte einen Kessel auf den Herd, um Tee zu machen. Rachel sah blaß und erschöpft aus. Livy fragte sich, ob sie genug äße. Sie hatte die ganze Nacht über im Zug gesessen, und als Livy ihr Eier mit Speck und Tomaten vorsetzte, stürzte sie sich auf den Teller wie ein verhungerter Wolf. Sie beendete ihr Frühstück, ohne zu sprechen. »Ich nehme schnell ein Bad und gehe dann hinüber, um Mutter und Tante Ginny zu begrüßen ...« Sie zögerte. »Wo ist sie? Ich meine Bess.«

»Der Sarg ist schon seit gestern abend in der Kirche.«

»Das heißt, ich kann sie nicht mehr sehen?«

»Ich glaube, das hätte Bess auch nicht gewollt«, sagte Livy.

»Und wenn *ich* es nun gewollt hätte? Daran habt ihr wohl nicht gedacht.«

»Du hast nichts davon erwähnt. Du hast uns nicht mal gesagt, daß du kommst.«

»Das war doch selbstverständlich. Wie konntet ihr daran zweifeln!« Ihre Stimme klang ärgerlich; sie knallte die Tür des Eßzimmers zu.

»Bei Rachel kennt sich keiner aus«, sagte Caroline und zuckte die Achseln.

Ein kalter Wind blies, als man Bess beerdigte. Auf ihrem Grab häuften sich die Blumen. Nicht nur von den drei Familien, sondern überraschenderweise auch von vielen Bewohnern des Städtchens. Das Foreign Office hatte, vermutlich auf Harrys Veranlassung, einen Kranz geschickt. Es kamen mehr Trauergäste als erwartet.

Bess' Anwalt hatte gefragt, ob er nach der Beerdigung zu den Gardiners kommen dürfe. »Es ist nur eine Formalität, Mrs. Gardiner. Das Testament ist klar und einfach.«

Sie boten allen, die ihr Beileid aussprechen wollten, Tee, Kekse und Kuchen an, und Herbert schenkte Whisky ein, um »die Kälte zu vertreiben«, wie er sagte. Schließlich war auch der letzte Besucher gegangen, und die Familien waren unter sich. Der Rechtsanwalt las die Einleitungsfloskeln schnell vor. »Es ist das Übliche über ausstehende Rechnungen, Beerdigungskosten und kleine Vermächtnisse an Wohlfahrtsvereine. Der Rest des Nachlasses soll zu gleichen Teilen zwischen Miss Rachel, Miss Caroline, Master Mark Penrose, Miss Christine Clayton und Miss Olivia Miles aufgeteilt werden. Miss Olivia erbt überdies den Inhalt des Cottage und Miss Bromleys persönliche Habe. Miss Bromley hat mich kürzlich gebeten, zu ihr zu kommen, um mir die ungefähre Höhe ihres Nachlasses mitzuteilen. Ich würde sagen, daß jeder der fünf Erben etwas über fünftausend Pfund erhält.«

Thea sagte erstaunt: »Wie hat Bess eine so große Summe zusammengespart? Wir dachten, sie hätte nur ihre Pension.«

Der Rechtsanwalt erklärte ihr, daß Bess Geld von ihrem Vater geerbt hätte. »Es war zwar nur eine kleine Summe, aber sie hat das Geld sehr geschickt angelegt. Wie Sie wissen, hat sie sehr bescheiden gelebt und eine anständige Pension vom Foreign Office bekommen, so daß sie ihr Kapital nie angegriffen hat.«

»Ich will das Geld nicht haben«, sagte Rachel. »Ich finde die Idee unerträglich, daß Bess sich Dinge, die sie brauchte, nicht geleistet hat, um für uns Geld zu sparen. Wir haben es durch nichts verdient.«

Herbert sagte in scharfem Ton: »Bess hat nichts entbehrt. Meinst du wirklich, daß Thea und ich das nicht gemerkt hätten? Bess selbst hat mir öfter gesagt, daß sie im Alter auf höchst unerwartete Weise zu einer Familie gekommen sei. Tu mit dem Geld, was du willst, Rachel, denn es Bess zurückgeben kannst du nicht.« Er fügte ungeduldig hinzu: »Versuch es zu genießen, dafür hat Bess es dir schließlich vererbt.«

Sie blieben noch einen Tag länger. Am Nachmittag gingen Ginny, Dena und die drei Mädchen nach Tresillian hinauf. Sie sprachen wenig, als sie durch die unbewohnten Räume gingen. Dann schlenderten sie durch den ummauerten Garten und blieben vor Bullys Grabstein stehen. »Ich glaube nicht, daß Thea für Bess einen Grabstein machen wird«, sagte Ginny. »Bess hat sich aus modernen Skulpturen nie viel gemacht. Es ist erstaunlich, daß sie trotzdem so eng befreundet waren.«

»Auch Bess ging für gewisse Dinge das Verständnis ab. Das geht uns wohl allen so«, murmelte Dena. Dann fügte sie lebhaft hinzu: »Ich wünschte, Mark wäre hier. Hätte ich doch bloß Harry gebeten, die Schule anzurufen. Ich muß dir ehrlich gestehen – so schwer es mir auch fällt –, daß ich

Mark oft einfach vergesse. Was unverzeihlich ist. Meinst du, er wird es mir später nachtragen?«

Ginny antwortete nicht. Sie nahm ihre Freundin beim Arm und führte sie liebevoll aus dem Garten. Sie gingen untergehakt den ganzen Weg hinunter zur Stadt.

Sie aßen alle bei Thea und Herbert zu Abend und diskutierten ihre Sommerpläne und die bevorstehende Krönungsfeier. Thea sagte: »Ich glaube nicht, daß ich dafür extra nach London komme. Man sieht es genausogut am Fernseher ...«

»Ich erwarte Sie beide in Seymour House«, sagte Ginny mit einer Stimme, die keinen Widerspruch duldete. »Sie können im Haus in aller Gemütlichkeit abwarten, bis die Prozession in Sicht kommt, und dann schnell die Straße bis zum St. James Palace hinunterlaufen. Ich glaube, Blair hat schon Plätze reserviert. Mr. McClintock hat seine Suite im Ritz und wird das Ganze sehr genießen. Die Mädchen werden auch da sein. Und wenn wir Glück haben, läuft das Stück von Chris noch. Mit den vielen Besuchern in London sollten die Theater alle voll sein. Und dann kann auch Blair Chris sehen, und vielleicht geht sogar Mr. McClintock hin.« Sie wandte sich an Caroline: »Wann kommst du wieder nach Washington? Ich vermisse dich. Ich beschäftige jetzt ein Mädchen von einer Agentur, aber sie ist längst nicht so geschickt wie du am Telefon, und Briefe kann sie auch nicht schreiben.«

»Ach, Tante Ginny, du findest doch leicht jemand, der viel besser ist als ich«, protestierte Caroline. Livy hatte den Eindruck, daß Caroline neuerdings erstaunlich bescheiden war. Sie hatte erst kürzlich zu ihr gesagt: »Weißt du, Livy, ich bin zwar hübsch, aber das ist auch alles ...« Jetzt sagte sie: »Ich würde gern noch ein Weilchen in England bleiben. Toby Osborne hat mich zu seiner Familie nach Northamptonshire eingeladen ...« Sie blickte sich in der Runde um, als erwarte sie eine Reaktion. »Ich hätte Lust hinzufahren ...«

Herbert spürte eine gewisse Spannung im Raum und sagte zu Livy: »Bevor ich es vergesse, willst du dein Häuschen vermieten? Du bekämst während des Sommers einen sehr guten Preis dafür.«

Sie schüttelte den Kopf. »Nein, ich will nicht, daß fremde Leute die Dinge, die Vater und Mutter oder Denas Großvater und Bess gehörten, betatschen und benutzen. Besonders nicht die Bücher, aber auch Theas Skulptur oder die Landschaft nicht, die Lady Cambornes Großvater zu Marks Taufe gemalt hat. Nein, ich werde gelegentlich kommen und dort wohnen. Mir gefällt die Idee, daß das Haus auf mich wartet. Meine Kusinen werden es in Ordnung halten.«

Herbert nickte. Ihm gefiel die Antwort. »Auch wir werden nach dem Rechten sehen.«

Sie fuhren am nächsten Morgen nach London zurück und direkt zum Flughafen. Chris erwartete sie und blickte nervös auf die Uhr, da sie bald ins Theater mußte. Sie hatte sich ein Taxi genommen, das auf sie wartete. Rachel fragte, ob sie mit ihr zurückfahren könnte: »Ich muß auf eine Versammlung.« Ginny und Chris sprachen eine Weile miteinander und küßten sich dann zum Abschied. Livy und Caroline blieben, bis der Flug aufgerufen wurde.

Als sie sich in den Verkehrsstrom eingefädelt hatten, entschloß sich Livy zu einer Frage: »Sag mal, Caro – du brauchst nicht zu antworten –, willst du … Osborne heiraten?«

»Frag lieber umgekehrt: Will er mich heiraten?«

»Liebst du ihn?«

»Ich mag ihn. Natürlich wirkt er etwas arrogant, aber das ist nur an der Oberfläche. Er ist …« Sie suchte nach Worten, fand jedoch keine und versank in Schweigen.

»Würdest du ihn heiraten, wenn er um deine Hand anhielte?«

»Ja.« Sie stieß das Wort mit einer Art wilder Entschlossenheit hervor. »Natürlich würde ich ihn heiraten. Ich bin weder klug noch talentiert, noch ehrgeizig wie ihr anderen. Ich habe nur mein Gesicht und meine gute Figur. Und Toby ist sehr reich. Er würde jede Frau, die er will, bekommen. Aber ich glaube, er will mich. Wenn seine Eltern mich nicht ablehnen, werden wir uns bald verloben, und dann, das schwör ich dir, bestehe ich auf einer schnellen Heirat.«

»Caro…«

»Ach, Livy, bitte kritisier mich nicht. Ich mache eine gute Partie. Was bleibt mir denn anderes übrig?«

Der Chauffeur setzte sie am Vincent Square ab. Sie gingen die fünf Stockwerke schweigend hinauf. Es war ermüdend, und Livy erkannte, daß Caroline nicht ihr ganzes Leben lang fünf Treppen hochsteigen wollte. Sie war zumindest klug genug zu wissen, was sie *nicht* wollte.

Caroline war die ganze nächste Woche über nervös. Sie ging dreimal mit Toby Osborne aus. »Er ist nett zu mir und führt mich in die tollsten Restaurants. Gestern abend hat er seinen besten Freund und dessen Frau zum Abendessen eingeladen. Sie haben mich von Kopf bis Fuß gemustert! Oh, Livy, es war nervenaufreibend. Toby und ich vertragen uns gut, aber er hat nie die geringste Andeutung gemacht, daß er mich heiraten will. Vermutlich hängt alles davon ab, wie seine Eltern mich finden. Er ist der einzige Sohn.«

Livy hielt nicht viel von einem Mann, der auf die Zustimmung seiner Eltern wartete, bevor er von Liebe sprach. Aber sie verschwieg ihre Gedanken, um Caroline nicht zu verletzen. Oder vielleicht war er gar nicht verliebt? Jedesmal wenn er kam, um Caro abzuholen, trank er einen Sherry und machte höflich Konversation. Livy hatte nicht den Eindruck, daß er eine glühende Leidenschaft für dieses in Livys Augen entzückende und anziehende Mädchen empfand. Er war zweifellos einer jener Foreign-Office-Typen, die ihre Karriere in Whitehall machen. Er würde seinem Land treu und anonym dienen und eines Tages zum Staatssekretär befördert werden, ohne daß das allgemeine Publikum seinen Namen je gehört hätte.

Caroline fuhr zum Wochenende auf Lord Boltons Besitz in Northamptonshire. Sie kam erleichtert, wenn auch etwas bedrückt zurück. »Er hat um meine Hand angehalten, aber zuerst hat er telefonisch die Erlaubnis seines Vaters eingeholt und sie offensichtlich bekommen. Die Heirat soll noch vor der Krönung stattfinden, weil dann alle Welt so beschäftigt ist und die Boltons es nicht schätzen, die zweite Geige zu spielen. Das heißt also Anfang Mai. Heute nachmittag gehen wir zum Juwelier, um meinen Verlobungsring neu fassen zu lassen. Es ist ein riesiger Rubin, den Lady Bolton mir gab. Ich hätte einen Saphir oder Diamanten vorgezogen, aber ich konnte schlecht nein sagen. Die Boltons haben vorgeschlagen, die Hochzeit in Northamptonshire zu feiern, aber das habe ich ihnen ausgeredet. Ich habe, was ziemlich unverschämt von mir war, auf Tante Ginnys Großzügigkeit gesetzt und gesagt, daß wir den Empfang in Seymour House geben können, weil es so viel praktischer für alle unsere Freunde sei. Die Anzeige erscheint am Donnerstag in der *Times*. Es bleibt mir nur noch wenig Zeit, und es gibt so viel zu tun ...«

»Caro, was ist los? Du siehst nicht sehr glücklich aus.«

»Natürlich bin ich glücklich. Ich habe bekommen, was ich wollte, nicht wahr? Ich werde ihm eine gute Ehefrau sein. Wir werden ein elegantes Haus und hübsche Kinder haben. Und ich werde eine gewandte Gastgeberin sein. Ich hätte nie gedacht, daß der diplomatische Dienst, der uns als Kinder gezwungen hat, mal da, mal dort zu leben, mich lehren würde, wie man Menschen gefällt. Aber ich habe den Boltons gefallen. Sie sind sehr stolz auf ihre entfernte Verwandtschaft mit der königlichen Familie und hätten Toby nie erlaubt, jemand wie ... wie Rachel ... oder Chris zu heiraten. Sie wollen niemand, der brillant ist ... oder aus dem Rahmen fällt – sie wollen ein durchschnittliches, aber annehmbares Mädchen wie mich.«

Livy hätte am liebsten geweint über diese schöne, lebensfrohe junge Frau, die sich als durchschnittlich, aber annehmbar beschrieb, die den Mann, den sie heiraten würde, nicht liebte und auch von ihm nicht geliebt wurde. Sie war versucht, Caroline von der Ehe abzuraten, wußte aber, es würde vergeblich sein. Was Caroline brauchte, war finanzielle Sicherheit, zumindest in diesem Stadium ihres Lebens. Aber was würde geschehen, wenn sie sich eines Tages leidenschaftlich in einen anderen Mann verliebte? Ihr schien, daß beide ein kaltes, berechnendes Übereinkommen getroffen hatten.

Irgendwann würde Caroline ihren Entschluß bereuen. Sie hatte nie jemand wirklich geliebt und konnte nicht ermessen, in was sie sich einließ. Wenn sie doch nur das kleinste Anzeichen von Aufregung oder Freude erkennen lassen würde... Caroline warf sich aufs Sofa. »Endlich geschafft!« seufzte sie. Und mehr schien sie auch nicht zu empfinden. »Gott segne Bess und ihr Legat. Es reicht gerade für die Hochzeit und meine Aussteuer. Ich muß wenigstens Vater damit nicht belasten...«

Livy erhielt einen beunruhigten Brief von Dena, den sie vor Caroline versteckte.

Mir gefällt dieser Toby nicht. Ich habe Caro in Washington versucht zu erklären, daß es Toby an gewissen Dingen mangelt und daß er von anderen zuviel hat. Aber sie hat mir nicht zugehört. Und, letzten Endes, was kann man gegen ihn wirklich sagen? Er ist ein junger Mann aus guter Familie und wird sicher Karriere machen. Ich werde die entzückte Mutter spielen... Ginny hat natürlich darauf bestanden, daß wir den Hochzeitsempfang in Seymour House geben. Wir alle kommen: Andrew McClintock, Ginny und Blair, Alex und Nancy. Ich habe mit Lady Bolton telefoniert. Sie ist voll mit der Gästeliste beschäftigt. Ich fürchte, sie wird reichlich lang sein. Ich hoffe nur, sie schleppt uns nicht irgendein Mitglied des Königshauses an. Das wäre doch ein wenig übertrieben. Aber mit der bevorstehenden Krönung...

Dena konnte sich außer per Post kaum um die Hochzeitsvorbereitungen kümmern, aber Caroline schien ihre Hilfe auch nicht zu brauchen. Sie diskutierte mit Lady Bolton und Toby die Gästeliste und setzte mit dem Dekan von St. Margaret's den Trauungstermin auf einen Sonnabend Ende Mai fest. Sie beschwatzte die Drucker, die Einladungen allen anderen Aufträgen vorzuziehen, und saß bis spät in der Nacht, um sie in ihrer schönen, schrägen Handschrift zu adressieren. Sie brauchte keine Ratschläge bei der Auswahl ihrer Aussteuer, und bei der Zusammenstellung des kalten Büfetts für den Empfang überprüfte sie nicht nur genauestens die Qualität, sondern auch die Preise. Sie fragte Knox und den Küchenchef Jacques, welchen Champagner sie bestellen sollte. Livy beobachtete sie und dachte: Sie tut das alles mit einer unpersönlichen Tüchtigkeit, als würde sie für die Arbeit bezahlt.

»Meinen einundzwanzigsten Geburtstag«, sagte Caroline, »lasse ich unter den Tisch fallen. Es wird um diese Zeit wegen der Krönung so viele Partys geben, daß es sich nicht lohnt, ein weiteres Fest zu veranstalten. Wir fahren für unsere Flitterwochen nur einige Tage nach Venedig, denn ich will keinesfalls die Krönung versäumen. Die Boltons werden natürlich in der Westminster-Abtei sein ... Toby sind einige Räume mit Fenstern, von denen aus man den Krönungszug sehen kann, angeboten worden. Jetzt dreht es sich nur darum, die richtigen Freunde auszusuchen, mit denen wir zusammensein wollen.«

Während Caroline mit ihren Vorbereitungen voll beschäftigt war, mußte Livy ihre Abschlußprüfungen an der Sekretärinnenschule ablegen, die sie ohne Schwierigkeiten bestand. Sie ging im Frühjahrssonnenschein zu Fuß zurück in ihre Wohnung, ließ ihre Gedanken wandern, bemerkte die ersten Knospen an den Bäumen, die an Carolines Hochzeitstag im vollen Laub stehen würden. Und sie selbst stand erneut – wie nach ihrem Examen in Oxford im letzten Sommer – vor einer Entscheidung. Aber diesmal konnte sie nicht wieder ausweichen. Was sollte sie nur tun?

Dena traf aus Washington ein und erwartete das übliche Chaos, das Hochzeiten so mit sich bringen, und war höchst erstaunt, daß alles bereits aufs beste geregelt war.

Sie wohnte wieder in Seymour House. Harry und sie hatten es allmählich aufgegeben, gegen die Großzügigkeit der Claytons zu protestieren. Sie sagte zu Livy: »Harry hätte gerne eine kleine Wohnung in London nur für uns, so daß wir nicht immer Ginnys und Blairs Gastfreundschaft in Anspruch nehmen müssen. Aber Tresillian auch nur halbwegs instand zu halten und Perrys Erbschaftssteuern abzuzahlen – und das wird ewig dauern – erschöpft unsere finanziellen Reserven. Harry spricht gelegentlich darüber, einen Käufer für Tresillian zu suchen, aber bislang hat er in dieser Richtung noch nichts unternommen.«

Allein der Gedanke schmerzte Livy. Sie konnte sich ein Leben in St. Just ohne die Gewißheit, daß sie nach Tresillian gehen und dort wohnen konnte, einfach nicht vorstellen. »Möchten Sie noch einen Whisky?« sagte sie schnell.

Dena und sie aßen allein zu Abend. Toby hatte Caroline abgeholt, um mit ihr ins Theater zu gehen. Er hatte sich sehr höflich und korrekt nach Botschafter McClintock, nach Harry und den Botschaftsangehörigen, die er kannte, erkundigt. »Ich wünschte«, sagte Dena seufzend, »daß ich nur einen kleinen Funken Leidenschaft in seinen eiskalten Augen sehen könnte. Toby macht mir den Eindruck, als habe er alles sorgfältig abgewägt und Caro habe einen Punktsieg errungen. Das einzige, was gegen sie sprach, war, daß sie kein Geld hat, und das braucht er nicht.«

»Aber sie«, sagte Livy. »Vielleicht wird es eine ideale Ehe.«

Andrew McClintock traf in London ein, bezog seine Suite im Ritz und verkündete, er werde bis nach der Krönung bleiben. Er lehnte es ab, in Seymour House zu wohnen, es sei ihm zu überfüllt. Aber er würde wie immer unangemeldet zu den Mahlzeiten erscheinen, sollte ihm danach zumute sein. Thea und Herbert kamen aus Cornwall angereist, hatten sich aber im Hotel einquartiert. Harry, Ginny und Blair erschienen. Die Proben für die Hochzeit fanden in St. Margaret's statt. »Es wird alles so glatt vonstatten gehen, daß man nur gähnen kann«, sagte Chris. »Bei Proben sollte Chaos herrschen, aber Caro hat uns alle an der Schnur wie Marionetten. Wer hätte je gedacht, daß sie ein Organisationsgenie ist? Ich habe nicht mal einen Hauch von Lampenfieber gespürt. Es ist völlig gegen die menschliche Natur.«

Trotz des Rummels um die Krönung berichtete die Presse lange und ausführlich über das Hochzeitspaar, das allgemein bewundert wurde und, wie jeder sagte, ideal zusammenpaßte. Caroline schritt am Arm ihres Vaters in schimmernder, elfenbeinfarbener Seide zum Altar und kehrte am Arm von Viscount Osborne ruhig und würdevoll zurück. Ihre vier Brautjungfern folgten ihr, aber erregten wenig Aufmerksamkeit, denn Caroline überstrahlte sie alle, sogar die schöne junge Schauspielerin Christine Clayton. Die Kombination von Adel, Geld und Ruhm war für die Zeitungsleute unwiderstehlich.

»Und wie fühlt sich die schönste der Brautjungfern?« fragte Alex' Stimme über Livys Schulter. Er und Nancy waren erst am Vorabend angekommen. Sie wohnten im Ritz, um dem Gedrängel der sich schmückenden Braut mit ihren Brautjungfern zu entgehen. Livy hatte noch kein Wort mit ihm gewechselt, hatte ihn aber hinter dem Botschafter, Dena, Ginny und Blair in der Kirche sitzen gesehen. Das Jonglieren mit den verwickelten Geschäften von McClintock-Clayton war ihm nach den grauen Theorien der Harvard Business School offensichtlich gut bekommen – oder war es das Eheleben? Er wirkte wie immer locker und entspannt, aber um einige Grade selbstsicherer. Er hatte fast ein Jahr eng mit seinem Großvater zusammengearbeitet, aber man merkte, daß er sich seinen unabhängigen Geist erhalten hatte. Livy seufzte und gab vor, sie sei müde. Sie wünschte, er würde gehen, sie wünschte, sie bräuchte ihn nie wiederzusehen. Ihr war seit langem klargeworden, daß sie sich im Fall von Alex als schlechte Verliererin erwiesen hatte. Ihr wachsames Auge hatte Nancy entdeckt: eine glänzende Erscheinung, an der auch ihr schlimmster Feind nichts auszusetzen gefunden hätte. Sie gesellte sich jetzt zu Alex, als hätte sie eine Geheimantenne, die ihr sagte, wo Alex sich in dieser Menschenmenge befand und mit wem er sprach.

»Sie sehen bezaubernd aus, Olivia«, sagte sie. »Wie geschickt von Caroline, für ihre Brautjungfern Kleider auszusuchen, die allen vier stehen. Keine leichte Aufgabe, aber sie muß vor allem an Sie gedacht haben; es ist so schwierig, für Rothaarige eine passende Farbe zu finden.«

»Caro hat Blau immer gemocht ...«

»Ich erinnere mich an ein Mädchen«, murmelte Alex, »das ein rosa Samthütchen getragen hat.« Livy fühlte, wie sie errötete, und verfluchte Alex innerlich, daß er diese kurze Episode erwähnte, besonders vor Nancy.

»Was sagst du?« fragte Nancy, und Alex schüttelte den Kopf, als hätte er nichts gesagt. »Der Botschafter weiß offensichtlich, daß Caroline eine Vorliebe für Blau hat. Abgesehen von einem enormen Besteckkasten, den ich gerade unter den Geschenken entdeckt habe, hat der Botschafter ihr einen mit Lapislazuli eingelegten Tisch geschenkt. Ich habe ihn wiedererkannt, er stammt aus seinem Haus in Washington.«

»Meine Liebe, Großvater kann Caro alles schenken, was ihm durch den Kopf geht. Er ist schließlich ihr Patenonkel ... wenn er wollte, könnte er ihre Zähne in Gold fassen.«

»Das hätte ihr sicher gefallen«, sagte Nancy. »Denn wenn ich die Situation richtig sehe ...« und sie machte eine kleine, spöttische Verbeugung vor Livy, »ist diese Heirat für Caroline in Gold gefaßt. Sie braucht sich keine Gedanken mehr über Geld zu machen. Für ihre Eltern muß es ein wahrer Segen sein ...«

»Nancy!« Alex nahm sie bei beiden Armen und drehte sie um. »Geh und hol dir ein Glas Champagner wie ein braves kleines Mädchen. Und versuche dich gut zu benehmen. Du hattest letztes Jahr deine Hochzeit. Gelüstet es dich nach einer zweiten?«

Nancy schüttelte seine Hände ab. »Laß ...« Sie hielt inne. »Schau! Da kommt sie! Ist das nicht aufregend?« Ihre Aufregung galt nicht der Braut, sondern der Herzogin aus königlichem Haus, die durch die Menge schritt. Und obwohl Amerikanern untersagt ist, vor königlichen Hoheiten zu knicksen, versank Nancy bis auf den Boden.

»Komm, Livy«, sagte Alex, »laß uns gehen.«

»Wohin?«

»In den Park ... durch die uns bekannte kleine Pforte. Ich weiß, ein Sicherheitsbeamter steht dort. Aber er kennt mich.«

»So wie wir sind?«

Sie zeigte auf ihr hellblaues Kleid und ihren breitrandigen Hut und auf seinen Cutaway. »Und warum nicht? Der Park ist für alle da.«

Vor Erregung zitternd und gleichzeitig ein wenig verärgert folgte ihm Livy. Im Vorbeigehen nahm Alex zwei Glas Champagner von einem Tablett. Sie gingen durch die Pforte und den Weg entlang, der nach Pall Mall führte. Livy bemerkte, daß sie angestarrt wurden, und vernahm zuweilen freundliche, erheiterte Zurufe. Sie gingen nebeneinander her und tranken schluckweise ihren Champagner. »Beachte sie nicht«, sagte Alex. »Sie denken, wir proben für die Krönung.« Sie kamen zur Mall, und dort kehrten sie um.

Alex prostete gelegentlich irgend jemand in der Menge zu, die sich an diesem milden Mainachmittag vor dem Garten von Seymour House drängte, um die Hochzeitsgäste zu begaffen.

»Weißt du, Livy, es hätte mit uns nie geklappt.«

»Was meinst du damit?«

»Ich meine, wenn wir geheiratet hätten. Großvater wollte es immer, aber ich laß mir nichts vorschreiben, und du dir auch nicht. Er irrt sich, wenn er meint, alle beugten sich seinen Wünschen.«

»Geh zum Teufel... du Idiot!« Livy gab ihm ihr leeres Glas und machte dem Sicherheitsbeamten ein Zeichen, die Pforte zu öffnen. Sie schlüpfte durch und schlug sie hinter sich zu, bevor Alex sie zurückhalten konnte. Sie lief zum Haus, nahm ein Glas Champagner und leerte es in einem Zug.

»Langsam, Livy, man hat mir immer gesagt, Champagner müsse in kleinen Schlucken getrunken werden.« Mark sah in seinem geliehenen Cutaway unwahrscheinlich erwachsen aus.

»Ich möchte aber betrunken werden«, sagte Livy, »was Besseres fällt mir in meiner jetzigen Stimmung nicht ein.«

Nach der Hochzeit fuhren Thea, Herbert, Livy und Dena nach St. Just zurück. Harry hatte Dena gebeten, sich um Livy zu kümmern, weil sie sich vermutlich einsam fühle. Eine Bitte, die Dena aus der Seele gesprochen war.

Wie immer gingen sie hinauf nach Tresillian. Dena bemerkte einige unheilverkündende Flecken auf den schrägen Decken der Dachräume.

»Manchmal bekomme ich es mit der Angst zu tun«, sagte sie zu Livy. »Wenn wir erst mal mit den Reparaturen anfangen, ist kein Ende abzusehen. Ich weiß, daß Harry jedes Jahr die schlimmsten Stellen notdürftig ausbessern läßt, aber die Betonung liegt eben auf ›notdürftig‹. Und ich bin sicher, daß einige der Holzdielen von Fäulnis befallen sind, aber wir wagen einfach nicht, näher nachzuforschen.«

Sie lächelte Livy an. Sie saßen sich gegenüber vor dem Feuer, das sie angezündet hatten, und tranken Kaffee aus einer Thermosflasche. »Es ist merkwürdig, aber ich kann mit dir offener reden als mit meinen zwei Töchtern. Ellen war auf der Hochzeit, hast du sie gesehen? Wir hatten uns nichts zu sagen. Und Julia verläßt nie ihre schottische Einsiedelei. Rachel ist mir unheimlich mit ihrem Fanatismus, und Caro ist mir zu ähnlich. Sie hat die gleichen Fehler wie ich.« Sie stieß einen Seufzer aus. »Ja, Livy, wenn ich alt werde, mußt du die Rolle einer Tochter übernehmen. Du bist die einzige, mit der ich reden kann. Du bist eine Art zweiter Ginny für mich.«

Dena fuhr nach drei Tagen ab, und Livy vermißte sie. Sie ging zu ihren Kusinen und bat sie, Tresillian für die Gäste, die nach der Krönung kommen würden, so gut wie möglich herzurichten. »Lady Camborne meint, daß Mr. McClintock, der ehemalige Botschafter, vielleicht auch kommt. Sollten eine Menge Gäste erscheinen, wird Mrs. Clayton ihren Küchenchef schicken. Ich weiß nicht, was er von der Küche und dem Herd hier halten wird – wenig vermutlich. Natürlich wird er Hilfe brauchen . . . und so viel frisches Gemüse und Fisch wie möglich. Hoffentlich kommt nur die Familie. Nun, es wird schon alles klappen.«

»Wird Alex mit seiner Frau kommen?« fragte Nell. Die Kinder waren ihr so vertraut, daß sie ihre Vornamen benutzte. »Und Caroline und ihr Mann?« Sie hatten sich eingehend die Hochzeitsfotos betrachtet, die Livy mitgebracht hatte.

»Ich weiß es nicht, es wird sich alles ergeben.« Sie hoffte, daß Alex nicht kommen würde.

Als Livy nach London zurückkehrte, fand sie eine Nachricht von Andrew McClintock vor, die besagte, daß er gerne eingeladen werden würde. Sie rief das Ritz an und warnte ihn vor den vielen Treppen und der Winzigkeit der Wohnung. »Sie trauen mir wohl nicht mehr zu, ein paar Stufen hinaufsteigen zu können«, polterte er. »Oder haben Sie etwas zu verbergen?«

»Nichts, Botschafter.« Sie war wütend, sagte aber kühl und höflich: »Es ist mir ein großes Vergnügen, Sie einzuladen, wann immer Sie Zeit haben.«

»Gut, dann heute abend. Ich komme um halb acht.«

Was mir nicht einmal genug Zeit läßt, ein ordentliches Essen zuzubereiten, dachte sie. Sie nahm sich ein Taxi, fuhr zu Harrods und kaufte Spargel ein – und segnete im stillen Jacques, der ihr einen genügend großen Topf gegeben hatte, um ihn zu kochen. Ihre gesamten Fleischmarken, die sie in St. Just nicht gebraucht hatte, gingen für zwei saftige schottische Tournedos drauf. Sie würde ihm Pellkartoffeln dazu geben und hinterher Erdbeeren mit Schlagsahne. Der Wein war ein weiteres Problem. Zum Schluß kaufte sie noch einen Armvoll Blumen.

Sie wartete vor der Haustür, und als sein Wagen vorfuhr, ging sie ihm entgegen und begrüßte ihn. »Sie haben London verdammt schnell nach der Hochzeit verlassen«, knurrte er.

»Ich fand, mir stünden ein paar Ferientage zu. Ich bin nur der Hochzeit wegen in London geblieben.«

Er ging schweigend die Treppen hinauf. Auf der Hälfte des Weges blieb er stehen, um sich auszuruhen. »Denken Sie ja nicht, ich würde bald abkratzen, ich bin nur ein wenig kurzatmig.«

Er inspizierte jeden Winkel ihrer Wohnung mit einer Gründlichkeit, die bei jedem anderen unhöflich gewirkt hätte. Im Badezimmer zog er die Luft ein, als erwarte er, daß es nach rostigen Rohren riechen würde. »Ich weiß nicht, wie diese alten Gebäude überdauern. Es sind alles Billigstbauten aus der viktorianischen Zeit, und während des Krieges haben die Bomben sie in den Grundfesten erschüttert. Sonderbar, wie die Frau von Alex sagen würde, wenn ihr gar nichts mehr einfällt.« Er musterte Theas Skulptur und Herberts Bilder. »Schöne kleine Sammlung«, sagte er anerkennend.

Sie hatte erwartet, daß er einen Whisky verlangen würde. Statt dessen bat er sie, ihm einen Dry Martini zu mixen, was sie völlig aus der Bahn warf. Sie benutzte alles Eis, das ihr kleiner Eisschrank hergab, stellte das Glas kurz in das Kühlfach, fügte dem Gin einen winzigen Spritzer Wermut hinzu und fragte: »Eine Olive oder eine Perlzwiebel?«

»Nur ein wenig Zitrone.« Er prostete ihr zu und hob das Glas mißtrauisch an die Lippen. »Nicht übel«, sagte er.

Sie aßen den Spargel mit Butter. An eine holländische Soße hatte sie sich nicht herangewagt, aus Angst, sie zu verderben. Sie servierte ihm Chablis.

»Die Küche und ich sind höchsten Ansprüchen nicht ganz gewachsen«, sagte sie, als sie die Steaks, die Kartoffeln und den grünen Salat auf den Tisch stellte. Aber es schien ihm zu schmecken. »Ich hoffe, der Wein macht die anderen Mängel wett«, fügte sie hinzu. Er blickte auf das Etikett, nachdem sie sein Glas gefüllt hatte. »Romanée Conti. Sie haben gesagt, ich würde ihn nicht finden. Aber ich habe ihn gefunden. Ich habe alle bekannten Weinhändler Londons angerufen; schließlich fand ich einen, der gewillt war, sich von einigen Flaschen zu trennen, aber ich habe nur die eine gekauft.«

Zum ersten Mal zuckte ein Lächeln über sein Gesicht. »Mir gefällt es, wenn Menschen sich Mühe geben.« Sie tranken beim Käse den Wein aus. Dann stand er auf und setzte sich aufs Sofa.

»Ich habe gehört, daß Sie Ihren Sekretärinnenkurs mit guten Noten bestanden haben. Aber was nun?«

»Ich weiß nicht recht.«

»Das gleiche haben Sie mir vor einem Jahr gesagt. Und jetzt sind Sie ein Jahr älter.« Ihren Protest, daß sie ihre Zeit nicht vergeudet habe, tat er mit einer kurzen Handbewegung ab. »Also gut, Sie haben Ihren Magister in Englisch gemacht, was Ihnen nicht weiterhilft. Sie können stenographieren und tippen, Sie wissen, daß ein Kassenbericht stimmen muß. Aber das ist erst der Anfang. Sie hätten nie Anglistik zu studieren brauchen. Als Tochter Ihres Vaters und Ihrer Mutter haben Sie das Wissen mit der Muttermilch eingesaugt. Also, was nun? Ich hoffe, Sie wollen nicht Lehrerin oder Bibliothekarin werden. Beides würde Ihnen nicht liegen und bringt auch nichts ein...«

»Steht Ihr Angebot noch, mich bei der Clayton-Bank unterzubringen?«

Er sah sie lange an. »Ist es das, was Sie im Sinn haben?«

»Warum sonst sollte ich Ihnen diese Frage stellen? Sie haben mich finanziell unabhängig gemacht, Mr. McClintock. Und das Legat von Bess ist natürlich auch eine große Hilfe. Wenn ich wollte, könnte ich noch mehr Kurse nehmen oder mich nach St. Just zurückziehen und vorgeben, daß ich Gedichte schreibe. Aber das würde ich meinem Vater nicht antun. Ich könnte auch zu Venables gehen und um einen Job bitten. In Verlagen haben Frauen eine gewisse Chance, Karriere zu machen. Würde ich das Bankfach lernen, wenn ich als Sekretärin anfangen würde?«

»Das kommt ganz auf Ihr Durchsetzungsvermögen an. Die Finanzwelt ist von Männern beherrscht, und es ist verdammt schwierig für eine Frau, sich gerade in dieser Welt eine Position zu schaffen. Vielleicht werden Sie sich nach einem Jahr entschließen, Volkswirtschaft zu studieren, um sich solidere Kenntnisse zu verschaffen. Aber auch das ist keine Garantie. Ich kann Ihnen zwar eine Tür öffnen, Livy, aber mehr kann auch ich nicht tun.«

»Dann öffnen Sie mir bitte die Tür. Ich werde Ihnen keine Schande bereiten. Und wenn ich sehe, daß es nichts für mich ist, werde ich mich entschuldigen und gehen.«

Als er langsam die Treppe zu seinem wartenden Wagen hinunterstieg, sagte er: »Sie waren eine sehr hübsche Brautjungfer. Spielen Sie mit dem Gedanken, selbst zu heiraten?«

»Wenn ich dies täte, hätte ich Sie nicht um eine Anstellung bei der Clayton-Bank gebeten.«

Sie stand auf dem Bürgersteig, winkte dem davonfahrenden Wagen nach und fragte sich, wie lange es her sein mochte, daß Andrew McClintock fünf Treppen hinaufgestiegen war.

Es regnete am Krönungstag. Livy ging am frühen Morgen zu Fuß von Vincent Square nach Seymour House. Sie mußte die Mall überqueren, bevor sie für die Prozession abgesperrt wurde. Sie drängelte sich durch die Menschenmenge, die während der ganzen Nacht auf den Bürgersteigen gesessen oder gelegen hatte. Sie sah die großen Fernsehwagen – ein ungewohnter Anblick –, die an strategisch günstigen Punkten parkten. Die Schlagzeilen verkündeten: *Mount Everest erobert.* Ein passendes Krönungsgeschenk.

Seymour House war voller Gäste. Ginny hatte sich für alle Empfangsräume Fernsehapparate ausgeliehen. Die Kameras glitten über die wartende Menge auf den Bürgersteigen hinweg und schwenkten dann nach Buckingham Palace und Westminster Abbey um, wo man die Adeligen in vollem Ornat zu Fuß vorbeieilen sah. Livy kam gerade noch rechtzeitig, um Dena und Harry in ihren hermelinbesetzten Roben zu erblicken. Dena trug das weiße Kleid, das sie für ihre Vorstellung bei Hof und das schon ihre Mutter für die Krönung von Georg VI. getragen hatte. Harry hatte den reichlich ausgeblichenen roten Hermelinmantel des verstorbenen Lord Camborne an, der schon einige Krönungen gesehen hatte. Sie beide hielten ihre Adelskronen in der Hand, die sie erst, nachdem die Königin gekrönt worden war, aufsetzen würden. Ginny trug ein cremefarbenes Seidenkleid, Blair einen Cutaway. Die Polizei machte Platz für die Wagen. Es würde Stunden dauern, bis sie wieder nach Seymour House zurückkehrten.

Alex stand neben Livy. »Wie wär's mit einem Glas Champagner?«

»Zum Frühstück?«

»Es ist ein Tag für Champagner.« Livy schien es, als hielte sich Nancy absichtlich von ihnen fern, aber bei den vielen Gästen konnte es auch Zufall sein. »Ich höre, du willst bei der Clayton-Bank arbeiten. Ich wünschte, du würdest es nicht tun. Du begibst dich absichtlich in den Bannkreis des alten Mannes. Warum machst du dich nicht von ihm frei?«

»Vielleicht brauche ich das nicht. Es ist keine leichte Sache, bei Clayton zu arbeiten. Er wird mich im Auge behalten, und so muß ich mich doppelt anstrengen.«

»Allerdings.« Er schlenderte davon.

Sie brachen wie die Leute auf der Straße in Hurrarufe aus, als die ersten Bilder von den Kutschen und Kavallerie-Eskorten am Fernseher erschienen. Die Gläser wurden mit Champagner gefüllt. Die Kameras in der Abtei richteten sich sekundenlang auf Dena, die mit den anderen adeligen Damen wartete, durch den Mittelgang von den Herren getrennt. Ginny und Blair konnten sie nicht ausmachen, dafür aber Andrew McClintock, der unter den Ehrengästen saß. »Ich hätte nie gedacht, daß ich auf den alten Mann mal so stolz sein würde«, flüsterte Chris Livy ins Ohr. »Ich habe gehört, er sei zu dir zum Abendessen gekommen. Mein Stück hat er noch nicht gesehen.«

Ein seltsam feierliches Gefühl ergriff alle, als die Zeremonie in der Kirche begann. Sie sahen eine schlanke, junge und hübsche Frau das Mittelschiff entlangschreiten, acht Ehrenjungfern trugen ihre Schleppe. Jeder hörte auf, Champagner zu trinken. Der liturgische Teil der Zeremonie wurde nicht übertragen, aber die Kameras waren wieder zugelassen, als der Erzbischof von Canterbury ihr die Krone aufs Haupt setzte. Der Ruf: Vivat, vivat Regina! hallte durch die Abtei. Die Adeligen hielten ihre Kronen über den Kopf und setzten sie auf; einige saßen etwas schief, andere hatten es richtig getroffen.

»Lang lebe die Königin!« rief Herbert aus dem Hintergrund. Die Gläser wurden neu gefüllt. Die Menschen weinten, als der Ehemann der Königin vor ihr kniete und ihr Treue schwor. Ihm folgten die verschiedenen Vertreter des Adels, um das gleiche zu tun, und dann verließ die junge Frau, Zepter und Reichsapfel tragend, die Abtei. Sie hielt den Kopf hoch unter dem Gewicht der schweren Krone.

Als die Prozession in einem leichten Nieselregen sich dem St. James Palace näherte, liefen die Gäste von Seymour House an die Ecke, wo Blair den ersten Stock eines Bürohauses gemietet hatte, und von dort aus betrachteten sie den prächtigen Aufzug. Die Staatsoberhäupter, Könige, Königinnen und Prinzen. Dann kam die Staatskarosse mit der jungen Frau und ihrem Ehemann. Es hieß, man habe in der Kutsche eine unsichtbare Stütze für das schwere Zepter und den Reichsapfel eingebaut. Sie lächelte unter ihrer schweren Krone. Die Menschenmenge geriet außer sich, viele weinten.

Sie gingen zurück nach Seymour House, und die Diener gossen erneut Champagner ein. »Ob wir wohl je wieder eine Krönung sehen werden?« sagte Alex nachdenklich. »Oder wird sie die Letzte sein? Ich habe gewiß einen schweren Beruf, aber ich beneide sie nicht um den ihrigen.«

Caroline und Toby hatten sich durch die sich zerstreuende Menge einen Weg von Tobys Club in St. James, von wo aus sie die Prozession betrachtet hatten, nach Seymour House gebahnt. »War es nicht großartig?« fragte Caroline. »Wir waren so nah, daß wir alle Einzelheiten sehen konnten. Die Boltons geben ein Fest, sobald sie aus der Abtei zurück sind, aber das kann Stunden dauern. Es muß ein furchtbares Durcheinander sein mit all den vielen Autos...« Nach einiger Zeit erschienen Ginny, Blair, Dena und Harry, die sich zu Fuß durch die Menge gedrängt hatten.

»Der Botschafter muß auf seinen Wagen warten. Der Weg ist zu weit für ihn, besonders mit dieser Menschenmenge«, sagte Harry. »Ich bin mir wie ein Idiot vorgekommen, in dieser Robe herumzuspazieren. Aber alle sind so guter Laune, daß es egal war. Dena und ich haben sogar Applaus geerntet.«

Die Feier in Seymour House nahm ihren Fortgang. Jeder hoffte, die Königin würde sich noch einmal auf dem Balkon von Buckingham Palace sehen lassen. Harry und Dena hatten sich umgezogen, beide gingen schnurstracks zum kalten Büfett. »Ich bin halb verhungert«, sagte Dena. »Einige Leute in der Abtei waren ganz schlau. Sie müssen sich Innentaschen in ihre Roben genäht haben, denn ich habe winzige Sandwiches erspäht und mehr als einen Flachmann. Ich wünschte, ich wäre auch auf die Idee gekommen. Mir war so furchtbar kalt.«

Rachel erschien in dem Moment, als Caroline und Toby sich verabschiedeten. »Ich habe mir das Ganze am Fernseher angesehen, ich hatte keine Lust, im Freien zu campen.«

»Du hättest hierherkommen sollen, dann hättest du die Prozession direkt sehen können«, sagte Caroline. Sie musterte ihre Schwester. »Du siehst hübsch aus, Rachel. Eine neue Aufmachung?«

Rachel schien sich mehr Mühe als sonst gegeben zu haben. Sie trug ein dunkelblaues Kleid mit passendem Mantel, was ihr gut stand. Sie lächelte flüchtig, aber etwas verlegen. Livy dachte, daß sie erregt und verwundbar aussah. Sie erriet, daß sie von einer Party kam, bei der vielleicht auch Frazer Campbell zugegen gewesen war, und jetzt allein war und an diesem Nationalfeiertag, wo alle fröhlich waren, ihr schäbiges Zimmer in Pimlico nicht ertragen konnte. Wie ein Kind war sie an den Ort zurückgekehrt, der für sie immer ihr Londoner Zuhause gewesen war.

Mark begrüßte sie begeistert. »Rachel, du siehst toll aus. Willst du ein Glas Champagner?« Mark, dachte Livy, hat selbst etwas zuviel Champagner getrunken. Er hatte den ganzen Tag vor dem Fernseher gehockt, wenn er nicht gerade die Treppen hinauf- und hinuntergerannt war, um Knox, Jacques und den Mädchen zu helfen, das kalte Büfett wieder aufzufüllen. Aber auch in der Küche stand ein Fernseher, so daß ihm kaum etwas entgangen war. Livy stellte amüsiert fest, daß er in der Küche nicht nur geduldet, sondern offensichtlich auch willkommen war. Er hatte schon früh gelernt, die Klassenbarriere zu durchbrechen. Das Personal behandelte ihn freundlich und nachsichtig und ließ ihn mehr oder minder tun, was er wollte. Er wohnte in Seymour House, würde also bleiben, bis die letzten Gäste gingen.

Endlich traf auch der Botschafter ein und wurde mit Applaus begrüßt. Er sah eher erstaunt aus. »Fast wäre ich direkt ins Ritz gefahren, aber der Chauffeur hat gemeint, es sei leichter, zu euch durchzukommen. Ich habe ihn in die Küche geschickt, Ginny, er ist genauso hungrig und verfroren wie ich.«

Mark stellte schnell einen kleinen Tisch neben den Sessel, in den der Botschafter sich gesetzt hatte, und Knox eilte mit einer hellgelben Tischdecke und Serviette herbei und legte das Gedeck auf. »Darf ich Ihnen etwas am Büfett aussuchen, Sir?« fragte Mark. Knox brachte ein Glas Champagner, doch der Botschafter winkte ab.

»Das einzige, was meine alten Knochen erwärmen kann, Knox, ist ein doppelter Whisky.«

Mark setzte sich neben ihn, während er aß, und erkundigte sich, wie es in der Abtei gewesen sei. »Verdammt unbequem«, lautete die Antwort. »Wenn ich nicht mein Land hätte vertreten müssen, wäre ich lieber hiergeblieben.« Jeder wußte, daß Andrew McClintock nur in die Abtei gegangen war, um später darüber reden zu können.

»Wann gehst du nach Eton?« fragte der Botschafter Mark, als er bei seinem zweiten Whisky war und den ärgsten Hunger gestillt hatte.

»Übernächstes Jahr, Sir.« Dann fügte er ein wenig trotzig hinzu: »Ich habe jetzt bessere Noten, Sir. Ich habe es Mutter versprochen ... aber ich spiele lieber Kricket.«

»Das eine schließt das andere nicht aus. Niemand kann nur das tun, was ihm Spaß macht.«

»Nein Sir ... ich meine, ja, Sir. Kann ich Ihnen noch etwas zu essen bringen?«

Nancy war an die Seite des Botschafters getreten. »Ich hole es Ihnen, Mr. McClintock.« Sie eilte davon, ohne eine Antwort abzuwarten. Mark sah ihr nach, als sie an den Tischen vorbeiging, die zum Brechen voll waren, als hätte noch niemand etwas gegessen. »Sie ... sie ist sehr schön, Sir, ich meine Mrs. McClintock.« Es gab Livy einen kleinen Stich, Nancy so nennen zu hören. Alex' Frau ... Seit Ginnys Heirat mit Blair hatte es keine Mrs. McClintock gegeben.

»Ja«, sagte der Botschafter trocken, ohne darauf zu achten, wer ihn hörte. »Die Frau meines Enkels ist sehr schön, aus gutem Haus und hat eine gute Erziehung genossen, obwohl das nicht viel zu ihrer Klugheit beigetragen hat. Das einzige, was ich an ihr auszusetzen habe, ist, daß sie nicht schwanger ist. Vermutlich hat sie Angst, ihre Figur zu verderben.« Er leerte seinen Whisky.

Die Gäste fingen an, sich zu verabschieden. Draußen im Park jedoch herrschte noch reges Leben. Die Zuschauer hatten die Mall verlassen und sich über den Park verteilt. Sie picknickten schon seit Stunden, und nach dem Lärm zu schließen, hatten viele Flaschen die Runde gemacht. Livy nahm ihren Mantel, beschloß, daß sie Ginny, die sich mit einer Gruppe Gäste unterhielt, nicht stören wollte, und ging zur Haustür.

»Komm, ich begleite dich nach Hause«, sagte Alex. »Es geht ein bißchen zu hoch her auf den Straßen ...«

»Es ist ein weiter Weg.«

»Das ist mir nur recht.« Hatte er Andrew McClintocks Worte gehört? Ob er sie diesmal gehört hatte oder nicht, war ziemlich egal, denn sicher hatte er die gleiche Ansicht bei anderer Gelegenheit schon vernommen. Er nahm sie beim Arm. In den Straßen drängte sich eine lärmende Menge, und überall lag knöcheltief Abfall herum. Um das Victoria-Denkmal scharten sich die Unentwegten, die immer noch nach der Königin riefen, obwohl auch die Optimistischsten hätten einsehen müssen, daß sie nicht mehr auf den Balkon treten würde.

»Sie muß furchtbar müde sein«, sagte Alex zu Livy. »Ich hoffe, man hat ihr einen kräftigen Whisky gegeben und ihr Zeit gelassen, die Beine hochzulegen.«

Auf dem Weg nach Victoria Station gerieten sie in einen dichten Menschenstrom. »Gib mir einen Kuß, Puppe«, rief ein junger Mann Livy zu. Sie wich ihm aus, und als Alex schützend seinen Arm um sie legte, brachen der junge Mann und seine Kameraden in brüllendes Gelächter aus. »Lang lebe die Königin!« rief einer von ihnen.

Nachdem sie sich bis zu Victoria Station durchgekämpft hatten, kamen sie schneller voran. Alex hatte noch immer seinen Arm um Livys Schulter gelegt. Sie erreichten Vincent Square. Livy blieb vor ihrem Haus stehen. »Hier wohne ich.«

»Bittest du mich nicht herein?« Er blickte zum Himmel auf, streckte seine Hand aus und fühlte den leichten Nieselregen auf seinem Handrücken. »Alle sind schon mal bei dir gewesen, sogar Großvater.«

Sie zuckte die Achseln. »Wenn dir nach Treppensteigen zumute ist.«

»Wenn mein Großvater bis nach oben gekommen ist, schaffe ich es wohl auch.«

Sie versuchte es noch mal. »Wird man dich in Seymour House nicht vermissen?«

»Sollen sie.« Nancys Name wurde nicht erwähnt. Sie stiegen die Treppe schweigend hinauf. Er sah sich in der Wohnung aufmerksam und lange um, so wie alle es getan hatten. »Das ist das erste Mal, Livy, daß ich dich in einer Umgebung sehe, die du dir selbst geschaffen hast.«

»Ich habe sie mir eigentlich nicht selbst geschaffen. Die meisten Sachen stammen von deiner Mutter. Restbestände aus dem Keller und dem Dachboden von Seymour House. Und das sind Herberts und Theas Geschenke. Die sind allerdings einzigartig. Die Installation ist eher primitiv, und die Küche läßt zu wünschen übrig ... doch wie man so sagt: klein, aber mein.«

Ihre vorgetäuschte Kälte schmolz dahin. Selbst in ihren kühnsten Träumen hatte sie nicht zu hoffen gewagt, Alex in ihrer Wohnung zu sehen. Er schien durch sein Geld und seine Stellung Welten von ihr entfernt. Aber sie hatte oft an ihn gedacht – mein Gott, wie oft! Sie sagte: »Nur weil es der Krönungstag ist, habe ich eine Flasche Champagner im Eisschrank. Wollen wir sie öffnen?«

Er drehte den Korken mit dem Geschick langer Erfahrung heraus und goß den Champagner in die Gläser, die von Ginny stammten. Sie zögerten, einen Toast auszubringen.

»Die Königin ist heute genügend geehrt worden«, sagte Alex. »Laß uns auf uns beide trinken. Und zum Teufel mit der übrigen Welt.«

Sie antwortete nicht, aber trank.

Sie saßen auf dem Sofa, und die Dämmerung sank über einen langen englischen Sommertag, an dem es geregnet hatte und eine Königin gekrönt worden war. Zuweilen hörte man noch Hurrarufe. Sie blickten hinunter auf den Platz und sahen, daß die Festlichkeiten noch in vollem Gange waren.

»Eine Menge Flaschen für die Müllabfuhr ...« Sie sprach leise und etwas stockend. War sie leicht benebelt? Seit dem frühen Morgen hatten sie Champagner getrunken, und sie hatte nicht erwartet, ihre Flasche mit Alex zu teilen. Und plötzlich wußte sie genau, was sie in Rachels Augen gelesen hatte: die Angst, diesen Tag allein beenden zu müssen.

»Alex ...« Sie wandte sich ihm zu.

Seine Züge verhärteten sich. »Tritt nicht in die Clayton-Bank ein, Livy. Verstehst du nicht, daß der alte Mann dich in seinen Machtbereich einbeziehen will? Ich bin hineingeboren worden, aber du kannst dich frei machen. Laß nicht zu, daß die Familie dich vereinnahmt. Trenn dich von ihr!«

»Und wenn ich mich nicht trennen will? Nimm an, ich bin dankbar für alles, was ich bekomme. Verstehst du nicht, Alex? Ich kann mich nicht trennen. Du bist der erste Mann meines Lebens, den ich auffordere, mit mir zu schlafen.«

Er stellte sein Glas hin. »Und das ist ein guter Grund für mich, nein zu sagen.«

»Das kannst du nicht, Alex, weil ich dich liebe.«

Er umarmte sie. »Ach, Livy ... warum hast du das gesagt? Ich liebe dich seit Jahren. Aber ich dachte, es würde für uns beide nicht gut ausgehen. Ich wollte mich von dem alten Mann nicht gängeln lassen, und ich wollte nicht, daß er dich für seine Pläne mißbraucht. Du warst immer sehr viel unabhängiger, als ich es je sein kann. Ich wollte dich nicht aufspießen wie einen wunderschönen Schmetterling, der dazu bestimmt ist, frei und ungehindert durch sein kurzes Leben zu fliegen. Meine geliebte, schöne Livy, ich wollte dich nicht in das Gefängnis einsperren, in das ich hineingeboren worden bin. Du bist dazu geboren, in Freiheit zu leben und schöpferisch zu sein …«

»Komm ins Bett, Alex.«

Während der Stunden bis zur Morgendämmerung hatte sie alles, was sie sich erträumt hatte. Zuerst war es schmerzvoll gewesen und dann voller Freude. Das Abklingen der Erregung, dann eine Ruhepause, gefolgt von erneuter Leidenschaft. Sie verfluchte die Morgendämmerung, das erste Zwitschern der Vögel in den Bäumen von Vincent Square. Sie hielt den schlafenden Alex in ihren Armen, doch sie selbst blieb wach, um keinen Augenblick seiner Gegenwart zu verlieren.

Er ging, als das erste Tageslicht auf die verschmutzten Straßen, auf die regennassen Fahnen fiel. »Ich werde dir das nie wieder antun, Liebling. Es ist zuviel von dir verlangt …«

»Verlange von mir, was du willst. Ich bin immer für dich da.«

Er hielt sie in seinen Armen und vergrub seinen Kopf an ihrer Schulter. »Ich werde dich nie wieder um diese Gunst bitten, Livy. Ich kann dich nicht halten. Mach dich frei von dieser Familie, entflieh ihr, so schnell du kannst … aber bitte vergiß eines nicht … du bist für mich der wichtigste Mensch auf der Welt.«

Sie lauschte seinen Schritten auf der Treppe, lehnte sich aus dem Fenster und sah ihm nach, wie er sich über den mit Flaschen und Abfall übersäten Platz von ihr entfernte.

11

Der größte Teil der Familie verbrachte den Sommer in Tresillian. Nur Alex hatte gleich nach Washington zurückfliegen müssen. Er und Nancy verließen London einen Tag nach der Krönung.

Tresillian war voll von Gästen, und zum ersten Mal nach dem Krieg gab es Lebensmittel, soviel man wollte, und der Weinkeller war wieder aufgefüllt.

Caroline und Toby kamen kurz zu Besuch, gerade zu einem Zeitpunkt, als das Haus überfüllt war. Caroline hatte verkündet: »Ich bin schwanger. Ist das nicht gräßlich?« Aber sie hatte zufrieden gelacht, wissend, daß die Familie ihres Mannes nur zu glücklich über ihren Zustand war. Und sie hatte die Genugtuung, in den Augen des Botschafters Neid aufblitzen zu sehen.

Schließlich fuhren sie alle ab. Herbert kam in seinem Auto, um den Rest der Lebensmittel abzuholen und unter den Tregenna-Kusinen zu verteilen. Livy und Mark zogen in Livys Cottage. Der Sommer war schon zu weit vorgeschritten, als daß es sich für Mark gelohnt hätte, nach Washington zu fahren. Aber er war durchaus zufrieden, in St. Just zu bleiben. »In Washington habe ich immer das Gefühl, im Weg zu sein. Der einzige Spaß, den ich dort habe, ist, wenn Mutter eine Party gibt und ich mich als Kellner verkleiden kann ...«

»Nimmst du deine Kocherei ernst?«

Er zuckte die Achseln. »Du glaubst doch wohl selbst nicht, daß Mutter mir erlauben würde, mich als Koch ausbilden zu lassen. Nein, ich muß dieses Eton durchstehen und danach zwei Jahre Militärdienst. Mutter hofft natürlich, daß Eton und das Militär mir die Flausen austreiben. Was sie nicht versteht, ist, daß Kochen mir einen Riesenspaß macht. Sie *mußte* es tun, und es war sehr nützlich. Aber sie kann sich nicht vorstellen, daß man damit auch sein Leben verdienen kann.« Er lächelte sie spitzbübisch an. »Natürlich hat sie nichts dagegen, wenn ich mich verkleide und den Souschef von Jacques spiele. Aber stell dir vor, sie geht auf irgendein Fest und sieht, wie ich die Vorspeisen herumreiche – und dafür bezahlt werde! Vater ist da vernünftiger. Er weiß, daß ich nie einen guten Diplomaten abgeben werde.«

Er verbrachte den Rest des Sommers hauptsächlich im Hafen von St. Just mit den Fischern und wünschte sich, der Sommer möge nie enden. »Was für ein großartiges Leben, und ich muß in dieser Schule vergammeln«, sagte er seufzend.

In der letzten Augustwoche kehrten sie in Livys Londoner Wohnung zurück. Mark begleitete Livy in die Stadt, wo sie die Art von Kleidern kaufte, die sie für die Clayton-Handelsbank für geeignet hielt. Caroline begleitete sie gelegentlich und gab Ratschläge. Die Schwangerschaft stand ihr gut, und sie schien mit ihrem Leben zufrieden zu sein.

Chris lud Livy und Mark zum Mittagessen ein. »Ist es nicht unwahrscheinlich, wie lange das Stück schon läuft? Ich muß mich nach was anderem umsehen, denn wenn ich diese Rolle noch länger spiele, bin ich für die nächsten zehn Jahre als freche Naive abgestempelt. Ich habe eine vage Verbindung zu einem New Yorker Agenten, vielleicht kommt da etwas zustande ... Livy, ich verstehe einfach nicht, daß du bei der Clayton-Bank arbeiten willst. Du läufst mit offenen Augen in eine Falle ...«

Livy zuckte die Achseln. »Ich will sehen, wie die Praxis aussieht. Ich werde nur eine von unzähligen Sekretärinnen sein ...«

»Und jeder wird wissen, daß Mr. McClintock dir die Stellung verschafft hat.« Chris schüttelte mißbilligend den Kopf. »Du wirst es nicht leicht haben, und Gott helfe dir, wenn du plötzlich beschließt, daß du genug hast, und kündigst. Das wird dir der alte Mann nie verzeihen.«

Mark bestand darauf, an dem Tag, als sie ihre Arbeit anfing, mit ihr im Bus ins Büro zu fahren. »Es ist ein wenig wie der erste Schultag... Man ist dankbar, wenn jemand einen bis zum Tor begleitet.«

Sie ging an der schweren Eichentür, die erst um zehn Uhr geöffnet wurde, vorbei zum Seiteneingang. Sie hatte ihr Antrittsinterview schon hinter sich und erklärte dem Portier, daß sie die neue Sekretärin für Mr. Edwards sei. Sie wußte, daß Mr. Edwards erst seit kurzem für die Clayton-Bank arbeitete und einen langen Weg bis zu einem Direktorenposten vor sich hatte, falls er es überhaupt je schaffen würde. Sie saß an ihrem Platz, zehn Minuten bevor er kam, und hatte die Post bereits geöffnet, außer den Briefen, die persönlich an ihn gerichtet waren.

»Guten Morgen, Miss... Miss Miles.« Er sah kurz die Post durch. »Wollen wir anfangen?« Er diktierte ihr mehrere Briefe, und sie wußte, sie müßte die Adressen herausfinden, was sie nur mit Hilfe seiner ehemaligen Sekretärin tun konnte, die jetzt einen besseren Posten innehatte. Sie erkundigte sich, wo sich die Damentoiletten befanden und wo man ein Sandwich für die Mittagspause kaufen konnte. Sie erfuhr, daß sie Kaffee kochen mußte, wann immer es verlangt wurde, und begriff schnell, daß sie viele Dinge für Mr. Edwards erledigen mußte, die nicht unbedingt zu ihrem Aufgabenkreis gehörten. Mr. Edwards war distanziert und höflich, aber schon in den ersten Wochen wurde ihr klar, daß sie nichts über das Bankwesen lernen würde.

Sie erkannte auch bald, daß zwischen ihr und den anderen Sekretärinnen eine Art Kluft bestand. Irgendwie hatte es sich herumgesprochen, daß sie ihre Stellung einem hohen Tier verdankte, und man begegnete ihr mit kühler, fast feindlicher Zurückhaltung.

Sie war traurig gewesen an dem Morgen, wo Chris mit ihrem Wagen ankam, um Mark in die Schule zu fahren, und als sie abends in ihre Wohnung zurückkehrte, empfand sie ein Gefühl von Leere. Wer brauchte sie auf dieser Welt? Nicht Mr. Edwards – jedes junge Ding hätte ihre Arbeit verrichten können. Nicht die Claytons. Sie kämpfte gegen ein beklemmendes Gefühl der Einsamkeit an, indem sie sich sagte, daß jeder Job seine Schwierigkeiten hatte. Aber alle hatten sie gewarnt. Nur Andrew McClintock hatte gewollt, daß sie diese Stellung antrat. Aber Andrew McClintock war auf der anderen Seite des Atlantiks und würde keinen Finger rühren, wenn sie Fehler machte.

Nach einigen Wochen nahm sie die Dinge nicht mehr so ernst. Sie erkannte, daß das Bankwesen voller Geheimnisse war, die man nur langsam entwirren konnte. Zuweilen schickte Mr. Edwards sie mit einigen Akten zu einem der Direktoren, aber sie drang nie in das Hauptbüro vor, sondern wurde von irgendwelchen Sekretärinnen im Vorzimmer abgefertigt, die die Papiere zumeist mit einem kurzen Nicken entgegennahmen und sie gelegentlich neugierig musterten. Sie sagte sich, daß ihre Verbindung mit Andrew McClintock nach einiger Zeit in Vergessenheit geraten und sie vielleicht einen anderen Chef bekommen würde. Mr. Edwards' Diktat war sehr viel langsamer, als sie es von der Sekretärinnenschule her gewohnt war, und die Routinebriefe hätte sie gut allein schreiben können. Allmählich gewöhnte sie sich ein, und die anderen Mädchen fingen an, sie zu akzeptieren und im Korridor mit ihr zu reden. »Ziemlich langweilig, nicht wahr?« sagte eine während der Mittagspause zu ihr. Es war das erste Mal, daß sie aufgefordert worden war, sich in dem Café um die Ecke der Bank mit an den Tisch zu setzen.

»Ja«, stimmte Livy zu. »Ich habe gedacht, daß es... irgendwie interessanter sein würde.«

»Nicht in den unteren Etagen, wo Ihr Chef sitzt. Nur ganz oben, wo sie um Millionen feilschen, wird es interessant. Aber bis Sie sich bis dort hinaufarbeiten, sind Sie gut über vierzig. Haben Sie nicht bemerkt, daß nur lauter alte Krähen dort sitzen? Das Haus Clayton ist gediegen und konservativ, wie Sie wohl wissen.«

»Ja, langsam fällt mir das auch auf.«

Das Mädchen grinste. »Uns können Sie nichts vormachen. Aber um gerecht zu sein, Sie haben ganz unten angefangen wie wir alle. Mr. Edwards ist nur ein paar Monate vor Ihnen zu Clayton gekommen und weiß wohl selbst nicht, ob er mehr als ein Jahr durchhält. Ich jedenfalls habe keine Lust, bei Clayton alt zu werden. Sobald ich einen halbwegs annehmbaren Mann finde, heirate ich. Wir sind doch nicht viel besser als Sklavinnen …«

Livy nickte. Sie wußte, in vieler Hinsicht hatte das Mädchen recht. Aber sie fuhr fort, heimlich die *Financial Times* zu lesen, und versuchte, die Fachausdrücke zu lernen, obwohl sie die Gründe für die verschiedenen Transaktionen schwer zu begreifen fand. Die Finanzpresse schien sich dauernd zu widersprechen. In einem Artikel hieß es: Kauf dies; im anderen: Verkauf das. Und immer ohne jegliche Garantie.

Nach zwei Monaten wußte sie, daß man als Sekretärin nicht weiterkam. Sie würde ein Jahr durchhalten und dann vielleicht Volkswirtschaft studieren. Es wäre auch die einzige Möglichkeit, Clayton zu verlassen, ohne McClintock zu verärgern. Aber ihr wurde allmählich bewußt, daß sie keine Angst hatte, ihn zu verärgern, sondern ihn zu enttäuschen. Sie hatte lange keinen Brief von ihm erhalten, erwartete allerdings auch keinen. Er hatte ihr bereits genug Gefallen erwiesen. Manche waren ihr nicht willkommen gewesen, aber andrerseits wußte sie auch, daß Andrew McClintock nichts gab, ohne einen Gegenwert zu fordern.

Und die Forderung wurde, eher als sie damit gerechnet hatte, gestellt. An einem dunklen, feuchten Novembernachmittag, kurz nach der Mittagspause, klingelte das Haustelefon auf Mr. Edwards' Schreibtisch. »Miss Miles …?« fragte er. »Privatgespräche sind in diesem Haus verboten«, sagte er voll selbstgerechter Empörung. »Wer? Oh … ja, natürlich, Sir, ja sofort, Mr. McClintock.«

Sein Gesicht war aschfahl. »Es ist Mr. Andrew McClintock! Hier!« Er reichte ihr seinen eigenen Hörer, so daß sie sich weit über seinen Schreibtisch lehnen mußte.

»Mr. McClintock?« sagte sie.

»Sie werden dringend hier gebraucht. Ein Platz in dem Flugzeug nach Washington, das heute abend abgeht, ist bereits gebucht. Ein Wagen wird Sie von der Bank abholen. Ginny und Dena brauchen Sie.«

»Mr. McClintock, was ... warum werde ich gebraucht?«

»Das Firmenflugzeug ist gestern nachmittag um vier Uhr aus Pittsburgh abgeflogen. Kurz vor einem Schneesturm. Es ist nicht in Washington angekommen. Blair und Alex waren an Bord.«

»O Gott«, sie konnte nicht mehr sagen. Sie fühlte sich schwach und elend, ihr schien, als stocke das Blut in ihren Adern.

»Haben Sie mich verstanden? Sie müssen sofort kommen.«

Sie stieß mühsam hervor: »Ich komme.« Die Verbindung war unterbrochen. Mr. Edwards war aufgestanden, um ihr den Hörer aus der Hand zu nehmen, aber er war ihr entglitten und fiel auf den Schreibtisch.

»Miss Miles ...« In der Tür von Mr. Edwards' Büro stand einer der Direktoren der Bank, ein Mann, der im Rang himmelhoch über Edwards stand und mit dem er kaum je gesprochen hatte. »Ein Wagen wird Sie in wenigen Minuten abholen, Miss Miles. Alles, was Mr. McClintock angeordnet hat, ist bereits geschehen. Der Chauffeur wird Sie in Ihre Wohnung fahren, damit Sie Ihren Paß holen und einige Sachen zusammenpacken können. Aber Sie müssen sich beeilen. Ihr Flugzeug geht in drei Stunden.«

»Ja Sir.«

Er trat zur Seite, um sie vorbeizulassen, hielt sie aber eine Sekunde zurück. »Bitte richten Sie Mrs. Clayton und Mr. McClintock mein tiefempfundenes Beileid aus ...«

Sie schien plötzlich ihre Kräfte wiederzufinden und sagte scharf: »Noch sind sie nicht tot, Sir! Noch nicht!«

In Washington wurde sie von dem höchsten Zollbeamten, auf Veranlassung der britischen Botschaft und von McClintock-Clayton, persönlich durchgelotst, da ihr Besuchsvisum vom letzten Jahr abgelaufen war. Es war früh am Morgen. Dena erwartete sie, ihr Gesicht war bleich und maskengleich.

»Keine Nachricht«, sagte sie, als sie Livy umarmte. »Wir fahren direkt zu Ginny. Mr. McClintock und Nancy sind dort. Wir haben Chris benachrichtigt. Sie kann natürlich auch nichts tun. Wir konnten sie nicht finden, als Mr. McClintock dich anrief ... Sie hätte sonst dasselbe Flugzeug wie du nehmen können. Aber Mr. McClintock wollte eigentlich nur dich hier haben. An Chris hat er offensichtlich gar nicht gedacht ...« Dena legte im Dunkel des Wageninneren den Arm um Livy. »Sie sind jetzt seit zwei Nächten vermißt ... unauffindbar ... es gibt kaum noch eine Hoffnung ...«

Livy bemerkte, daß die kahlen Baumäste noch mit einer dünnen Schneeschicht bedeckt waren, von den Straßen und Bürgersteigen hingegen war der Schnee bereits weggefegt worden.

»Das Allegheny-Gebirge liegt zwischen Pittsburgh und Washington, nicht wahr? War der Sturm heftiger im Gebirge?«

»Das ist immer so. Der Pilot hat auf seinem Flugplan angegeben, daß er durch die Cumberland-Schlucht fliegen wollte. Das Unwetter kam aus dem Nordwesten und lag hinter ihnen. Vermutlich dachten sie, sie könnten ihm entkommen. Dann setzten Schneestürme ein. Sie haben sich gelegt, aber in den Bergen schneit es noch, und die Sichtweite ist gleich Null. Oh, mein Gott, die arme Ginny. Sie hatte schon immer Angst, wenn Blair und Alex zusammen in dieser kleinen Maschine flogen. Aber seit Alex in der Firma arbeitete, taten sie es natürlich oft. Alex mußte an sämtlichen Verhandlungen teilnehmen, damit er über alles auf dem laufenden war, da er ja eines Tages Blairs Posten übernehmen sollte ...« Sie hielt inne. »Über was rede ich eigentlich? Wenn nicht ein Wunder geschieht, sind beide tot. Mr. McClintock will es nicht wahrhaben. Er hofft, daß sie auf einem kleinen örtlichen Flughafen gelandet und die Telefonleitungen durch den Sturm unterbrochen sind. Die Zeitungen berichten über den Unfall, als seien die beiden tot.«

»Ich glaube auch nicht, daß sie tot sind.« Sie fühlte einen heißen, quälenden Schmerz, gleichzeitig war sie voller Ärger. Alex konnte nicht tot sein, sie würde es spüren. Das unsichtbare Band zwischen ihnen wäre abgerissen. In bezug auf Blair war sie sich nicht so sicher. Sie zitterte am ganzen Körper wie Espenlaub. Dena rückte näher an sie heran.

»Versuch, ruhig zu bleiben, um Ginnys willen. Sie ist so still – wie abgekapselt. Sie und der Botschafter sitzen einander schweigend gegenüber und warten auf das Klingeln des Telefons. Natürlich klingelt es, aber es ist immer das gleiche: keine Nachricht. Nancy hatte einen Nervenzusammenbruch, einige Stunden nachdem sie von dem Unglück erfuhr. Hysterische Gans. Die Ärzte haben ihr Beruhigungspillen verschrieben. Der Botschafter wollte sie loswerden. Du bist die erste, die er kommen ließ...«

Sie erreichten das McClintock-Haus. Der Wagen hielt kurz, bis das schwere schmiedeeiserne Tor geöffnet wurde. Livy blinzelte in der unerwarteten Grelle der Blitzlichter. Sie sah, daß die Reporter Fragen stellten, konnte aber die Worte nicht verstehen. Als der Wagen vorfuhr, öffnete sich die Haustür, und Ginny erschien. Sie schlang die Arme um Livy und hielt sie fest, als wolle sie Kraft aus ihr schöpfen. »Vielen Dank, daß du gekommen bist.«

Der Diener nahm ihnen die Mäntel ab und Livys kleine Flugtasche; zum Kofferpacken hatte sie keine Zeit mehr gehabt. Andrew McClintock saß in einem hochlehnigen Stuhl vor dem Feuer und hatte die Hände über dem Silberknauf seines Stockes gefaltet. Er hob den Kopf, als sie eintrat. Seine Miene verriet Zorn und Verzweiflung und Haß auf das Schicksal, das ihm womöglich einen unerträglichen Schlag versetzt hatte. »Ich glaube es nicht!« sagte er mit lauter Stimme zu Livy. »Nein, ich glaube es einfach nicht. Sie sind gezwungen worden, irgendwo zu landen, und werden uns anrufen, sobald sie an ein Telefon kommen. Diese Bauerntölpel in den Bergen besitzen sicher kein Telefon...«

Ginny wandte sich verstört ab, und Livy begriff, daß sie diesen Optimismus angesichts der Hoffnungslosigkeit der Lage nicht ertragen konnte. Ginny wartete am Telefon, aber nur um die letzte, tragische Bestätigung ihrer Ängste zu hören.

»Chris kommt«, war alles, was sie sagte. »Sie nimmt das heutige Nachtflugzeug.«

Livy lehnte das Frühstück ab. Der Butler hatte frischen Kaffee gemacht und Sandwiches gebracht, die er auf einen kleinen Tisch stellte. Ginny schenkte einen Kognak ein und drängte ihn Livy liebevoll auf. »Nimm einen Schluck.« Dann legte sich Schweigen über den Raum. Es gab nichts zu sagen.

Livy nippte am Kognak, der bitter schmeckte, aber sie erwärmte. Sie trank eine Tasse Kaffee und ging dann langsam im Zimmer auf und ab, um die verzweifelten Gesichter von Ginny und Dena nicht ständig vor Augen zu haben. An einem Ende des langen Raumes stand ein Tisch, auf dem aufgeschlagene Atlanten und Landkarten von Pennsylvania, Virginia und West Virginia lagen. Sie betrachtete sie eine Weile. Ihr Finger zog die Linie zwischen Pittsburgh und Washington nach, die Strecke durch die Cumberland-Schlucht, die der Pilot hatte nehmen wollen. Die Landkarte war mit Ortsnamen übersät, von denen die meisten vermutlich nur Dörfer waren. Die Gegend mußte dicht bewaldet sein und dazu noch bergig.

Andrew McClintocks Blick war ihr gefolgt. »Sie brauchen sich die Landkarten nicht anzusehen, sie verraten Ihnen nichts.«

Sie setzte ihr Kognakglas ab, faltete die Hände und fühlte den vertrauten Opalring am Finger, und die meerumspülten Felsen von Tresillian tauchten vor ihren Augen auf, während sie auf ihn starrte. Der Finger, an dem sie den Ring trug, fühlte sich kalt und gleichzeitig heiß an. Sie streckte den Arm aus und berührte eine Stelle auf der Landkarte. »Mount Davis«, sagte sie. »Es springt ins Auge.«

»Der höchste Gipfel in Pennsylvania«, sagte Andrew McClintock. »Er hat keine besondere Bedeutung, es gibt Dutzende von kleinen Gipfeln in dieser Gegend. Sie können überall und nirgendwo sein.«

»Nein«, sagte Livy. »Sie sind dort. Ich bin sicher...«

»Und warum sind Sie so sicher?«

»Ich weiß es nicht«, antwortete sie. »Ich kann es nicht

logisch erklären. Etwas zieht mich dahin. Es ist nicht nur eine Markierung auf der Landkarte. Es ... es *lebt.*«

»Sie reden Unsinn. Es ist Ihre verdammte keltische Herkunft. Sie sind müde und bilden sich Dinge ein. Legen Sie sich schlafen.«

Andrew McClintock hob den Hörer des Telefons auf. Wer immer ihm antwortete, hatte offensichtlich seinen Anruf erwartet. »Hat sich das Wetter aufgeklärt? Kann mit der Suchaktion begonnen werden? Wählen Sie Leute mit scharfen Augen aus, nehmen Sie Feldstecher mit und widmen Sie dem Mount Davis Ihre besondere Aufmerksamkeit, aber lassen Sie auch die anderen Gipfel nicht außer acht. Versprechen Sie diesen Bauerntölpeln eine hohe Belohnung, wenn sie was entdecken.«

Ginny überredete Livy, sich hinzulegen. Sie stellte sich unter die Dusche und streckte sich in einem von Ginnys Nachthemden auf dem Bett aus, aber fand keine Ruhe. Jeder Nerv ihres Körpers war angespannt. Sie schloß die Augen und sah endlose bewaldete Bergketten vor sich, nicht viel höher als Hügel mit jetzt kahlen Bäumen, durch die der schneebedeckte Boden schimmerte. Nun, nachdem das Wetter sich aufgeklärt hatte, würden kleine Flugzeuge die Berge absuchen. Selbst die Piloten der Linienflugzeuge, die vom Westen nach Washington flogen, würden aufmerksam die Gegend inspizieren. Irgendwann mußte irgend jemand etwas entdecken.

Nach zwei Stunden stand sie auf, zog sich an und ging wieder nach unten in die Bibliothek. Der Botschafter stand am Fenster und blickte in den Garten. Es war ein strahlender, sonniger Tag. Der Schnee schmolz auf den Ästen. Sie stellte sich vor das wärmende Kaminfeuer. Die Figur am Fenster wirkte kleiner, wie zusammengesunken. Er stützte sich schwer auf seinen Stock. Livy ließ sich in einen Sessel fallen. Ihr Körper fühlte sich bleiern an. Sie war sich jetzt plötzlich nicht mehr so sicher, daß Alex am Leben war. Irgend etwas in ihr – Hoffnung, Zuversicht? – erstarb langsam.

Das Telefon läutete. Sie sprang auf, doch dann fiel ihr ein, daß Andrew McClintock im Zimmer war. Er bewegte sich so schnell, wie sie es von ihm nicht kannte. »Ja? ... Ja? Beeilen Sie sich, gehen Sie der Sache nach. Vielleicht hat es nichts auf sich. Brechen Sie die anderen Suchaktionen nicht ab.«

Er legte den Hörer auf und sah Livy an. »Sie haben eine Bresche im Wald unterhalb des Gipfels von Mount Davis entdeckt. Ein Flugzeug wird sich die Bresche genauer ansehen. Wenn sie etwas entdecken, werden sie eine Rettungsmannschaft hinschicken. Hoffentlich trifft sie vor Anbruch der Dunkelheit ein.«

Sie setzten sich zum Mittagessen an den Tisch. Es gab eine Bouillon und einen Auflauf, doch wurde nur wenig gegessen. Nancy erschien; sie wirkte stumpf und apathisch und sprach mit keinem. Harry war von der Botschaft herübergekommen, erwartete aber keine Neuigkeiten, da man ihm diese sofort telefonisch mitgeteilt hätte. Er wollte nur moralische Unterstützung leisten. Das kleine Erkundungsflugzeug hatte bestätigt, daß gleich unterhalb des Gipfels von Mount Davis ein Flugzeugwrack lag. Eine Rettungsmannschaft war auf dem Weg, aber es gab keine Straßen in den Bergen, und so kamen sie nur mühsam voran. »Rachel hat angerufen«, sagte Harry. »Das Radio und die Zeitungen haben von dem Unglück berichtet. Sie hat Mark in der Schule besucht und Chris zum Flughafen gefahren.« Sie gingen zum Kaffee in die Bibliothek.

Es wurde bereits dunkel, als die Nachricht eintraf. Das Warten war fast unerträglich geworden. Das Telefon klingelte, Ginny sprang auf, um zu antworten, doch der Botschafter hielt sie zurück. »Ja ... ja, ich höre Sie ...« Seine herrische Stimme wurde weich. »Geben Sie acht. Ein Flugzeug ist gelandet? Wo ist die nächste Landebahn? Können Sie im Dunkeln starten? Ärzte und Schwestern sind an Bord? Ein Arzt hat die Rettungsmannschaft begleitet ... das ist ausgezeichnet. Ja, natürlich hierher, nach Washington. Ich habe alles vorbereitet.« Er legte den Hörer auf. Eine Sekunde lang schloß er die Augen, sein Gesicht war wie die Maske eines sehr alten Manns. »Sprechen Sie schon, um Himmels willen«, schrie Nancy ihn an. Sie war auf ihn zugeeilt, hatte ihn an den Schultern gepackt und schüttelte ihn wie ein Kind. Sein Gesicht wurde hart, er befreite sich brüsk aus ihrem Griff. »Nehmen Sie sich zusammen. Ich habe genug von Ihren hysterischen Szenen.«

Er ging zu Ginny. »Alex lebt, er hat schwere Verbrennungen. Ein Arm und ein Bein sind in einem schlimmen Zustand.« Er legte eine Hand auf ihre Schulter und sagte mitfühlend: »Ginny, meine liebe Ginny, es tut mir so leid, aber Blair hat nicht überlebt. Es tut mir unendlich leid für dich. Der Pilot ist auch tot. Wir können nur hoffen, daß Alex...« Er ließ seine Hand fallen. »Es besteht eine gewisse Hoffnung. Er ist noch jung. Sie müssen ihn auf einer Tragbahre langsam ins Tal bringen. Der Arzt hat alles getan...«

Ginny war aschfahl geworden, Dena und Livy eilten auf sie zu, um sie zu stützen, aber sie schob sie beiseite und ging schweigend aus dem Raum.

Andrew McClintock sah Livy an. »Sie wußten es. Woher haben Sie es gewußt?«

Sie schüttelte den Kopf. »Ich wußte es nicht, ich habe es einfach gefühlt. Aber sie hätten sowieso den Mount Davis abgesucht...« Was sie ihm nicht sagte, war, daß sie die Kälte des Schneesturms, die Alex zwei Nächte lang in den Bergen hatte ertragen müssen, in ihren Knochen gespürt hatte. Und was weit schlimmer war, sie fühlte auch, wie seine Lebenskräfte langsam dahinschwanden. Doch vielleicht waren die dumpfen Empfindungen, die sie jetzt beherrschten, durch das Morphium hervorgerufen worden, das man ihm inzwischen gegeben hatte, um die qualvollen Schmerzen zu betäuben. Oder bedeutete dieses Erstarrungsgefühl, das sich allmählich in ihr ausbreitete, daß er nicht mehr lebte? Sie sah deutlich die schwarze, aufgerissene Lücke zwischen den Bäumen, das ausgebrannte Flugzeug vor sich. Blair tot, der Pilot tot und vielleicht jetzt auch Alex tot. Aber solange noch ein letzter warmer Funke in ihr glimmte, glaubte sie nicht an Alex' Tod. Sie berührte die Hand des Botschafters. »Ich glaube, er wird überleben... ich bin fast sicher...«

Nancy schrie sie an. »Wie wagen Sie es, solche Behauptungen aufzustellen! Was wissen Sie schon? Warum sollten Sie mehr wissen als ich? Ich bin seine Frau!«

»Dann benehmen Sie sich wie seine Frau. Zeigen Sie ein wenig Würde, falls Ihnen das gelingt. Ich will nicht, daß die Presse verweinte Gesichter sieht, wenn wir ihn im Krankenhaus besuchen. Ich rate Ihnen, auf Ihr Zimmer zu gehen und dort zu warten. Und stören Sie keinesfalls Mrs. Clayton. Man wird Sie rufen, wenn es an der Zeit ist, ins Krankenhaus zu gehen. Ich habe noch einige Telefongespräche zu erledigen. Livy wird mir dabei helfen.«

Nancys Gesicht verzerrte sich vor Wut. »Es würde Ihnen recht geschehen, wenn er stürbe, Sie kaltherziges altes Ekel. Er ist alles, was Sie noch haben, nicht wahr? Und Sie kümmern sich einen Dreck um meine Gefühle.«

»Offen gesagt, nein. Und ich zweifle sehr daran, daß Sie welche haben, außer vielleicht Angst vor dem, was Ihnen bevorsteht. Sie wollen sicher keinen Invaliden zum Mann haben. Diese Verbrennungen können ihn gräßlich entstellen. Vielleicht beurteile ich Sie zu streng. Das wird die Zeit erweisen. Und nun gehen Sie bitte.«

Nancy knallte die Tür mit aller Wucht hinter sich zu. Der Botschafter holte tief Luft und schien seinen Körper zu zwingen, sich in voller Höhe aufzurichten.

»Wir müssen uns überlegen, wen wir benachrichtigen sollten. Es ist zu früh, um Ginny mit Einzelheiten zu belästigen. Für Ginny ist es ein zweifacher Schicksalsschlag ... Sie wird tapfer sein ... aber ich habe Angst um sie.«

»Alex wird überleben.«

»Zur Zeit muß ich Ihnen einfach glauben, Livy.«

Die Zeitungen verkündeten in großen Schlagzeilen, daß Blair Clayton tot sei und der Erbe des McClintock-Clayton-Konzerns in Lebensgefahr schwebe. Fotos vom Flugzeugwrack und Interviews mit der Rettungsmannschaft erschienen. Die weinende Nancy und das traurige, aber beherrschte Gesicht Ginnys waren überall abgebildet. Sie durften Alex nur durch eine Glasscheibe sehen. Er lag in einem kleinen Raum jenseits einer Tür, wo Krankenschwestern und Ärzte in steriler Kleidung seine furchtbaren Brandwunden behandelten. Sie sahen nur seinen verbundenen Kopf, einen Arm und ein Bein. Die Ärzte waren noch nicht sicher, ob sie ihm das eine Bein erhalten könnten. »Aber das ist vorerst eine theoretische Frage«, sagte einer der behandelnden Ärzte zu Andrew McClintock. »Er kann leicht an seinen Verbrennungen sterben, bevor die Amputation akut wird.« Livy dachte, daß Ärzte gelegentlich recht taktlos sein konnten. Warum quälten sie den alten Mann mit einer solchen Bemerkung? Andrew McClintock gab sie nicht an Ginny weiter.

Livy holte Chris, Rachel und Mark am Flughafen ab. Sie begruben Blair im engsten Familienkreis. Alex kämpfte noch immer um sein Leben.

Die Ungewißheit lastete schwer auf ihnen. In den ersten Tagen lautete die Antwort der Ärzte immer gleich: »Wenn er die Nacht überlebt...« Die Nächte reihten sich aneinander. »Bei so schweren Verbrennungen ist das Hauptproblem, genug Flüssigkeit im Körper zu behalten...« Ihm waren drei Zehen und zwei Finger abgefroren, und der Zustand seines Beines beunruhigte die Ärzte noch immer, aber für eine Operation war er zu schwach.

Obwohl sie nicht mit ihm sprechen konnte, beobachtete Livy ihn oft durch die Glasscheibe des sterilen Zimmers. »Er wird kräftiger«, sagte Livy zum Botschafter. »Er kämpft verbissen um sein Leben. Und wird gewinnen. Ich bin dessen jetzt ganz sicher.«

»Ich glaube Ihnen«, sagte er, »obwohl ich nicht weiß, warum.« Er wohnte noch immer in Ginnys Haus; Livy, Rachel und Mark waren zu Harry gezogen. Dena blieb bei Ginny, und sie wachten gemeinsam bei Alex. Sie hatten ein Zimmer auf dem Stockwerk unter Alex, wo sie unruhig einige Stunden schliefen, aber jederzeit gerufen werden konnten. Nancy war in das Haus ihrer Eltern zurückgekehrt. Mrs. Winterton begleitete ihre Tochter häufig ins Krankenhaus.

»Sie sollte eigentlich nicht kommen«, sagte Mrs. Winterton, »sprechen kann sie mit Alex sowieso nicht, und es deprimiert sie, ihn in diesem Zustand zu sehen. Wenn er schon sterben muß, wäre es besser, er wäre wie Mr. Clayton gestorben – schnell und schmerzlos, statt dieses qualvollen, langsamen Todeskampfes. Manchmal frage ich mich, ob die Ärzte wissen, was sie tun ... diese furchtbaren Schmerzen ... Die arme Nancy leidet schrecklich darunter. Sie war schon als Kind so empfindsam.«

»Ich kann mir nur vorstellen, daß Alex noch mehr leidet«, hatte Livy geantwortet. Sie hatte Alex gerade längere Zeit durch die Glasscheibe beobachtet, hatte seine kleinsten Bewegungen verfolgt und den Ärzten und Schwestern zugesehen, die ihn versorgten. Nancy verbrachte nur wenige Minuten hinter der Glasscheibe.

Jetzt sagte sie zu Livy: »Warum fahren Sie nicht nach Hause, zurück in Ihr Fischerdorf, aus dem Sie kommen? Ihre Gegenwart hier ist unerwünscht. Alex ist mein Mann. Er braucht Sie nicht.«

»Ich fahre erst ab, wenn Tante Ginny und der Botschafter mich dazu auffordern. Und im übrigen geht Sie die ganze Sache nichts an.«

»Und wie sie mich angeht. Sie scheinen noch immer zu glauben, Alex gehöre Ihnen allen. Ihrer exklusiven kleinen Clique. Aber er gehört mir, mir ganz allein, und selbst Mr. McClintock kann ihn mir nicht nehmen.«

»Alles, was Mr. McClintock will, ist, daß Alex lebt.«

Nach diesem Gespräch sprachen Nancy und Livy nicht mehr miteinander, und wenn sie sich im Korridor begegneten, sahen sie aneinander vorbei. Livy hielt Wache hinter der Glasscheibe, so lange sie wollte, und ließ sich von Nancys Gegenwart nicht vertreiben. Einmal bemerkte sie, wie Nancy bei ihrem Anblick zurückwich. Nancy blickte nicht gern durch die Glasscheibe. Und sie weinte oft.

Endlich wurde ihre lange Wartezeit belohnt. Der Arzt und die Krankenschwester hatten gerade die Verbände erneuert, eine langwierige Prozedur, die für Alex sehr quälend sein mußte. Doch bevor die Betäubungsmittel ihn wiederum in einen Dämmerzustand versetzten, öffnete er weit die Augen, schien Livy hinter der Glasscheibe zu erkennen und hob seinen unverletzten Arm kurz zum Gruß. Livy winkte ihm freudig zu. Als er wieder eingeschlafen war, lief sie ins nächste Stockwerk hinunter und weckte Ginny und Dena. »Er hat mir zugewinkt. Er hat mich erkannt!«

Sie nahm ein Taxi und fuhr ins McClintock-Haus, wo der Botschafter immer noch wohnte, und berichtete ihm die Neuigkeit. Er gab ein Grunzen von sich, aber sein Körper schien vor Erleichterung in sich zusammenzusinken. »Gehen Sie zurück zu ihm. Sie scheinen ihm gutzutun.« Er war allein im Haus. Chris, Rachel und Mark waren nach London zurückgeflogen. Livy wurde plötzlich bewußt, daß sie seit zwei Wochen hinter der Glasscheibe von Alex' Zimmer Wache hielt.

Nach drei Wochen kam Alex aus der Isolierstation heraus, und sie konnten ihn für kurze Zeit sehen und sprechen. Sein Bein wurde operiert, aber ihm standen noch weitere Operationen am Arm und am Bein und mehrere Hautübertragungen bevor. Eine Seite seines Gesichts und des Kopfes war noch immer verbunden. Livy wagte nicht daran zu denken, was sie zu sehen bekämen, wenn die Verbände entfernt würden. Niemand hatte Alex bisher gesagt, daß er sein linkes Auge verloren hatte. Sie verbrachte jeden Tag eine kurze Zeit an seiner Seite, versicherte sich aber vorher, daß Nancy nicht anwesend war. Einmal hatte Nancy die Tür geöffnet, als Livy neben seinem Bett gestanden hatte, war wie versteinert stehengeblieben und hatte dann den Blumenstrauß, den sie mitgebracht hatte, Livy ins Gesicht geworfen.

»Verdammt noch mal, warum gehen Sie nicht endlich dahin zurück, wo Sie herkommen?« Die Tür hatte sich laut hinter ihr geschlossen.

»Sag mir bloß nicht, daß meine Frau eifersüchtig ist.« Ein schiefes Lächeln erschien auf seinen blassen Lippen. »Bleib noch ein wenig, Livy. Laß dich von ihr nicht vertreiben.« Seine gesunde Hand tastete nach ihrer. »Weißt du, ich habe viel an dich gedacht, als ich dort oben neben dem Flugzeug lag.«

Sie wußten jetzt genau, wie der Unfall passiert war. Ein Schneesturm war mit erschreckender Plötzlichkeit in den Bergen aufgekommen und hatte das Flugzeug ergriffen. Die Kompaßnadel hatte wild ausgeschlagen, und der Pilot hatte nichts mehr sehen können; das Radio hatte versagt. Und sie waren allein gewesen in diesem weißen, brüllenden, pfeifenden Alptraum. Und dann war das Flugzeug an der Bergwand zerschellt. Alex hatte sein Bewußtsein viele Meter vom Flugzeugrumpf entfernt wiedererlangt. Er erinnerte sich an den Aufprall und den Knall, als der Benzintank explodierte. Danach wußte er nichts mehr. Als es ihm gelang, ein Auge zu öffnen, hatte er nur das ausgebrannte Flugzeug schwarz aus dem fallenden Schnee emporragen gesehen. Er war mit Hilfe des einen unbeschädigten Arms und des einen Beins näher an das Wrack gekrochen und hatte den Namen Blairs und des Piloten gerufen, jedoch keine Antwort bekommen. Dann hatte er ihre verbrannten Körper im Flugzeugrumpf entdeckt. Er war schutzsuchend in das Wrack gekrochen und hatte die Reste von zwei halbzerfetzten Sitzkissenbezügen über sich gelegt. »Ich habe immer gehört, daß man, wenn man zu müde ist, um weiterleben zu wollen, nichts mehr spürt. Aber ich bin von den Schmerzen immer wieder aufgewacht. Und mir war so kalt, und die Verletzungen brannten wie Feuer. Am Morgen, als ich erwachte, schien die Sonne, und ich lebte noch immer. Aber ich konnte mich nicht rühren und war entsetzlich durstig. Das einzig Gute an dem Schnee war, daß er in meinem Mund zerging. Ich kann mich nicht mal an die Ankunft der Rettungsmannschaft erinnern. Ich habe nichts gehört. Vermutlich hat mir jemand Morphium gegeben, denn ich weiß nicht mehr, wie ich den Berg hinunterkam...«

»Hör auf zu reden, Alex.« Sie erzählte ihm nicht, wie ihre eiskalten Hände wie Feuer gebrannt hatten. Aber der Botschafter berichtete Alex, daß Livy sicher gewesen sei, daß sich das Unglück auf dem Mount Davis zugetragen habe. Sie tat es mit einem Achselzucken ab. »Es war naheliegend, nicht wahr? Der Mount Davis ist der höchste Berg und lag nicht weit von eurer Flugroute entfernt.«

»Der alte Mann denkt, du hättest mir das Leben gerettet.«

»Unsinn.«

»Aber es ist doch seltsam, daß deine Mutter wußte, daß sie keine Minute verlieren durfte, um Chris über die Gezeitenmarke zu bringen... Der alte Mann kann das nicht vergessen...« Er schloß die Augen und versank in einen Betäubungsschlaf. Sie beugte sich über ihn und küßte flüchtig seine trockenen Lippen und sein gesundes Auge. Dann hob sie den Blumenstrauß, den Nancy ihr ins Gesicht geworfen hatte, vom Boden auf und legte ihn säuberlich auf den Tisch.

Am gleichen Abend aßen sie, Dena und Harry mit Ginny und Andrew McClintock zu Abend. Der Botschafter schien sich an Ginny zu heften. Er verbrachte ein paar Stunden täglich im Büro, aber war noch nicht in sein eigenes Haus zurückgekehrt. Dena, Harry und Livy wurden jeden Abend zum Essen erwartet. Der Rest der Welt war ausgeschlossen.

»Ich glaube, es ist an der Zeit, daß ich wieder meine Arbeit aufnehme«, sagte Livy. »Ich hoffe nur, die Clayton-Bank hat meine Stellung offengehalten. Ich werde an Mr. Edwards schreiben...«

»Niemand wird es wagen, Sie unter den gegebenen Umständen zu entlassen. Dafür habe ich gesorgt. Aber was treibt Sie so zur Eile?«

»Ich glaube, Mr. McClintock, daß es Ihnen nicht ganz klar ist, wie schwierig es für mich ist, Angestellte und... ein Schützling von Ihnen zu sein. Ich stehe sozusagen zwischen zwei Welten.«

»Sie werden gebraucht. Ich habe Sie angefordert. Der Rest geht niemand was an.«

»Ich finde«, sagte Ginny sanft, »daß es an der Zeit ist, daß Livy wieder ihr eigenes Leben führt. Sie hat uns genug Zeit geopfert.«

Er war unzufrieden und hüllte sich während der restlichen Mahlzeit in Schweigen. Am nächsten Tag zog er in sein eigenes Haus um. Ginnys Gesicht trug einen schmerzlich besorgten Ausdruck, als der Wagen davonfuhr. »Vermutlich hat er gedacht, ich wolle andeuten, daß auch ich wieder mein eigenes Leben zu führen wünsche.« Sie seufzte. »Es ist zu idiotisch, daß der alte Mann und ich nur einige Wohnblocks voneinander entfernt in zwei Häusern leben, die viel zu groß für uns sind, nur weil wir hoffen, daß wir Alex helfen können, wieder ein halbwegs normales Leben aufzunehmen. Eine Aufgabe, die Nancy eigentlich erfüllen sollte.«

»Eine Aufgabe, der Nancy wohl kaum gewachsen ist und vor der sie sich scheut«, sagte Dena. »Sie scheint sich vor ihm zu ekeln. Vielleicht solltest du bleiben, Livy. Du scheinst Alex aufzumuntern.«

»Und das ist vielleicht der Grund, warum Nancy mit ihm nicht zurechtkommt«, sagte Livy. »Nein, ich muß abreisen.« Sie blickte entschlossen von einer Frau zur anderen. »Mehr brauche ich wohl nicht zu sagen.«

Ginny nickte. »Ja, ich verstehe dich. Ich werde Alex auf Wiedersehen für dich sagen. Komm im Sommer zurück. Vielleicht hat sich bis dahin einiges verändert. Verbringe den Sommer in Prescott Hill mit mir, ich brauche Gesellschaft. Eine mir angenehme Gesellschaft.«

»Mir steht kein Urlaub mehr zu, nach all den Wochen, die ich hier verbracht habe«, sagte Livy. »Ich kann Clayton unmöglich in diesem Jahr um Urlaub bitten.«

»Warum kündigst du diese blöde Stellung nicht?« sagte Ginny schnell. »Du weißt, als Sekretärin kommst du nicht weiter. Oder hast du jemand in London, den du... heiraten willst? Wenn nicht, wirst du nur deine Jugend vergeuden und als dünnlippige alte Jungfer im Büro eines Vorstandsmitglieds enden...«

»Ich muß ein Jahr durchhalten. Mr. McClintock hat mich empfohlen, und ich weiß, er würde sich sehr ärgern, wenn ich plötzlich abspringe.«

»Er ärgert sich, was immer du tust«, sagte Ginny. »Im Moment ist er wütend auf dich, weil du abfährst.«

Am nächsten Tag versuchte Livy eine Verabredung mit

ihm zu treffen, um sich zu verabschieden, aber sein Assistent sagte ihr, daß Mr. McClintock den ganzen Tag beschäftigt sei.

Sie bat Ginny, Alex ihre besten Grüße auszurichten. »Er wird denken, ich hätte ihn im Stich gelassen«, sagte sie zu Dena. »Aber Sie und Ginny wissen, warum ich wegfahren muß.«

Harry und Dena begleiteten sie zum Flughafen. »Ich wünschte, du würdest bleiben«, sagte Harry. »Aber ich weiß, du kannst es nicht. Besuch uns so bald wie möglich.«

»Kommen Sie dieses Jahr nicht nach Tresillian?« fragte Livy. »Kommen Sie nicht, wenn Caros Baby geboren wird?«

»Ich... ich weiß nicht recht«, sagte Dena. »Ich möchte Ginny nicht allein lassen. Wenn sie mitkäme... und Harry Urlaub bekommt. Aber alles hängt von Alex ab. Er hat nicht mal die Hälfte der Operationen hinter sich. All diese Hautübertragungen...« Sie erschauerte. »Ich wage nicht daran zu denken, wie er aussehen wird. Entstellt... einer der bestaussehenden Männer, die ich je gesehen habe... entstellt.«

»Aber er ist noch immer Alex«, sagte Harry. »Und er wird Freunde brauchen, die seinen Anblick ertragen können, statt sich von ihm abzuwenden.«

Livy überstand die nächsten Monate in der Clayton-Bank nur mühsam. Sie lebte von Denas und Ginnys Briefen, die ihr von den langsamen Fortschritten, die Alex machte, berichteten. Er habe den Verlust seines linken Auges stoisch aufgenommen und mache Witze, schrieb Dena, über die schwarze Augenklappe, die er trage. Der Verlust der Zehen störe ihn nicht, aber die fehlenden Finger behinderten ihn, und obwohl nur die linke Hand beschädigt sei, könne er sich schwer daran gewöhnen. Über sein Aussehen zu scherzen, fiel sogar ihm schwer.

> Die Verbrennungsnarben sind noch sehr gerötet. Die Ärzte sagen, daß sie mit der Zeit verblassen. Aber sein Gesicht ist völlig zerstört. Sein Bein hat sich gebessert. Er geht an

Krücken, was sehr schmerzhaft für ihn ist. Armer Alex! Ich hätte nie gedacht, daß ich ihn je bedauern würde. Er hatte alles, was man sich nur wünschen kann. Seit er aus dem Krankenhaus entlassen ist, wohnt er im Haus seines Großvaters, weil es dort einen Lift gibt. Er kann die Treppen in seinem eigenen Haus noch nicht bewältigen. Nancy wohnt bei ihren Eltern. Sie besucht Alex jeden Tag, aber erst, nachdem Mr. McClintock ins Büro gegangen ist. Sie und Alex nehmen gemeinsam das Mittagessen ein. Alex kann noch nicht selbst das Fleisch schneiden, und so schneidet sie es für ihn, und abends tut es Mr. McClintock. Natürlich hat er eine Krankenschwester, die ihn badet und ihm beim Anziehen hilft. Nancy braucht das also nicht zu tun. Nancy weigert sich, Mr. McClintock zu treffen. Es muß irgendeinen furchtbaren Krach zwischen den beiden gegeben haben.

Ginny schrieb sehr traurige Briefe.

Mir fehlt der Mut, ohne Blair weiterzuleben, aber ich muß es Alex' wegen tun. Und so lebe ich wie er von einem Tag zum anderen. Ich nutze Dena ziemlich schamlos aus, aber ich wüßte nicht, was ich ohne sie tun würde. Alex übernimmt sich, und ich weiß nicht, wie ich ihn davon abhalten soll. Vielleicht wird es besser, wenn der Fahrstuhl hier im Haus fertig ist und er hier wohnen kann. Noch besser wäre natürlich, wenn er in Prescott Hill wohnen könnte, aber seine Anwesenheit ist eine große Stütze für Mr. McClintock, und die will ich dem alten Mann nicht nehmen.

Von Alex direkt erhielt sie keine Nachricht, obwohl nur seine linke Hand beschädigt war.

Am Ostermontag rief Toby Osborne an. Livy hatte ihn noch nie so aufgeregt sprechen gehört. »Caro hat einen Knaben geboren. Beiden geht es gut. Ich habe ihren Eltern telegrafiert.«

Mark und Livy, die die Osterferien in St. Just verbracht hatten, gingen vom Zug direkt ins Krankenhaus, um Caro und das Baby zu besuchen. Sie strahlte, und das Baby war ein schreiendes, lustvoll strampelndes kleines Menschenwesen. »Was für ein Segen, daß es ein Junge ist. Wenn wir von jetzt ab nur noch Mädchen bekommen, habe ich wenigstens einen männlichen Erben produziert. Aber ist er nicht ein prächtiges Exemplar? Mutter soll nicht extra nach England kommen. Sie und Vater haben mich angerufen, sie sind entzückt, daß sie Großeltern geworden sind.« Sie schien mit sich und der Welt hoch zufrieden.

Mark hatte die Prep-School beendet, und Dena hatte für ihn einen Flug nach Washington gebucht. Aber vorher sollte er noch eine Woche bei Livy in London verbringen. Der Glanzpunkt dieser Woche war die Taufe von Carolines Baby, bei der er einer der Paten war.

Rachel lud sie zu einem Drink in ihre neue Wohnung in Dolphin Square ein. Dieser moderne Wohnblock war kurz vor dem Krieg errichtet worden. Er war der größte Gebäudekomplex dieser Art in ganz Europa, mit einem Innengarten von der Größe eines Platzes und einer kleinen Einkaufsarkade, einem Schwimmbad, Tennisplätzen und einem Restaurant. Rachel hatte die London School of Economics beendet und gleich eine Stellung beim Gewerkschaftsbund bekommen. »Ich fand, daß ich es mir jetzt leisten konnte, etwas anständiger zu wohnen.« Die Wohnung hatte nur ein Zimmer, das auf den Fluß blickte. »Zumindest habe ich meine eigene Küche und ein eigenes Badezimmer. Es kommt mir unwahrscheinlich luxuriös vor, nachdem ich mir jahrelang ein Badezimmer mit zehn anderen, nicht unbedingt ordentlichen Mietern habe teilen müssen.«

Was Rachel am meisten genoß, waren die Helligkeit und der Blick auf den Fluß. Mark inspizierte jeden Winkel des großen Gebäudes mit lebhaftem Interesse. »Sie hätte uns ruhig zum Essen einladen können«, sagte er auf dem Rückweg nach Vincent Square. »Ihre Küche ist viel besser ausgerüstet als deine. Sie muß Beziehungen haben, daß sie eine solche

Wohnung bekommen hat. Vermutlich hat dieser Campbell sie als Absteige benutzt. Liegt ja sehr bequem zum Parlamentsgebäude.«

»Mark, ich sollte dir diese Bemerkung nicht durchgehen lassen, aber ich fürchte, du hast recht.«

»Ich weiß...«, sagte er düster. »Es steht noch nicht in den Zeitungen, aber das wird bald geschehen. Einer der Jungens in der Schule hat eine Bemerkung über Campbell und Rachel gemacht. Er ist irgendwie mit Campbells Frau verwandt. Ich habe ihm die Nase blutig geschlagen, worauf er den Mund hielt. Ich hoffe, das war, bevor er es überall in der Schule herumgequatscht hat. Man kann nur zu Gott beten, daß sie Vernunft annimmt. Für ein Parlamentsmitglied ist es unmöglich, sich scheiden zu lassen und sie zu heiraten.«

Die Taufe fand in der Kirche statt, in der Caroline und Toby geheiratet hatten. Das Baby wurde auf den Namen Henry Ian Mortimer Percy Osborne getauft. Andrew McClintock und Mark waren die zwei einzigen der acht Taufpaten, die keinen Titel besaßen. Aber, dachte Livy, selbst Mark würde eines Tages einen Titel erben.

Mark genoß den Empfang im Oberhaus, sprach kräftig dem Champagner zu und beurteilte das Essen als »recht ordentlich«. Er hatte sich für das Patengeschenk Geld von seinem Vater geborgt und ein sehr schönes Set von alten Bleisoldaten gekauft. Toby Osborne war voller Anerkennung. »Sie passen ausgezeichnet zu denen, die ich schon besitze. Eine sehr gelungene Ergänzung meiner Sammlung. Das Kind hat schon genug Teddybären.«

Andrew McClintocks goldener Taufbecher war für alle sichtbar aufgestellt. Leute, an die Livy sich nur vage von Caros Hochzeit erinnerte, kamen und erkundigten sich nach Alex' Gesundheit und ließen ihn grüßen. »Arbeiten Sie nicht in der City?« fragte einer der jungen Männer Livy. »Bei der Clayton-Bank, nicht wahr? Wir müssen uns mal treffen. Ich bin bei Dunston & Firburn angestellt.« Es war eine bekannte Maklerfirma. Sie gab ihm etwas widerstrebend ihre Telefonnummer. »Nein, ich fahre nicht in die Ferien diesen Sommer. Höchstens hier und da mal für ein Wochenende nach Cornwall. Ich war vor Weihnachten ziemlich lange fort.«

Er nickte wissend. »Ja ... zu der Zeit verunglückte Blair Clayton tödlich. Was für ein Verlust. Ein hochbegabter Mann. Es hat mir ehrlich leid getan. Er hat während des Krieges eine Menge für dieses Land getan.« Sie sah ihn jetzt voller Interesse an; zumindest schätzte er diese Seite von Blair richtig ein. Sie beschloß, daß sie, falls er anrufen sollte, seine Einladung annehmen würde. Irgendwie mußte sie lernen, ohne Alex zu leben.

Rachel hatte zur Taufe zugesagt, war aber nicht gekommen. Dagegen war Denas Schwester Ellen wider Erwarten erschienen. Mark rechnete aus, daß er sie zwei Jahre lang nicht gesehen hatte. Edward und Verity hatten bedauernd abgelehnt und ein bescheidenes Geschenk geschickt. Chris hatte zwischen der Sonnabendmatinée und der Abendvorstellung kurz hereingeschaut. Ihr Erscheinen hatte reges Interesse unter den Gästen wachgerufen.

Livy und Mark gingen an diesem milden Juniabend zu Fuß nach Vincent Square zurück. Livy hatte vor, Mark zu einem Abschiedsabendessen in ein kleines italienisches Restaurant einzuladen, wo er gern hinging. Am nächsten Tag sollte er nach Washington abfliegen.

Sie goß ihm und sich ein Glas Sherry ein und öffnete seine Koffer. »Das nächste Mal, wenn ich sie packe«, sagte er grimmig, »wird es für Eton sein.« Es waren alte Lederkoffer. »Mein Vater hat sie schon benutzt und vor ihm sein Großvater. Sie finden ihren Weg nach Eton vermutlich von allein.« Das Telefon klingelte. Denas Stimme klang seltsam zögernd. »War die Taufe schön? Caro hat sicher bildhübsch ausgesehen. Ich freue mich schon darauf, das Baby zu begutachten. Unser erstes Enkelkind! Hat Mark schon gepackt?« Sie machte eine lange Pause, und Livy erriet ihr Unbehagen.

»Ist etwas passiert? Was kann ich tun?«

»Livy, kannst du die Bank nicht um einige Wochen Urlaub bitten?«

»Was ist passiert?«

»Es handelt sich um Nancy. Ihre Mutter behauptet, sie hätte einen Nervenzusammenbruch. Man hat sie in ein Sanatorium nach Maryland gebracht. Mrs. Winterton sagt, die Belastung, sich um Alex zu kümmern, sei zuviel für sie gewesen.« Denas Stimme nahm einen harten Klang an. »Wenn du die Wahrheit wissen willst, so glaube ich, daß Nancy Alex' Anblick nicht mehr ertragen kann. Dein Besuch könnte ihm helfen.«

»Ich werde sehen, was sie in der Bank sagen. Wenn sie wissen, wohin ich fahre...«

Sie gab die Nachricht an Mark weiter, kippte den Sherry aus und goß sich einen Whisky ein. Dann blickte sie auf die leeren Koffer, die zum Packen bereitstanden. »Ich wollte sowieso die Stellung aufgeben und Volkswirtschaft studieren. Es ist also egal, ob sie mich entlassen. Es sieht auf den Referenzen natürlich nicht gut aus, aber ich kann immer sagen, es sei ein Teilzeitjob gewesen, was letzten Endes auch stimmt.«

Das Telefon klingelte wieder. Andrew McClintock sagte ohne Umschweife: »Die blöde Gans ist in einem chronisch hysterischen Zustand. Sie werden hier gebraucht, Livy.«

»Wie kann ich helfen?«

»Mehr, als Sie ahnen. Geben Sie Ihren Job auf. Sie haben meine volle Zustimmung. Belegen Sie einen Volkswirtschaftskurs an der Universität von Georgetown. Ich werde die Einreiseformalitäten erledigen. Mark fliegt morgen, nicht wahr? Ich habe ihn in die erste Klasse umgebucht, damit er mit Ihnen zusammen fliegen kann. Was sagen Sie? Natürlich habe ich zwei Flugkarten. Sie können sie sich am Flughafen abholen. Sie brauchen nur Ihre Sachen zu packen. Haben Sie meinem neuen Patenkind meine Grüße ausgerichtet? Tüchtig von Caroline, so prompt einen Erben zu produzieren. Ich wünschte, meine angeheiratete Enkeltochter hätte das gleiche vollbracht. Es hätte ihrem seelischen Gleichgewicht gutgetan und Alex einen Lebensinhalt gegeben. Vielleicht ist es besser so... Ein sehr labiles Geschöpf. Hab das immer gewußt. Aber das ist nun nicht mehr zu ändern. Ich hätte die Heirat verhindern sollen. Sie war nicht die Richtige für ihn …« Er gestattete sich keine weitere Kritik. »Der Flug geht direkt nach Washington, mit der üblichen Zwischenlandung in Gander. Wir holen Sie am Flughafen ab.« Er hängte ein.

Livy sah Mark an. Das meiste, was Andrew McClintock in das knackende Telefon gebrüllt hatte, war weithin hörbar gewesen. »Mir bleibt keine Wahl. Wenn ich nicht fahre, wird er dafür sorgen, daß ich gefeuert werde. Er erwartet von mir, daß ich morgen fliege. Er erwartet von mir, daß ich mich an der Universität von Georgetown einschreibe. Er erwartet von mir, daß ich Alex helfe, aber wie, sagt er mir nicht. Vermutlich wird er mein Taschengeld erhöhen und mich entweder bei deinen Eltern oder bei Tante Ginny einquartieren, oder wo immer es ihm paßt. Er erwartet, daß ich morgen diese Wohnung zuschließe und London verlasse …«

»Tu es! Es ist jedenfalls besser als diese langweilige Arbeit bei der Bank. Und vielleicht kannst du tatsächlich helfen. Vermutlich werden alle dich ausnützen. Aber so schlimm ist das auch wieder nicht. Zumindest weißt du, daß du gebraucht wirst.« Und dann lächelte er sie auf seine reizende, spitzbübische Art an. »Und ich habe dich den ganzen Sommer über in meiner Nähe.«

Das Telefon klingelte zum dritten Mal. Es war Alex. »Seit Stunden versuche ich dich zu erreichen, Livy. Bitte, komm nicht«, bat er. »Laß dich in die Sache nicht hineinziehen. Siehst du nicht, daß der alte Mann dich endlich unter seine Fuchtel bekommt? Und er benutzt dazu das abscheulichste aller Mittel: Mitleid. Ich brauche kein Mitleid, Livy. Ich *will* kein Mitleid. Du kannst Nancy nicht helfen. Du kannst mir nicht helfen. Laß dich von dem alten Mann nicht einfangen …«

»Vielleicht *will* ich mich einfangen lassen. Vielleicht komme ich nicht deinet-, sondern meinetwegen. Kümmere dich um deinen eigenen Kram, Alex!« Sie hängte ein.

Mark war begeistert. »Das war goldrichtig! Laß ihn nur denken, daß du dich einen Dreck um ihn scherst! Du darfst ihn nicht bemitleiden oder ihm nachgeben. Zeig ihm ja nie, daß er dir leid tut.« Er warf seine Kleider unachtsam in die Koffer. »Los, beeil dich, wir müssen morgen in aller Frühe aufstehen.«

Mark erwies sich als äußerst praktisch. Er sagte: »Vermutlich willst du die Wohnung nicht aufgeben. Du wirst sie vielleicht noch brauchen, wenn es mit Washington nicht klappt. Ich werde Chris oder Rachel anrufen und ihnen erklären, was los ist. Nein, besser Caro. Sie kapiert schnell. Du kannst unmöglich Herberts Bilder oder Theas Skulptur hier lassen. Wenn die anderen Hausbewohner erfahren, daß du verreist bist... Ja, ich rufe gleich Caro an und sage ihr, sie könne sich die Skulptur und die Bilder auf längere Zeit ausleihen. Sie würden gut in ihre Halle passen. Morgen auf dem Weg zum Flughafen können wir ein Paar Ersatzschlüssel bei ihr abgeben...«

Er plante und redete unaufhörlich, während sie packten. Er stand in aller Herrgottsfrühe auf und machte Frühstück, bevor sie erwachte. Er ließ ihr keine Zeit, ihren Entschluß zu bereuen. Sie warfen die Schlüssel in Caros Briefkasten, wie sie es verabredet hatten. Er redete im Warteraum der ersten Klasse eifrig auf sie ein. Er kaufte ihr zwei Romane am Zeitungsstand. »Sicher ein furchtbarer Kitsch, aber man kann ja nicht immer die blöden Klassiker lesen. Ein neues Leben fängt an, Livy.«

Er hörte nicht auf zu reden, bis die Türen des Flugzeugs sich geschlossen hatten. Er nahm für sie beide ein Glas Champagner an, das die Stewardeß, kaum waren sie in der Luft, ihnen anbot. Dann sank er aufseufzend in seinen Sitz zurück. »Ich fürchtete, du würdest deinen Entschluß ändern.« Er blickte um sich. »Nun, hoffentlich geben sie uns etwas Anständiges zu essen für all das Geld, das Mr. McClintock zahlt. Vermutlich bin ich ein elender Snob, ganz im Gegensatz zu Rachel. Aber wenn ich mal zu Geld komme, muß alles erstklassig sein.«

»Und wie willst du zu Geld kommen?«

»Das weiß ich noch nicht. Aber sobald ich reich bin, eröffne ich das exklusivste Restaurant in ganz London. Und ich werde nicht nur der Besitzer, sondern auch mein eigener Küchenchef sein.«

Dena und Ginny holten sie ab. »Vielen Dank, daß du gekommen bist«, sagte Ginny. »Vielleicht kannst du helfen.«

»Ich weiß zwar nicht, wie, aber jedenfalls bin ich hier.«

»Ich hoffe, daß du ihn aus dem Haus locken kannst. Er geht zwar noch täglich ins Krankenhaus, aber das ist wie ein Schutzgehege. Niemand beachtet dort jemand, der lahm und voller Narben ist. Sie haben weit Schlimmeres gesehen. Der Fahrstuhl in meinem Haus ist eingebaut, aber die meiste Zeit besteht er darauf, die Treppe zu benutzen. Es war hauptsächlich wohl der Umzug in mein Haus, der Nancys Zusammenbruch ausgelöst hat. In dem Moment, wo Alex aus Mr. McClintocks Haus auszog, hatte sie nicht mehr die geringste Ausrede, bei uns... bei mir...« Ginnys Stimme schwankte, »zu wohnen. Es gibt, weiß Gott, genug Platz im Haus. Aber sie hat sich geweigert. Sie hatte einen furchtbaren Streit mit Alex und bekam einen hysterischen Anfall. Ich rief einen Arzt, der ihr ein Betäubungsmittel gab. Als sie erwachte, war ihre Mutter bereits gekommen und brachte sie in ein Sanatorium. Die Ärzte sagen, sie brauche vollkommene Ruhe. Was heißt, daß sie Alex nicht sehen kann. Und damit meine ich, daß sie seinen Anblick nicht ertragen kann. Alex ist kein Monstrum, aber sie behandelt ihn, als wäre er eins.«

»Können wir ihn gleich sehen?« fragte Mark. »Es wäre das beste, nicht wahr?«

»Nein«, sagte Dena. »Ihr kommt erst zu mir, so wie immer, nehmt ein Bad und schlaft euch aus. Und morgen geht ihr hinüber und eßt mit Ginny und Alex zu Mittag, ebenfalls wie immer. Der Botschafter wird auch da sein. Er besucht Alex jeden Tag. Alles muß völlig normal wirken. Du, Livy, hast Mark begleitet, dir den Sommer frei genommen und freust dich darauf, an der Universität von Georgetown Nationalökonomie zu studieren, da es sich erwiesen hat, daß du als Sekretärin in einer Bank nicht weiterkommst.«

»Das klingt alles sehr vernünftig, nur haut es nicht hin«, sagte Livy und erzählte ihnen von Alex' Anruf. »Er weiß, daß alles arrangiert ist, und weiß auch, warum. Ich habe es abgeleugnet und ihm gesagt, daß ich meine eigenen egoistischen Gründe hätte, den Bankjob aufzugeben. Aber ich fürchte, er hat mir nicht geglaubt. Ich war grob zu ihm ... es wäre ganz falsch gewesen, Mitleid zu zeigen oder zu sagen: Ich komme, dir zu helfen. Ich habe sogar den Hörer auf die Gabel geknallt.«

»Ausgezeichnet«, sagte Ginny. »Das hat ihm bestimmt gutgetan. Jeder hat Alex seit seinem Unfall mit Samthandschuhen angefaßt, aus Angst, ihn zu verletzen. Keiner hat gewagt, ihm zu widersprechen. Aber man darf ihm nicht in allem nachgeben. Jemand muß ihn dazu zwingen, wieder ein normales Leben zu führen. Offen gesagt, kann ich Nancys Reaktion gut verstehen. Es ist eine schwierige Aufgabe, und sie ist ihr einfach nicht gewachsen.«

Sie trafen sich in Ginnys Salon am nächsten Tag vor dem Mittagessen. Ginny begrüßte sie in der Halle und wies mit einer Kopfbewegung auf den Salon. »Er wartet dort auf euch. Es ist das erste Mal, daß jemand ihn sieht, seit er aus dem Krankenhaus entlassen ist.«

Livy zeigte keinerlei Scheu. Sie trug ein einfaches, grün gemustertes Baumwollkleid, von dem sie wußte, daß es ihr gut stand. Sie lief mit laut klappernden Absätzen über den Marmorboden der Halle und öffnete geräuschvoll die Tür, da sie sich ihm nicht rücksichtsvoll und leise, als sei er ein Invalide, nähern wollte.

Er stand auf seine Krücken gestützt gegen das Licht, mit dem Rücken zu ihr. Seine schlanke Gestalt wirkte jetzt stocksteif. Er drehte sich mühsam um. »Livy, wie nett, dich zu sehen.«

»Ist das deine ganze Begrüßung?« Sie lief auf ihn zu, reckte sich in die Höhe und küßte ihn auf den Mund. Er konnte sich ihr nicht entziehen. Sie nahm seinen Kopf in ihre Hände und drehte ihn dem Licht zu. »Nicht schlecht! Hast du den Ärzten für die großartige Arbeit gedankt, die sie getan haben? Das letzte Mal, als ich dich küßte, warst du dick mit einem Verband umwickelt, und ich habe mich gefragt, ob ich dich je wieder küssen könnte.« Die verletzte Gesichtsseite war blutrot, die Haut glänzte und war glatt von den Hautübertragungen. Der eine Mundwinkel war leicht nach oben gezogen, die Augenhöhle mit einer schwarzen Augenklappe bedeckt. »Du siehst ziemlich verwegen aus. Alex, der Pirat, so werden sie dich nennen, wenn du wieder auf die Bankwelt und Wall Street losgelassen wirst.«

Sie trat einen Schritt zurück. »Wie ist es, umarmst du mich nicht? Tu die eine Krücke beiseite, du brauchst sie nicht die ganze Zeit auf deiner rechten Seite. Ich möchte deinen rechten Arm um mich spüren. Man hat mir gesagt, er sei völlig in Ordnung. Alex! Ich bin es, Livy! Du kannst mich nicht wie eine Fremde behandeln. Wir haben uns geliebt, seit wir Kinder waren. Der Prinz und die Küchenmagd, wenn du so willst. Aber wir haben uns geliebt. Oh, Alex, verdammt noch mal, küß mich, umarme mich, zeig mir, daß du dich freust, mich zu sehen.«

Die Krücke auf seiner rechten Seite fiel zu Boden. Sie fühlte seinen Arm, der sich um sie legte. Sein Kuß war zuerst zaghaft, dann fordernder, als er ihre Reaktion spürte. Er zog sie enger, fast leidenschaftlich an sich.

»Oh, Livy, ich habe mich so nach dir gesehnt.«

»Warum warst du dann so schroff zu mir am Telefon? Niemand hat ein Komplott geschmiedet, wie du anscheinend geglaubt hast. Ich hatte mich längst entschieden, Clayton zu verlassen. Mir ist schon nach wenigen Wochen klargeworden, daß ich Nationalökonomie studieren muß, um weiterzukommen. Und ich wollte euch alle wiedersehen. Es ist schließlich nicht der erste Sommer, den ich in Washington verbringe. Es gefällt mir hier ...«

»Kann ich dir die Hand geben?« sagte Mark. »Das letzte Mal, als ich dich sah, konntest du nicht mal die gute Hand heben, geschweige denn die schlechte.« Livy war Mark dankbar, daß er sich nicht davor scheute, Alex' Versehrtheit so offen zu erwähnen. »Ich habe dich durch eine Glasscheibe beobachtet und gedacht, daß ich dir vielleicht nie mehr die Hand schütteln kann. Du hast uns allen einen gewaltigen Schrecken eingejagt. Sehr rücksichtslos von dir. Man soll einen Jungen nicht ängstigen, der gerade seine Abschlußexamen in der Prep-School macht. Stell dir vor, ich wäre durchgerasselt und nicht in Eton aufgenommen worden. Aber wie sich's herausstellte, habe ich besser abgeschnitten als erwartet. Jedesmal wenn ich in Schwierigkeiten kam, hab ich mir gesagt, nein, das kannst du Alex nicht antun.«

»Vielen Dank«, sagte Alex. Er warf einen Blick auf die zu Boden gefallene Krücke und wartete.

»Du erwartest doch wohl nicht, daß ich sie dir aufhebe«, sagte Mark. »Ich bin dein bester Freund, Alex, aber nicht dein Sklave.«

Alex schwieg, während er sich in den nächststehenden Stuhl setzte und mit einer Krücke die andere heranzog. Er steckte beide unter seine Arme und erhob sich. »Tüchtig!« sagte Mark. »Aber bald wirst du mit einem Stock auskommen, und danach ganz ohne. Es sei denn, du willst sie als Statussymbol behalten wie die Augenklappe. Aber nun laßt uns gehen. In der Bibliothek gibt es Sherry, und wenn wir zu lange warten, wird der Koch das Mittagessen verderben.«

Livy war entsetzt, wie lange es dauerte, bis Alex die Halle durchquert hatte. Die eine Seite seines jungen Körpers war wie durch einen Schlaganfall gelähmt. Er ging geschickt mit seinen Krücken um, aber sie sah seinem Gesicht an, wie sehr jede Bewegung ihn schmerzte.

Sie erreichten endlich die Bibliothek. Livy hatte das Gefühl, sie hätte in ihrem Leben noch nie einen so langen Weg zurückgelegt. Alex begrüßte Ginny und Dena mit einem kurzen Kopfnicken, setzte sich und nahm ein Glas Sherry entgegen. Dena sah er täglich, sie stand auf und gab ihm einen Kuß, und zwar auf die verletzte Gesichtshälfte, wie Livy bemerkte. Sie warteten auf Andrew McClintock.

Alex' Stimme schwankte etwas, als er sprach, aber er klang heiter. Er trug Leinenhosen und ein offenes Hemd mit aufgekrempelten Ärmeln, und Livy sah, wie muskulös sein rechter

Arm war, vermutlich weil er Dienste verrichten mußte, zu denen der linke Arm nicht mehr fähig war. »Ich hoffe, euch ist klar, daß ich euch eine große Ehre antue, zum Mittagessen zu Hause geblieben zu sein. Gewöhnlich rackere ich mich um diese Zeit unter der Fuchtel einer amazonenhaften Heilgymnastin ab.«

»Darf ich dich ein paarmal als Beobachter begleiten?« fragte Mark. »Es würde mich interessieren, wie man Muskeln wissenschaftlich aufbaut. In der Schule ist alles schiere Kraftmeierei ohne jeden Verstand. Wenn ich nach Eton komme ...«

Sie hörten Stimmen in der Halle und wußten, daß Andrew McClintock eingetroffen war. Er blieb im Türrahmen stehen. Livy fand ihn robuster aussehend als das letzte Mal, als sie ihn gesehen hatte. Es mußte daran liegen, daß er nun sicher war, daß Alex überleben würde.

»Guten Tag, Ginny, Dena.« Er blickte auf Livy und Mark, die aufgestanden waren, um ihn zu begrüßen. »Ist es nicht großartig, jung zu sein? Ihr beide seht frisch und munter aus nach der langen Reise.« Alex kam auf Krücken auf ihn zu. Ein flüchtiger, aber schnell unterdrückter mitleidiger Ausdruck zuckte über Andrew McClintocks Gesicht. »Du scheinst in guter Form zu sein, Alex.«

»Ich bin am Verhungern«, sagte Mark. »Können wir nicht zu Mittag essen?«

»Wo bleibt deine gute Erziehung?« sagte Alex mit gespielter Strenge. »Aber ich bin auch hungrig. Laß uns gehen, Mark.«

Ginny und Dena warteten. Andrew McClintock sagte zu Livy: »Sie sehen hübscher aus als je zuvor. Erweisen Sie mir die Ehre, Ihnen meinen Arm zu reichen.«

Sie fuhren nach Prescott Hill, um der feuchten Hitze Washingtons zu entgehen. Oberflächlich gesehen, war alles wie immer. Aber gerade hier vermißte Livy Blair mehr als anderswo. Im Haus in Washington war er ein flüchtiger Gast gewesen, der Hausherr, der sich um seine Gäste kümmerte, der diskrete Bankier, der zu langen und geheimen Gesprächen stundenlang ans Telefon gebeten wurde. In Prescott Hill dagegen war er ein Freund gewesen, mit dem man schwimmen und reiten ging und Tennis spielte. Nun jedoch lastete eine Stille auf Prescott Hill, die vorher nie existiert hatte. Und keine Gäste kamen.

»Niemand erscheint unangemeldet, so wie früher«, sagte Ginny zu Livy. »Und wenn ich Alex eine kleine Party oder ein Picknick vorschlage, gerät er sofort in Panik. Ich habe den Eindruck, daß Mark besser mit ihm umgeht als wir alle zusammen. Er zeigt nicht mehr Mitleid mit ihm als mit einem Schulkameraden, der sich von den Masern erholt.«

In einem der Räume war ein Gymnastiksaal eingerichtet worden, und Mark und Alex machten dort täglich ihre Übungen. Eines Tages erschien Livy in einem von Chris geschenkten Trikot und probierte einige der Geräte aus. Mark pfiff anerkennend. Der männliche Heilgymnast, der jeden Tag aus Washington kam, musterte sie schockiert. »Mein Gott, Sie sehen doch wohl nicht zum ersten Mal eine Frau im Trikot«, sagte Livy spöttisch. »Ich bin steif und ungelenk geworden. Und nachdem jeder andere fest entschlossen zu sein scheint, sich auf Hochform zu trimmen, kann ich mich nicht ausschließen.«

Auf diese Weise konnte sie Alex im Turnanzug sehen und das Ausmaß seiner Verletzungen beurteilen. Sein linkes Bein und sein linker Arm waren verrenkt und ausgezehrt, das Knie, die Hüfte und der Ellbogen waren steif. Nachdem Alex ihren unangekündigten Auftritt geschluckt hatte und es ihm mißlungen war, sie zum Fortgehen zu überreden, überwand er seine Scheu. Er schwamm mit ihr im Schwimmbecken, im Bewußtsein, daß sie alle seine Körperschäden zu sehen bekam. Meistens ließ er sich nur treiben, da es ihm an Kraft fehlte, so wie früher zu kraulen. Aber nach einigen Tagen sah Livy, daß es ihm Freude machte, im kühlen Wasser mit Mark herumzuplanschen.

Und dann kam der Tag, an dem man ihn auf das ruhigste und älteste Pferd setzte, das verfügbar war. Seine linke Hand war kräftig genug, allein die Zügel zu führen, aber er ergriff sie mit beiden Händen und versuchte, sich mit den Knien festzuhalten. Er, Mark und Livy ritten im Schritt zu der nächstliegenden Bucht, eine Meile vom Haus entfernt. Alex mußte den Rücken geradehalten, was noch schwierig für ihn war, obwohl er ein leichtes Korsett trug. Er sagte zu Livy: »Ich dachte, ich würde die Bucht nie wiedersehen, oder höchstens von einem Jeep aus, mit einem Chauffeur. Du kannst dir nicht vorstellen, wie froh mich dies macht. Ich habe erst nach dem Unfall begriffen, was es bedeutet, frei und unabhängig zu sein. Ich habe noch Glück gehabt, daß ich nicht mein Leben lang im Rollstuhl verbringen muß.«

»Du mußt mehr essen«, sagte Livy. »Du trainierst dir alles ab. Vergiß nicht, du hast noch eine Operation vor dir.«

Sie hatte inzwischen erfahren, daß die Chirurgen eine weitere Gesichtsoperation planten, bei der sie von seiner rechten, unverletzten Hinterbacke ein Stück Haut verpflanzen wollten. Die Hautübertragung sollte in ein paar Wochen stattfinden, wenn er kräftig genug für diesen Eingriff war. Er hatte geübt, auf dem Bauch zu liegen, da er wußte, daß er für längere Zeit in dieser Stellung liegen mußte, bis die neue Haut nachgewachsen war.

Der Sommer nahm seinen Fortgang. Sie waren braungebrannt und durchtrainiert. Alex nahm jetzt weniger Schlaf- und Schmerztabletten. Sie dehnten ihre Ritte aus. Er versuchte, für kurze Strecken einen Stock zu benutzen.

»Mutter«, sagte er, »warum lädst du nicht ein paar Leute ein? Oder ist es noch zu früh?«

»Was meinst du mit zu früh?«

Er seufzte. »Ich dachte, du würdest vielleicht wie alle Damen aus den Südstaaten das Trauerjahr einhalten wollen.«

»Hast du mich je einen Witwenschleier tragen sehen? Blair hätte das nicht gewollt.«

»Gut, dann laß uns ein kleines Fest geben, bevor ich wieder ins Krankenhaus muß.«

Ginny lud ungefähr vierzig Menschen ein, von denen sie wußte, daß sie keine Bemerkung über Alex' Gesicht oder viel Wesens um ihn machen oder versuchen würden, ihm zu helfen, außer wenn er Hilfe brauchte. Er hatte es sich angewöhnt, um Hilfe zu bitten, aber Ginny, Dena und Livy stellten fest, daß er sich am liebsten an Mark wandte.

Ginny hatte Mrs. Winterton angerufen und gefragt, ob Nancy kommen könne. »Ganz ausgeschlossen«, war die Antwort gewesen. »Ihre Nerven fangen langsam an, sich zu beruhigen. Wollen Sie sie etwa wieder sanatoriumsreif machen? Und überhaupt finde ich es äußerst ungehörig, daß diese Miles-Person im gleichen Haus mit Alex wohnt. Es macht einen schlechten Eindruck. Ich höre, sie tut alles für ihn.«

»Olivia Miles ist, seit sie ein kleines Mädchen war, ein gerngesehener Gast in meinem Haus. Sie ist mit Alex zusammen aufgewachsen. Ihre Mutter hat meiner Tochter das Leben gerettet und ihr eigenes dabei verloren. Einen Tag mit ihr zu verbringen ist wertvoller als ein ganzes Leben mit Nancy.«

»Unerhört!« schrie Mrs. Winterton ins Telefon. »Und ich habe einmal gedacht, Sie seien eine vornehme Dame.«

»Ich habe keine diesbezüglichen Illusionen. Ich werde Himmel und Hölle in Bewegung setzen, um meinem Sohn das Leben lebenswert zu machen. Mütter sind so, Mrs. Winterton, und zum Teufel mit dem vornehmen Getue.«

Dena, die dem Gespräch zugehört hatte, bog sich vor Lachen. »Ginny, du bist großartig! Für gewöhnlich bist du so lieb und sanft und gut, aber wenn du mal ärgerlich wirst, entwickelst du einen biblischen Zorn. Zum Teufel mit dem vornehmen Getue! Das wird die Runde in Washington machen.«

Die Vorbereitungen für das Fest waren in vollem Gange. Extrabedienung kam aus Washington an, eine kleine Kapelle wurde für die Tanzfreudigen engagiert, Lampions hingen in den Bäumen, das Schwimmbecken wurde angestrahlt, und in den Umkleidekabinen lagen Badeanzüge bereit.

Livy ging in Alex' Zimmer, als er fertig angezogen war. Mit Geduld konnte er das jetzt schon allein.

»Also, gehen wir?« fragte er. »Nach dem Lärm zu urteilen, ist ein Teil der Gäste bereits eingetroffen.« Sie gingen den Korridor entlang. Sie hatte sich an sein langsames Gehen gewöhnt. Sie drückte auf den Knopf des Lifts, den Ginny hatte einbauen lassen, aber Alex humpelte vorbei. Sie unterdrückte einen ärgerlichen Ausruf, als sie an die vielen Augen dachte, die seine mühseligen Bewegungen beobachten würden.

»Also, komm schon, Livy«, sagte er in scharfem Tonfall. »Oder genierst du dich etwa, mit mir gesehen zu werden?« Er blieb stehen und rückte seine Augenklappe zurecht. »Du hast mich einen Piraten genannt. Mit dieser Augenklappe und meinem Stock werde ich jeden Generaldirektor, der mit McClintock-Clayton geschäftlich zu tun hat, das Fürchten lehren. Wenn sie meinen, mein Großvater sei hart, dann sollen sie es erst mal mit mir zu tun bekommen...«

Mit der rechten Hand hielt er sich am Geländer fest, mit der linken stützte er sich auf seinen Stock. Seine Knöchel waren weiß von der Anstrengung, die Treppe hinunterzugehen. Livy blieb einen Schritt hinter ihm. Sie wagte es nicht, ihm zu helfen, denn sie fühlte, daß viele der Gäste sie bereits bemerkt hatten. Alex hatte die dritte Stufe von unten erreicht, als jemand ausrief: »Alex! Ich hätte nie gedacht, daß du dich so gut erholen –«

Der Ausruf brachte Alex aus dem Konzept. Seine Hand auf dem Stock zitterte, seine Knie gaben nach. Er rutschte aus und fiel die letzten Stufen hinunter und lag hilflos zu Füßen der Gäste seiner Mutter.

Nur ein Mann – vielleicht derjenige, der den Ausruf getan hatte – eilte ihm zu Hilfe. »Fassen Sie mich nicht an!«

Die Gäste wandten sich ab und versuchten krampfhaft, Konversation zu machen. Die Kapelle spielte lauter. Alex kroch zur Treppe zurück und schleifte seinen Stock mit sich. Zuweilen bei ähnlichen Mißgeschicken hatte er Livy gestattet, ihm zu helfen, aber jetzt wagte sie nicht, ihm ihre Hilfe anzubieten. Unendlich mühsam zog er sich am Treppenpfosten hoch, richtete sich auf und stützte sich schwer auf seinen Stock. Er flüsterte Livy zu: »Wer hat noch mal gesagt, Hochmut kommt vor dem Fall?« Dann sagte er mit lauter Stimme: »Gib mir die Ehre, Livy, und reiche mir deinen Arm, so daß wir unsere Gäste begrüßen können.«

Die vorgetäuschte Munterkeit einiger Gäste fiel ihr auf die Nerven, aber es gab auch andere, die echte Freude und Besorgnis zeigten. Livy sah, wie sich die Augen einer Frau mit Tränen füllten, aber sie schloß ihre Hand fest um Alex' Arm und küßte ihn flüchtig auf die Wange. »Sie schaffen es schon«, flüsterte sie aufmunternd.

Zu ihrem Erstaunen erwiderte Alex ihren Kuß. »Worauf Sie sich verlassen können.« Er machte eine kurze Kopfbewegung in Livys Richtung. »Ich glaube, Sie haben Miss Olivia Miles, eine Freundin unserer Familie, schon getroffen ... Ah, und da ist ja mein Großvater. Er steht zwar sicherer auf den Beinen als ich, aber im Geldverdienen nehme ich es noch allemal mit ihm auf.«

»War das etwa eine Herausforderung?« fragte Andrew McClintock. »Dann mußt du deiner selbst allerdings sehr sicher sein.«

»Das bin ich auch, Großvater.«

»Würdest du mir wohl Livy abgeben? Sie soll einen bequemen Sessel für mich finden und mir einen Fußschemel und einen Whisky holen, all die kleinen Bequemlichkeiten, die man in meinem Alter braucht. Du kommst schon allein zurecht, Alex.«

Alex schob die nächste Hautübertragung bis nach Marks Abreise auf. »Ich möchte, daß der Junge mich in einem halbwegs gesunden Zustand im Gedächtnis behält, statt mich auf dem Bauch liegen und aus einem geknickten Strohhalm trinken zu sehen.« Sie blieben daher bis zum ersten September in Prescott Hill. Alex' Kräfte nahmen täglich zu, und Ginny wirkte sehr viel lockerer. Livy schrieb sich an der Universität von Georgetown ein. »Ich glaube nicht, daß Nationalökonomie mich faszinieren wird, aber ich versuche es mal. Zumindest verstehe ich dann ein wenig, über was du und dein Großvater redet. Und wenn sie mich nach dem ersten Jahr rauswerfen, werde ich mich um einen Sekretärinnenposten bei McClintock-Clayton bewerben.«

»Wenn es nach mir ginge, würdest du weder das eine noch das andere tun. Ich würde dich nach St. Just zurückschicken, um dort zu träumen und zu schreiben ... Gedichte, oder was immer dir sonst einfällt.«

»Das sind so Träume«, sagte sie und küßte ihn flüchtig, als sie zusammen auf den Steinstufen von Prescott Hill saßen. Zwischen ihnen war eine unproblematische, aufrichtige Zuneigung gewachsen, und Livy hoffte, sie würde sich zu einer Leidenschaft steigern. Aber sie wußte, es wäre falsch, Alex zu irgend etwas zu zwingen. Sie hatte die Warnung in seinen Augen gelesen: ein plötzlich aufblitzendes Begehren und dann ein Zurückweichen. Sie wußte über seinen Körper Bescheid, über seine Stärken und Schwächen; das einzige, was sie nicht wußte, war, ob er sie je wieder lieben würde wie damals in London.

Harry beschloß, mit Mark zurück nach England zu fliegen. »Ich finde, ich sollte ein paar Worte mit dem Schuldirektor sprechen, mir meinen Enkelsohn ansehen und versuchen, ob ich Rachel ein Lächeln entlocken kann. Auch sollte ich wohl im Foreign Office vorbeischauen, um mich in Erinnerung zu bringen. Es kann nie schaden ...« Er mokierte sich etwas über seinen Botschaftsratsposten in Washington, denn eigentlich war er in einem Alter, wo er selbst Botschafter hätte sein sollen. Andrerseits hatte er nicht die geringste Lust, in irgendein politisch uninteressantes Land versetzt zu werden. Im übrigen war er sich wohl bewußt, daß er als Amerika-Experte galt und seine enge Beziehung zu den McClintock-Claytons von großem Nutzen für das Foreign Office war. Dazu kam, daß Dena sich nirgends so glücklich gefühlt hatte wie in Washington.

Alex und Livy, Dena und Ginny fuhren mit Mark und Harry zum Flughafen. Am vorhergehenden Abend hatte Andrew McClintock ein Abschiedsessen für Mark gegeben, und Mark hatte sich das Menü zusammenstellen dürfen. Die große Überraschung des Abends war das Auftauchen von

Chris gewesen. Sie hatte eine Woche lang Proben in New York gehabt für das Stück *Tempo*, in dem sie einen so unerwarteten Erfolg in London gehabt hatte. Aber diesmal spielte sie die weibliche Hauptrolle.

Alex kehrte wieder ins Krankenhaus zurück. Die erste Operation sollte am folgenden Morgen stattfinden. Er wollte von niemand begleitet werden. »Sie kennen mich dort allmählich. Ich sehe euch, wenn ich aus der Narkose erwache. Ich hoffe bloß, die Burschen wissen, was sie tun. Ich will nicht, daß sie mir den halben Arsch abschneiden, nur damit ich ein anderes komisch aussehendes Gesicht bekomme …« Aber sie alle wußten, daß die Chirurgen es diesmal mit einem Patienten zu tun hatten, der nicht mehr unter den Nachwirkungen von Verbrennungen und schweren Verletzungen litt. Sie würden den verzerrten Mund und das zerrissene Ohr richten können. »Ich erwarte keine Wunder«, sagte Alex zu Livy, »nur kleine Verbesserungen.«

Chris blieb nach Alex' erster Operation noch eine Woche in Washington. Sie besuchte ihn jeden Tag im Krankenhaus, bis die ärgerlichen Telefonanrufe des Produzenten sie zwangen, nach New York zurückzukehren.

Sie verabschiedete sich von Alex, der noch große Schmerzen hatte. »Ich kann sonntags frei nehmen und dich besuchen kommen. Es tut mir leid, daß ich mich so wenig um dich gekümmert habe, aber …«

Es fiel ihm schwer zu sprechen, wegen der operierten Lippe. »Sonntag ist Ruhetag«, flüsterte er. »Und ich habe ja Livy, die mir die Hand halten kann.«

»Und ich hoffe, diesmal läßt du diese Hand nicht wieder los.«

Harry kam aus London zurück. »Erst mal bleibe ich hier«, sagte er. »Sie haben mir angedeutet, aber nicht versprochen, daß ich der Nachfolger von Sir George nach dessen Pensionierung in achtzehn Monaten werden könnte. Es schien ihnen ehrlich leid zu tun, daß sie mir nicht sofort etwas anbieten konnten, aber es gibt momentan keinen freien Botschafterposten, der mir zusagen würde. Ich habe Mark in Eton abgeliefert; es wird ihm nicht sehr gefallen, aber er hat sich damit abgefunden. Caro sieht blühend aus und unser Enkelsohn ebenfalls. Toby Osborne wirkt unerträglich selbstzufrieden; unsere Caro mit ihrem Sohn hat alle seine Erwartungen erfüllt. Seine Rechnung ist ihm sozusagen aufgegangen.«

»Und Rachel?« fragte Ginny. Sie war zum Abendessen am Tag von Harrys Rückkehr gekommen. Sonst war nur noch Livy zugegen.

»Rachel?« Harry seufzte. »Ich wünschte, ich wüßte, was aus ihr wird. Sie arbeitet wie verrückt für den Gewerkschaftsbund, und jeder scheint über sie und Frazer Campbell Bescheid zu wissen. Sie sind ständig zusammen. Sie sagt, daß sie vielleicht die Stellung wechseln und direkt für die Labour-Partei arbeiten will, was bedeutet, daß sie Campbell auch noch tagsüber sieht. Sie weigert sich, über ihn zu sprechen, und hat mir gesagt, das Ganze ginge mich nichts an. Womit sie recht hat. Aber andrerseits, was soll aus der Sache werden? Ich glaube nicht, daß Campbell sich scheiden läßt. In der Politik sieht das nicht gut aus. Sie und Caro sprechen kaum mehr miteinander. Rachel ist der einzige Stein des Anstoßes in Caros wohlorganisiertem Leben. Am liebsten würde sie sie verleugnen.«

»Macht Rachel einen ... glücklichen Eindruck?«

Harry zuckte die Achseln. »Woher kann ich das wissen? Sie ist nicht jemand, dem man eine solche Frage stellen kann. Zweifellos wird die Labour-Partei sie, wenn sie etwas älter ist, in einem Wahlkreis aufstellen, wo sie unmöglich gewinnen kann. Aber eines Tages wird sie sicher Abgeordnete werden. Es fragt sich nur, wie lange es dauern wird. Vielleicht muß sie Frazer Campbell aufgeben, um das zu erreichen. Politik ist ihr Lebensinhalt, aber im Moment genügen ihr ihr Job und Campbell. Wir können nichts für sie tun, Dena. Sie ist schon seit langem flügge geworden.«

Sie fuhren nach New York zu Christines amerikanischer Uraufführung von *Tempo*. Die Kritiker waren begeistert und lobten auch, obwohl etwas widerwillig, wie Livy fand, Christines Darstellung. »Es muß ihnen verdammt schwer gefallen sein«, sagte Christine, »so freundliche Dinge über das arme reiche Mädchen zu schreiben. Aber sie wollten offensichtlich beweisen, daß sie unvoreingenommen sind. Nun, diesmal habe ich gewonnen. Aber leicht werde ich es nie haben.«

Sie hatte nach der Vorstellung eine Party in ihrer gemieteten Wohnung gegeben, um die ersten Kritiken abzuwarten. »Ich wollte lieber zu Hause feiern; es wäre sonst zu peinlich gewesen, falls ich Verrisse bekommen hätte.« Ginny war schockiert, als sie feststellte, daß der männliche Hauptdarsteller, ein englischer Schauspieler, der verheiratet war und zwei Kinder hatte, mit Christine zusammenlebte. Doch gegen ihren Willen gefiel ihr der Mann. Er hieß Hugh Meredith und wirkte erstaunlich bescheiden für einen Mann, der in den letzten fünf Jahren eine phänomenale Karriere gemacht hatte. Er sagte mit einer angenehmen, ruhigen Stimme zu Ginny: »Ich liebe Chris und würde sie gerne heiraten. Aber sie sagt, sie sei noch nicht reif für eine Ehe.«

»Und Ihre Frau?«

»Sie hat das Theaterleben über und würde eine ruhigere, vielleicht langweiligere Existenz vorziehen. Ich habe zwei reizende Kinder, die ich ungern aufgeben möchte, aber eines Tages werden sie sowieso ihre eigenen Wege gehen ...« Er sah Ginny bittend an. »Chris ist bezaubernd und sehr talentiert, aber ... wenn ich so sagen darf, auch sehr unausgeglichen. Und ich liebe sie. Was soll ich nur tun?«

»Das, Mr. Meredith, ist Ihr und Christines Problem. Ich habe durchaus nichts gegen Sie. Ich wünsche nur, meine Tochter glücklich zu sehen, aber es wird immer ein unkonventionelles Glück sein. Sie ist noch jung und trotz ihrer Weltgewandtheit sehr naiv. Sie wird stets emotional reagieren. Sie können nur abwarten, mehr kann ich Ihnen auch nicht sagen.«

Als sie am nächsten Tag nach Washington zurückflogen, sagte Ginny zu Dena: »Unsere ›Zwillinge‹ haben zweifellos sehr verschiedene Wege eingeschlagen. Beide unübliche und unkonventionelle. Ich hoffe nur, sie werden jede auf ihre Art glücklich, was immer das bedeuten mag. Beide sind erst vierundzwanzig. Chris ist dabei, ein Star zu werden, und Rachel ist fest entschlossen, eine politische Karriere zu machen. Beide sind mit verheirateten Männern liiert. Nun... wir können ihre Probleme nicht lösen, nicht wahr?«

»Es war nur gut, daß der Botschafter nicht mit nach New York gekommen ist. Ich glaube nicht, daß ihm die Party gestern abend sehr gefallen hätte. Er hätte sich sicher über Chris' Triumph gefreut, aber bestimmt nicht über Hugh Meredith' Anwesenheit.«

»Ich habe nicht den geringsten Zweifel, daß er über Hugh Meredith und seine Beziehung zu Chris Bescheid weiß. Er hat es sich immer angelegen sein lassen, über alles genau informiert zu sein. Aber in diesem Fall ist er machtlos. Chris hat ihr eigenes Geld und ist fest entschlossen, ein unabhängiges Leben zu führen, so weit von der McClintock-Clayton-Tradition entfernt wie nur irgend möglich.«

»Zumindest hat sie nicht Alex' Fehler gemacht und ist eine voraussehbare Heirat eingegangen, die sich dann gar nicht wie vorausgesehen entwickelt hat.«

»Alex war so frei wie Chris zu wählen, wen er wollte. Er hat sich für das Konventionelle entschlossen. Und das ging schief. Wer kann Chris Vorwürfe machen, daß sie versucht, auf ihre Art glücklich zu werden? Beide sind verletzt worden. Die einzige, die wir davor schützen können, verletzt zu werden, ist Livy.«

»Nein, nicht einmal das können wir tun. Nur Alex und Livy können entscheiden, was für sie das beste ist.« Ginny blickte traurig aus dem Flugzeugfenster und dann auf das glänzende rote Haar der vor ihr sitzenden Livy. »Ich vermisse Blair so sehr. Manchmal scheint alles außer Kontrolle zu geraten, und er ist nicht mehr da, um mich zu stützen. Ich sollte eigentlich fähig sein, meinen Kindern zu helfen, aber ich bin es nicht, weil ich mich selbst so hilflos fühle.«

Nach sechs Wochen willigte Alex ein, das Krankenhaus zu verlassen. Er hätte früher ins Haus seiner Mutter ziehen können, aber er hatte beschlossen zu bleiben. »Sie haben hier alles, was ich brauche. Es erspart viel Arbeit und Mühe.« Die Haut auf seiner Hinterbacke und dem gesunden Oberschenkel hatte sich erneuert, tat aber noch immer sehr weh. Er hatte eine weitere Operation über sich ergehen lassen müssen, um seine Hüfte und sein Knie zu stärken. Seine linke Hand war begradigt worden, aber teilweise steif geblieben. Der nach oben verzogene Mund sah jetzt fast normal aus, nur die Lippen waren nicht sehr beweglich. »Die Ärzte haben mir gesagt, ich solle mich im Lächeln üben«, sagte er zu Livy. Das Lächeln, das er ihr schenkte, war etwas schief, hatte aber einen seltsamen Charme. »Und so habe ich jeden Morgen zur Übung den Drachen von einer Schwester, die mir das Frühstück brachte, angelächelt, und nach dem Mittagessen habe ich in Erwartung deines Besuchs weitergeübt. Die übrige Zeit bin ich die Korridore auf- und abgestapft. Ich war voll beschäftigt und froh, mich abends hinlegen zu können.«

Livy ging seit einem Monat auf die Universität in Georgetown. Sie fand es schwer, sich einzuleben, denn alles war so anders als in Oxford. Sie wohnte bei Harry und Dena, studierte und erledigte Schreibarbeiten für Ginny. »Wann kommst du endlich aus dem Krankenhaus?« hatte sie eines Tages zu Alex gesagt. »Du solltest den Herbst in Prescott Hill genießen...«

»Nein, nicht Prescott Hill und auch nicht Massachusetts Avenue, das sind die Häuser meiner Mutter. Und nicht das Haus in Georgetown, das gehört Nancy, und dahin will ich nie zurückkehren. Aber ich habe ein kleines Haus in der Nähe von Alexandria gemietet. Ich habe einen Makler beauftragt, und ich glaube, es wird mir gefallen. Es ist nicht groß, aber es blickt auf den Fluß und ist möbliert, und zwar gar nicht mal so schlecht. Ich habe mich dorthin chauffieren lassen. Eine Köchin und ein Diener sind in der Miete inbegriffen. Die Besitzer wollen einen Vertrag über ein Jahr.

Wenn du mit mir kommst, unterschreibe ich. Was hältst du davon?«

»Und Nancy?« Er hatte ihr gerade das vorgeschlagen, wovon sie ihr Leben lang geträumt hatte, aber nun setzte sie sich für die andere Frau ein.

»Ich werde nie mehr mit Nancy zusammenleben, das ist dir doch wohl klar. Ich gebe höchst ungern zu, daß der alte Mann recht hatte: Ich habe einen Fehler gemacht. Ich hätte sofort dich wählen sollen. Willst du mit mir zusammenleben, Livy? Kannst du mich lieben?«

»Ich habe dich immer geliebt.«

»Fordere ich zu viel von dir, ohne Trauschein mit mir zu leben? Wir werden natürlich heiraten. Aber warum sollen wir warten?«

»Nancy wird es gegen dich benützen, wenn du mit mir allein in einem Haus wohnst.«

»Du glaubst doch wohl selber nicht, daß ich mit dir in Prescott Hill wohne und Mutter zwinge, die Anstandsdame zu spielen. Ein wenig mehr Mumm mußt du mir schon zutrauen. Ich will, daß die Welt weiß, daß du zu mir gehörst und eines Tages meine Frau sein wirst. Nein, ich habe keine Lust, mich hinter den Röcken meiner Mutter oder den Frackschößen meines Großvaters zu verstecken. Zögerst du, Livy? Brauchst du den Schutz der Wohlanständigkeit, bis wir heiraten können? Wenn dem so ist, werde ich warten. Aber ich halte es für vergeudete Zeit.«

Sie saß auf seiner Bettkante, beugte sich über ihn und küßte ihn. »Dann laß uns keine Zeit mehr vergeuden. Wir werden niemand anderen mit unseren Plänen belasten. Wir werden einfach handeln ...«

Er ließ sich in die Kissen zurückfallen. »Gott sei Dank! Laß uns fortlaufen ... ich könnte vor Freude den Korridor entlangrennen.«

»Vorsicht, mein Junge, du hast noch ein wackliges Knie ...«

»Ja, und eine kaputte Hand und ein halbgelähmtes Gesicht. Aber ich bin froh, diesen verdammten Absturz überlebt zu haben, allein schon um deiner letzten Worte willen. Wir müssen viele verlorene Jahre nachholen ...«

Am nächsten Tag teilte Alex seiner Mutter mit, daß er mit ärztlicher Erlaubnis das Krankenhaus verlassen und mit Livy in ein gemietetes Haus in der Nähe von Alexandria ziehen würde. Livy sagte beim Frühstück zu Dena und Harry: »Ein Wagen wird erst mich und dann Alex vom Krankenhaus abholen. Ich habe das Haus noch nicht gesehen, und es ist mir auch gleichgültig, wie es aussieht. Sie verstehen doch, daß ich mit Alex zusammenziehen muß?«

Harry nahm einen Schluck Kaffee. »Du machst dir das Leben nicht gerade leicht, Kind. Nancy kann Alex eine Menge Schwierigkeiten machen, wenn er offen mit dir lebt. Er gibt ihr damit alle Trümpfe in die Hand. Sie kann eine ungeheuer große Summe für die Scheidung fordern, von dem gesellschaftlichen Skandal ganz zu schweigen.«

»Wir wollen einfach nicht warten, bis Nancy einen weiteren Nervenzusammenbruch hat oder sich irgendeine Entschuldigung ausdenkt, um sich nicht eingestehen zu müssen, daß die Ehe gescheitert ist. Sie war es schließlich, die Alex zurückgewiesen hat. Aber das ist nebensächlich. Wir haben lange genug gewartet, zum Teufel mit allen Konsequenzen. Es täte mir leid, wenn es Ihnen beruflich schaden würde, aber das diplomatische Corps ist wohl zu weltklug, um sich daran zu stoßen. Im übrigen ließe uns die Presse auch nicht in Ruhe, wenn wir in Prescott Hill oder bei Tante Ginny in Massachusetts Avenue wohnen würden. So hingegen spielen wir mit offenen Karten. Es ist die sauberste und einfachste Lösung, und sie hat auch noch den Vorteil, daß wir weder Sie noch Lady Camborne oder Tante Ginny in die ganze Sache hineinziehen.«

Dena lachte nervös. »Da haben wir die Bescherung! Rachel hat eine Liebschaft, über die ganz London klatscht, Chris lebt mit ihrem Geliebten in einer Wohnung in New York, und Livy und Alex sind dabei, einen gesellschaftlichen Skandal heraufzubeschwören. Nur Caro scheint sich so zu verhalten, wie man es von ihr erwartet.« Sie erhob sich spontan, ging um den Tisch herum und küßte Livy auf die Wange. »Du bist für ein gutbürgerliches Leben nicht geschaffen, denn selbst wenn du Alex heiraten kannst, wirst du es nicht leicht haben. Er ist ein sehr anspruchsvoller Mann, und mit dem Chef von McClintock-Clayton verheiratet zu sein, ist kein Honigschlecken. Ich hoffe deinetwegen, daß Andrew McClintock noch viele Jahre lebt. Natürlich wird er viel von dir verlangen, so wie er viel von Ginny verlangt hat. Aber ich bin sicher, daß du dir das alles bereits überlegt hast. Das Leben wird nicht immer ein Idyll für dich sein. Genieße also die kurze Zeit, wo du in einem kleinen Haus mit Alex leben und auf die Welt pfeifen kannst.«

»Ich habe lange über meine Situation nachgedacht, und die Idee, daß McClintock-Clayton unser Leben beherrschen wird, sagt mir gar nicht zu. Aber wenn das der Preis ist, den ich zahlen muß, um Alex zu haben, dann werde ich ihn eben zahlen. Ich habe nicht einmal vor, die Universität aufzugeben. Ich werde jeden Tag nach Georgetown fahren. Am Ende des Jahres wird Alex sich sicher so weit erholt haben, daß er seine Arbeit wiederaufnehmen kann. Das kleine Haus am Fluß ist nur eine vorübergehende Lösung, aber wir werden für jeden Tag dankbar sein.«

»Weiß der Botschafter Bescheid?«

Livy lächelte. »Ich glaube, es ist uns gelungen, ihm diesen Plan zu verheimlichen, obwohl er sicher so was Ähnliches vermutet. Wir rufen ihn natürlich sofort an, wenn wir das Haus erreichen. Seine Reaktion wird interessant sein. Entweder wird er sagen: ›Warum habt ihr das nicht längst getan?‹ oder ›Ich hab es euch gleich gesagt.‹«

Er sagte beides. Und traf noch am gleichen Abend im Haus am Fluß ein. Der Chauffeur trug das Essen, das er mitgebracht hatte, in die Küche. »Ich dachte, die Speisekammer und der Weinkeller würden leer sein.« Er hatte eine Kiste Romanée Conti dabei. »Es fällt mir zwar schwer, mich von diesem köstlichen Wein zu trennen ... aber ihr habt es endlich getan! Dir als Juristen, Alex, ist wohl klar, daß du Nancy in die Hände spielst. Aber ich rechne es dir hoch an, daß du es nicht auf die heimliche Tour versucht hast. Es wird einen Batzen Geld kosten, aber Livy ist es wert.« Er sah sich eingehend im Haus um. »Bißchen klein, was?«

»Aber Großvater, es ist doch nur für uns zwei gedacht. Und Gesellschaften wollen wir auch nicht geben. Ich brauche einige Monate Ruhe, bevor ich mich wieder an den Schreibtisch begebe. Livy setzt ihre Studien an der Universität fort...«

Andrew McClintock nickte und aß von der mitgebrachten Pastete. »Es würde mich schon interessieren, wie die Dinge in einem Jahr aussehen. Du, Alex, wirst natürlich wieder deine Arbeit aufnehmen. Nach Blairs Tod wirst du mehr denn je gebraucht. Uns stehen schwierige Zeiten bevor. Blair hat die Lücke zwischen dir und mir perfekt ausgefüllt, und ich bin schließlich siebenundsiebzig Jahre alt. Zwar bin ich noch durchaus fähig, meinen Posten auszufüllen, aber ich kann nicht mehr in der ganzen Welt herumfahren, um unsere Niederlassungen zu überwachen. Zu viele Entscheidungen sind seit Blairs Tod aufgeschoben worden: mein Fehler... meine Schwäche, meine Angst um dich... Ich mußte die ganze Zeit die Augen offen halten, wer mich hinausmanövrieren wollte, während ich ohne Unterstützung meines Erben der Meute standhalten mußte. Zum Glück ist Ginny eine vernünftige, ausgeglichene Frau. Ihre und meine Aktien können jede Revolte von unten blockieren. Aber vielleicht kommst du in Versuchung, mehr Kapital hereinholen zu wollen, indem du die Wertpapiere an der Börse umsetzt. Das könnte einen Riß im Damm bedeuten. Und eines Tages könnte dich jemand aus dem McClintock-Clayton-Konzern hinauswerfen. Verkaufe nie deine Aktien an einen anderen Direktor, so sehr du ihm auch vertrauen magst. Es gibt Grundstücke, Bilder und was weiß ich noch, die du verkaufen kannst, bevor du dich von den McClintock-Clayton-Aktien trennst. Laß sie denken, du seist pleite, wenn es sein muß, und lebe wie eine Kirchenmaus, aber verkaufe nie...« Er blickte Alex wie auch Livy an. »Wenn die Dinge sich so weiterentwickeln, wie es den Anschein hat, könntest du einer der mächtigsten

Männer der Welt werden. Bloß laß dich nie aus Machtgier in Dinge ein, die du nicht übersehen kannst. Der Unfall hat weiße Strähnen in dein Haar gebracht und dir emotionale und körperliche Schmerzen verursacht. Aber er hat einen Mann aus dir gemacht. Und heute hast du wie ein Mann gehandelt. Ich trinke auf dein Wohl.«

Alex' Antrag auf Scheidung wurde abgelehnt. Worauf Alex seine Frau wegen böswilligem Verlassen zu verklagen versuchte. Als Antwort kam eine Flut von Attesten der Ärzte, die Nancy behandelt hatten, und Unterlagen des Sanatoriums, die bestätigten, daß sie ständiger Pflege bedurft habe. Die Anwälte zitierten Alex' Weigerung, in das eheliche Heim in Georgetown zurückzukehren, obwohl er durch die Tatsache, daß er in seinem gegenwärtigen Haus lebe, bewiesen habe, daß sein Gesundheitszustand es ihm erlaube, in Georgetown zu wohnen. Der Streit zog sich fast über zwei Monate hin. Nancy spielte mit viel Geschick die Rolle der betrogenen Ehefrau, wobei Alex' offenes Zusammenleben mit Livy ihre Trumpfkarte war. »Warum nennt die Person nicht einfach ihren Preis?« fragte Alex ungeduldig. Aber statt ihren Preis zu nennen, machte Nancy ein Versöhnungsangebot.

»Verlogene Ziege«, sagte Alex. »Sie konnte meinen Anblick nicht ertragen, und nun sagt sie, sie sei bereit, die ehelichen Beziehungen wiederaufzunehmen, nur damit sie gut dasteht.«

Ganz Washington genoß die Sensation. Livy mußte die Universität verlassen, weil die Presse laufend über sie berichtete und sie bis in die Vorlesungsräume verfolgte. Sie verkroch sich in das Haus am Fluß, las Alex vor, machte seine Übungen mit ihm, liebte ihn. Sie machten lange Spaziergänge, und eines Tages verfiel er tatsächlich in einen ungelenken und stolpernden Laufschritt. Sie feierten dieses Ereignis am Abend mit einer Flasche Romanée Conti und liebten sich wie nie zuvor. Am nächsten Tag fiel der erste Schnee, der sie an den Sturm vom vergangenen Winter erinnerte, während dem das Flugzeug abgestürzt war. »Es lag an meiner

Ungeduld«, sagte Alex. »Ich wollte schnell nach Washington zurück. Blair war bereit, bis zum nächsten Morgen zu warten ... und ich hatte nicht mal einen besonderen Grund für meine Eile, außer einer Konferenz am andern Morgen, die gut hätte vertagt werden können. Wäre ich klüger gewesen ...«

»Du warst jünger«, sagte Livy.

»Ich habe mehr als ein Jahr Zeit gehabt, es zu bereuen, und muß den Rest meines Lebens versuchen, Mutter über den Verlust von Blair hinwegzutrösten, obwohl ich weiß, daß dies unmöglich ist.«

Ginny, Dena, Harry und Andrew McClintock kamen sie häufig besuchen, aber sie gingen nie aus, obwohl sie jetzt öfter eingeladen wurden. Die Washingtoner Gesellschaft hatte sich in zwei Lager gespalten, in diejenigen, die fanden, Nancy Winterton sei großes Unrecht geschehen, und in diejenigen, die zu den McClintocks und Claytons hielten, egal, was diese taten. Chris kam eines Sonntagmorgens zusammen mit Hugh Meredith, und beide blieben über Nacht. »Hübsch hier«, sagte Chris, als sie am Fluß entlangging. »So friedlich.«

Alex lachte. »Und du würdest es hier nicht länger als zwei Tage aushalten.«

Sie verbrachten Weihnachten in Prescott Hill. Mark war trotz der kurzen Ferien ebenfalls gekommen. Harry fand, er könne sich Marks Reise leisten, nachdem er nicht mehr für Caroline und Rachel zahlen mußte.

Chris kam für einige Tage während der Woche vor Weihnachten, in der das Theater geschlossen war. Sie war verzweifelt und vertraute sich Livy an. »Hugh ist nach London geflogen, um Weihnachten mit seinen Kindern zu verbringen. Seine Frau verweigert ihm die Scheidung. Vielleicht willigt sie eines Tages ein, aber Hugh hängt ungemein an den Kindern. Vielleicht sollte ich auch ein Kind von ihm bekommen ...«

Livy und Alex warteten am Weihnachtsmorgen, bis alle Geschenke ausgepackt waren, dann sagte Alex: »Livy und ich haben unser Geschenk selbst fabriziert. Wir werden ein Kind haben.«

Eine kurze Stille entstand; dann folgten Freudenrufe, Gratulationen und Küsse. Nur Andrew McClintock blieb sitzen und äußerte sich nicht. Zum Schluß sahen alle ihn an. Sein Gesicht wirkte wie eine Maske, als wage er weder Freude noch Schmerz zu zeigen. Sie warteten darauf, daß er sprach.

»Eine sehr erfreuliche Nachricht«, sagte er zurückhaltend. »Aber nun müssen wir uns beeilen. Nancy muß gezwungen werden, in die Scheidung einzuwilligen. Das Kind darf nicht außerehelich geboren werden. Wer weiß sonst noch Bescheid?«

»Niemand natürlich«, sagte Livy, »mit Ausnahme meines Arztes.« Sie sah verwirrt aus. »Ich dachte, Sie würden sich freuen.«

»Natürlich freue ich mich. Genau das habe ich mir immer gewünscht. Die Sprechstundenhilfe wird es wissen...«

»Wir haben es gerade erst erfahren.«

»Sprechstundenhilfen wissen immer alles. Sie lesen in den Akten der Patienten nach, besonders wenn diese in den Zeitungen verhandelt werden. Es wäre besser, einen Arzt zu konsultieren, der Sie nicht kennt, Livy, und ihm einen falschen Namen anzugeben. Wie ist die Telefonnummer des Arztes?«

»Großvater! Es ist Weihnachtsmorgen! Du kannst ihn unmöglich stören.«

»Ich störe jeden, wer immer es sein mag, wenn es dringend nötig ist. Wenn wir nicht vorsichtig sind, wird das die saftigste Neuigkeit in den Klatschspalten der Zeitungen sein.« Er ging in die Bibliothek und verbrachte die Hälfte des Vormittags am Telefon. Er fand dank seiner Beziehungen Geheimnummern heraus, er störte Leute während ihres Weihnachtsessens, aber am Ende des Tages war er noch immer nicht ganz sicher, ob er ein Durchsickern an die Presse endgültig verhindert hatte.

»Wir müssen höllisch aufpassen«, sagte er. »Es ist die natürlichste Sache der Welt, daß Livy schwanger ist. Und ich bin sehr dankbar dafür. Aber Nancys Rechtsanwälte dürfen es vorerst nicht erfahren...«

»Armer kleiner Wurm«, sagte Mark, »kaum ist es halbwegs am Leben, wird schon viel Aufhebens um es gemacht.«

»Mach dir keine Sorgen«, sagte Alex. »Alles wird sich regeln, bevor das Baby zur Welt kommt. Und du wirst Taufpate sein.«

Nancys Rechtsanwälte spürten eine neue Dringlichkeit hinter den Verhandlungen in New York und zogen sie absichtlich in die Länge. Andrew McClintock wurde sichtlich nervös und stattete dem Haus am Fluß fast täglich einen Besuch ab. Er erkundigte sich ständig nach Livys Gesundheitszustand. Als Ginny dies hörte, lachte sie laut. »Genau das gleiche hat er bei mir getan. Er wollte, daß ich mich viel bewege, aber gleichzeitig den ganzen Tag im Bett liege. Du mußt den alten Mann ertragen, Livy. Das Kind bedeutet ihm enorm viel.«

Endlich bekam Alex eine Antwort von den Rechtsanwälten. »Nancy verlangt fünf Millionen Dollar«, sagte er zu Livy.

Sie stieß einen kleinen Schrei aus. »Mein Gott, nein! Das ist unverschämt. Wir können dem nicht zustimmen.«

Er zuckte die Achseln. »Wenn wir nicht zahlen, wird mein Großvater zahlen. Sobald die Dokumente unterzeichnet sind und das Geld hinterlegt ist, wird sie nach Reno oder Las Vegas fliegen, und sechs Wochen später habe ich die Scheidung, und sie hat das Geld.«

Während der sechs Wochen nahm er seine Arbeit bei McClintock-Clayton wieder auf, und Livy fühlte den Schmerz der ersten Trennung. Die Stunden bis zu seiner Rückkehr schienen endlos. Sie bangte um ihn, wenn die Straßen vereist waren. In den ersten Wochen hatte er einen Chauffeur, aber dann rebellierte er gegen diese Einschränkung seiner Freiheit. Sein Großvater bestand auf dem Kauf eines solide gebauten Rolls-Royce.

Anfang April kam Nancy aus Las Vegas zurück, und ein Scheck über fünf Millionen Dollar wurde ihr ausgehändigt. »So, das ist erledigt«, sagte Alex, »auf weitere Forderungen hat sie keinen Anspruch. Und nun laß uns heiraten.«

Aber jemand in der Rechtsanwaltsfirma, die Nancy Winterton vertreten hatte, bekam Wind von Livys Schwangerschaft und informierte die Presse. Die Artikel waren verletzend: *Das Fünf-Millionen-Baby* oder *Der Prinz und das Aschenbrödel.* Einige Journalisten beschrieben Livy als Küchenmagd in Tresillian, andere hoben hervor, daß sie die Tochter eines berühmten Dichters war. Man schilderte sie als die Frau, die Alex das Leben gerettet hatte, oder als ein bettelarmes Mädchen, das der Ehegattin, die aus Angst um ihren Mann einen Nervenzusammenbruch erlitten hatte, den reichsten Mann Amerikas weggeschnappt hatte.

Die Hochzeit fand in Ginnys Haus in der Massachusetts Avenue statt. Nur die zwei Familien waren anwesend; sie hatten gehofft, daß niemand von dem Ereignis etwas erführe. Aber am nächsten Tag stand die Neuigkeit in großen Schlagzeilen auf der ersten Seite aller Zeitungen. Livy trug ein weitgeschnittenes Kleid, das jedoch ihre Schwangerschaft nicht verbergen konnte. Das Baby sollte im Juli zur Welt kommen.

Andrew McClintock hatte eine lange Unterhaltung mit Ginny, und beide waren gleicher Meinung. »Ich möchte, daß ihr dieses Haus übernehmt«, sagte sie zu Livy und Alex. »Es war immer bekannt unter dem Namen ›McClintock-Palais›, obwohl Blair es dem Botschafter abgekauft hat. Ich hatte sowieso vor auszuziehen. Ohne Blair fühle ich mich hier verloren. Dem ersten Baby werden sicher noch andere folgen, und dann braucht ihr Platz. Und du, Livy, mußt, sobald du dich von der Geburt erholt hast, anfangen, Gesellschaften zu geben. Das süße kleine Haus am Fluß ist nicht dazu geeignet und auch zu weit von Washington entfernt. Du wirst nur zu schnell lernen, Livy, daß McClintock-Clayton mehr von Alex' Zeit in Anspruch nimmt, als dir gefällt. Und du wirst über jede Minute glücklich sein, die er auf dem Heimweg spart.«

»Sie können das Haus nicht aufgeben, Tante Ginny. Ich will hier nicht leben, es ist zu prächtig für mich ...«

»Das ist ein Teil des Preises, den du zahlen mußt, indem du Alex McClintock geheiratet hast. Im übrigen duzt du mich besser von nun an, ich bin schließlich deine Schwiegermutter. Und ich muß dich leider warnen, daß Alex dir nie ganz gehören wird, der größte Teil von ihm gehört McClintock-Clayton. Ihr habt eure Flitterwochen gehabt, und die waren sehr viel länger als meine. Und nun mußt du mit der Zeit vorliebnehmen, die er dir geben kann. Du mußt zugeben, daß das Haus sehr praktisch für euch ist; der Lift ist schon eingebaut, und es ist sofort beziehbar.«

»Aber wo wirst du wohnen?«

»Mach dir keine Sorgen. Ich habe ein reizendes Haus gefunden, halb so groß wie dieses, ganz in der Nähe des Weißen Hauses. Genau richtig für mich. Vermutlich werde ich jeden Tag auf eurer Türschwelle stehen, und Dena wohnt um die Ecke. Und dann natürlich gibt es ja immer noch Prescott Hill, wo wir uns alle treffen können. O Livy, ich freue mich so sehr auf mein Enkelkind!«

»Es ist wohl an der Zeit, daß ich meine Wohnung in Vincent Square kündige«, sagte Livy lachend. »Und ich werde Caro bitten, mir Theas Skulptur und Herberts Bilder zu schicken. Platz dafür gibt es hier wohl genug.«

Es war Mai, und Livy war im siebten Monat, als sie und Alex in das McClintock-Haus an der Massachusetts Avenue zogen.

12

Harry hatte im McClintock-Haus mit Livy und Alex zu Abend gegessen, und jetzt schlenderte er allein durch die milde Mainacht. Er hatte seinem Chauffeur übers Wochenende freigegeben und genoß es, die kurze Strecke nach Hause zu Fuß zurückzulegen. Er hatte am Morgen erfahren, daß er befördert werden würde. In der Botschaft durfte er noch nicht darüber sprechen, aber er hatte es Livy, Alex und Andrew McClintock erzählt, auf deren Diskretion er sich verlassen konnte. Dena und Ginny waren in New York, um einzukaufen und Chris noch einmal zu sehen, bevor sie nach London zurückfuhr.

Sie hatten bei Kognak und Kaffee in der Bibliothek gesessen, und als der Butler sich zurückzog, hatte Harry gesagt: »Ich habe eine große Neuigkeit. In ungefähr sechs Monaten läßt sich unser Botschafter in Paris vorzeitig pensionieren. Er hat irgend etwas am Herz, der arme Kerl. Nun, wie dem auch sei, ich werde sein Nachfolger. Ich wollte eigentlich Dena von euch aus in New York anrufen, aber ... ich bin vielleicht übervorsichtig, ich habe immer das Gefühl, man könnte belauscht werden.«

Alex erhob sich vom Sofa und schüttelte Harrys Hand. »Gratuliere!« Er wandte sich an seinen Großvater. »Nun, Sir, bald wird man im Familienkreis fragen müssen: Welcher Botschafter?«

»Freu mich für Sie, Harry, war aber längst fällig.«

»Ja, so ist es. Und ich war in Versuchung zu sagen, ich zöge es vor hierzubleiben, in der Hoffnung, daß ich nach Sir Georges Pensionierung in Washington Botschafter würde. Aber es besteht natürlich immer die Gefahr, daß man übergangen wird. Und nach Washington und Moskau ist Paris die drittwichtigste Botschaft.«

Solche Gedanken gingen Harry auf dem Heimweg im Kopf herum, als er plötzlich spürte, daß jemand im Gleichschritt neben ihm herging. Es war dunkel unter den Bäumen, die die Massachusetts Avenue säumten.

»Guten Abend, Herr Botschaftsrat.«

Harry blieb stehen. Er konnte das Gesicht des Mannes nicht deutlich sehen, aber er war sicher, er hatte ihn nie zuvor getroffen. »Wer sind Sie?«

»Sie wissen genau, daß es egal ist, wer ich bin, Herr Botschaftsrat. Ich habe Ihnen nur eine einfache Nachricht unserer Chefs auszurichten.« Wieder einmal diese hassenswerten, unheimlichen Worte. »Sie sind unzufrieden mit Ihnen. Sie liefern zuwenig Nachrichten. Und einige waren falsch, vielleicht sogar absichtlich irreführend. Wir haben durch Ihre fehlerhaften Situationsberichte wahrscheinlich einige wichtige Leute verloren. Und zuweilen haben Ihre Informationen eine Woche später in den Zeitungen gestanden. Nicht gerade sehr aufschlußreich. Sie werden in Ihrer eigenen Botschaft überwacht. Wir haben unsere Leute überall sitzen.«

»Dann machen Sie Gebrauch von ihnen. Ich schicke Ihnen alles, was mir wichtig vorkommt. Ein Botschaftsrat bekommt durchaus nicht alles zu sehen. Ich genieße weder das Vertrauen des MI6 noch des CIA. Ich sehe nur das, was auf meinem Schreibtisch landet, und das ist meist langweilige diplomatische Routine.«

»Sie geben sich keine Mühe, Herr Botschaftsrat. Sie nutzen Ihre Verbindungen nicht voll aus. Zum Beispiel Ihre Freundschaft mit den McClintock-Claytons. Der Konzern betreibt intensive Forschung; er hat Chemie-, Rüstungs-, Flugzeugfabriken, Verträge mit dem Verteidigungsministerium. Vieles, was dort vorgeht, würde unsere Chefs interessieren.«

»Dann finden Sie es durch Ihre Leute heraus.«

»Haben Sie Sonja Dimitrijewna vergessen, Herr Botschaftsrat?« Die Stimme klang leicht vorwurfsvoll. »Unsere Chefs erwarten bessere Leistungen in der Zukunft.«

»Was, zum Teufel, erwarten Sie von mir? Ich bin nie im Geheimdienst ausgebildet worden.«

»Jedes kleinste Detail hilft, aber Sie haben nur Unwesentliches berichtet.« Er hielt Harry einen Umschlag hin. »Eine kleine Erinnerung an Ihre Vergangenheit, Herr Botschaftsrat. Das Leben und Wohlergehen von Sonja und ihrer Tochter liegen in Ihrer Hand.«

Der Mann überreichte ihm den Umschlag, dann wandte er sich um und ging mit schnellen Schritten davon.

Harry wäre ihm am liebsten gefolgt, hielt sich aber zurück. Er sah sich um. Sie näherten sich ihm immer auf einsamen Straßen oder Plätzen; es nützte nichts, diesem Mann zu folgen. Das nächste Mal würde es ein anderer sein, wie so oft zuvor. Er ging die paar Schritte zu seinem Haus. Die Lampen im Vorflur und in der Halle brannten. Das Licht in der Wohnung über der Garage zeigte ihm, daß der Chauffeur seinen Rat befolgt und sich früh zurückgezogen hatte. Er schloß die Tür auf und fragte sich, warum sie sich die Mühe machten, ihn mitten in der Nacht auf der Straße anzusprechen. Sie hätten ebensogut in seinem Arbeitszimmer auf ihn warten können. Allmählich schien es ihm, daß ihnen nichts unmöglich war.

Er ging zu dem Tablett, auf dem verschiedene Flaschen und ein Kübel mit Eisstücken standen, und schenkte sich einen Whisky ein. Dann setzte er sich und blickte auf den Umschlag, zögerte aber, ihn zu öffnen. Die erste, alptraumartige Begegnung in Paris rollte wieder vor seinen Augen ab, und dann folgten wie ein endloser Film die anschließenden Begegnungen, die weitergegebenen Informationen, die falschen Informationen, die irreführenden Informationen, die Nächte, während denen er über Berichten gebrütet hatte, die mit kleinen Verdrehungen die Absichten seiner Vorgesetzten wiedergaben, die Dokumente, die ihm von zwielichtigen Gestalten, die nichts mit dem Foreign Office zu tun hatten, diktiert worden waren. Zuweilen war ihm gestattet worden, die Wahrheit zu schreiben, weil es demjenigen, unter dessen Anleitung er agierte, in den Kram gepaßt hatte, daß

Moskau die Wahrheit erfuhr. Er konnte keine Dokumente wie Fotografien von Forschungsprojekten des McClintock-Clayton-Konzerns schicken, das wußten sie. Aber er nahm an vielen Konferenzen teil, wo neue Richtlinien diskutiert und festgelegt wurden. Sogar ein Hinweis auf ein geplantes Forschungsprojekt war genug – allerdings nicht immer. Manchmal war er instruiert worden, das genaue Gegenteil weiterzuberichten, und das war, wie er wohl wußte, sehr gefährlich. Er konnte nur totale Unkenntnis vortäuschen und fortfahren, beiden Seiten gerecht zu werden, was ihn seelisch ungemein belastete. Er erinnerte sich nur zu gut an die vielen Museen, die er besucht hatte, weil sie ihm als Treffpunkt angegeben worden waren, oder an Bänke in irgendeinem Park, wo er vorgegeben hatte, sein Butterbrot mit Enten zu teilen. Es war schwierig gewesen, seine Kollegen in der Botschaft hinters Licht zu führen, aber er war aus Not erfinderisch geworden. Es entsprach nicht seinem Charakter, zwei Herren zu dienen, aber beide Seiten hatten es von ihm verlangt. Die Leute in London wußten Bescheid, aber er war überzeugt, daß die Botschafter in Paris und Washington völlig ahnungslos waren. Sie hätten ihn nie so offen in alles eingeweiht, hätten sie von seinem Doppelspiel gewußt.

Wie sollte er bloß an die geheimen McClintock-Clayton-Forschungsprojekte herankommen? Wo sollte er den Anfang machen? Und er durfte nichts ohne offizielle Genehmigung enthüllen. Und wer waren die Leute in der Washingtoner Botschaft, die ihm nachspionierten? Oder war das eine weitere teuflische Intrige, um ihn zu verunsichern? Er sagte sich, daß nichts unmöglich war. Es war schließlich von dieser Botschaft aus gewesen, daß Burgess und Maclean und Philby, der Meisterspion, ihre Geheimdokumente an die Russen weitergeleitet hatten. Er nahm einen kräftigen Schluck Whisky und öffnete widerwillig den Umschlag.

Diesmal lag kein Foto von Sonja bei. War sie noch am Leben? Statt dessen starrte ein klar umrissenes Gesicht in den Fotoapparat. Es war das älter gewordene, etwas veränderte Gesicht, das er schon von den anderen Fotos kannte, die sie ihm zugespielt hatten. Sie war allein. Es war ein Farbfoto, so daß er sehen konnte, daß ihre Augen blau und nicht grau waren. Eine vage Ähnlichkeit mit der Sonja, die er einst gekannt hatte, war noch zu entdecken, aber nicht mit der abgehärmten Frau auf dem letzten Foto. Dieses Gesicht wirkte erfahrener und reifer als das von Sonja während des Krieges. Es war spitzer und schmaler und die Kinnlinie ausgeprägter, das Haar war lang und blond und straff zurückgekämmt über einer hohen Stirn. Sie sah klug und irgendwie erschreckend wissend aus. Sie hatte Sonjas hohe slawische Backenknochen. Sie war nicht älter als Mark, was schwer zu glauben war. Er blickte bedrückt auf das Foto seiner Tochter. Er wußte nicht, ob ihre Mutter tot oder lebendig war, aber die Tochter war der lebende Beweis seiner kurzen Liebe zu ihrer Mutter. Warum, fragte er sich, gelang es ihm nicht, das Foto zu zerreißen? Ihnen zu sagen, sie sollten sich zum Teufel scheren.

Das Telefon klingelte, und er sammelte seine Gedanken. Ein Anruf um diese späte Stunde bedeutete meist, daß er von der Botschaft kam. Er überlegte sich, wo der Botschafter sich während des Wochenendes aufhielt.

Aber es war Herbert Gardiners Stimme, die sich meldete. »Sind Sie es, Harry? Wir haben schon mehrmals versucht, Sie zu erreichen.«

»Was ist passiert, Herbert?« Harry wußte, Herbert würde ihn nur im Ernstfall anrufen. »Ist Rachel oder Caroline etwas zugestoßen?«

»Nein, Harry, es handelt sich um Mark. Er ist hier, bei uns.«

»Warum?«

»Nun, Harry ... also kurz gesagt, er hat die Schule verlassen. Er hat seine Sachen gepackt und sich davongemacht, bevor sie ihn offiziell hinauswerfen konnten. Zweifellos hat der Schuldirektor ebenfalls versucht, Sie zu erreichen. Er wird Ihnen seine Version der Geschichte erzählen wollen.«

»Was, um Himmels willen, ist denn geschehen?«

»Mark hat in den Augen von Eton etwas Unverzeihliches

getan. Er hat einen Lehrer zu Boden geschlagen und ihm die Nase gebrochen.«

»Was? Warum denn?«

»Der Lehrer hat offensichtlich mit der ganzen tyrannischen Bosheit dieser kleinen Blechgötzen Rachel verunglimpft. Er hat öffentlich ihre intime Beziehung zu einem Kommunisten angeprangert. Um noch deutlicher zu werden, Harry, er hat sie eine Hure genannt. Anscheinend ist er ein Rechtsradikaler und konnte es sich nicht verkneifen, diese schnöde Bemerkung vor Marks Klassenkameraden zu machen, weil er glaubte, in seiner Position unangreifbar zu sein. Bloß hat er nicht mit Mark gerechnet. Mark hatte natürlich völlig recht, seine Schwester zu verteidigen, andrerseits hat er einen Lehrer zu Boden geschlagen. Ich glaube nicht, daß Sie ihn dazu bringen werden, nach Eton zurückzugehen, selbst wenn man ihn dort wieder aufnehmen würde. Er hat einfach seine Sachen gepackt und ist zu uns gekommen. Zu Rachel konnte er, wie Sie verstehen werden, unmöglich gehen, und Caro will ihn nach dieser Sache bestimmt nicht wiedersehen. Ich hole ihn an den Apparat, Harry. Aber ich muß Sie warnen, ich bin ganz auf Marks Seite. Mir scheint, nach dem, was Mark uns erzählt hat, daß der Lehrer einen persönlichen Groll auf Frazer Campbell hat.«

»Lassen Sie mich mit Mark sprechen, Herbert.«

Marks Stimme klang kindlich furchtsam. »Es tut mir leid, Vater, aber ich konnte mich nicht beherrschen. Er hat es vor der ganzen Klasse gesagt. Und ich konnte einfach nicht still sitzen bleiben und die Gemeinheit runterschlucken. Offensichtlich hat er sich mal beim Foreign Office beworben und ist abgelehnt worden. Vielleicht war die Bemerkung mehr gegen dich als gegen Rachel und Frazer Campbell gerichtet. Aber wie dem auch sei ... ich konnte es nicht durchgehen lassen, nur weil er ein Lehrer ist. Er hat alles verdient, was er bekommen hat, und mehr. Die anderen Jungens haben mich zurückgehalten, bevor ich noch größeren Schaden anrichten konnte. Ich wollte ihm nicht das Nasenbein brechen. Ich habe einfach ... rot gesehen.«

»Auf mehr als eine Art«, sagte Harry. »Nun, mein Sohn, ich bedaure, daß es passiert ist, aber ich bedaure nicht, daß du deine Schwester gegen einen so gemeinen Angriff verteidigt hast. Ich wäre sehr enttäuscht gewesen, wenn du es nicht getan hättest.«

Von Mark kam keine Antwort, aber Harry vermeinte einen Schluchzer zu hören. Es war nicht verwunderlich, daß diese Episode mit Tränen endete. Mark war schließlich noch ein Junge, der es jedoch auf sich genommen hatte, wie ein Mann zu handeln. Harry fürchtete, sprach es allerdings nicht aus, daß der Lehrer aufs Ganze gehen und Mark der Körperverletzung anklagen würde. Er würde zwar eine lächerliche Figur abgeben, aber die Folgen für Mark wären katastrophal. Irgendwie müßte Harry dem Schuldirektor klarmachen, daß dies keine sehr kluge Handlungsweise wäre.

»Vielen Dank, Vater. Ich habe einen furchtbaren Schrekken bekommen, als mir klar wurde, was ich angestellt habe. Aber ich wollte mich nicht entschuldigen. Abgesehen davon, hätten sie mich auch dann nicht behalten. Das schlimmste ist nur, daß ich dir Unehre gemacht habe. Ich bin rausgeschmissen worden ... und nun wird mich vermutlich keine andere Schule mehr aufnehmen ... Und wenn der Lehrer ganz gemein ist ... kann er mich sogar in eine Besserungsanstalt schicken.«

»Aber nein«, sagte Harry voller Zuversicht, die er selbst nicht empfand, »darüber mach dir keine Sorgen. Er wird sicher nicht vor Gericht gehen. Alle Welt würde sich über ihn lustig machen. Und was andere Schulen betrifft, so gibt es welche, die Rebellen sogar ermutigen, besonders wenn sie gegen die bestehende Ordnung rebellieren.« Er sagte diese Worte in einem gezwungen heiteren Ton. Die Schulen, die einen Jungen aufnehmen würden, der aus Eton hinausgeworfen worden war, entsprachen nicht seinem Geschmack und waren überdies schwer zu finden. Er zwang sich, das Ganze in einem rosigen Licht zu sehen. »Hör zu, Mark, du hast nichts Schimpfliches getan, du hast weder gelogen noch gestohlen, noch geschummelt. Du hast nichts getan, wofür du dich schämen mußt.« Sie sprachen noch eine Weile miteinander. Dann bat Mark, mit seiner Mutter sprechen zu dürfen, und Harry sagte ihm, daß sie in New York sei und erst morgen zurückkomme. »Sag ihr, daß es mir leid tut, Vater.«

»Ich werde es ihr ausrichten. Sie wird nicht böse auf dich sein, aber vermutlich mit Rachel. Hab eine nette Zeit bei Herbert und Thea. Die Sommerferien stehen sowieso vor der Tür, du versäumst daher nicht viel. Und bis September habe ich eine andere Schule für dich gefunden. Gute Nacht, mein Junge.«

Eine andere Schule – aber welche? Harry wurde ärgerlich. Mark hatte nichts Unehrenhaftes getan. Es war so ungerecht, daß die Zukunft des Jungen durch einen spontanen Protest zerstört sein sollte. Wenn es bloß nicht der Lehrer gewesen wäre ...

Dena sollte am nächsten Morgen gegen elf Uhr landen. Er wußte, daß Ginny im Wagen abgeholt wurde und Dena absetzen würde. Er begrüßte sie an der Haustür und umarmte sie. »Was ist mir dir? Du siehst müde aus.«

Sie küßte ihn, ging aber auf seine Frage nicht näher ein. »Ach, du weißt ja, wie anstrengend New York ist. Und Christines Clique ist so hektisch. Nur Theater und wenig Wirklichkeit. Und wenn es sich herumspricht, daß Ginny in der Stadt ist, schneit es natürlich Einladungen. Wir waren ständig unterwegs.«

»Du hast mich nicht mal angerufen.«

Sie zog eine Grimasse. »Sag bloß nicht, du habest mich vermißt. Ich dachte, ein paar Tage Freiheit täten dir gut. Was hast du so getan?«

»Nichts Besonderes. Zwei uninteressante Empfänge, ich hab schon vergessen, auf welchen Botschaften, und gestern abend habe ich bei Livy und Alex gegessen. Ginny sollte Livy dankbar sein, daß sie ihr den Botschafter zum Teil abnimmt.«

»Das ist sie bestimmt.« Thomas, der Butler, kam mit Kaffee in Harrys Arbeitszimmer. Dena goß sich Milch dazu und nahm zwei Stück Zucker. Dann sagte sie: »Und was ist mit dir los, Harry? Du siehst auch nicht gerade sehr munter aus. Könnte es sein, daß wir beide alt werden?«

»Vielleicht. Das Foreign Office scheint das jedenfalls zu denken. Sie wollen mich befördern.«

Ihr Gesicht wirkte plötzlich noch abgespannter. Er sah Falten an ihrem Kinn, die er bislang nicht bemerkt hatte. »Das heißt ... wir werden versetzt?«

»Ja, aber an einen sehr angenehmen Ort. Ich bin der nächste Botschafter in Paris. Dem armen Howell geht es gar nicht gut, er wird sich bald pensionieren lassen. In ungefähr neun Monaten werde ich meinen neuen Posten antreten.« Zu seinem Erstaunen zeigte sie weder Freude noch Genugtuung. »Freust du dich nicht, Dena?«

Sie stellte ihre Kaffeetasse ab, erhob sich und umarmte ihn. »Natürlich freut es mich. Du hast es, weiß Gott, verdient. Der einzige Posten, der mich noch mehr gefreut hätte, wäre Washington gewesen. Aber Paris ist sehr ehrenvoll. Die Franzosen stellen hohe Ansprüche.«

»Denen du mehr als gerecht werden wirst, mein Liebling. Du hast immer die besten Diners und Empfänge gegeben, und das mit wenig Geld. Aber diese Zeiten sind zum Glück vorbei. Abgesehen vom Elysée-Palast, wirst du das prächtigste Haus von ganz Paris bewohnen und ausreichend Personal, Autos und Sekretärinnen haben! Ich werde sogar genug Geld haben, um dir bei den größten Schneidern Kleider zu kaufen. Endlich kann ich dich verwöhnen. Du wirst die eleganteste Frau von Paris sein.«

»Ich ... ich ...« Sie ging zu ihrem Stuhl zurück und zog aus ihrer Handtasche ein Papiertaschentuch hervor, mit dem sie sich die Augen betupfte. Er sah sie verwirrt an. »Beachte es nicht. Es ist nur, weil wir so viele Jahre auf diese Beförderung gewartet haben. Aber ich war immer sicher, daß du eines Tages Botschafter würdest. Ich habe nur Angst, daß ich meiner hohen gesellschaftlichen Position nicht gewachsen bin.«

»Unsinn, Dena. Natürlich bist du das. Von dem Tag an, wo wir geheiratet haben, wärst du mir in jede Botschaft gefolgt, ob nun nach Frankreich oder in die Mongolei.«

Sie seufzte. »O ja, aber damals war ich jünger. Ich hätte es mit jedem Job aufgenommen, den das Foreign Office dir zugewiesen hätte. Die segensreiche Naivität der Jugend. Aber Alter und Erfahrung lehren einen Bescheidenheit.« Sie leerte ihre Kaffeetasse. »Ich muß mich erst an den Gedanken gewöhnen. Und jetzt muß ich nach oben gehen und auspacken. Ich werde wohl bald wieder nach New York fahren...«, ihre Stimme zitterte leicht, »um ein paar Kleider zu kaufen. Sie sind halb so teuer wie in den Pariser Modehäusern. Ja, Kleider – ja, ich muß mir etwas zum Anziehen kaufen.« Ihr Tonfall, fand Harry, hatte nichts von der freudigen Erregung, die man von einer zukünftigen Botschaftergattin erwartete, die sich für Paris ausstaffierte.

»Dena, bevor du nach oben gehst, solltest du einen Telefonanruf machen. Es handelt sich um Mark...«

Ihr Gesicht wurde aschfahl, sie sprang auf. »Mark! Was ist mit Mark? Ist er krank?«

Er zog sie neben sich auf die Couch und erzählte ihr die ganze Geschichte in allen Einzelheiten und was Mark gesagt hatte. »Ich habe ihm versichert, daß er das Richtige getan hat. Er hat schließlich weder gestohlen noch geschummelt, Dena. Er hat so gehandelt, wie jeder aufrechte Mann es getan hätte. Ich habe mit dem Schuldirektor gesprochen. Sie lassen die Sache auf sich beruhen. Der Lehrer würde zu dumm dastehen. Aber sie nehmen Mark nicht zurück.«

»Der arme Junge«, sagte sie. »Und es tut mir so leid für dich. Er hätte dir nachschlagen sollen, statt dessen geht er seine eigenen Wege. Er ist ein Rebell, der sich gegen alles auflehnt. Es ist mein Fehler...«

»Was meinst du, es ist dein Fehler?«

»Ich konnte Mark nie die Liebe und Aufmerksamkeit schenken, die er verdient. Er ist nicht dein Sohn, und ich konnte immer nur Scham empfinden, wenn ich an ihn dachte. Ich weiß, ich war ihm eine schlechte Mutter, ich habe ihm zuwenig geholfen, ihn nicht genügend unterstützt. Ich war zu kritisch mit ihm und habe zuviel von ihm erwartet, weil er der Sohn war, den ich dir hätte geben sollen.

Und seltsamerweise hat er das gewußt. Er hat gespürt, daß er ein Außenseiter ist. Ich habe ihn vernachlässigt, weil ich immer Schuldgefühle hatte...«

»Dena, hör auf! Ich habe noch nie solch einen Unsinn gehört! Mark ist mein Sohn, und du bist meine Frau, und ich liebe euch beide. Und nun ruf bitte Mark an. Es ist jetzt Nachmittag dort, und er wird den ganzen Tag verzweifelt darauf gewartet haben, von dir zu hören. Ich habe ihm gesagt, du kämst am Morgen zurück und würdest telefonieren. Sei nett zu ihm, Dena, und gib ihm das Gefühl, daß du ihn liebst. Sag ihm, daß es nichts ausmacht.«

»Aber es macht sehr viel aus. Wir beide wissen das. Wo soll er jetzt zur Schule gehen nach seinem Rausschmiß aus Eton? Was soll aus ihm werden?« Sie fing an zu weinen.

Er stand auf und meldete das Gespräch nach St. Just an, da es lange dauern konnte, bis er durchkam. Während sie warteten, goß er Dena einen Kognak ein und brachte ihn ihr. »Hier, Liebste, trink das und versuche, die Tränen aus deiner Stimme zu verbannen, wenn du mit ihm sprichst. Sag ihm einfach etwas Nettes. Nur wenige Jungen seines Alters hätten so viel Mut gezeigt. Er hat nichts Beschämendes getan, ich bin richtig stolz auf ihn...«

Ihre Reaktion auf seine zwei Neuigkeiten erstaunte ihn. Die Aussicht, die Frau des britischen Botschafters in Paris zu sein, schien sie zu ängstigen statt zu erfreuen. Er hatte erwartet, sie wäre begeistert, aber sie schien vor der Aufgabe zurückzuscheuen. Er hatte ihr die gute Nachricht zuerst erzählt, in der Hoffnung, daß die Freude über seine Beförderung in ihrer Stimme mitschwingen würde, wenn sie mit Mark sprach. Aber sie hatte nur von ihren Schuldgefühlen und von ihrer Scham und von ihren Ängsten gesprochen. Er hatte Dena noch nie in einem solchen Zustand gesehen. Er erkannte die Frau, die neben ihm auf dem Sofa saß, fast nicht wieder. Sie war immer so heiter und unternehmungslustig gewesen, stets bereit, alles auf sich zu nehmen, das Gute wie das Schlechte. Sie saß zusammengesunken da wie eine alte Frau und nippte an ihrem Kognak. Und als der Anruf schließlich kam, klang auch ihre Stimme wie die einer alten Frau. Sie wiederholte gehorsam die Worte, die Harry ihr vorgesagt hatte. Sie lobte ihn, sagte ihm, er habe richtig gehandelt, aber sie klang nicht überzeugend. Er hatte gehofft, sie würde mit Mark lachen und scherzen, ihm sagen, daß er froh sein sollte, Eton entkommen zu sein. Er konnte Marks Stimme hören, die eine Frage stellte. »Was?« fragte sie geistesabwesend zurück. »Du willst hierherkommen? Ich weiß nicht... kannst du nicht ein wenig länger bei Thea und Herbert bleiben? Hier geht momentan alles drunter und drüber... Ja, wir werden dir bald einen Flug buchen... bald...« Sie legte den Hörer auf, ohne mit Thea und Herbert zu sprechen.

Harry war bestürzt, als sie ihr Kognakglas hinstellte und wie in Trance aus dem Zimmer ging.

Sie erschien wieder zum Mittagessen in Hosen und einer Bluse und wirkte entspannter, als er ihr einen Gin mit Tonic gab. »Ich habe mir von Thomas schon einen Drink aufs Zimmer bringen lassen, während ich auspackte. Sehr leichtsinnig von mir.« Aber sie lehnte das Glas, das Harry ihr anbot, nicht ab und bat sogar um ein weiteres.

Sie ging auf seine Fragen, was sie in New York gemacht hatte, nicht weiter ein, sondern sagte statt dessen: »Rachel! Ich kann es ihr nicht verzeihen! Sie hat Marks Leben vermasselt, weil sie ihr eigenes Leben vermasselt hat. *Sie* sollten wir anrufen!«

»Dena, mach die Sache doch nicht noch schlimmer, als sie schon ist. Rachel hat für sich eine Entscheidung getroffen und hat bestimmt niemals damit gerechnet, daß sie dadurch jemand anderen in Schwierigkeiten bringt. Sie muß diesen Campbell lieben oder...«

»Sie ist ihm hörig«, fügte Dena bitter hinzu. »O Gott, warum sind meine Kinder so mißlungen?«

»Unsere Kinder, Dena.«

Sie schien ihn nicht zu hören. Sie stand vom Tisch auf – ihr Essen hatte sie kaum angerührt – und goß sich noch einen Gin mit Tonic ein. »Die eine ist so zufrieden mit sich selbst, weil sie genau das getan hat, was jeder von ihr erwartete, und ist fast eine Parodie der Ehrbarkeit. Unsere Caro... bildhübsch... nichts an ihr auszusetzen. Aber sie hat nicht den geringsten Sinn für Humor. Sie paßt großartig zu dem Trottel, den sie geheiratet hat.« Sie drehte sich um und sah ihn an. »Und Rachel? Sie mag zwar Humor haben, aber es ist ein schwarzer Humor. Sie schämt sich ihrer Familie und will nichts mit uns zu tun haben. Und Mark... ach Mark, der Bankert...«

Harrys Stuhl schlitterte übers Parkett, als er aufsprang. »Dena, ich verbiete dir, dieses Wort jemals wieder zu gebrauchen. Mark ist ein reizender und hochbegabter Junge.«

»Ach, schweig schon, Harry. Du weißt, du wolltest immer, daß deine Kinder schön, talentiert, klug, kurz gesagt, vollkommen sind. Es muß dir verdammt schwerfallen, Rachel und Mark zu schlucken...«

Er faßte sie an den Schultern und schüttelte sie. »Du bist betrunken und hysterisch. Geh zu Bett und schlaf dich aus. Warum, zum Teufel, ist deine Welt plötzlich zusammengebrochen?«

Sie antwortete ihm nicht, sondern lehnte sich gegen die Anrichte, das Gesicht von ihm abgewandt. Er ließ sie los und ging aus dem Zimmer, ärgerlich und bestürzt.

Später am Nachmittag hörte er zu seinem Erstaunen Denas Wagen starten. Er sah vom Fenster aus, wie sie im Rückwärtsgang aus der Ausfahrt fuhr. Er fragte Thomas: »Wohin ist Lady Camborne gefahren?«

Der Butler blickte ihn etwas überrascht an. »Nach Prescott Hill, Lord Camborne, Mrs. Clayton hat sich, gleich nachdem sie Lady Camborne hier abgesetzt hat, dorthin begeben. Vermutlich haben die beiden Damen gehofft, auch Sie dort zu sehen. Aber mit Ihrer vielen Arbeit...«

Harry wußte, daß sein Streit mit Dena, vielleicht nicht die Worte, aber doch der ärgerliche Tonfall, bis zur Küche gedrungen war. Denas Abfahrt mußte den Angestellten als ein normales Ausweichen vor einem Ehekrach erscheinen.

Er setzte sich an seinen Schreibtisch und starrte tatenlos auf seine Papiere. Dann schloß er sie aus reiner Gewohnheit ein und ging hinauf ins gemeinsame Schlafzimmer. Der Anblick bestürzte ihn. Die Schränke standen weit offen, Bügel und Kleider von Dena lagen verstreut auf dem Boden, die Schubladen mit der Wäsche waren herausgezogen. Er versuchte etwas aufzuräumen, weil er nicht wollte, daß das Dienstmädchen die Unordnung sah. Er war verstört über diese Beweise eines emotionellen Orkans, der Dena erfaßt haben mußte, denn sonst war sie peinlich ordentlich. Sie hatte nur einen kleinen Koffer mitgenommen. Vielleicht hatte sie recht, zu Ginny zu fahren. Sie würden zusammen reden und Spaziergänge machen. Und Montag früh würde sie sicher zurückkehren, erholt und ausgeglichen, nachdem sie sich in langen Gesprächen mit Ginny ihre Selbstvorwürfe, Schuldgefühle und Ängste von der Seele geredet hätte.

Er setzte sich mit einem Glas Whisky und der *New York Times* in sein Arbeitszimmer und wartete, daß Thomas ihn zum Abendessen rief. Das Telefon klingelte, und er hoffte, es sei Dena. Aber es war Ginny. »Hallo, Harry, wie geht es dir? Alles in Ordnung? Das freut mich. Ich habe gerade bei Alex und Livy hereingeschaut. Ich habe gehört, du warst gestern abend bei ihnen ...«

Er unterbrach sie, kalter Schweiß stand auf seiner Stirn. »Du warst bei Livy und Alex? Wo bist du, Ginny?«

»Ich? Hier in meinem Haus in Washington. Ich dachte, ich wollte bei euch vorbeikommen und ein wenig mit Dena plaudern.«

»Ginny! Thomas hat mir gesagt, Dena sei nach Prescott Hill gefahren und du seist gleich vom Flughafen dorthin gefahren und würdest sie erwarten. Dena hat vor wenigen Stunden das Haus verlassen.«

»Oh!« Ginny schien lange zu brauchen, um ihre Gedanken zu sammeln. »Wahrscheinlich irgendein Mißverständnis. Ich habe gesagt, ich hätte vor, nächstes Wochenende hinzufahren. Aber mach dir keine Sorgen, Harry. Landers, der Butler, ist in Prescott Hill und ebenfalls die Köchin. Sie werden sie nicht erwarten, aber sich bestimmt freuen, sie zu sehen ...«

»Ginny, rede nicht um den Brei herum! Dena kam hier an und sah aus und verhielt sich, als sei der Himmel eingestürzt. Ich hatte zwei Neuigkeiten, eine gute und eine nicht so gute, aber keine katastrophale. Ihre Reaktion auf beide war für mich völlig unerwartet. Weißt du etwas? Ist in New York irgendwas passiert? Du mußt es mir erzählen, Ginny.«

»Ich glaube, wir beide fahren besser sofort nach Prescott Hill. Ich hole dich in einigen Minuten ab.«

Sie war in weniger als zehn Minuten bei ihm und überließ ihm das Steuer. Sie wartete, bis sie aus dem dichtesten Stadtverkehr hinaus und auf der Landstraße waren, bevor sie zu sprechen anfing.

»Fahr vorsichtig, Harry, und hör mir zu. Ich werde auf alle deine Fragen antworten, aber laß mich erst mal ausreden.«

»Fang an.«

»Wir sind nicht nach New York gefahren, um Kleider einzukaufen. Chris haben wir nur kurz gesehen; wir haben gesagt, wir hätten eine Menge Verabredungen. Dena war für einige Tage im Krankenhaus.«

»Im Krankenhaus!« Einige Sekunden lang schien er die Kontrolle über den Wagen zu verlieren, fing sich aber wieder. »Warum? Was hat sie?«

»Du hast mir versprochen, mich ausreden zu lassen. Sie hat etwas, was alle Frauen am meisten fürchten: einen Knoten in ihrer rechten Brust. Sie hat es mir erst letzte Woche erzählt. Sie hat ihn schon längere Zeit, aber ist nicht zum Arzt gegangen. Kürzlich hat sie gemerkt, daß er größer wurde. Und da ist sie zu mir gekommen. Sie war in einem fast panischen Zustand, wollte dir aber nichts sagen, weil sie hoffte, es sei harmlos. Sie wollte dir unnötige Sorgen ersparen. Ich meldete sie bei einem New Yorker Chirurgen, den ich kenne, an. Es wird dir aufgefallen sein, daß wir Hals über Kopf abgefahren sind.«

»Ist alles in Ordnung?«

»Harry, bitte unterbrich mich nicht. Er hat sie untersucht und gesagt, er müsse sie sofort gründlich ansehen. Harry, sie war nicht allein, ich war die ganze Zeit bei ihr. Sie ist noch am selben Nachmittag ins Krankenhaus gegangen. Man hat sie geröntgt. Sie hat ihre Zustimmung nur für eine Probeexzision gegeben ...«

»Was, zum Teufel, ist denn das?«

»Es bedeutet, daß man ein kleines Gewebestück des Knotens entnimmt, das sofort dem Pathologen gegeben wird. Meist hält man die Patienten unter Narkose, bis man das Resultat weiß. Und wenn der Knoten bösartig ist, nehmen sie eine Brustamputation vor. Sie entfernen aber auch die umliegenden Gewebe und die Lymphdrüsen, um zu sehen, ob der Krebs nicht bereits das Lymphsystem angegriffen hat. Aber Dena gab dazu nicht ihre Einwilligung. Sie ließ nur die Probeexzision zu, was hieß, daß sie wach und bei vollem Bewußtsein war, als der Chirurg kam und ihr sagte, daß das Geschwür bösartig sei.«

Er trat auf die Bremse, fuhr an den Rand und hielt den Wagen an. »Und was geschah dann?«

»Nichts. Ich war die ganze Zeit bei ihr. Sie bestand sogar auf meiner Anwesenheit, als der Arzt ihr das Resultat mitteilte. Er riet ihr, die Brustamputation sofort vornehmen zu lassen. Er befürchte, sagte er, daß der Krebs bereits weit fortgeschritten sei, aber daß ihnen noch viele Möglichkeiten offenblieben. Aber sie sagte, sie ziehe es vor, das Krankenhaus zu verlassen und sich die Sache zu überlegen. Der Arzt wäre vor Wut fast geplatzt und hielt ihr den üblichen Vortrag über ihre Unvorsichtigkeit, den Knoten nicht sofort einem Arzt gezeigt zu haben, und warf ihr vor, daß sie aus Eitelkeit ihr Leben aufs Spiel gesetzt habe. Es gelang mir nach einiger Zeit, ihn aus dem Zimmer zu komplimentieren. Sie waren wie zwei Kampfhähne. Er wollte sofort operieren; sie sagte, sie müsse zurück nach Washington, um sich die Sache zu überlegen. Er sagte, es gäbe nichts zu überlegen, sie müsse die Brustamputation durchführen lassen, oder sie würde sterben. Sie fragte, ob er nicht nur den Knoten entfernen und sie bestrahlen könnte. Er sagte, er kenne keinen Fall, wo das Erfolg gehabt hätte. Sie haben sich gegenseitig angeschrien, Harry ...«

»Warum hat mir keiner etwas gesagt? Ich hätte auf der Operation bestanden…«

»Es war nicht etwas, was sie dir am Telefon sagen konnte. Und einige Tage machten keinen Unterschied mehr. Ich versuchte, dem Chirurgen klarzumachen, daß sie ein paar Tage brauchte, um sich an den Gedanken zu gewöhnen. Er bat mich in sein Büro und sagte, egal, wie schnell sie operiert würde, stünden ihre Chancen schlecht. Das Geschwür säße sehr tief und befinde sich, wie er sich ausdrückte, ›an einer ungünstigen Stelle‹. Es sieht schlecht aus, Harry. Komm, wir müssen weiterfahren.«

Er gehorchte automatisch, aber fuhr sehr schnell. Es wurde bereits dunkel. Prescott Hill war noch fünfzehn Meilen entfernt.

»Ich hätte sie überreden können«, sagte er. »Warum hat mir keiner etwas gesagt! Denas Leben! Warum hat sie gezögert?«

»Harry… Männer verstehen nicht, was diese Operation für eine Frau bedeutet. Sie ist eine Verstümmelung, und oft schlimmer als das. Vielleicht hat Dena sich im Geist nur noch als halbe Frau oder völlig geschlechtslos gesehen. Sie ist in einem schwierigen Alter, Harry. In einem Alter, wo die Frauen anfangen zu fühlen, daß die Jugend und alles, was dazu gehört, dahin ist. Und diese Operation würde sie eines jener Attribute berauben, die sie zur Frau machen. Sie würde nicht nur die Brust verlieren, sondern sich auch eine abstoßende Narbe einhandeln. Für eine so schöne und feminine Frau wie Dena ist das ein Alptraum, den kein Mann nachfühlen kann.«

»Aber weiß sie nicht, daß ich sie liebe? Wie immer sie aussieht, ich würde sie von ganzem Herzen lieben. Das einzige, was ich will, ist, daß sie am Leben bleibt. Du hättest mir Bescheid sagen müssen, Ginny.«

»Wenn sie dir bis morgen nichts gesagt hätte, so hätte ich mein Versprechen gebrochen und mit dir gesprochen. Aber nun habe ich es schon früher getan, denn als ich von dir hörte, sie sei allein nach Prescott Hill gefahren, fand ich, du müßtest die Wahrheit wissen.«

»Dann kann man nur hoffen, daß sie tatsächlich nach Prescott Hill gefahren ist. Das zumindest hat sie Thomas gesagt. Aber sie kann weiß Gott wo sein, in irgendeinem Motel ... Es ist alles zu entsetzlich. Wenn ich nur Bescheid gewußt hätte ... und die Neuigkeiten, mit denen ich sie empfangen habe ...«

»Welche Neuigkeiten?«

»Ich habe ihr erzählt, daß ich Botschafter in Paris werde und daß Mark aus Eton geflogen ist. Jetzt verstehe ich, daß sie nicht begeistert war bei der Aussicht, die Frau des britischen Botschafters in Paris zu sein. Es ist ein anstrengender Job, in dem man sich keine Depressionen leisten kann. Und wenn ... die Operation und die Bestrahlungen nichts helfen, würde sie, sozusagen vor den Augen der Welt, sterben. Aber ich kann und will einfach nicht glauben, daß sie stirbt. Oh, meine arme Dena ... Und dann hat sie sich die Schuld gegeben für das, was Mark getan hat. Wie niedrig muß sie mich einschätzen, daß sie sich mir nicht anvertraut hat.«

»Harry, bitte mach dir keine Selbstvorwürfe. Es hat nichts mit dir, sondern mit der Situation zu tun. Keine Frau will sich eingestehen, daß es gerade ihr passiert. Sie hat sogar von einem anderen Arzt und einem anderen Pathologen geredet, in der Hoffnung, daß die beiden ersten einen Fehler gemacht haben. Das ist eine völlig normale Reaktion. Gib ihr Zeit. Sei lieb zu ihr. Erkläre ihr, daß die Operation notwendig ist. Wir dürfen nicht zulassen, daß sie sich aufgibt. Wir müssen ihr beistehen, aber sie auch zwingen, die Wirklichkeit zu sehen.«

»Und dazu kommt die Geschichte mit Mark«, sagte Harry. »Sie fühlt sich schuldig für etwas, für das sie überhaupt nicht verantwortlich ist. Sie wirft sich vor, eine schlechte Mutter zu sein. Sie behauptet, sie hätte ihn vernachlässigt, zu hohe Ansprüche gestellt, weil ... nun, das ist eine andere Geschichte.«

»Ich kenne die Geschichte, Harry. Ich war während ihrer ganzen Schwangerschaft mit ihr zusammen, ich war dabei, als Mark geboren wurde. Ich bin der einzige Mensch, der –«

»Der einzige außer mir. Kein Wunder, daß sie fortlief. Ich wünschte nur, sie wäre direkt zu dir gelaufen, statt allein nach Prescott Hill zu fahren. Wir hatten einen Streit beim Mittagessen. Stell dir das vor! Wir haben uns gestritten in einem Moment, wo sie mich am meisten brauchte, wo ich sie hätte trösten und beschützen sollen.«

»Das kannst du immer noch nachholen, Harry, jetzt, wo du Bescheid weißt. Wenn nötig, kannst du den Botschafterposten in Paris ablehnen. Er stellt vielleicht zu hohe Ansprüche an sie. Versuch, sie davon zu überzeugen, daß dir nicht viel an ihm liegt. Hol Mark nach Amerika, wenn sie die Operation hat, und erkläre ihm, wie deprimierend eine Brustamputation für eine Frau ist. Mark hat eine angeborene Weisheit, er wird es verstehen und sie aufheitern. Es könnte die beiden einander näherbringen.«

»Sie wollte nicht, daß er kommt. Das letzte, was sie ihm gesagt hat, war, er solle fürs erste in St. Just bleiben.«

»Es ist unsere Aufgabe, ihr klarzumachen, daß es wichtig für ihn ist, ihr beizustehen. Wir alle werden ihr beistehen. Sie muß sich operieren lassen, Harry. Der Chirurg war nicht sehr hoffnungsvoll, wie gesagt. Er ist fast sicher, daß sie schon Metastasen hat. Er hat es ihr zwar nicht gesagt, aber sie konnte es seinem Verhalten entnehmen.«

»Wir müssen alles versuchen. Ich werde dem Foreign Office mitteilen, daß ich in Washington bleibe. Und wenn es ihnen nicht paßt, werde ich kündigen. Mark, sie und ich werden zusammenbleiben, und du, Ginny, laß uns ja nicht im Stich, wir brauchen dich mehr als je zuvor.«

»Wo immer ihr seid, werde auch ich sein. Mein Leben wäre leer ohne euch drei. Und ich habe immer sehr an Mark gehangen. Er ist fast in meinen Armen zur Welt gekommen.«

Sie erreichten das schmiedeeiserne Tor von Prescott Hill. Es stand offen. Sie fuhren am Pförtnerhäuschen vorbei, wo der Stallknecht wohnte. Als sie die lange Auffahrt hinauffuhren, gingen im Haus die Lichter an. Harry sah im Rückspiegel das Aufblitzen einer Taschenlampe. Vermutlich hatte der Stallknecht Ginnys Wagen wiedererkannt, aber er hätte auf jeden Fall dem Haupthaus telefonisch Bescheid gegeben, daß ein Wagen das Tor passiert hatte.

Landers, der Butler, stand auf den Steinstufen. Es war jetzt dunkel, und die Vorhalle war hell erleuchtet.

»Willkommen, Mrs. Clayton. Lady Camborne hat gesagt, Sie kämen erst morgen. Guten Abend, Lord Camborne. Fühlt Lady Camborne sich nicht wohl? Sie sah ... sie sah so seltsam aus, gar nicht wie sonst ...«

»Wo ist sie?«

»Wir wissen es nicht, Mylord. Wir haben uns weiter keine Gedanken gemacht, bis es dunkel wurde. Sie hat sich Drinks in der Bibliothek servieren lassen und gesagt, sie wolle allein bleiben, und nur hinzugefügt, daß sie vor Ihnen, Mrs. Clayton, gekommen sei, da Sie noch in Washington zu tun hätten. Und so habe ich ihr die Drinks gebracht und mich zurückgezogen.«

»Und wo ist sie?«

»Das wissen wir eben nicht, Mylord. Sie muß zum Schießstand gegangen sein wie so oft, denn wir haben einige Gewehrschüsse gehört, aber nicht besonders darauf geachtet. Dann haben wir angefangen, das Abendessen vorzubereiten. Und plötzlich haben wir bemerkt, daß es dunkel wurde. Ich habe sie gesucht, aber sie war nicht im Haus. Ich habe Mac und Peter alarmiert, und wir wollten gerade losgehen, um sie zu suchen, als Mrs. Mac vom Pförtnerhaus anrief, daß Mrs. Claytons Wagen durch das Tor gefahren sei.«

Harry blickte die beiden Stallburschen an und wandte sich dann wieder an den Butler. »Auf dem Schießstand?« fragte er. »Wie viele Schüsse haben Sie gehört?«

»Eine Menge, wie immer. Nach einiger Zeit hört man nicht mehr hin. Aber ich bin überzeugt, daß alles in Ordnung ist. Lady Camborne braucht einfach mehr Zeit als sonst, ins Haus zurückzukommen.«

Ginny lehnte sich gegen das Auto. Sie erinnerte sich an den Tag, an dem ihr junger Ehemann fortgeritten und nicht zurückgekommen war. Sie hatte plötzlich Angst, zum Schießstand zu gehen.

Sie fanden sie unter den Bäumen, zusammengerollt, als ob sie schliefe. Der Revolver war ihrer Hand entglitten. Harry kniete neben ihr nieder und starrte auf die häßliche Wunde an ihrer Schläfe. Er beugte sich über sie und küßte ihr kaltes Gesicht.

»Verzeih mir, Dena.«

Die Nacht schien endlos. Zuerst hatten sie die Polizei angerufen, die Denas Leiche inspiziert und den Revolver untersucht hatte. Harry hatte ihren Kopf sofort mit seiner Jacke zugedeckt, aber er wurde gebeten, sie offiziell zu identifizieren. Den Revolver und auch die zwei Gewehre, die sie mitgenommen hatte, nahm die Polizei an sich. »Sie hat sie oft benutzt, Sir?«

»Ja, sie hat schon als Kind schießen gelernt und ging fast immer, wenn sie in Prescott Hill war, auf den Schießstand, um in Übung zu bleiben.«

»Und der Revolver?«

»Er gehörte dem verstorbenen Mr. Clayton. Meine Frau benutzte ihn, wann immer sie wollte.«

»Aber sie hatte keine Lizenz für einen Revolver? Sie wollen damit sagen, sie hat ihn einfach genommen, wann immer sie sich im Revolverschießen üben wollte? Und Mr. Clayton hat ihr die Erlaubnis dazu gegeben?«

»Meine Frau ist ... war eine sehr gute Schützin. Mr. Clayton vertraute ihr. Vielleicht war es ungesetzlich ... aber sie hat ihn nur hier auf dem Schießstand benutzt.«

Die Polizei verhielt sich bemerkenswert zurückhaltend. Allein die Tatsache, daß der Selbstmord in Prescott Hill geschehen war, hätte genügt, um die Gesetzeshüter einzuschüchtern und sie zu äußerster Diskretion zu veranlassen. Aber dazu kam, daß Dena die Frau des Botschaftsrats an der britischen Botschaft war und daher diplomatische Immunität genoß. Für die Polizei eine Kombination, die nur Ärger bedeuten konnte. Ein Rettungswagen brachte Denas Leiche in das Leichenschauhaus. Die Gewehre und der Revolver wurden in einem Plastikbeutel fortgeschafft. Polizeiwagen mit grellen Scheinwerfern umringten den Tatort. Harry ging auf den

Rettungswagen zu. Ein Polizist hielt ihn zurück. »Es hat keinen Zweck, Sir. Sie können ihr nicht mehr helfen. Die Leiche Ihrer Frau wird gleich nach der Autopsie freigegeben.«

»Autopsie? Mein Gott, warum? Jeder Idiot kann sehen, woran sie starb.«

»Das Gesetz schreibt es vor, Sir. Eine reine Routinesache. Manchmal wird Selbstmord vorgetäuscht, um etwas anderes zu verschleiern.«

Ein Polizeihauptmann trat auf sie zu. Landers, der Ginny und Harry zum Schießstand begleitet hatte, stand neben ihnen. Der Hauptmann wandte sich an Landers und fragte: »War Lady Camborne längere Zeit am Schießstand? Haben Sie viele Schüsse gehört?«

»Ja, eine ganze Reihe. Wie ich schon zu Lord Camborne sagte, nach einer Weile hört man nicht mehr hin.« Die Polizisten suchten mit Taschenlampen die Umgebung nach den Patronenhülsen ab und hoben sie auf.

»Es erschien Ihnen also völlig normal. Sie waren daran gewöhnt, daß Lady Camborne öfter zum Übungsschießen hierherkam.«

»Ja, völlig normal. Sie pflegte zu sagen, daß sie auf diese Weise ihre überflüssige Energie los würde. Wir haben uns nichts dabei gedacht, außer daß wir fanden, die frische Luft würde ihr guttun. Ich habe zur Köchin noch gesagt, sie sehe ein wenig angegriffen aus...«

»Bleiben wir bei den Tatsachen. Um Ihre Meinung werden wir Sie später fragen.«

Nur zwei Schüsse waren aus dem Revolver abgefeuert worden, und Harry fragte sich, ob sie kühl genug gewesen war, einen auf die Zielscheibe abzufeuern, um zu sehen, ob der Revolver funktionierte, bevor sie ihn sich an die Schläfe gesetzt hatte. Er fröstelte trotz der milden Nachtluft.

»Laß uns ins Haus zurückgehen, Harry«, sagte Ginny. »Es hat keinen Zweck, hier herumzustehen.« Der Rettungswagen war bereits abgefahren.

Das Unglück hatte sich schnell herumgesprochen, und als sie das Haus betraten, erwartete sie bereits ein Polizeiinspektor in der Halle. Er kannte Ginny vom Sehen. »Guten Abend, Mrs. Clayton.« Er warf einen Blick in sein Notizbuch. »Und Sie sind Lord Camborne? Der Ehemann von Lady Camborne?«

Er lehnte den ihm angebotenen Drink ab. Ginny hatte sich und Harry einen Kognak eingegossen. Landers kam mit einem Tablett mit Kaffee und belegten Brötchen herein. Er und die Köchin machten sich auf eine lange Nacht gefaßt. Aber der Inspektor stellte nur wenige Fragen. »Ist Ihnen irgendein Grund bekannt, Lord Camborne, warum Ihre Frau sich das Leben genommen hat?«

»Kann ich diese Frage beantworten, Inspektor?« fragte Ginny.

»Natürlich, Mrs. Clayton, wenn es Lord Camborne recht ist.«

»Ich habe die letzte Woche mit Lady Camborne in New York verbracht. Wir sind erst heute morgen zurückgekommen...« Ginny setzte ihren Bericht mit ruhiger Stimme fort, um Harry die Qual zu ersparen, sprechen zu müssen. Zum Schluß sagte sie: »Es ist sehr verständlich, daß sie verzweifelt war. Sie hat sich nicht mal ihrem Mann anvertraut, bevor sie hierherkam...«

Harry leerte sein Glas. »Ich sollte besser hinzufügen, daß meine Frau und ich beim Mittagessen einen Streit hatten. Mein Butler und die Köchin in Washington werden Ihnen dies sicher bestätigen können. Es ging um sehr persönliche Dinge. Zwei Neuigkeiten, die ich ihr erzählte, brachten sie völlig aus der Fassung. Sie hat mir nichts von ihren Sorgen verraten, und ich... ich war zu schwer von Begriff, um zu merken, daß sie der Verzweiflung nahe war.«

Der Inspektor nickte. »Verständlich, Sir, niemand wäre auf so einen Gedanken gekommen...«

Er stellte noch einige Fragen, wobei er äußerst behutsam vorging. Er hatte es schließlich mit den McClintock-Claytons zu tun, denn alles, was in Prescott Hill geschah, betraf sie. Und nun auch noch dieses Paar von der britischen Botschaft... »Eine letzte Frage, Sir.«

»Ja?«

»Hat Ihre Frau einen Abschiedsbrief hinterlassen?«

»Ich habe daran gedacht«, sagte Ginny an seiner Stelle, »und Landers beauftragt, das ganze Haus zu durchsuchen, aber er hat nichts gefunden.«

»Ich werde mich mit der Polizei in Washington in Verbindung setzen, genauer gesagt, ich habe es bereits getan. Sie sind vermutlich bereits in Ihrem Haus, Sir. Wir werden versuchen, die Presse so lange wie möglich herauszuhalten. Aber sie erwarten natürlich eine Erklärung von Ihnen, Sir. Wir jedenfalls werden Schweigen bewahren, bis Sie Ihre Familie benachrichtigt haben...« Er hatte sich schnell ein Bild der beteiligten Personen gemacht: Alex' sensationelle Scheidung, das Fünf-Millionen-Dollar-Baby und jetzt der Selbstmord in Prescott Hill. Er wußte, ihm durfte kein Fehler unterlaufen. Alles, was mit den McClintock-Claytons zu tun hatte, interessierte das ganze Land glühend. Für die Sonntagsausgaben kam die Neuigkeit zu spät, aber am Montag würde sie Schlagzeilen machen.

»Mein tiefempfundenes Mitleid, Sir... Mrs. Clayton. Wir werden versuchen, Ihnen die Presse vom Hals zu halten.«

Er ging, und Harry mußte sich an die schwere Aufgabe machen, seine Familie zu benachrichtigen. Es gab nur eine Telefonleitung in Prescott Hill, so daß Ginny ihm nicht helfen konnte. Er fing mit seinem Haus in Washington an. Thomas antwortete, und Harry merkte, daß er weinte. »Ich kann mir nicht vorstellen, warum Lady Camborne so was getan hat. Es muß ein Unfall gewesen sein. Es passieren immer Unfälle mit diesen vertrackten Gewehren. Die Polizei war hier, aber sie haben nur wenige Fragen gestellt: Wann Lady Camborne am Morgen zurückgekommen sei, um welche Zeit am Nachmittag sie abgefahren sei, um wieviel Uhr Mrs. Clayton Sie abgeholt habe... Ich kann es immer noch nicht glauben, Sir.«

»Ich werde versuchen, es Ihnen zu erklären, wenn ich Sie sehe, Thomas. Ich werde wohl erst morgen früh zurückkommen. Ich möchte mich im Moment nicht ans Steuer setzen ...« Er brachte es nicht über sich zu sagen, daß er, wenn er nach Washington zurückführe, das Gefühl hätte, Dena allein zu lassen, kalt und einsam in dem kleinen, ländlichen Leichenschauhaus.

Dann rief er Alex an. »Ich hoffe, Livy ist schon zu Bett gegangen. Weck sie nicht auf, warte bis zum Morgen. Schlechte Nachrichten verbreiten sich schnell.«

Alex war tief betroffen. Trotzdem reagierte er schnell und praktisch, aber aus Sorge und Zuneigung, wie Harry wohl wußte. »Kann ich Ihnen nicht das Telefonieren abnehmen, Harry? Ich kann doch Mark, Caro und Rachel und wen immer Sie wollen, anrufen. Es ist zu quälend für Sie, Harry.« Es war das erste Mal, daß er Harry beim Vornamen nannte.

»Vielen Dank, Alex. Aber ich würde es mir nie verzeihen, wenn ich nicht persönlich mit meinen Kindern spräche. Ich bin schließlich ihr Vater.«

»Ja, ich respektiere das. Livy ist früh zu Bett gegangen. Ich werde sie schlafen lassen, aber Chris und Großvater werde ich Bescheid sagen.«

Noch bevor Harry ein anderes Gespräch anmelden konnte, rief Andrew McClintock an. »Ihr Butler hat mich benachrichtigt. Ein Journalist hat versucht, ihn auszufragen. Es ist eine schreckliche Nachricht. Ich verstehe bloß nicht –«

»Ich möchte nicht am Telefon darüber sprechen, Mr. McClintock«, sagte Harry erschöpft. Ihm wurde plötzlich klar, wie schwierig es sein würde, seinen Kindern auf die große Entfernung zu erklären, was vorgefallen war. Besonders da er befürchten mußte, daß die Telefonistin in der Fernsprechvermittlung mithören würde.

»Wenn dem so ist, kommen Sie besser gleich nach Washington. Ich schicke Ihnen meinen Wagen.«

Wie immer hatte er das Ganze in die Hand genommen, und wie fast immer hatte er recht. Er hatte bereits über die Reaktion der Presse nachgedacht und auch die neugierige Telefonistin einkalkuliert. Er sah unvorsichtige Worte und Handlungen voraus und wollte daher Harry und Ginny in ihrem aufgelösten Zustand unter seiner Kontrolle haben.

Harry seufzte hilflos. »Ich habe nachgegeben, Ginny. Mr. McClintock hat mal wieder den richtigen Instinkt gehabt. Wir werden auf den Wagen warten ...« Er erhob sich und fiel ihr weinend um den Hals. »Warum habe ich es zugelassen? Ich hätte es wissen müssen ...«

Harry blieb einige Tage bei Andrew McClintock. Ginny kehrte in ihr eigenes Haus zurück. Livy und Alex besuchten Harry. Er sprach mit Mark, Rachel und Caroline, hörte ihr Schluchzen und weinte oft selbst. Er schlief wenig, und die Erinnerung an die zusammengekrümmte Gestalt mit dem Revolver gerade außerhalb ihrer Reichweite verfolgte ihn Tag und Nacht.

Die Autopsie bestätigte, daß der Tod durch einen einzigen Schuß in die Schläfe verursacht worden sei. Andere Verletzungen außer einem Einschnitt in der rechten Brust wurden nicht festgestellt. Der Bericht des Pathologen bestätigte ein bösartiges Geschwür, das sich bis ins Lymphdrüsensystem ausgebreitet hatte. Die Leiche wurde zur Beerdigung freigegeben.

Sie beschlossen, sie in Prescott Hill zu begraben. »Sie hat sich dort immer wohl gefühlt«, sagte Harry. »Sie nach England zurückzubringen, damit sie neben ihren Eltern liegt, scheint mir unsinnig. Hier zumindest werden die Menschen sich ihrer noch eine Weile erinnern. Und Blair ist auch hier begraben.«

Nur Livy widersprach. »Sie sollte nach St. Just überführt werden, dort würde niemand sie je vergessen.«

Harry sah sie niedergeschlagen an. »Vielleicht hast du recht, aber ich habe einfach nicht mehr die Kraft, die ganzen Formalitäten zu erledigen. Ich möchte, daß sie möglichst schnell begraben wird und in Frieden ruht. Zu viele fremde Hände haben sie angefaßt.«

Livy weinte, und der beunruhigte Andrew McClintock schickte sie nach Hause. »Ruhen Sie sich aus, Mädchen. Sie müssen an die Lebenden denken. Ein gesundes Kind! Opfern Sie es nicht einer Toten.«

Livy bestand gegen alle Einwände darauf, zum Flughafen zu fahren, um Mark abzuholen. Er sah bleich, finster und erschreckend erwachsen aus. Er stellte nur eine Frage: »Hat sie es getan, weil ich ihr soviel Schande bereitet habe?«

Er klammerte sich an Livy. »Natürlich nicht. Es gab einen anderen Grund. Etwas, womit sie sich nicht abfinden konnte.« Sie setzten sich in den Wagen.

Livy hielt Mark im Arm. Ginny, die auch mitgekommen war, versuchte ihm auf der Rückfahrt ins McClintock-Haus zu erklären, was Dena zugestoßen war. »Sie hatte nur wenig Chancen zu überleben, Mark. Und auf diese Art ging es schneller. Es verlangt mehr Mut, schnell zu sterben, als langsam dahinzusiechen. Sie hat ihre Entscheidung getroffen.«

»Ich glaube Ihnen nicht!« fuhr er sie an. »Mutter hätte sich nie umgebracht, ohne sich vorher zu verabschieden – zumindest von Vater. Es muß ein Unfall gewesen sein. Sie hätte uns nie auf diese Art im Stich gelassen.«

Livy dachte das gleiche, obwohl alle Umstände darauf hinwiesen, daß es kein Unfall gewesen war. »Niemand von uns kann sich in ihre Lage hineinversetzen, Mark. Und deshalb konnte sie vermutlich keinen Brief hinterlassen. Es war ihr unmöglich, ihre Gefühle in Worte zu fassen. Es war ein plötzlicher Entschluß. Sie stand da mit dem Revolver in der Hand...«

»Aber sie hat meinem Vater einen tiefen Schmerz zugefügt, das lag nicht in ihrer Art.«

»Vielleicht«, sagte Ginny ruhig, »wollte sie ihn vor dem noch größeren Schmerz bewahren, sie langsam sterben zu sehen.« Sie versuchte dem Jungen etwas zu erklären, was sie selbst erst in den letzten Tagen langsam und vage angefangen hatte zu verstehen. Aber wie sollte ein Junge die Ängste und die Verzweiflung einer Frau in Denas Lage begreifen?

Rachel kam an. Sie war verschlossen und sprach nur wenig. »Wir alle haben versagt. Sie hat uns nicht genügend vertraut, um ihr über diese Krise hinwegzuhelfen. Ich gebe mir die Schuld und meinem Vater. Er war der einzige, der ihr hätte beistehen können.«

»Wenn sie es ihm erzählt hätte«, sagte Ginny scharf. »Und du hast auch deinen Teil zu ihrem Kummer beigetragen. Dir ist doch wohl klar, daß Mark aus der Schule geflogen ist, weil er nicht hingenommen hat, daß du und dein Geliebter Frazer Campbell vor seinen Schulkameraden beleidigt worden sind.«

»Warum, zum Teufel, können sich die Leute nicht um ihren eigenen Kram kümmern! Es war völlig unnötig von Mark, meinen guten Ruf zu verteidigen. Mein Leben gehört mir!«

»Ja, und genau das hat Dena auch über ihr Leben gedacht. Schweig schon, Rachel, laß sie in Frieden ruhen, was immer ihre Motive waren. Aber gib nicht deinem Vater oder Mark oder dir selbst die Schuld. Und vor allem nicht deiner Mutter.«

Caroline kam mit Toby. Sie wohnten bei Freunden in Washington, als wollten sie sich so weit wie möglich von dieser schimpflichen Angelegenheit distanzieren. »Wie konnte sie nur so etwas tun?« fragte Caroline. »Ich hätte gedacht, Mutter würde mehr Rücksicht auf die Familie nehmen.«

»Wie wagst du es, so etwas zu sagen!« fauchte Livy sie an. »Kannst du dir ihre Gefühle nicht vorstellen? Du hast wohl von ihr erwartet, daß sie langsam und qualvoll stirbt, damit ja kein Schatten auf dein Leben fällt. Sie hat getan, was sie für richtig hielt. Vielleicht hätte jeder von uns in ihrer Situation das gleiche getan.«

Andrew McClintock erschien am nächsten Morgen in der Massachusetts Avenue, um Livy davon abzuhalten, auf die Beerdigung zu gehen. Er war erstaunlich sanft, stellte keine Forderungen, sondern verlegte sich aufs Bitten. »Ich wünschte, Sie würden nicht hingehen, Livy. Es wird Sie aufregen. Denken Sie an das Baby. Es sind nur noch sechs Wochen bis zur Geburt.«

»Sie denken nur an Ihren Urenkel, aber was ist mit mir und meinen Gefühlen? Ich soll mich nicht von ihr verabschieden dürfen nach allem, was ich ihr verdanke? Keiner von uns außer Lord Camborne durfte sie nach der Autopsie sehen. Es muß schrecklich für ihn gewesen sein. Das mindeste, was ich tun kann, ist dabeizusein, wenn man sie begräbt.«

Chris war am Abend zuvor eingetroffen und wohnte bei ihrer Mutter, war aber gerade zu Besuch bei Alex und Livy. Sie berührte leicht Andrew McClintocks Schulter. »Lassen Sie sie hingehen, Mr. McClintock. Sie wird noch unglücklicher sein, wenn sie als einzige hier zurückbleibt. Nichts ist schlimmer, als sich in solchen Momenten ausgeschlossen zu fühlen.«

Das Argument schien ihm einzuleuchten. »Nun gut, aber geben Sie acht auf sich, Livy. Bleiben Sie bis zum letzten Moment im Wagen sitzen. Wir werden Sie schon nicht vergessen.«

Die kleine Kirche in der Nähe von Prescott Hill war gedrängt voll von Freunden, Neugierigen und Reportern. Andrew McClintock hatte alles versucht, um die Presse auszuschließen, aber er hatte keine gesetzliche Handhabe, sie zu vertreiben. Der Fall hatte in Washington und im ganzen Land erhebliches Aufsehen erregt. Die Zeitungen hatten viele Fotos gebracht: Dena als junge Schönheit auf einem Staatsbankett in Paris mit einer von Ginny geborgten Tiara im Haar. Dena mit Andrew McClintock. Dena am Krönungstag in ihrer hermelinbesetzten Robe mit der Adelskrone. Auch die Kinder waren abgebildet worden: Mark, kürzlich aus Eton rausgeworfen; Rachel, liiert mit dem linken Politiker Frazer Campbell; Caroline und ihr Mann, der Viscount Osborne, bei ihrer Ankunft auf dem Washingtoner Flughafen. Eine Zeitung hatte ein Foto von Alex und Nancy Winterton an ihrem Hochzeitstag ausgegraben. Von Livy existierte nur ein einziger Schnappschuß, dafür gab es zahllose Aufnahmen von Christine Clayton. Das war etwas, was sogar Andrew McClintock nicht kontrollieren konnte. Im Gegensatz zu Blairs Beerdigung war zu viel Zeit vergangen, um das Ganze geheim zu halten.

Es war ein drückend heißer Tag. Livy wünschte, als sie die dumpfe kleine Kirche betrat, sie wären auf dem sturmgepeitschten Friedhof von St. Just. Sie hielt sich während des Gottesdienstes nur mühsam aufrecht und wußte kaum, was um sie herum vorging. Die Worte des Priesters erschienen ihr sinnlos. Was wußte er schon von der Frau, die sie alle geliebt hatten? Von den Kriegsjahren, wo sie auf Kaninchenjagd gegangen war, um für die nächste Mahlzeit zu sorgen? Nur in St. Just hätten sich alle daran erinnert und ihren Entschluß verstanden, ihr Leben mit einem Schuß zu beenden.

Harrys Gesicht war grau und fast ausdruckslos. Er schien um Jahre gealtert. Sie beobachtete ihn, während der Sarg in die Erde gesenkt wurde. Sobald der Anstand es erlaubte, drängte er sich durch die Menge und eilte zum Wagen. Rachel folgte ihm. Caroline hielt sich zurück, um ja nicht im selben Wagen mit ihrem Vater fahren zu müssen. Mark schloß sich Livy und Alex an. Die Menge machte Livy Platz, aus Rücksicht auf ihre fortgeschrittene Schwangerschaft. Sie fühlte plötzlich eine Feuchtigkeit. »Schnell, Alex, wir müssen sofort zurück nach Prescott Hill.«

Andrew McClintock hatte darauf bestanden, daß ihr Arzt sie begleitete. Dieser riet ab, sie nach Washington zu überführen. »Die Beerdigungsgäste haben einen Verkehrsstau verursacht, sogar ein Rettungswagen kommt nicht durch.«

Livys Wehen setzten sechs Wochen zu früh ein, in demselben Bett, in dem Alex gezeugt worden war, was sie jedoch nicht wußte. Sie lag in der Hitze länger als einen Tag in den Wehen, umsorgt von dem Arzt, einer Hebamme und einer Krankenschwester. Zuweilen hörte sie sich vor Schmerzen laut aufschreien, dann versank sie wieder in einen Dämmerzustand, erzeugt von Betäubungsmitteln. Sie wußte, daß Alex da war, nahm ihn aber nur wie durch einen Schleier wahr. Der Arzt hatte vorsorglich einen Rettungswagen bestellt, um das Baby in einem Brutkasten gleich ins Krankenhaus zu bringen. Er hätte auch Livy lieber ins Krankenhaus gebracht, denn die Wehen dauerten zu lang.

Aber nun stand die Geburt kurz bevor. Das Kind kam in der Abenddämmerung zur Welt, einen Tag nach Denas Beerdigung. Sie beförderten es im Brutkasten ins Krankenhaus. Es war ein Junge, und er wog viereinhalb Pfund. Alex begleitete seinen Sohn. Livy fiel in einen tiefen, erschöpften Schlaf.

Im Parterre machte Andrew McClintock seiner Wut Luft. »Es wäre nie passiert, wenn sie nicht darauf bestanden hätte, auf die Beerdigung zu kommen. Die Hitze und die vielen Menschen... sie hätte in Washington bleiben sollen... zumindest wäre sie dann im Krankenhaus gewesen...« Harry war entgegen seinem Bedürfnis nach Abgeschiedenheit in Prescott Hill geblieben, weil er hoffte, daß er durch seine Gegenwart ein Trost für Livy sein könnte. Für ihn gab es keinen Trost.

Livy erwachte und fragte nach dem Baby. Es gehe ihm gut, sagte die Krankenschwester. Sein Gewicht sei nicht besorgniserregend. Alex kam ins Zimmer. Sein Anblick beruhigte sie nur wenig. Die Depressionen und die Anspannung während der Zeit, wo er nach dem Unfall um sein Leben gekämpft hatte, schienen zurückgekehrt zu sein. Er bewegte sich nur langsam und unsicher. »Es ist alles in Ordnung, Livy, versuch zu schlafen.«

»Legst du dich auch hin?«

»Ja.«

Sie warteten noch zwei Tage, bis sie ihr sagten, daß das Baby Atembeschwerden hätte. Das sei durchaus nichts Außergewöhnliches, erklärten sie ihr. Sie stellte sich das kleine Wesen vor, das in seinem Brutkasten um Luft rang, aber selbst wenn sie im Krankenhaus gewesen wäre, hätte sie es nicht berühren dürfen.

Andrew McClintock besuchte sie kurz. »Alles, was möglich ist, geschieht. Regen Sie sich nicht auf, Livy. Es wird schon werden.«

Sie war erstaunt, daß er ihr keine Vorwürfe machte. Sie hatte sich seinem Wunsch widersetzt und das Leben ihres Kindes aufs Spiel gesetzt. Er sagte ihr statt dessen, daß es vermutlich, was immer sie getan hätte, passiert wäre. »Ich erinnere mich an Ginny. Sie hat so aufgepaßt, sich so in acht genommen, Übungen gemacht, Dena war immer bei ihr, und trotzdem hat sie das Kind verloren. Es ist eine geheimnisvolle Sache, Livy. Keiner wird es je verstehen.«

Am Morgen kam Alex zu ihr und teilte ihr mit, daß das Baby gestorben sei.

Livy war nicht kräftig genug, um an der Beerdigung des Babys teilzunehmen. Es wurde neben seinem Großvater und in der Nähe von Blairs und Denas Gräbern zur Ruhe gebettet. Die Presse erfuhr erst davon, als alles vorüber war.

Sie wurde in einem Rettungswagen nach Washington gefahren, um ihr die Kameras der Reporter zu ersparen. Als sie im Bett lag, kam Andrew McClintock kurz in ihr Schlafzimmer. »Wir scheinen keine sehr vom Glück begünstigte Familie zu sein, Livy. Ich verlasse mich darauf, daß Sie immer da sein werden, um Freud und Leid mit uns zu teilen. Trauern Sie um Ihren kleinen Sohn, aber freuen Sie sich auf Ihr nächstes Kind. Es wird unter günstigeren Umständen gezeugt werden. Dies war ein Unfall... wie Denas Tod. Und jetzt ruhen Sie sich aus, Livy. Wir alle brauchen Sie.«

Seltsamerweise trösteten sie diese Worte mehr als alles, was Alex gesagt hatte.

Nach der gerichtlichen Untersuchung, die erwartungsgemäß ergab, daß Lady Camborne Hand an sich selbst gelegt hatte, sprach Harry mit seinem Botschafter und bat um Urlaub, der ihm sofort gewährt wurde. »Ich brauche Zeit zum Nachdenken, vielleicht werde ich meinen Dienst quittieren«, sagte er.

»Das ist ein ziemlich drastischer Schritt, Harry. Ihnen steht schon längst ein Botschafterposten zu.«

Harry zuckte die Achseln, und es gelang ihm sogar, schwach zu lächeln. »Meine Karriere ist behindert worden, weil zu viele gute Leute vor mir sind.«

»Und Paris? Paris ist Ihnen angeboten worden. Nehmen Sie den Posten etwa nicht an?«

»Vielleicht gilt das Angebot nicht mehr. Und ohne Dena macht es mir auch keine Freude. Wenn man mir jetzt die Mongolei antragen würde, nähme ich es vielleicht als eine Art von Abenteuer an. Haben wir nicht irgendeine einsame

Insel im Pazifischen Ozean verfügbar, die einen Botschafter braucht?«

Sir George schüttelte ihm die Hand. »Sie brauchen Ferien, Harry. Und aus Washington herauszukommen, täte Ihnen gut. Ich werde Sie vermissen, weil Sie einer meiner fähigsten Mitarbeiter sind. Und das werde ich auch in meinem Bericht schreiben.«

»Ich danke Ihnen, Sir, für das und vieles andere, ja, ich glaube, einige Zeit fern von Washington würde nicht schaden.«

Keiner von beiden sprach es aus, aber beide dachten an die Presse, die öfter indirekt auf die Tatsache angespielt hatte, daß er und Ginny gemeinsam nach Prescott Hill gefahren waren, während Dena dort allein gewesen war. Die Aussagen bei der gerichtlichen Untersuchung waren für Journalisten leicht zu verdrehen gewesen, so daß der Eindruck entstanden war, daß Ginny und er Dena mit Absicht allein gelassen hatten und daß Denas Selbstmord nicht nur auf die Angst vor einem langsamen Krebstod zurückzuführen war, sondern auch auf ein Gefühl des Verlassenseins, auf den Verdacht, von ihrem Mann und ihrer besten Freundin verraten worden zu sein. Das allgemeine Publikum, das bei der Gerichtsverhandlung nicht dabeigewesen war und nur die Zeitungen gelesen hatte, würde seine Zweifel hegen. Harry begriff, daß er Washington schnellstens verlassen mußte.

Er besprach sich mit Andrew McClintock. »Was wollen Sie tun?« fragte der alte Mann.

»Urlaub nehmen. Versuchen, ein wenig zu mir zu kommen. Mich um Mark kümmern. Ich brauche ihn mindestens so nötig wie er mich. Ich habe viel an ihm gutzumachen.«

»Wo werden Sie wohnen? In London?«

»Nein, da würde ich an jeder Ecke auf irgendeinen Kollegen stoßen. Ich werde mit Mark nach Tresillian fahren und dort den Sommer verbringen. Dort scheint er sich am wohlsten zu fühlen. Wir werden Thea und Herbert besuchen, picknicken, fischen gehen. Und wenn das Foreign Office mich am Ende des Sommers noch haben will, werde ich den Job annehmen, den sie mir anbieten, vorausgesetzt, ich bin nicht zu weit von Mark entfernt. Aber zuerst einmal muß ich eine Schule für ihn finden.«

»Ich möchte Sie bitten, Livy und Alex nach Tresillian einzuladen. Das Mädchen braucht dringend eine Erholung und Alex auch.«

»Alex – den ganzen Sommer? Können Sie ihn denn so lange entbehren?«

»Ich kann es nicht, aber ich muß es. Ist Ihnen nicht aufgefallen, wie sehr sich seine Gesundheit seit dem Tod von Dena und dem Baby verschlechtert hat? Er ist in einem fast so schlechten Zustand wie bei seiner zweiten Entlassung aus dem Krankenhaus. Er schleift sein Bein nach und kann seinen Arm kaum heben. Er wird in den nächsten Monaten nur wenig, wenn überhaupt etwas leisten können. Livy wird in Tresillian wieder zu sich kommen, und ich halte es für falsch, sie jetzt von Alex zu trennen. Aber es wird auch Mark und Ihnen guttun, die beiden da zu haben.«

»Ja, es würde uns sogar sehr guttun.«

»Also abgemacht. Und ich schlage vor, ihr reist auf die altmodische Art per Schiff. Livy wird wieder etwas Farbe bekommen, und sie kann mit Alex einige Male am Tag rund ums Deck gehen. Es wird euch allen gut bekommen.«

So fuhren sie mit dem Schiff. Und Andrew McClintock hatte wieder einmal recht gehabt. Die lange Reise und die Entfernung erleichterten es ihnen, Abstand zu den Ereignissen in Prescott Hill zu gewinnen. Harry sah nicht mehr ganz so grau im Gesicht aus, und Livy und Alex gingen jeden Morgen, wenn die anderen Passagiere noch schliefen, auf dem Deck auf und ab. Mark begleitete sie meistens, war aber auch immer bereit, seinem Vater Gesellschaft zu leisten, wenn er ihn darum bat. Ganz früh am Morgen oder sehr spät abends benutzten sie das Schwimmbecken. Der Kapitän hatte einem Matrosen, der gleichzeitig Rettungsschwimmer war, befohlen, Dienst zu tun, wann immer sie schwammen. Sie aßen allein in dem Salon, der zwischen ihren Luxuskabinen lag. Keiner von ihnen hegte den geringsten Wunsch, von neugierigen Mitpassagieren angestarrt zu werden oder höfliche Konversation zu machen. Sie lasen viel, schliefen, aßen und tranken guten Wein, redeten aber wenig. Noch konnten sie über die vergangenen Ereignisse nicht sprechen, doch es war ein einträchtiges, liebevolles Schweigen.

Sie verbrachten nur zwei Nächte in Seymour House. Harry meldete sich beim Staatssekretär im Foreign Office. »Machen Sie so lange Ferien, wie Sie wollen, Harry. Ich bin froh, daß Alex McClintock und seine Frau mitgekommen sind, und natürlich Ihr Sohn. Ärgerliche Sache mit Eton. Aber an seiner Stelle hätte ich vermutlich das gleiche getan. Dieser Campbell ...«

Harrys abweisende Miene ließ den anderen verstummen. Die wichtigen Dinge waren bereits früher zu verschiedenen anderen Leuten gesagt worden, die angeblich mit dem Foreign Office nichts zu tun hatten. Dies war nur ein offizielles Gespräch, eine Art Sympathiebekundung. »Lassen Sie uns wissen, wann Sie Ihre Arbeit wiederaufnehmen wollen, Harry. Dann werden wir versuchen, einen angenehmen Posten für Sie zu finden.«

»Vielleicht entschließe ich mich, für immer in Cornwall zu bleiben. Natürlich gibt es noch die nicht unwichtige Frage, wovon ich mein Leben bestreite ...«

»Wir würden Sie ungern verlieren, Harry. Aber ich bin sicher, daß Sie in der Industrie jederzeit unterkommen können, angefangen mit McClintock-Clayton.«

»Lieber nicht, Sir. Ich bin zwar sehr befreundet mit der ganzen Familie ...«

»Natürlich ... natürlich. Nun, Harry, sobald Sie sich erholt haben, kommen Sie, und wir werden miteinander reden.«

Am nächsten Tag fuhren sie nach Tresillian, und die vertraute Atmosphäre umhüllte sie wie ein schützender Mantel. Das Meer brandete an die Felsen, frische Winde wehten vom Atlantik her und brachten an stürmischen Tagen Regen mit sich. Mark kochte nach Herzenslust und kommandierte die Tregenna-Kusinen herum, die es jedoch gutgelaunt hinnahmen und öfter seine Anweisungen nicht befolgten. Thea und Herbert kamen häufig zum Abendessen. Sie veranstalteten Picknicks an den vertrauten und geliebten Stellen und gaben zuweilen vor, sie mehr zu genießen, als sie es in Wirklichkeit taten.

Aber der Zauber des Ortes tat langsam seine Wirkung. Livy gewann ihren Lebensmut und ihre Stärke zurück, und auch Alex kam wieder zu Kräften. Er hatte sich Trainingsapparate kommen lassen und machte gemeinsam mit Livy täglich seine Übungen.

Harry verbrachte viel Zeit, eine geeignete Schule für Mark zu finden. Jedesmal, wenn Harry mit dem Direktor einer Schule gesprochen hatte, die Mark aufnehmen würde, fuhren sie alle zusammen hin und blieben gelegentlich über Nacht in der nächstgelegenen Stadt, um ein Gefühl für die Atmosphäre zu bekommen. Zum Schluß besichtigten sie eine Schule in Somerset, deren Prospekt Harry nicht gerade vielversprechend erschienen war. Sie war bekannt für ihren Mangel an Disziplin. Das Haus war ein riesiger, verwinkelter und etwas heruntergekommener viktorianischer Bau, die Gärten waren verwildert, aber die Sportanlagen gut gehalten. Es gab ein Schwimmbecken, Kricket- und Spielplätze. Der Eßsaal, die Klassenzimmer und die Schlafzimmer besaßen einen gewissen ausgefallenen Charme.

»Die Jungens tun mehr oder minder, was sie wollen. Die Bücherwürmer studieren, die Athleten betreiben Sport, und im Idealfall beeinflussen sie sich gegenseitig. Ein ungewöhnlich hoher Prozentsatz unserer Schüler wird in Oxford oder Cambridge angenommen«, sagte der Schuldirektor. »Wir halten hier nichts von körperlicher Züchtigung, wie sie in den traditionellen Internaten an der Tagesordnung ist, Lord Camborne. Wenn das Ihrer Denkweise widerspricht, müssen Sie sich woanders umschauen.«

»Im Gegenteil, ich bin erleichtert, das zu hören. In seinem jetzigen Zustand würde Mark es sich nicht gefallen lassen. Er ist bereits aus einer Schule hinausgeflogen, weil er einen Lehrer angegriffen hat. Und nach den traurigen Erfahrungen, die er kürzlich gemacht hat, ist es ihm unmöglich, sich einer strengen Disziplin zu unterwerfen. Wenn er viel Kricket und Fußball spielen kann, wird er seine Trauer allmählich überwinden.«

»Gibt es irgend etwas anderes, das er gerne tut? Irgendwelche besonderen Interessen?«

»Ja, etwas, das ihn im Leben nicht weiterbringen wird. Er kocht leidenschaftlich gern.«

»Ausgezeichnet. Unser Essen hier könnte besser sein. Allerdings weiß ich nicht, ob er Lust hat, für ungefähr hundertfünfzig Personen zu kochen. Aber wenn er sich mit dem Koch versteht, dürfte er ein oder zwei Nachmittage in der Woche in der Küche verbringen.«

»Mit Köchen und Butlern versteht er sich immer ausgezeichnet. Sie fressen ihm aus der Hand.«

Sie beschlossen, Mark nach Wrisley, so hieß die Schule, zu schicken. Das neue Schuljahr begann in Kürze. Der September verfärbte die Bäume in Tresillian. Die Sommergäste reisten ab. In Marks Augen war der größte Vorteil von Wrisley, abgesehen von der ungezwungenen Atmosphäre, daß es nur eine Stunde Zugfahrt von Penzance entfernt lag. »Ich kann alle Ferien, auch die kurzen, bei Thea und Herbert verbringen ...« Was unausgesprochen zwischen ihnen blieb, war die ungewisse Zukunft von Harry. Bis jetzt hatte er das Foreign Office noch mit keinem Wort erwähnt. Sollte er seine Arbeit dort wiederaufnehmen, wußte er nicht, wohin man ihn schicken würde, da er den Posten in Paris abgelehnt hatte. Nur zu einem war er fest entschlossen: nicht in ein Land zu gehen, das am anderen Ende der Welt lag.

»Das ist ein wenig viel verlangt von Thea und Herbert, mein Sohn«, sagte Harry. »Sie sind beide nicht mehr jung. Und einen aktiven jungen Mann im Haus zu haben, kann recht ermüdend sein.«

»Aber ich würde ihnen nicht dauernd auf der Pelle sitzen. Ich bin in St. Just geboren. Ich bin mit all den Tregenna-Jungens befreundet, und ich gehe wahnsinnig gern fischen. Ich könnte in Livys Haus wohnen und Thea und Herbert nur gelegentlich besuchen. Ich muß nur in Wrisley eine Adresse angeben können, ein Zuhause ...«

Livy war den Tränen nahe. Der arme Junge hatte kein Zuhause. Er konnte unmöglich allein in Tresillian wohnen. Sein Leben war in Dutzende von Richtungen gezerrt worden, aber hatte keinen Ruhepunkt. Seine Mutter hatte ihn auf eine für ihn unerklärliche, grausame Weise im Stich gelassen. Livy versuchte sich noch immer einzureden, daß es ein Unfall gewesen war, den Dena herbeigewünscht hatte, weil sie den Gedanken, daß andere, besonders Harry und Mark, zusehen mußten, wie sie langsam und unter Qualen starb, einfach nicht ertragen konnte.

»Du kannst, wann immer du willst, in meinem Häuschen wohnen. Und wenn du einen Schulfreund hast, der für die kurzen Ferien nicht nach Hause fahren kann, bring ihn mit. Alle meine Kusinen und Tanten werden sich um euch kümmern.«

»Um mich braucht sich niemand zu kümmern. Ich kann tausendmal besser kochen als die meisten von ihnen.«

»Ich habe auch mehr an so alltägliche Dinge wie frisches Bettzeug und saubere Socken gedacht.« Ein Anflug von Humor belebte neuerdings ihre Gespräche. »Und an andere Kleinigkeiten, wie zum Beispiel das Haus instand zu halten. Wenn Alex und ich alt und arm sind, werden wir es noch brauchen ...« Sie konnten wieder lachen.

»Mal den Teufel nicht an die Wand«, sagte Alex vergnügt. »Eines Tages, wenn der alte Mann mal nicht aufpaßt, könnte ich irgendein verrücktes Geschäft abwickeln, das den ganzen Laden in den Abgrund reißt. Und dann werden wir für Livys Häuschen dankbar sein. Halt es also in Ordnung.«

Harry war auffallend still während dieser Unterhaltungen. Keiner von ihnen wußte, ob er das Foreign Office verlassen oder ob er bleiben wollte.

Sie begleiteten Mark nach Wrisley. Er hatte ausgiebig die Küche inspiziert und war, als sie ihn verließen, tief in ein Gespräch mit dem Koch, einem fetten, lächelnden Mann, verstrickt.

Sie fuhren zurück nach London nach Seymour House. Alex und Livy wollten in zwei Tagen per Schiff nach New York zurückfahren und dort einige Monate lang bleiben. Andrew McClintock hatte entschieden, daß das Büro in der Wall Street einer Oberaufsicht bedurfte. Livy hatte den Eindruck, daß der alte Mann ihnen die Rückkehr nach Amerika erleichtern wollte. Auf diese Weise wurden sie nicht sofort mit Washington und ihren schmerzlichen Erinnerungen konfrontiert. Trotzdem wollten sie bald für einen kurzen Besuch nach Washington fahren. Livy vermißte Ginny sehr und auch, wie sie sich zu ihrem eigenen Erstaunen eingestehen mußte, den alten Andrew McClintock. Er war zweifellos ein arroganter, autoritärer Mann, aber er war zu einem Fels im Meer ihrer sturmgebeutelten Existenz geworden.

Knox begrüßte sie aufgeregt, als sie in Seymour House ankamen. »Das Foreign Office hat mehrmals angerufen, Mylord. Sie möchten sofort das Büro des Staatssekretärs anrufen.«

Harry war müde und steif von der langen Fahrt, »Sie haben den ganzen Sommer über nichts von sich hören lassen. Sollen sie bis morgen warten.« Aber die alten Instinkte erwachten wieder. Die offensichtliche Dringlichkeit erweckte seine Neugierde. Er telefonierte und traf eine Verabredung für den nächsten Tag.

»Traurige Nachrichten, Harry«, sagte der Staatssekretär. »Glendower liegt seit drei Wochen mit Kehlkopfkrebs in einer Schweizer Klinik. Die Ärzte hoffen, ihn rechtzeitig operiert zu haben, aber er wird nur noch im Flüsterton reden können. Er hat sofort demissioniert. Möchten Sie Botschafter in Bern werden, Harry?«

»Ein nettes, ruhiges, neutrales Land. Nichts Welterschütterndes wird auf meinem Schreibtisch landen. Ja, danke Sir, es scheint mir ein idealer Posten.«

»Ich bin froh, daß Sie ja sagen. Der McClintock-Clayton-Einfluß ist dort sehr stark. Der Job eines Botschafters heutzutage ist, die Handelsbeziehungen zu pflegen. Kennen Sie Bern? Eine hübsche, angenehme Stadt...«

Caroline und Toby kamen an diesem Abend zum Essen. Der Staatssekretär hatte Toby von Harrys Ernennung unterrichtet, und Caroline hatte angerufen, um zu gratulieren. »Kommt zum Essen«, sagte Harry. »Wir haben euch den ganzen Sommer über nicht gesehen.«

Sie sagte begierig zu. Harry war in Carolines Achtung gestiegen. Ihr Vater war Botschafter! Es hatte zwar lange gedauert, aber nun war er es endlich. Sie war bitter enttäuscht gewesen, daß er Paris abgelehnt hatte, doch nach ein oder zwei Jahren in Bern würde man ihn vielleicht auf einen wichtigeren Posten, möglicherweise sogar nach Washington schicken. So waren Toby und sie in bester Laune und verkündeten stolz, daß Caroline wieder schwanger sei. Als sie das Glas hoben, um auf ihr Wohl zu trinken, spürte Livy einen scharfen Stich der Eifersucht. Aber ihr wurde auch bewußt, daß sich ihre Beziehung zu Caroline verändert hatte. Nie wieder würden sie ein Zimmer teilen oder sich darüber unterhalten, wo man Kleider billig kaufte. Sie waren so höflich miteinander wie Fremde. Das gleiche galt für Rachel, nur daß Rachel sich nicht einmal bemühte, höflich zu sein. Sie hatte drei Tage mit ihnen in Tresillian verbracht. Die Atmosphäre war gespannt gewesen. Keiner hatte Frazer Campbell erwähnt, und Rachel hatte kein Wort darüber verloren, wie sie sich ihre Zukunft vorstellte. »Ich weiß nur, daß ich mein Leben lang für die Labour-Partei arbeiten werde, entweder als Abgeordnete oder auf andere Art. Aber eines Tages werde ich ins Parlament kommen, und wenn es zwanzig Jahre dauert.« Von Heirat sprach sie nicht, und keiner wagte sie zu fragen.

Livy stellte traurig fest, daß beide sich innerlich von ihr entfernt hatten. Nur ihre Beziehung zu Chris war dieselbe geblieben. Aber auch Chris führte ihr eigenes Leben. Sie war fast zu allen, die ihren Weg kreuzten, freundlich und hilfsbereit und wurde oft von ihnen ausgenutzt. Sie ging sorglos mit ihrem Geld um. Im Moment war sie in Hollywood, wo *Tempo*, das Stück, in dem sie am Broadway die Hauptrolle gespielt hatte, verfilmt wurde. Hugh Meredith war die männliche Hauptrolle nicht angeboten worden, oder er hatte sie abgelehnt. Er spielte mit viel Erfolg in London in einem neuen Stück.

Das Abendessen verlief seltsam formell. Harry würde am nächsten Tag in ein Hotel ziehen. Seymour House gehörte Ginny, und er wollte dort nicht ohne Livy und Alex wohnen.

Caroline war beleidigt, als Livy sie bat, Theas Skulptur und Herberts Bilder ins Haus in der Massachusetts Avenue zu schicken. »Wenn du sie unbedingt haben willst, bitte sehr. Obwohl das Haus vollgestopft mit Kunstwerken ist. Uns sind die Stücke nämlich ans Herz gewachsen.«

Livy bezweifelte dies sehr. Caroline fand es einfach schick, eine Thea-Sedgemore-Skulptur in der Halle stehen zu haben, denn es war ihr nicht entgangen, daß mehr und mehr Museen in der ganzen Welt Theas Werke kauften. »Es sind persönliche Geschenke, Caro, ich kann sie nicht weggeben. Und ich hänge an ihnen. Aber vielen Dank, daß du sie für mich aufgehoben hast.«

Alex und Livy beschlossen, wieder mit dem Schiff nach New York zu fahren. Harry begleitete sie bis Southampton. Er ging mit an Bord, und sie tranken zum Abschied eine Flasche Champagner.

Harry würde von nun an jeden Tag im Foreign Office arbeiten, um sich auf seinen neuen Posten vorzubereiten. »Ich hätte keinen Posten außerhalb Europas angenommen. Ich muß in erreichbarer Nähe für Mark sein, damit er die Ferien bei mir verbringen kann. Trotz all seiner tapferen Behauptungen, daß er allein zurechtkommt, steht ihm mehr von meiner Zeit zu, als ich ihm bisher gegeben habe.«

Livy dachte, daß der Sommer in Tresillian ihnen allen gutgetan hatte. Harry würde wieder arbeiten, nicht mit so viel Begeisterung, wie wenn Dena noch am Leben wäre, aber er würde etwas zu tun haben, und das würde ihn ablenken. Mark schien sich auf Wrisley fast zu freuen. Sie und Alex würden am Abend am Kapitänstisch essen, beide sahen erholt und gebräunt aus. Alex' Gang hatte sich verbessert, sein

Körper war straffer, seine Hand beweglich genug, daß er ohne Schwierigkeiten essen konnte. Und sie würde eins der Kleider tragen, die sie in aller Eile in London gekauft hatte, wobei ihr zum ersten Mal klargeworden war, daß sie nicht mehr aufs Preisschild sehen mußte. Während des Sommers war sie die Pfunde, die sie während der Schwangerschaft zugenommen hatte, wieder losgeworden. Sie war so schlank und rank wie früher. Sie betrat voller Stolz an Alex' Seite den Speisesaal. Auf dieser Reise würden sie ihre Mahlzeiten nicht in ihrer Suite einnehmen, mit Ausnahme der gemächlichen Frühstücke, die sie sehr genoß und die immer so viel besser zu schmecken schienen, wenn sie sich vorher geliebt hatten.

Andrew McClintock und Ginny waren aus Washington gekommen, um sie abzuholen. Der alte Mann sah sichtbar zufrieden aus, als er sie begrüßte, aber er sagte nur kurz: »Die Reise scheint euch gut bekommen zu sein.« Aber Livy bemerkte, daß er jede Bewegung von Alex mit den Augen verfolgte. Er sprach sofort über Geschäfte. Alex sagte: »Tut mir leid, Großvater, ich bin nicht mehr auf dem laufenden. Wir haben beschlossen, daß wir in Tresillian ohne die *Financial Times* leben würden.«

Andrew McClintock knurrte ärgerlich. »Nun, diese Tage sind vorbei. Auf deinen Schreibtischen in der Wall Street wie auch in Washington türmen sich die Papiere.«

Livy war gerührt, daß Ginny auch gekommen war. Ihre Gegenwart ließ Denas Abwesenheit weniger schmerzlich erscheinen. Ginny sprach wenig, aber Livy sah, daß sie öfter lächelte, als sie den Gesprächen zuhörte und Alex' Bewegungen beobachtete. Sie alle wohnten in der Wohnung an der Fifth Avenue. Livy hatte den Eindruck, daß man von ihr erwartete, sie solle die Gastgeberin spielen, obwohl die Wohnung jedem Familienmitglied zur Verfügung stand, welches sich gerade in New York befand. Zimmer, dachte sie ironisch, gab es, weiß Gott, genug. Ginny ging mit kritischem Blick durch die zwei Stockwerke. »Die Wohnung sollte renoviert werden. Seit dem Krieg ist hier nichts verändert worden. Du solltest das Ganze ein wenig freundlicher gestalten, Livy.«

»Ich wüßte, ehrlich gesagt, nicht wie.«

»Es gibt schließlich Innenarchitekten, die für dich herumrennen. Aber laß dir ja nichts aufschwatzen, was dir nicht gefällt. Und prüfe die Rechnungen sorgfältig. Mit einer McClintock als Kundin meinen sie, sie könnten kräftig aufschlagen.« Dann lachte sie. »Ich habe ganz vergessen, daß du mal in einer Bank gearbeitet hast.«

»Die Clayton-Handelsbank hat nur selten mit Bargeld zu tun gehabt«, sagte Livy. »Ich habe mich noch nicht daran gewöhnt, Geld auszugeben ... nicht einmal für Kleider.«

»Das kommt von selbst. Es ist eine Gewohnheit, die man schnell annimmt.«

Andrew McClintock war offensichtlich erfreut über Harrys Beförderung. »War auch an der Zeit. Aber ich bin froh, daß es die Schweiz ist. Er wird genug zu tun haben, sich aber nicht überarbeiten müssen. Es ist gut zu wissen, daß einer von uns dort ist, der ab und zu unsere Zürcher Filiale kontrollieren kann.«

Andrew McClintock, dachte Livy, klang so, als sei Harry nur Botschafter in Bern geworden, weil es den McClintock-Claytons in den Kram paßte, und seine Worte »einer von uns« bedeuteten, daß er Harry zur Familie zählte. Und Ginny würde es, solange Andrew McClintock lebte, keine Minute des Tages gestattet sein zu vergessen, daß sie vor langer Zeit einmal mit Andrew McClintocks einzigem Kind verheiratet gewesen war.

Ginny hatte geplant, nur zwei Tage in New York zu bleiben, aber Livy bat sie, ihren Aufenthalt zu verlängern.

Der Arzt war etwas verstimmt, als er die Untersuchung beendet hatte. »Wir müssen natürlich die Analyse abwarten, aber ich bin fast sicher, sogar in diesem frühen Stadium. Sie hätten nach der Geburt des letzten Babys mindestens ein Jahr Wartezeit einlegen sollen. Es zehrt zu sehr an Ihren Kräften.

Aber da es nun mal passiert ist, müssen wir auf Sie aufpassen. Sie müssen sich schonen ...«

Ginny wartete mit der Abreise bis zum Eintreffen des positiven Bescheids.

Als Andrew McClintock und Alex aus der Wall Street heimkehrten, reichte Ginny dem alten Herrn ein Glas Champagner statt seines üblichen Whiskys.

»Was soll das?«

»Nur ein Schluck, Andrew, um die gute Nachricht zu feiern. Livy erwartet ein Baby.«

Er schüttelte den Kopf. »Zu bald... zu bald nach der Geburt. Aber mich fragt ja keiner ...« Doch trotz seiner tadelnden Worte leuchteten seine Augen.

Er stellte zusätzlich zum Butler eine Haushälterin ein, und Livy hatte den Verdacht, daß sie dem alten Mann täglich über ihren Gesundheitszustand berichten mußte. Es war ein unangenehmes Gefühl, aber die Frau war nett und gütig. Obwohl sie Mrs. Hope hieß, nannte Livy sie im geheimen Mrs. Timmins, weil sie genau den gleichen wohlgenährten, selbstzufriedenen Ausdruck wie Bess Bromleys Katze hatte.

Ginny kam häufig, und Livy war immer erfreut, sie zu sehen. Sie war eine willkommene Abwechslung zu Mrs. Hopes Gesellschaft bei den morgendlichen Spaziergängen und den nachmittäglichen Konzerten. Sie gingen nach den Konzerten Tee trinken oder kauften Babysachen und mondäne Schwangerschaftskleider ein. »Was für ein Unterschied«, sagte Livy, »zu den ruhigen Tagen in dem Haus am Fluß, wo es ganz gleichgültig war, was ich anhatte.«

Andrew McClintock billigte Livys neue Eleganz und ihren gesellschaftlichen Umgang. Er brachte ihr kleine Schmuckstücke als Beweise seiner Zuneigung. Die größeren Stücke überlasse er Alex, sagte er. Ginny hatte darauf bestanden, den großen Diamanten, den Alex' Vater ihr zur Verlobung geschenkt hatte, umarbeiten zu lassen. »Da ihr in den hektischen Tagen vor eurer Hochzeit keine Zeit hattet, für Livy einen Verlobungsring auszusuchen, ist jetzt der richtige Moment gekommen.«

»Ich bin beschämt, daß ich nicht selbst daran gedacht habe«, sagte Alex.

»Meinst du wirklich, daß ich in dem damaligen Trubel an so was gedacht habe?« fragte Livy. Sie liebte den Ring, weil er von Ginny kam.

13

Harry gefiel Bern besser, als er gedacht hatte. Er mochte das Essen, die Aussicht, das fast dörflich aussehende Zentrum, die niedrige Stadtsilhouette, aus der kein öffentliches Gebäude protzig hervorstach. Er ging gerne durch die Arkaden aus dem vierzehnten Jahrhundert, betrachtete die Schaufenster, schmökerte in den Buchläden, kaufte Brot und Wurst ein und trank dazu das ausgezeichnete Bier. Er frischte seine Deutschkenntnisse auf und verbrachte die Wochenenden im Berner Oberland. Er fuhr Ski, aber vermied die gefährlichen Pisten mit Rücksicht auf sein Alter und auf seine hohe Stellung. Fast hatte er ein schlechtes Gewissen, für eine so geregelte Arbeitszeit ein derart hohes Gehalt zu bekommen. Er hatte ein inneres Bedürfnis nach Ruhe und Ordnung und schätzte daher den Fleiß, die Sorgfalt, die Pünktlichkeit und die Sauberkeit der Stadtbewohner. Er vermißte in keiner Weise die Geschäftigkeit und den gesellschaftlichen Trubel Washingtons. Er besuchte fast täglich die Bären, die Wahrzeichen der Stadt, in ihrem Graben. Sie taten ihm leid, weil sie gefangen waren. Es sprach sich in der Stadt herum, daß der britische Botschafter immer ein Bündel Karotten im Dienstwagen hatte und oft bei den Bären hielt, sie fütterte und zusah, wie sie sich vor Vergnügen auf dem Boden rollten.

Aber er sagte sich auch oft, was für eine einsame Beschäftigung dies sei, besonders für einen Botschafter. Er dachte häufig an Dena und ertappte sich dabei, daß er sich zur Seite wandte, um irgendein kleines Vergnügen mit ihr zu teilen, und dann wurde ihm ihre Abwesenheit noch schmerzlicher bewußt. Als Bern sich für Weihnachten schmückte und Schnee fiel, kam Mark in die Ferien. Harry führte ihn als erstes zu den Bären.

Den Weihnachtstag verbrachten sie bei dem amerikanischen Botschafter und seiner Familie; sie hatten zwei Kinder in Marks Alter, die angenehm überrascht waren, daß Mark keinen Etonkragen und Zylinder trug. Harry hatte Geschenke für sie gekauft und eingepackt, die Mark ihnen übergab. Der Tag verlief verhältnismäßig gut. Es war das erste Weihnachten ohne Dena. Mark und er selbst, fand Harry, hatten sich tapfer gehalten.

Am nächsten Tag fuhren er und Mark nach St. Moritz mit seinen zahlreichen Abfahrten und großen Hotels. Sie blieben bis Neujahr. Harry erlaubte Mark, bis Mitternacht aufzubleiben und das neue Jahr mit einem Glas Wein willkommen zu heißen. Er sah fast erwachsen aus inmitten der festlichen Menge, doch Harry blieb immer in seiner Nähe, versuchte jedoch seine Gespräche mit den hübschen jungen Mädchen möglichst nicht zu stören. Dena, dachte er, hätte das geschickter angestellt.

Mark fuhr den ganzen Tag über Ski und schlief in der Nacht so tief, als ob er nie wieder aufwachen würde. Aber am Morgen war er hellwach und vergnügt und lobte den Schweizer Kaffee und die Schweizer Küche.

Eines Tages kam der Hoteldirektor in der Halle auf Harry zu. »Entschuldigen Sie, Herr Botschafter, darf ich kurz mit Ihnen sprechen? Ihr Sohn war in der Küche. Üblicherweise gestatten wir das unseren Gästen nicht. Aber der Küchenchef hat sich nicht beschwert. Ich habe Ihren Sohn ganz zufällig dort entdeckt. Der Chef schien sogar Gefallen an seiner Gesellschaft zu finden. Ihr Sohn scheint sich gut auszukennen ...«

»Ja«, sagte Harry, »er interessiert sich sehr fürs Kochen. Es tut mir aufrichtig leid.«

»Aber das macht gar nichts, Herr Botschafter, es ist uns ein Vergnügen, Sie und Ihren Sohn hier zu haben.«

»Aber Vater, es war echt aufregend«, sagte Mark, als Harry ihn milde tadelte.

»Sie haben eine Menge rostfreien Stahl und einen riesigen Kühlraum für das Fleisch. Keinen wirklichen Eisschrank, einfach nur einen Raum, um das Fleisch abhängen zu lassen, damit es zart ist. Und die Käse und das Obst sind sehr fachkundig gelagert. Alles ist blitzsauber ...«

»Aber du kannst doch nicht einfach unaufgefordert in der Hotelküche erscheinen.«

»Sie hatten nichts dagegen. Ich brauche bloß ein paar Worte auf französisch – Küchenfranzösisch – zu sagen, und dann wissen sie Bescheid.«

Harry hatte die etwas erschreckende Vision von einem Mark, der in jedem Hotel und jedem Restaurant, das sie besuchten, darum bat, die Küche sehen zu dürfen. Nicht an jedem Ort würden sie so freundlich zu ihm sein wie in diesem sauberen, gut geführten und teuren Hotel in St. Moritz. Irgendwann würde er schlechte Erfahrungen machen.

Zwei Tage nach Neujahr fuhren sie nach Bern zurück. Für den Rest der Ferien strolchte Mark durch die Stadt und teilte die Begeisterung seines Vaters für die alten Arkaden.

Harry begleitete ihn nach Zürich zum Flughafen. »Ich danke dir, Vater. Du hast dir kolossal viel Mühe gegeben, mir schöne Ferien zu bereiten, und es ist dir auch gelungen.« Es war eine verhüllte Anspielung auf seine Mutter, auf ihre Abwesenheit, die ihrer beider Leben überschattete. Sie gaben sich die Hand. Diesmal schien er nicht ungern in die Schule zurückzukehren.

Ende März meldete Harrys Sekretärin, daß Mrs. Blair Clayton am Telefon sei. Harry war beunruhigt, aber Ginnys Stimme klang ganz normal und so klar, als sei sie in der Stadt.

»Das bin ich auch«, antwortete sie auf seine Frage hin. »Ich wohne im Bellevue Palace, und meine Suite blickt direkt auf die Alpen.«

»Zum Teufel mit den Alpen. Ich will dich sofort sehen. Ich bin in wenigen Minuten bei dir im Hotel.«

Sie wartete in der Halle auf ihn und ging mit weit ausgebreiteten Armen auf ihn zu. Sie trug einen weißen Pelzmantel mit dazu passender Mütze – ein Kunstwerk an Eleganz und gepflegter Schönheit. »Ginny! Mein Gott, freue ich mich, dich zu sehen!« Sie umarmten sich ungeniert wie alte Freunde. Es war die Tageszeit, wo die Damen von Bern gerne ihren Tee im Bellevue Palace einnahmen. In dieser kleinen Stadt war der britische Botschafter eine bekannte Erscheinung. Einige waren amüsiert, andere schockiert über sein für einen Botschafter ungewöhnliches Verhalten. Dann machte der Name der Dame flüsternd die Runde. Harry verließ Arm in Arm mit Ginny das Hotel.

Sie fuhren in seine Wohnung, und er rückte ihr einen Stuhl vor das Kaminfeuer. »Du bleibst natürlich zum Abendessen. Zum Glück habe ich heute abend keine gesellschaftlichen Verpflichtungen.« Er gab ihr den Whisky, um den sie gebeten hatte. »Ach, Ginny, du weißt nicht, wie glücklich ich bin, dich zu sehen! Der Job war meine Rettung. Aber ich habe mich noch nie im Leben so einsam gefühlt. Ich vermisse Dena so sehr ... und dich ... und die Mädchen. Das Leben, das ich führe, ist so anders als früher. Manchmal weiß ich nicht, was ich mit meiner Zeit anfangen soll.«

Zum ersten Mal gelang es ihnen, ihren Kummer in Worte zu fassen, ihn zu teilen, Erinnerungen auszutauschen. Es war für beide so erleichternd, daß sie die Zeit vergaßen und erstaunt waren, als der Butler das Abendessen ankündigte. Bei Tisch sprachen sie über belanglose Dinge, doch später, als sie bei Kaffee und Likör wieder allein waren, setzten sie ihr endloses Gespräch fort. »Wie lange bleibst du? Ich habe dich nicht mal gefragt, warum du hier bist.«

»Nur um dich zu sehen, natürlich. Niemand braucht mich in Washington oder New York. Livy hat eine nette, gemütliche Haushälterin, die jeden ihrer Schritte überwacht, das heißt, wenn Alex sie nicht gerade wie eine Glucke umflattert oder Andrew McClintock kommt und peinliche Fragen stellt. Aber es geht ihr gut, und sie hat genug gesellschaftlichen Verkehr. Ich habe alles getan, was ich tun konnte. Nun kann man nur noch darauf warten, daß sie zum richtigen Termin ein gesundes Kind zur Welt bringt. Und so habe ich mir gesagt, ich fahre nach Europa. Die Lustige-Witwe-Tour, wenn du mich richtig verstehst. Der alte Andrew war höchst beunruhigt. Ich war kurz in Seymour House, um zu sehen, ob dort alles in Ordnung ist. Dann habe ich einige Partys gegeben, um die gesellschaftlichen Kontakte aufrechtzuerhalten. Und danach bin ich hierhergekommen, um dich zu sehen.«

»Ich fühle mich geehrt und bin dir unendlich dankbar.«

»Wir haben die halbe Nacht verschwatzt, Harry. Es ist Zeit, daß ich gehe.«

Er hatte den Chauffeur nach Hause geschickt. Und so fuhr er selbst, allerdings mit äußerster Vorsicht wegen der vereisten Straßen. Er verabschiedete sich vor dem Hotel von ihr. »Ich hoffe, dich jeden Tag zu sehen, solange du hier bist.«

Während der nächsten Wochen gewöhnten sich das diplomatische Corps und die Berner Gastgeberinnen daran, daß der britische Botschafter auf allen Empfängen in Begleitung von Mrs. Clayton erschien. Und wenn er zu Diners eingeladen war, kam ein diskreter Anruf seiner Sekretärin, ob er Mrs. Clayton mitbringen dürfe. Die Antwort lautete selbstverständlich stets ja, obwohl manche Gastgeberin im stillen schimpfte, weil sie die Tischordnung umändern und einen Junggesellen finden mußte, um gleich viele Männer wie Frauen zu haben. Aber dem Wunsch des britischen Botschafters nicht nachzukommen, stand außer Frage, besonders da seine Begleiterin Mrs. Blair Clayton hieß.

Ein zauberhafter Frühling erblühte in der Schweiz. Der Schnee schmolz außer auf einigen Nordhängen und auf den hohen Gipfeln. Sie fuhren aufs Land und schlenderten über blumenübersäte Wiesen. »Fast fühle ich mich wieder jung«, sagte Ginny. »Ich hege direkt sentimentale Gefühle für die Schweiz, wenn sie sich so darbietet. Allerdings kühlen solche Gefühle schnell ab, wenn ich an einer Vorstandssitzung in Zürich teilnehmen muß.«

»Mußt du das oft tun?«

»Nein, nicht sehr oft. Und als Blair noch lebte, nie. Sogar jetzt ist meine Anwesenheit eher symbolisch zu werten. Livy und Alex mußten mir erst mal beibringen, Bilanzen zu lesen, damit ich mich nicht allzusehr blamiere. Nächste Woche steht mir in Zürich wieder so eine Sitzung bevor.«

»Und danach?«

»Nach Hause. Ich sollte da sein, wenn das Baby zur Welt kommt; es ist Ende Mai fällig. Ich werde einige Tage in unserem Zürcher Haus verbringen, um dort mal nach dem Rechten zu sehen.«

»Darf ich für ein Wochenende kommen?«

Ihre Beziehung war von einer fast sterilen Korrektheit. Sie hatten sich jeden Abend vor dem Hotel verabschiedet. Ginny war seinen Aufforderungen, nach irgendeinem Abendessen noch einen Drink in seiner Wohnung zu nehmen, niemals nachgekommen. Harry war nie in ihrer Hotelsuite gewesen, hatte ihr aber täglich Blumen geschickt.

Harry fuhr ohne Chauffeur nach Zürich und hatte nur seine Telefonnummer hinterlassen. Vermutlich erriet der Butler, wo er hinfuhr, wahrte aber den anderen Dienstboten gegenüber Stillschweigen. Harry war zwar öfter übers Wochenende in die Berge gefahren, aber es war das erste Mal, daß er nur seine Telefonnummer und keine Adresse hinterließ.

Harry wurde in der Villa mit äußerster Diskretion empfangen. »Fast kommt es mir vor, als würde ich ein Geheimkonto eröffnen«, scherzte er, um die Gezwungenheit zu überspielen. Der Haushalt lief so reibungslos, als lebe Ginny das ganze Jahr hier. Es war ein helles, luftiges Haus; in allen Kaminen brannten Feuer, und in jedem Zimmer standen Vasen voller Blumen.

Sie aßen allein zu Abend. Ginny trug ein einfaches grünes Kleid und außer ihrem Ehering keinen Schmuck. Das Abendessen zog sich fast unerträglich lang hin, obwohl das Essen vorzüglich war. Ein Butler und ein Diener servierten. Sie aßen die ersten Spargel, und der Butler reichte auf Ginnys Wunsch einen Fendant dazu, einen jungen Schweizer Wein, der nicht exportiert wurde. »Er schmeckt nach Frühling«, sagte Harry. »Ich fühle mich verjüngt. Ich vergesse fast, daß ich ein alter, sturer Botschafter bin.«

»Nicht für mich«, sagte Ginny. Der Butler hatte sich zurückgezogen. Sie saßen vor dem Feuer in der Bibliothek. Sie sprachen wenig, die meiste Zeit betrachteten sie die Scheite, die von den Flammen verzehrt wurden.

Die Uhren schlugen im ganzen Haus. Das Mozartstück, das das Radio gesendet hatte, endete. Harry stand auf. »Erlaubst du mir, mit dir zu schlafen, Ginny?« fragte er leise.

»Ich habe schon gedacht, du würdest diese Frage nie stellen. Du bist schon so lange ein korrekter Diplomat, daß ich befürchtet habe, das Foreign Office hätte dir alle Leidenschaft ausgetrieben.«

»Die Diplomatie«, sagte er, als sie zusammen die Treppe hinaufgingen, »ist die Kunst des Abwartens. Man muß versuchen, den richtigen Augenblick zu erwischen. Hätte ich überstürzt gehandelt, wäre mir womöglich deine Freundschaft verlorengegangen, und das hätte ich nicht ertragen.«

»Meine Freundschaft bleibt dir erhalten, was immer geschieht.«

Zuerst waren sie gehemmt. »Ich fühle mich schüchtern dir gegenüber«, sagte Harry. »Du weißt, ich habe dich immer sehr gern gemocht, aber sexuell habe ich nur Dena begehrt. Du warst einfach ihre schöne, anziehende Freundin...«

Die drei gemeinsam verbrachten Wochen, in denen sie ohne Scheu über Dena und Blair hatten sprechen können, hatten ihr gegenseitiges Verständnis füreinander vertieft. Und als sie jetzt zusammen im Bett lagen, fühlten sie sich weder schuldig noch als Verräter. Keine Gespenster verfolgten sie. »Dein Körper ist mir so vertraut, als kenne ich ihn schon seit langer Zeit«, sagte Harry, »oder als hätte ich dich vor einer Stunde erst kennengelernt und mich Hals über Kopf in dich verliebt.«

»Bist du in mich verliebt?«

»Und wie. Hättest du dich mir verweigert, wäre ich verzweifelt gewesen. Es hat mir so gutgetan, mit dir zu schlafen. Wirst du es mir wieder erlauben?«

»Ja«, sagte sie. »Bitte.«

Sie weckte ihn am Morgen, indem sie die Vorhänge zurückzog. Es war ein strahlender Frühlingstag. Der See glitzerte und schimmerte. Sie beugte sich zu ihm hinunter und küßte ihn.

»Guten Morgen, Herr Botschafter. Das Mädchen wird in einer halben Stunde mit dem Frühstück kommen. Vielleicht wäre es besser, du wärst nicht in meinem Zimmer. Sie wissen natürlich dennoch Bescheid. Dienstboten lassen sich nicht so leicht hinters Licht führen ...«

Er fuhr hoch. Sie reichte ihm einen Bademantel. »Mein Gott«, sagte er, »ich habe so tief geschlafen, so tief wie ich seit ... seit langer Zeit nicht mehr geschlafen habe. Küß mich, Ginny. Ich habe das Gefühl, als hätte ein Engel mich aufgeweckt. Wie hübsch du am Morgen aussiehst – freundlich und sanft und liebevoll.«

Er sammelte seine Kleider auf. Als er zur Tür ging, hielt sie ihn zurück.

»Harry?«

»Ja?«

»Willst du mich heiraten? Um dir die Frage zu stellen, bin ich in die Schweiz gekommen. Ich dachte, wir sind beide allein, und ich brauche dich und bilde mir ein, daß auch du mich brauchst.«

»Dich brauchen!« Er eilte zu ihr zurück, ließ seine Kleidungsstücke fallen und umarmte sie. »Ich liebe dich. Ich hätte nie gewagt, dir diese Frage zu stellen. Zumindest glaube ich, daß ich es nicht gewagt hätte ...«

»Das habe ich mir schon gedacht. Und ich sah keine Möglichkeit, dich dazu zu bringen. Während drei Wochen hast du nicht einmal meine Hand gehalten, und dabei bist du ein so guter Liebhaber. Meinst du, es ist uns noch mal vergönnt, glücklich zu sein?«

»Wann heiraten wir? Bald?« fragte er.

»Ja, sehr bald. Aber zuerst muß ich nach New York und warten, bis Livys Baby zur Welt kommt. Doch danach ...«

»Das dauert mir zu lange. Macht es dir nichts aus, in

Bern zu wohnen? Das Leben eines Diplomaten kann recht eintönig sein, Ginny.«

»Nicht mit dir.« Er saß auf ihrem Bett und zog sie neben sich. »Gibt es hier kein ›Bitte nicht stören‹-Schild, das wir an die Tür hängen können?«

»Dafür müßten wir schon in ein Hotel gehen oder nach Tresillian, wo niemand uns stört. Wir haben Zeit, Harry, viel Zeit...«

»Nein, das haben wir nicht. Die Zeit beginnt in dieser Sekunde. Morgen ist Montag, wir werden dir in der Bahnhofstraße einen Verlobungsring kaufen. Ich bin sicher, ich bekomme als Diplomat eine Sondererlaubnis, so daß wir gleich heiraten können. Warum warten? Warum Zeit verlieren... ich werde älter... aber seltsamerweise fühle ich mich jünger...«

Sie drängte ihn zur Tür hinaus. »Wir haben einen ganzen, ruhigen Sonntag, um Pläne zu schmieden. Und die Sonntage in der Schweiz können sehr ruhig sein.«

»Ich wüßte etwas sehr Aufregendes, das wir tun könnten...«

Er ging in sein eigenes Zimmer. Das unberührte Bett und die ordentlich für die Nacht aufgeschlagene Bettdecke amüsierten ihn. Er zog seinen Pyjama an, öffnete die Vorhänge, warf sich aufs Bett und zerknüllte die Laken. Er würde keinen täuschen, dachte er. Aber es war auch nicht weiter wichtig. Er lächelte stillvergnügt und tat es immer noch, als der Butler mit dem Frühstück und einer englischen Zeitung erschien.

Harry setzte sich ans Fenster und beobachtete die Segelboote, während er voller Appetit den Käse und die ausgezeichnete Wurst aß. Er schenkte sich eine zweite Tasse Kaffee ein, öffnete aber die Zeitung nicht. Sie würde nur schlechte Nachrichten enthalten, und er wollte sich diese Stunde, die erste Stunde des Glücks nach Denas Tod, nicht verderben lassen. Er füllte seine Tasse wieder und ging den Korridor entlang zu Ginnys Zimmer. Er klopfte und trat ein. Das Mädchen war im Badezimmer und ließ Wasser für Ginnys

Bad einlaufen. Ginny hob bei seinem Eintritt erstaunt die Augenbrauen.

»Ach, zum Teufel mit den Konventionen«, sagte er. »In ein paar Tagen werden alle es wissen. Warum sollte ich allein meine Zeit vertrödeln, statt mit dir zusammenzusein.«

»Guten Morgen, Herr Botschafter«, sagte das Mädchen und lief mit gesenktem Blick, aber einem kleinen Lächeln aus dem Zimmer.

»Natürlich weiß das Personal Bescheid«, sagte Ginny. »Wir werden aufs Land fahren und einen kleinen Gasthof ausfindig machen und Fendant trinken und Händchen halten wie ein junges Liebespaar. Warum soll nur die Jugend Spaß haben? Und am Abend werden wir, nachdem die Dienstboten Ausgang haben, etwas Kaltes vor dem Kamin essen und reden ... oder auch schweigen ...«

»Und uns lieben und glücklich sein.«

Als sie zur Mittagszeit bei Bündnerfleisch und Fendant saßen, sagte Ginny: »Die Leute werden reden, Harry, die gleichen bösen Anspielungen machen, wie kurz nachdem Dena ... starb.«

»Laß sie reden. Was sie sagen, stimmt nicht, und nur das ist wichtig für uns beide. Aber sie werden auch sagen, daß ich mir eine reiche Frau geangelt habe. Und das gefällt mir nicht.«

»Und von mir wird es heißen, daß ich mir mit meinem Geld einen Titel und die Stellung einer Botschaftersgattin gekauft habe. Übrigens, darfst du eigentlich eine Ausländerin heiraten? Daran habe ich noch gar nicht gedacht.«

»Wir brauchen eine Erlaubnis, aber das ist nur eine Formalität. Viele Diplomaten, die auf Auslandsposten waren, haben Frauen aus anderen Ländern geheiratet. Das Foreign Office ist nicht ganz unmenschlich. Sie nehmen die Tatsache, wenn auch etwas peinlich berührt, zur Kenntnis, daß sogar Diplomaten sich verlieben können, und nicht immer nur in britische Damen. Mich beunruhigt eher das Gegenteil, nämlich daß das Foreign Office diese Heirat sehr begrüßen wird. Sie haben Denas Freundschaft mit dir nach Kräften gefördert und waren immer erfreut zu hören, daß wir und unsere Kinder wie eine Familie waren. Die Macht der großen Geschäftswelt spielt eine bedeutende Rolle in der Politik. Ich wünschte, du wärst unbekannt und arm. Dann wüßtest du mit Bestimmtheit, daß ich dich liebe.«

»Das weiß ich auch so.«

Am nächsten Tag gingen sie in der Bahnhofstraße von einem Juwelier zum anderen, um einen Verlobungsring auszusuchen. »Ich will, daß du auch in die Seitenstraßen gehst«, sagte Harry. »Du sollst dir alles ansehen.« Ginny war entsetzt, was für wertvolle Stücke er sich vorlegen ließ. Schließlich zerrte sie ihn aus einem der vielen Läden heraus und sagte: »Harry, du bist verrückt! Das sind ja Wahnsinnspreise. Du kannst sie dir nicht leisten. Das Geld für einen einzigen dieser Steine würde ausreichen, das Dach von Tresillian zu reparieren.«

»Zum Teufel mit Tresillian. Ich kann es mir vermutlich nur einmal im Leben leisten, dir ein Schmuckstück zu schenken, und das soll wenigstens gut sein. Irgend etwas, auf das ich stolz sein kann, wenn ich es an deiner Hand sehe. Als Dena und ich heirateten, wollte ich ihr etwas Schönes schenken, aber wir waren zu arm dafür. Verdirb mir diesmal nicht den Spaß.«

Ginny nahm unter Protest einen Ring mit einem Smaragd von höchster Qualität an, der fast sechs Karat wog, mit kleinen Diamanten besetzt und in Platin gefaßt war. Sie hatte ein schlechtes Gewissen wegen des Preises, aber konnte ihre Freude nicht verbergen. Die Kunde, daß Mrs. Clayton und der britische Botschafter alle Juweliere der Stadt besucht hatten, um einen Ring auszusuchen, machte schnell die Runde.

Nach dem Kauf tranken sie Tee im Baur au Lac. Ginny trug den Ring mit einem Stolz, als hätte sie noch nie zuvor ein Schmuckstück besessen. Sie sagte: »Bist du dir eigentlich klar darüber, daß du mein dritter Mann bist? Bald wird alle Welt von mir als der ›oft verheirateten Ginny ... wie immer sie jetzt heißen mag‹ reden.«

»Laß sie doch, solange du mich heiratest.«

Ginny fuhr, zwei Wochen bevor Livys Baby fällig war, nach New York zurück.

Das Kind wurde zum vorgesehenen Termin geboren. Livys Wehen dauerten nur sechs Stunden. Das Kind war ein gesunder, acht Pfund schwerer Junge. »Alles ging ganz glatt«, sagte Livy, als Ginny sie besuchen kam. »Routine und kein Drama.« Dann verbesserte sie sich: »Zum Glück kein Drama, aber ein großes Ereignis.«

»Ja, und nicht nur für dich, sondern auch für die McClintock-Dynastie. Sie hing an einem so dünnen Faden. Wenn Alex den Flugzeugabsturz nicht überlebt hätte, wäre das das Ende gewesen. Ich weiß, was das Baby dir bedeutet, aber stell dir vor, was es erst für den alten Mann bedeutet, der schon gefürchtet hat, seine Familie würde aussterben.«

»Manchmal frage ich mich«, sagte Livy, die auf Anordnung ihrer Ärzte im Zimmer auf und ab ging, »warum er sich nie wieder verheiratet hat. Er hätte ein Dutzend Kinder zeugen können. An Frauen kann es ihm bei seinem Geld nicht gemangelt haben.«

»Ich glaube, er hatte einen Hang zum Exotischen. Denk nur an die russische Prinzessin. Die anderen kennen wir ja nicht, aber als Mönch wird er kaum gelebt haben. Er hat jedoch keine von ihnen geheiratet. Die einzige Frau, von der er mit Bewunderung gesprochen hat, war deine Mutter. Vermutlich war sie die einzige Frau, die er je getroffen hat, der Juwelen, Pelze und Geld nichts bedeuteten. Sie hatte keine rechte Vorstellung, wer Mr. McClintock war und was er repräsentierte. Für sie war er einfach Alex' Großvater. Sie war völlig frei von jeder Berechnung. Deshalb wollte er wohl auch, daß du Alex heiratest. Er wollte nicht noch mehr Geld, er wollte das unverdorbene, gesunde Blut.«

Livy betrachtete das Kind mit seinen wirren roten Haaren in Ginnys Arm. »Nun, das hat er jetzt.«

Andrew McClintock hatte seinen Urenkel öfter besucht und sich über das rote Haar geäußert. »Ich habe immer gehört, Zigeuner hätten rote Haare.«

»Und Kelten, Mr. McClintock. Nachdem Sie selbst keltischer Abstammung sind, sollten Sie das wissen. Es sind große, starke Männer mit blasser Haut und blauen Augen. Sie gehen täglich zwanzig Meilen, um ihre Schafe zu hüten, und es macht ihnen nicht das geringste aus.«

»Nun, ich werde nicht mehr so lange leben, um diesen Burschen zwanzig Meilen gehen zu sehen, aber ich hoffe, einige Schritte...«

»Das werden Sie sicher sehen und noch mehr. Vielleicht auch noch zwei oder drei andere Kinder. In gewissem Sinn enttäuscht er mich.«

Andrew McClintock war empört. »Was haben Sie an ihm auszusetzen?«

»Er sieht nicht wie Alex aus. Nun, da ich ein gesundes Baby habe, bin ich enttäuscht, daß es nicht wie Alex aussieht.«

»Verlangen Sie nicht das Unmögliche, Livy. Das nächste Baby mag Alex ähnlich sehen oder nicht. Mir ist es völlig egal. Ich habe jetzt, was ich mir immer wünschte.«

Viele Millionen Dollar, die genaue Ziffer kannte Livy nicht, wurden auf den Namen von Andrew Alexander James McClintock überschrieben und würden bis zu seiner Volljährigkeit von Treuhändern verwaltet werden. Er wurde in New York getauft. Er hatte acht Paten, und Ginny hielt das Baby während der Zeremonie im Arm. Es war erst einen Monat alt und schrie aus vollen Kräften. Als sie in die Wohnung in der Fifth Avenue zurückkehrten, um ihre Freunde zu empfangen, war das Baby sanft, aber munter und genoß die allgemeine Aufmerksamkeit. »Wie werdet ihr es nennen?« fragte jemand.

»Nun«, sagte Alex, »sein Urgroßvater und ich haben schon die ersten zwei Namen belegt. Bleibt also nur noch James oder Jamie übrig.« Er lächelte Livy stolz an. Er saß neben ihr auf dem Sofa und hatte das Baby im Arm, das er niemand anderem überließ. Er hielt das kleine Bündel, das in ein langes, über hundert Jahre altes Spitzengewand gehüllt war, das Ginnys Familie gehörte, und blickte trotzig in die Runde. Seine schlanke, fast zerbrechliche Gestalt mit dem teilweise silbergrauen Haar, seine Augenklappe und der neben ihm stehende Stock, dies alles zusammen schien der Welt zu erklären: Wir haben es geschafft. Ich habe überlebt. Wir haben uns nicht unterkriegen lassen.

Die Gäste waren gegangen. Das Baby schlief schon seit Stunden, die Gläser und anderen Überreste des Empfangs waren abgeräumt worden. Ginny sagte: »Ich habe mich lange genug in Geduld gefaßt. Ich habe über Wochen gewartet, bis Jamie zur Welt kam und alt genug war, getauft zu werden. Aber jetzt bin ich an der Reihe. Ich werde mich bald wieder verheiraten.«

Alex ging auf sie zu und küßte sie. »Mutter, hast du gemeint, das sei ein Geheimnis? Die halbe Stadt hat gesehen, wie du am Arm von Lord Camborne auf der Bahnhofstraße herumstolziert bist. Du kannst dir vorstellen, daß unser netter, spießiger Schweizer Partner sofort berichtet hat.« Er nahm ihre Hand, an der heute zum ersten Mal Harrys Smaragdring prangte, und küßte sie. »Du verdienst alles Glück, das diese Welt zu bieten hat. Wir alle haben uns gefragt, warum du die Neuigkeit so lange zurückgehalten hast.«

Sie ignorierte Alex' und Livys Lachen. »In meinem Alter hat man gelernt, geduldig zu sein. Das Baby kam zuerst. Nun können wir Alten daran denken, was wir tun wollen.«

»Heirate so schnell wie möglich«, sagte Alex. »Wir werden dir einen Galaempfang geben. Ich will, daß jedermann kommt, um auf dein Wohl zu trinken.«

Ginny schüttelte den Kopf. »Wir wollten nur im Familienkreis feiern. Es ist erst so kurz her, daß Dena ... und Blair starben.«

Andrew McClintock stieß mit seinem Stock auf den Boden. »Ein Grund mehr, es groß zu feiern. Jedem steht ein wenig Glück zu. Hier wird nicht Versteck gespielt. Ich will, daß jeder weiß, daß die Familie voll und ganz mit dieser Heirat einverstanden ist.« Womit er meint, dachte Ginny, daß *er* einverstanden ist, und das war das einzige, was zählte. »Am besten wäre es, ihr würdet in Washington heiraten. Harry hat viele Freunde dort, fast so viele wie in London.

Der Empfang sollte im McClintock-Haus stattfinden. Alex wird dein Brautführer sein. Und ausnahmsweise werden wir die Presse zulassen. Harry ist ein loyaler, anständiger Mann, ein Mitglied des Oberhauses und britischer Botschafter, die Eheschließung wird Schlagzeilen machen. Und warum auch nicht. Die Familie hat viel Unglück gehabt in den letzten Jahren. Aber nun gibt es endlich wieder Grund zum Feiern. Ein Baby. Eine Hochzeit. Soll die ganze Welt daran teilhaben!«

Das wohlbehütete Privatleben der McClintocks, ihr Mißtrauen gegenüber der Presse schien auf einen Schlag wie fortgefegt.

»Ich glaube nicht, daß Harry ...«

Er hörte ihr nicht einmal zu. »Die Hochzeit sollte möglichst schnell stattfinden. Die Drucker können die Einladungen in wenigen Tagen fertig haben. Den ausländischen Gästen müssen wir wohl drei Wochen für ihre Vorbereitungen Zeit lassen. Das übrige, wie das kalte Büfett und so weiter, können die Lieferanten erledigen. Aber ich glaube, es wäre besser, wenn mein Urenkel an diesem großen Tag entweder bei mir oder in Ginnys Haus oder in Prescott Hill untergebracht würde. Zu viele Leute werden ihn abküssen wollen, zu viele Bazillen werden in der Luft herumfliegen. Er ist natürlich kräftig wie ein Ochse, aber schließlich ist er erst ein paar Wochen alt ...«

Er kann es nicht lassen, dachte Ginny. Fünf Wochen später, als sie an Alex' Arm, der für den kurzen Weg auf seinen Stock verzichten konnte, im McClintock-Haus durch die Menge der versammelten Gäste schritt, dachte sie wieder: Er kann es nicht lassen, und fragte sich, ob Andrew McClintock je aufhören würde, ihrer aller Leben zu organisieren, die Dinge so einzurichten, wie es ihm am besten paßte. Die ganze elegante Welt schien anwesend zu sein, aber sie war sich bewußt, daß nur der Mann, der am Ende dieses kurzen Ganges auf sie wartete, ihr neue Kraft geben konnte. Harry steckte ihr einen einfachen Ring aus seltenem walisischem Gold, den er auf Livys Vorschlag hin gekauft hatte, an den Finger und schwor ihr ewige Treue. Ihre Trauerzeit war vorbei. Sie war fast fünfzig, und ein neues Leben begann.

Die gesamte Familie war gekommen. Ginny war nicht ganz sicher, ob Andrew McClintock den Einladungen nicht mit persönlichen Briefen Nachdruck verliehen hatte. Jedenfalls waren sie alle da: Chris, Rachel und Caroline. Mark war nach Bern gefahren und mit seinem Vater herübergeflogen. Er war voller Freude und Aufregung über das Ereignis. »Es ist großartig«, sagte er Ginny zur Begrüßung. Er drückte sie an sich. »Vater ist sehr glücklich. Ich spüre das. Er hat so verzweifelt versucht, Mutters Tod zu verwinden und sich ein neues Leben aufzubauen. Und nun ist es ihm gelungen. Du bist die einzige, die ich an Mutters Stelle ertragen kann ...« Es war ungeschickt und jungenhaft formuliert, aber sie wußte, es war ehrlich gemeint.

Caroline und Toby kamen. Ginny glaubte nicht, daß sie einer besonderen Aufforderung seitens Andrew McClintocks bedurft hatten. Für sie beseitigte diese üppige, verschwenderische Hochzeit die letzten Zweifel über Denas Tod und die Beziehung zwischen Ginny und Harry. Carolines Vater machte eine der besten Partien der westlichen Welt und war Botschafter und daher über allen Verdacht erhaben. Und die beiden Paare waren eng befreundet gewesen. Es war also nur zu natürlich, daß die beiden Überlebenden dieser doppelten Tragödie sich zusammentaten. Toby und Caroline teilten diese Überlegungen jedem mit, der sie hören wollte.

Rachel war erstaunlich sanftmütig und verständnisvoll. Sie sagte zu Livy, als sie mit ihr allein war: »Ich freue mich für Vater. Die zwei hatten wirklich Pech. Sie brauchen sich gegenseitig. Sie verstehen einander, wie kein Außenseiter es könnte. Es ist eine Freundschaftsehe. Sie müssen sich nicht erst aneinander gewöhnen. Keine unangenehmen Überraschungen.« Rachel war einige Tage vor der Hochzeit gekommen, was die meisten von ihnen verblüffte. Sie verlangte sofort, Jamie zu sehen, und Livy führte sie ins Kinderzimmer. Rachel fragte etwas zögernd, ob sie Jamie in die Arme nehmen dürfe. Die englische Kinderschwester übergab ihr das Baby nur ungern. Sie fand, Miss Penrose sehe nicht wie jemand aus, der mit Babys umgehen konnte. Rachel setzte sich auf einen Stuhl und hielt Jamie sorgsam und erstaunlich geschickt im Arm. Zu Livys Verblüffung beugte sie sich hinunter und küßte ihn leicht auf die Stirn. »Ein kräftiger kleiner Kelte«, sagte sie lachend.

Als sie die Treppe hinuntergingen, erkundigte Livy sich nach Carolines Kindern. »Ich sehe sie nie«, antwortete Rachel. »Du weißt doch, daß ich in dem Haus nicht gerade willkommen bin. Ich bin die böse Kommunistin und könnte die Lieblinge schlecht beeinflussen. Und ihren Freunden würden sie mich auch nur ungern vorstellen. Obwohl ...«

»Was?« Es war selten, daß Rachel eine Anspielung machte.

»Es gehen einige Gerüchte herum. Toby war immer als Charmeur bekannt, obwohl ich mir nicht vorstellen kann, was an dem kalten Fisch anziehend sein soll. Aber wer weiß ... Natürlich hat er jetzt als ehrbarer Ehegatte und Vater von zwei Kindern keine Mädchen am Arm, aber auf Cocktailpartys erscheint er oft in Begleitung von ›Sekretärinnen‹ oder ›Assistentinnen‹, weil, wie er sagt, die liebe Caro der Kinder wegen im letzten Moment absagen mußte. Bei offiziellen Essen ist sie natürlich immer dabei. So indiskret würde er nie sein. Ich habe das Gefühl, daß Caro sich nicht mehr lange mit der Rolle der pflichtbewußten Ehefrau zufriedengeben wird. Sie werden sich bestimmt nicht scheiden lassen, aber ich halte es durchaus für möglich, daß sie einen freundschaftlichen Kompromiß schließen; es läge genau auf ihrer Linie ...«

Sie saßen allein in der Bibliothek und tranken eisgekühlten Tee. »Und du?« fragte Livy. »Bist du nicht auch einen Kompromiß eingegangen?«

Rachel zuckte die Achseln. »Natürlich. Frazer kann sich unmöglich scheiden lassen. Nicht zu diesem Zeitpunkt. Vielleicht später einmal. Eines Tages können wir unter Umständen heiraten, oder wir trennen uns. Solange die Labour-Partei in der Opposition ist, kann er in der Öffentlichkeit keine wichtige Rolle spielen. Aber sollte die Labour-Partei an die Regierung kommen, wird er bestimmt Minister. Und dann wird es schwierig. Im Moment laß ich die Dinge so, wie sie sind. Schließlich habe ich das Vergnügen, ihn fast täglich zu sehen. Er ist nett zu mir und macht mir noch immer den Hof, während seine Frau den Haushalt am Bein hat und auf alle diese blöden, langweiligen Diners gehen muß.«

Es war eine Auffassung der Ehe, die Livy neu war, aber vermutlich sprach Rachel so offen mit ihr, weil sie wußte, daß sie vor der Ehe mit Alex zusammengelebt und sogar ein Kind erwartet hatte. Die Zeitungen waren schließlich voll davon gewesen.

»Ach ja, noch eine andere Neuigkeit. Ich bin in eine größere Wohnung umgezogen, im gleichen Häuserblock in Dolphin Square. Zwei Schlafzimmer! Ein ungemeiner Luxus. Eines davon habe ich mir als Arbeitszimmer eingerichtet. Endlich habe ich genügend Platz für meine Bücher.« Sie tat mit einer Handbewegung ab, was immer Livy sagen wollte. »Nein, Frazer zahlt nicht für mich. Er hat nie für irgend etwas gezahlt, außer für ein paar Bücher. Ich habe einfach eine bessere Stellung bekommen. Ich werde mir immer meine finanzielle Unabhängigkeit erhalten, und wenn ich hungern müßte. Aber das weißt du ja, Livy.«

Sie hatten es aufgegeben, jedesmal an den Flughafen zu fahren, wenn Chris ihre Ankunft ansagte. Ihrem Nicht-Eintreffen folgte jeweils ein entschuldigender Anruf. »Ich komme bestimmt mit der nächsten Maschine...« Der Film nach dem Theaterstück *Tempo* war ein unerwarteter Erfolg, und Christine war nach einem einzigen Film ein Star geworden. Und sie genoß ihren Triumph.

Die Presse hatte nicht versäumt, darauf hinzuweisen, daß ihrem Partner, Hugh Meredith, der am Broadway mit ihr in *Tempo* gespielt hatte, die männliche Hauptrolle im Film nicht angeboten worden war. Die enge Freundschaft zwischen Christine und ihm war, wie es in der Presse hieß, auseinandergegangen. Er spielte jetzt in London in der Neuaufführung eines Shaw-Stücks, was bedeutete, daß ihm der internationale Ruhm entgangen war.

Ginny gefiel der Mann nicht sehr, den Chris mit nach Washington gebracht hatte. Chris wohnte aus Familienrücksichten zwei Nächte bei Livy und Alex. Ihr Liebhaber, Jeff Rigghouse, war ein berühmter Schauspieler, der viele erfolgreiche Filmrollen und drei schiefgegangene Ehen hinter sich hatte. Diskreterweise wohnte er im Hotel, aber er erschien mit Chris auf der Hochzeit und auf dem nachfolgenden Empfang.

Und so wurde die Hochzeit im Beisein all jener gefeiert, die Harry und Ginny am nächsten standen. Sogar Edward und Verity, Denas Bruder und Schwägerin, sowie Ginnys Bruder Robbie mit seiner Familie und ihr Vater, Senator Jackson, waren zum allgemeinen Erstaunen gekommen. Der Senator sah verglichen mit Andrew McClintock alt und gebrechlich aus. Ginnys Schwester Lucy hatte abgesagt. Seit sie in Los Angeles mit ihrem schwer kriegsbeschädigten Mann lebte, hatte sie sich geweigert, ihre Familie wiederzusehen. Sir George, der britische Botschafter, und seine Frau, Lady Halliwell, waren ebenfalls erschienen und natürlich viele von Harrys Kollegen. Die Hochzeitsfeier war ein großer gesellschaftlicher Erfolg. Andrew McClintock hatte wieder einmal recht gehabt, sie groß aufzuziehen und alle wichtigen Vertreter der Regierung und der Geschäftswelt, untermischt mit den Trägern einiger schmückender altenglischer Adelstitel, einzuladen. Am Tag vor der Hochzeit trafen auf Andrew McClintocks Einladung hin auch noch Ellen, Denas Schwester, und deren Mann ein. Julia hatte abgesagt, aber ein Aquarell des schottischen Schlosses, gemalt von einer ihrer Töchter, als Hochzeitsgeschenk gesandt. Die Anwesenheit von Denas Familie gab der Eheschließung den definitiven Stempel der Achtbarkeit, die Andrew McClintock sich gewünscht hatte.

14

Das Wetter in Tresillian war meist schön, und Harry und Ginny faulenzten in der Sonne. Am Nachmittag gingen sie oft hinunter nach St. Just, um mit Thea und Herbert Tee zu trinken, oder Thea und Herbert kamen hinauf zum Abendessen. Die Gardiners waren, ohne einen bestimmten Grund anzugeben, nicht zur Hochzeit nach Washington gekommen, aber Ginny bemerkte, wie langsam Herbert ging und wie mühsam er atmete, und erriet, daß es ihm gesundheitlich nicht gutging. Er hatte seit Monaten nichts mehr gemalt.

Ginny und Harry gingen zu ihren bevorzugten Picknickplätzen in den kleinen, versteckten Buchten oder in den verfallenen, halb in die Erde versunkenen Ruinen. »Wenn du pensioniert wirst, Harry, sollten wir uns hier zur Ruhe setzen.«

»Warum hast du es so eilig mit meiner Pensionierung? Ich bin erst sechsundfünfzig.«

»Ich dachte, Botschafter würden automatisch mit sechzig pensioniert.«

»Du hast recht«, gab er widerstrebend zu. »Manchmal behält man sie etwas länger, wenn kein passender Nachfolger zur Verfügung steht.«

»Ich werde das Haus in Washington aufgeben«, sagte Ginny. »Wir können immer bei Alex und Livy wohnen, und dann haben wir schließlich noch Prescott Hill und Seymour House und die Villa in Zürich. Aber die war für mich nie ein Zuhause, nur ein bequemes Absteigequartier. Was ich am liebsten täte...« Sie lag ausgestreckt auf einer Decke in einer Wiese und war etwas schläfrig von dem Most, den sie getrunken hatten. Sie setzte sich auf. »Was ich am allerliebsten täte, wäre, Tresillian herrichten zu lassen. Vom Keller bis zum Dach: eine moderne Küche, mehrere Badezimmer, neue Rohre, Zentralheizung, vielleicht ein ganz neues Dach, und das von Fäulnis befallene Holz müßte auch ersetzt werden.«

Harry hatte sich ebenfalls aufgesetzt, er sah beunruhigt aus. »Das würde bedeuten, daß du das halbe Haus einreißen mußt. Es würde ein Vermögen kosten. Du hast keine Ahnung, wie teuer solche Renovierungsarbeiten sind, Ginny. Stell dir nur vor, was es allein kosten würde, neue Rohre und Leitungen in diese alten Mauern legen zu lassen. An manchen Stellen sind sie über einen Meter dick.«

»Und ich würde gerne den Turm restaurieren lassen«, sagte Ginny heiter, als hätte er nicht gesprochen. »Ich meine nicht, daß alle diese herausgefallenen Steine, die haufenweise am Boden liegen, wieder eingesetzt werden sollen. Nein, ich will nur, daß er kein Sicherheitsrisiko mehr darstellt. Wir könnten einen Zaun entlang der Klippe ziehen, so daß unsere Enkel dort ungehindert spielen können. Ach, so fabelhaft viel Arbeit!«

»Du bist verrückt, Ginny. Du ahnst nicht mal, wie teuer es ist, auch nur die dringendsten Reparaturen auszuführen, um zu verhindern, daß es hineinregnet.«

»Oh, ich habe durchaus eine Ahnung«, sagte Ginny trocken. »Ich habe meine Rechnungen immer sehr genau überprüft. Ich weiß, was es kostet, das McClintock-Haus und Prescott Hill zu unterhalten.«

»Aber verglichen mit Tresillian sind es neue Häuser. Das hier ist ein altes Schloß, Ginny, das erbaut wurde, bevor ein Mensch je etwas von Rohrleitungen gehört hat.«

»Nun«, sagte sie lässig, »wenn du so dagegen bist ... dann könnten wir irgendwas Langweiliges, Konventionelles tun, wie einen Palast in Venedig restaurieren und mit unseren Füßen im Wasser in vor Nässe triefenden Wänden leben.« Sie wandte ihm das Gesicht zu. »Dieses Schloß gehört dir, Harry. Wir brauchen es nicht erst zu kaufen. Deine Familie hat hier seit Jahrhunderten gelebt.«

»Und wenn ich tot bin, wird Mark den verdammten Kasten erben, den er sich nicht leisten kann. Du gibst all dein Geld für jemand anderen aus.«

»Ich wußte gar nicht, daß du vorhast, so schnell zu sterben, Harry. Noch vor einer Minute warst du unzufrieden, weil ich gewagt habe zu fragen, was du nach deiner Pensionierung zu tun gedenkst. Du hast noch viele Jahre vor dir. Möchtest du nicht einen Teil von ihnen hier verbringen?«

»Ja«, gab er widerwillig zu. »Ja, das täte ich sehr gern. Es wäre scheußlich für mich, wenn das Haus zusammenfiele. Wie ihr es hier den ganzen Krieg über ausgehalten habt, ist mir ein Rätsel. Es war immer eine Sommeridylle für mich. Ich habe nie erwartet, daß ich es erben würde, und wußte nicht, was ich damit anfangen sollte, als es mir zufiel. Ach, Ginny, du bist verrückt, schlag es dir aus dem Kopf.«

»Nun, ich werde es mir überlegen. Du hast deine Arbeit, dies hier hat nichts mit dir zu tun. Aber denk nur mal daran, wie großartig diese Räume aussehen könnten und wie bequem es wäre, für jedes Schlafzimmer ein Badezimmer mit jeder Menge heißem Wasser zu haben. Und für Mark könnten wir eine große, supermoderne Küche einrichten. Stell dir vor, wie gemütlich wir es hier haben könnten, wenn draußen die Winterstürme toben. Ach, Harry, das alte Schloß hat so vielen Winterstürmen standgehalten, es wäre ein Jammer, es ihnen zu überlassen.«

»Verrückt!« sagte er und packte die Picknicksachen zusammen. »Einige Reparaturen, dagegen habe ich nichts einzuwenden. Aber dein Plan – einfach größenwahnsinnig.«

Sie seufzte. »Ich seh schon, es muß dieser Palast in Venedig sein ...«

Sie sprachen nicht mehr über Ginnys Plan, als sie über den holprigen Weg nach Hause fuhren, aber als das Schloß in Sicht kam, nickte Ginny ihm schweigend zu. Harry trug den Picknickkorb in die Küche und schlug die Tür zu, so daß Ginny wußte, daß er schlechter Laune war.

Als er jedoch in das Wohnzimmer kam, das sie immer benutzten, weil es der kleinste Raum und daher am leichtesten zu heizen war, lachte er laut. »Weißt du, was geschehen ist? Der eiserne Herd ist endgültig zusammengebrochen. Jacques hat eine Lammkeule gebraten, und sie fiel glatt auf den Boden. Er versucht zu retten, was zu retten ist. Und der Eisschrank hat ebenfalls den Geist aufgegeben. Ich bin im Moment in der Küche nicht sehr beliebt. Wir werden Thea und Herbert in ein Restaurant ausführen müssen. Aber ich habe Knox und Jacques versprochen, daß ich morgen früh einen neuen Eisschrank und einen Elektroherd kaufen werde. Doch ich fürchte, sie packen heute abend ihre Siebensachen und fahren zurück nach Seymour House. Sie finden offensichtlich, ich würde dich schändlich behandeln.«

Ginny sagte gleichmütig: »Ich werde Thea anrufen. Es ist sowieso an der Zeit, daß wir sie in ein nettes Restaurant einladen. Ich bin sicher, sie weiß, welches das beste ist.«

Am nächsten Morgen, als die Arbeiter mit Ächzen und Stöhnen den schweren, alten eisernen Herd entfernten, einen Elektroherd installierten und einen neuen Eisschrank anschlossen, erschien der Architekt. Ginny stellte ihn Harry vor. »Dies ist Mr. Penleigh, Harry. Er war so freundlich, von Truro herüberzukommen, um sich das Haus anzusehen. Ich habe ihm gesagt, daß es zum Mittagessen nur Käse gibt, aber dazu einen sehr netten Wein …«

Mr. Penleigh sagte wenig, als Ginny ihn durchs Haus führte. Erst die elegante große Treppe hinauf, dann durch die breiten Korridore und die gewundenen engen Gänge und schließlich die enge Hintertreppe hinunter. Harry folgte ihnen mutlos. »Es ist nutzlos, Ginny«, sagte er mehrmals, »ich habe vergessen, wie groß das verdammte Haus ist. Es gibt hier Zimmer, die ich noch nicht einmal gesehen habe.«

Mr. Penleigh stieß einen zufriedenen Seufzer aus. Er war Mitte Dreißig, und während des Mittagessens vermied er tunlichst, über das Haus zu sprechen, aber beim Kaffee und Kognak sagte er: »Es ist die größte Aufgabe, die mir in meinem Berufsleben je gestellt worden ist. Der Umbau kostet natürlich ein Vermögen; in diesem Stadium kann ich Ihnen noch nicht mal einen vagen Voranschlag machen. Ich müßte

Spezialisten um Rat fragen; ich meine damit Leute, die über die verschiedenen Epochen, während denen das Schloß gebaut wurde, Bescheid wissen. Es müßte entweder von Grund auf renoviert werden oder gar nicht. Ich würde Ihnen anraten, das Dach zu erneuern und das von Fäulnis befallene Holz zu ersetzen und den Rest so zu lassen, wie er ist.«

»Genau der Meinung bin ich auch«, warf Harry ein.

»Aber Mr. Penleigh, das war nicht der Grund, warum ich Sie kommen ließ. Sie stammen doch aus Cornwall, nicht wahr? Würde es Ihnen nicht Vergnügen machen, dieses Haus so wiederherzustellen, wie es einmal war, mit all seinen mittelalterlichen und elisabethanischen Teilen und den späteren Anbauten? Dieses Haus ist aus der kornischen Geschichte gewachsen, Mr. Penleigh. Angenommen, ich würde sagen: ›Zum Teufel mit den Kosten‹, würden Sie dann das Haus für reparierbar halten? Ich meine, mit all den Bequemlichkeiten, an die wir nun mal gewöhnt sind. Ich möchte ein Badezimmer für jedes Schlafzimmer haben und die kleinen Zimmer zu Ankleidezimmern oder zu Abstellräumen ummodeln.«

»Soweit ich Sie verstehe, Lady Camborne, möchten Sie ein modernes Haus in die alten Schloßmauern einbauen. Können ... wären Sie bereit, die Kosten dafür aufzubringen?« Er blickte aufgeregt um sich. »Das Schloß würde eines der Prunkstücke Cornwalls sein, so wie in seinen besten Zeiten.«

Harry stöhnte, doch Ginny sagte ruhig: »Dann lassen Sie uns das tun. Ziehen Sie Ihre Experten hinzu, Mr. Penleigh, ich kann Ihnen versichern, daß die Rechnungen prompt bezahlt werden. Wollen wir sagen, es ist eine Danksagung für die Errettung meines Sohnes, ein Freundschaftsbeweis für seine reizende Frau, die in St. Just zur Welt kam, und für mich eine Erinnerung an den Krieg, den ich hier mit einer sehr geliebten Freundin verbracht habe. Ich weiß, was ich vorhabe, klingt verrückt, aber ich habe gegen den Wunsch meines Mannes beschlossen, verrückt zu sein. Nur eins möchte ich mir ausbitten, Mr. Penleigh, daß der Umbau schnell vor sich geht. Ich habe keine Lust, zehn Jahre zu warten. Das Leben hat mich gelehrt, jeden Tag, sogar jede Stunde zu nützen.«

Harry und Ginny kehrten nach Bern zurück, und Ginny übernahm die nicht sehr anstrengenden Pflichten der Ehefrau des britischen Botschafters in dieser kleinen und ruhigen Stadt. Es gab natürlich die üblichen Diners und Cocktailpartys, aber verglichen mit den großen Botschaften war es ein bequemes Leben. Sie verbrachten viele Wochenenden in einem kleinen Chalet in den Bergen, das sie gemietet hatten, oder in der Villa am Zürichsee. Ginny schrieb Andrew McClintock über ihre Pläne für Tresillian, allerdings nicht um seine Zustimmung zu erbitten, sondern nur um ihn zu informieren. Er schrieb zurück, daß sie seiner Meinung nach ihr Geld vergeude, aber daß die Idee im großen ganzen nicht so schlecht sei. Sie wußte nicht recht, was er mit »im großen ganzen« meinte, ging aber nicht näher darauf ein.

Harry, nachdem er sicher war, daß Ginnys Absichten ernst gemeint waren, ging zu seinen Rechtsanwälten und löste den Fideikommiß auf. Das Schloß Tresillian und die umliegenden Grundstücke würden nach seinem Tod an Ginny gehen, mit den dazugehörigen Erbschaftssteuern. Mark schrieb einen erleichterten Brief, als die Neuigkeit ihn erreichte.

Ginny verkaufte ihr Haus in Washington und schrieb an Andrew McClintock, daß sie die Villa in Zürich für einen unnützen Luxus halte, weil sie so selten bewohnt würde.

Die Antwort kam postwendend.

> Das Haus in Zürich ist Firmeneigentum und sollte meiner Meinung nach behalten werden. Wir haben weitverzweigte Geschäftsinteressen in der Schweiz, und Alex wird in Zukunft oft dorthin fahren müssen. Es steht aber auch unseren anderen Direktoren zur Verfügung, genauso wie die Wohnung in der Fifth Avenue.

Ginny war erfreut zu hören, daß Seymour House von Blair gekauft worden war und ausschließlich ihr gehörte. Diese Tatsache würde natürlich weder Andrew McClintock noch eines der anderen Familienmitglieder daran hindern, es zu benutzen, aber jedenfalls konnte es nicht von den McClintock-Claytons aus irgendeiner Laune heraus verkauft werden.

Aber was ihr am meisten Vergnügen machte, war Tresillian. Sie fuhr einige Male nach London, um Mr. Penleigh und seine Partner zu treffen. Sie hatten das fast Unmögliche vollbracht: einen Plan von Tresillian zu erstellen. »Einige Mauern, Lady Camborne, sind ungewöhnlich dick. Wir vermuten, daß sie Geheimkammern oder Priesterverstecke enthalten. Wir wissen daher trotz des Plans nicht genau, was wir vorfinden werden, wenn wir mit den Arbeiten beginnen. Die kleinen Zimmer im Dachgeschoß waren sicher für die Dienstboten vorgesehen. Sollen wir sie einfach renovieren, oder sollen wir sie vergrößern und Badezimmer hinzufügen? Natürlich müssen wir erst mal herausfinden, welche der Wände tragend sind. Die Empfangsräume bleiben selbstverständlich so, wie sie sind, sie müssen nur renoviert werden. Die Bibliothek wird einer der schönsten Räume in ganz England sein.« Sie zogen Jacques wegen der Küche zu Rat. Als er begriff, daß Geld keine Rolle spielte, beschrieb er seine Traumküche. Er wollte eine riesige Geschirrspülmaschine von Restaurantgröße haben, eine begehbare Kühlanlage, eine Abhängekammer für Fleisch und Geflügel, Gas- und Elektroherde, einen großen Holztisch und ein Extrazimmer für den Küchenchef... Mr. Penleigh hob die Augenbrauen. »Sind Ihre Ansprüche nicht etwas übertrieben?«

»Nein, Lady Camborne wird viele Gäste haben, so wie in London. Die Küche dort ist zu klein, und wir müssen alles mit dem Lift ins Eßzimmer schicken. In Tresillian dagegen ist alles auf der gleichen Ebene, und es gibt viel Platz. Davon sollten wir profitieren. Es vereinfacht alles. Die jungen Leute wollen nicht mehr Dienstboten sein. Richten Sie ein nettes kleines Eßzimmer für den Botschafter und Lady Camborne ein, gleich neben der Küche, wenn die beiden allein sind. Es ist gut möglich, daß Lady Camborne manchmal selbst kochen muß...«

»Das habe ich in Tresillian oft getan«, sagte Ginny lachend. »Aber es ist eine gute Idee, Jacques. Es sollte hier sein, Mr. Penleigh.« Sie zeigte mit dem Finger auf den Plan. »Die Mädchen haben es während des Krieges als Klassenzimmer benutzt. Es blickt auf den Obstgarten. Und die Vorratsräume, Mr. Penleigh, könnte man zu einem sehr hübschen Wohn- und Eßzimmer für das Personal einrichten...« Jacques strahlte.

Wann immer sie nach London fuhr, lud sie Caroline und Rachel ein, aber nie zusammen. Sie hatte den Eindruck, daß Caroline ungern kam, aber sie und Toby erschienen dennoch stets pflichtbewußt in Seymour House. Sie besuchte Carolines Kinder und brachte ihnen Spielzeug mit, so daß sie Harry genau über sie berichten konnte. Es waren zwei hübsche kleine Jungen, ziemlich ungezogen, so wie es sich für Jungen gehört. »Du kannst stolz auf sie sein«, sagte sie zu Caroline beim Tee.

»Ja, sie sind ganz gelungen«, sagte Caroline achselzuckend. »Es ist eine Erleichterung zu wissen, daß man das getan hat, was von einem erwartet wurde.« Sie wirkte kühl und ein wenig aggressiv, als erwarte sie, kritisiert zu werden.

Ginny erwähnte dies Rachel gegenüber. »Die ideale Ehe scheint mir nicht mehr so ideal zu sein«, antwortete Rachel. »Allmählich macht Caroline sich selbständig. Sie geht öfter allein aus. Nicht mit einem bestimmten Mann, aber sie sitzt nicht mehr allein zu Hause und wartet auf Toby.«

Ginny behielt diese Information so wie vieles andere für sich. Auch die Pläne für Tresillian besprach sie nicht mit Harry, aus Angst, er würde ihr Vorwürfe wegen der hohen Ausgaben machen. Und auch er vermied das Thema. Er wußte zum Beispiel nicht, daß Ginny Arbeiter angestellt hatte, um die Büsche zu stutzen und die toten Äste aus den Bäumen zu entfernen. Eine andere Firma hatte mit der Restaurierung des Turmes begonnen. Er würde eine Ruine bleiben, aber man würde ihn ungefährdet betreten können. Als letztes bestimmte sie, daß Harrys und ihr Schlafzimmer mit anschließendem Ankleide- und Badezimmer an der Vorderseite des Hauses liegen und auf die Stadt und die Bucht von

St. Just blicken sollte statt auf die Felsen von Tresillian und auf das sturmgepeitschte Meer. Die Felsen waren zwar ein großartiger Anblick, aber sie wollte nicht ständig die Brandung hören und an den Tag erinnert werden, wo Chris dort unten hilflos gelegen und Isa ihr Leben verloren hatte.

Die kurzen Reisen nach London waren nur kleine Abweichungen von ihrem wohlgeregelten Leben. Sie bemerkte, daß Harry zuweilen etwas geistesabwesend wirkte, aber er hatte nie über seine Arbeit gesprochen, so daß dies nichts Unübliches bei ihm war. Sie bereitete sich schweigend auf die Zeit nach seiner Pensionierung vor, die in nicht zu weiter Ferne lag. »Meinst du, man wird dich vor deiner Pensionierung«, sie benutzte das Wort ungern, weil er es nicht gern hörte, »noch einmal versetzen?«

»Wenn sie es tun, dann hoffentlich an einen netten, friedlichen Ort. Botschafter hatten früher die Aufgabe, für ihre Regierungen die heißen Kartoffeln aus dem Feuer zu holen, aber im Zeitalter des Telefons übergeht man sie. Die Außenminister reden direkt miteinander, und öfter weiß der Botschafter nicht einmal, was vor sich geht. Premierminister Anthony Eden brütet im Moment irgendwas aus. Ich habe es in der Nase. Gott steh ihm bei, wenn er etwas ohne Eisenhowers Zustimmung unternimmt, denn die wird er so kurz vor den Wahlen nicht bekommen.«

Eine Woche vor den amerikanischen Wahlen besetzten England und Frankreich den Suezkanal unter dem Vorwand, Menschenleben und Besitz schützen zu müssen, nachdem Israel Ägypten angegriffen hatte. Ein wütender Eisenhower gab Anweisung, Sterling zu verkaufen, wodurch das britische Kabinett in den Grundfesten erschüttert wurde. Nach einer Woche war alles vorbei. Israel, Großbritannien und Frankreich zogen sich aus Ägypten zurück, der Kanal war durch versenkte Schiffe blockiert, und die beteiligten Staaten leugneten jegliche Meinungsverschiedenheit ab. Eden brach als Mensch wie als Politiker zusammen, nachdem das Gerücht aufkam, Eisenhower drohe mit Ölsanktionen. Die Russen nützten die allgemeine Verwirrung aus und besetzten Ungarn. Die Presse nahm von diesem Völkerrechtsbruch kaum Notiz.

Zwei Wochen später wurde Harry vom Foreign Office nach London beordert. Er und Ginny kamen an einem regenfeuchten Morgen Ende November an. Mark fuhr am gleichen Tag mit dem Zug nach London. Ein nachsichtiger Schuldirektor hatte ihm freigegeben. Wrisley unterstützte persönliche Kontakte zwischen Eltern und Schülern. Ginny verbrachte einen Teil des Tages mit Mr. Penleigh und dem Innenarchitekten. Harry war direkt ins Foreign Office gegangen. Er hatte eine Verabredung mit dem Staatssekretär, und man hatte ihm angedeutet, daß auch der Außenminister ihn möglicherweise sehen wollte.

Er kam erst nach sieben Uhr zurück. Mark war bereits eingetroffen und nahm ein Bad. Ginny hatte ihm kurz die Pläne für Tresillian gezeigt. Marks Gesicht hatte vor Aufregung geglüht. »Es wird großartig werden. Wie wunderbar, daß du und Vater dort soviel Zeit verbringen werdet. Ich dachte... nun, ich dachte, ihr würdet nach Washington zurückkehren wollen.«

»Das werden wir auch tun, aber nur zu Besuch. Ich glaube, dein Vater wird sich in Tresillian glücklicher fühlen. Und ich lebe gern auf dem Land.«

Harry kam nach Hause und sah verstört aus. Er küßte sie flüchtig und goß sich einen Whisky ein.

»Was ist los, Harry?«

»Ich soll nach Washington. George Halliwell hätte im Oktober in Pension gehen sollen. Aber gerade zu der Zeit platzte die Suez-Sache, und das war nicht der Moment, ihn abzulösen. Und nun ist Eisenhower so wütend auf unseren Premierminister und auf den Außenminister Selwyn Lloyd, daß er sich weigert, Peter Simmons zu akkreditieren, der George Halliwells Nachfolger hätte werden sollen. Anscheinend hält man ihn für einen Mitverschwörer. Sie haben meinen Namen genannt, und ich scheine annehmbar zu sein. Wenn es schon einen britischen Botschafter geben muß, dann wenigstens einen, der zur kritischen Zeit, als das Suez-Komplott angeblich geschmiedet wurde, weder in London noch in Paris war. Und eine amerikanische Ehefrau versüßt die bittere Pille.«

»Harry!«

»Sie haben es natürlich nicht so kraß gesagt, aber es durchblicken lassen. Wir müssen in Washington eine Menge ausbügeln, und das wird nicht leicht. Es sieht bös aus für uns.«

»Willst du das Angebot ablehnen?«

Er drehte sein Glas in der Hand. »Du weißt, der Posten in Washington ist der Traum jedes Berufsdiplomaten. Aber jetzt, da er mir angeboten wird, will ich ihn gar nicht haben. Ich habe mich an das gemächliche Leben gewöhnt. Ich habe keine Lust, jedesmal, wenn die kleinste Sache schiefgeht, einen Rüffel zu bekommen. Ich will mich nicht dauernd entschuldigen müssen. Mein Leben mit dir ist so harmonisch, daß ich selbstsüchtig geworden bin. Der Posten in Washington ist gleichzeitig eine Herausforderung und eine Ehre. Und auf beides kann ich verzichten.«

»Aber du wirst trotzdem beides annehmen?«

»Ich habe mir das Wochenende als Bedenkzeit ausgebeten. Ich gebe es mir selbst ungern zu, aber seit ich mit dir verheiratet bin, wissen sie, daß ich es mir leisten kann zu demissionieren, ohne anderswo arbeiten zu müssen. Ein Gedanke, der mir nicht sehr gefällt.«

»Also wirst du Washington annehmen. Ich weiß, du wirst es tun. Du hast noch einige Dienstjahre vor dir, und die schuldest du eigentlich dem Foreign Office. Aber warum solltest du während dieser Zeit nicht wenigstens die erste Geige spielen? Danach hast du Tresillian und alles andere, was du dir wünschst, redlich verdient.«

»Und was hältst du von der ganzen Sache? Würdest du gerne nach Washington gehen?«

»Ich habe schließlich einen Diplomaten geheiratet, nicht wahr? Und wo du hingehst... Zumindest brauche ich keine fremde Sprache zu lernen. Und Livy und Alex wohnen gleich um die Ecke, und Andrew McClintock wird natürlich ein häufiger Besucher sein.«

»Ginny, machst du dir nicht klar, daß einige Mißgünstige sagen werden, McClintock-Clayton hätten den Posten für mich gekauft, weil es Ginny Clayton besser gefällt, die Frau des britischen Botschafters in Washington statt im ruhigen kleinen Bern zu sein? *Du* wirst die erste Geige spielen. Das Weiße Haus wird sich sehr anstrengen müssen mit seinen Partys und Empfängen, um nicht von der britischen Botschaft ausgestochen zu werden. Siehst du nicht ein, Ginny, daß du für das Foreign Office die Trumpfkarte bist? Besonders da Andrew McClintock, obwohl er ein bekannter Demokrat ist, der republikanischen Partei gleich hohe Summen gespendet hat. Er wußte, Eisenhower würde gewinnen.«

»Harry! Harry, hör auf! Entweder schluckst du deinen Stolz herunter und nimmst in Kauf, was deine Ehe mit mir alles mit sich bringt, oder du schweigst dich darüber aus. Wenn du nach Bern zurück oder demissionieren willst, tu es. Aber ich weiß jetzt schon, daß du nach Washington gehen wirst. Du sagst: ›Die Leute werden das und das sagen.‹ Und ich sage dir: ›Laß sie reden.‹ Ich habe keine Lust, dich jahrelang mißmutig in Tresillian herumhängen zu sehen, weil du dir vorwirfst, dich um diese letzte Anstrengung gedrückt zu haben. Ich weiß, du willst bis zum Ende dein Bestes geben. Danach kannst du dich in allen Ehren und mit großer innerer Befriedigung pensionieren lassen. Nimm den Posten an, Harry.«

»Nun gut, das ist also entschieden. Ich werde mich in die Arbeit stürzen, und den Rest überlasse ich dir.«

Mark kam herunter. Harry stand auf und umarmte ihn. »Du siehst gut aus, Junge, dieses Wrisley scheint dir zu bekommen.« Harry erzählte ihm die Neuigkeit. »Ich fürchte, das bedeutet, du mußt wieder über den Atlantik fliegen. Die altbekannte Strecke.«

»Du wirst den Job prima hinkriegen, Vater.« Sie unterhielten sich weiter, und Ginny stellte fest, daß Mark sich durchaus darüber im klaren war, was für eine heikle Aufgabe seinem Vater bevorstand. Sie sprachen über Suez, die Fehler, die Pfuscherei. Sie hörte ihnen zu, beobachtete sie. Sie war sicher, Harry liebte dieses Kind, als wäre es sein eigenes. Nach Denas Tod waren Harry und sie die einzigen, die wußten, daß Mark nicht Harrys Sohn war. Und vielleicht Mike Goodrick? Aber Mike Goodrick hatte sein Wort gehalten und war aus Marks Leben verschwunden. Mark war Harrys Sohn und würde es immer bleiben.

Im März bezogen Harry und Ginny die britische Botschaft. Die prachtvollen Räume der Botschaft, die von Sir Edward Lutyens im Stil der großen, eleganten englischen Herrenhäuser erbaut worden war, bekamen, obwohl so vertraut, für Harry und Ginny eine neue Bedeutung, denn nun waren sie hier zu Hause.

Harry ging ins Weiße Haus, um sein Beglaubigungsschreiben zu überreichen, und wurde unerwartet herzlich begrüßt. Er wußte, er war der neue Mann, der geschickt worden war, um die Risse des mißlungenen Suez-Abenteuers zu überkleistern, aber persönlich schien ihm das nichts zu schaden. Er war ein erfahrener Diplomat, der sich in Washington auskannte und mit seinen Kollegen und besonders mit der Presse auf gutem Fuß stand. Und er war mit einer Frau verheiratet, die das Geld der McClintock-Claytons und einen der ehrenvollsten Namen Virginias in sich vereinte. Letztere Tatsache wurde von der Presse groß herausgestellt. Die britische Botschaft hatte für die Washingtoner Gesellschaft schon immer Prestige und Faszination ausgestrahlt, und nun hatte sie eine perfekte Hausherrin gefunden – eine der Töchter des Landes. Es wurde viel darüber geredet, was für Feste Lady Camborne geben würde. Ginny hätte ihnen sagen können, daß sie sich von den vorangegangenen wenig unterscheiden würden. Das Lutyens-Haus zwang seinen Bewohnern seine eigenen Regeln auf.

Das diplomatische Corps gab Harry zur Begrüßung die üblichen Empfänge, und so war jeder Abend besetzt. Aber die erste Party, die sie selbst gaben, war privat. Es war eine Feier für Andrew McClintock zu Ehren seines achtzigsten Geburtstags.

Jeder, der eine Einladung ergattert hatte, war gekommen. Es war Frühjahr und der Garten voller Farben; die Türen der großen Säulenhalle standen offen. Nach dem Empfang würden sie im kleinen Kreis essen, nur die Familie und die nächsten Geschäftsfreunde. Als Ginny die Liste durchsah, stellte sie fest, daß der »kleine« Kreis eine Menge Leute umfaßte. Einige kamen aus Europa. Sogar ihr Bruder Robbie hatte sich verlocken lassen; ihrem Vater hingegen ging es zu schlecht, um teilzunehmen. Lucy hatte wie immer abgesagt. Caroline und Toby ließen sich dieses gesellschaftliche Ereignis natürlich nicht entgehen. Zu ihrem Erstaunen bekam sie von Rachel eine Zusage, zuerst eine formelle Karte, der ein persönlicher Brief folgte. »Alles, was der alte Mann repräsentiert, geht mir gegen den Strich, aber er ist schon eine imponierende Erscheinung, und ich hatte einige ganz fabelhafte Streitgespräche mit ihm. Ich möchte wirklich gerne dabei sein, um auf sein Wohl zu trinken.«

Ginny beschloß, sie alle drei, trotz der Kühle, ja geradezu Feindseligkeit, die zwischen den Osbornes und Rachel herrschte, in der Botschaft unterzubringen. Die beiden Mädchen waren schließlich Harrys Töchter. Sie hatte einen Brief an den Schuldirektor von Wrisley geschrieben, in dem sie ihn gebeten hatte, Mark einige Tage freizugeben. Sie wurden ihm aufgrund von Harrys prominenter Stellung ohne weiteres gewährt.

Chris kam aus Los Angeles mit ihrem Mann, dem Filmstar Jeff Rigghouse, den sie vor einem Monat in Las Vegas geheiratet hatte. Sie hatte Ginny und Harry nach der Eheschließung angerufen, kurz bevor die Neuigkeit in den Zeitungen erschien. Ginny hatte sich ausgebootet, beiseite geschoben gefühlt durch die Tatsache, daß ihre einzige Tochter beschlossen hatte, ohne ihr Wissen zu heiraten. Sie hatte nie erwartet, daß Chris sich auf konventionelle Art verheiraten würde, aber Chris' Anruf war nur wenige Minuten vor dem ersten Anruf der Presse gekommen. Eine der Sekretärinnen wurde angewiesen, eine formelle Antwort zu geben: »Wir sind hoch erfreut und hoffen, daß beide glücklich werden.«

Ginny konnte nicht umhin, mit Bedauern an Hugh Meredith zu denken, den sie warmherzig und reizend gefunden hatte. Sie hoffte, Chris habe die richtige Wahl getroffen, aber sie glaubte nicht recht daran.

Die Botschaft war am Abend des Empfangs voll von Menschen. Ginny hatte das Diner sehr spät angesetzt, weil sie wußte, daß es schwierig sein würde, einige ihrer Gäste loszuwerden. Aber allmählich verabschiedeten sie sich, und schließlich gingen auch die letzten.

Sie waren mehr als fünfzig Personen bei Tisch. Andrew McClintock hatte während des stundenlangen Empfangs alle Gratulationen stehend entgegengenommen. Die Zeitungen in Washington und New York hatten lange Artikel über ihn gebracht.

»Sie hören sich wie Nachrufe an«, sagte Andrew McClintock mißmutig zu Alex und warf die Zeitungen auf den Boden.

»Nun, ich habe ein Geburtstagsgeschenk für dich, das dich mehr freuen wird als alle Lobeshymnen in den Zeitungen und alle Kaschmirmorgenröcke und goldenen Schreibtischgarnituren, die du bekommen hast. Livy erwartet wieder ein Kind. Sie ist im zweiten Monat schwanger und fühlt sich prächtig.«

Diese Neuigkeit war vermutlich der Grund für die gute Laune von Andrew McClintock an diesem Abend. Er war zu jedem freundlich und liebenswürdig und richtete sogar an Chris' Ehemann, den er verabscheute, obwohl er ihn nur zweimal gesehen hatte, einige höfliche Worte.

Chris schien vor Aufregung überzusprudeln und hatte vermutlich zuviel Champagner getrunken. »Botschafter, ich bin ganz aus dem Häuschen. Ich fange eine neue Karriere an! Als Geschäftsfrau diesmal! Jeff und ich haben gerade die Filmrechte für *The Way West* gekauft. Sie müssen von dem Roman gehört haben, er ist einer der größten Bestseller aller Zeiten.«

Sie wußte nur zu gut, daß Andrew McClintock nie Romane las. »Wissen Sie, diese Pioniergeschichte – drei Generationen, die den Westen erobern. Jeff und ich werden den Film produzieren und mitspielen. Abgesehen von Jeff, wollen wir noch einige andere berühmte Schauspieler engagieren. Es wird ein richtiger Kassenschlager werden.«

»Und das Geld kommt aus Ihrer Kasse?«

Sie sah ihn ein wenig verwirrt an. »Ja, ja, natürlich. Darauf beruht ja der ganze Plan. Wir wollen, daß alle Rechte und alles Drum und Dran uns gehört, so daß jeder Cent an uns geht...«

»Die Gewinne, meinen Sie? Ich habe schon von Filmen gehört, die Verluste einspielen. Und für die müssen Sie mit Ihrem Privatvermögen geradestehen. Nun, ich wünsche Ihnen viel Glück. Ich hoffe, Sie verlieren nicht Kopf und Kragen. Verzeihen Sie, Ihres Gatten Kragen.«

»Dieser verkalkte Miesmacher«, sagte Chris später zu Rachel. »Das Alter hat ihn nicht milder gestimmt. Er kann einfach den Gedanken nicht ertragen, daß jemand außer ihm oder Alex das Talent hat, Geld zu machen. Abgesehen davon, wissen wir noch nicht einmal, ob Alex besonders geschäftstüchtig ist. Er hat so viele erfahrene Leute um sich herum, die ihn beraten...«

»Sein wie dein Erfolg wird sich eines Tages erweisen«, sagte Rachel und drehte ihr den Rücken zu. Chris starrte ihr nach. Es war lange her, daß sich jemand so brüsk von ihr abgewandt hatte. Sie hatte Rachel von dem Film mit dem Titel *Arriving* erzählen wollen, in dem sie die Hauptrolle spielte. Die Dreharbeiten sollten nächste Woche beginnen. Vermutlich würde er kein großer Kassenerfolg werden, aber sie brauchte noch ein wenig mehr Erfahrung für ihr großes Experiment mit *The Way West*. Sie erinnerte sich an früher, als sie jedes Ereignis eingehend mit Rachel erörtert hatte. Dann zuckte sie die Achseln. Es war nicht ihre Schuld, daß Rachel die Gesellschaft ablehnte und das Leben, das sie, Chris, führte, verachtete. Und Rachel stand es weiß Gott nicht zu, sich als Richterin aufzuspielen. Chris war zumindest mit Jeff verheiratet.

Andrew McClintock war zu Rachel äußerst zuvorkommend gewesen, als sie ihm gratulierte. Er hatte sich sogar leicht vorgebeugt und ihr seine rechte Backe zum Kuß hingehalten. »Es war sehr nett von Ihnen, daß Sie sich die Mühe gemacht haben zu kommen, und Sie haben wenigstens den Takt gehabt, mir kein langes Leben zu wünschen.«

Sie lachte. »Sie werden hundert Jahre alt werden und damit all jene in Verlegenheit bringen, die behaupten, daß aufgeblasene Kapitalisten zu einem frühen Tod verdammt sind. Sie würden mir ehrlich fehlen, Mr. McClintock. Wir haben ganz großartige Streitgespräche miteinander geführt, und ich hoffe, viele werden noch folgen.«

»Das verspreche ich Ihnen, Rachel. Aber nicht heute, es würde Ginny den Abend verderben. Ich würde mich freuen, wenn Sie mit mir vor Ihrer Abreise zu Mittag essen würden. Es interessiert mich zu hören, was die jungen Rebellen heutzutage denken.«

»Ich komme gerne, Botschafter. Wie wär's mit morgen?«

»Auf morgen dann«, sagte er zustimmend.

Man trank an dem langen Tisch auf sein Wohl, und einige von ihnen hielten kurze Ansprachen. Er erhob sich, um zu antworten: »Ich danke Ihnen allen, daß Sie gekommen sind, besonders denjenigen, die eine lange Reise zurücklegen mußten. Einige Dinge, die gesagt worden sind, waren schmeichelhaft und falsch, andere waren schmeichelhaft und vielleicht richtig. Ich kann nicht ein achtzig Jahre langes Leben in wenigen Worten zusammenfassen, und ich will Sie nicht mit langatmigen Erklärungen langweilen. Ich bin dankbar, eine solche Familie und echte Freunde zu haben, aber vor allem bin ich dankbar für die Existenz einer so wunderbaren Frau wie Ginny, die jahrzehntelang Geduld für mich aufgebracht hat. Aber achtzig ist ein hohes Alter, und so trinke ich auf die Jugend und die Fortsetzung der McClintock-Linie. Ich trinke daher auf das neue Baby, das Livy und Alex haben werden.«

Und so wurde die Neuigkeit auf unerwartete Weise publik.

Die drei Frauen, mit denen Livy aufgewachsen war, kamen, um ihr zu gratulieren. Livy spürte, daß nur Rachels

Glückwünsche von Herzen kamen. Carolines klangen eher gleichgültig, als lohne es sich nicht, um ein Baby viel Aufhebens zu machen.

Alex bot Chris und Jeff an, sie ins Hotel zu fahren. »Vielen Dank, ein Wagen wartet draußen auf uns.« Ihr Tonfall zeigte deutlich an, daß ein Filmstar es nicht nötig hatte, mitgenommen zu werden. Im Wagen sagte sie zu Jeff: »Typisch für den alten Trottel, so ein Tamtam um ein Baby zu machen, als ob es etwas Besonderes wäre.«

Jeff lehnte sich zurück und zog an seiner Zigarette. »Willst du ein Baby, Chris? Wir können jederzeit eins machen.« Er habe schließlich, sagte er mit lässiger Arroganz, bereits fünf gezeugt.

»Was? Mit meinem neuen Film, der gerade beginnt, und *The Way West*... du bist wohl von Sinnen.«

»Nun, Livys Neuigkeit hat dich irgendwie aus dem Gleichgewicht gebracht.«

»Ach, sie ist so verdammt selbstzufrieden geworden. Ich könnte sechs Kinder produzieren, und es wäre dem alten Mann schnurzegal. Ich heiße nicht McClintock.«

Die Wochen nach Andrew McClintocks achtzigstem Geburtstag verrannen langsam für Livy. Ihre jetzige Schwangerschaft schien nur noch eine langweilige Routine. Die täglichen Besuche von Andrew McClintock gingen ihr auf die Nerven. Sogar Alex' Besorgtheit irritierte sie. Was war los mit ihr? Hatte ihre Heirat mit Alex nicht alle ihre Träume wahr gemacht? Ihr Verstand sagte ihr, daß sie nicht erwarten konnte, daß Alex jede Minute ihres Lebens ausfüllte. Aber auch das half ihr nicht weiter. Sie war ungeduldig mit ihm und fuhr ihn gelegentlich an. Sie hatten weniger Gäste, was allerdings nicht bedeutete, daß sie häufiger allein zusammen waren. McClintock-Clayton nahm seine ganze Zeit in Anspruch. Manchmal fragte sie sich, wenn er spät abends nach Hause kam, ob er sich mit einer anderen Frau getroffen hatte. War er von seinem häuslichen Leben gelangweilt? Zuweilen sagte er, er nehme im Cosmos-Club noch einen Drink mit

Geschäftsfreunden. Und wenn sie ihn fragte, warum er sie nicht mit nach Hause bringe, antwortete er: »Weil sie dich langweilen würden, Livy. Abgesehen davon, sind es geschäftliche und keine gesellschaftlichen Zusammenkünfte. Es gibt Dinge, die man nur privat sagen kann. Wenn du willst, lade ich die Leute hierher ein, aber dann muß ich mit ihnen in die Bibliothek gehen, und du könntest wiederum nicht mit dabei sein. Der Club ist sehr nützlich. Manchmal erfährt man dort ganz zufällig etwas Wichtiges ...«

Das alles hatte Hand und Fuß, aber es mißfiel ihr. Sie war reizbar und verdrossen. Sie ging oft zur britischen Botschaft, um Ginny zu besuchen. Aber Ginny war meist voll beschäftigt. Als Frau des britischen Botschafters hatte sie kein leichtes Leben. Harry überließ ihr alle gesellschaftlichen Arrangements. Aber wenn Livy erschien, schickte Ginny sofort ihre Sekretärin aus dem Zimmer. Sie tranken Kaffee zusammen, und Livy sprach über ihre Probleme. »Ich weiß nicht, wie Alex mich überhaupt noch ertragen kann, ich nörgle ständig an ihm herum. Er ist so von seiner Arbeit in Anspruch genommen, das heißt, ich hoffe, es ist von seiner Arbeit ...«

»Es ist seine Arbeit. Er versucht alles, was Blair getan hat, zu erledigen und dazu noch Andrew McClintock zu entlasten. Er übernimmt sich, weil er dem alten Mann beweisen will, daß er ein fähiger Nachfolger ist.« Ginny spreizte die Finger. »Das ganze Unternehmen wird einfach zu groß, und Alex kann genauso schlecht delegieren wie sein Großvater. Und dieser sieht die Dinge noch immer so wie damals, als ich seinen Sohn heiratete. Aber zu jener Zeit war der Konzern viel kleiner und die Führung weniger kompliziert. Und was dich betrifft, Livy: Sich zu langweilen ist ein Preis, den man oft für Schwangerschaft zahlt und dafür, eine reiche Frau ohne Beruf zu sein. Müßtest du dich persönlich um Jamie kümmern, wärst du jetzt nicht so unausgefüllt.«

»Ich würde es nur zu gerne tun, aber man erlaubt es mir ja nicht. Ich wünschte, das Leben wäre einfacher. Ich hasse es, wie eine Invalide behandelt zu werden ...«

Livy pflegte zu Fuß zurück ins McClintock-Haus zu gehen,

während der Wagen ihr langsam folgte. Gelegentlich ließ sie sich in ein Museum fahren, wo sie ungestört herumgehen und sich hinsetzen konnte, wann sie wollte. Einmal suchte sie einen der Frauenclubs auf, bei denen sie Mitglied war, und trank dort einen Orangensaft und blätterte die Zeitschriften durch. Sie kehrte erst kurz vor dem Abendessen nach Hause zurück.

Alex war außer sich. »Wo, zum Teufel, bist du gewesen? Wenn ich nicht gewußt hätte, daß du den Wagen genommen hast und Malcolm bei dir ist ... Dir hätte alles mögliche zustoßen können ... Warum hast du nicht wenigstens angerufen?«

»Oh, ich war im Club und hatte einen Drink«, sagte sie boshaft, denn das sagte er oft zu ihr. »Ich dachte, du seist nicht hier oder würdest meine Abwesenheit ohnehin nicht bemerken.«

»Verdammt noch mal, sei nicht so giftig. Was ist mit der Livy geschehen, die nichts anderes wollte, als mit mir zusammenzuleben?«

»Wenn du das zusammenleben nennst ... Ich tue nichts anderes, als zu warten, bis du geruhst, nach Hause zu kommen. Kaum bist du da, verschwindest du in der Bibliothek, und gleich nach dem Abendessen vertiefst du dich in deine Akten. Wenn ich vor dem Feuer Babysöckchen stricken könnte und du mir gegenübersäßest, könnte ich das alles ertragen. Aber leider wäre es höchst lächerlich für ein McClintock-Kind, selbstgestrickte Babysöckchen zu tragen, wenn es jedes Paar in jedem Laden Washingtons haben kann.«

»Dann strick für die Armen, aber hör auf, dich selbst zu bemitleiden.«

Sie verzehrten ihre Mahlzeit fast schweigend; nur wenn der Butler im Zimmer war, hielten sie eine gekünstelte Unterhaltung aufrecht. Das ist eben eine der Schwierigkeiten, dachte Livy, daß ich nicht für Alex zu kochen brauche, nichts zu tun habe.

Sie ging früh zu Bett, müde und unglücklich. Sie wußte, sie war ungerecht, fand aber keine Worte, es ihm zu sagen. Sie wälzte sich lange hin und her, fiel dann endlich in einen tiefen Schlaf und wachte erst spät auf. Sie bemerkte, daß Alex in der Nacht nicht ihr Bett geteilt hatte, sondern auf der Couch im Ankleidezimmer geschlafen hatte. Aber er war schon fort. Sie setzte sich auf die Bettkante und fing an zu weinen. Um zehn Uhr wagte der Butler, sie über das Haustelefon anzurufen.

»Ich wollte nur fragen, ob ich das Frühstück servieren darf, Madam.« Es war zwei Stunden nach ihrer normalen Frühstückszeit, und er wußte, daß eine schwangere Frau die Mahlzeiten möglichst pünktlich einhalten mußte. Livy trank ein Glas Orangensaft und knabberte an einem trockenen Toast. Ihr war übel. Aber es war keine Schwangerschaftsübelkeit.

Sie ließ sich in die Botschaft fahren, doch als sie nach Lady Camborne fragte, sagte man ihr, sie sei auf einer Sitzung des Roten-Kreuz-Komitees. Doch Ginny erschien sogleich. Livy fühlte sich schuldbewußt. Ginny sagte: »Warte bitte zehn Minuten, dann bin ich fertig und habe Zeit für dich.«

Ginny ließ Kaffee in ihren Salon bringen und goß ihn langsam ein. »Was ist passiert?«

Livy erzählte es ihr und war beschämt. Es klang alles so trivial, und dennoch war es im Kern sehr ernst.

»Ihr beide habt nach dem Flugzeugunglück schwere Zeiten durchgemacht. Zuweilen setzt erst Jahre später eine Art... Ermüdung ein. Wenn ich Harry nicht hätte, würde ich vermutlich langsam den Verstand verlieren. Alex hat eine übermenschliche Anstrengung gemacht, um wieder ein halbwegs normales Leben führen zu können. Und für dich ist es die dritte Schwangerschaft in drei Jahren, Livy. Es ist einfach zuviel für dich.«

Sie stand auf, nahm ihre Kaffeetasse mit und starrte in den Garten der Botschaft hinunter. »Laß mich kurz nachdenken... Mark beendet diese Woche die Schule und besucht Thea und Herbert für zwei Wochen, bevor er hierherkommt. Nach meiner Meinung wäre es das beste, wir würden ihn in St. Just treffen. Natürlich würden wir das Schiff nehmen... Hör nicht auf das, was Alex oder Andrew McClintock sagen, überlaß die Diskussionen mir. Wir buchen die nächste Überfahrt und bleiben für mindestens einen Monat in Tresillian, oder besser in deinem Haus in St. Just. Tresillian ist noch nicht bewohnbar.«

Livy holte tief Luft und fühlte sich gleich viel besser. Ihr kam es so vor, als könnte sie bereits jetzt die salzige Luft riechen und die Brandung hören. Ein seltsamer Friede breitete sich in ihrem Inneren aus.

»Ach, das wäre himmlisch. Aber kannst du dich freimachen?«

»Ich muß in Tresillian nach dem Rechten sehen, nicht wahr? Laß die Männer reden, was sie wollen...« Die Idee, einen ganzen Monat von Harry getrennt zu sein, machte Ginny unglücklich, aber sie ließ es sich nicht anmerken. Sie war zutiefst bestürzt über Livys Aussehen. Vielleicht, dachte sie, mache ich den größten Fehler meines Lebens, indem ich Livy und Alex jetzt trenne, aber wenn sie sich weiter so entfremden, kommt es zur Katastrophe.

Trotz Protesten von allen Seiten nahmen sie das nächste Schiff. Andrew McClintock war wütend, daß Livy in ihrem Zustand reisen und Jamie mitnehmen wollte. Natürlich würde die Kinderschwester sie begleiten; trotzdem war er dagegen. Alex hatte sich kaum geäußert, weder Zustimmung noch Ärger gezeigt. Beim Abschied war er kühl gewesen. »Hoffentlich«, sagte Livy, »treibe ich ihn nicht in die Arme einer anderen Frau.«

»Er wird nicht in deinen Armen bleiben, wenn ihr weiterhin so aufeinander einhackt.«

Mark hatte den Zug nach Southampton genommen, um sie abzuholen. Sein Gesicht strahlte, als er versuchte, alle drei – Ginny, Livy und Jamie – zu umarmen. »Wie wunderbar! So eine Überraschung! Thea und Herbert können es nicht erwarten, euch zu sehen. Ihr ahnt gar nicht, was in Tresillian alles vor sich geht! Es wird phantastisch sein, wenn es je fertig wird.«

Der unvermeidliche Wagen von McClintock-Clayton wartete auf sie. Aber diesmal war Livy dankbar für die Bequemlichkeit.

Thea und Herbert erwarteten sie in Livys Haus in St. Just. Die Zimmer waren mit Gartenblumen geschmückt, kalter Salm stand fürs Abendessen bereit, und Nell und eine andere Kusine warteten mit einem breiten Lächeln an der Küchentür. Jeder bewunderte Jamie, der die ganze Fahrt über geschlafen hatte und daher äußerst lebhaft war. Livy war erstaunt und beschämt, wie erleichtert sie war, ihn der Kinderschwester zu übergeben.

Das einzige, was Livy mißfiel, war Herberts Aussehen. Bei ihrer Ankunft hatte er sich nur mühsam von seinem Stuhl erhoben. Er mußte fast nach jedem Satz eine Pause einlegen, um Atem zu holen. Er kann erst Mitte Sechzig sein, dachte Livy, und sieht älter aus als Andrew McClintock.

Am nächsten Morgen fuhren sie alle im McClintock-Clayton-Wagen nach Tresillian. Sie wären lieber zu Fuß gegangen, aber Herbert konnte den Hügel nicht mehr erklimmen; es fiel ihm sogar schwer, ein paar Schritte geradeaus zu gehen. Er blieb mit der Kinderschwester und Jamie im Wagen sitzen.

Sie gingen von Zimmer zu Zimmer, soweit der Stand der Renovierungsarbeiten es ihnen erlaubte. Mr. Penleigh begleitete sie, flatternd vor Aufregung. Das Dach war schon vor Monaten repariert worden, so daß die Innenarbeiten vor dem Wetter geschützt ausgeführt werden konnten. »Wenn alles beendet ist, wird es großartig aussehen.«

»Sie haben wirklich ausgezeichnete Arbeit geleistet, Mr. Penleigh. Aber versuchen Sie, schnell fertig zu werden. Ich möchte so bald wie möglich einziehen.«

Die Tage vergingen ruhig und angenehm in St. Just. Sie sahen Thea und Herbert jeden Tag, aber nie für sehr lange, um Herbert nicht zu sehr zu ermüden. Ginny und Livy besuchten ihre alten, vertrauten Plätze und nahmen oft Jamie mit. Sie waren entzückt zu sehen, daß keiner der Sommergäste sie entdeckt hatte. Livy erholte sich in der frischen, aromatischen Luft. Sie fing an, Briefe an Alex zu schreiben, in denen sie versuchte, ihm zu erklären, was sie empfunden hatte. Aber keiner befriedigte sie. Einmal nahm sie den Hörer in die Hand, um anzurufen, aber legte ihn gleich wieder auf. Was sollte sie ihm sagen? »Verzeih mir ... ich liebe dich.« Schwer auszusprechen, wo so lange schon Schweigen zwischen ihnen herrschte.

Aber sie konnte es aussprechen, als Alex eines Nachmittags an die Haustür klopfte, nachdem er den am Flughafen gemieteten Wagen in der engen Straße geparkt hatte. Sie flog in seine Arme.

»Es war falsch von mir, dich allein zu lassen. Ich habe dich so vermißt ...«

»Nicht mehr, als ich dich und Jamie vermißt habe. Ich habe mich so einsam gefühlt. Selbst während dieser wenigen Wochen. Du bist der Angelpunkt meines Lebens. Ich kann den Gedanken nicht ertragen, dich zu verlieren.«

Ginny zog zu Thea und Herbert, um für Alex Platz zu machen. Sie war über das Auftauchen ihres Sohnes sehr glücklich, hatte es aber richtig gefunden, ihre Gefühle nicht zu deutlich zu zeigen. Sie ließ die beiden allein picknicken und am Strand spazierengehen. Sie spielten mit Jamie, und Alex kletterte mit einigen Schwierigkeiten über die Bretter und Gerüste in Tresillian. Am Ende war er mit Kalk und Staub bedeckt, aber hell begeistert.

»Ich weiß, was Mutter tut: Sie baut für uns alle ein Haus des Friedens.«

Sie wanderten zurück nach St. Just. Für kurze Strecken nahmen sie niemals den Wagen. Am Abend zeigte ihm Livy die Briefe, die sie zu schreiben versucht hatte.

»Aber Livy, das sind keine Briefe, das sind Anfänge einer Geschichte. Irgend etwas, das du zu sagen versuchst ... manchmal ist es an mich, manchmal an Jamie, manchmal an das ungeborene Baby gerichtet.«

»Es war das einzige, was mir einfiel: Geschichten über das Meer, alte kornische Legenden, Dinge, die ich von meiner Familie gehört habe. Wie anders konnte ich dir und den Kindern klarmachen, warum ich unbedingt hierherkommen mußte? Ginny hat es intuitiv erfaßt. Wenn ich dort oben auf den Klippen stehe, habe ich den Eindruck, als reiste ich in vergangene Zeiten.«

»Livy, Livy, verlaß mich nicht wieder. Geh nicht so weit in die Vergangenheit zurück, daß ich dir nicht mehr folgen kann.«

Sie nahmen wieder das Schiff nach New York. Alex sagte kein einziges Mal, daß er eigentlich hätte fliegen sollen, um schneller im Büro zu sein. Die heilenden Kräfte von St. Just hatten auch ihm gutgetan. Frühmorgens ging er mit Livy an Deck spazieren, er schwamm, wenn das Schwimmbecken menschenleer war, und aß mit seiner Frau und seiner Mutter jeden Abend am Kapitänstisch, obwohl er lieber in seiner Luxussuite geblieben wäre.

Er klammerte sich an Livy, die ihm seelisch eine Stütze war, so wie sein Stock ihm körperlich eine Stütze war. Livy erinnerte sich an Ginnys Worte, daß die Müdigkeit nach einer großen Anstrengung sich manchmal erst Jahre später bemerkbar mache.

Das Schiff legte in New York an. Andrew McClintock kam mit dem ersten Paßkontrollbeamten an Bord. Man führte ihn sofort in die Luxussuite, wo sie alle beim Frühstück saßen. Der Steward goß ihm eine Tasse Kaffee ein und verzog sich.

»Es tut mir leid, daß ich euch schlechte Nachrichten bringe. Thea hat das Telegramm an mich geschickt, weil sie euch nicht die Ferien verderben wollte. Herbert Gardiner ist in der Nacht nach eurer Abreise gestorben. Das Begräbnis hat bereits stattgefunden.«

Mark sah ihn traurig an, stand auf und ging aus der Kabine. Andrew McClintock sagte betreten: »Livy, er war dein Adoptivvater. In gewisser Weise war er für euch alle, als ihr heranwuchst, ein Vater.«

Alex humpelte zum Bullauge und gab vor, am Ausladen des Gepäcks interessiert zu sein. Dann kam er zurück und legte den Arm um Livy: »Er wird im Geist immer bei dir sein, Liebste, so wie deine Eltern.«

Livys und Alex' zweites Kind kam im November zur Welt. Es war ein kleiner, wohlgeformter Knabe mit blasser Haut, dunklem Haar und Alex' dunkelgrauen Augen. Er war kleiner als Jamie bei der Geburt und schlug nicht wie sein Bruder um sich oder fuchtelte mit den Ärmchen. Er scheint, dachte Livy, vom ersten Atemzug an sparsam mit seinen Bewegungen umzugehen.

Sie wiederholte diesen Gedanken dem Arzt, der zustimmend nickte und nicht über sie lachte: »Manche Babys sind sehr ruhig. Aber machen Sie sich deswegen keine Sorgen. Sein kleines Herz schlägt ganz normal. Und er ist weder anfällig noch schwach. Er ist vielleicht eines dieser kleinen Lebewesen, die von Natur aus das Beste aus allem machen.«

Andrew McClintock kam, nachdem Alex gegangen war. Er starrte lange auf das Kind, das neben Livy in der Wiege lag. Dann sagte er: »Er sieht Alex sehr ähnlich, man kann es jetzt schon sehen. Aber noch etwas – er sieht wie ein Abbild meines Sohnes Alex aus, des russischen Kindes, wenn Sie es so nennen wollen. Sie haben uns eine verschollene Generation wiedergegeben, Livy. Sie haben mir meinen Sohn wiedergegeben.« Er hatte sehr langsam gesprochen, als müßte er jedes Wort auf die Waagschale legen. Schließlich stand er auf und reckte sich in die Höhe; sein Körper schien mit dem Alter zusammengesunken zu sein, aber wenn er sich gerade aufrichtete, wirkte er noch immer sehr imposant. »Für mich ist es wie ein Wunder, meinen eigenen Sohn wiedergeboren zu sehen. Ich danke Ihnen, Livy.«

Auf diesen Besuch folgten Juwelen, wie Livy sie noch nie gesehen hatte und die sogar Alex' großzügige Geschenke übertrafen. Ein Halsband, Ohrringe und ein Armband aus Saphiren. Sie war überwältigt und bat Alex, sie sofort in den Safe zu legen. Sie war nur mit ihrem Ehering ins Krankenhaus gekommen; nun bat sie um den Opal. »Ich vermisse ihn, ich hänge sehr an ihm.« Und wenn sie das Baby hielt, bewegte sie den dunkelfarbigen Stein vor seinen Augen hin und her. »Das ist deine Heimat, mein Liebling, das weite Meer.«

Ginny, die das Baby wenige Stunden nach der Geburt gesehen hatte, kam am folgenden Tag wieder. Sie betrachtete es aufmerksam, so wie Andrew McClintock es getan hatte. »Ja«, sagte sie, »der alte Mann mag recht haben. Ich habe Alex, seinen Sohn, natürlich nie als Baby gesehen, aber die Ähnlichkeit ist unverkennbar. Was für ein Geschenk für Andrew in seinem Alter! Er glaubt tatsächlich, sein Sohn sei wiedergeboren worden. Du wirst dieses Kind mit Händen und Füßen verteidigen müssen, Livy. Er wird es noch mehr mit Beschlag belegen wollen als Jamie.«

Zwei Monate nach der Geburt wurde das Baby auf den Namen Alexander Andrew Oliver Herbert getauft. In letzter Minute hatte Livy darauf bestanden, den Namen Tristan hinzuzufügen. Es hatte einige Proteste hervorgerufen, aber sie setzte ihren Willen durch. »Was macht es schon aus? Niemand wird den Namen je benutzen. Es ist nur ein Art Erinnerung an meine Mutter.«

Sein Vater und sein Großvater trugen schon die zwei ersten Vornamen, und so wurde der Knabe Oliver gerufen. Aber Livy, wenn sie ihn nährte, flüsterte ihm leise »Tristan« ins Ohr. Manchmal öffnete er die Augen und blickte sie an, als wüßte er, daß sie ein Geheimnis teilten.

Zu Ostern sahen sie Bilder von dem langen Zug, angeführt vom alternden Bertrand Russell, der von Aldermaston nach London marschierte und die atomare Abrüstung verlangte. Neben Russell ging die kräftige Gestalt Frazer Campbells. Caroline sandte ihrem Vater und Ginny ein Zeitungsfoto, auf dem Rachels Gesicht hinter Campbell klar zu erkennen war.

> Es ist wirklich empörend! Ich hasse es, zugeben zu müssen, daß sie meine Schwester ist. Wißt Ihr, daß sie einige Stunden hinter Schloß und Riegel saß, bis Frazer Campbell oder ein anderer ihrer Kommunistenfreunde sie gegen Kaution herausgeholt haben? Sie bekommt vermutlich eine Geldstrafe wegen Unruhestiftung, und wenn sie die nicht zahlt, muß sie erneut ins Gefängnis.

Rachel weigerte sich, die kleine Geldstrafe zu zahlen, und verbot jedem, es für sie zu tun. Sie wurde zu vier Wochen Gefängnis verurteilt. Die Zeitungen wußten nicht, was sie mehr hervorheben sollten: daß sie die Tochter des britischen Botschafters in Washington oder die Geliebte Frazer Campbells war. Letzteres konnte wegen der strengen Pressegesetze nur angedeutet werden, und so konzentrierten sie sich mehr auf Washington.

Harry erwartete täglich eine Nachricht des Foreign Office mit der Aufforderung zu demissionieren. Rachel schrieb nach drei Wochen im Gefängnis, daß man sie wegen guter Führung eine Woche früher entlassen hätte.

> Es tut mir leid, wenn ich Euch Ärger verursacht habe, aber mein Gewissen ließ mir keine andere Wahl. Ich kann mir nicht vorstellen, daß das Foreign Office Vater für etwas strafen wird, was ich getan habe.

Mark schrieb aus Wrisley:

> Die halbe Schule ist für atomare Abrüstung, die andere Hälfte dagegen. Rachel ist also für die einen eine Heldin, für die anderen eine Verräterin. Kommt Ihr diesen Sommer nach Tresillian? Vater hat doch sicher einige Wochen Ferien? Thea würde sich riesig freuen, Euch alle zu sehen. Sie muß sich oft sehr einsam fühlen. Sie sagt, Tresillian sei fertig, abgesehen von ein paar Kleinigkeiten.

Ginny hatte vor, einige Wochen in Tresillian zu verbringen, und Harry hatte versprochen, sie zu begleiten. Auf Andrew McClintocks Drängen hin wollten Alex, Livy und die zwei Kinder ebenfalls hinfahren. »Vielleicht komme sogar ich und seh mir das renovierte Haus an.« Er hatte wie Alex begriffen, daß es für Livy ein tiefes Bedürfnis war, ihren Geburtsort möglichst oft wiederzusehen. Die Welt der Finanzen und des Handels, der Intrigen und Fusionen würde ihr immer fremd bleiben, aber sie spielte die ihr auferlegte Rolle als

Gastgeberin der Mächtigen, ohne zu murren, und täuschte überzeugend Interesse vor. Sie gab Partys, ging auf Bälle und Empfänge und trug ihre Kleider und ihren Schmuck mit lässiger Eleganz. Sie hatte sich nach Olivers Geburt schnell erholt und strahlte eine reifere und noch sinnlichere Schönheit aus. Sie hatte einen zweiten Schreibtisch in die Bibliothek stellen lassen, und wenn Alex arbeitete, schrieb oder las sie dort.

»Was schreibst du eigentlich so eifrig?« hatte Alex sie eines Tages gefragt.

»Ich weiß nicht recht – Märchen, Geschichten für die Kinder und für dich. Eine Art Fortsetzung von dem, was ich letzten Sommer an dich schrieb. Aber bitte mich nicht, sie dir zu zeigen, sie sind nicht gut …«

Er drängte sie nicht, aber er hoffte, sie würde ihm von sich aus diese Fragmente, oder was immer es war, zu lesen geben. Besonders da er wußte, daß sie ein Teil der privaten, geheimnisvollen Welt waren, in der Livy lebte, eine Welt, die nichts mit seiner Welt der Machtkämpfe und des Geldes zu tun hatte. Zuweilen beneidete er sie und fragte sich, warum er sich so für McClintock-Clayton abrackerte. An seinem fünfundzwanzigsten Geburtstag war er von seinem Großvater völlig unabhängig geworden. Er hätte diesen ganzen Problemen, den Akten, den Konferenzen den Rücken zukehren können. Aber er sah bedeutende Veränderungen voraus und wollte die Weichen richtig stellen. Er hatte seinem Großvater mit großer Mühe die Zustimmung abgerungen, den einzelnen Zweigen des riesigen Unternehmens mehr Unabhängigkeit zu geben. Er und sein Großvater standen noch immer an der Spitze, aber diese glich mehr der Spitze einer Pyramide, die auf einer sehr breiten Basis ruhte, als der Spitze eines Turmes. Er bezog seine Mutter immer öfter in die geschäftlichen Diskussionen mit ein, weil ihre Aktien von großer Wichtigkeit waren. Ein wesentlicher Teil von Blairs Einfluß war auf sie übergegangen. Und er sprach auch immer häufiger mit Livy über geschäftliche Dinge.

»Ich will dich nicht langweilen, aber die McClintock-Familie ist immer noch sehr klein. Du hast ihr zwei junge

Männer hinzugefügt, die vermutlich eines Tages in das Geschäft eintreten werden. Aber wenn ich plötzlich verunfalle...«, er sah, daß sie zusammenzuckte, aber fuhr fort, »will ich, daß du Bescheid weißt. Du und Mutter müßtet dann für einige Zeit Jamies und Olivers Interessen wahrnehmen.« Er lächelte sie an, um den angstvollen Ausdruck aus ihrem Gesicht zu vertreiben. »Natürlich wissen wir nicht, was diese beiden Burschen aus ihrem Leben machen wollen. Es würde mich nicht erstaunen, wenn der eine ein Poet und der andere ein Maler würde.«

»Würdest du das zulassen?«

»Livy, ich bin nicht mein Großvater. Ich verlange nicht, daß sie sich McClintock-Clayton widmen, wenn sie es nicht wollen. Bis sie alt genug sind, den Konzern zu übernehmen, hat er vielleicht solch riesige Ausmaße angenommen, daß sie nur einen winzigen Teil dirigieren können. Oder vielleicht ist er bis dahin pleite gegangen... Alles kann passieren. Aber solange mein Großvater am Leben ist, muß ich weitermachen. Den beiden Jungen mag der ganze Kram nicht gefallen. Doch in der Zwischenzeit schreibe du deine Geschichten, und ich verdiene unser täglich Brot.«

Sie sagte schmunzelnd: »Vergiß nicht, daß Andrew McClintock noch immer versucht, mich zu einer wohlhabenden Frau zu machen. Oh, nicht reich, aber zumindest reich genug, um in St. Just leben zu können. Du weißt ja, daß ich alle drei Monate mit ihm zusammen esse, um über ›meine Vermögenslage‹, wie er es nennt, zu reden. Und ich besitze nicht nur McClintock-Clayton-Aktien. Er hat mein Geld auch bei anderen Unternehmen angelegt, um mich unabhängig zu machen, falls McClintock-Clayton je bankrott gehen sollte.«

Alex lachte. »Der schlaue alte Fuchs. Nun, vielleicht wirst du mich eines Tages ernähren müssen...«

Livy zuckte die Achseln. »Und dann werden wir nur noch ein paar Renoir und Degas und einen kleinen Schrankkoffer voller Schmuck übrig haben – was für eine kärgliche Existenz.«

Er sagte ernst: »Ich wünschte, ich könnte mit dir und den

Jungens in deinem Häuschen in St. Just wohnen. Das heißt, wenn du mich einläßt.«

»Du hast den Hausschlüssel, soweit ich mich erinnere.«

Ginny hatte Rachel und Caroline über ihre Sommerpläne geschrieben und beide nach Tresillian eingeladen. Bei Rachels Brief hatte sie einen Nachsatz hinzugefügt.

Ist es nicht an der Zeit, daß wir Frazer Campbell kennenlernen? Willst Du ihn nicht nach Tresillian mitbringen? Oder wenn ihm das nicht behagt, wie wäre es mit einem Abendessen in Seymour House?

Rachel antwortete postwendend:

Du bist die großzügigste Frau, die ich kenne. Ja, ich glaube, Seymour House ist eine bessere Idee als Tresillian. Es ist einfach diskreter. Das Engagement für die atomare Abrüstung kann Frazers Aufstieg oder seinen Untergang bedeuten. Entweder wird er der Führer der Labour-Partei oder ein unbedeutender Hintermann bleiben. Während der Parlamentsferien will er nach Rußland fahren. Vielleicht begleite ich ihn. Aber dann ist natürlich der Teufel los. Ich befürchte, daß nicht einmal sein ihm sehr ergebener Wahlkreis solch einen Skandal schluckt. Aber die Zeiten ändern sich. Sogar Personen des öffentlichen Lebens können sich scheiden lassen, ohne ihre Karriere zu ruinieren. Ich weiß nicht, ob Frazer sich so weit vorwagt, aber wenn, dann würde ich das Risiko auf mich nehmen. Entweder ist es ein Triumph oder das Ende von allem.

Ginny hatte den Eindruck, daß sie Rachel während des Sommers nicht in Tresillian sehen würde.

Ginnys Brief an ihre Tochter erreichte Chris in Kalifornien.

Ich wünschte, wir könnten wieder einmal alle zusammen in Tresillian sein. Ich erwarte nicht, daß wir die alten Zeiten heraufbeschwören, aber es wäre nett, Euch zu sehen, selbst wenn es nur für ein paar Tage sein könnte. Mich langweilen die vielen offiziellen Feste, wo man nichts als Gemeinplätze austauscht. Komm und bring auch Jeff mit. Es ist an der Zeit, daß wir ihn näher kennenlernen.

Chris las den Brief noch einmal durch – zum vierten Mal –, beim Schein einer Sturmlaterne in ihrem Strandhaus in Malibu. Sie hatte sich hierher geflüchtet, um endlich Ruhe zu haben. Es gab noch ein sehr viel eleganteres Haus in Beverly Hills, das sie jedoch haßte. Aber es war ein Statussymbol, das Jeff für unerläßlich hielt. Daß sie es mit ihrem Geld gekauft hatte und unterhielt, wurde nie erwähnt. Ein großer Teil seiner Gage ging an seine drei früheren Ehefrauen und an seine Kinder, bis sie großjährig waren. Vielleicht spielte er deshalb ohne Rücksicht auf Verluste Roulette in Las Vegas. Chris fürchtete seine häufigen Ausflüge dorthin. Manchmal gewann er, aber das war noch schlimmer, weil er dann dachte, er hätte eine Glückssträhne.

Der Film *Arriving*, den sie im letzten Jahr gedreht hatte, war von den Kritikern unerwarteterweise gepriesen worden, aber beim Publikum nicht sehr gut angekommen. Und obwohl sie in allen Zeitungen lobend erwähnt worden war, hatte er sie nicht zu dem Star gemacht, den ein Film wie *The Way West* verlangte. Sie erhob sich, legte Ginnys Brief unter die Sturmlaterne und ging die Stufen hinunter zum Strand. Es mußte bereits spät sein, denn in fast allen anderen Häusern waren die Lichter schon aus. Die Brandung glitzerte unter der bleichen Sichel des Neumonds. Sie ging barfuß bis an das Ufer.

The Way West nahm die Proportionen eines Alptraums an. Zwei sehr teure Autoren hatten sich an dem Drehbuch versucht, waren aber dem Roman nicht gerecht geworden. Ein dritter, Rod Gibbins, war engagiert worden und wohnte auf Kosten der Firma in einem teuren Hotel. Er hatte Chris gesagt, sie könne das Drehbuch erst sehen, wenn es fertig sei. Aber Chris hörte von anderen, daß er viele Stunden in der Bar am Schwimmbecken mit Drinks statt mit einem Bleistift in der Hand verbrachte und jeden, der vorbeikam, einlud. Es klang nicht nach harter Arbeit, hatte Chris gedacht und es ihm auch gesagt. »Nerven Sie mich nicht«, hatte er sie angefahren. »Ich arbeite die halben Nächte durch und mache mir während des Tages Notizen. Sie werden das Drehbuch sehen, wenn es fertig ist. Und ich schwöre Ihnen, es lohnt sich, darauf zu warten …«

Jeff gesellte sich ihm nur zu oft hinzu. »Ich muß ihn im Auge behalten«, sagte er, als Chris ihm Vorwürfe machte. »Das ist schließlich die Aufgabe eines Produzenten, nicht wahr?«

Sie schauderte, wenn sie an die Probleme dachte, die sich vor ihr aufzutürmen begannen. Sie war zu unerfahren, und Jeff hatte noch nie in seinem Leben einen Film finanziert. Es waren berauschende Zeiten gewesen, kurz nach ihrer Heirat, als er sie dazu überredet hatte, mit ihm als Star *The Way West* zu produzieren. Sein letzter Film war damals noch nicht gezeigt worden, aber als er in die Kinos kam, erwies er sich als ein kompletter Reinfall. Und das grausame Hollywood-Gesetz, wonach jeder nur so gut ist wie sein letzter Film, galt auch für ihn. Es hieß, Jeff hätte seinen Höhepunkt überschritten. Die anderen Stars, mit denen sie gerechnet hatten, hatten plötzlich keine Zeit oder wollten das Drehbuch sehen, bevor sie sich festlegten. Chris selbst war relativ unbekannt in Hollywood, und Jeff, wie sie jetzt begriff, war eine Größe von gestern. Und er hatte bereits begonnen, das Leben eines Abgeschriebenen zu führen. Seine straffe, geschmeidige Gestalt, die ihm soviel Bewunderung eingebracht hatte, wirkte jetzt aufgeschwemmt. Sein Doppelkinn war nicht mehr zu verbergen, und es fiel ihm schwer, seinen Bauch einzuziehen. Er versuchte, seinen Abstieg durch luxuriöse Feste in dem Haus in Beverly Hills zu überspielen. »Du mußt in dieser Stadt gesehen werden, sonst vergessen sie dich«, sagte er mit der lässigen Arroganz, die seine weiblichen Fans so anziehend gefunden hatten, die jetzt aber nur noch kläglich und protzig wirkte.

Der von ihrem Vater geerbte Geschäftssinn sagte Chris, daß es besser sei, das ganze Projekt aufzugeben, den Autor auszuzahlen und die Sekretärinnen, auf denen Jeff bestanden hatte und die unbeschäftigt in den Büros herumsaßen, zu entlassen. Es war eine Sache, ein Vermögen zu besitzen, dessen Zinsen sie nicht einmal aufbrauchen konnte, aber es war eine andere Sache, wie ihr Steuerberater so richtig bemerkt hatte, einen Film zu finanzieren, der dieses Vermögen aufbrauchen würde, bevor die Gewinne hereinkamen. Sie wünschte, sie könnte aussteigen und das Ganze als Verlustgeschäft abschreiben. Doch das würde für Jeff das Ende seiner Karriere bedeuten. Er hatte kein anderes Filmangebot. Seine ganze Zukunft hing von *The Way West* ab. Wenn sie jetzt aufgab, würde sie ihn zerstören.

Und sie selbst? Würde auch sie zerstört werden? Es war sinnlos, Jeff vorzuwerfen, daß alles, was einmal zwischen ihnen bestanden hatte, in die Brüche gegangen war. Sie hatten sich geliebt, aber ihr war allmählich klargeworden, daß sie beide vor allem den Erfolg geliebt hatten.

Sie blickte im fahlen Mondlicht auf das Meer und wünschte, sie könnte nach Tresillian fahren, nicht nur für einige Wochen, wie ihre Mutter vorgeschlagen hatte, sondern einfach zurückfahren und neu beginnen. Das Meer hatte für sie immer Angst und Lockung bedeutet. Und einmal hätte es sie fast verschlungen, wenn Isa nicht gewesen wäre. Isa hatte ihr Leben gelassen, um sie zu retten. Wozu? Sie dachte an die drei Mädchen, die mit ihr die Kriegsjahre dort verbracht hatten, und daran, wie sie nach Isas Tod zu viert stumm zusammengesessen hatten.

Sie drehte sich um und ging zurück zu ihrem Strandhaus. Sie suchte nach dem Brief ihrer Mutter, aber er lag nicht mehr unter der Sturmlaterne. Der Wind hatte ihn vermutlich davongetragen. Aber es war nicht weiter wichtig. Sie würde schreiben, daß sie und Jeff zu beschäftigt seien, um nach Tresillian zu kommen.

Sie holte eine Flasche Kognak und schenkte sich ein Glas ein. Sie saß noch immer auf dem Balkon, als die Morgendämmerung die Umrisse der Berge abzeichnete. Sie fühlte sich einsam und fürchtete sich vor der Zukunft.

15

Von außen sah Tresillian unverändert aus, als Ginny und Harry, Alex, Livy und die zwei Kinder und deren Kinderschwester vor dem großen Haus ausstiegen. Aber als sie eintraten, sahen sie den Unterschied. Die Halle und das Treppenhaus mit den schweren, massiven Möbeln waren ein vertrauter Anblick, mit Ausnahme der roten Damastvorhänge an den Fenstern. Blumen standen vor dem großen Kamin. Der Innenarchitekt oder Mr. Penleigh hatten irgendwo auf dem Dachboden verblaßte heraldische Banner gefunden, die jetzt von der Galerie herunterhingen. Sie gingen wie neugierige Kinder von Zimmer zu Zimmer und stießen Überraschungsrufe aus. Der Salon war in einem kühlen Silbergrün gehalten, das den alten, kostbaren Teppich und die wenigen, aber erlesenen Möbel voll zur Geltung brachte. Die Bibliothek schien unberührt; einzig die feuchten Flecken an der Decke waren verschwunden und ein wertvoller antiker Schreibtisch und neue bequeme Sofas und Stühle hinzugekommen. Harry blickte sich um, und dann bemerkte er die Bücher, seine geliebten Bücher. Sie waren nicht neu gebunden, sondern restauriert worden. »Mein Gott, Ginny, du mußt während der letzten zwei Jahre jeden Buchrestaurator Londons beschäftigt haben.«

»Besser gesagt, jeden Buchrestaurator ganz Englands. Es gibt heutzutage nur noch wenige von ihnen.«

Er strich liebevoll über die Ledereinbände. »Ich hätte es nie für möglich gehalten... Ich wage nicht zu fragen, was das alles gekostet hat.«

»Dann frag nicht. Es geht dich nichts an.«

Die vier setzten ihren Rundgang fort. Ginnys Chippendale-Eßtisch und die dazu passenden Stühle, die sie aus Washington hatte schicken lassen, sahen aus, als hätten sie schon immer in Tresillian gestanden. Die Arbeiter hatten unter dem Schmutz und Moder des Deckenfrieses im Eßzimmer blaue Wedgewood-Medaillons entdeckt, und die Wände waren in dem gleichen Blau gehalten. Die Stühle waren in einem etwas dunkleren Ton mit Tapisserien bezogen. Auf dem Tisch standen silberne Kandelaber, und an den Wänden hingen Guy Denhams Landschaften, die Dena geerbt hatte.

»Ein großer Erfolg, Mutter«, sagte Alex. »War dies das Zimmer, wo wir alle rumgetobt sind? Ich erinnere mich, daß ein herrlicher alter Tisch hier stand, dem ich noch eine Menge Kratzer hinzugefügt habe. Ich hoffe, er ist nicht im Kamin verheizt worden. Ich würde ihn vermissen.«

»Im oberen Stockwerk gibt es ein Kinderspielzimmer. Ich bin sicher, du wirst ihn dort wiederfinden.«

Knox, der vor Sonnenaufgang aufgestanden war, um vor ihnen einzutreffen, öffnete die Tür zu einem kurzen Korridor, der in die Küche führte. Er sagte: »Dies wird Ihnen gefallen, Lady Camborne. Erinnern Sie sich, daß Jacques von einem kleinen Eßzimmer gesprochen hat, wenn Lord Camborne und Sie allein speisen?« Ginny lächelte. Sie hatte den Raum auf den Plänen bemerkt. Livy stieß einen kleinen Schrei aus. Es war das Zimmer, das sie während des Krieges als Schulzimmer benutzt hatten. Jetzt war es mit einem dicken Teppich ausgelegt, und Chintzvorhänge hingen an den Fenstern, die auf den Obstgarten blickten. In der Mitte stand ein alter Tisch mit sechs Windsor-Stühlen, deren Kissen zu den Vorhängen paßten. Vor dem holzgeschnitzten Kamin standen ein Sofa und ein Schaukelstuhl. Zinnleuchter und Teller schmückten den Kaminsims. Auf den Regalen der antiken Anrichte reihten sich Keramikteller aneinander.

Mark stürmte herein und stürzte sich in Ginnys Arme. Er war aus Wrisley direkt nach St. Just gekommen und hatte bis zu ihrer Ankunft bei Thea gewohnt. Ginny war ein wenig enttäuscht gewesen, daß Thea und Mark nicht an der Haustür gestanden hatten, um sie zu begrüßen. Aber nun, als sie die Küche betrat, erhob sich Thea von einem Stuhl. »Willkommen daheim. Ich wünschte nur, Herbert hätte diesen Tag erlebt.«

Mark lief während der Begrüßungen ungeduldig hin und her. »Schaut her, seht euch das an...« Er zeigte ihnen die zwei riesigen Eisschränke, die Geschirrspülmaschine, den Kühlraum für Fleisch und Geflügel. Zum Schluß strich er fast zärtlich über die rostfreie Theke mit den zwei Herden. »Ist es nicht toll? Erinnert ihr euch noch an das vorsintflutliche Ungeheuer?«

»Oh, ich erinnere mich ganz genau«, sagte Livy. »Ich bin schließlich neben ihm aufgewachsen.«

Jacques erschien in einer weißen Jacke und mit einer hohen Mütze. »Phantastisch, Lady Camborne. Ich habe meinen Augen nicht getraut. Vielleicht könnten dieselben Leute in Seymour House...«

»Ich dachte mir schon, daß das als nächstes auf der Liste steht«, bemerkte Harry düster, wobei er allerdings lächelte.

»Man kann nur hoffen, daß die Mahlzeiten entsprechend phantastisch sind«, sagte Mark. Ginny wollte ihn zurechtweisen, merkte aber gerade noch rechtzeitig, daß Jacques diesen Scherz mit einem zufriedenen Kichern quittierte.

»Erinnerst du dich noch, Tante Ginny«, sagte Mark, »an die Speisekammern, wo die scheußliche Zugluft die Lebensmittel auf eine, sagen wir, natürliche Art frischhielt?« Er zeigte ihnen das Dienstboten-Eßzimmer voller Stolz, als hätte er es selbst entworfen. Eine Ecke war für Jacques mit Glas abgeteilt, damit er in Ruhe seine Menüs zusammenstellen und seine Abrechnungen machen konnte.

Im oberen Stockwerk hatte Mr. Penleigh so viele Badezimmer wie möglich abgeteilt, sonst jedoch nur die Böden und die Decken repariert, eine Zentralheizung eingebaut und die Böden mit dicken Teppichen belegt.

Die Wände von den winzigen Zimmern im dritten Stock waren zum Teil entfernt worden, so daß sie luftig und hell wirkten. Die Kinderschwester stieß einen Seufzer der Erleichterung aus und machte sich sofort eine Tasse Tee in der kleinen, eigens für sie eingerichteten Küche.

Livy blickte um sich und sagte: »Ich kann es nicht glauben! Wo ist das Zimmer, das Caroline und ich teilten, als all diese evakuierten Kinder hier waren? Ich bin ganz verwirrt. Ja, es muß dies Zimmer gewesen sein ... oder nicht? Aber es hat jetzt ein Bad. Doch, es war das Zimmer. Es blickte auf den Obstgarten ...«

Das Abendessen war von einer Pracht, wie keiner außer Ginny sie sich in Tresillian hatte vorstellen können. Jacques hatte sich selbst übertroffen, um zu zeigen, was die neue Küche alles hergeben konnte. Der Wein schmeckte Livy so gut wie noch nie zuvor. Sie dachte an ihre Mutter und Herbert und vermißte beide. Nach dem Abendessen ging sie nach oben ins Kinderzimmer, um sich zu vergewissern, daß die Kinder schliefen. Dann ging sie in das leere Zimmer, wo Bully gestorben war, und stand einige Minuten am offenen Fenster und lauschte dem Rauschen der Brandung.

Harry mußte in drei Wochen nach Washington zurückfahren, und so kamen Toby, Caroline und ihre Kinder während der ersten Woche. Sie hatten ihre eigene Kinderschwester mitgebracht, so daß das Stockwerk, wo die Kinder untergebracht waren, fast voll belegt war.

Caroline begutachtete eingehend alle Zimmer und ging sogar auf den Dachboden, um die Wasserbehälter zu inspizieren. Sie betrachtete die sorgfältig restaurierten Ställe, die diskret zu Garagen umgebaut worden waren.

»Es ist phantastisch. Ich habe einige Veränderungen und mehr Bequemlichkeit erwartet, aber nicht diesen Luxus!« sagte sie zu Ginny. »Es muß ein Vermögen gekostet haben.«

Ginny ließ sich auf keine näheren Erklärungen ein. »Billig war es nicht«, sagte sie nur.

»Vater hat mir erzählt, er hätte den Fideikommiß aufgelöst. Mark wird Tresillian also nicht erben.«

»Zur Zeit gehört Tresillian Harry und mir, und nach unserem Tod wird es an denjenigen gehen, den wir für den Geeignetsten halten. Wir haben alles mit Mark besprochen. Er war erleichtert, die Verantwortung für das große Haus los zu sein.«

»Mark ist ein Kind und versteht nicht ...« Sie verschluckte den Rest des Satzes. Aber während der nächsten Tage bemerkte Ginny voller Unbehagen, daß Carolines Blicke jedes Möbelstück oder Kunstwerk auf seinen Wert abzuschätzen schienen. »Mein Urgroßvater hat seine Bilder meiner Mutter vermacht, nicht wahr?« fragte sie eines Abends gezielt.

»Ja«, antwortete Harry, »und Dena hat sie in ihrem Testament mir hinterlassen. Du kommst auch eines Tages an die Reihe, Caroline. Fasse dich in Geduld.«

Der Skandal brach los, noch während Caroline und Toby in Tresillian waren. Sie sahen sich in der Bibliothek die Neun-Uhr-Nachrichten am Fernseher an, als plötzlich Frazer Campbell im Bild erschien, der auf dem Moskauer Flughafen von dem Vertreter des sowjetischen Außenministers und einem Botschaftsangehörigen empfangen wurde, eine Höflichkeitsgeste, die jedem offiziellen Besucher zuteil wurde. Unter denen, die ihm die Treppe hinunter folgten, befand sich auch Rachel. Campbells Frau war nicht mit dabei.

»Jetzt ist die Katze aus dem Sack!« sagte Caroline. »Warum muß sie ihre schmuddelige Liebesgeschichte in die Öffentlichkeit tragen? Nun kann Frazer Campbells Frau die Affäre nicht länger ignorieren.«

»Vielleicht ist gerade das beabsichtigt«, sagte Harry. »Sie ist sicherlich auf seinen ausdrücklichen Wunsch mitgekommen. In gewisser Weise ist er zu bewundern. Er setzt damit seine ganze politische Karriere aufs Spiel. Ich bin gespannt, wie seine Wähler darauf reagieren.«

»Wie sie reagieren ...« Caroline schnaubte verächtlich. »Vermutlich wünschen sie ihm viel Glück. Er vertritt ein ganz übles Elendsviertel, wo die Leute ihn anhimmeln. Man hält es kaum für möglich, daß er in Rugby und Oxford erzogen worden ist. Dieser aufreizend vertragene, billige Anzug! Und dieses absichtlich zerzauste Haar!«

»Er ist ein glänzender Politiker«, bemerkte Toby.

Caroline zischte ihn an: »Verteidigst du ihn etwa noch?«

»Nein, meine Liebe, ich habe einfach festgestellt, daß er

seine eigene Partei sehr geschickt manipuliert und die Gegenseite bis zur Weißglut provoziert. Und er rührt seine Zuhörer zu Tränen, wenn er über die Unterdrückung der Arbeiter spricht, obwohl sie jetzt in einem Wohlfahrtsstaat leben, von dem sie früher nicht einmal zu träumen gewagt hätten. Er kann es weit bringen, vielleicht bis zum Premierminister. Oder er überspannt den Bogen und verdirbt sich alles. Es wird interessant sein, ihn zu beobachten.«

»Und meine Schwester wird zu ihm halten.«

»Warten wir's ab. Vielleicht wird sie nie die Frau eines Premierministers sein. Aber sie kann natürlich mit ihm zu Fall kommen.«

»Und das alles ist dir gleichgültig?«

»Ja, meine Liebe, völlig. Für mich ist das Ganze nur am Rande von Interesse.« Er spricht, dachte Livy, mit der Gelassenheit eines reichen Mannes und Staatsbeamten, dessen Posten sicher ist, egal, welche Partei gerade regiert. Sein Tonfall war kühl und neutral. Er würde nie und nimmer wie Frazer Campbell aus Gefühlsgründen ein Risiko eingehen.

In dem kurzen Augenblick, da sie Rachel auf dem Bildschirm gesehen hatten, hatte sie sehr verletzbar gewirkt, als sei sie sich des Risikos mehr bewußt als sie alle zusammen.

Sie blieben drei Wochen in Tresillian, und dann fuhren sie alle ab außer Livy, Jamie, Oliver und der Kinderschwester. Ginny und Harry blieben noch eine Woche in London, Alex flog sofort nach Washington zurück.

»Ich kann den alten Mann nicht zu lange allein lassen«, sagte er zu Livy. »Aber du, bleibe noch ein wenig hier und schreibe deine Geschichten. Bring die beiden Jungen mit ihren Tregenna-Cousins zusammen. Geht picknicken, wenn es schönes Wetter ist, oder erzähl ihnen Geschichten, wenn es regnet. Und wenn es Thea recht ist, nimm die Kinder in ihr Atelier mit.«

Livy zog in ihr Cottage in St. Just. Es gab genug Platz, wenn Mark bei Thea wohnte. Ginny wollte, daß alle in Tresillian blieben.

»Nein«, sagte Livy, »du brauchst Knox und Jacques in London. Meine Kusinen werden sich um uns kümmern. Auch ist es an der Zeit, daß Jamie sieht, daß es auch eine andere Art von Leben gibt, selbst wenn er es noch nicht versteht.«

Sie verbrachte den Rest des Sommers in St. Just. Sie schrieb, und die einzelnen Geschichten schienen sich wie von selbst aneinanderzureihen. Jeden Abend aßen sie, Mark und Thea gemeinsam. Irgendeine der vielen Kusinen oder Tanten kamen, um in der Küche das Essen vorzubereiten. Sie waren erstaunt, wenn Mark ihnen gute Ratschläge erteilte, aber hörten geduldig zu.

Ende August rief Ginny aus Washington an. »Mr. McClintock«, erklärte sie, »hat beschlossen, die Bank in London aufzusuchen. Vermutlich will er ihnen beweisen, daß er noch am Leben ist. Danach fährt er vielleicht nach Zürich. Aber ich muß dich warnen, er will auch nach Cornwall kommen. Wärst du so lieb und würdest Tresillian für mich aufmachen? Jacques und Knox werden kommen, um dir zu helfen. Und ich hoffe, deine Familie greift dir unter die Arme. Mr. McClintock muß in Tresillian wohnen, Livy. Er bringt seinen eigenen Diener und seinen Wagen samt Chauffeur mit. Aber er kann unmöglich allein in Tresillian hausen. Das geht einfach nicht. Kannst du mich vertreten, Livy?«

»Natürlich.«

Und so zogen sie wieder nach Tresillian. Die Kinderschwester war entzückt, ein ganzes Stockwerk für sich zu haben. Jamie fand es ganz normal, zwei Zuhause zu haben; das einzige, was ihn verdroß, war, daß seine Spielkameraden aus der weitverzweigten Tregenna-Familie jetzt nicht mehr so bequem um die Ecke wohnten. Livy versprach ihm, daß sie ihn jeden Tag nach St. Just bringen oder die Kinder zum Spielen nach Tresillian einladen würde. Auch Mark zog auf Livys Bitte hin nach Tresillian. »Ich brauche einen Mann im Haus. Obwohl ich mit Mr. McClintock gut auskomme, kann er zuweilen ...«

»Ja, ich weiß. Mach dir keine Sorgen. Ich kümmere mich

schon um den alten Herrn. Das heißt, bis ich in die Schule zurück muß.«

Sie warteten einige Tage auf seinen Anruf. Jacques und Knox waren bereits angekommen, und die Tregenna-Kusinen hielten sich bereit. Dann meldete er sich telefonisch vom Ritz aus für den folgenden Abend an.

Livy vermutete, daß er nach der langen Fahrt zu müde sein würde, um das Haus zu besichtigen. Aber er bestand darauf. Er ging ins Kinderzimmer, um seine schlafenden Urenkel zu betrachten, und inspizierte sogar die Zimmer von Knox und Jacques, obwohl Livy sagte, sie fände dies etwas zudringlich. »Unsinn! Ich will nur sehen, wie die englischen Architekten heutzutage das Personal unterbringen. Nicht schlecht ... aber schon gar nicht schlecht. Sie haben dazugelernt.« Sie stiegen die schmale Hintertreppe, die zur Küche führte, hinunter. Mark war dort, hielt sich aber im Hintergrund, während Jacques Mr. McClintock herumführte.

»Nun, es mag alles äußerst praktisch sein, aber vorher hat es mir besser gefallen. Ich hatte die besten Frühstücke meines Lebens hier, in der Gesellschaft einer schönen und charmanten Frau. Aber das ist wohl für immer vorbei.« Dann ging er in den Salon, wo Thea auf ihn wartete, und ließ sich von Knox einen Whisky servieren.

»Nun, ich nehme an, Ginny hat einen Haufen Geld in dieses Haus gesteckt. Aber vermutlich war es keine schlechte Idee.« Er sah Mark in die Augen. »Macht es dir etwas aus, daß Tresillian nicht automatisch nach Harrys Tod an dich übergeht?«

Mark antwortete unumwunden: »Sie wissen so gut wie ich, Sir, daß ich mir Tresillian nicht leisten kann. Ich müßte es entweder verkaufen oder verfallen lassen. Es war also bei weitem die beste Lösung. Vater und Tante Ginny haben ein bequemes Haus, und ich muß mir keine Sorgen machen.«

»Solange du es weißt, ist ja alles gut«, sagte Andrew McClintock taktlos.

Sie gingen zu Tisch, und Livy merkte, daß Mark ängstlich jeden Bissen registrierte, den der alte Mann zu sich nahm. Als

Mr. McClintock ein zweites Mal nach der Hummersuppe verlangte, strahlte Mark über das ganze Gesicht und stieß wider Willen hervor: »*Ich* habe sie gemacht, Sir.«

Andrew McClintock legte den Löffel hin, als interessiere die Suppe ihn nicht mehr. »Es ist an der Zeit, daß du dir ein anderes Steckenpferd aussuchst. Was macht dein Kricket? Wie geht es in der Schule?«

»Mein Kricket ist in Ordnung, Sir, und die Schule...« Er zuckte die Achseln. »Es geht so. Ich werde nie an Vater heranreichen. Damit muß ich mich eben abfinden.«

»Nun, nachdem du schlau genug warst, dich aus Eton hinauswerfen zu lassen, sollte dir alles andere leichtfallen.«

Marks Gesicht verfinsterte sich. »Ich versuche mein Bestes, Sir. Ich habe bessere Noten in Wrisley als anderswo. Und sie erlauben mir, in der Küche zu helfen. Sie nennen es ›schöpferische‹ Arbeit. Manche Jungen liegen einfach im Gras und schauen in den Himmel, andere malen Bilder oder versuchen es zumindest. Ein Mitschüler hat mir fünf Pfund angeboten, wenn ich ihm Theas Autogramm auf einer Postkarte verschaffe, auf der eine ihrer Skulpturen abgebildet ist.«

»Und hast du sie ihm beschafft?«

»Ja, Thea war unheimlich nett. Sie hat gleich unterschrieben.«

»Und hast du dir die fünf Pfund geben lassen?«

»Nein, Sir.«

»Schön dumm von dir. Es wäre der erste Schritt gewesen, reich zu werden.«

»Ich werde nie reich sein, das weiß ich schon jetzt. Und ich würde nie irgend etwas, das von Thea kommt, zu Geld machen.«

Andrew hob die Augen zur Decke, als mustere er die Wedgwood-Medaillons. »Es muß an diesem Haus liegen. Niemand scheint sich hier für Geld zu interessieren.«

Thea lachte rauh auf und machte Knox ein Zeichen, ihr Wein nachzuschenken. »Solange Sie wissen, Mr. McClintock, daß es Dinge gibt, die mit Geld nicht zu erwerben sind, ist alles in Ordnung.« Er trank nachdenklich seinen Wein und meinte:

»Zu wissen, was man mit Geld nicht erwerben kann, ist die Voraussetzung, um zu Geld zu kommen. Der junge Mark hat seine erste Lektion gelernt. Hätte er die fünf Pfund genommen, hätte ich ihn als geldgierigen Narren eingestuft. Wer warten kann, hat das halbe Spiel gewonnen ...«

»Spiel?« fragte Livy.

»Das Spiel um Macht und Geld.« Er hob sein Glas und trank Thea zu. »Und um künstlerische Vollendung. Alle Menschen müssen lernen, wann sie warten und wann sie handeln sollen.« Er wandte sich an Mark. »Ich hoffe, du hast in deiner ›schöpferischen‹ Schule Schach spielen gelernt.«

Während Andrew McClintock in Tresillian war, rief Rachel an und sprach mit Livy. »Bitte grüße ihn von mir – ich meine es ehrlich. Ich glaube nicht, daß ich es im Moment ertragen könnte, mit dem zynischen alten Mann zu reden. Ihr werdet morgen einige Artikel in den Zeitungen lesen ... und ich dachte, ich warne euch lieber. Hoffentlich geht es den zwei reizenden Jungen gut. Grüß Mark.«

Livy ging nach St. Just und kaufte alle verfügbaren Zeitungen. Sie breitete sie auf Theas Küchentisch aus, und sie tranken Kaffee, während sie lasen. Die Presse brachte die Nachricht groß heraus: Frazer Campbells Frau hatte Rachel Penrose auf Ehebruch verklagt und die Trennung beantragt. Die Scheidung hatte sie nicht eingereicht, da sie katholisch war.

»Nun«, sagte Thea, »das wäre es also. Wenn die Person sich nicht scheiden lassen will, kann Rachel ihren Frazer nicht heiraten. Und ich wette, Mrs. Frazer Campbell ist über allen Verdacht erhaben wie Cäsars Frau. Das heißt, sie wird ihm keinen Anlaß geben, sich von ihr scheiden zu lassen. Eines Tages werden die Scheidungsgesetze vermutlich abgeändert werden, aber im Moment hält sie alle Trümpfe in der Hand. Die betrogene Ehefrau! Sie will ihn nicht mehr haben, aber sie will ihn auch nicht freigeben. Und so wie die Welt nun einmal ist, wird man Rachel die Schuld zuschieben.«

Andrew McClintock sagte nur: »Ich hoffe, Rachel und dieser Frazer Campbell haben sich genug zu geben, um sie für ihre Verluste zu entschädigen.«

Die ersten Herbststürme kamen auf. Das Meer schäumte weiß um die Felsen von Tresillian, und die Flut erreichte ihren höchsten Stand. Die Fischerboote blieben im Hafen von St. Just. Als der Regen nachließ, gingen Livy, Andrew McClintock und Jamie auf die Klippenspitze, um die hochgehenden Wellen und die aufsprühende Gischt zu beobachten. Jamie schrie vor Aufregung. Andrew McClintock hielt seinen Stock und seinen Hut fest. »Es ist für uns alle an der Zeit, nach Hause zu fahren.«

Mark war bereits wieder in der Schule. Livy gab ein letztes, festliches Abendessen für Thea und lieferte die Schlüssel von Tresillian bei ihrer Kusine Nell ab. Sie fuhren nach London und blieben zwei Nächte in Seymour House. Caroline und Toby kamen zum Abendessen. Caroline erwähnte Rachel erst, als sie allein unten in der Garderobe waren.

»Nun, sie hat sich ganz schön in die Nesseln gesetzt«, sagte sie, als sie sich puderte und die Lippen nachzog. »Was hat sie sich wohl dabei gedacht, mit Frazer Campbell ins Gerede zu kommen, wo sie doch wußte, daß seine Frau ihn nicht freigibt? Sie hätte sich die Situation schon vor Jahren klarmachen müssen. Es kann ihn seine Karriere kosten, und sie hat sich sicher alle Chancen verdorben, je ins Parlament zu kommen. Eine Menge Opfer für einen Kerl wie Frazer Campbell.«

»Sie scheint es anders zu sehen«, sagte Livy. Was sie nicht erwähnte, war, daß Rachel am Nachmittag gekommen war und mit den beiden Jungen im Kinderzimmer Tee getrunken und ihnen einige liebevoll ausgesuchte Kuscheltiere mitgebracht hatte.

Rachel hatte gesagt: »Wenn ich nicht alle Konventionen in den Wind schlagen will, werde ich wohl nie Kinder haben können. Es ist einer dieser Entschlüsse, die man treffen muß. Aber ich möchte kein uneheliches Kind aufziehen. Es ist eine zu große Belastung für das Kind. Ich lebe nicht mit Frazer zusammen, ich meine, nicht offiziell. Wir haben getrennte Wohnungen, was unbequem ist. Aber wir fanden, es sei die beste Lösung.«

»Du mußt ihn sehr lieben.«

»Wenn Liebe bedeutet, daß man bereit ist, für einen anderen Menschen Opfer zu bringen, dann liebe ich ihn vermutlich. Aber eine große Leidenschaft ist es nie gewesen. Was mich betrifft, so habe ich das sichere Gefühl, daß es niemand anderen geben wird, für den ich soviel empfinde. Ein Tag, ohne mit ihm zu reden, ist ein verlorener Tag. Ich muß wissen, was er denkt und fühlt. Und das kann man wahrscheinlich als Liebe bezeichnen.«

»Ja, das würde ich auch meinen«, hatte Livy zärtlich gesagt. Sie hatte beobachtet, wie Rachel die beiden Jungen mit einem fast hungrigen Blick in den Augen liebkost hatte. Ihre klassischen, strengen Züge waren durch ein Lächeln weich und weiblich geworden, während sie Jamies endlosem Geplauder geduldig zuhörte. Livy dachte, daß Rachel von ihnen allen vermutlich die beste Mutter geworden wäre.

Es war fast zwei Monate her, daß Livy und Alex sich zum letzten Mal gesehen hatten, und sein Anblick auf dem Washingtoner Flughafen erschreckte sie. Es war herzzerreißend zu sehen, wie er versuchte, auf sie zuzueilen. Er stützte sich schwer auf seinen Stock, zog das beschädigte Bein nach, und sein Gesicht war zu einem schiefen Lächeln verzerrt. Er sah schwach und müde aus, aber seine Umarmung und sein Kuß waren alles andere als schwach und ebenso die Art, wie er Jamie in die Höhe hob, um ihn zu küssen, und wie er darauf bestand, Oliver aus den Armen der Kinderschwester zu nehmen und ihn zum Wagen zu tragen.

Sie sprachen auf der Fahrt nach der Massachusetts Avenue wegen der Anwesenheit der Kinderschwester über oberflächliche Dinge. Aber Alex gelang es, Jamie auf seinen Knien zu balancieren und gleichzeitig Livys Hand zu halten. Gelegentlich drückte er sanft ihre Finger zusammen, und Livy hatte plötzlich ein schlechtes Gewissen, daß sie sich den ganzen

Sommer lang nur amüsiert hatte, während er sich in der enervierenden Hitze von Washington für McClintock-Clayton abgerackert hatte.

Sie musterte ihn mit einem schnellen Blick. Seine linke Gesichtshälfte mit der Augenklappe war ihr zugewandt. Er sah erschöpft, fast alt aus. Und er war erst einunddreißig. Eine plötzliche Panik ergriff sie: Angenommen, er hatte die Hälfte seiner Lebenskraft während seines Kampfes gegen den Tod aufgebracht? Angenommen, er könnte nicht mit einer normalen Lebensspanne rechnen? Sie blickte auf ihre zwei Kinder und wurde sich wieder einmal bewußt, wie unersetzlich sie waren – sie waren der Teil von Alex, der Bestand haben würde.

Sie verscheuchte die düsteren Gedanken und drückte ihrerseits seine Hand. Er würde leben. Sie würde ihn noch mindestens dreißig Jahre an ihrer Seite haben.

Der Wagen hielt vor dem McClintock-Haus. Der Butler eilte die Stufen hinunter, um die Wagentür zu öffnen. »Willkommen, Mrs. McClintock. Lady Camborne ist am Telefon...« Livy eilte ins Haus.

»Ich wollte dich nur begrüßen. Wir müssen heute auf einen Empfang der brasilianischen Botschaft. Aber wir sind zum Abendessen frei. Kannst du nicht mit Alex vorbeikommen? Nur wir vier. Und morgen vormittag habe ich zwei Stunden frei und würde liebend gern meine Enkel sehen, wenn es dir paßt.«

»Ja zu beiden Vorschlägen«, sagte Livy.

Die Kinder und das Gepäck wurden nach oben getragen. Livy bemerkte eine gutaussehende, nicht mehr junge Frau an der Tür zur Bibliothek. Sie trug eine schlichte weiße Bluse und einen dunklen Rock. Alex machte ihr ein Zeichen, näher zu treten. »Dies ist Mrs. Tennant. Sie hat sich gerade pensionieren lassen. Ich weiß, sie sieht viel zu jung für eine Rentnerin aus. Sie hat bei McClintock-Clayton gearbeitet, und ich dachte, du könntest ein wenig Hilfe brauchen mit der vielen Korrespondenz und den Wohltätigkeitsvereinen...«

Die Frau lächelte zaghaft. »Guten Tag, Mrs. McClintock.

Ich konnte Mr. McClintocks Angebot einfach nicht abschlagen. Ich bin natürlich erst mal nur auf Probe hier. Mr. McClintock meint, Sie könnten eine Sekretärin gebrauchen. Und wenn ich mir den Haufen Post auf Ihrem Schreibtisch ansehe, stimmt das wohl.«

Einen Augenblick lang war Livy wütend, daß Alex die Frau angestellt hatte, ohne sie vorher zu fragen. Aber dann wurde ihr schnell klar, daß er vermutlich recht hatte. Sie dachte an die vielen Telefonanrufe und an die Routinebriefe. Und dennoch war sie noch immer ein wenig verärgert. Sie war erst siebenundzwanzig und trotzdem schon eine Matrone mit zwei Kindern und vielen gesellschaftlichen Verpflichtungen. Sie sah in Alex' besorgtes Gesicht. Er hatte diesen Schritt schließlich nur aus Rücksicht auf sie unternommen. Sie zwang sich zu einem Lächeln und streckte die Hand aus. »Ich bin sicher, Sie werden eine große Hilfe sein, Mrs. Tennant.« Aber noch während sie dies sagte, sehnte sie sich nach dem sorglosen, freien Leben in St. Just zurück. Doch dann sah sie, wie die Besorgnis auf Alex' Gesicht wich, und ihr wurde bewußt, daß er sich vor diesem Moment gefürchtet hatte. Ihr Lächeln war jetzt echt und warmherzig.

»Was für eine gute Idee, Alex.«

Er nahm sie am Arm. »Komm, laß uns nach oben gehen und der Kinderschwester helfen, die Jungen ins Bett zu bringen ...« Seinem Tonfall nach zu schließen, hätte er ebensogut sagen können: »Komm, laß uns zu Bett gehen.«

Ginny plante, Weihnachten statt in Prescott Hill in Tresillian zu verbringen, und Livy und Alex erklärten sich einverstanden, um sie nicht zu enttäuschen. »Ich möchte in meinem neuen Haus sein«, sagte Ginny, »und einen großen Tannenbaum in der Halle aufstellen und alle Delikatessen servieren lassen, die wir in der Kriegszeit vermißt haben.«

Sie schickte Einladungen an Caroline, Rachel und Chris. »Ich muß es versuchen«, sagte sie zu Livy. »Dena hätte sicher auch alle eingeladen, obwohl die Mädchen sich auseinandergelebt haben. Ich habe meine eigene Tochter seit Januar nicht gesehen. Und Mark braucht nicht nach Amerika zu fliegen …«

Caroline antwortete, daß sie mit den Kindern gern komme, Toby aber wahrscheinlich verhindert sei, da seine Mutter sich nicht wohl fühle und er daher lieber zu seinen Eltern fahre.

Rachels Antwort war vage gehalten.

»Verdammtes Weihnachten!« schrie Chris, als sie den Brief ihrer Mutter erhielt. »Kann sie nicht verstehen, daß ich keine Zeit für Kerzen und Weihnachtslieder und den ganzen Rummel habe?« Sie vergrub den Kopf in ihre Hände. »Ich wünschte«, sagte sie mit erstickter Stimme, »ich hätte nie von *The Way West* gehört.«

Sie hatten im Juli mit einem unbefriedigenden Manuskript zu filmen angefangen, aber der Autor, Rod Gibbins, hatte versprochen, während der Dreharbeiten zu bleiben und wenn nötig einige Szenen umzuschreiben. Sein Agent hatte ein zusätzliches Honorar für ihn herausgeschlagen. Sie waren gezwungen gewesen, mit den Dreharbeiten zu beginnen, weil der einzige Star, den sie für sich gewonnen hatten, Jackson Dunbar, im Februar einen anderen Filmvertrag hatte. Chris wußte, daß sie das ganze Projekt aufgeben mußte, wenn sie ihn verlören. Ein Teil des Preises, den sie hatten zahlen müssen, um Dunbar zu bekommen, war ein Vertrag für seine Geliebte gewesen. Chris hätte die Rolle sehr viel lieber einer älteren Frau gegeben, einer Charakterschauspielerin, deren Erfahrung und Darstellungskunst dem Film sehr zugute gekommen wäre. Aber sie hatten Dunbars Geliebte angestellt, die in der Filmwelt fast unbekannt war und künstlich älter gemacht werden mußte. Was ihr mißfallen hatte und bei ihrem Spiel deutlich zu spüren war. Jeff fand natürlich, daß der Name Rigghouse mindestens so zog wie der von Jackson Dunbar, und die beiden Männer waren zu erbitterten Rivalen geworden. Was Jeff besonders erboste, war, daß er Dunbars Vater spielen mußte. Es schien ihm nicht bewußt geworden zu sein, als sie das Drehbuch annahmen, daß ihm diese Rolle zugedacht war.

Chris hatte gehofft, noch andere große Namen verpflichten zu können. Aber dies war ihr mißlungen. Die Stars hatten entweder zu hohe Forderungen gestellt oder abgelehnt, weil ihnen zu Ohren gekommen war, daß das ganze Projekt in Schwierigkeiten geraten war. Den ersten Regisseur hatte Chris entlassen müssen, weil Jeff sich täglich mit ihm zankte. Der Regisseur hatte schlauerweise gewartet, bis er gefeuert wurde, statt von sich aus zu gehen, und hatte dadurch seine ganze Gage ausgezahlt bekommen. Es hatte einige Zeit gedauert, bis sie einen zweiten Regisseur fanden, John Cullen. Er hatte drei Jahre lang nicht gearbeitet und mußte erst mühsam in der Nähe von Acapulco ausfindig gemacht werden. Er hatte einen ausgezeichneten Ruf und war bekannt für seine große Einfühlungsgabe, aber er war Alkoholiker. Er las Chris und Jeff das Drehbuch laut vor. »Mein Gott, wo haben Sie diesen Mist her? Das Drehbuch ist unbrauchbar. Die Schauspieler sind alle drittklassig, und die bereits gedrehten Szenen können Sie gleich in den Mülleimer werfen. Kein Regisseur würde das Zeug auch nur mit der Feuerzange anfassen. Nicht so, wie es jetzt ist.«

Er entsagte dem Alkohol und arbeitete siebzehn Stunden am Tag mit dem Drehbuchautor Rod Gibbins, bis dieser etwas halbwegs Annehmbares zustande brachte. In der Zwischenzeit warteten die Schauspieler im Hotel, und kein Meter Film wurde gedreht. Endlich begannen die Dreharbeiten wieder, aber die Unterbrechung hatte die Schauspieler aus dem Konzept gebracht. Überdies verwirrte sie das abgeänderte Drehbuch, und sie mußten sich erst an den neuen Regisseur gewöhnen. Christine, die alles finanzierte, wurde täglich nervöser. Sie schien die Sekunden zu zählen, während denen sie filmten, protestierte, wenn der Regisseur eine Einstellung wiederholte, und spielte so hölzern, als dächte sie mehr an das Geld, das die Szene kosten würde, als an ihre Rolle. Jeden Abend drängte sie John Cullen, den Ablauf zu beschleunigen, während er auf Perfektion aus war. Sie trafen einen Kompromiß, der keinen befriedigte. Endlich waren die Außenaufnahmen beendet, und sie konnten in ein Studio umziehen. Sie hatten schon zwei Monate länger als vorgesehen gefilmt, und Jackson Dunbar hatte sich im Vertrag zwei Wochen Weihnachtsferien ausbedungen, und natürlich begleitete ihn seine Geliebte. Jeff hatte während all dieser Monate jede Unterhaltung über die finanziellen Probleme sorgfältig vermieden, obwohl er auf dem Papier der Koproduzent war. Tagsüber ging er Chris aus dem Weg, und abends betrank er sich.

Als das Geld Chris mit erschreckender Schnelligkeit durch die Finger rann, dachte sie immer häufiger an ihren Vater. Sie dachte an den Sommerabend, an dem der Brief ihrer Mutter mit der Einladung nach Tresillian angekommen war. Sie war am Strand auf und ab gegangen und hatte überlegt, ob sie nicht das ganze Projekt aufgeben sollte, aber Stolz und das Wissen, daß dies das Ende von Jeffs Karriere bedeuten würde, hatten sie zurückgehalten. Doch inzwischen hatte sie allen Stolz verloren, und Jeff war nicht besser dran als zuvor. Sobald der Film zur Aufführung kam, würde das seinem Ruf vermutlich nur schaden, selbst wenn es John Cullen gelingen sollte, aus dem schlechten Drehbuch einen halbwegs erträglichen Film zu machen. Als sie nach Hollywood zurückkehrten, war Chris allein zur Bank gegangen und hatte auf ihre McClintock-Clayton-Aktien Geld aufgenommen. Die Bank hatte sofort zugestimmt, obwohl die Aktien nicht an der Börse gehandelt wurden und daher keinen festgesetzten Preis hatten. Die Bankiers rieben sich die Hände, denn die Möglichkeit, im McClintock-Clayton-Konzern Fuß zu fassen, war der Traum aller Finanziers, der jetzt in Reichweite rückte. Denn wenn Christine Clayton ihre Anleihe nicht zurückzahlen konnte, fielen die Aktien der Bank zu. Chris kam sich vor, als hätte sie ihren Vater verraten, aber sie hoffte noch immer, daß der Film zumindest keine Verluste einspielen würde und sie die Anleihe zurückzahlen könnte. Wovor sie jedoch am meisten Angst hatte, war der Zorn von Andrew McClintock, falls sie Pleite machte und er erführe, daß die Aktien in die Hände der Bankiers übergegangen waren. Warum hatte sie ihn nicht um Geld gebeten? Sie wußte die

Antwort. Er hätte ihr zweifellos Geld gegeben, aber unter der Bedingung, daß sie die Schauspieler und Kameraleute auszahlte und das ganze Projekt aufgab. Und diesen Tiefpunkt ihrer Verzweiflung hatte sie noch nicht erreicht.

»Warum machen wir nicht auch Ferien, Baby?« sagte Jeff. »Laß uns doch in das kornische Haus deiner Mutter fahren. Du hast deine Familie lange nicht gesehen, Baby. Es kann nichts schaden, ihnen hallo zu sagen, besonders dem alten Mann...«

»Ja, wenn du meinst...« sagte sie gedehnt. »Ja, es wird uns guttun, mal hier herauszukommen. Aber nicht länger als zehn Tage.«

Sie schickte ein Telegramm an ihre Mutter, und zwei Tage vor Weihnachten bestiegen sie eines der Jet-Flugzeuge, die neuerdings den Atlantik überquerten. Jeff hatte dafür gesorgt, daß ihre Abfahrt in großer Aufmachung im *Hollywood Reporter* und in *Variety* stand. Die Journalisten brachten übertriebene Berichte über ein Märchenschloß in Cornwall und ein riesiges Aristokratenfest, an dem auch der britische Botschafter in Washington teilnahm. Chris war es peinlich, ihre eigene Familie zu Reklamezwecken zu benutzen, aber Jeff lachte nur. »Geschäft ist Geschäft, Baby. Es ist vorteilhaft für den Film. Gibt der ganzen Sache einen soliden Anstrich. Du und der ganze McClintock-Clayton-Clan feiern gemeinsam Weihnachten.«

Am Tag vor der Abreise waren sie noch groß einkaufen gegangen. Chris hatte versucht, Jeff zurückzuhalten. »Englische Weihnachten sind anders als in Hollywood, Jeff. Ein paar Kleinigkeiten für die Familie genügen völlig. Du brauchst die Kinder nicht mit Geschenken zu überhäufen.«

»Was? Du willst doch nicht etwa, daß ich wie ein Knauser dastehe! Es ist Weihnachten, Baby.« Alle Geschenke waren in bunte, teure Papiere verpackt, und natürlich wurde Christines Konto mit ihnen belastet. Sie füllten einen peinlich großen Koffer, und Chris wußte, sie würden unter dem Weihnachtsbaum in Tresillian völlig fehl am Platz wirken. Aber Jeff war mit sich selbst ungemein zufrieden. Es entsprach genau seiner Vorstellung, wie ein Filmstar aufzutreten hatte.

Sie kamen am Heiligabend an. Beide waren müde von dem Flug von Los Angeles nach New York und dann von New York nach London. Aber Jeff wirkte munter und aufgekratzt, als er jeden begrüßte. Caroline war mit ihren zwei Kindern einen Tag früher eingetroffen. Jeff bat, ins Kinderzimmer gehen zu dürfen, wo die vier Jungen unter der Aufsicht von zwei Kinderschwestern und einer Tregenna-Kusine den Tee einnahmen. Die Kinder wußten nicht, was sie mit dem Fremden anfangen sollten, der unaufhörlich auf sie einredete und schmatzende Geräusche machte, um sie zum Essen zu ermuntern. Die Frauen starrten den Mann, den sie nur überlebensgroß von der Filmleinwand her kannten, verschüchtert an. Dann schritt er in den Salon hinunter, wo die Erwachsenen ihren Tee einnahmen, und erging sich in Lobeshymnen über die Kinder. Chris wußte, wie schwer es ihm fiel, nicht vor der Cocktailstunde um einen Drink zu bitten. Andrew McClintock war nicht zugegen. Er hatte für den englischen Nachmittagstee nicht viel übrig. Entweder ruhte er sich in seinem Zimmer aus oder arbeitete. Chris wartete nervös auf sein Erscheinen.

Während des Tees wurde Livy von Knox ans Telefon gerufen. »Es ist Miss Rachel«, sagte er leise.

»Rachel?«

»Hallo Livy. Frazer und ich sind in St. Just.«

»Und warum, zum Teufel, seid ihr nicht hier?«

Rachel antwortete: »Du weißt genau, warum nicht. Ich wollte gerne mit euch allen den Weihnachtstag verbringen, aber ich kann es Frazer nicht antun, in Tresillian zu wohnen. Wir haben uns erst gestern abend entschlossen zu kommen. Die Hotels in St. Just scheinen alle ziemlich voll zu sein, aber...«

»Sei nicht verrückt. Geh zu Nell, sie hat die Schlüssel zu meinem Häuschen. Sie wird heizen und die Betten machen, und du wirst in der Speisekammer jede Menge zu trinken finden. Und bitte sie, euch Frühstück zu machen. Die anderen Mahlzeiten müßt ihr natürlich hier einnehmen, sonst würdet ihr Tante Ginny beleidigen. Sie wird erst mal gar nicht verstehen, warum ihr nicht hier wohnt.«

»O doch. Sie wird es sehr gut verstehen, sie ist eine kluge Frau. Wir fahren am ersten Feiertag zurück.«

»Warum bleibt ihr nicht ein wenig länger«, drängte Livy. »Dem Häuschen tut es nur gut, bewohnt zu werden.«

»Warten wir's ab. Ich werde gleich zu Nell gehen. Vielen Dank, Livy.«

»Versucht, um sieben Uhr hier zu sein. Wir essen um acht. Caroline ist mit den Jungen gekommen. Und sogar Chris beehrt uns mit ihrer Gegenwart. Ihr Mann ist so charmant zu jedem, daß mir ganz übel wird. Du wirst uns alle aufheitern, und Tante Ginny wird sich wahnsinnig freuen.«

»Hoffen wir es«, sagte Rachel und hängte ein.

Die Atmosphäre war an diesem Abend elektrisch geladen. Rachel war mit Frazer Campbell um sieben Uhr gekommen. Livy und Ginny hatten sich verabredet, schon etwas früher im Salon zu sein. Aber Jeff Rigghouse war ihnen bereits zuvorgekommen und hatte sich von Knox einen Drink servieren lassen.

Livy fand, daß Rachel überraschend anziehend aussah. Jeder stürzte auf sie zu. Mark war der erste, der seine Arme um sie schlang. »Rachel, du siehst ganz toll aus in dem roten Kleid. Ich bin so froh, daß du gekommen bist.«

Als Rachel Frazer Campbell vorstellte, herrschte für einen Moment eine etwas peinliche Stille. Alle außer Jeff hatten Fotos von ihm gesehen, aber nun, als er vor ihnen stand, stellten sie überrascht fest, daß er ein sehr zuvorkommender, warmherziger Mann war. Und gutaussehend, dachte Livy, was bei den Fotos nicht herauskam. Er war groß und breitschultrig, mit dichten dunklen Augenbrauen und einer zerzausten dunklen Haarmähne. Er hatte etwas von einem Bären, aber graue statt braune Augen. Livy vermutete, daß er im Zorn oder während einer Debatte recht gefährlich aussehen konnte. Ein Mann zum Lieben – wenn man seiner Meinung war.

Jeff flüsterte Livy ins Ohr: »Der hätte zum Film gehen sollen. Charakterrollen wären sein Fach. Er würde eine Menge Geld verdienen. Weißt du, auf einem Pferd... im Wilden Westen und so...« Er fand es am leichtesten, mit Livy zu reden. Ginny, als Frau des Botschafters, war ihm zu sehr Dame von Welt. Sie schüchterte ihn ein, obwohl sie ihn besonders freundlich empfangen hatte. Caroline hatte ihn mit einer so unverhohlenen Verachtung gemustert, daß er sich fragte, was er ihr angetan hatte. Chris' Halbbruder Alex hatte ihm auch nicht gefallen. Er und der Botschafter, Lord Camborne, schienen ihm gegenüber eine abwartende Haltung einzunehmen. Es war das erste Mal, stellte er bei sich fest, daß er allein mit der Familie war. Bei den anderen Zusammentreffen waren immer eine Menge Gäste zugegen gewesen, von denen viele nur zu geschmeichelt waren, sich mit Jeff Rigghouse zu unterhalten. Er war froh, daß dieser Bursche Frazer gekommen war; er lenkte die Aufmerksamkeit ein wenig von ihm ab. Er fragte sich, ob es wirklich eine so gute Idee gewesen war, hierherzukommen. Und wo war der alte Mann? Es war schon fünfzehn Minuten vor acht...

Andrew McClintock erschien einige Minuten später. Ohne nachzudenken, standen alle auf, auch die Frauen. Er begrüßte Chris ernsthaft, lächelte Jeff flüchtig und Rachel sehr viel herzlicher zu. »Ich habe mich ehrlich gefreut, daß Sie gekommen sind, Rachel. Haben Sie es bequem in Livys Häuschen? Obwohl ich sicher bin, daß Ginny Sie gern hier untergebracht hätte.« Rachel murmelte, daß sie keine Umstände hätte machen wollen. Dann wandte er sich an Frazer Campbell: »Sir, es interessiert mich aufrichtig, Sie kennenzulernen.«

»Herr Botschafter, das erinnert mich an die Spinne, die zur Fliege sagt: ›Möchten Sie nicht in meinen Salon eintreten?‹«

Zum allgemeinen Erstaunen lachte Andrew McClintock laut. »Sie sehen aus wie ein Mann, der sich aus jedem Spinnengewebe befreien kann. Kommen Sie, setzen Sie sich und trinken Sie einen Whisky mit mir. Es gibt vieles, über das ich mit Ihnen reden möchte. Ich kenne den russischen Botschafter in Washington recht gut und habe sogar einige Geschäfte mit ihm getätigt. Es gibt eine Menge technische Geräte, die er von McClintock-Clayton kaufen will. Ich höre, Sie wissen über Rußland gut Bescheid.«

»Exzellenz, ich bin ein Sozialist und kein Kommunist. Solange Sie von dieser Voraussetzung ausgehen, rede ich mit dem größten Vergnügen mit Ihnen, über was immer Sie wollen...«

Sie zogen sich auf ein Sofa in einer Ecke des Zimmers zurück, und Ginny zögerte das Abendessen um fünfzehn Minuten hinaus, damit Andrew McClintock in Ruhe seinen Whisky leeren und sich mit Frazer Campbell unterhalten konnte. Die Atmosphäre im Raum hatte sich merkbar entspannt. Die beiden Männer mochten verschiedener Meinung sein, aber unerwarteterweise schienen sie sich gut zu vertragen.

Andrew McClintock saß wie immer zu Ginnys Rechten und Frazer Campbell zu ihrer Linken. Jeff platzte fast vor Wut, als er die Tischordnung sah. Er hatte erwartet, neben Ginny zu sitzen. Verstand denn niemand in diesem Haus, daß er berühmt war? Wer hatte je etwas von diesem unbedeutenden Politiker gehört?

Außer bei sehr formellen Diners in der Botschaft hielt sich Ginny nicht an die Regel, die Männer nach dem Essen beim Portwein allein zu lassen, und so gingen sie alle gemeinsam in den Salon für den Kaffee. Aber nach einer halben Stunde verzogen sich Andrew McClintock, Frazer Campbell und Harry in die Bibliothek, setzten sich vor das Feuer, und Knox brachte ihnen eine Flasche Kognak. Jeff fühlte sich ausgeschlossen und richtete seinen ganzen Charme auf die Damen. Er sah, daß sie etwas auftauten, sogar diese Pute, Lady Osborne, die ihm noch immer nicht die Erlaubnis gegeben hatte, sie Caroline zu nennen. Sie würde es schon noch tun! Aber, Donnerwetter, sie war schön, eine wirkliche Superpuppe trotz ihres hochnäsigen Getues. Er wäre gern mit ihr ins Bett gegangen, nur um zu sehen, wie dieser Eiszapfen dahinschmolz. Allerdings war ihm wohl bewußt, daß dies nicht in Frage kam. Zuviel hing im Moment von Chris und von diesem alten Halunken McClintock ab. Es würde eine verdammt langweilige Woche werden. Aber der Whisky war gut, und es gab genug davon.

Es war bereits Weihnachtsmorgen, als Rachel und Frazer den Hügel hinunter zu Livys Häuschen gingen. Das Feuer, das Nell angezündet hatte, war am Ausgehen, aber es war warm im Haus. Rachel legte ein weiteres Scheit auf. »Willst du noch was trinken?« fragte sie.

Frazer schüttelte den Kopf und sank erschöpft aufs Sofa. Andrew McClintock, der unter Schlaflosigkeit litt, hatte nicht gezögert, ihn zurückzuhalten, längst nachdem Harry nach oben gegangen war. Rachel hatte sich ihnen als schweigende Zuhörerin hinzugesellt. »Seltsam«, sagte Frazer, »wie leicht es ist, sich mit einem Mann anzufreunden, von dem man weiß, daß er im Grunde genommen ein Feind ist.«

Jeff beobachtete am nächsten Morgen voller Verwunderung das Auspacken der Geschenke, die unter dem Weihnachtsbaum in der großen Halle aufgestapelt lagen. Die Halle hatte ihm mächtig imponiert; sie übertraf alles, was er je im Kino gesehen hatte, und er bemerkte voller Stolz, daß seine prächtig eingepackten Geschenke voll zur Geltung kamen. Sie waren zahlreicher als die der anderen und sehr viel eindrucksvoller. Wegen der Ungeduld der Kinder fand die Bescherung vor dem Frühstück statt.

Sie saßen in Pyjamas und Schlafröcken um den Baum herum, und Ginny teilte Schachteln und seltsam geformte kleine Päckchen aus, jedes mit einem Schildchen versehen. Sie sagte zu Jeff: »Eure Geschenke warten in Beverly Hills auf euch. Ihr habt euch so kurzfristig angemeldet ... tut mir leid ... aber hier ist eine Kleinigkeit ...«

Und eine Kleinigkeit war es, weiß Gott: eine Krawatte, die Jeff nie tragen würde. Vermutlich war sie in aller Eile in einem schäbigen Dorfladen gekauft worden. Chris bekam einen scheußlichen Schal. Wo, fragte er sich, waren all die Juwelen, die solche Leute sich angeblich schenkten? Sie waren doch alle steinreich. Oder etwa nicht? Sie schienen sich mehr Mühe mit den Geschenken für ihre Dienstboten gegeben zu haben als für ihre Familienmitglieder. Die Kinder hatten Spielzeug bekommen, aber nichts Besonderes. Keine Schachtel enthielt einen Pelzmantel, nur Andrew McClintock hatte wenigstens einen Haufen Kaschmirsocken erhalten. Die Kinder bliesen in ihre billigen Trompeten, schienen aber nicht zu wissen, was sie mit der teuren Eisenbahn anfangen sollten, die er McClintocks erstem Urenkel geschenkt hatte. Jeff stellte plötzlich fest, daß die meisten Päckchen Bücher enthielten. Billige Malbücher für die Kinder und teuer gebundene Bände für die Erwachsenen, Biographien, Memoiren und weiß Gott noch was. Wo blieb die erwartete Prachtentfaltung? In Beverly Hills hätte man nicht gewagt, eine so erbärmliche Schau abzuziehen. Dann fing er einen Blick von Chris auf, der besagte: »Ich habe dich gewarnt.« Caroline hob kurz den perlenbesetzten Kaschmirpullover hoch, den er ihr geschenkt hatte, italienisch, teuerste Marke. »Vielen Dank«, sagte sie kühl und ließ den Pullover wieder in die Schachtel fallen, ohne ihn zusammenzufalten. »Aber ein wenig zu persönlich, nicht wahr? Ich kenne Sie schließlich kaum.«

Zicke! dachte er. Er hatte das englische Weihnachten, das angeblich so lustig sein sollte, gründlich satt. Es schneite nicht mal, dafür platschte der Regen gegen die Fensterscheiben. Er fragte sich, wann wohl die Pubs in dem Nest am Fuß des Hügels aufmachten – oder blieben sie am Weihnachtstag geschlossen? Er mußte Chris zu einem Spaziergang überreden, oder er würde dem Butler einen Geldschein zustecken und eine Flasche von Lady Cambornes teurem Whisky mit aufs Zimmer nehmen. Dummerweise hatte er beim Einkauf von all den Geschenken, die nicht geschätzt wurden, ausgerechnet den Alkohol vergessen.

Jeff litt unter dem formellen Weihnachtsessen, das am Nachmittag stattfand, nach der Rede der Königin, die ihn äußerst gelangweilt hatte. Chris hatte erklärend gesagt: »Die

Dienstboten müssen ihre Freizeit haben, daher gibt es abends nur ein kaltes Büfett.« Jeff hatte, als er Knox um eine Flasche von dem siebzehn Jahre alten Whisky gebeten hatte, diesem eine Zehn-Pfund-Note zustecken wollen, aber Knox hatte gesagt: »O, nein, Sir. Lady Camborne wäre sehr unzufrieden, wenn sie erführe, daß Sie nicht alles haben, was Sie wünschen.«

Verdammte Snobs! dachte er. Sie sahen alle auf ihn herab, sogar die Dienstboten. Als sei er das Letzte vom Letzten und nur aufgrund eines furchtbaren Mißverständnisses der Mann von Chris. Wobei doch diese Livy, um die alle so viel Aufhebens machten, mit jedem zweiten Fischweib in dem Nest unten verwandt zu sein schien. Wenn das ein englisches Weihnachten war, dann konnte es ihm gestohlen bleiben.

Am ersten Feiertag fuhren sie auf ein Jagdtreffen. Jeff fand, er habe noch nie etwas so Blödsinniges gesehen: ein Haufen hochmütiger Frauen in streng geschnittenen schwarzen Jacken und mit Haarnetzen, einige Männer mit roten Überröcken und dazu eine Menge bellender Hunde, von denen jeder einen Namen hatte, obwohl sie für Jeff alle gleich aussahen. Einige Pferde machten einen guten Eindruck. Ein Trunk wurde herumgereicht, der aber recht knapp bemessen war. Danach fuhren sie in einer Autokette stundenlang holprige Landwege entlang, in der Hoffnung, einen Blick auf die Reiter zu erhaschen. Jeff wäre fast in Applaus ausgebrochen, als er hörte, daß der Fuchs entkommen war.

Caroline reiste am folgenden Tag ab. »Ich muß mit den Kindern zu Tobys Eltern fahren. Das wird von mir erwartet.« Die Entscheidung war offensichtlich am Telefon getroffen worden, denn Caroline sagte, Toby hätte angerufen.

Am nächsten Tag fuhren Chris und Jeff ab. »Baby, ich hab die Nase voll. Laß uns ein paar vergnügte Tage in London verbringen. Dieses verdammte Haus geht mir auf die Nerven.« Sie wußte, es wäre sinnlos zu protestieren. Überdies wollte sie selbst nicht länger bleiben. Jeffs Charme verfing nicht mehr recht, und Andrew McClintock ließ ihn links liegen. Er zog es bei weitem vor, sich nach dem Abendessen mit

Frazer Campbell zu unterhalten. Rachel und Frazer erklärten jeden Tag, daß sie abreisen müßten, und blieben immer noch einen Tag länger.

Chris und Jeff wohnten in Chris' Kutscherhaus. Er sah sich etwas herablassend um. »Hübsch, niedlich, aber reichlich bescheiden, ich meine für jemand wie dich. Aber warum rufst du nicht einige deiner Freunde an, und wir geben ein tolles Fest. Ich kenne auch ein paar Leutchen hier ...«

Chris organisierte in aller Eile eine Party und war erstaunt festzustellen, wie viele Bekannte von ihrer Londoner Theaterzeit verfügbar und nur zu erfreut waren, die tote Zeit zwischen Weihnachten und Neujahr auszufüllen. Einige von Jeffs Kollegen stießen hinzu, und durch die Vermittlung von einem von ihnen erhielt Jeff eine zeitbegrenzte Mitgliedskarte für den schicksten Spielclub Londons. Er spielte zwei Nächte lang, und danach mußte Chris einen Scheck für eine große Summe ausschreiben. »Mach dir keine Sorgen, Baby«, sagte er und küßte sie zärtlich. »Es wird Geld regnen, sobald der Film in die Kinos kommt.«

Sie verbrachten die Silvesternacht im Flugzeug nach New York. Chris wünschte, daß sie Beverly Hills nie verlassen hätte. Sie fühlte sich weder ausgeruht noch erfrischt. Noch sah sie den geringsten Hoffnungsstrahl. Sie blickte auf den schlafenden Mann neben sich und fragte sich, ob sie es aushalten würde, bei ihm zu bleiben, bis der Film beendet war. Sie dachte an London und an die Menschen, die sie gesehen hatte. Die meisten waren die üblichen Schmarotzer gewesen, die auf jede Party kommen, aber einige hatten sich ehrlich gefreut, sie wiederzusehen. Sie hatte oft an Hugh Meredith gedacht, obwohl sie ihn nicht angerufen hatte. An einem Nachmittag, als Jeff im Spielclub gewesen war, hatte sie sich ein Stück angesehen, in dem Hugh Meredith die Hauptrolle spielte. Sie hatte wie gebannt im Parkett gesessen, und ihr war wieder einmal zu Bewußtsein gekommen, was für ein großartiger Schauspieler er war. Seine Stimme klang ihr noch jetzt während ihres schlaflosen Flugs über den Atlantik in den Ohren.

Rachel und Frazer Campbell blieben fast die ganze Weihnachtswoche in Tresillian, und Thea kam oft zu Gast.

Eines Morgens erschien Thea mit dem *Express* bei Rachel. »Ich weiß nicht, warum ich dieses Skandalblatt gelegentlich lese, aber es hat zuweilen ganz amüsante Artikel. Dieser allerdings hat mich nicht amüsiert. Bekommen sie in Tresillian den *Express*?«

»Sie halten sich eine Menge Zeitungen.« Rachel las den Artikel laut vor:

> Lady Osborne flog gestern nach Monaco, um sich dem Jachtausflug von Sir Bruce Abbott anzuschließen, dessen Silvesterfest ein Höhepunkt im gesellschaftlichen Leben zu werden verspricht. Sir Bruce und Lady Abbott, das ehemalige Mannequin Jean Furgus, haben sich vor kurzem scheiden lassen.

»Wo hat sie denn die Kinder gelassen?«

»Vermutlich genau dort, wo sie gesagt hat, bei Tobys Eltern.«

Ginny nickte, als ihr Rachel den Artikel zeigte. »Ich habe gespürt, daß irgend etwas nicht stimmt. Sie war ganz vage, wie lange sie bleiben würde, und als sie ankam, hat sie mit keinem Wort erwähnt, daß sie die Kinder zu den Großeltern bringen wollte. Und dann kam dieser eine Telefonanruf, und fort war sie. Meinst du, sie hat mit Bruce Abbott gesprochen?«

»Ich nehme es an«, sagte Rachel. »Sie sieht ihn oft. Caro ist nicht mehr ganz die perfekte Foreign-Office-Ehefrau, die sie einmal war.«

»Bruce Abbott...« sagte Andrew McClintock nachdenklich. Er hatte den Artikel auch gelesen. Ihm schien nichts zu entgehen. »Er kauft ein Unternehmen nach dem anderen, so wie andere Männer Krawatten. Toby Osborne kann ihm nicht das Wasser reichen. Ich habe Abbott einige Male getroffen. Ein gutaussehender Bursche, anziehend auf eine etwas rauhbeinige Art und gefährlich wie ein Hai. Er ist gelegentlich zu Clayton gekommen, wenn er ein bestimmtes Projekt finanzieren wollte. Er ist nicht unser Typ Kunde, aber von irgendwoher bekommt er immer sein Geld.«

»Und Caro?« fragte Harry niedergeschlagen. »Hat sie sich ernsthaft mit ihm eingelassen?«

»Es scheint so«, warf Rachel ein. »Er hat viel Erfolg bei Frauen. Ob er ernste Absichten hat oder nur herumtändeln will, ist schwer zu sagen.«

»Aber Caro setzt damit ihre Ehe aufs Spiel!« rief Harry aus. »Warum erzählt mir denn keiner so etwas?«

»Und was könntest du tun?« erwiderte Ginny. »Caro muß ihr eigenes Leben leben, und jeder im Foreign Office weiß, daß Toby fremdgeht. Vielleicht will sie es ihm ein wenig heimzahlen, oder ... sie will sich Bruce Abbott angeln. Er führt zweifellos ein amüsanteres Leben als Toby mit seinen steifen Foreign-Office-Freunden.«

»Armer Vater«, sagte Rachel, »deine zwei Töchter erweisen sich als ziemlich untauglich, zumindest soweit es sich ums Eheleben handelt.« Sie lachte, aber es klang mehr wie ein Schluchzen.

Im Februar schrieb Caroline an Ginny und Harry:

Ich hoffe, dieser Brief erreicht Euch, bevor ›liebe Freunde‹ Euch die Zeitungsausschnitte schicken. Toby und ich trennen uns. Toby zieht in eine Wohnung, und ich bleibe bis zur Scheidung hier im Haus. Er hat ohne viel Federlesen in die Scheidung eingewilligt. Über die Kinder haben wir uns geeinigt. Er kann sie jederzeit sehen, und sie werden einige Wochen im Jahr bei ihm verbringen. Bedauert ihn bitte nicht, er wird sich schnell trösten. Es war wirklich nur die Frage, wer von uns beiden zuerst die Karten aufdeckt. Ich habe es natürlich erst getan, nachdem Bruce mir einen Heiratsantrag gemacht hat. Sonst wäre ich selbstverständlich bei Toby geblieben.

Es tut mir leid, wenn ich Euch Kummer bereite, aber Ihr müßt ja gemerkt haben, daß zwischen Toby und mir nicht alles zum Besten stand. Zumindest, Vater, kann es

Dir beim Foreign Office keinen Ärger machen. Du wirst Botschafter in Washington bleiben, bis man Dich pensioniert.

Ginny bat Livy und Alex, zu ihr zu kommen, um ihnen die Neuigkeit persönlich mitzuteilen. »Ich mache mir Sorgen um die Kinder... Ich finde, sie hätte schon ihretwegen bei Toby bleiben sollen. Er hätte von sich aus nie die Scheidung eingereicht, dazu ist er viel zu träge.«

»Es war unvermeidlich«, sagte Alex. »Wenn nicht Bruce Abbott, wäre es ein anderer gewesen. Caro hat Toby geheiratet, weil sie Geld haben wollte, und dann kreuzte ein noch reicherer Mann ihren Weg, und sie hat sich ihn geschnappt, zusammen mit einem sehr viel amüsanteren Leben. Zum Glück ist sie sehr viel jünger als Bruce Abbott. Er ist der Typ, der sich gerne aus Versprechen herauswindet...«

»Um Gottes willen«, rief Ginny, »sag so was nicht zu Harry. Er gibt vor, daß ihm das Ganze gleichgültig ist, aber ich weiß, er ist tief bestürzt. Wir wissen, daß Rachel nie glücklich sein wird, abgesehen von dem, was Frazer ihr persönlich geben kann. Und ich bin zu der Überzeugung gekommen, daß dies eine Menge ist. Aber was Caroline anbetrifft... Harry hat das Gefühl, das Karussell drehe sich noch einmal und diesmal könnte sie hinunterfallen...«

»Nun, wo wir schon über Familie sprechen«, sagte Alex, »was ist mit unserer Chris? Die Ehe ist gescheitert. War es vermutlich schon wenige Monate nach der Heirat. Ich nehme an, sie werden noch so lange zusammenbleiben, bis dieser vermaledeite Film abgeschlossen ist. Aber dann ist es auch bei ihnen zu Ende.« Trotz der Gegenwart seiner Mutter nahm er Livy in den Arm und küßte sie. »Laß es dir ja nicht einfallen, mich zu verlassen. Ich würde dich nicht freigeben. Wir beide gehören zusammen.«

»Gott sei's gedankt«, sagte Ginny trocken.

16

Chris rief Livy von Beverly Hills an. »Wenn es dir recht ist, würde ich gern bei dir übernachten. Ich könnte natürlich in ein Hotel gehen, aber ich wäre lieber bei jemand, an dessen Schulter ich mich ausweinen kann. Außerdem möchte ich vermeiden, daß die Presse etwas von meiner Anwesenheit erfährt. Ich kann nicht zu Mutter und Harry gehen, weil die Botschaft zu offiziell ist, und ich will die beiden auch nicht mit meinen Sorgen belasten.«

»Natürlich kannst du bei mir wohnen«, sagte Livy. »Aber warum willst du dich ausweinen? Was ist los?«

»Ich erzähl es dir, wenn ich dich sehe. Aber bitte sag niemand, daß ich komme, besonders nicht Alex.«

Chris landete am folgenden Morgen in der Frühe in Washington. Sie war die ganze Nacht durchgeflogen, aber hielt sich vom McClintock-Haus fern, bis sie sicher war, daß Alex ins Büro gegangen war. »Ich will nicht, daß Alex weiß, daß ich hier bin. Ich nehme nur schnell eine Dusche und ziehe mich um. Ich habe um elf Uhr eine Verabredung mit Mr. McClintock. Vielleicht war es nicht richtig von mir, hierherzukommen. Der alte Mann könnte denken, daß ich mit Alex unter einer Decke stecke, aber ich kann im Moment einfach nicht allein sein.«

»Der Film?« fragte Livy.

»Vielleicht wird der Film eine Katastrophe, oder vielleicht rutscht er gerade noch durch; das hängt davon ab, was John Cullen im Schneideraum bis zur Veröffentlichung noch verbessern kann. Wir müssen bis Ende dieses Monats mit allem fertig sein, zumindest was die Arbeit mit unserem Star betrifft. Und mit Star meine ich nicht Jeff Rigghouse, sondern

Jackson Dunbar. Er hat ein neues Engagement. Wir haben noch eine oder zwei Wochen Zeit zu filmen, meistens im Studio. Das heißt jedoch, daß ich für alle Beteiligten die doppelte Gage bezahlen muß. Die meisten sind natürlich entzückt darüber, außer denen, die andere Verpflichtungen haben. Hoffentlich können wir unseren wichtigsten Kameramann behalten, denn er und John Cullen arbeiten sehr gut zusammen. Sie schaffen eine Art von magischer Atmosphäre, und das ist das einzige, das gut an diesem Film ist.«

»Aber ein totaler Reinfall kann es doch nicht werden«, sagte Livy. »Du hast schließlich zwei große Stars, selbst wenn du meinst, Jeff sei keiner mehr. Und John Cullen hat doch einen Oscar gewonnen, nicht wahr?«

»Vor zwölf Jahren. Aber wenn es nur ein Gran Gerechtigkeit in der Welt gibt, dann verdient er einen Achtungserfolg. Ein Triumph wird es bestimmt nicht werden, nicht mit diesem Drehbuch ...«

»Du bist also hier, um ...«

Chris lachte bitter auf. »Gib mir einen Drink, Livy. Ja, ich bin hier, um den alten Mann zu sehen. Ich werde vor ihm in die Knie gehen und ihn um einige Millionen Dollar bitten. Ich brauche sie dringend. Wir haben das Budget überzogen und sind mit den Dreharbeiten in Verzug. Das Studio muß bezahlt werden, die Techniker müssen bezahlt werden, und die Restgage für unseren großen Star ist fällig an dem Tag, an dem er geht. Ich bin pleite, Livy, und habe zwei Millionen Dollar Schulden. Damit verglichen sind die Spielschulden meines Mannes ein Pappenstiel.«

»Aber kannst du nicht von einer Bank Geld borgen? Es ist die Hölle für dich, zu Andrew McClintock zu gehen.«

»Wem sagst du das. Ich war bei der Bank. Sie haben bereits alle meine McClintock-Clayton-Aktien als Ausfallbürgschaft in der Hand. Sie warten nur darauf, daß ich das Geld nicht zurückzahlen kann, um Fuß im McClintock-Clayton-Konzern zu fassen. Man kann keinen Film mit Zinsen finanzieren, Livy. Man braucht Millionen dazu. Ich hatte ein paar Millionen, die nicht bei McClintock-Clayton angelegt waren, aber die habe ich bereits verbraucht. Vermutlich hat jeder gedacht, das McClintock-Clayton-Geld stünde hinter mir. Nur eine Närrin wie ich würde ihr eigenes Vermögen für einen Film riskieren. Verstehst du, ich wollte ihnen allen zeigen, daß auch ich das große Geld machen kann. Aber ich war viel zu unerfahren. Und nun ist alles ein einziges Durcheinander, und die Schauspieler haben das Vertrauen verloren. Sie werden ihr Geld einstecken und sich schleunigst davonmachen und bestimmt nicht damit protzen, daß sie in *The Way West* mitgespielt haben. Aber wenn ich den Film beenden will, brauche ich das Geld.«

»Alex?«

»Ich kann mich nicht an Alex wenden. Er würde mir Mutters wegen das Geld vermutlich geben. Aber dann hätte ich das Gefühl, ich hätte ihn bestohlen. Nein, ich muß schon in den sauren Apfel beißen und zu dem alten Mann gehen. Und ich mache mir keine Illusionen. Falls er mir das Geld gibt, um den Film zu Ende zu drehen, wird alles, aber auch alles dem Herrn Botschafter Andrew McClintock gehören. Livy, sei so gut, gib mir noch einen Drink. Ich weiß, ich sollte es lieber lassen, aber ich muß mir etwas Mut antrinken.«

»Und deine Mutter? Sie würde dir sicher helfen.«

Chris schüttelte den Kopf. »Ich weiß nicht, ob du das Testament meines Vaters kennst, oder vielleicht hast du es vergessen. Meine Mutter hat ein großes, sehr großes Einkommen, aber an das Kapital kommt sie nicht heran; es wird bis zu ihrem Tod von Treuhändern verwaltet, und danach geht es an Alex. Mir dagegen hat mein Vater nach meinem fünfundzwanzigsten Lebensjahr die Aktien vorbehaltlos vermacht. Ein Teil davon waren Aktien von anderen Firmen, und die habe ich bereits alle verkauft. Ich bin schließlich Blairs einziges Kind, und er konnte es sich leisten, großzügig zu mir zu sein. Aber um Ginny ein großes Einkommen zu garantieren und trotzdem die McClintock-Clayton-Aktien abzusichern, hat er das Kapital Treuhändern übergeben, und sie hat nur die Zinsen. Mein Anteil aus Vaters Nachlaß war verhältnismäßig klein, verglichen mit Mutters Anteil. Als ich fünfundzwanzig Jahre alt wurde, konnte ich jedoch frei darüber verfügen. Und nun schau dir an, was ich mit dem Geld angestellt habe! Nein, ich kann mich unmöglich an Mutter wenden!« Sie hielt schweigend ihr Glas hin und Livy füllte es wieder auf. »Es ist wichtig, daß Alex nicht erfährt, daß ich zu dem alten Mann gehe. Du mußt mir dein heiliges Ehrenwort geben, daß du nicht etwa Alex anrufst, während ich mich oben im Gästezimmer dusche und meinen Mund ausspüle, damit ich nicht nach Alkohol rieche. Ich muß tun, was ich für richtig halte. Ich habe dir dies alles erzählt, weil ich mit jemand reden mußte. Aber die Verantwortung trage ich allein. Ich bin in die Sache hineingeschlittert, und ich will nicht, daß Alex oder Mutter mir aus der Patsche helfen. Ich werde für meine Fehler einstehen – das bißchen Stolz mußt du mir schon lassen.«

Chris kam erst nach zwei Uhr zurück. Livy hatte nur ein Sandwich zu Mittag gegessen; die Aufregung hatte ihr den Appetit verschlagen. Sie saß am Schreibtisch in der Bibliothek, wo sie mit Mrs. Tennant ihre Korrespondenz erledigte. Als Chris eintrat, erhob sich Mrs. Tennant sofort: »Ich werde anfangen, diese Briefe zu tippen, Mrs. McClintock. Klingeln Sie bitte, wenn Sie mich brauchen.«

Chris sank in den Stuhl, den Mrs. Tennant gerade freigemacht hatte. Das Licht vom Fenster hinter Livys Stuhl fiel direkt auf Chris' Gesicht. Es war bleich und angespannt. Livy hatte den Eindruck, daß sie gegen Tränen ankämpfte.

»Ich habe das Geld, um den Film zu beenden. Und die Bank kriegt ihr Geld umgehend zurück. Meine ganzen McClintock-Clayton-Aktien gehören dem alten Mann. Und der Film gehört ihm auch, mit allem Drum und Dran. Er kommt für die Verluste auf und streicht die Gewinne ein – je nachdem. Jeff war nur nominell mein Partner. Ich habe das einzig getan, um seinen Stolz nicht zu verletzen. Die Rechtsanwälte haben den Vertrag so aufgesetzt, daß er seine Gage erhält, aber keinen Pfennig mehr, und er wird als Koproduzent im Vorspann erwähnt. Schlaue Füchse, diese Herren Rechtsanwälte...«

»Mr. McClintock hat also alles? Deine Aktien und den Film?«

»Ja, ich habe mein gesamtes Vermögen aufs Spiel gesetzt und verloren. Der Film wird wahrscheinlich ein Reinfall, aber einiges Geld kommt vielleicht doch herein, nachdem ich den Film bis zum Ende finanzieren kann und keine Gläubiger mehr habe. Aber für mich bedeutet es das Ende im Filmgeschäft, zumindest als Produzentin. Ich hoffe nur, daß ich als Schauspielerin zuweilen Rollen angeboten bekomme.«

Livy sagte langsam, unfähig die ganze Reichweite des eben Gehörten zu erfassen: »Und dir bleibt nichts?«

»Nichts, oder fast nichts. Der alte Mann hat eine großzügige Geste gemacht. Er zahlt mir vierteljährlich ein kleines Einkommen aus den McClintock-Clayton-Aktien. Um meiner Mutter und Blairs willen, hat er gesagt. Ich werde weder verhungern noch barfuß gehen, aber er hat dafür gesorgt, daß ich nicht noch einmal grandiose Ideen habe. Und ich werde nie mehr so viel besitzen, daß ein Mann mich wegen meines Geldes heiratet. Ich habe alle Regeln gebrochen, indem ich die McClintock-Clayton-Aktien aufs Spiel gesetzt habe. Das war unverzeihlich. Das einzig Vernünftige, was ich getan habe, war, zu dem alten Mann zu gehen und ihm die Gelegenheit zu geben, sie zurückzukaufen. Die wirkliche Todsünde wäre gewesen, wenn ich sie Außenseitern überlassen hätte. Nun, alles ist unterschrieben und beglaubigt. Ich habe genug Geld, um den Film zu beenden und John Cullen zu bezahlen. Und damit hat sich's. Aus. Amen. Ich bin eine arbeitslose Schauspielerin, die einen Job sucht. Das Haus in Beverly Hills und das in Malibu fallen natürlich auch unter die Abmachung, aber sie sind ohnehin bis zum Äußersten mit Hypotheken belastet. Der alte Mann scheint das Kutscherhaus in London vergessen zu haben, oder vielleicht wollte er es vergessen, so daß ich dort leben kann und aus dem Weg bin.«

»Chris ... ich weiß nicht, was ich sagen soll ...«

»Es gibt nichts zu sagen, Livy. Ich habe zwei blödsinnige Fehler begangen. Der erste war, Jeff Rigghouse zu heiraten, und der zweite war die Konsequenz vom ersten. Ich werde daher, sobald der Film fertig ist, für sechs Wochen in eine kleine Pension in Nevada ziehen und dort die Scheidung abwarten. Am liebsten würde ich es gleich tun, aber dann würde alles auseinanderfallen. Ich werde vertraulich mit John Cullen sprechen und ihm versichern, daß er den Film in aller Ruhe fertig machen kann, und dann werde ich meine sieben Sachen aus den zwei Häusern entfernen und Jeff anraten, das gleiche zu tun, denn sobald der alte Mann die Hypotheken zurückgezahlt hat, gehören die beiden Häuser McClintock-Clayton. Sie waren gute Grundstücksanlagen, und es wird leicht sein, sie zu verkaufen.« Sie ging zu der Bar und goß sich einen Whisky ein, ohne Wasser.

»Vermutlich mußt du mich morgen ins Flugzeug tragen. Aber zumindest habe ich das kostbare Dokument in der Tasche. Das Geld ist garantiert.«

Es war erst kurz nach vier Uhr, als Alex nach Hause kam. Er betrat die Bibliothek mit wutverzerrtem Gesicht und ließ sich in einen Stuhl fallen. »Warum, zum Teufel, Chris, hast du nicht mit mir gesprochen? Ich hätte dir doch Geld leihen können, oder zumindest hätte ich bessere Bedingungen für dich herausgeschlagen. Verdammt noch mal! Der alte Gauner hat mir die Dokumente gezeigt, die du unterzeichnet hast. Er hat dich ausgeraubt. Und du hast nicht einmal einen eigenen Rechtsanwalt dabei gehabt. Du solltest doch wissen, daß alle Verträge, die McClintock-Clayton unterschreiben, immer zum Vorteil von McClintock-Clayton sind.«

»Mir stand das Wasser bis zum Hals, Bruderherz. Aber nett von dir gemeint. Ich sah nicht ein, warum ich dich in die Sache hineinziehen sollte. Es war meine eigene Dummheit, du hattest nichts damit zu tun. Du hättest mir schon vor Monaten von dem Film abgeraten, aber ich war zu stolz, dich um Rat zu fragen. Nein, der Sieg des alten Mannes ist völlig berechtigt, wenn auch nicht sehr moralisch. Verstehst du, die Zeit war gegen mich. Ich mußte das Geld sofort haben, oder der Film wäre geplatzt.«

»Du hattest eine Stunde Zeit, um mit mir zu reden. Du hättest bitten können, daß man mich in Großvaters Büro ruft, während die Dokumente fertiggestellt wurden. Du hattest ein wenig Zeit, Chris. Ich hätte etwas für dich tun können.«

Chris seufzte und nahm einen Schluck Whisky. Ihre Stimme schwankte. »Lieber Bruder... sehr nobel von dir. Äußerst nobel. Ich habe mir das alles selbst eingebrockt, warum soll ich es nicht selbst auslöffeln? Da hab ich so meinen kleinen Stolz. Und bitte mach Livy keine Vorwürfe, weil sie dir nichts erzählt hat. Ich habe ihr das Ehrenwort abgenommen, daß sie schweigt. Livy weiß, was ich empfinde. Sie hätte mir mein letztes Restchen Stolz nie genommen.« Sie schwenkte unsicher ihr Glas in seine Richtung. »Du hast sicher gesehen, daß der alte Mann mir ein jährliches Einkommen garantiert hat. Ziemlich großzügig unter den gegebenen Umständen. Im Luxus kann ich damit nicht leben, aber ich kann existieren. Wenn die kleine Chris sich mal etwas leisten will, muß sie eben dafür arbeiten. Vielleicht macht mich das zu einer guten Schauspielerin.« Und dann fing sie an zu weinen.

Alex stand auf und ging zu ihr. Er kniete ungelenk vor ihrem Stuhl, nahm ihren Kopf und zog ihn auf seine Schulter. »Es tut mir so leid, Chris. Ich wünschte, du hättest mich um Hilfe gebeten. Es hätte nicht so auszugehen brauchen...«

Sie hob den Kopf. »Ich danke dir, Alex, ich werde von nun an nichts mehr vor dir verheimlichen. Erzähl Mutter nicht... jetzt noch nicht. Sag nicht, daß ich in Washington war. Es würde sie schrecklich verletzen. Mach, daß sie nie etwas von der Vereinbarung zwischen dem alten Mann und mir erfährt. Die kleine Chris mußte endlich mal erwachsen werden und ihre eigenen Entscheidungen treffen. Es war Pech, daß es bisher die falschen waren.«

Chris kehrte ins Studio zurück. Sie hatte eine lange Unterhaltung mit John Cullen, und die letzten Szenen wurden gedreht. Die Schauspieler und die Techniker errieten, daß Geld verfügbar war, und die Erleichterung war spürbar.

Endlich war die letzte Szene im Kasten, und sie hatten die übliche Abschiedsparty. Chris und Jeff wurden mit Komplimenten und Glückwünschen überschüttet. Das letzte, was Chris privat zu John Cullen sagte, war: »Nehmen Sie sich Zeit mit dem Schneiden. Geben Sie Ihr Bestes. Hier ist die Telefonnummer des Mannes, den Sie anrufen müssen, wenn Sie fertig sind.« Sie gab ihm die Nummer von Andrew McClintocks Privatbüro. »Der ganze Film gehört den McClintock-Claytons, John. Sie werden alles Notwendige unternehmen wie Reklame, Zeitungsannoncen und so weiter. Und sie sind verdammt tüchtig. Viel Glück!«

»Sie sind ein Schatz, Chris, Sie haben mir eine echte Chance gegeben.« Zu ihrem Erstaunen umarmte er sie mit echter Herzlichkeit.

Sie sagte zu Jeff auf dem Parkplatz: »Ich bleibe ein paar Tage in Malibu. Wenn ich nach Beverly Hills zurückkomme, möchte ich, daß du ausgezogen bist. Ich muß dort meine Sachen packen. Alles, was ich zurücklasse, ist das Eigentum von Mr. McClintock. Adieu, Jeff.«

»Tschau, Baby. Schade! Nach meiner Meinung begehst du einen Fehler.« Er zuckte die Achseln, und sie rief sich ins Gedächtnis zurück, daß er diese Abschiedsszene schon dreimal mit seinen Ehefrauen und sicher mehrere Male mit seinen nicht angeheirateten Frauen durchexerziert hatte. Er hatte ohne große Erklärungen ihrerseits gewußt, daß sie sich von ihm trennen wollte.

»Ich werde in Nevada sein«, sagte sie. »Meine Rechtsanwälte werden sich mit dir in Verbindung setzen. Geld, wie du weißt, ist bei mir nicht mehr zu holen.«

Sie fuhr nach Malibu. Im Einkaufszentrum besorgte sie Nahrungsmittel und Alkohol. Die folgenden Tage lebte sie von belegten Brötchen und Whisky. Sie schloß ihren Wagen in die Garage ein, so daß ihre Nachbarn nichts von ihrer Anwesenheit merkten. Sie ging nicht ans Telefon. Sie ging nur nachts, wenn die Dunkelheit in allen Häusern ihr anzeigte, daß die Bewohner schliefen, am Strand spazieren. Von allen Dingen, die sie aufgeben mußte, fiel ihr einzig der Verzicht auf das Haus in Malibu schwer. Sie war versucht gewesen,

Andrew McClintock zu bitten, es ihr zu überlassen, aber ihr Stolz hatte es ihr verboten. Es war alles oder nichts gewesen.

Nach ungefähr einer Woche ging sie zu ihrem Rechtsanwalt und überschrieb die beiden Häuser auf McClintock-Clayton. Dann fuhr sie zum letzten Mal nach Beverly Hills. Dort spürte sie keinerlei Bedauern. Sie hatte das Haus nie gemocht, sondern es nur für Jeff gekauft. Die Schränke waren leer, und sie stellte fest, daß einige wertvolle Kunstwerke fehlten: mehrere Jadestücke, zwei präkolumbianische Skulpturen, ein wertvoller persischer Teppich. Sie zuckte die Achseln. Das Inventar war nie aufgenommen worden, und so würden McClintock-Clayton nichts vermissen. Wenn Jeff sie verkaufen konnte, um so besser für ihn. Es war das letzte Geld, das er von ihr bekommen würde.

Sie kaufte sich eine Menge Bücher, meist Klassiker, und fuhr nach Reno, wo sie sich ein Zimmer in einem billigen Motel nahm. Sie hatte sich unter dem Namen Mrs. Miles Oliver eingetragen und bat Livy im stillen um Verzeihung. Sie verbrachte ihre Tage mit Lesen und Schlafen. Gelegentlich blickte sie auf den roten Mercedes, der vor der Tür ihres Motelzimmers stand, und malte sich ihre Reise über Landstraßen und Dörfer bis nach Virginia aus.

Aus Prescott Hill würde sie ihre Mutter und Livy anrufen und sie bitten, ob sie nicht kommen könnten, um ihr ein wenig Gesellschaft zu leisten. Sie würde spazierengehen und im Schwimmbecken schwimmen und sich den Whisky abgewöhnen. Sie würde mit Livys Kindern spielen, und wenn sie ihr seelisches Gleichgewicht wiedergefunden hätte, würde sie den Mercedes verkaufen und ein Flugzeug nach London nehmen. Und in London würde sie einen neuen Anfang machen.

Dann, eines Nachmittags kurz vor ihrem Scheidungstermin, als sie auf der Veranda des Hotels saß und las, trat ein Mann in einem gutgeschnittenen dunklen Anzug und einer Sonnenbrille auf sie zu. Er sagte leise: »Mrs. Rigghouse.« Es war eine Feststellung, keine Frage.

»Ja?« sagte sie. Er sah nicht aus wie ein Reporter. Und

selbst wenn er einer wäre, was machte es schon aus? Ihre Scheidung würde in einigen Tagen in allen Zeitungen stehen.

»Wir wissen, daß Sie Ihren Mann seit einigen Wochen nicht gesehen haben, aber wir würden gern erfahren, ob Sie noch mit ihm in Verbindung stehen.«

»Was geht Sie das an?«

»Ist es Ihnen recht, wenn ich mich setze?« Er wies auf einen in der Nähe stehenden Stuhl. Sie nickte kurz. Der Mann fuhr fort: »Es geht uns viel an. Ihr Mann war die letzten sechs Wochen in Las Vegas. Er hat viel gespielt, warum auch nicht, außer daß er auch viel verloren hat. In der Vergangenheit haben wir ihm gern Kredit gewährt, da er zum Schluß immer bezahlt hat, und in den letzten Wochen haben wir diesen Kredit verlängert aufgrund des Films, den Sie beide produziert haben und der bald zur Aufführung kommen soll. Aber nun hören wir, daß er nicht gerade ein Kassenschlager zu werden verspricht, doch der Anteil von Mr. Rigghouse hätte seine Schulden decken können, obwohl sie sehr beträchtlich sind. Kürzlich jedoch erfuhren wir, daß ihm keinerlei Einnahmen aus dem Film zustehen und ihm seine Restgage bereits ausgezahlt worden ist.«

»Wer sind Sie?«

»Mein Name tut nichts zur Sache. Ich vertrete einige Kasinos in Vegas, die auf die Bezahlung Ihrer Schulden warten, Miss Clayton.« Die plötzliche Anrede mit ihrem Mädchennamen berührte sie unangenehm.

Sie schüttelte den Kopf. »Es ist nutzlos, sich an mich zu wenden, und ich werde mir nicht einmal die Mühe machen, Sie zu fragen, wie Sie mich gefunden haben. Der Film gehört weder mir noch Jeff. Alle Rechte sind verkauft worden, um ihn zu Ende drehen zu können.«

»Und die zwei Häuser?«

»Sind an denselben Käufer gegangen. Aber beide lauteten sowieso auf meinen Namen.«

»Und wer ist der Käufer?«

»Dreimal dürfen Sie raten«, sagte sie ärgerlich, empfand gleichzeitig aber auch etwas Angst. Jeder wußte, daß eine enge Verbindung zwischen der Unterwelt und den Kasinos in Las Vegas bestand. Sie musterte noch einmal den gutaussehenden Fremden, dessen Augen sie nicht sehen konnte. Seine Stimme war kühl, und doch vermeinte sie einen drohenden Unterton zu vernehmen. Aber er war bestimmt nicht die Sorte von Gangster, die einen Revolver bei sich trug. Er war einer ihrer glattzüngigen Rechtsanwälte.

»Nun, ich tippe auf McClintock-Clayton.«

»Richtig getippt, sehr schlau von Ihnen.«

»Das bedeutet, daß der Film und die zwei Häuser Ihnen noch immer gehören …«

»Sie kennen offensichtlich Andrew McClintock nicht. Mir gehört nichts mehr. Ich wohne hier, weil Mr. McClintock so gnädig war, mir ein – in Ihren Augen – winziges Einkommen zuzugestehen. Vermutlich um der Familie die Schande zu ersparen, daß ich auf der Straße betteln gehe. Wenn Sie sich die Zeit nehmen, im Grundbuch in Los Angeles nachzuschlagen, werden Sie meine Auskünfte bestätigt finden. Die Kopien der von mir unterzeichneten Dokumente liegen bei meinem Anwalt in Los Angeles. Wenn Sie wollen, rufe ich ihn an und bitte ihn, Sie zu empfangen. Das heißt, wenn Sie sich dazu bereitfinden, mir Ihren Namen zu sagen.«

Er stand auf. »Das ist nicht notwendig. Ich glaube Ihnen, Miss Clayton. Wir haben einige Erkundigungen eingezogen, bevor ich hierhergekommen bin. Sie stimmen mit allem, was Sie mir gesagt haben, vollkommen überein. Ich wollte mich nur noch einmal vergewissern. Die Schulden Ihres Mannes sind enorm hoch. Es wäre ein schlechtes Beispiel für die anderen Spieler, wenn wir ihm solche Summen einfach erlassen würden.«

»In zwei Tagen ist er nicht mehr mein Mann. Mir ist es egal, was er Ihnen erzählt hat. Er wußte von Anfang an, daß er kein Geld bekommen würde.«

»Spieler sind eine seltsame Rasse, Miss Clayton. Sie kommen immer zurück. Meine Klienten hätten genauere Erkundigungen einziehen sollen, bevor sie ihn an die Spieltische ließen. Aber der Glanz des Namens McClintock hat sie geblendet. Das Kasino kann den Verlust verschmerzen. Es ist schließlich nur ein theoretischer Verlust. Der Fehler war, ihn so lange spielen zu lassen, daß andere Leute die Höhe seines Verlusts erfahren haben.«

»Bitte halten Sie mir keinen Vortrag über die Psychologie von Spielern. Ich habe genug eigene Erfahrungen gesammelt. Und was den Fehler des Kasinos anbetrifft, so ist es dessen Fehler und nicht meiner. Meine Fehler habe ich schon vor langer Zeit begangen.«

»Vielen Dank, Miss Clayton. Sie waren sehr hilfreich ... und aufrichtig. Hätten Sie mir eine andere Auskunft gegeben ... nun, Sie taten es nicht. Erlauben Sie?« Er bückte sich und nahm das Buch auf, das sie gelesen hatte. »Ah ... Walt Whitman. Ja, ich bewundere ihn auch sehr. Auf Wiedersehen, Mrs. Oliver.«

Sie fragte sich, wie viele andere aalglatte, gebildete Rechtsanwälte für die Unterwelt arbeiteten. Viele vermutlich, dachte sie. Nun, jedenfalls wußten sie, daß aus ihr nichts mehr herauszuholen war, und an Andrew McClintock kamen sie nicht heran. Sie konnten nur hoffen, daß *The Way West* ein Erfolg wurde und Jeff daraufhin weitere Rollen angeboten würden. Aber kein Kasino in Las Vegas würde ihn je wieder spielen lassen, und er würde sein Leben lang verschuldet sein.

Sie war aus dem ganzen Schlamassel ein wenig besser herausgekommen. Sie hatte zumindest genug Geld zum Essen.

Zwei Abende später kaufte sie gewohnheitsmäßig die *Los Angeles Times*, bevor sie das kleine italienische Restaurant betrat, wo sie öfter aß. Unten auf der ersten Seite, die *Times* hielt nicht viel von Sensationen, stand eine kurze Notiz:

> Die Leiche des Filmschauspielers Jeff Rigghouse wurde heute früh mit einer Schußwunde an der Schläfe auf einem Landweg in der Nähe von Las Vegas entdeckt. Eine Waffe wurde nicht gefunden, und kein anderes Fahrzeug wurde am Tatort gesichtet. Die Polizei vermutet einen Mordanschlag.

Sie bestellte sich einen Whisky und starrte auf ihr Spiegelbild im Fenster. Dann stand sie auf und zahlte, ohne gegessen zu haben. Sie setzte sich in ihren Wagen, den sie in den letzten sechs Wochen kaum benutzt hatte, und fuhr südwärts in Richtung Tahoe. Sie hatte den See bereits zweimal umfahren, bevor sie es merkte. Sie war wieder auf der Kasinostraße kurz hinter der kalifornischen Grenze. Bevor sie die hell beleuchtete Gegend verließ, bemerkte sie, daß sie fast kein Benzin mehr hatte. Während der Tankwart ihren Tank füllte, ging sie über die Straße und kaufte sich eine kleine Flasche Whisky. Dann fuhr sie noch einmal um den See, bog aber in die Straße, die zum Nationalpark führte, ein. Sie fand einen Parkplatz und stellte den Motor ab. Es war eine kühle, klare Nacht, sie fröstelte ein wenig und ließ sich tiefer in den Sitz gleiten, um die Sterne sehen zu können. Sie wirkten riesig und pulsierend an dem klaren Nachthimmel. Sie griff zu dem Whisky, drehte den Verschluß auf und trank direkt aus der Flasche.

Sie fragte sich, ob sie Jeff in der Nacht oder bei Morgengrauen ermordet hatten. Hatte er entsetzliche Angst gehabt, oder war ihm nicht klargewesen, was ihm bevorstand? Hatte er gedacht, sie würden ihn irgendwo in der Wüste absetzen und ihm sagen, er solle sich nie wieder blicken lassen? Vermutlich hatte er dies bis zur letzten Minute geglaubt. Spielerglück. Er hatte immer Glück gehabt.

Hätte sie ihm helfen können? Sie hatte dem Mann mit der kühlen, distanzierten Stimme gesagt, sie habe kein Geld mehr, alles gehöre Andrew McClintock. Zu Andrew McClintock zu gehen und ihn zu bitten, Jeffs Spielschulden zu zahlen, wäre hoffnungslos gewesen, das war ihr klar. Aber sie hatte auch sonst nichts unternommen, um ihm zu helfen, sie hatte nicht einmal nach der Höhe seiner Schulden gefragt. Sie hatte geglaubt, sie würden ihn im allerschlimmsten Fall zusammenschlagen und aus allen Kasinos verbannen. Der Mann hatte nicht mit Vergeltungsmaßnahmen oder mit einer Bestrafung gedroht. Hätte er es getan, hätte sie vermutlich Alex angerufen. Alex wäre ihr irgendwie zu Hilfe gekommen, obwohl er Jeff verachtete. Aber eine so entsetzliche Strafe hätte er verhindert. Ihre Schuldgefühle brachen ihr fast das Herz. Sie hätte zumindest telefonieren können. Warum hatte sie nicht mehr Fragen gestellt? Sie hätte um einen Aufschub bitten sollen... Diese geheimnisvollen Hintermänner hatten an Jeff ein Exempel statuiert, weil er berühmt war. Die Neuigkeit über die grausame Strafe würde sich mit der Schnelligkeit eines Waldbrandes unter den Hasardeuren verbreiten. Las Vegas hatte nichts übrig für Spieler, die verloren und nicht zahlten.

Sie weinte und nahm einen Schluck nach dem anderen. Es war kalt, und sie hatte sich noch nie so einsam gefühlt. Ihr Verstand sagte ihr, daß es so oder so irgendwann passiert wäre. Nur hätte sie diesmal noch helfen können. Aber es hätte ein anderes Mal gegeben. Verstand und Schuldgefühle kämpften in ihrem Inneren, und die Schuldgefühle gewannen die Oberhand. Sie trank, bis die Flasche fast leer war, starrte auf die kalten Sterne und dachte an den Mann, den sie für kurze Zeit zu lieben geglaubt hatte. In den frühen Morgenstunden schlief sie vor Erschöpfung und von dem vielen Whisky ein.

Die Sonne weckte sie, aber sie fror noch immer. Ihr Körper war steif und schmerzte. Einige Sekunden lang wußte sie nicht, wo sie war und warum sie in dieser Wildnis auf dem Sitz ihres Wagens lag. Sie kroch mühsam aus dem Auto und ging auf und ab, um ihre steifen Glieder zu strecken. Die Sonne tat ihren Augen weh, ihr Kopf schmerzte. Sie setzte sich wieder ins Auto, ließ den Motor an und fuhr unsicher weg. Sie kniff die Augen zusammen, um die Schmerzen, die die Helligkeit ihr verursachte, etwas zu lindern, und dachte sehnsüchtig an ihr dunkles Motelzimmer. Wenn sie nur schon da wäre! Ohne nach rechts oder links zu sehen, schoß sie über die breite Landstraße, die nach Reno führte. Sie hörte ein wütendes Hupen hinter sich. Zum Glück war es noch so früh, daß wenig Verkehr herrschte. Sie überlegte sich, was sie der Polizei über den Mann, der vorgestern bei ihr aufgetaucht war, sagen sollte. Sie näherte sich Reno. Bald würde sie im Motel sein. Dunkelheit und Vergessen war alles, wonach sie sich sehnte. Unbewußt trat sie stärker auf das Gaspedal. Die Häuser standen jetzt dichter beieinander. Rechts und links an den Bordsteinen parkten Autos. Die Abbiegung zum Motel war nur noch drei Häuserblocks entfernt … oder waren es vier? Sie versuchte, die Hausnummern zu entziffern, aber sie verschwammen vor ihren Augen. Sie sah das Kind auf dem Dreirad erst, als es dicht vor ihr war. Es kam zwischen den parkenden Wagen aus einer Einfahrt herausgeschossen und strampelte eifrig. Sogar in ihrem benebelten Zustand wußte sie, daß es zu spät war zu bremsen. Sie warf mit aller Kraft das Steuerrad herum. Das Kind radelte unbekümmert weiter, aber sie rammte einen Wagen auf der anderen Straßenseite, wurde zurückgeschleudert und prallte gegen eine Telegrafenstange. Sie spürte einen rasenden Schmerz, dann schlugen Flammen hoch, und die Dunkelheit und das Vergessen, nach denen sie sich so gesehnt hatte, umfingen sie.

Chris' Tod hatte sich über sie alle wie ein Leichentuch gesenkt. Ginny schien in eine schweigende Trauer versunken, die keine Worte fand. Sie empfing nur die allerwichtigsten Gäste an der Botschaft, und jeder hatte Verständnis dafür. Drei Monate lang ging sie auf keine Empfänge, sondern bat Livy, Harry zu begleiten, wenn sie die Anwesenheit eines Familienmitglieds für nötig hielt. Rachel war völlig unerwartet zu der Beerdigung von Chris in Prescott Hill nach Washington gekommen. Sie hatte sich nicht angemeldet, sondern sich einfach ein Taxi zum McClintock-Haus genommen. »Ich mußte kommen«, sagte sie zu Livy. »Ich habe so ein schlechtes Gewissen. Wir alle haben sie im Stich gelassen …«

»Sag das bloß nicht zu Ginny oder Alex. Sie machen sich schon genug Vorwürfe. Alex hat das Gefühl, er sei an allem schuld. Er meint, er hätte etwas unternehmen sollen, nachdem er erfahren hatte, daß sie Mr. McClintock alles überschrieben hatte, um diesen verfluchten Film zu retten.«

»Niemand hätte Jeff Rigghouse vor sich selbst retten können. Wenn Chris' Tod... O Gott, wir werden nie wissen, was sie gedacht hat...«

Mark kam am Anfang des Sommers in Washington an. Sie verbrachten die Wochenenden in Prescott Hill, manchmal blieb Ginny sogar die ganze Woche über dort. Sie sprach nie davon, nach Tresillian zu fahren, sie machte überhaupt keine Pläne. Alles schien sie anzustrengen, sie zeigte für nichts Begeisterung oder auch nur Interesse. »Armer Mark«, sagte sie zu Livy, »es muß so langweilig für ihn sein. Aber er beklagt sich mit keinem Wort. Er reitet allein aus, schwimmt stundenlang im Schwimmbecken und ist immer gut gelaunt. Er versucht, mich aufzuheitern. Ich wünschte, ich könnte etwas für ihn tun.«

Andrew McClintock hatte sich in seine eigene Welt zurückgezogen. Er besuchte Livy und Alex nur selten und nahm an keinem der Botschaftsempfänge teil, zu denen er jedoch immer eingeladen wurde. Nach Prescott Hill kam er nur, wenn Ginny ihn dringend darum bat. Ginnys erste Wut über sein schäbiges Verhalten Chris gegenüber war abgeflaut, aber sie war noch immer verstimmt. »Ich weiß nicht, warum ich gerade in diesem Fall etwas anderes von ihm erwartet habe. Er bleibt sich immer gleich. Er kann unerwartet großzügig sein, doch wenn es ums Geschäft geht, ist er knallhart. Vermutlich kam er sich noch sehr nobel vor, daß er ihr ein jährliches Einkommen garantiert hat. Er hätte ihr den letzten Cent nehmen können. Er ist ein alter Mann... Ich habe mich ein Leben lang um ihn gekümmert, und es wäre gemein von mir, ihn jetzt fallenzulassen.«

Aber ganz verzeihen konnte sie ihm nicht, und Andrew McClintock, der dies spürte, hielt sich von ihr fern.

In diesem Sommer starb Ginnys Vater. Seine Kräfte hatten schon vor längerer Zeit nachgelassen, und er hatte sich nach Pointerstown zurückgezogen, wo er außer Robbies Familie und Ginny niemand sah. Er hatte seinen letzten Nachmittag im Schaukelstuhl auf der schattigen, großen Veranda verbracht, zusammen mit Ginny und Mark. Während der Nacht war er sanft entschlafen. »Er hat zu leicht aufgegeben«, sagte Andrew McClintock zu Alex. Und Alex wußte, daß sein Großvater nicht vergessen hatte, daß der Senator ein Jahr jünger gewesen war als er.

Alex versuchte schon seit langem, seinen Großvater dazu zu überreden, den Familienkonzern in eine Aktiengesellschaft umzuwandeln. »Er will einfach nicht begreifen, daß selbst er die notwendigen Forschungen und die neuen Produkte, die wir brauchen, nicht aus der eigenen Tasche finanzieren kann. Wir brauchen mehr Kapital, und das bedeutet, daß wir eine Geldzufuhr von außen brauchen. Die Clayton-Bank in London könnte die Aktienzuteilung handhaben. Wir könnten Aktien für viele Millionen verkaufen und immer noch eine sichere Mehrheit haben. Aber der Gedanke, daß außer ihm und der Familie auch Fremde Anteile von McClintock-Clayton halten, ist ihm unerträglich. Wenn er bloß auf mich hören würde! Ich kann nicht warten, bis er stirbt, denn dann ist es möglicherweise zu spät. Wir sind einer der größten Konzerne der Welt und könnten es bleiben, sofern wir jetzt handeln.«

Livy lächelte verschmitzt. »Andernfalls würde sich mir die Gelegenheit bieten, dich auszuhalten. Ich habe das Häuschen in St. Just. Und Mr. McClintock hat mein Geld sorgfältig bei den verschiedensten Firmen angelegt. Das heißt, wenn der Riese McClintock-Clayton zu einem Zwerg zusammenschrumpft, haben wir noch immer genug zum Leben.«

Er beugte sich vor und strich ihr über die Wange. »Meine Livy, du tust mir gut. Du bringst mich auf den Boden der Tatsachen zurück. Zuweilen denke ich, das muß deine Mutter für deinen Vater getan haben. Sie war für ihn ein Rettungsring, ein Anker. Er war körperlich so schwach, wie ich es jetzt bin. Seit ich mich mit diesem zerstörten Körper abfinden muß, habe ich oft an deinen Vater gedacht. Isa muß ihm eine große Stütze gewesen sein. Er hat sie wohl aus vielen Gründen und auf sehr verschiedene Weise geliebt. Livy, ich habe einen Plan ...«

»Und der wäre?«

»Warum holen wir die Hochzeitsreise nicht nach, die wir nie gemacht haben? Du bist eine so sehr an Kunst interessierte Frau, und es gibt so viele Museen, die du nie gesehen hast. Du warst in Paris und kennst die Pariser Museen, aber du warst nie in Wien oder Venedig. Ich und die Kinder haben dich angekettet. Laß uns einen Monat verreisen. Um uns herum gibt es zuviel Kummer und Trauer.«

»Und die Kinder?«

»Es gibt genug Menschen, die sich um die Jungen kümmern. Mutter wird sich freuen, sie in Prescott Hill zu haben. Sie werden sie von ihrer Trauer um Chris ablenken. Und Mark wird ihr mit Begeisterung beistehen. Laß uns sehen, was die Europäer nach dem Krieg wieder aufgebaut haben. Es ist an der Zeit, daß wir uns ein wenig umschauen.«

Sie wußte wohl, daß dies eine Reaktion auf die Halsstarrigkeit seines Großvaters war. Dennoch begrüßte sie diese Rückkehr zu seinem jugendlichen Unternehmungsgeist, den sie für immer verloren geglaubt hatte. Er erwähnte weder Seymour House noch Tresillian, diese beiden ihnen nur zu vertrauten Orte. Ja, er hatte recht, sie würden ihre Hochzeitsreise nachholen.

17

Sie fuhren zuerst nach Wien. Die Stadt versuchte noch immer, die Folgen des Krieges zu beseitigen, so wie alle anderen Städte, die sie sahen. Die Museen und Opernhäuser, die Paläste und Kathedralen in Mailand, München und Köln wurden restauriert. Venedig und Florenz gefielen ihnen am besten, einfach weil sich ihre Schönheit auf jedem Platz darbot. Livy erkannte schnell, daß Alex in den großen Museen schon nach wenigen Sälen ermüdete. In den Kathedralen setzte er sich auf die letzte Bank und ließ sie herumschlendern. Er sagte fast streng zu ihr: »Du mußt dich für mich umsehen. Ich kaufe mir einen Katalog, und du mußt später berichten, wie die Bilder auf dich gewirkt haben.« Er lehnte einen Rollstuhl strikt ab.

Als sie sah, daß er völlig erschöpft war, mieteten sie sich in einem kleinen Hotel auf Torcello ein, einer kleinen Insel gegenüber von Venedig. Es hatte nur vier Gästezimmer. Zum Mittagessen kamen Hunderte von Besuchern mit Motorboot-Taxis oder *Vaporetti*, aber abends war die ganze Insel menschenleer, außer den wenigen Hotelangestellten und einigen Fischern. Livy und Alex bewohnten die Zimmer, die laut dem Hotelbesitzer Hemingway innegehabt hatte, um in Ruhe sein Buch beenden zu können. »Leider kein sehr gutes Buch«, fügte der Besitzer hinzu.

Sie waren von Schweigen, Sonne und Moskitos umgeben. Sie aßen im Freien unter einer weinumrankten Laube. Die Stille war fast greifbar.

Um der Augusthitze zu entfliehen, fuhren sie dann nach St. Just. Sie wohnten in Livys Häuschen, erklommen den Hügel und picknickten im Obstgarten von Tresillian in der

Nähe von Bullys Grab. Sie inspizierten das große Haus, aber wohnten nicht dort. Livys Häuschen war gemütlicher, und die Tregenna-Kusinen versorgten sie aufs beste. Sie verbrachten friedliche Tage, besuchten Livys zahlreiche Verwandten und spielten mit deren Kinderschar. Sie fuhren die holprigen Landwege entlang und hielten an, wenn sie einen hübschen Platz gefunden hatten. Am Abend waren sie bei Thea.

Sie blieben noch ein paar Tage in Seymour House, bevor sie nach Washington zurückkehrten, wo Alex wieder die Zügel von McClintock-Clayton aufnehmen würde. Er fand die Direktoren in einem Zustand vor, der an Rebellion grenzte. Allen war es klar, daß McClintock-Clayton mehr Kapital brauchte, um seinen Vorsprung nicht einzubüßen. Aber Andrew McClintock blockierte alle ihre Bemühungen. Alex versprach, noch einen Versuch zu unternehmen, den alten Mann umzustimmen. Er sah sich im Konferenzraum um. »Und wenn ich ihm mit meinem Rücktritt drohen muß!« Dann fügte er hinzu: »Was vermutlich einigen unter Ihnen sehr willkommen wäre.«

Livy gab Diners für die Direktoren von Clayton und für andere Geschäftsleute, die für Alex wichtig waren, wobei sie feststellte, daß die Ferien Alex gutgetan hatten. Er war braungebrannt und lebhaft, und wenn Livy den Gesprächen zuhörte, die er mit seinen Partnern oder Konkurrenten führte, bemerkte sie keinerlei Ermüdungserscheinungen. »Er sieht mehr denn je wie ein Freibeuter aus«, bemerkte Rachel an dem Abend, als sie mit Frazer Campbell zum Essen kam. »Schwarze Augenklappe und alles, was dazu gehört.«

Livy war erstaunt über die freundliche Aufnahme, die Frazer Campbell von den Bankiers zuteil wurde. Rachel zuckte mit den Achseln, als Livy dies erwähnte. »Es ist alles ein Klüngel. Wenn die Labour-Partei morgen an die Macht käme und Frazer Finanzminister würde, wäre er für all diese Leute von großem Interesse. Sie würden sich an Aussprüche, die er gemacht hat, erinnern und behaupten, sie seien mit ihm befreundet ... In der Politik wie in der Geschäftswelt läßt du nie eine Gelegenheit aus, deinen Gegner kennenzulernen.«

»Sind sie wirklich Gegner? Ist Frazer noch immer so radikal?«

Rachel schwieg einen Moment und ließ ihren Blick über die riesige, grandiose Halle von Seymour House gleiten, die sie auf dem Weg zum Salon gerade durchschritten. »Nein, er würde dies alles nicht zerstören«, sie beschrieb mit der Hand einen Kreis, der das ganze Haus umfaßte. »Es würde einfach dem Volk gehören, ein Museum werden mit Blairs Impressionisten und den Adams-Kaminen. Im Grunde genommen, ist es jetzt schon ein Museum. Nur wären diese Schätze jedem zugänglich, statt nur einigen privilegierten Gästen.«

Am nächsten Abend hatten sie Caroline und Sir Bruce Abbott eingeladen, zusammen mit einigen anderen Leuten. Livy war immer aufs neue erstaunt über die eifrige Bereitwilligkeit, mit der Einladungen nach Seymour House angenommen wurden, selbst wenn sie sehr kurzfristig erfolgten. Caroline sah hinreißend aus – schlicht und teuer gekleidet. Sie besah sich im Spiegel in der Garderobe und blickte Livy an, die hinter ihr stand. »Livy, mein Schatz, ich hoffe nur, du läßt dich nicht gehen, wenn du über fünfunddreißig bist.«

Livy blickte in die eisblauen, glühenden Augen, die Harry seiner jüngsten Tochter vererbt hatte, und musterte die schlanke, durchtrainierte Gestalt, die geschwungenen Lippen, die tadellose Frisur, die lackierten Nägel. »Das hoffe ich auch«, entgegnete sie kühl.

An ihrem letzten Tag in London ging sie zum Verleger ihres Vaters, Mr. Venables. Der alte Venables, mit dem Dena verhandelt hatte, war inzwischen gestorben. Sein Sohn war wegen einer Kriegsverletzung in einem fast ebenso schlechten Zustand wie Alex, nur hatte er noch beide Augen. Er kam ins Empfangszimmer, um Livy zu begrüßen, und stieg die Treppe zu seinem Büro weit mühsamer als Alex hinauf. Sie saßen an einem antiken Schreibtisch, der, wie Livy vermutete, die Bombenangriffe überstanden hatte. Er war zerkratzt und gesplittert und niemals repariert worden, als sei er eine zerfetzte, aber geehrte Regimentsfahne.

Er tippte mit dem Finger auf das Manuskript, das Livy,

bevor sie ihre Reise angetreten hatten, ihm ohne Alex' Wissen geschickt hatte. »Ich weiß nicht recht, was ich sagen soll, Mrs. McClintock. Es ist ein Märchen, eine Geschichte für Kinder, und dennoch ist es auch ein Buch für Erwachsene. Ein Phantasiegebilde, eine Allegorie. Ihr *Kingdom of the Sea* könnte zu allen Zeiten, an allen Orten spielen. Die Liebes- und Haßgefühle, die Kriege, Triumphe und Niederlagen sind ein Teil unserer Zeit oder ein Teil einer Zeit, die niemals existierte. Das Buch ist schön und weise, Ihr Vater wäre stolz auf Sie gewesen. Aber wir können es leider nicht verlegen.«

Obwohl sie diese Enttäuschung vorausgesehen hatte, war sie dennoch tief getroffen. »Es ist nicht gut genug, nicht wahr? Ich habe es auch mehr für meine Kinder geschrieben ...« Sie versuchte, gleichmütig zu klingen. »Nun, es war ein Versuch. Vielleicht gelingt es mir später einmal, etwas Verlegbares zu schreiben.«

Er hielt abwehrend die Hand hoch. »Das habe ich nicht sagen wollen. Ich glaube nur, es ist nicht das Richtige für Venables. Natürlich könnten wir es herausbringen. Wir könnten einen erstklassigen Graphiker finden. Es würde ein entzückendes Buch werden und sicher vorzügliche Kritiken bekommen. Aber wir sind ein so kleiner Verlag. Der Buchhandel würde es als ein exquisites literarisches Werk mit einem sehr beschränkten Leserkreis ansehen. Es würde überall gelobt, aber nur in ein paar tausend Exemplaren verkauft werden. Und das wäre schade.«

»Genau das gleiche hat Ihr Vater zu Lady Camborne über *This England* gesagt. Und dann wurde es ein Riesenerfolg.«

»Mit der Hilfe von Mrs. McClintock und mit der finanziellen Unterstützung von Mr. Andrew McClintock.«

»Nein«, sagte Livy scharf. »Das kommt nicht in Frage, niemand weiß von dem Buch. Eines Tages werde ich es meinen Kindern vorlesen. Aber ich will nicht, daß es verlegt wird, weil Mr. McClintock findet, es sollte verlegt werden. Das Buch gehört mir ...«

Er seufzte. »Nun, es gibt etwas, das wir Koproduktion nennen. Wir würden das Buch bearbeiten, den geeigneten

Illustrator finden, den Drucker auswählen, es sehr gediegen aufmachen, und dann würden wir uns mit einem der großen Verlage in Verbindung setzen, die eine Werbeabteilung und viele Vertreter haben und wissen, wie man bei den Medien Interesse weckt.«

»Ich möchte nur, daß das Buch verlegt wird.«

»Es verdient, ein Erfolg zu werden. Bitte vertrauen Sie mir. Ich werde es zwei oder drei Leuten zu lesen geben, deren Urteil ich schätze, die aber auch sehr geschäftstüchtig sind. Wenn sie meine Meinung nicht teilen, dann wird Venables es gerne verlegen, auf seine ruhige Art, aber in der Hoffnung, daß irgendwelche Kritiker es bemerken und kräftig loben werden, so daß das große Publikum neugierig wird. Aber ich würde eine Koproduktion vorziehen. Schließlich stehen wir tief in Ihres Vaters Schuld, Mrs. McClintock. *This England* hat uns einen Bestseller beschert, wie wir ihn nie zuvor hatten. Ein kleiner Verlag hat es immer schwer, und *This England* hat uns in mageren Zeiten über Wasser gehalten. Lassen Sie bitte das Manuskript noch eine Weile hier.«

Sie ging nur halb befriedigt und etwas beunruhigt von dannen. Das Buch enthielt alle kornischen Legenden, die sie je gehört hatte, untermischt mit der Legende von König Arthur und seinen Rittern und von Tristan und Isolde. Es handelte von Liebe, Eifersucht und Tod. Sie hatte es für Jamie und Oliver geschrieben, aber nachdem sie es beendet hatte, waren ihr Bedenken gekommen. Vielleicht wäre es besser, sie würde es ihren Söhnen erst geben, wenn sie erwachsen waren. Und so hatte sie das Manuskript Venables geschickt.

Sie fuhr nach Washington zurück und beschloß, Venables die ganze Sache zu überlassen. Entweder würde das Buch ein Erfolg oder nicht. Sie hatte es jedenfalls beendet und war froh, daß sie nichts mehr damit zu tun hatte.

Sie fanden Ginny in einem besseren Zustand vor. Jamie und Oliver hatten sie so in Anspruch genommen, daß ihr wenig Zeit geblieben war, über Chris nachzugrübeln. Die Wiedersehensfreude stand ihr auf dem Gesicht geschrieben. »Der Urlaub hat Alex ungemein wohlgetan, Livy. Ihr müßt versuchen, jedes Jahr eine Europareise zu machen. Er kann nicht sein ganzes Leben McClintock-Clayton opfern.«

Am Abend nach ihrer Rückkehr bat Ginny sie zu einem Diner in die Botschaft. »Es ist an der Zeit, daß ich meine gesellschaftlichen Pflichten wieder aufnehme. Jeder war sehr verständnisvoll, aber von der Frau eines Botschafters verlangt man, daß sie arbeitet.« Zum ersten Mal nach Chris' Tod nahm Andrew McClintock wieder eine Einladung von Ginny und Harry an. Den ganzen Sommer hatte er sich kaum blicken lassen. Entweder hatte er in seinem Büro oder zu Hause gearbeitet. Livy fand, daß er abgenommen hatte und gebückter ging. Sein altes Gesicht war noch faltiger geworden.

Nach dem Diner tranken sie Kaffee in Ginnys privatem Wohnzimmer. Harry schenkte Portwein für Mr. McClintock und Kognak für die anderen ein. Er war während des Essens eher schweigsam gewesen und hatte hauptsächlich den Erzählungen von Alex und Livy zugehört. Livy ließ kein Wort über *The Kingdom of the Sea* verlauten. Sie würde erst davon sprechen, wenn es als Buch vorlag.

Andrew McClintock sagte in einem für ihn fast scheuen Tonfall: »Es gibt einige Dinge, die ich euch über Christines Film *The Way West* berichten muß. Der Film ist geschnitten, zur Veröffentlichung fertig gemacht und musikalisch unterlegt worden. Ich habe ihn gesehen, aber über solche Dinge maße ich mir kein Urteil an. Ich habe ebenfalls einige Filmbosse und die wichtigsten Verleiher eingeladen und einen Vertrag mit einer der großen Filmtheaterketten abgeschlossen. Sie haben mir gesagt, und sie sollten es wissen, daß die Regie erstklassig ist, besonders da das Drehbuch nicht sehr vielversprechend war. John Cullen hat einen jungen Mann für die Begleitmusik gefunden, der anscheinend einen Schlager komponiert hat, der den ganzen Film mitreißt. Es ist eigentlich nicht so sehr ein Schlager als eine Kennmelodie. Und...« er konnte nicht umhin, sein Gesicht zu verziehen, wie immer wenn er von Chris' Mann sprach, »man sagt mir, daß Jeff Rigghouse hervorragend spielt. Er spielt den großen Star fast an die Wand.«

Die Neuigkeit fiel in das Schweigen wie ein Stein. Niemand sagte etwas. Andrew McClintock fuhr unaufgefordert fort: »Man hat mir gesagt, ich sollte für diesen Film die Werbetrommel schlagen. Ich habe die besten Leute, die es dafür gibt, angestellt. Es könnte sein, wurde mir versichert, daß der Film zu einem Kassenerfolg wird. Dieser John Cullen scheint ihn gerettet zu haben. Wenn er Glück hat, wird er einen Preis für die beste Regie des Jahres bekommen.«

»Diese Gauner«, sagte Alex. »Haben sie dir das gesagt, weil du für die Werbung zahlst oder weil sie dir schmeicheln wollen?«

Der alte Mann verzog seinen Mund zu einem freudlosen Lächeln. »Ich bin zu abgebrüht, Alex, um auf Schmeicheleien hereinzufallen. Ich spreche über die Verleiher und ihre Filmtheaterketten. *Sie* zahlen, nicht ich. Wenn der Film ein Reinfall ist, verlieren *sie* Geld. Wenn er ein Erfolg ist, machen wir das Geld.«

»Aus Chris' Film! Arme kleine Chris. Du hast sie um alles betrogen, nicht wahr?« sagte Alex. »Du hast ihr ihre Aktien genommen, du hast ihr ihren Film genommen, und vielleicht bist du schuld an ihrem Tod.«

Andrew McClintock erhob sich mühsam und lehnte sich auf seinen Stock. »Ich habe ihr das Geld gegeben, damit sie ihren Film beenden kann. Was hinterher geschah, hat mit mir nichts zu tun. Wenn sie am Leben geblieben wäre, hätte sie einen Triumph erlebt, und dieser zügellose Jeff Rigghouse hätte seine Schulden zahlen können – nur um neue zu machen.« Er blickte sich im Kreis um. »Ich bin niemandes Hüter. Ihr alle seid frei, eure eigenen Entscheidungen zu treffen. Aber wenn ich hineinverwickelt werde, versuche ich zuzusehen, daß ihr die richtigen Entscheidungen trefft. Guten Abend. Nein, Harry, du brauchst mich nicht zur Tür zu begleiten. Ich kenne den Weg.«

Der Sommer neigte sich dem Ende zu. Die Düsternis des hellen Frühlingstags, als Chris den Tod fand, schien sich wieder über sie zu senken. Livy dachte, es sei nicht der richtige Augenblick, ihnen die Neuigkeit mitzuteilen, da nicht einmal Alex Bescheid wußte. Aber sie war nun sicher, daß sie wieder ein Kind erwartete.

Im November kam *The Way West* in die Kinos. Die Kritiken waren gut, aber nicht begeistert. John Cullen hatte im Schneideraum die eindrucksvollsten Szenen zusammengefügt. Die Aufnahmen von Jeff Rigghouse waren so geschickt ausgewählt, daß er zum Erstaunen aller als ein großer Charakterschauspieler herauskam. Sogar Christine Clayton hatte Momente, wo sie lebendig wirkte und das Talent bewies, das ihr für ihre zwei ersten Filme das Lob der Kritiker eingetragen hatte. Und die Begleitmusik war genauso mitreißend, wie Andrew McClintock berichtet hatte. Der junge, fast unbekannte Komponist, Daniel Seeburg, hatte eine Kennmelodie von einer solch düsteren Kraft geschrieben, daß sie den Zuschauern noch lange, nachdem sie das Kino verlassen hatten, im Ohr klang. Abgesehen davon rief der gewaltsame Tod von zwei der Stars, der Schlagzeilen in allen Zeitungen gemacht hatte, eine Art von morbider Neugierde wach. Das Publikum blickte auf ihre vom Schicksal zum Tode verurteilten Gesichter und stellte mit einem angenehmen Gruseln fest, daß der alte Sensenmann weder auf Reichtum noch auf Ruhm Rücksicht nahm. Es war eine magnetische Mischung aus Sensation und Tragödie, und *The Way West* spielte in vollgepackten Kinos Wochen länger, als sogar die optimistischsten Verleiher gehofft hatten.

»Ich höre«, sagte Alex zu Livy, »daß der Film für den *Academy Award* vorgeschlagen ist. Ich glaube nicht, daß er ihn bekommt, aber wenn, wird der alte Mann denken, es sei alles sein Verdienst.«

Livy war bereits über die schwierigste Zeit ihrer Schwangerschaft hinweg und freute sich auf das neue Kind. Sie sagte: »Ich hoffe für Ginny, daß der Film einen Preis bekommt, und für uns hoffe ich, daß wir ein Mädchen bekommen. Es würde unseren beiden Rauhbeinen guttun, eine kleine Schwester zu haben.«

Aber sie war auch noch aus einem anderen Grund freudig

gestimmt. Sie hatte einen Brief von George Venables erhalten, daß der erste Verleger, Harold Harding, dem er das Manuskript von *The Kingdom of the Sea* gezeigt hatte, voller Begeisterung gewesen sei. Offenbar hatte er zu George Venables gesagt: »Das ist genau das Richtige für unser Frühjahrsprogramm. Etwas vollkommen Neues. Natürlich kann es eine totale Niete werden – aber vielleicht auch ein großer Erfolg.« George Venables engagierte mit der zusätzlichen finanziellen Unterstützung den besten Illustrator Englands.

Livys Freude wurde getrübt durch eine zufällige Bemerkung, die Harold Harding während eines Diners gegenüber einem Direktor der Clayton-Bank machte, der sie an Andrew McClintock weitergab. Der alte Mann erkundigte sich bei seinem Enkel, der ihm mitteilte, daß er von dem Buch nichts wüßte. Andrew McClintock ließ sich schnurstracks zu Livy fahren. Er ging sehr rücksichtsvoll mit ihr um, vielleicht weil er Angst hatte, eine schwangere Frau aufzuregen, vielleicht weil er aus der Art, wie er mit Chris umgesprungen war, etwas gelernt hatte.

»Meine Liebe«, sagte er, »das ist eine gute Neuigkeit. Aber weder ich noch Alex wissen etwas davon. Das einzige, was Alex mir sagen konnte, war, daß Sie etwas schreiben. Wir beide hatten keine Ahnung, daß das Buch schon angenommen ist.«

Livy machte eine ungeduldige Handbewegung. »Es ist nur ein Märchen voller Kobolde und Hexen, Krieger und verfolgter Jungfrauen. Ich habe es für meine Kinder geschrieben.«

»Soweit ich weiß, verlegt Harding keine Märchen. Ich möchte das Manuskript gern lesen.«

»Ich wußte nicht, daß Sie Märchen lesen, Mr. McClintock.«

Innerhalb kurzer Zeit erhielt er alle Informationen, die er wollte, und sogar eine Kopie des Manuskripts sowie die ersten Entwürfe des Graphikers. Er ging in Alex' Büro, was er fast nie tat. »Ich habe das Manuskript noch nicht gelesen, aber Harding ist begeistert. Und der Graphiker ist erstklassig. Aber Harding hat noch keine Pläne für die amerikanische

Ausgabe. Er will auf das fertige Buch warten, bevor er es den hiesigen Verlegern anbietet. Sollte es ein Bestseller werden, dann werden die Zeitungen mehr Aufhebens machen, wenn es auf beiden Seiten des Atlantiks erscheint. Uns bleibt nicht mehr viel Zeit, außer wir kaufen die Druckbögen von Harding; das tun sie anscheinend mit den teuren Kunstbüchern, von denen sie nur ein paar tausend Exemplare verkaufen. Aber das ist nicht gut genug für Livy.«

»Hast du das Manuskript gelesen?« fragte Alex.

»Nein, aber warum auch? Die Fachleute haben es gelesen, und zwar Fachleute, die ihr Geschäft kennen. Wir müssen sofort einen amerikanischen Verleger finden.«

»Ich glaube nicht, daß es Livy recht wäre, wenn du dich einmischst. Ich würde dir anraten, Großvater, die Finger davon zu lassen.«

»Ich habe auch von *This England* nicht die Finger gelassen.«

»Das war etwas anderes. Dies ist Livys eigenes, höchst persönliches Werk. Laß das Buch seinen eigenen Weg gehen. Livy kennt sich im Verlagswesen gut genug aus, um zu wissen, was sie tut. Tu mir den einzigen Gefallen...«, Alex stand auf, als wollte er die Diskussion beenden, »und mische dich ausnahmsweise einmal nicht ein. Laß die Sache laufen. Es ist Livys Schöpfung, ihr Phantasiegebilde. Laß ihr die Freude, daß sie als Olivia Miles und nicht als Frau von Alex McClintock Erfolg hat. Das Buch liegt ihr am Herzen, halte dich heraus. Du riskierst zu viel...«

Alex erzählte Livy nichts von diesem Gespräch, aber er las das Manuskript, das ihm aus Andrew McClintocks Büro herübergebracht worden war. Er las es und begriff, warum Livy sich jede Einmischung seitens seines Großvaters verbat, aber er verstand auch Andrew McClintocks Einstellung. Das Buch war von einer seltsamen, phantastischen Magie durchwebt. Es war die Art von Buch, das völlig unbemerkt verstauben oder ein Kultbuch werden konnte. Es machte keine Konzessionen an den Publikumsgeschmack, sondern war ein wirklich originelles Kunstwerk.

Er erzählte Livy, daß er das Manuskript gelesen und von wem er es bekommen hatte. »Wenn du es mir gegeben hättest, wäre ich besser auf die Reaktion des alten Mannes vorbereitet gewesen.«

»Aber ich wollte etwas Eigenes haben. Ich wollte einmal im Leben weder den McClintock-Claytons noch jemand anderem etwas verdanken.«

Keine zwei Wochen später bot ein amerikanischer Verleger ihr einen sehr vorteilhaften Vertrag mit einem großen Werbebudget an. Alex las ihn durch und nickte. Livy hegte den Verdacht, daß Alex und sein Großvater hinter dem Vertrag steckten. Alex erriet ihre Gedanken. »Nein, Livy, ich habe nichts damit zu tun und meiner Meinung nach auch nicht der alte Mann. Glaube George Venables, wenn er sagt, er hätte das Manuskript auf dem üblichen Weg zum Verkauf angeboten. Kein Verleger verlegt zum Spaß. Sie denken nicht daran, ihren guten Namen aufs Spiel zu setzen. Mein Gott, du hast schließlich Anglistik studiert. Du kannst doch selbst beurteilen, daß du keinen Mist geschrieben hast. Unterzeichne den Vertrag, und warte ab, was daraus wird.«

Zum Schluß stimmte sie zu. Sie sagte sich, daß jeder Autor sich eines Tages von seinem Werk trennen mußte, und sie wollte, daß das Buch Leser fand. Sie war wütend auf Andrew McClintock, der auf seine autoritäre Art einmal mehr in ihren Privatbereich eingegriffen hatte. Zumindest hoffte sie, daß das Buch sich aufgrund seiner Besonderheit von allein durchsetzen würde. Andrew McClintock konnte schließlich nicht alle Kritiker und alle Zeitungen bestechen.

Doch dann geschah etwas, das *The Way West* und *The Kingdom of the Sea* völlig in den Hintergrund drängte. Ginny rief Livy eines Morgens vom Walter-Reed-Krankenhaus aus an und lud sich zu einer Tasse Kaffee ein. »Ich kann den Anblick des Botschaftspersonals und dessen besorgte Fragen im Moment nicht ertragen.«

Livy hatte den Kaffee bereits fertig, als Ginny kam. Selbst als die Todesnachricht von Chris eintraf, hatte Ginny nicht so verzweifelt ausgesehen. Sie sagte: »Als Blair umkam, hat die Sorge um Alex mich so voll in Anspruch genommen, daß sie meinen Kummer zurückgedrängt hat, und für Chris konnte ich nichts mehr tun. Aber diesmal ...« Sie setzte ihre Tasse klirrend auf die Untertasse. »Harry ist zu einer Untersuchung ins Walter-Reed-Krankenhaus gegangen. Sonst hat er jeweils nur die übliche Routine-Untersuchung im Sprechzimmer des Arztes über sich ergehen lassen. Aber diesmal war es anders. Du siehst ihn nicht jeden Tag, und so kann es dir auch nicht aufgefallen sein, wie müde er zuweilen aussieht. Auch ist er oft sehr kurzatmig. Während der letzten zwei Monate bin ich öfter davon aufgewacht, daß er sich mitten in der Nacht im Badezimmer abgetrocknet und einen frischen Pyjama angezogen hat ... Sein Kopfkissen war klitschnaß von Schweiß. Seine Arme und Beine sind voller blauer Flecken. Ich habe ihn gezwungen, dem Arzt davon zu erzählen. Das heißt, ich habe den Arzt sogar selbst angerufen und ihm einen genauen Bericht gegeben und Harrys Routine-Untersuchung vorverlegen lassen. Sie haben alle möglichen Tests gemacht, darunter auch eine Knochenmark-Biopsie. Er hat Leukämie, Livy. Morgen geben sie ihm eine Bluttransfusion. Ich verstehe die Sache nicht ganz. Es hat alles mit den weißen Blutkörperchen zu tun, die sich unkontrolliert vermehren. Die Ärzte sagen, daß eine vorübergehende Besserung durchaus im Bereich des Möglichen liege. Er könne noch Jahre leben. Aber die Krankheit ist unheilbar. O Gott, Livy, ich habe solche Angst. Ich will ihn nicht auch noch verlieren.«

Livy rief Alex an. Er kam sofort, setzte sich zu seiner Mutter, hörte sich ihren Bericht an und ging in die Bibliothek. Von dort aus sprach er mit den verschiedenen Ärzten, die sich um Harry kümmerten. Er erhielt eine Menge Informationen, andere mußte er aus ihnen herausquetschen. Dann telefonierte er mit dem Botschaftsrat der britischen Botschaft. Ein undurchdringlicher Vorhang des Schweigens wurde um den Botschafter und dessen Frau gezogen. Seinen Großvater benachrichtigte Alex nicht.

Nach zehn Tagen kam Harry aus dem Krankenhaus. »Sie haben an mir eine kleine Reparatur vorgenommen«, sagte er heiter. Das Botschaftspersonal und die Presse nahmen an, es handle sich um eine Prostata-Operation. Er erledigte seine Arbeit mit der üblichen Energie. An dem Tag, als er aus dem Krankenhaus kam, gab er einen Empfang für eine ausländische Delegation.

Andrew McClintock war auch zugegen und unterhielt sich lebhaft mit den Gästen, die er zum größten Teil kannte. Der Empfang dauerte über zwei Stunden, Harry stand die ganze Zeit über, machte Leute miteinander bekannt und zog sie ins Gespräch. Doch später, als alles vorbei war und die Familie allein zu Abend aß, bemerkte Andrew McClintock, daß Harry vollkommen erschöpft aussah. Er berührte kaum die Speisen, die man ihm servierte. Seine gutgeschnittenen Anzüge schienen zu groß für ihn zu sein, sein Hemdkragen saß lose um seinen Hals. Ginny bot niemand eine zweite Tasse Kaffee an. »Ich bin müde«, sagte sie.

Am nächsten Morgen kam Andrew McClintock in Alex' Büro. Sein Besuch war so außergewöhnlich, daß Alex ihn verblüfft ansah. »Ich komme wegen Harry«, sagte Andrew McClintock. »Irgendwas ist los mit ihm, und keiner hat mich informiert.«

Und so setzte Alex ihn ins Bild. Er betonte die Möglichkeit einer Besserung, die sich über Jahre erstrecken könne, verschwieg aber auch nicht die rapide Vermehrung der weißen Blutkörperchen. »Es ist völlig unüberblickbar. Kein Arzt würde eine Prognose wagen. Sie können ihn mit Bluttransfusionen und Medikamenten behandeln, aber heilbar ist die Krankheit nicht.«

Andrew McClintock stützte das Kinn auf die über dem Stock gefalteten Hände. »Gibt es keine anderen Ärzte, kein anderes Krankenhaus, wohin wir ihn schicken könnten?«

»Sie haben den führenden Krebsspezialisten aus New York kommen lassen. Er hat das Untersuchungsergebnis bestätigt und konnte auch keine andere Therapie vorschlagen. Auf meine Anregung hin hat er seine Kollegen in Zürich, London und Frankfurt angerufen. Auch sie konnten nichts anderes raten. Diese Spezialisten stehen sowieso in ständigem Kontakt miteinander. Sie hatten nichts anzubieten, was hier nicht bekannt und schon ausprobiert wäre.«

»Das ist ein harter Schlag für Ginny«, sagte Andrew McClintock. »Sie hat viel Pech im Leben gehabt: Blair, Chris ... und vor langer Zeit der Tod meines Sohnes Alex, deines Vaters ... Weiß Harry Bescheid?«

»Natürlich weiß er, daß es keine Routine-Untersuchung war. Man braucht keine Knochenmark-Biopsie und Bluttransfusionen, wenn man gesund ist. Er hat verlangt, daß man ihm die Wahrheit sagt. Er ahnte, daß es etwas Ernstes ist. Von nun an muß er sich in Behandlung begeben. Und ein Mann wie Harry will natürlich wissen, warum.«

»Und seine Pläne? Kann er auf seinem Posten bleiben?«

»Das kommt darauf an, wie die Behandlung anschlägt. Er kann im Prinzip noch jahrelang ein normales Leben führen. Im Moment ist er noch sehr müde, aber die Bluttransfusion scheint ihm geholfen zu haben. Und die Medikamente sollten auch bald ihre Wirkung zeigen ... Es ist unmöglich, etwas vorauszusagen; wenn der Job zu anstrengend für ihn wird, muß er ihn aufgeben. Aber er wird sowieso pensioniert, wenn er sechzig ist, und das ist nächstes Jahr.«

Andrew McClintock erhob sich sehr langsam und verließ Alex' Büro ohne ein weiteres Wort. Er rief Ginny an und verabredete sich mit ihr bei Livy. Ein Besuch in der Botschaft wäre zu offiziell gewesen. Er war schon vor ihr da, und als sie ankam, ergriff er ihre Hand. »Ich kann dir nichts anbieten, weder Hilfe noch Trost. Ich wollte dir nur sagen, daß ich alles auf dieser Welt opfern würde, um dir das zu ersparen.«

Sie nickte. Sie hatte gelernt, äußerlich Ruhe zu bewahren. Zuweilen wirkte sie etwas geistesabwesend und zerstreut, aber das Botschaftspersonal schob es auf den Schock, den sie aufgrund des Todes von Chris und Jeff Rigghouse erlitten hatte. »Er kann noch viele Jahre leben«, sagte sie. »Ich muß alle meine Hoffnung darauf setzen. Harry und ich sind dankbar für jeden Tag ...«

Im Februar wurde *The Way West* mehrfach ausgezeichnet, doch keiner der Familie repräsentierte Christine bei der Preisverteilung. Sie sahen sich die Zeremonie im McClintock-Haus im Fernsehen an. Sie trafen sich in letzter Zeit häufig zum Abendessen, entweder in der Botschaft oder bei Livy und Alex und gelegentlich bei Andrew McClintock. Sie hatten John Cullen gebeten, die Preise entgegenzunehmen. *The Way West* hatte nicht die Auszeichnung für den besten Film des Jahres bekommen, aber eine Art Mythos hatte sich um ihn gebildet, und er wurde mehrfach im Fernsehen gezeigt. Jeff Rigghouse, der Mann, der am Rand der Verzweiflung gestanden hatte, erstaunte durch seine reife Darstellungskunst, und Christine wurde allerseits gelobt. Aber der größte Triumph blieb John Cullen vorbehalten, der aus der Vergessenheit wieder aufgetaucht war und aufs neue sein Talent bewiesen hatte.

Livys Baby kam im Mai zur Welt. Es war ein perfekt geformtes kleines Mädchen, das sieben Pfund wog, aber zarter wirkte. Es ähnelte Alex und seinem Bruder Oliver, mit seinen dunklen Haaren und dunkelgrauen Augen. Ginny saß lange neben der Wiege. »Sie ist so vollkommen. Ich bin froh, daß es ein Mädchen ist. Sie ersetzt mir Chris ein wenig.«

»Soll ich sie Chris taufen?«

Ginny schüttelte den Kopf. »Nein, nicht als Rufname. Das möchte ich eigentlich nicht. Niemand in unserer Familie soll je wieder Christine heißen, der Name muß ihr vorbehalten bleiben. Warum nennst du sie nicht Dena. Tauf sie auf den Namen Geraldine.«

Andrew McClintock kam, um seine erste Urenkelin zu betrachten. »Sie sieht wie die Russin aus, wie Alex, wie dessen Vater. Die gleichen Augen, die gleichen langen Finger. Vermutlich wird sie zu einer Schönheit heranwachsen. Aber ich würde ihr nicht den Namen der Russin geben. Irina Tatiana. Wußten Sie, daß die Russin so hieß? Nennen Sie das Mädchen Isolde. Es ist ein Name, den ich gern in der Familie hätte.«

Das Mädchen erhielt eine ganze Reihe von Namen: Geraldine Christine Isolde Olivia, aber sie wurde spontan von allen Isa gerufen.

Als sie sechs Wochen alt war, fuhren sie alle zusammen mit dem Schiff nach England. Die Hauptereignisse waren die Veröffentlichung von Livys Buch und Carolines und Sir Bruce Abbotts Heirat. Harry verabschiedete sich vom Botschaftspersonal, als ginge er ganz normal auf Ferien. »Sobald ich sechzig bin, werden sie mich hinausschmeißen«, sagte er zu seinen Untergebenen auf einer kleinen Abschiedsparty. »Wenn ich zurückkomme, kann ich Ihnen hoffentlich schon den Namen meines Nachfolgers sagen.«

Sie blieben einige Tage in London. Harry hatte eine Anzahl von Verabredungen mit Ärzten und dem Foreign Office. Livy hielt zum ersten Mal die gebundene Ausgabe von *The Kingdom of the Sea* in der Hand. Der Verleger hatte die Veröffentlichung verschoben, als er hörte, daß Livy nach der Geburt ihres Babys nach London käme. Venables hatte eine sehr schöne Ausgabe hergestellt, und Livy war atemlos vor Stolz, aber erschrak, als sie erfuhr, daß Venables eine riesige Party im Savoy für sie geben wollte. »Ich fürchte, das gehört zu dem Werbefeldzug, Mrs. McClintock«, sagte George Venables. »Harding wird nicht von Ihnen verlangen, Lesungen im ganzen Land abzuhalten, das wäre zuviel verlangt für die Mutter eines Säuglings. Aber man erwartet von Ihnen, daß Sie einige Interviews im Radio geben, und ein paar Journalisten werden Sie in Cornwall aufsuchen. Ich weiß, es wäre einfacher hier in London, aber sie möchten alle unbedingt den Hintergrund von *The Kingdom of the Sea* sehen. Ich fürchte auch, daß die Sensationsjournalisten an Ihrer Person mindestens so interessiert sind wie an Ihrem Buch. Sie werden sehen wollen, wo Sie geboren und aufgewachsen sind, und natürlich wollen sie einen Blick auf Lord Cambornes Schloß werfen. Es hat ihre Phantasie beflügelt. Das Ganze kommt ihnen ungemein romantisch vor. Es ist alles ein wenig hochgespielt, aber besser, als keine Aufmerksamkeit zu erregen.«

Am dritten Tag ihres Londoner Aufenthalts kam Harry

von einer Unterredung mit dem Staatssekretär des Foreign Office zurück. Die ganze Familie hatte sich zum Tee in Seymour House versammelt, bevor sie zu Livys Empfang im Hotel Savoy gingen. Rachel war ebenfalls gekommen. Harry blickte in die Runde und sagte: »Nun, es ist alles erledigt. Ich habe demissioniert, und sie haben jetzt freie Hand, wen immer sie wollen, an meine Stelle zu setzen. Ich wurde aufgefordert, Empfehlungen zu geben, aber sie müssen sich natürlich nicht danach richten. Es wäre korrekter gewesen, wenn ich meine Demission vor meiner Abfahrt aus Washington bekanntgegeben hätte, aber der Gedanke an die zahllosen Abschiedspartys war mir unerträglich. Sollen sie denken, ich bliebe noch eine Weile, aber ich gehe vor Ende des Jahres in Pension. Es fällt mir einfach zu schwer, wieder nach Washington zurückzukehren. Deshalb habe ich alles Wichtige aufgearbeitet. Nur mein Privatsekretär weiß Bescheid. Ginny hat das gleiche getan. Wir konnten nicht zu viele persönliche Dinge mitnehmen, es hätte nur Verdacht erweckt.«

Ginny saß neben ihm und hielt seine Hand, während er sprach. »Wie ihr wißt, kann bei dieser Krankheit eine zeitweilige Besserung eintreten. Es ist durchaus möglich, daß Ginny und ich noch viele glückliche Jahre in Tresillian verbringen können, und auf die hoffen wir. Ich bin auf genug Partys gewesen, und Ginny ist ganz meiner Meinung. Sie und meine Sekretärin haben eine Liste von allen Gegenständen in der Botschaft aufgestellt, die uns persönlich gehören. Sobald mein Rücktritt bekannt wird, werden sie eingepackt und in ein Lagerhaus oder nach Tresillian geschickt. Es schien uns die beste Lösung. Eine Menge Leute in Washington wissen, daß ich krank bin, waren aber zu taktvoll, mit mir direkt darüber zu sprechen. Zumindest haben wir tränenreiche Abschiedsszenen vermieden und wahrscheinlich auch einen Berg von Geschenken, die wir nicht gebrauchen können.«

Er hielt weiterhin Ginnys Hand. »Ich erzähle euch dies alles, weil ich im Moment meine Lage noch vernünftig und klar beurteilen kann. Das Foreign Office kennt meine Beweggründe. Es wird alles ruhig über die Bühne gehen. Ich hoffe, daß mir noch Jahre und nicht nur Monate zu leben vergönnt sein werden. Und nun sollten wir uns alle für Livys Party umziehen.«

Tränen liefen über Livys Wangen. »Wie kann ich jetzt auf diese Party gehen. Es ist mir einfach unmöglich ...«

»Du mußt hingehen, Livy. Du weißt seit langem, daß ich krank bin. Nichts hat sich verändert, außer daß das Foreign Office, das ebenfalls über meine Krankheit informiert war, mein Rücktrittsgesuch angenommen hat. Aber mach dir keine Sorgen, die offizielle Bekanntmachung erfolgt erst, wenn wir uns endgültig in Tresillian niedergelassen haben. Und alle, außer den wenigen Eingeweihten, werden denken, daß ich ein paar Monate früher in Pension gegangen bin. Komm, Livy, dies ist dein Abend! Ich weiß, dir graut ein wenig davor, aber er steht dir zu. Ich hoffe, du hast ein hübsches Kleid bereit, und ich möchte, daß du deinen schönsten Schmuck trägst, würdig der Prinzessin aus *The Kingdom of the Sea*, die du tatsächlich bist.«

Sie zwängte sich in ein Abendkleid, das so kurz nach Isas Geburt noch etwas eng für sie war. Ihre Friseuse hatte sie zu einer scheinbar einfachen, aber kunstvollen Haartracht überredet. Sie hatte Livys Buch gelesen und sich eingehend die Illustrationen angesehen. »Haben Sie den Graphiker persönlich getroffen, Mrs. McClintock?«

»Ja, er ist nach Washington gekommen, um mir seine ersten Entwürfe vorzulegen.«

»Das habe ich mir gedacht. Die Prinzessin trägt einige Züge von Ihnen, und die Frisur, die er ihr gegeben hat, gefiel mir sehr gut. Ich würde gerne versuchen, sie zu kopieren. Ich hoffe, Ihr Kleid ist blaugrün, passend zu Ihrem Opalring.«

Und so bürstete die Friseuse das Haar auf eine Seite, so daß es in einem glänzenden, eingedrehten Schopf über Livys linke Schulter hing. Livy zog sich an und nahm die Saphire zur Hand, die Andrew McClintock ihr zur Geburt von Oliver geschenkt hatte. In diesem Moment betrat Alex das Ankleidezimmer. »Seit ich *The Kingdom of the Sea* gelesen habe, habe ich versucht, dies hier für dich zu finden. Es hat mich ziemlich viel Zeit gekostet. Es tut mir leid, daß ich in letzter Minute damit erscheine. Aber vielleicht ist es der richtige Augenblick.«

Sie öffnete den mit Samt ausgelegten Schmuckkasten. In ihm lagen eine Halskette und ein Armband aus schwarzen Opalen mit passenden Ohrringen. Sie waren in Diamanten eingefaßt, die die schimmernde Vielfalt von Farben noch besser zur Geltung brachten. Sie stieß einen Freudenschrei aus. Alex sagte: »Ich habe unseren üblichen Juwelier beauftragt, sie für mich zu finden. Sie mußten einer Meeresprinzessin würdig sein. Er hat einen seiner Experten nach Australien geschickt. Das Problem war, sie aufeinander abzustimmen. Ganz ist es ihm nicht gelungen, aber das ist bei Opalen unmöglich. Es ist ein Teil ihres Zaubers. Trag sie heute abend, mein Liebling, zusammen mit Großvaters Ring. Er muß vor Jahren etwas über dich gewußt haben, als er ihn dir schenkte. Du siehst sehr schön aus, meine Livy. Ich wünschte, ich wäre der passende Ritter für eine Meeresprinzessin.«

Sie ließ den Empfang im Savoy mit Haltung über sich ergehen. Jedesmal, wenn sie einen Blick auf Harry in der Menschenmenge erhaschte, sah sie ihn in angeregter Unterhaltung mit irgend jemand, der zweifellos den Verkauf von *The Kingdom of the Sea* fördern konnte, und sie zwang ihre zitternden Lippen zu einem Lächeln. Rachel und Alex blieben in ihrer Nähe. Sie wußte, daß Alex genau wie Harry sich nach einer Stunde danach sehnte, sich hinsetzen zu können, aber sie blieben mit eisernem Willen stehen. Ginny hielt sich an Harrys Seite. Sie trug ein schlichtes graues Seidenkleid mit Perlen und sonst nur ihren Ehering und Harrys Smaragd. Es lag nicht in Ginnys Natur, an diesem Abend die allgemeine Aufmerksamkeit von Livy abzulenken. Einige Modejournalistinnen beglückwünschten Livy zu den Opalen, und ein australischer Reporter sandte sofort ein Telegramm an seine Zeitung. Am nächsten Tag stand auf der ersten Seite der *Melbourne Post* in fetten Buchstaben: Millionenschwerer Ehemann schenkt seiner Frau zur Veröffentlichung ihres Buches seltene schwarze Opale.

Zwei Tage später nahmen sie an der Eheschließung von Caroline und Sir Bruce Abbott teil. Die Presse war von dem Ereignis nicht informiert worden; dennoch wurden sie von einer Gruppe von Fotografen erwartet, als sie das Gebäude verließen. Bruce Abbott, der gerne Aufsehen erregte, mochte unzufrieden mit der diskreten Zeremonie sein, aber der Empfang in Seymour House entschädigte ihn für seine Enttäuschung. Hundertfünfzig Gäste hatten sich versammelt, um auf das Wohl des Brautpaars zu trinken und ihnen alles Gute zu wünschen. Caroline hatte »von einer stillen, fast geheimen Hochzeit« gesprochen, und Livy fragte sich, wie das mit den vielen geladenen Gästen übereinstimmte. Rachel kam, hielt sich aber im Hintergrund, bis Braut und Bräutigam einen Augenblick allein waren. »Ich mußte einfach kommen, liebste Caro, um dir viel Glück zu wünschen.«

»Vielleicht bist du das nächste Mal an der Reihe«, sagte Caroline, wohl wissend, daß dies kaum im Bereich des Möglichen lag. Sie war voller nervöser Heiterkeit, aber Livy schien es, als spüre sie auch einen Hauch von Erleichterung. Bruce Abbott war dafür bekannt, daß seine Beziehungen zu Frauen eher flüchtiger Natur waren. Aber Caroline hatte es geschafft! Er hatte sie geheiratet. Und nun war sie zufrieden. Sie hatte das bequeme, aber recht förmliche und langweilige Leben der Ehefrau eines Foreign-Office-Beamten mit der sehr viel aufregenderen, internationalen Welt von Bruce Abbott vertauscht, in der es nicht als vulgär galt, seinen Reichtum zu zeigen.

Livy ging mit Caroline nach oben, als diese sich umzog. Sie erhaschte den Ausdruck auf Livys Gesicht im Spiegel. »Um Himmels willen, Livy, schau nicht so kritisch drein. Das Leben ist kein Märchen mit Prinzessinnen, Feen und Rittern in schimmernder Rüstung. Ich nehme, was ich bekomme, solange es mir geboten wird. Ich will mein Leben genießen, und vor allem will ich nie wieder arm sein.«

18

Sie fuhren nach Tresillian, und die Journalisten folgten ihnen, denn *The Kingdom of the Sea* war ein Sensationserfolg geworden. Es erschienen Fotos von Livy in den Straßen von St. Just, im Garten des Häuschens, das ihrem Vater, dem Poeten, gehört hatte, mit ihren zwei Söhnen und dem Baby Isa im Arm und mit ihrer berühmten Adoptivmutter Thea Sedgemore. Der renommierte Fotograf, den die *Sunday Times* geschickt hatte, machte eine Aufnahme von ihr am Fuß des Turmes. Der Wind zerzauste ihre Haare, und im dunstigen Hintergrund ragten die Felsen von Tresillian empor. Der Herausgeber einer großen Illustrierten hatte um ein Foto von ihr mit Alex, Mark, Ginny und dem gerade pensionierten Botschafter gebeten, aber nicht bekommen. Er mußte sich mit einem Foto von Livy in der großen Halle von Tresillian zufriedengeben, wo Livys Mutter, wie die Presse etwas hämisch berichtete, vor vielen Jahren die Fußböden geschrubbt hatte.

»Ich habe genug«, sagte Livy nach zehn Tagen zu George Venables am Telefon. »Und meine Familie ebenfalls. Ich habe getan, worum Sie mich gebeten haben. Nun lassen Sie uns bitte in Ruhe.«

Andrew McClintock rief aus Washington an. »Nur *ein* Fernsehinterview, Livy. Ihr Buch würde bei Millionen von Zuschauern bekannt werden, die sonst nie ein Buch lesen.«

»Nein!« sagte sie. »Nein!«

Er schien erstaunlich rasch umzudenken. »Vielleicht haben Sie recht. Vielleicht ist es besser, ein wenig mysteriös zu bleiben. Das Buch hat schließlich etwas Geheimnisvolles ...«

Sie fiel Alex weinend in die Arme. »Er hat alles an sich

gerissen, wie immer, so wie er Christines *The Way West* an sich gerissen hat. Wir sind hierhergekommen, um unseren Frieden zu haben, damit Harry sich erholt und ausruht, und das Ganze ist zu einem Zirkus geworden. Ich habe das Gefühl, die Gräber meiner Eltern seien geschändet worden. Dieser ganze Rummel... Ich werde nie mehr ein anderes Buch schreiben können.«

»Es mag Jahre dauern, bis du *The Kingdom of the Sea* vergessen kannst«, sagte Alex und wiegte sie sanft in seinen Armen. »Aber eines Tages wirst du wieder schreiben können, und keiner wird dir dreinreden. Mein Großvater wird, wenn ich es vermeiden kann, weder dich noch irgend jemand anderen zu etwas zwingen, was ihr nicht wollt.«

Nach zwei Wochen mußte Alex abreisen. Er war einen Monat unterwegs gewesen und wußte, daß die Arbeit sich auf seinem Schreibtisch häufte. Harry sah besser und erholter aus, was ihn und alle anderen beruhigte. Alex sagte zu Livy und seiner Mutter: »Vielleicht hat ihm allein die Tatsache, daß er nicht mehr die Verantwortung eines Botschafters tragen muß, geholfen.«

Livy begleitete ihn nach London und fungierte als Gastgeberin bei einem Diner für die Direktoren der Clayton-Bank. Sie spürte eine ihr unverständliche, mühsam kontrollierte Erregung im Raum. Alex lächelte, als er den letzten Gast verabschiedet hatte. »Derek Arnold ist gerade aus Washington und New York zurückgekommen«, sagte er. »Es geht das Gerücht um, daß der alte Mann allmählich bereit ist, klein beizugeben. Er sieht jetzt selbst ein, daß wir mehr Kapital brauchen. Er kann nicht ewig fortfahren, Geld von einer Firma, die uns bereits gehört, zu borgen, um eine andere Firma, die für uns wichtig ist, zu erwerben. Er hat eine Andeutung gemacht, daß er bereit ist, eine gewisse Anzahl von Aktien an der Börse zu verkaufen. Natürlich nur unter der Bedingung, daß die Aktienmehrheit in seinem, Ginnys und meinem Besitz bleibt. Aber trotzdem wird sich das Publikum auf die Aktien stürzen.«

Sie begleitete ihn zum Flughafen und nahm den Nachtzug nach Penzance. Sie hatte noch vier Wochen Zeit, bevor sie nach Washington zurück mußte, um Jamie einzuschulen.

Am Abend nach Livys Rückkehr kamen Matthew Fletcher, Marks Schuldirektor, und seine Frau Anne zum Abendessen und zum Übernachten nach Tresillian. Nach dem Essen saßen sie im Salon, während die letzten Abendsonnenstrahlen über dem Atlantik und auf den Felsen verblaßten. Schließlich kamen sie auf den Grund von Matthew Fletchers Besuch zu sprechen. Mark war jetzt achtzehn. Er hatte sich geweigert, sich für die Aufnahmeprüfungen in Oxford oder Cambridge anzumelden, und keiner von ihnen hatte die Energie gehabt, ihn dazu zu überreden, weil alle ihre Sorgen und Ängste sich auf Harry konzentrierten.

»Du kannst ja noch immer Nachhilfeunterricht nehmen«, sagte Harry. »Du hast in den letzten Jahren ganz ordentliche Noten bekommen. Nicht wahr, Mr. Fletcher?«

»Ja, recht ordentlich. Wenn er noch ein wenig paukt, könnte er es schaffen.«

»Aber warum soll ich studieren? Ich tauge nicht für den Dienst im Foreign Office, Vater. Selbst wenn ich den Magister mache, kann ich nichts damit anfangen.«

»Was willst du sonst tun?« fragte Harry milde. »Hast du irgendeine Vorstellung? Vielleicht solltest du einige Jahre auf die Universität gehen, bevor du eine Entscheidung triffst.«

»Ich muß zwei Jahre Wehrdienst leisten. Natürlich könnte ich es hinausschieben, wenn ich auf die Universität gehe, aber dazu ist es wohl zu spät. Ich habe in ein paar Tagen meine ärztliche Untersuchung, und danach werden sie mich ziemlich schnell einberufen.«

Harry runzelte die Stirn. »Tut mir leid, Mark, ich war in letzter Zeit sehr in Anspruch genommen. Mir war nicht klar, daß die Einberufung so kurz bevorsteht. Aber ich könnte mich natürlich mit einigen Freunden in Verbindung setzen ...«

»Vater ... nein! Ich will in kein Garderegiment eintreten, ich will nicht Offiziersanwärter werden. Wenn ich es irgendwie hinkriegen kann, würde ich am liebsten im Armee-Verpflegungskorps arbeiten – als Rekrut.«

Harry holte tief Luft. »Du... du willst Kartoffeln schälen?«

»Nun, ich hoffe, ich bringe es etwas weiter. Aber es wäre eine ganz lehrreiche Erfahrung. Wo ich deine Hilfe brauchen würde, wäre, wenn ich meinen Militärdienst beendet habe.« Er blickte von seinem Vater zu Ginny. »Ich hätte gern eine Empfehlung an ein gutes Restaurant oder Hotel, wo ich in der Küche arbeiten könnte. Und dann möchte ich einen Kurs für Küchenchefs nehmen und als Kochlehrling bei einem wirklich guten Mann arbeiten.«

»Mein Gott!« Harry schwieg einen Moment. »Aber das ist Sklavenarbeit, Mark. Das kannst du nicht durchhalten. Man wird dich anschreien und herumkommandieren, und der Verdienst ist gleich Null.«

»Vater, auf höflichere Art war es doch wohl das gleiche, als du im Foreign Office angefangen hast. Vielleicht sogar schlimmer, weil dein Vater Staatssekretär war. Vermutlich haben sie dir eine Menge Knüppel in den Weg gelegt, in der Hoffnung, daß du über sie stolperst. Und warst *du* so gut bezahlt? Natürlich hoffe ich, daß ich eines Tages Küchenchef werde und mein eigener Herr bin. Aber Küchenchefs müssen Gewinne vorweisen. Schwarz auf weiß. Das braucht ihr im auswärtigen Dienst allerdings nicht. Ihr braucht nicht zu beweisen, daß irgendein Empfang so und so viele Aufträge eingebracht oder die Russen freundlicher gestimmt hat. Aber ein Küchenchef muß Essen verkaufen, und wenn er schlecht kocht, fliegt er, oder sein Restaurant geht pleite. Es ist ein Geschäft voller Risiken, Vater, wo es keine Beziehungen gibt, hinter denen man sich verkriechen kann. Wenn du die Verantwortung trägst, mußt du Profite machen.«

»Ich dachte, du wärst mehr an der romantischen Seite des Kochens interessiert, an der Koch*kunst* sozusagen.«

»Kochen ist eine Kunst, aber die Kunst muß man lernen. Du brauchst einen Kunden, einen Konsumenten. Ein großer Chef ist ein Künstler und vermutlich ein Sklaventreiber und ein Tyrann und ein Buchhalter. Hast du je das Gebrüll gehört, das aus der Küche eines berühmten Restaurants schallt, Vater?«

»Ja ...«

»Es tut mir leid, daß du es gehört hast. Aber das gehört zum Gewerbe. Wenn der Fisch nicht gar ist, wenn die Sauce fertig ist, dann brüllt der *Saucier* den Fischkoch an. Wenn die Gemüse zu früh fertig sind, müssen sie warm gehalten werden und sind nicht mehr knackig. Das Ganze ist wie ein Orchester, und der Chef ist der Dirigent.«

Harry blickte erst Ginny, dann Matthew Fletcher ratsuchend an. Letzterer schwieg, als wollte er seine Argumente in Reserve halten. Zum Schluß sah er Livy an, die seit langem wußte, daß es eines Tages zu dieser Diskussion kommen mußte. Als keiner den Mund aufmachte, sagte Harry: »Nun, ich hätte nicht überraschter sein können, wenn du mir gesagt hättest, daß du ein ... ich weiß nicht ... ein ... Straßenkehrer werden wolltest. Ich habe immer geglaubt, Kochen sei für dich ein amüsantes, obwohl praktisches Steckenpferd. Aber als Beruf!«

»Was hast du dir vorgestellt, das ich werde, Vater? Diplomat? Rechtsanwalt? Erzbischof von Canterbury? Du weißt, ich habe keinen akademischen Ehrgeiz. Ich habe nur *ein* Talent, und das ist Kochen.«

Harry spreizte seine Finger mit einer niedergeschlagenen Geste. »Ja, mein Sohn, wenn du bereit bist, die Plackerei, den langwierigen Aufstieg auf dich zu nehmen, dann mußt du das wohl tun. Du hast sicher die nötige Begeisterung und ein offensichtliches Talent ... was soll ich sagen? Es ist ein Weg voller Risiken, aber welcher wäre das nicht? Ginny und ich werden überlegen, wer von unseren Bekannten dir helfen kann, aber zuerst einmal mußt du deinen Militärdienst hinter dich bringen. Danach ... vielleicht änderst du deine Meinung noch.« Er sah Matthew Fletcher an. »Mr. Fletcher, Sie haben sich bislang nicht geäußert.«

»Ich bin nur gekommen, um für Mark ein gutes Wort einzulegen, falls Sie seine Zukunftspläne strikt abgelehnt hätten.

In zwei Jahren Militärdienst mag er tatsächlich seine Meinung ändern und sich nach einer anderen Art Sklavenarbeit umsehen. Mein ganzes Bestreben in Wrisley ist darauf gerichtet, die natürlichen Talente und Neigungen meiner Schüler zu fördern. Das unterscheidet uns von den konventionellen Schulen. Ich sehe, Sie sind weise genug, den Dingen ihren Lauf zu lassen. In meinen Augen tut Mark im Moment das Richtige.«

Ginny erhob sich und legte ihre Hand auf Harrys Arm. »Was hältst du von einem Glas Champagner zum Abschluß des Abends? Aber klingle nicht nach Knox. Mark soll ihn holen und ihn uns auf die korrekte Weise servieren, ohne daß der Schaum durchs ganze Zimmer spritzt, und in den passenden Gläsern...«

»Wie klug von dir, Liebling. Ja, die Dinge sollen ihren Lauf nehmen.«

Livy fand, daß Harry erschreckend müde aussah. Nicht enttäuscht, eher erleichtert. Mark hatte seine Entscheidung selbst getroffen. Harry hatte ihn nicht drängen oder beraten müssen, und wenn etwas schiefging, wäre er nicht verantwortlich, und wenn Mark Erfolg hätte, würde ihn das freuen. Livy erkannte plötzlich, daß Harry den Punkt überschritten hatte, wo er noch irgendwelche Entscheidungen treffen wollte.

Livy ging mit Jamie und Oliver jeden Tag nach St. Just, damit sie mit den Tregenna-Kindern spielen konnten. Es gab viele im gleichen Alter, Cousins und Kusinen zweiten oder dritten Grades. Der genaue Verwandtschaftsgrad war ihnen längst entfallen. Die Kinder trafen sich in Livys Häuschen, wo es eine Menge Spielzeug gab, und wenn es nicht regnete, spielten sie im Garten. Zuweilen zankten sie sich, aber meistens tollten sie miteinander herum. Mark begleitete Livy oft, um ihr zu helfen, die Kinder unter Kontrolle zu halten. Thea kam häufig zu Besuch, und sie und Livy saßen in der Sonne und schwatzten. Gelegentlich unterbrach eine der Tregenna-Frauen für zehn Minuten ihre Hausarbeit, um mit ihnen eine Tasse Kaffee zu trinken. Um die Mittagszeit holten sie ihre Kinder ab, und Livy aß mit Jamie und Oliver in ihrem Häuschen. Danach erklommen sie langsam den Hügel. In Tresillian angekommen, nahmen die Kinderschwester und Mrs. Hope, die Haushälterin von Seymour House, die Jungen in Empfang und brachten sie für einen kurzen Mittagsschlaf zu Bett.

An der Oberfläche führten sie ein heiteres, geruhsames Leben, aber darunter schlummerte eine wachsende Angst. Livy, Ginny und Mark merkten, daß es nicht gut um Harry stand. Er wurde immer hohlwangiger und schwächer. Die meiste Zeit lag er in dem ummauerten Garten in der Sonne, und nach dem Mittagessen war er froh, sich wie die Kinder hinlegen zu können. Niemand schlug vor zu picknicken, was früher ein so wichtiger Teil ihres Lebens in Tresillian gewesen war. Mark hatte es aufgegeben, Livy nach St. Just zu begleiten; statt dessen verbrachte er die meiste Zeit an der Seite seines Vaters.

Ginny hatte an Andrew McClintock geschrieben und ihm Marks Entschluß mitgeteilt. Ein besorgter Telefonanruf war die Folge. »Wenn er so versessen darauf ist, Koch zu werden, können wir ihm das wohl nicht ausreden. Aber wir werden ihn an die besten Restaurants empfehlen. Er kann gleich im Ritz anfangen.«

»Ich glaube, er zieht ein kleines Lokal vor, wo er überall zugreifen muß.«

»Wenn er Erfahrungen sammeln will, dann soll er in einer der vielen McClintock-Kantinen arbeiten, zum Beispiel in der Schweiz.«

»Laß ihn seinen eigenen Weg finden, Andrew«, sagte Ginny ruhig. »Ich weiß, du meinst es gut, aber er muß sich allein durchsetzen. Stell dir nur vor, wie das übrige Personal ihn behandeln würde, wenn er in einer McClintock-Kantine arbeiten würde. Sie würden ihm die Hölle heiß machen. Es ist schwierig genug für ihn, sich von Harry und seiner Herkunft freizumachen ... und von all den Erwartungen, die man in ihn gesetzt hat. Er muß seinen eigenen Weg gehen, der genauso steinig sein wird, wie wenn er Maler oder Musiker geworden wäre. Er macht sich keinerlei Illusionen. Er ist durchaus darauf vorbereitet, daß man ihn so lange herumschubst, bis ihm alles zum Hals heraushängt oder bis er es geschafft hat.«

»Hm, ja...« sagte Andrew McClintock mürrisch. »Nun, wenn er das Ganze wirklich durchsteht, könnten wir ja das Risiko eingehen und ihm ein eigenes Restaurant kaufen. Es wäre eine kleine Investition verglichen mit dem Geld, das wir hier täglich ausgeben.«

»Bis dahin werden Jahre vergehen«, sagte Ginny. »Warten wir's ab.«

»Nun, wenn ihr alle in Tresillian seid, komme ich vielleicht zu Besuch. Alex liegt mir ständig mit seinem Aktienverkauf in den Ohren. Ich kann es schon nicht mehr hören. Also auf bald, Ginny.« Er hängte ein.

Am nächsten Tag musterte Ginny lange Harrys Gesicht und bemerkte auch, wie müde seine Bewegungen waren. Sie rief den Londoner Spezialisten an, der sich um Harry kümmerte. Sie fuhren nach London, und Harry ging ins Krankenhaus. Sie nahmen ihm Blutproben ab und gaben ihm eine Bluttransfusion. Dr. Bernon unterrichtete Ginny von den Resultaten. »Es sieht schlecht aus, Lady Camborne. Ihre Ärzte in Washington haben die üblichen Medikamente verabreicht, und ich habe die Behandlung fortgesetzt. Aber er ist offensichtlich gegen die Mittel immun geworden. Die weißen Blutkörperchen haben sich seit den letzten Tests rapide vermehrt. Es ist eine heimtückische Krankheit, und keiner von uns würde sich anmaßen, sie heilen zu können. Verstehen Sie, er ist für jede Infektion anfällig, und dagegen können wir nichts tun. Manchmal stagniert der Krankheitsprozeß während Jahren, und dann geht es plötzlich bergab.«

»Und das ist bei meinem Mann der Fall?«

»Ich fürchte, ja, nach den Blutproben zu schließen.«

»Wie lange noch?«

Er schüttelte den Kopf. »Diese Frage kann ich nicht beantworten. Wir werden die Therapie fortsetzen und auf Besserung hoffen. Ich werde ihn in einem Monat wieder untersuchen. Aber ich muß Sie warnen, es kann in wenigen Wochen zu Ende gehen. Ich habe Fälle gesehen, wo es sogar nur Tage gedauert hat. Aber wir werden ihn die ganze Zeit im Auge behalten, das verspreche ich Ihnen. Falls ein Krankenhausaufenthalt angebracht erscheint …«

»Ich muß mit Harry sprechen.«

»Aber Sie wollen ihm doch nicht die Wahrheit sagen?«

»Harry weiß, daß er schwer krank ist und es ihm täglich schlechter geht. Überlassen Sie es ihm zu entscheiden, was er tun will. Vielleicht möchte er nicht im Krankenhaus sterben.«

»Soll ich mit ihm reden?«

»Nein, ich glaube, er hört es lieber von mir. Ich will nicht, daß er die Anstrengung unternimmt, die Wahrheit vor mir zu verbergen. Er braucht jetzt seine ganzen Kräfte und was immer ich ihm an Unterstützung zu geben vermag. Vielleicht will er nicht einmal in London bleiben.«

»Ich komme natürlich, wann immer Sie wollen, nach Cornwall. Ich habe mich bereits mit Ihrem Arzt im Krankenhaus in Truro in Verbindung gesetzt. Er hat einen sehr guten Ruf. Aber, wie gesagt, es ist eine sehr heimtückische Krankheit, mit der wir wenig Erfahrung haben.«

Harry hörte Ginny zu und sagte dann: »Laß uns nach Tresillian fahren, Ginny. Ich werde die Pillen weiter nehmen, mehr scheint man ja nicht tun zu können. Wir müssen uns natürlich eine Krankenschwester nehmen, wenn mein Zustand sich verschlimmert.« Er hielt ihr seine zerbrechliche, mit blauen Flecken bedeckte Hand hin. »Ich hasse Krankenhäuser, Ginny. Oder ist es zu belastend für dich, wenn wir nach Tresillian zurückkehren? Ich liebe die Luft dort unten …«

»Wir tun, was immer du willst, Harry.«

Sie ließen sich nach Tresillian fahren. Dr. Bernon hatte einen Rettungswagen vorgeschlagen, weil es weniger ermüdend sei, aber Harry hatte abgelehnt. »Ich will Livy und Mark nicht erschrecken, und vor allem nicht die Kinder.«

Sie erreichten das Haus, und Livy und Mark kamen, um sie zu begrüßen. Sie stellten keine Fragen. Bevor sie London verließen, hatte Ginny Livy angerufen, und Livy hatte Mark informiert. Aber beide waren auf Harrys Anblick nicht vorbereitet. Er wirkte noch viel zerbrechlicher als vor seiner Abreise. Nachdem Ginny Harry zu Bett gebracht hatte, erzählte ihr Livy, daß Dr. Bassett aus Truro angerufen habe. »Er hat gesagt, er komme, wann immer du willst, und könnte dir auch sehr tüchtige Krankenschwestern vermitteln. Sie müßten natürlich hier wohnen, aber ich habe ihm versichert, daß wir genug Platz haben. Ich werde den Kindern sagen, sie sollen leise sein ...«

Ginny schüttelte den Kopf. »Nein, tu das nicht. Alles muß so natürlich vor sich gehen wie möglich... so lange wie möglich. Harry will ein möglichst normales Leben führen; deshalb wollte er zurückkommen. Vielleicht tritt doch noch eine Besserung ein. Vielleicht hat er noch einige Monate oder sogar ein Jahr vor sich. Das Leben muß weitergehen, Livy. Du mußt nach Washington zurückfahren. Jamie hat sowieso schon den Schulbeginn verpaßt. Und Mark muß Ende Oktober zum Militär.«

»Nein, ich bleibe bei dir. Alex wird es gutheißen ...«

»Nein, das möchte ich nicht. Was meinst du, was Harry sich dabei denkt? Daß ihr auf seinen Tod wartet? Ich sage dir doch, er kann noch ein Jahr leben. Dr. Bernon hat ihm andere Mittel verschrieben. Möglicherweise helfen sie.«

»Mir ist die Vorstellung zu schrecklich, daß du den Winter hier allein verbringst.«

»Ich habe Harry, und das genügt mir. Dr. Bassett kann in einer Stunde hier sein. Und Dr. Bernon hat versprochen, er würde kommen, wenn man ihn braucht. Harry will seine Ruhe haben, Livy.«

Livy gab nach, weil sie wußte, daß Ginny recht hatte. Sie nahm jeden Morgen die Kinder nach St. Just und paßte auf, daß sie sich in Tresillian nicht voller Begeisterung auf Harry warfen. Einmal hatten sie es gleichzeitig getan und Harry fast zu Boden gerissen. Aber Livy erkannte, daß er die Kinder brauchte. Zwar waren sie mit ihm nicht blutsverwandt, es waren jedoch Ginnys Enkel. Er brauchte ihre Lebhaftigkeit, ihre Unschuld, den Lärm, den sie machten, wenn sie ihm erzählten, wie sie den Morgen verbracht hatten. Sie zeigten ihm ihr Spielzeug und ihre Zeichnungen. Er erwartete jeden Mittag ihre Rückkehr. Er saß auf dem Sofa, und sie kletterten zu ihm hinauf und stritten um seine Aufmerksamkeit. Er litt unter ihrem Lachen, ihren Püffen und Umarmungen, doch gleichzeitig genoß er sie. Sobald die Kinderschwester und Mrs. Hope kamen, um die Kinder ins Bett zu bringen, stand er ebenfalls auf und ging erschöpft ins Schlafzimmer.

Es geschah sehr schnell, wie die Ärzte befürchtet hatten. Zwei Wochen nach seiner Rückkehr aus London schwankte er an Ginnys Arm aus dem Badezimmer und fiel aufs Bett. Ginny rief Dr. Bassett an, der sofort kam. Am Abend trafen drei Krankenschwestern ein, die Ginny im dritten Stock einquartierte.

Und dann kam schließlich der Tag, an dem Livy den Hügel hinaufstieg mit einem ungeduldigen Jamie, der vorauslief, und Oliver in einem Wagen, den sie vor sich herschob, weil der Anstieg noch zu anstrengend für ihn war. Die Blumen, die sie im Garten ihrer Mutter gepflückt hatte und die sie in der Hand hielt, streiften Olivers Kopf, und er blickte erschreckt hoch. Aber dann lächelte er und grapschte nach der rötesten der Chrysanthemen. Jamie hatte bereits die Haustür erreicht und versuchte vergeblich, den großen Bronzeknopf umzudrehen. Livy blieb kurz stehen und blickte zu Harrys Fenstern hinauf. Sie sah, wie die Vorhänge langsam zugezogen wurden, als sei kein Grund zur Eile. Harry schlief nur wenig in letzter Zeit, und sie sparten die stärksten Mittel für die Nacht auf. Er liebte das Tageslicht in seinem Zimmer, und sie zündeten erst bei Einbruch der Dunkelheit eine Lampe an. Livy begriff, was das Schließen der Vorhänge am hellichten Tag bedeutete. Sie ließ die Blumen fallen und fing, Oliver vor sich herschiebend, an zu laufen. Sie stieß die Eingangstür auf. Ginny kam ihr auf der Treppe entgegen. Sie blieb einen Augenblick stehen und setzte dann ihren Weg fort. Ihre Augen schimmerten feucht, als sie versuchte, die Tränen zurückzuhalten, weil sie nicht vor den Kindern weinen wollte. Als sie sprach, war es kaum mehr als ein Flüstern.

»Er ist tot«, sagte sie. Dann beugte sie sich zu Jamie hinunter und nahm dessen Hand. »Komm, wir gehen ins Kinderzimmer.«

»Ich will aber Opa sehen.«

»Nein, Liebling, im Moment geht das nicht.« Dann sagte sie zu Livy: »Ich trage Oliver nach oben. Ich wollte gerade Mark suchen. Ich glaube, er ist im Obstgarten. Würdest du...«

Livy fand ihn im Obstgarten. Er saß mit angezogenen Knien unter einem Baum nahe von Bullys Grab. Er sah sie kommen und erhob sich langsam. Sie öffnete die Lippen, um etwas zu sagen, brachte aber kein Wort heraus. Aber er erriet, was sie sagen wollte. Was sie schließlich hervorstieß, war: »Er hat dich sehr geliebt...«

»Er hat uns alle geliebt.« Sie vergossen ihre ersten Tränen an Bullys Grab, fern von den Blicken der anderen.

Sie kamen alle. Rachel war die erste: »Ich wünschte, ich wäre ihm eine bessere Tochter gewesen. Ich weiß, er hat sich meinetwegen Sorgen gemacht.« Ihr Arm lag noch auf Ginnys Schulter, als sie hinzufügte: »Ich bin so froh, daß er dich in den letzten Jahren hatte; du hast sie ihm lebenswert gemacht.«

Caroline kam allein. »Bruce wird natürlich zur Beerdigung hier sein. Oh, armer Vater...« Sie sah Ginny an, und Tränen rollten über ihre Backen. »Es ist so ungerecht vom Schicksal, daß er nicht mehr Zeit mit dir in Frieden verbringen konnte.« Livy fühlte sich Caroline plötzlich wieder eng verbunden. Das war die Caro, mit der sie aufgewachsen war. Die Frau, die den reichen Bruce Abbott geheiratet hatte, trat in den Hintergrund, und das Kind, das sie beschützt hatte, kam wieder zum Vorschein.

Alex und Andrew McClintock trafen gleichzeitig ein. Niemand hatte erwartet, daß der alte Mann erscheinen würde. Er sah erschöpft und niedergeschlagen aus und gab Ginny unerwarteterweise einen Kuß auf die Wange. »Ich hätte nie gedacht, daß Harry vor mir sterben würde.«

Alex umarmte seine Mutter. Dann ging er mit Livy ins Kinderzimmer. Es war spät – kurz vor dem Abendessen der Erwachsenen –, und sie schliefen schon. Er stand lange schweigend da und betrachtete die Gesichter seiner zwei Söhne, dann beugte er sich über die Wiege, um Isa zu sehen. Langes, dunkles Haar ergoß sich über das winzige Kopfkissen.

Er legte den Arm um Livys Schultern. »Gott sei's gedankt, daß wir die Kinder haben. Ich habe nie so einen Reichtum erwartet.« In ihrem eigenen Zimmer stand er lange am Fenster und blickte über den ummauerten Garten auf die Felsen. »Ich weiß, ein Teil von dir gehört für immer dieser Landschaft. Aber gib mir den Rest.«

Sie zogen sich um und gingen hinunter zum Abendessen. Zwei der Clayton-Direktoren waren eingetroffen und, zum allgemeinen Erstaunen, der Staatssekretär. Die Tregenna-Kusinen hatten alle Hände voll zu tun, die Betten zu überziehen, Handtücher und Seife zu verteilen und frische Blumen in die Vasen zu stellen. Als sie alle im Salon versammelt waren und Knox die Getränke servierte, fragte einer der Clayton-Direktoren: »Wo ist eigentlich Mark?«

»Ja, richtig«, sagte der Staatssekretär, »ich würde gern Lord Camborne kennenlernen.«

Livy zuckte zusammen. Harry war tot, Mark war Lord Camborne. Der König ist tot, es lebe der König. Er erschien ein wenig später in den karierten Hosen eines Küchenchefs, mit einer weißen, zugeknöpften Jacke und einem um den Hals geknoteten weißen Tuch.

»Ich habe Jacques helfen müssen«, war alles, was er sagte.

Die Beerdigung war vorbei, die zahllosen Trauergäste waren abgereist. Ruhe kehrte wieder in Tresillian ein, und es gab genug Zeit und Raum, um sich zu vergegenwärtigen, daß Harry tatsächlich tot war. Ginny gab sich einen Tag lang völlig ihrem Kummer hin und blieb in ihrem Zimmer. Jamie und Oliver, die von dem plötzlichen Zustrom von Gästen völlig verwirrt gewesen waren, fingen an, Harrys Abwesenheit zu bemerken. Livy und Alex nahmen sie auf einen Spaziergang mit und versuchten, ihnen zu erklären, was geschehen war.

Jamies Gesicht drückte Unglauben aus. »Ich werde Opa nie mehr wiedersehen? Niemals mehr?«

»In gewisser Weise wird er immer bei uns sein«, sagte Alex und suchte nach Worten, um sich Jamie verständlich zu machen. »Er hat euch sehr geliebt, und die Liebe bleibt.«

»Ich glaube dir nicht«, sagte Jamie eigensinnig. »Wenn er bei uns wäre, könnte ich ihn sehen, aber ich kann ihn nicht sehen. Mrs. Hope sagt, er sei im Himmel, aber sie haben ihn auf den Friedhof getragen und mir nicht erlaubt mitzugehen.« Er fing an zu weinen; allerdings glich es eher einem Wutgebrüll. Er schüttelte seine Fäuste und schrie: »Ich kann ihn nicht sehen!«

Nun begann auch Oliver zu weinen, obwohl er nicht recht wußte, warum. Er hatte nur vage etwas vom Himmel gehört und fragte sich, wo er sich befand. Aber er hatte irgendwie das Gefühl, daß all die vielen Leute, die gekommen waren, seinen Großvater mitgenommen hatten. Er fing an zu schreien und klammerte sich an seinen Vater. Alex hob ihn mit seinem rechten Arm auf. Es fiel ihm schwer, sein Gleichgewicht zu halten, aber es gelang ihm. Livy kniete sich nieder und nahm Jamie in die Arme. »Weine nicht, Liebling, Papa und ich sind schließlich auch noch da. Und wir werden viel über Opa reden, und so wird er immer bei uns sein.«

Harrys Rechtsanwalt war in Tresillian geblieben und wartete, bis Ginny sich wieder so weit in der Hand hatte, um der Testamentsverlesung beizuwohnen. Harrys Verfügungen waren klar und einfach. Er hatte das Haus und die umliegenden Grundstücke auf Ginnys Namen überschrieben, als sie mit der Restaurierung Tresillians anfing. Der Fideikommiß war aufgelöst worden. Das kleine Einkommen aus dem Nachlaß seines Vaters, das er mit seinem Bruder teilte, die wenigen verpachteten Bauernhöfe und die stillgelegten Zinnminen fielen zu gleichen Teilen an Mark, Rachel und Caroline. Livy hatte er ein Bild von Guy Denham, ein Paar Manschettenknöpfe und eine lederne Schreibunterlage, die er sein Leben lang benutzt hatte, als Erinnerungsstücke vermacht. Den größten Teil der Erbschaftssteuern mußte Ginny zahlen, weil der Wert des Hauses durch den Umbau beträchtlich gestiegen war.

Nachdem der Rechtsanwalt gegangen war, sagte Caroline zu Rachel und Mark: »Ich überlasse euch alle Kleinigkeiten. Er hätte mir nichts vererben sollen, nachdem ich so viel besser stehe als ihr. Ich meine, Bruce hat mehr Geld, als er je brauchen wird; daher kann er mich nie bettelarm auf die Straße setzen. Abgesehen davon, erfülle ich ihm seinen größten Wunsch. Er wird mich mit Diamanten behängen. Ich erwarte ein Kind von ihm.«

Sie stießen kleine Freudenschreie aus, aber sie klangen nicht überzeugend. Caroline selbst schien nicht sehr entzückt, außer daß die Schwangerschaft ihre Ehe absicherte. Sie verabschiedete sich, und als sie in den Fond des Wagens sank, sahen sie, wie ihre Züge sich entspannten. Tod und Trauer waren endlich überstanden.

»Ich bin mir gar nicht sicher«, sagte Ginny, »ob sie je wieder nach Tresillian kommt.«

Es schien, daß mit Harrys Beerdigung auch die letzten Sommertage dahinschwanden. An diesem Abend nach der Abfahrt des Rechtsanwalts und Carolines waren sie nur wenige am Tisch. Mark war aus der Küche verbannt worden, weil Jacques fand, es sei an der Zeit, daß er sich um seine Familie kümmere. Die Wettervoraussage warnte vor Stürmen und Regen, und als sie sich zu Tisch setzten, hörten sie den Wind an den Fenstern rütteln und das Trommeln der Regentropfen gegen die Scheiben. Sie sprachen wenig während des Essens; das ständige Gerede während der letzten Tage mit den vielen Trauergästen hatte ihnen jeglichen Wunsch nach Unterhaltung genommen. Die Trauer über Harrys Abwesenheit, nun da sie wußten, daß sie endgültig war, schmerzte sie alle fast körperlich.

»Wirst du hier wohnen bleiben?« fragte Andrew McClintock Ginny, als sie in der Bibliothek bei Kaffee und Kognak saßen.

»Ich weiß nicht. Ich weiß überhaupt nicht, was ich tun werde. Ich habe Tresillian nur geerbt, weil Harry wußte, daß Mark nie die Erbschaftssteuern aufbringen könnte. Er wäre gezwungen gewesen, es zu verkaufen. Harry hat den Fideikommiß aufgelöst, weil er es ungerecht fand, daß ich Tresillian restauriere und Mark alles erbt. Es hängt natürlich jetzt von mir ab, ob ich es verkaufen will oder nicht. Ich habe nicht vor, hier allein zu leben. Dies ist Harrys Haus, und ich habe es für ihn herrichten lassen und wollte irgendwelche Vorkehrungen treffen, daß es später mal an Mark geht. Harry wollte nicht *der* Camborne sein, der den Familiensitz veräußert.«

»Ich bin froh, daß er es dir hinterlassen hat«, sagte Mark. »Für mich ist Tresillian nur eine Belastung. Was soll ich mit so einem großen Kasten anfangen?«

Ginny schaute in die Runde, als wollte sie die Aufmerksamkeit aller auf sich ziehen. »Ich muß etwas mit euch besprechen. Harry hat uns allen eine Aufgabe, eine Verantwortung hinterlassen; es liegt an uns, ob wir ihr nachkommen wollen oder nicht.«

Sie erhob sich und ging zu dem Tablett, auf dem die Flaschen und Gläser standen. Mark sprang auf. »Laß mich das tun.« Ginny nickte. »Ja, wir werden alle einen Kognak nötig haben.« Sie wartete, bis Mark die Gläser gefüllt und herumgereicht hatte.

»Harry hat sich mir anvertraut an dem Tag, als das Foreign Office seinen Rücktritt angenommen hat.« Sie zog einen Schlüssel aus ihrer Handtasche, ging zu dem großen Schreibtisch und öffnete eine Schublade. »Ich habe diese Papiere aus dem Safe im ersten Stock herausgenommen. Es sind keine Dinge, die man herumliegen läßt. Harry hatte sie im Bankfach in London aufgehoben, aber nach seinem letzten

Krankenhausaufenthalt wußte er, daß er nicht nach London zurückkehren würde. Und so hat er sie mitgenommen.«

»Mutter, um was handelt es sich«, sagte Alex ruhig. »Quäl dich nicht mit Erklärungen ab. Sag nur so viel, wie du für richtig hältst.«

Sie nickte und winkte Mark heran. »Gib diese Fotos bitte Mr. McClintock, und dann reiche sie herum.« Sie wartete, bis Andrew McClintock und die anderen die vier Fotos betrachtet hatten. Mark war der letzte, der sie ansah; er legte sie zurück auf den Schreibtisch neben Ginny. Alle schwiegen.

»Die Fotos stellen Sonja und ihre Tochter Irina dar. Sonja war Harrys Geliebte, als er in Moskau lebte. Harry ist Irinas Vater. Er wußte nichts von ihrer Existenz, bis er in Paris zum ersten Mal ein Foto von ihr erhielt. Insgesamt hat er nur vier bekommen. Das erste zeigt Sonja und Irina, als das Kind noch ganz klein war; ein anderes erhielt er einige Jahre später, ebenfalls in Paris. Und dann, als er Botschaftsrat in Washington wurde, bekam er das Foto von dem Kind allein. Das letzte Bild, das erst kürzlich aufgenommen zu sein scheint, wurde ihm in London zugesteckt, kurz nach seinem Rücktritt, zusammen mit der Bestätigung, daß Sonja tot sei, was er befürchtet hatte, nachdem er von Sonja kein Foto mehr erhielt. Sie starb in einem Arbeitslager.«

Sie hielt einen Papierbogen hoch. »Er hat hier während der Wochen nach seinem Rücktritt alles notiert. Er wußte, es blieb ihm nur noch wenig Zeit. Ihr erinnert euch, wie lange er allein in Moskau festgenagelt war. Der Krieg und die Einsamkeit spielen seltsame Tricks mit Menschen. Dena hat mir einmal gesagt, als wir hier in Tresillian wohnten, sie glaube nicht, daß sie Harry je wiedersehen würde. Sie dachte, er würde in Rußland sterben. Die Trennung war für beide eine große Belastung. Dena vermutete sogar, daß er eine russische Geliebte hatte. Aber als er dann mitten im Krieg mit Beaverbrook nach London zurückkam, war Sonja bereits verschwunden. Weiß der Himmel, wie viele Menschen damals umgekommen sind, aber Sonja gehörte zu der privilegierten Schicht. Ihr Vater war Physiker und einer der führenden Intellektuellen. Harry hat mir erzählt, er hätte Sonja geliebt, nicht in dem Maße, wie er Dena geliebt hat, sondern so, wie man jemand liebt, wenn man das Gefühl hat, in einer Falle zu sitzen und bald zu sterben. Eine Liebe aus Verzweiflung. Sonja sprach mehrere Fremdsprachen und war dem diplomatischen Corps offiziell als Dolmetscherin zugeteilt. Das allein machte sie für Ausländer gefährlich. Harry hegte die vage Vermutung, daß sie eine Spionin sein könnte, die auf ihn, einen höheren Diplomaten, angesetzt worden sei, obwohl England und Rußland miteinander verbündet waren. Aber er hat mir auch gesagt, er sei sicher, daß sie ihn wirklich geliebt hätte, was immer ihr Auftrag gewesen war.«

Sie blickte auf Harrys Smaragd und drehte den Ring um ihren Finger. »All dies hat er Dena erzählt, als er nach London zurückkam. Er hat es auch seinem Botschafter berichtet, der es jedoch für einen kleinen, unwichtigen Seitensprung hielt und nichts davon in seinem Bericht über Harry erwähnte. Jahrelang herrschte Stillschweigen. Sonja war unauffindbar, und Harry hoffte insgeheim, daß sie irgendwo fern von Moskau einen ruhigen Posten bekommen hatte. Und dann plötzlich erhielt er in Paris dieses Foto von Sonja und ihrer Tochter. Ihm wurde angedeutet, daß Sonja in einem Arbeitslager sei, und als ihn das zweite Foto erreichte, wurde ihm gesagt, seine Tochter lebe in einem internen Exil und beider Leben hänge von seiner Mitarbeit ab.«

»Mitarbeit?« fragte Andrew McClintock. »Was für eine Art Mitarbeit?«

»Es war ein grausames Spiel«, sagte Ginny. »Harry hatte seinen Botschafter in Moskau über die Affäre informiert; dieser hatte aber nichts unternommen. Harry war sicher, daß er keine Geheimnisse preisgegeben hatte, er war immer sehr vorsichtig gewesen. Doch kaum hatte er dem Botschafter die Wahrheit gesagt, war Sonja spurlos verschwunden. Er hat nie erfahren, wie die Russen herausgefunden haben, daß er mit dem Botschafter gesprochen hat. Der Krieg nahm seinen Fortgang, und Harry hörte nichts mehr von Sonja. Erst als er in Paris war, bekam er das erste Foto von Sonja und seiner Tochter. Und dann kamen die Forderungen. Sie wollten Informationen von ihm haben über die Stärke der NATO, über Verträge, die Großbritannien mit anderen Ländern schloß, über alles, was im entferntesten mit Verteidigung zu tun hatte. Er sollte über die Trends innerhalb und außerhalb der Botschaft, über die Stimmung im Volk berichten. Der Preis war das Leben von Sonja und seiner Tochter.«

Alex rief aus: »Aber er hat doch nicht etwa...«

Ginny hob Schweigen gebietend die Hand. »Er hat sich völlig korrekt verhalten. Er hat zuerst mit seinem Botschafter in Paris gesprochen, woraufhin das Foreign Office ihn nach London kommen ließ. Sie hätten natürlich verlangen können, daß er seinen Rücktritt einreicht. Aber aus komplizierten Gründen, die wir wohl alle nie ganz durchschauen können, taten sie es nicht. Seine Chefs setzten sich mit dem Geheimdienst in Verbindung, der eine Möglichkeit sah, die Russen durch Harry auf falsche Spuren zu lenken. Sie waren gewillt, einige unwichtige oder den Russen bereits bekannte Informationen weiterzugeben, um die irreführenden Berichte glaubhafter erscheinen zu lassen. Ihnen war unerwarteterweise ein Doppelagent in einer hohen Position in die Hände gespielt worden, der allen Grund hatte, mit ihnen zusammenzuarbeiten. So machten sie von ihm Gebrauch. Sie erpreßten ihn – wie die Russen – mit diesen Fotografien. Und Harry mußte diese ganzen Jahre mit dem Wissen leben, daß er als Schachfigur in einem brutalen, üblen Spiel benutzt wurde, dessen Ausgang er nicht kannte. Das Foreign Office schickte ihn als Botschaftsrat nach Washington wegen seiner engen Beziehungen zu den McClintock-Claytons, die ihnen sehr zupaß kamen. Die Freundschaft zwischen Dena und mir war allgemein bekannt. Und da die Russen an allem, was McClintock-Clayton produzierten, interessiert waren, würden sie alles tun, um mit Harry in Kontakt zu bleiben, was wiederum für den englischen Geheimdienst wichtig war.«

»Ich glaube dir die Geschichte nicht. Vater würde nie...«

»Er hat es auch nie getan«, unterbrach ihn Ginny scharf. »Er hat alles dem Foreign Office berichtet. Er ging zu anonymen Stelldicheins und sprach mit anonymen Männern, die ihm Anweisungen gaben. Er fürchtete um seine Karriere und um das Leben von Sonja und Irina. Aber Harry hätte nie für eine fremde Macht spioniert. Und das Foreign Office wußte das. So wurde er das Werkzeug der Geheimdienste – von beiden Ländern. Meistens arbeitete er für die Spionageabwehr, aber bis zu einem gewissen Grad auch für die Spionageabteilung.«

Sie wies mit dem Finger auf die Fotos. »Dieses hier ist das erste, auf dem das Mädchen allein abgebildet ist. Es kam in einem schrecklichen Moment – in der Nacht bevor Dena starb. Wir waren noch in New York, und Harry wurde auf dem Heimweg nach dem Abendessen mit Alex und Livy und dir, Andrew, auf der Straße angesprochen. Es war der Abend, an dem er euch erzählt hat, er sei zum Botschafter in Paris ernannt worden. Zweifellos hatte der Geheimdienst dem Foreign Office mitgeteilt, daß dies von ihnen aus gesehen ein günstiger Posten für Harry sei, weil seine Beförderung den Russen beweisen würde, daß man ihm noch immer vertraute. Einige der Informationen, die Harry im Auftrag des Geheimdienstes weitergegeben hatte, waren offensichtlich wichtig für die Russen gewesen. In Paris würde Harry naturgemäß eine Menge über die NATO erfahren. Und so wurde er zum Botschafter in einem der wichtigsten Länder ernannt. Doch dann starb Dena, und Harry wollte demissionieren. Das Foreign Office riet ihm, erst einmal Urlaub zu nehmen. Dann boten sie ihm die Botschaft in Bern an und versprachen ihm, daß er den Kontakt zu den Russen abbrechen könne. Aus der Schweiz gab es für ihn so wenig zu berichten, daß er auch für die Russen uninteressant geworden war.«

Sie lehnte sich im Stuhl zurück. »Und dann tauchte ich auf und brachte ihn nichtsahnend wieder in Schwierigkeiten, indem ich ihn mehr oder minder bat, mich zu heiraten. Beide Seiten hatten ihn in Bern endlich in Frieden gelassen, und alles, was er wollte, war, bis zu seiner Pensionierung in der Schweiz zu bleiben. Statt dessen und vermutlich meinetwegen, weil ich mit den McClintock-Claytons zu tun habe, boten sie ihm Washington an und überzeugten ihn davon, daß es seine Pflicht sei, den Posten anzunehmen. Sie sagten, er sei in einer idealen Position, um die Russen zu beobachten. Sie wollten einzig einen gelegentlichen Hinweis, aus welcher Richtung der Wind blies. Die Instruktionen des Geheimdienstes dagegen waren sehr viel präziser. Seit der Affäre um Burgess und Maclean waren sie über die Botschaft in Washington zutiefst beunruhigt. Sie vermuteten, daß noch immer ein gut getarnter kommunistischer Agent in der Botschaft tätig war. Harry sollte abwarten, ob nicht ein Botschaftsmitglied mit ihm Kontakt aufnehmen würde. Er wies darauf hin, daß es nie geschehen sei, als er noch Botschaftsrat in Washington gewesen war. Aber sie wollten ihn unbedingt in Washington haben, denn er sei der einzige Diplomat gewesen, der freiwillig zu ihnen gekommen sei und zugegeben hätte, daß er erpreßt würde. Sie hätten das Gefühl, ihm könnten sie wirklich vertrauen. Und so nahm er den Posten an.

Er hat mir das alles erst erzählt, als er wußte, daß er sterben würde, und weder für das Foreign Office noch für den britischen oder russischen Geheimdienst von irgendwelchem Nutzen war. Er war jenseits aller Erpressungen. Und doch nicht ganz. Bei unserem letzten Londoner Aufenthalt, bevor wir endgültig nach Tresillian zurückkehrten, teilte ein Unbekannter ihm mit, daß Sonja in einem Arbeitslager gestorben sei. Gleichzeitig gab man ihm das letzte Foto.« Sie hielt es hoch. »Seine Tochter Irina. Sie ist ein wenig älter als Mark…«

Andrew McClintock unterbrach das betretene Schweigen. »Ich will die Fotos noch einmal sehen.« Mark brachte sie ihm. Keiner sprach, während er sie genau betrachtete und miteinander verglich.

»Harry hat Sonja natürlich wiedererkannt, aber das Mädchen hat er nie gesehen. Fotos sind leicht zu fälschen. Vielleicht gibt es dieses gemeinsame Kind gar nicht. Die frühen Aufnahmen von ihr sind sehr undeutlich, wenn sie auch eine vage Ähnlichkeit mit Harry zeigen, obwohl sie mehr ihrer Mutter gleicht. Zwischen dem zweiten und dem dritten Foto liegen viele Jahre. Sie hat sich sehr verändert, aber das ist nur natürlich. Aus dem Kind ist ein erwachsener Mensch geworden. Aber die Augen haben denselben Schnitt, die Brauen sind die gleichen, nur die Kinnpartie ist stärker ausgeprägt. Das letzte Foto zeigt ein hübsches, wenn auch eher verängstigt aussehendes Mädchen, das sich zu einer sehr schönen Frau entwickeln könnte, so wie ihre Mutter, die offensichtlich mal eine Schönheit war.«

»Und was sollen wir nun tun?« fragte Alex und sah seine Mutter an. »Du hast uns die ganze Geschichte doch aus einem bestimmten Grund erzählt. Ich glaube, ich kann ihn erraten.«

Ginny seufzte. »Ja, vermutlich. Harry wollte, daß seine Tochter aus Rußland herauskommt, und natürlich auch Sonja, wenn das möglich gewesen wäre. Aber das hielt er für fast ausgeschlossen. Das letzte Foto von Irina, dieses hier, verfolgte ihn bis in seine Träume. Seit er von ihrer Existenz erfahren hat, hat er das Foreign Office bekniet zu versuchen, sie herauszuholen. Er war sogar bereit, sie wenn nötig als seine Tochter anzuerkennen. Er war gewillt, seine Karriere aufzugeben, falls die Wahrheit herauskäme. Und was Dena betraf, so wußte sie ja über die Liebesgeschichte mit Sonja Bescheid. Er war sicher, daß sie das Mädchen aufnehmen würde. Es wäre schließlich nicht zum ersten Mal gewesen, daß in einer Familie ein uneheliches Kind auftaucht. Oder Irina hätte unter einem anderen Namen kommen können. Er bedrängte das Foreign Office, etwas für sie zu tun, und sie versicherten ihm, sie hätten sich der Sache angenommen. Harry hegte allerdings den Verdacht, daß sie nichts unternommen hatten, da er für die Briten ein genauso wichtiges Unterpfand war wie Irina für die Russen. Und die Russen würden Irina nicht freigeben, solange sie das Mädchen dazu benutzen konnten, Harry unter Druck zu setzen. Harry drohte sogar einmal damit, sich an die Presse zu wenden. Aber das Foreign Office wies ihn nur kühl darauf hin, daß dies kontraproduktiv wäre. Entweder würde man ihn als total verrückt erklären, oder wenn die Russen so weit gingen, die Existenz des Mädchens offiziell zu leugnen, dann war sie so gut wie tot.«

Ginny faltete ihre Hände im Schoß, ihr Gesicht war mit tiefen Kummerfalten durchzogen. »Harry starb mit dem Wunsch, sie herauszubringen. Er wußte nicht, wie man sie behandelte. Er wußte nicht einmal, ob sie je von ihm gehört hatte und ob sie überhaupt in den Westen kommen wollte. Er wußte einfach nichts von ihr. Er hatte während dieser ganzen Jahre, als er sein Doppelspiel spielte, gehofft, daß das Foreign Office ihm nach seiner Pensionierung helfen würde. Aber sie lehnten es ab, sich offiziell einzumischen, und verwiesen ihn an den Geheimdienst. Und dieser lehnte jegliche Unterstützung ab. Weder Harry noch das Mädchen waren von weiterem Nutzen für sie. Irina war nichts als das Resultat einer Indiskretion, die Harry vor Jahren in Moskau begangen hatte. Und so ließen beide Seiten Harry im Stich. Er gab auf und kehrte hierher nach Tresillian zurück, um zu sterben.«

»Willst du das Mädchen in den Westen holen?« fragte Andrew McClintock Ginny.

»Hätte ich euch das alles erzählt, wenn ich es nicht wollte? Nur ich kenne sie, und ich hätte den Mund halten, das Ganze als hoffnungsloses Unterfangen abschreiben können. Aber ich dachte...«, sie blickte auf den alten Mann und ihren Sohn, »daß ihr beide gemeinsam einen Weg finden könntet. Ich habe das Gefühl, ich bin es Harry schuldig, obwohl er mich nie darum gebeten hat, etwas für Irina zu tun.«

Andrew McClintock richtete sich auf und stützte sich auf seinen Stock. »Vielleicht gibt es Möglichkeiten. Man muß sehr diskret und vorsichtig vorgehen. Aber ich habe einige einflußreiche Freunde... Laß mich nachdenken... Du bist sicher, daß du diese Sache durchziehen willst? Wenn das Ganze gelingt, dann haben wir«, er wandte sich jetzt an alle Anwesenden, »eine Fremde am Hals. Und vielleicht sogar eine uns feindlich gesinnte Fremde.«

Ginny sagte. »Keine Fremde. Harrys Tochter.«

Er erhob sich langsam. »Nun gut, wir werden es versuchen. Und jetzt gehe ich zu Bett. Nicht daß ich schlafen werde, aber ich habe für die nächsten Stunden viel zu überdenken. Ich fahre morgen früh ab, Ginny. Und Alex kommt mit mir. Wir haben viel zu tun in Washington. Wollen Sie mit uns nach London fahren, Rachel? Ich weiß, Sie müssen wieder arbeiten.«

»Vielen Dank«, sagte Rachel leise. »Es ist sehr nett von Ihnen.«

»Und Sie, Livy«, fragte Andrew McClintock, »Sie bleiben noch eine Weile, nicht wahr? Solange Ginny Sie braucht, aber auch nicht zu lange. Denn Alex braucht Sie ebenfalls. Ich wünschte, Ginny, daß du mit nach Washington kommen würdest ... zumindest eine Weile. Aber das mußt du selbst entscheiden. Wir werden ein paar Tage in Seymour House wohnen, Ginny. Es gibt einige Telefongespräche, die ich nicht von einem Hotel aus führen möchte. Wenn du nichts von uns hörst, glaube nicht, wir hätten die Idee aufgegeben. Es kann lange dauern.«

Mark hielt die Tür auf. Als Andrew McClintock an ihm vorbeiging, flüsterte er: »Vielen Dank, Sir.«

»Für was, zum Teufel, dankst du mir?«

»Für den Versuch zu helfen. Wenn ich könnte, würde ich selbst hinfahren, um sie herauszuholen.«

»Du bist ein Romantiker, Junge. Das ist kein Fall für einen Ritter auf einem weißen Roß, der eine Jungfrau rettet. Die Verhandlungen werden unterkühlt und mühsam sein und sich lange hinziehen.«

»Ja, Sir.« Mark schloß die Tür hinter ihm.

»Du weißt natürlich, warum Andrew McClintock bereit ist, diese Anstrengung zu unternehmen«, sagte Livy, als der alte Mann außer Hörweite war. Sie blickte Ginny an, und als diese nichts sagte, fuhr sie fort. »Er versucht, dir auf seine Art Chris wiederzugeben.«

»Livy!« Alex schien empört, daß sie diesen Vergleich zog.

»Livy hat recht«, sagte Ginny ruhig. »Und wenn es keine

andere Möglichkeit gibt, wird er versuchen, Irina freizukaufen.«

Nach zehn Tagen fuhr Mark ab, um seinen Militärdienst anzutreten. Zuerst mußte er eine dreimonatige Grundausbildung absolvieren. »Macht euch keine Sorgen um mich«, sagte er. »Ich werde lernen, wie man Schuhe putzt und Betten macht, und ich werde den Drill des Unteroffiziers hassen. Aber danach werde ich hoffentlich etwas mehr als nur Kartoffelnschälen lernen.« Er verabschiedete sich mit einem entschlossenen, heiteren Ausdruck.

»Ich frage mich, wie es ihm ergehen wird«, sagte Ginny, nachdem er fort war. »Gott steh ihm bei, wenn die anderen Rekruten herausfinden, daß er Lord Camborne ist. Auf seinen Einberufungspapieren steht noch Mark Penrose. Hoffentlich bleibt es so.«

Eine Woche später erklärte Ginny, daß die Kinder nach Washington zurückfahren müßten. Am letzten Tag machten Livy und sie ihren üblichen Spaziergang entlang den Klippen. Als sie den Turm erreichten, turnten Jamie und Oliver auf den großen, heruntergefallenen Steinen herum. »Ich kann es nicht über mich bringen, Tresillian zu verkaufen.« Sie drehte sich um und betrachtete das Haus. »Ich habe einen kleinen Traum, Livy ... es ist nur der Beginn eines Traums, und ich kann ihn nur dir erzählen. Du mußt mir versprechen, daß du ihn bei dir behältst.« Zum ersten Mal seit Harrys Tod sah Livy einen Schimmer von Begeisterung in Ginnys Augen.

»Angenommen, ich behalte das Haus ... Angenommen, ich verbringe hier die Sommermonate und jeder, der Lust hat, kann mich besuchen kommen ... Angenommen, ich behalte Tresillian so lange, bis Mark seine Ausbildung beendet und genug Erfahrung gesammelt hat, um sein eigener Küchenchef zu sein ...«

»Du willst doch nicht etwa ...?«

»Doch, genau das will ich. Tresillian wäre als Hotel sehr geeignet – klein, aber exklusiv. Oder vielleicht nur ein Restaurant. Was gibt es hier schon in der Gegend? Nicht viel. Und die Leute reisen jetzt mehr als früher. Und sie werden anspruchsvoller. Ich glaube, eine Menge elegante Hotels werden hier in der Gegend entstehen. Die Gäste werden vermutlich hauptsächlich Amerikaner sein, die etwas Originelles suchen. Und das Haus bietet viele Vorteile für diese Art von Kundschaft. Denk an all die Badezimmer und den großartigen Weinkeller.«

»Mark soll ein Hotel führen? Er ist erst achtzehn.«

»Eines Tages wird er achtundzwanzig sein. Und er ist tüchtig ... zumindest hoffe ich, daß er tüchtig ist. Wie du weißt, Livy, hat Harry das Haus mir vererbt, weil Mark es sich nicht leisten kann, es zu unterhalten. Er hätte es verkaufen müssen. Und daher fühle ich mich sozusagen als Treuhänderin. Ich kann nur hoffen, daß sich Tresillian eines Tages selbst erhält, denn die Pacht aus den Ländereien reicht bei weitem nicht. Ich muß einfach einen Weg finden, mit dem Haus Geld zu verdienen. Ich kann es nicht Mark zusammen mit einer riesigen Geldsumme übergeben. Er würde es nicht annehmen. Er will keinen so großen Privatbesitz haben. Aber selbst wenn er es wollte, würde die Untätigkeit ihn völlig ruinieren. Aber wenn ich es ihm als eine rein geschäftliche Angelegenheit hinstelle und Miete von ihm verlange ... Nun, ich weiß nicht, aber es lohnt sich, darüber nachzudenken.«

»Es gibt noch etwas, das Mark braucht, außer Erfahrung und der Fähigkeit, ein kleines, elegantes Hotel zu führen«, sagte Livy nachdenklich.

»Und das wäre?«

»Er muß eine Frau finden, der es nichts ausmacht, daß ihr Haus voll von Fremden ist. Sie muß taktvoll, loyal und liebenswürdig sein, kurz, ein Musterbild an Vollkommenheit. Vielleicht solltest du ihm doch bald sagen, was du mit ihm und Tresillian im Sinn hast. Eine Caroline oder sogar eine Rachel oder Chris wären für ihn völlig ungeeignet.«

»Wenn er Glück hat, findet er eine Livy.«

In dieser Nacht döste Ginny vor sich hin. Plötzlich vergrub sie ihr Gesicht ins Kopfkissen und fing an zu weinen. Doch noch während die Tränen ihre Wangen befeuchteten, dachte sie an das Mädchen Irina. Sie war ein Teil von Harry, der noch lebte. Und diesen Teil wollte sie in ihrer Nähe haben.

Der Gedanke beruhigte sie, und sie schlief endlich ein.

19

Der Herbst ging unmerklich in den Winter über. Ginny wohnte in Prescott Hill, fuhr aber oft nach Washington zu Livy und Alex.

In London war sie gezwungen gewesen, mit Livy und Alex an einem überfüllten Gedenkgottesdienst für Harry teilzunehmen. Sie hatte nicht hingehen wollen, denn in ihren Augen war es eine heuchlerische Schau, arrangiert vom Foreign Office, das Harry erst benutzt und dann im Stich gelassen hatte. Sie fragte sich, wie viele seiner Kollegen, die gekommen waren, von dem Doppelleben wußten, zu dem Harrys Vorgesetzte ihn gezwungen hatten. Jedes Gesicht wirkte auf sie wie eine hohle Fassade.

Mark schrieb oft. Seine Briefe waren bewußt heiter gehalten, aber zum Schluß stand immer der gleiche Satz: »Was ist mit dem Mädchen? Habt Ihr irgendwelche Neuigkeiten?« Er nannte nie ihren Namen, aber Livy und Ginny wußten, er meinte Irina.

Aber sie konnten ihm nichts Neues berichten. »Wir kümmern uns um die Sache«, war alles, was Alex zu Livy sagte. »Sollten wir Irina herausbekommen, wäre es besser, ihr würdet sie unter der neuen Identität kennenlernen, die man ihr vielleicht gibt.«

Andrew McClintock war genauso wortkarg. Er kam jedesmal zum Abendessen, wenn Ginny sich in Washington aufhielt. »Frag mich nicht«, sagte er jeweils, wenn Ginny das Thema anschnitt. »Es ist günstiger, wenn du nicht Bescheid weißt. Noch haben wir nichts erreicht, und vielleicht bleibt es dabei.« Bei jedem Besuch ging er ins Kinderzimmer und betrachtete seine schlafenden Urenkel. Mrs. Hope war jetzt fest angestellt, wie Mrs. Tennant; beide hatten sich unauffällig im Haushalt eingenistet. Mrs. Hope liebte die Kinder und vertrug sich gut mit der Kinderschwester. Livy wußte, es war sinnlos, sich gegen die Lebensweise der Reichen aufzulehnen. Alex und sie wurden von vorne und hinten bedient, und damit mußte sie sich abfinden. Sie schrieb ein paar Gedichte, aber zerriß sie wieder. *The Kingdom of the Sea* stand noch immer auf der Bestsellerliste. Sie hatte in Washington eine gewisse Berühmtheit erlangt und war nicht mehr nur das Mädchen, das Alex' erste Ehe zerstört und es geschafft hatte, ihn fest an sich zu binden. Harrys Tod hatte den Erfolg von *The Kingdom of the Sea* so überschattet, daß es ihr schien, als hätte sie das Buch in einem anderen Leben geschrieben und als hätte es nichts mit ihr zu tun.

Unter den Weihnachtskarten befand sich auch ein Brief von Mark.

Ich habe ein tolles Mädchen kennengelernt. Sie heißt Gill. Sie arbeitet als eine Art Sekretärin/Gesellschafterin bei einer alten Dame. Sie hat nicht viel Freizeit und ich ebenfalls nicht. Aber wenn wir uns treffen, unterhalten wir uns prächtig. Mir ist vor ein paar Wochen etwas Merkwürdiges passiert. Ich hatte Dienst in der Bar des Offizierskasinos und servierte am Tisch der ganz hohen Tiere. Der Ehrengast war General Goodrick. Wie so viele Amerikaner sieht er sich die Gesichter der Leute an, die ihn bedienen. Und dann nannte mich jemand Penrose. Der General hätte mich fast angesprochen, hat sich aber im letzten Moment noch zurückgehalten. Er weiß, in der Armee geht so was nicht. Aber ich bekam zwei Tage später einen Brief von ihm, in dem er mich an meinem nächsten dienstfreien Tag in seinen Londoner Club einlud. Ich wollte eigentlich nicht hingehen, denn mein Leben in der Kaserne würde einfach die Hölle sein, wenn es herauskäme, daß ich mit einem General Umgang habe. Doch dann ist mir wieder eingefallen, wie nett er damals in Prescott Hill zu mir war, und ich dachte, es wäre verdammt unhöflich von mir abzusagen. Erst mußte ich meine Scheu überwinden, aber dann habe ich mich prima mit ihm unterhalten. Er hat mir Grüße an euch alle aufgetragen. Er hat von Mutter und Vater gesprochen und von dir, Tante Ginny, und gesagt, wie sehr er Blair noch immer vermisse. Er hat mir eine Adresse im Pentagon gegeben, damit ich mich mit ihm in Verbindung setzen kann, wenn ich vom Militär entlassen werde. Er steht kurz vor der Pensionierung und weiß nicht recht, was er danach mit seinem Leben anfangen soll und wo er wohnen wird. Er ist oft versetzt worden; als Junggeselle konnte man ihn kurzfristig in die entlegensten Länder schicken. Nachdem ich jetzt schon einige Zeit beim Militär bin, muß ich euch offen gestehen, daß ich einen gewaltigen Bammel hatte, mit einem Vier-Sterne-General zu essen. Aber er ist ein netter Mann und hat mich nicht wie ein Kind behandelt. Er ist kein sturer Militarist und fand es ganz in Ordnung, daß ich bei der Verpflegungstruppe arbeite. Er hat mich nach meinen Zukunftsplänen gefragt und nicht gelacht, als ich ihm erzählt habe, was ich vorhabe, sondern nur gesagt: »Sie machen es sich nicht leicht. Ein hart verdientes Brot.« Vermutlich hat er recht. Aber das will ich nun mal.

Der Brief schloß wie immer mit dem Satz: »Was ist mit dem Mädchen? Irgendwelche Neuigkeiten? Ich denke oft an sie.«

Endlich machte Andrew McClintock ein paar Andeutungen, aber sie waren zu vage, um sie an Mark weiterzugeben. »Die Foreign-Office-Leute wollen mit der Sache nichts zu tun haben. Für sie existiert das Mädchen nicht. Aber ohne ihre Hilfe kommen wir nicht an den Geheimdienst heran. Aber ich unterhalte gute Beziehungen zum State Department; überdies tätigen wir einige Geschäfte mit der Sowjetunion. Zwei oder drei der McClintock-Clayton-Direktoren sind oft in Moskau. Ich bin nach Cleveland geflogen, um die Sache mit Cyrus Eaton zu besprechen. Sie hat ihn interessiert, und er hat mir seine Hilfe zugesagt. Er kann fast mit jedem in Rußland sprechen. Er scheint einer der Kapitalisten zu sein, die von den Russen hoch geschätzt werden. Er hat mich dazu überredet, riesige Erntemaschinen an die Russen zu liefern. Und ich habe gefragt, ob sie das Mädchen herauslassen, wenn sie ein paar hundert weitere Erntemaschinen bekommen. Nun, man wird sehen ...«

Andrew McClintock und Alex waren den Winter und Frühling über mit anderen Dingen beschäftigt. Am ersten Juni wollte McClintock-Clayton seine Aktien an der New Yorker Börse einführen. Die Vorbereitungen waren schwierig und langwierig. Alex sagte zu Livy: »Wir müssen verhindern, daß zu viele Aktien in die Hände von zu wenigen Käufern geraten; sonst riskieren wir eine Übernahme der Geschäftsleitung. Es ist alles sehr kompliziert, aber die Einführung an der Börse ist unumgänglich, wenn McClintock-Clayton nicht ins Hintertreffen geraten will.«

Der erste Juni kam, und die McClintock-Clayton-Aktien waren weit überzeichnet. Andrew McClintock und Ginny trafen sich an diesem Abend mit Livy und Alex im McClintock-Haus. Der alte Mann sah grimmig aus, obwohl der Tag ein großer Triumph gewesen war und gezeigt hatte, daß Wall Street und das Publikum größtes Vertrauen in die Fähigkeiten und die Solidität von McClintock-Clayton hatten. Livy bot Champagner an, den Andrew McClintock mürrisch entgegennahm. »Nun, Alex, hast du dir bereits ausgerechnet, wie viele Millionen du heute wert bist? Von heute an kannst du jeden Morgen im *Wall Street Journal* nachsehen, ob sich dein Vermögen vermindert oder vergrößert hat.« Er nickte Livy zu. »Ich habe auch für Sie einige Aktien gekauft und natürlich auch für das Treuhandvermögen der Kinder. Wir müssen möglichst viele Anteile in der Familie behalten.«

Dann veränderte sich sein Tonfall. »Ich habe eine Neuigkeit, zu der der Champagner besser paßt. Das Mädchen Irina ist in Österreich. Sehr bald wird sie auf ihrem Weg nach Israel sein. Dort muß sie einige Monate verbringen, und danach wird sie ein Einreisevisum für die USA bekommen. Wir mußten eine völlig unbekannte, aber sehr diskrete Person bitten, für sie zu bürgen, denn unser Name darf mit dem Mädchen nicht direkt in Verbindung gebracht werden.«

Ginnys Hand flatterte nervös an ihre Kehle. »Das arme Kind, muß sie zu jemand völlig Fremdem?«

»Auch wir sind Fremde für sie«, sagte Andrew McClintock. »Aus formalen Gründen muß sie die Person sehen, die für sie gebürgt hat. Dann kann sie sich als Sekretärin bei Livy bewerben. Ich habe Mrs. Tennant davon überzeugt, daß es an der Zeit ist, daß sie sich endgültig pensionieren läßt.«

»Aber...« protestierte Livy, »angenommen, sie...«

»Mag uns nicht? Will unser Leben nicht teilen? Das wird sich alles erweisen. Wenn du Harrys Tochter hier haben willst, Ginny, dann muß sie ein Teil der Familie werden. Sollte ihr das nicht passen, dann muß sie ihren eigenen Weg gehen. Die Entscheidung liegt bei ihr. Wenn sie erst mal ihre Arbeitserlaubnis hat, kann sie überall in den USA eine Stellung annehmen. Und wenn sie einen Amerikaner heiratet, kann sie nach drei Jahren die amerikanische Staatsbürgerschaft beantragen. Heiratet sie nicht, muß sie fünf Jahre warten. In der Zwischenzeit hat sie einen israelischen Paß. Die Russen lassen jedes Jahr eine Anzahl von Juden auswandern. Für ein Jahr oder zwei wird sie Jüdin sein. Sie versteht das alles.«

»Woher weißt du das?« fragte Ginny.

»Gewisse Leute haben mit Irina gesprochen. Sie faßt schnell auf. Dieses Mädchen ist nicht bei Bauern oder in einem Arbeitslager aufgewachsen. Sie spricht ausgezeichnet Englisch und Französisch und recht gut Deutsch. Und um sich darauf vorzubereiten, mit einem israelischen Paß zu reisen, hat sie ein wenig Hebräisch gelernt. Man hat mir gesagt, sie spiele Cello.«

»Das Sprachtalent hat sie von Harry geerbt.«

Andrew McClintock zuckte die Achseln. »Vielleicht, vielleicht auch nicht. Sie scheint jedenfalls recht klug zu sein. Aber als Persönlichkeit ist sie, den Berichten nach zu schließen, offenbar eher farblos. Ganz im Unterschied zu Harry.

Äußerlich ähnelt sie ihm, aber nicht auffallend, wie wir auf den Fotos gesehen haben.«

»Aber warum kommt sie zu mir?« fragte Livy. Sie ärgerte sich wie so oft zuvor, daß der alte Mann alles so arrangiert hatte, wie er es richtig fand, ohne ihre Zustimmung einzuholen. »Warum wohnt sie nicht bei Ginny?«

»Das wäre zu auffällig. Als Sekretärin für Ginny ist sie zu jung. Und so gut ihr Englisch auch sein mag, sie braucht mindestens ein Jahr, wenn nicht zwei Jahre, um sich unserem Lebensstil anzupassen. Und dann gibt es noch einen anderen Grund. Das Mädchen wird es leichter haben, sich hier wohl zu fühlen, wenn sie bei einem jungen Paar mit kleinen Kindern und einem regen gesellschaftlichen Verkehr wohnt, als bei – verzeih, Ginny – einer älteren, reichen Frau, die die meiste Zeit allein auf dem Land lebt. Und wenn sie zwischen den beiden Häusern hin- und herpendelt, wird sie sich schnell an uns alle gewöhnen. Dazu kommt noch, Livy, daß Sie in dem Ruf stehen, eine Künstlernatur zu sein, und es fällt daher sehr viel weniger auf, wenn Sie eine junge Ausländerin anstellen, als wenn die konventionelle Ginny es täte. Je weniger Fragen gestellt werden, desto besser. Wir müssen unbedingt vermeiden, daß sie mit Harry in Verbindung gebracht wird.«

»Ja, Sie haben vermutlich recht. Wann erwarten Sie das Mädchen?«

»Das ist noch nicht entschieden. Lassen wir ihr ein wenig Zeit, sich in Israel umzuschauen. Sie wird natürlich auch offiziell aus Rußland kommen, aber einen Hauch von Judentum sollte sie sich schon aneignen. Das wird von ihr erwartet. Inzwischen werden wir unser normales Leben fortsetzen und uns gedulden.«

Das Mädchen kam am Ende des Sommers. Ginny und Livy waren mit den Kindern, der Kinderschwester und Mrs. Hope im Juli nach Tresillian gefahren. Andrew McClintock hatte Atembeschwerden, und die Ärzte hatten ihm angeraten, Washington mit seiner feuchten Hitze für einige Wochen zu verlassen. »Sie hätten genausogut für einige Monate sagen können«, bemerkte er verbittert. »Die Firma hat mich sowieso schon abgeschrieben.« Er war zwar noch immer Präsident von McClintock-Clayton und hatte sein Büro behalten und nahm an den Vorstandssitzungen teil, aber er war nicht mehr stimmberechtigt. Alle Entscheidungen lagen jetzt bei Alex. Sie nahmen das Schiff, anstatt des Flugzeugs, weil Andrew McClintock hoffte, die Seereise würde ihm guttun. Aber er sah blaß und dünn aus und wirkte zusammengeschrumpft. Er saß stundenlang in Decken eingewickelt auf dem Deck in einem Liegestuhl. Er hielt ein Buch in der Hand, ohne darin zu lesen. Er beobachtete Jamie und Oliver, die mit den wenigen anderen Kindern in der ersten Klasse spielten.

Die kleine Isa fing an, unsichere Schritte zu machen. Die Kinderschwester umflatterte sie ständig, aber Isa zog es vor, ihre kleine Hand vertrauensvoll in Andrew McClintocks zu stecken, wenn er, schwer auf seinen Stock gestützt, seinen täglichen Rundgang auf dem Deck machte.

Sie kamen in Tresillian an und nahmen ihr übliches Leben wieder auf. Alex wurde erst später im Sommer erwartet. Livy brachte Jamie jeden Morgen hinunter in ihr Häuschen, wo er sich mit den Tregenna-Kindern traf. Thea kam fast jeden Abend zum Essen nach Tresillian.

Gegen Ende August setzte plötzlich hektisches Treiben ein. Andrew McClintock telefonierte mehrmals am Tag mit London, dann rief er Alex in Washington an und bat ihn, sofort zu kommen. Alex versprach, den nächsten Nachtflug zu nehmen. Er würde in weniger als zwei Tagen in Tresillian sein.

Er kam mit dem Auto direkt vom Flughafen. Wie immer hatte die Reise ihn ermüdet. Dennoch ging er sofort ins Kinderzimmer, um seine schlafenden Kinder zu betrachten. Er strich Isa zärtlich über das lange dunkle Haar. Dann legte er den Arm um Livys Schulter und ging langsam und vorsichtig die Treppe hinunter zu dem Zimmer, das sie immer in Tresillian bewohnten. »Zuweilen denke ich, ich würde verrückt werden ohne dich und die Kinder. Wie glücklich bin ich, wieder in Tresillian zu sein! Solange unsere Kinder jeden Sommer hierherkommen können, vergessen sie nie, daß sie von Kelten abstammen. Sie haben kräftiges Seefahrerblut in ihren Adern, und Cornwall ist ihre Heimat. Ich werde alles daransetzen, daß sie sich nie aus snobistischen Gründen von ihren Vettern und Freunden hier entfremden. Ginny hatte den richtigen Instinkt, Tresillian zu restaurieren, und du hast dich immer hier am wohlsten gefühlt. Wir dürfen das Haus nie verkaufen.«

Andrew McClintock erwartete sie mit Ginny in der Bibliothek. »Sie kommt heute abend in London an und wird abgeholt...« Er hob die Hand. »Nein, nicht in einer der McClintock-Clayton-Limousinen, sondern von einem bescheidenen jungen Mann in einem alten, verbeulten Wagen. Sie übernachtet in einem Hotel in der Nähe des Flughafens. Der junge Mann wird sie morgen nach Cornwall fahren. Sie hat eine auf sechs Monate beschränkte Aufenthaltsgenehmigung für Großbritannien, aber keine Arbeitserlaubnis. Sie ist eine Studentin auf der Durchreise in die Staaten. Sie wird von ihrem Freund abgeholt, und sie planen romantische Ferien in Cornwall. Sie werden in einem Hotel in St. Just wohnen wie so viele junge, verliebte Paare. Sie werden den Hügel hinaufgehen, sich den Turm ansehen und die Felsen betrachten, in Unkenntnis, daß sie sich auf einem Privatbesitz befinden. Und dann wird sie einfach ins Haus kommen... der junge Mann wird im Obstgarten auf sie warten...«

Er blickte Livy an. »Während der nächsten Wochen werden Sie sich mit ihr befreunden und ihr einen Job anbieten. Dann wird das Mädchen in die Vereinigten Staaten fahren, aber nicht mit uns, und sich bei Livy melden und ihre Stellung antreten – falls sie das will.«

Er ging zum Tisch und goß sich einen Whisky ein. »Manchmal brauche ich dieses Zeug. Und glaubt ja nicht, daß ich nicht genauso nervös bin wie ihr.« Er sah um sich, als sei er über irgend etwas verärgert. »Ich bin schon lange nicht so nervös gewesen. Es kann gut sein, daß wir einen riesigen Fehler begangen haben und ich eine Menge Geld ausgegeben und, was schlimmer ist, viel Zeit vergeudet habe für nichts und wieder nichts. In meinem Alter ist Zeitvergeudung das einzige, was man sich nicht leisten kann. Verdammt, ich weiß nicht, wie lange es her ist, daß ich mir selbst einen Drink eingeschenkt habe. Wenn der junge Mark hier wäre... Nun, ich hoffe, er kommt bald. Ich habe einen meiner Freunde bei Clayton, einen ehemaligen Grenadier, gebeten, Marks Kommandanten anzurufen und ihm mitzuteilen, ich läge in den letzten Zügen, und ihn zu fragen, ob Mark Penrose, Lord Camborne, für einige Tage Urlaub bekommen könnte. Ich habe auch Rachel angerufen. Sie trifft heute abend ein. Caroline habe ich ausgelassen. Sie kann weder ihre Gefühle noch ihre Zunge im Zaum halten.«

»Es ist also alles arrangiert«, sagte Ginny.

Er funkelte sie an. »Wenn ich nicht alles arrangiere, wer tut es sonst? Und das ist das einzige, was ihr vermissen werdet, wenn ich tot bin. Ich höre euch förmlich sagen: Er war ein geiziger alter Kerl, aber wenn er was wollte, hat er es zustande gebracht.«

Es war der letzte Augusttag, ein ruhiger, schöner Tag, warm und sonnig, einer von diesen Tagen in Cornwall, wo das Meer am meisten Livys Opalen glich. Rachel war angekommen und Mark ebenfalls. Er hatte mehrmals umsteigen müssen, und Livy und Alex hatten ihn vom Bahnhof abgeholt. Sie nahmen einen späten Tee ein, dann saßen sie in der Bibliothek, zu nervös, um sich zu unterhalten. Mark ging immer wieder zum Fenster, von dem aus er den Obstgarten überblicken konnte. Es war kurz vor Einbruch der Flut, aber noch boten sich die Felsen von Tresillian in ihrer ganzen grausamen Schönheit dar.

Knox kam, um zu fragen, ob jemand einen Drink wünsche, aber Andrew McClintock entließ ihn mit einer Handbewegung. »Wir haben einen ausgezeichneten Barmann hier«, sagte er, auf Mark weisend. Knox hatte Wasser und Eis gebracht, stellte es auf den Tisch und ging. Mark schenkte jedem stillschweigend einen Whisky ein.

»Sie sollte hier sein«, sagte Rachel. »Ist etwas schiefgegangen?«

Und dann kam sie. Während Mark mit den Drinks beschäftigt war, hatte sie die Tür vom Obstgarten ins Haus leise geöffnet und war durch den schmalen Gang gegangen, der in die große Halle führte. Sie kannte den Weg genau. Sie wußte, wo man sie erwartete. Ihr war der Plan des Hauses gezeigt worden, und sie hatte ihn sich eingeprägt.

Sie trug ein blaues Baumwollkleid, das vom vielen Waschen ausgeblichen war, dazu einen dunkelblauen Schal, der hinten am Kopf geknüpft war und ihre langen blonden Haare zusammenhielt. Sie hatte keine Strümpfe an, ihre Füße steckten in Sandalen. Ihr Gesicht und ihre Arme und Beine waren braun gebrannt. Sie war mittelgroß, mit einem schlanken, grazilen Körper; ihr Gesicht war zart und gut geschnitten, ihr Mund geschwungen und sinnlich, die geraden Brauen waren etwas dunkler als ihr Haar und ihre Augen blau.

Sie schloß die Tür leise hinter sich, blieb stehen und sah sie alle an. »Ich bin Irina«, sagte sie in einem melodischen Tonfall. Alex erhob sich. Mark stand am Fenster und starrte sie einfach nur an.

Sie ging, ohne die anderen zu beachten, auf Andrew McClintock zu. »Mr. McClintock? Guten Abend. Sie haben mich kommen lassen?«

Er erhob sich mühsam und reichte ihr die Hand. »Ja, ich habe Sie kommen lassen. Es war alles ein wenig kompliziert. Aber ich freue mich, daß Sie hier sind.«

Als nächstes ging sie auf Ginny zu. »Lady Camborne, soweit ich weiß, ist dies alles auf Ihren speziellen Wunsch hin ... arrangiert worden. Ich danke Ihnen.«

Sie zögerte keinen Moment zwischen Livy und Rachel. »Sie sind Mrs. McClintock, Olivia Miles, die Tochter des Poeten. Ich habe die Gedichte Ihres Vaters gelesen und *The Kingdom of the Sea*.« Sie ging auf Rachel zu. »Und Sie sind Rachel, ich freue mich, Sie kennenzulernen. Wie ich höre, sind Sie politisch sehr interessiert. « Zu Alex sagte sie einfach: »Ich weiß, Sie haben Ihrem Großvater sehr geholfen, mir die Ausreise zu ermöglichen. Ich bin Ihnen sehr dankbar.« Zum Schluß ging sie zu Mark, der noch immer mit leicht geöffnetem Mund, als könne er seinen Augen nicht trauen, am Fenster stand. »Und Sie sind Lord Camborne.«

»Mark«, sagte er. »Mark Penrose. Sie werden sich an den Unterschied schnell gewöhnen.« Dann fügte er ohne Schüchternheit, als sei das Mädchen ein Gegenstand und kein menschliches Wesen, hinzu: »Sie sind schön.«

Eine Sekunde lang schien sie aus ihrer unnatürlichen Ruhe hochgescheucht und errötete. Sie war anscheinend auf alles vorbereitet worden, aber nicht auf diese Bemerkung. Sie war von einem zum anderen gegangen, als spiele sie eine Rolle, die sie oft geprobt und auswendig gelernt hatte. Die Bühne, die sie noch nie betreten hatte, war ihr offensichtlich so vertraut wie die Personen des Stücks. Aber Mark hatte ihr das falsche Stichwort gegeben.

»Oh, finden Sie, ich sehe ihm ähnlich?« Sie wandte sich den anderen im Zimmer zu. »Finden Sie?«

Es war wiederum Mark, der eine Antwort gab, die vermutlich im Drehbuch nicht vorgesehen war. »Nein, eigentlich nicht. Sie haben zwar blaue Augen, aber nicht *seine* blauen Augen. Sie waren unverwechselbar. Und Sie ähneln ihm auch nicht im Gesichtsschnitt. Vielleicht sind Sie Ihrer Mutter nachgeschlagen. Aber von ihr haben wir nur zwei Fotos, als sie älter war als Sie. Ihre Mutter sah krank aus.«

»Sie war krank, und sie ist, kurz nachdem das Foto aufgenommen wurde, gestorben. Ich habe mit ihr eine Weile lang in einem Lager gelebt, und dann hat man mich fortgeschickt, nach Gorki, dort habe ich bei sehr privilegierten Leuten gelebt. Intellektuelle. Später haben sie mir gesagt, daß Mutter gestorben sei.«

»Kann ich Ihnen etwas zu trinken anbieten?« fragte Mark. »Einen Wodka?«

Sie schüttelte energisch den Kopf. »Nein, einen Whisky bitte.«

Er brachte ihn ihr. »Ich habe Eis und Wasser dazu getan. Ich hätte Sie fragen sollen...«

Sie nickte. »Wie nett von Ihnen.« Sie hob ihr Glas und blickte alle Anwesenden an.

Alex griff zu seinem Glas und sagte hastig: »Willkommen.«

»Vielen Dank«, erwiderte sie, als auch die anderen ihre Gläser erhoben. »*L'chayim*, auf das Leben.« Sie nahm einen kleinen Schluck und setzte das Glas ab. »Ich habe noch nie Whisky getrunken. Er schmeckt seltsam.«

»Vieles wird hier seltsam für Sie sein«, sagte Livy. »Anfangs werden Sie vermutlich Schwierigkeiten haben. Aber Sie wollten doch in den Westen kommen, nicht wahr? Man hat Sie nicht dazu gezwungen? Wir möchten Sie gerne in unsere Familie aufnehmen, aber wenn Sie zurückkehren wollen, möchten wir Sie nicht zurückhalten. Das war doch die Vereinbarung, Mr. McClintock, nicht wahr?« Sie blickte dem Mädchen in die Augen. »Die Freiheit der Wahl mag für Sie fremd sein. Wenn Ihnen das Leben mit uns nicht gefällt, dann können Sie uns jederzeit verlassen. Sollten Sie jedoch beschließen, bei uns zu bleiben, dann müssen Sie sich den naturgegebenen Rücksichten beugen, die eine Familie ihren Mitgliedern auferlegt. Wir geben und wir nehmen, aber ich hoffe, wir nehmen nicht zuviel.«

»So denken die russischen Bauern, jene, die fern von den Städten auf dem Land leben, wo die Beamten selten hinkommen. Sie pflanzen Gemüse und verkaufen es privat; den größten Teil müssen sie natürlich ans Kollektiv abgeben. Gelegentlich tauschen sie das eine gegen das andere, aber sie helfen sich auch gegenseitig. Doch sonst gibt es kein Geben und Nehmen. Wir geben nicht mehr, als wir müssen.«

»Aber Sie sind nicht als Bauernkind aufgewachsen«, sagte Alex. »Sie haben eine sehr gute Ausbildung genossen ...«

»O ja, aber ich vermute, das war ein Teil des Gebens, das den Leuten abgefordert wurde, die mich aufgenommen haben. Sie haben mir eine gute Erziehung gegeben und mir Sprachen beigebracht. Sie waren an Musik und Poesie interessiert, sie lasen gerne Bücher ... aber sie konnten auch Wodka, Pelzstiefel und andere Dinge kaufen, die für die anderen unerreichbar waren. Sie hatten Zutritt zu den speziellen Läden. Ihre Wohnung war immer warm, und sie hatten genug zu essen und waren gut gekleidet. Und in mich hat man Wissen hineingestopft, als sei ich eine Straßburger Gans, die man für Gänseleber mästet.«

»Wie lange waren Sie in Gorki?« fragte Ginny.

»Bis vor vier Jahren, dann hat man mich nach Leningrad geschickt. Es war sehr aufregend, denn es ist eine große Stadt, wo es viel zu sehen gibt, die Hermitage, das Ballett, Konzerte. Ich bekam neue Pflegeeltern, die selbst zwei Kinder ungefähr in meinem Alter hatten. Wir sprachen nie darüber, wo ich herkam oder wer ich war. Ich war dort, um zu lernen, Sprachen waren wichtig, besonders Englisch.«

»Und was noch?« fragte Ginny.

»Was noch?« Das Mädchen zögerte. »Was noch?« Sie ging zum Fenster, wo Mark stand, und blickte hinaus auf die Mauer des Obstgartens, hinter dem, wie sie wußte, die Felsen aufragten. Sie wandte sich um und blickte in die Runde. »Ende des Sommers wurde ich nach Moskau geschickt. In Moskau brachte man mir bei, wie man sich als Harrys Tochter benehmen muß.«

Sie ging in die Mitte des Raums zurück und stellte sich in den Kreis, der von den Sofas und Sesseln gebildet wurde, auf denen die Familie saß. Es war eine theatralische Geste, aber sie wirkte nicht einstudiert oder geprobt.

»Ich erfuhr alles über Sie, über Harrys Familie.« Sie blickte sich in dem hohen Raum mit der Galerie und der gepunzten ledernen Zimmerdecke um. »Man beschrieb mir dieses Haus, Seymour House, Prescott Hill und das Haus in der Massa ...«, sie stolperte ein wenig über die Aussprache, »Massachusetts Avenue. Sie erzählten mir von McClintock-Clayton. Sie sagten mir, daß ich möglicherweise in diesen Häusern wohnen würde. Sie sagten, vielleicht erkenne mich die Familie als Harrys Tochter an. Sie haben mir eine gute Erziehung gegeben ... um das zu erreichen.«

Andrew McClintock beugte sich vor und lehnte sich auf seinen Stock. »Gibt es einen Grund, warum die Familie Sie nicht anerkennen sollte?«

»O ja. Ganz einfach, weil ich nicht Harrys Tochter bin.«

Sie eilte zurück zum Fenster und starrte hinaus. Dann drehte sie sich um und trat ihnen mutig gegenüber.

»Harrys Tochter ist tot. Sie starb vor vielen Jahren. Noch bevor ihre Mutter starb. Mutter und Tochter lebten für kurze Zeit zusammen – im gleichen Lager. Ich erinnere mich nur sehr undeutlich an sie. Wir waren nicht befreundet. Wer hat schon Freunde in einem Lager, wo jeder um das eigene Überleben kämpft? Dort gibt es kein Nehmen und Geben. Meine eigene Mutter starb auch, und sie schickten mich an einen anderen Ort, der nicht viel besser war. Und dann eines Tages kamen sie und brachten mich irgendwohin, wo es wärmer und bequemer war. Sie steckten mich in eine Badewanne und bemühten sich lange um mein Haar, bis es glänzte und hübsch aussah. Dann brachten sie mich zu dieser Frau, die ich kaum wiedererkannte. Wir wurden zusammen fotografiert. Ich habe sie nie wiedergesehen. Danach wurde mein Leben sehr viel angenehmer. Ich bekam genug zu essen und warme Kleider. Ein wenig später zog ich nach Gorki um. Ich tat alles, was man von mir verlangte; ich stellte nie Fragen. Hätte ich gefragt, wäre ich vermutlich ins Lager zurückgeschickt worden. Sogar in Leningrad habe ich keine Fragen gestellt, obwohl dort zwei Kinder in meinem Alter waren. Ich verhielt mich still und lernte und versuchte, nicht aufzufallen. Dann schickten sie mich nach Moskau in ein Privatinstitut. Dort hatte ich Lehrer, die nur mich allein unterrichteten. Ich sah nie jemand in meinem Alter. Sie fingen an, mir von meinem Vater zu erzählen – von Lord Camborne. Sie sagten mir, daß er mit meiner Mutter in Moskau eine Liebesgeschichte gehabt hätte und daß sie, weil sie ihn auch geliebt habe, ein Verbrechen gegen den Staat begangen hätte. Aber ich glaubte ihnen nicht. Ich erinnerte mich an diese andere Frau und sogar, wenn auch sehr vage, an ihre Tochter. Und ich wußte, ich war nicht ihre Tochter und konnte daher auch nicht Harrys Tochter sein. Nach einer Weile fanden sie heraus, daß ich ihnen nicht glaubte, und sie fingen an, mir zu erklären, was ich zu tun hätte, sobald ich von Ihnen als Harrys Tochter akzeptiert werden würde. Es sei jammerschade, sagten sie, daß ich kein Junge sei. Derjenige, der das erste Foto von Sonja und der wirklichen Irina geschickt habe, habe einen großen Fehler begangen.«

»Warum einen Fehler?«

»Weil ein Junge größere Chancen gehabt hätte, bei McClintock-Clayton angestellt zu werden und vielleicht sogar einen Vertrauensposten zu erhalten. Es gibt eine Menge Dinge, die sie über McClintock-Clayton und deren Geschäftspartner wissen möchten. Aber sogar ich als Mädchen könnte vielleicht nützlich sein. Möglicherweise würde die Familie mir eine Stellung bei McClintock-Clayton verschaffen, sagten sie. Und wenn das nicht gelinge, würde ich zumindest alles hören, was privat diskutiert würde. Deshalb sagten sie, hätten sie mich so sorgfältig vorbereitet, bevor sie mich zu Ihnen schickten. Sprachen, amerikanische und britische Politik, die, wie sie sagten, korrupt sei. Aber die russische Politik ist auch korrupt, nur sprechen wir nie darüber.«

»Und warum erzählen Sie uns dies alles?« fragte Alex. »Riskieren Sie damit nicht, zurückgeschickt zu werden und wieder in ein Arbeitslager zu kommen?«

»Weil ich nicht Harrys Tochter bin. Ich könnte diese Rolle nicht ewig durchhalten. Ich habe sie von Anfang an nicht spielen wollen, aber niemand hat mich gefragt. Ich bin mit einem Auftrag zu Ihnen geschickt worden. Aber ich kann diesen Auftrag nicht erfüllen. Ich hatte mir nicht vorgenommen, Ihnen die Wahrheit zu sagen. Ich dachte, daß ich Sie weiterhin anlügen und ein angenehmes, sorgenfreies Leben führen würde. Aber als ich in diesen Raum kam, wußte ich, daß ich nie die Rolle von Harrys Tochter spielen könnte. Und so fand ich es besser, gleich offen mit Ihnen zu reden. Vielleicht wären Sie mir auf die Schliche gekommen, vielleicht auch nicht. Aber keiner von Ihnen ist dumm, und auch ich bin nicht dumm.

Darf ich Sie hingegen um einen Gefallen bitten? Könnten Sie mich eine Zeitlang bei sich aufnehmen? Nur kurz, damit meine Auftraggeber denken, ich würde versuchen, das zu tun, was sie von mir verlangen.

Ich habe Angst, nach Rußland zurückzugehen. Bitte lassen Sie mich hierbleiben ... nur für einige Wochen, um die anderen hinters Licht zu führen.«

Sie setzte sich. Sie hatte sich einen Sessel ausgesucht, der in einer entfernten Ecke stand und von einem Globus fast verdeckt wurde. Ihre Blicke wanderten wieder zum Fenster und kreuzten sich mit Marks Blick. Sie schlug die Augen nieder. Sie hatte die Hände im Schoß verschränkt und die Haltung eines Menschen eingenommen, der auf einen Urteilsspruch wartet.

Mark füllte die Gläser auf. Alle schwiegen. Zum Schluß kam er zu Irina, aber sie schüttelte den Kopf. Das Schweigen dauerte an. Die warmen, goldenen Sonnenstrahlen des langen Sommerabends fielen durch die nach Westen blickenden Fenster.

Dann unterbrach Andrew McClintock die Stille. Seine Stimme schwankte: »Ich bin reingelegt worden!« Sein Stock fiel krachend zu Boden. »Mein Gott, sie haben mich überlistet. Noch nie in meinem Leben bin ich so belogen und hintergangen worden. Es ist nicht das erste Mal, daß ich ein Risiko eingegangen bin, und gelegentlich habe ich verloren. Aber ich habe immer gewußt, daß es ein Hasardspiel war. Doch diesmal haben sie mir das Fell über die Ohren gezogen. Sie haben gehofft, daß Harry oder ich eines Tages versuchen würden, dieses ... dieses Mädchen, dessen wirklichen Namen wir nicht einmal kennen, herauszuholen. Und auf diese Hoffnung hin haben sie es seit Jahren gezielt zur Agentin ausgebildet. Und fast ist ihr Plan gelungen. Das Mädchen hätte sich in mein Vertrauen einschleichen können. Ich habe einen sehr hohen Preis bezahlt, und ich habe die falsche Ware bekommen. Ich sollte sie zurückschicken und hinzufügen, daß ich nicht die Ware erhalten habe, die ich bestellt habe ... Verflixt und zugenäht! Ich in meinem Alter bin *besiegt* worden!«

Andrew McClintock erhob sich langsam und nahm sein Glas. Er machte Mark ein Zeichen, dem Mädchen ihr Glas zu bringen. Er ging langsam auf Irina zu. Sie erhob sich.

»Ich erwidere Ihren Toast. ›Auf das Leben.‹ Aber noch haben sie den alten Mann nicht besiegt. Hier, Mädchen ... trinken Sie!« Sie führte das Glas an die Lippen. Alle zuckten zusammen, als der alte Mann plötzlich in ein wildes Gelächter ausbrach. »Mein Gott, sie haben mich reingelegt. Aber noch ist nicht aller Tage Abend. Ich werde einen Weg finden ...«

In der Halle schlug Knox auf den Gong zum Abendessen.

Andrew McClintock nickte dem Mädchen zu. »Sie können gehen.«

Ginny sagte mit ruhiger, aber bestimmter Stimme: »Wir essen früh auf dem Land, Irina. Sie werden sich bald an unsere Sitten und Gebräuche gewöhnen. Alex, würdest du bitte Irina ins Eßzimmer geleiten ...«

»Das kannst du nicht tun«, brüllte Andrew McClintock.

»O doch, ich kann«, erwiderte Ginny kühl. »Ich finde die Ware zufriedenstellend. Irina steht von jetzt ab unter meinem Schutz. Bitte nimm es zur Kenntnis, Andrew.«

Alex trat auf das Mädchen zu und bot ihr seinen rechten Arm an. »Ich finde, wir sollten Sie weiterhin Irina nennen. Es ist ein hübscher Name.«

Sie kämpfte die Tränen nieder. Sie gingen langsam durch die Halle. Andrew McClintock folgte ihnen als letzter.

Knox wartete im Eßzimmer. Er sagte kein Wort, als er das Mädchen sah, sondern eilte zur Anrichte und brachte schnell ein weiteres Gedeck. Mark holte einen Stuhl.

Ginny gab Irina einen Wink, an ihrer rechten Seite Platz zu nehmen. »Nein!« rief Andrew McClintock von der Tür her. Sie blieben alle wie versteinert stehen. »Solange ich in Ginnys Haus bin, sitze ich an ihrer rechten Seite. Sie«, sagte er, an das Mädchen gewandt, »können sich mir gegenüber setzen.« Mark rückte den Stuhl für sie zurecht.

Sie setzen sich hin und lauschten schweigend der hereinströmenden Flut, die gegen die Felsen von Tresillian brandete.